JN209896

PHANTASMAGORIA
A COMPENDIUM OF MONSTERS,
MYTHS AND LEGENDS
図説
世界の
神話伝説
怪物百科
TERRY BREVERTON
テリー・ブレヴァートン
日暮雅通 訳
原書房

PHANTASMAGORIA

A COMPENDIUM OF MONSTERS, MYTHS AND LEGENDS

図説

世界の神話伝説怪物百科

CONTENTS 目次

凡例 ◉本文中の聖書からの引用は口語訳(日本聖書協会)を使用した。

◉項目の並び方は各章ごとに50音順、人名の場合は姓を、事物の場合は主要な言葉にしたがって配列した(例・「フリードリヒ・ヴィルヘルム2世」はウの項)。

◉本文中[ ]でくくられた文章は訳者による注記である。

◉本文カッコ内の度量衡換算は概数とした。

はじめに

世界中のどの文化においても、人は大人になるにつれて、子供のころに信じていたことを信じなくなる。たとえば西洋文化では、ほとんどの国に聖ニコラウス、つまりサンタクロースがいるが、信じるのは子供だけだ。他方、天使や悪魔のような概念は成長すると多くの人が捨て去るが、信じたままの友人や知り合いもいるだろう。子供を脅すのに使う“ブギーマン”や、暗闇への恐怖を、生涯にわたって捨て去れない人もいる。数多くの宗教に共通の物語があり、“大洪水”のような話は、何千年もの昔の出来事がもとになっている。園芸家の多くが信じている、植物は言葉や音楽に反応するという考えは、精霊信仰（アニミズム）時代の祖先にもあった。アーサー王伝説や『千夜一夜物語』などの多くの物語は、さまざまな文化と混じり合い、新しい筋書きの基礎として現代小説によみがえっている。旅人の物語に登場した驚くべき怪物の中には、実際に現実の動物だったとわかったものもある。巨大な鳥は、もしかしたら絶滅した種なのかもしれない。人間はずっと、先人・先祖の話に魅了され、言葉と文字を持ったばかりの時代から、たくみに織り上げられた物語を受け継いできた。怪物や幽霊、奇妙な生き物についての数多くの伝説は、たくさんの文化に行き渡っている。情報がすぐに手に入り、さまざまな国や動物、自然の脅威についてはるかに膨大な知識がある現代においても、いまだに私たちは祖先から楽しみをもらい、学ぶことがあるのだ。

本書の原題である“ファンタスマゴリア”（Phantasmagoria）とは、幻影や幻想を集めて、超自然的な光景をつくりだす技法を言う。この名称で18世紀に行われた亡霊投影ショーでは、改良型のマ

ジック・ランタン（幻灯機）から、壁や煙や半透明のスクリーンに向かって、ときにはうしろ側から、悪魔や骸骨、亡霊が戦う姿を投影した。複数の投影機を使うことにより、さまざまな映像を素早く切り替えることができたという。亡霊や悪魔という存在は、現実の出来事や過去の経験にもとづいており、知識や情報があまりなかった祖先が、神話や伝説や宗教では理解できないことを説明しようとしたものだと、今の私たちにはわかっている。

本書は、楽しみのために書いたものだ。私たちが祖先のことを原始的で非合理だと思うように、3000年後の私たちの子孫も、同じ目で私たちのことを見るだろう。そのことも充分にわかってうえで書いたものである。とはいえ、信念や場所、人間や動物は、いろいろな意味で“摩訶不思議”だったり“神秘的”だったりする。生命の多様性や、私たちが歴史によってどのように形づくられたかに対する驚嘆の念を失うことは、人生の目的を見失うことになるだろう。地球はこれまでもこれからも、驚異に満ちた刺激的な星なのだ。

本書で最初に紹介するのは、歴史を通じて私たちの物の見方に影響を与えた、興味深く一風変わった人々だ。その次は、世界中にいる想像上の怪物と亡霊。そして、特別なパワーがあると考えられている、謎めいた場所。さらに次の章では、天使から奇妙な存在までの、飛行するものを取り上げ、深海や水の世界の神秘について述べてから、当然のつながりとして、隠された財宝の物語に移る。最後は、過去と現在の奇妙で謎めいた人工物と、現実的な根拠のある“怪物”と神話についてだ。ともかく、この本はエンターテインメントのためのものである。この本によって読者が、自分たちの生きている世界の不思議な事柄についてさらに探求してみようと思うようになれば、幸いである。

第1章

謎の人物、奇妙な人物

CHAPTER
1

Mysterious, Magical *and* Weird People

アダムとイヴ

Adam and Eve

動物学者リチャード・ドーキンスは、その著書『遺伝子の川』で、複雑な数学モデルを用いて、私たちすべての共通の祖先である、約25万年前にアフリカに住んでいたひとりの女性にまでさかのぼった。彼は「この主張があてはまるひとりの女性がいるはずだ。議論の余地があるのは、彼女がどこに住んでいたのか、どの時代に生きていたかという点だけだ。ある時代のある場所に本当に生きていたという事実は揺るがない」と書いている。ドーキンスは有名な無神論者だが、“原初の女性（オリジナルウーマン）”あるいはアフリカのイヴについての科学的証拠は、神を信じる人々が信仰を正当化するためにも用いられると言っている。

アルキメデス——力学の天才

Archimedes(c.287BCE - c.212BCE) – The Mechanical Genius

アルキメデスはシチリア島のギリシア植民地シラクサで生まれ、エジプトのアレクサンドリアで教育を受けた。シラクサに戻ると、人生と時間のほとんどをさまざまな分野の研究や実験にささげた。彼は、シラクサを包囲しているローマ艦隊に焼夷弾を発射するために、大砲をつくったという可能性がある。レオナルド・ダ・ヴィンチによるスケッチに描かれた大砲が、もとはアルキメデスのものだという説もある。ローマ軍からシラクサを守るためのアルキメデスの戦争機械のひとつは、大型の凹面鏡で構成されており、太陽光線を集中させてローマ軍の艦船に火をつけたとされている。このいわゆる“熱線”は、研磨された銅の盾で光線を集めて強め、タールを塗った木造船に火をつけた。イタリア人教授のチェーザレ・ロッシは2010年、太陽の熱線と大砲というこれら2つの発明は実際には同一の装置だと主張している。彼の考えでは、アルキメデスが鏡を使ったのは、太陽光を動く船に直接反射させるためではなく、大砲を発射させるために水を入れた“釜”を熱するためだった。曲面鏡は太陽光線を水の入ったタンクに集中させた。水は沸騰し、密閉された蒸気が大砲を発射させ、ヨーロッパで火薬が用いられるようになる1500年も前に、燃えるような砲弾がローマ軍へ撃ち出された。自分で実際に設計してみたロッシは、わずか1オンス（28

グラム）の水を蒸気にするだけで、熱せられた砲身から13ポンド（6キログラム）の投射物を撃ち出せると述べている。ロッシは、砲弾は粘土でつくられ、その中には硫黄とビチューメン［天然の炭化水素の混合物。アスファルトなど］、ピッチ、酸化カルシウムを混ぜ合わせた、有名な“ギリシア火薬”が詰めてあり、ローマ軍ガレー船のタール塗装の木製甲板で焼夷弾のように爆発したという。アルキメデスについては、のちのアラビア語文書で、数学と水時計のような水力利用装置などの力学の発展との関連で取り上げられている。

彼の論文『浮体について』は、船の浮力と安定性についての物理的基礎を打ち立てた。この論文は長く行方不明で、彼の見事な洞察が実際に船舶設計と船舶安全性評価に用いられるまでには何世紀もの時間がかかった。彼の幾何学への貢献は大変革をもたらし、アイザック・ニュートンやゴットフリート・ライプニッツより2000年も前に、積分学について考えていた。その実用的発明は、滑車やアルキメデス式螺旋揚水機など、多種に及んでいる。力学においては、てこの原理を定義し、低いところから高いところへ水を揚げる複滑車と水力ネジを発明した功績がある。この研究については、「私に立つところを与えてくれれば、地球を動かしてみせよう」という彼の有名な言葉がある。最も有名なのは“アルキメデスの原理”として知られている流体の法則で、流体に沈められた物体はその物体が押しのけた流体の重さと同じ大きさの浮力を受けるというものだ。

シラクサが陥落したとき、アルキメデスはローマ軍兵士に殺された。あまりにも計算に夢中になっていて、邪魔をするなと兵士に文句を言ったからだという。キケロが訪れたとき、アルキメデスの墓には球形が彫られた円柱が載っていた。アルキメデスは、球体はそれに外接している円柱に対して、体積も表面積も3分の2であることを証明し、自分の最も偉大な数学的業績だとみずから考えていた。スペースの都合で、走行距離計から滑車までの何十にもおよぶ彼の発明についてくわしく説明はできないが、シラクサを占領したあとのローマ軍のマルケッルス将軍は、天文学の補助として使われていた太陽と月、5つの惑星の動きを示す2つの機械装置を奪っていった。これらの装置は機械的な天象儀もしくは太陽系儀で、動かすにはアルキメデスが設計したかもしれない“アンティキティラ島の機械”（後述）のような、差動歯車装置が必要だっただろう。1906年に、13世紀の山羊革製の祈禱書がコンスタンティノープルで発見され、その書物は前の文字を消してその上に書かれたパリンプセストだった。

下になっていた以前の文書には、それまで知られていなかったアルキメデスの7つの論文の10世紀における写しが含まれており、その中には『浮体について』の現存する唯一のギリシア語原文もあった。

アンリ4世とルイ14世
Henri IV and Louis XIV

アンリ4世はフランスとナバラ（ナバラ家の断絶後）の14代王で、1553年（1+5+5+3=14）12月14日に生まれた。その妻マルグリット・ド・ヴァロワは1553年（やはり合計が14）5月14日に生まれた。彼のアンリ・ド・ブルボンという名前には、文字が14ある。彼は1590年3月14日にイヴリーで大勝利をおさめたが、その年の5月14日にパリで彼に対する大規模なデモが起こった。教皇グレゴリウス14世は王を破門し、王は1610年5月14日にパリで暗殺された。ルイ14世は1643年（1+6+4+3=14）に王座につき、77歳（=14）まで生きて1715年（=14）に亡くなった。その誕生年の1638と死亡年の1715を足すと3353になり、これらの数字を足していくと14になる。

イスラエルの消えた部族
The Lost Tribes of Israel

コロンブスによる1492年の航海は、聖書に記されていない人たちがいるというニュースをもたらした。ヨーロッパの人々は、彼らはいったいどこから来たのかと、戸惑いを覚えた。解決法は、紀元前500年頃のイスラエル王国とユダ王国の崩壊で消え去った、イスラエルの部族だと考えることだった。スペイン人神父バルトロメ・デ・ラス・カサス（1484-1566年）は、アメリカ先住民の擁護者になり、征服者（コンキスタドール）による西インド諸島やペルー、グアテマラでの虐殺に抗議した。ラ・カサスは、アメリカ先住民は古代イスラエルに由来していると信じていたため、彼らがキリスト教に改宗すると考えていた。聖書には彼らが“イスラエルの消えた部族”だという証拠があると信じていたのだ。やがて教皇パウロ3世は、1537年にアメリカ先住民は「完全な人間である」と宣言した。

ポルトガル人旅行家アントニオ・モンテシーノスによる1644年の報告は（残念ながら作り事だが）、アンデスの峠を越えた先にユダヤ人部族が住んでおり、彼らがユダヤ教の儀式を行うのを見たと主張している。トマス・ソローグッドによる1650年の『アメリカのユダヤ人』は、これらの部族を改宗する必要を主張している。キリスト教の言い伝えのいくつかでは、イスラエルの10部族が発見され、聖なる土地を取り戻すことができたら、キ

リストの復活と君臨は目前にあると語られている。“イスラエルの10部族”は、イスラエル王国が完全に破壊され、人々がアッシリア帝国の奴隷になり、追放されたあとには、聖書に登場しない。イングランド人やウェールズ人、さらにパシュトゥーン人など、さまざまな民族がこれらの部族だと主張されている。ベネ・エフライム人（南インド）はエフライムの部族の末裔であり、ブネイ・メナシェ人（北インド）は消えた部族マナセの子孫だと主張している。ベタ・イスラエル人はエチオピアに住むユダヤ人で、自分たちは消えたダン族の子孫だと信じている。ペルシアにいるユダヤ人（中でもブハラのユダヤ人）は、エフライム族の系統だと主張し、ナイジェリアのイボのユダヤ人は、エフライムやマナセ、レビ、ゼフルン、ガドという複数の部族の子孫だと言っている。レンバ族（南アフリカ）は、現在のイエメンから逃れてきて、南へと渡ってきた失われたユダヤ人部族の末裔だと主張している。

イブン=バットゥータと中国のアメリカ発見

Ibn Battuta (1304–68 or 1377) and the Chinese Discovery of America

ムハンマド・イブン・アブドラ・アル・ラワティ・アル・タンジ・イブン=バットゥータ

アーサー王――ヨーロッパで最も有名な伝説

アーサー王の時代は、イギリスの歴史で最も議論のある領域だ。ウェールズでは“聖人の時代”と呼ばれ、その他のヨーロッパでは“暗黒時代”として知られている。アーサー王は6世紀のケルト族の武将で、キャメロットやグィネヴィア、マーリン、ランスロット、聖杯、漁夫王（フィッシャー・キング）、サー・ガラハッド、モーガン・ル・フェイ、黒騎士、円卓などの伝説に彩られている。彼は東からのサクソン人と、北と西からのピクト人の脅威を打ち払った。19世紀まで、ずっとアーサー王は実在したアスルウェイ王子、またの名を熊王子アルスマエル（テュドリグの息子であるミュリグの息子）とされていた。その息子のモルガンは、グラモーガン王となった。ウェールズ史について20冊以上の作品のある著者は、アーサーをほかの人物だという主張は正しくないと考えている。テュドリグの息子であるミュリグの息子、アスルウェイは、グラモーガン=グウェントに住んでおり、ケルト族であるシルリア人が支配していた地域にいた王の息子であり孫、ひ孫だった。グラモーガンのバートンに、王宮のひとつがあったと推測されている。6世紀のウェールズの聖人の100人以上がアーサー王と関係があり、また中世の冒険物語より以前の物語で語られる、グラモーガン=グウェントを支配する王たちとも関係があった。

は、モロッコのベルベル人学者でありスンニ派のイスラム教裁判官だった。彼は旅行家かつ探検家として7万3000マイル（11万7000キロメートル）もの旅をした。これらの旅は知られていたイスラム教世界のほとんどと、その先のヨーロッパやアフリカ、インド、中国に及ぶ。彼の『大旅行記』は『三大陸周遊記』と記されることもある。彼はこの中で、ザンジバルで中国人船長から若い頃に「なんとも不思議な……中国から何日も東にある黄金の国」へ航海したと聞いたと書いている。この中国遠征では、高い山々と聖なる湖のある場所から金銀を持ち帰った。ペルーとチチカカ湖かもしれない――中国の東とすればそれ以外はないだろう。

ジョン・ウィルキンズ――メートルの発明と月着陸の初めての試み

Wilkins, John – The Invention of the Metre and the First Attempt to Land on the Moon

ジョン・ウィルキンズ師は1668年の自著『真性の文字と哲学的言語にむけての試論』で、合理的な普遍言語を定めるという試みをした。彼の言語には、計測単位についての伝統的単語であるラインやインチ、フット、スタンダード、パーチ、ファーロング、マイル、リーグ、ディグリーが含まれていたが、彼はまた普遍的な計測基準を達成しようとしていた。自分が決めた手法は、同時代のサー・クリストファー・レンから示唆されたと、彼は言っている。それは（現在行われているように）長さの基準を時間の基準に準拠させ、標準の長さを既知の“周期”を持つ振り子の長さにするものだ。振り子は極めて信頼性の高い時間標準であり、その周期はその長さとその場所の重力の影響のみで決まる。重力は地表面ではほとんど変わらない。ウィルキンズの指示は、振り子には最重量で、できる限り高密度の球形の“ボブ”（重り）を、最軽量で可能な限り柔軟性のある紐につけ、その紐の長さは振り子の周期が可能な限り1秒に近くなるように調節するというものだった。しかしウィルキンズは、標準の長さを単純に支点からボブの中心までの長さとはしなかった。彼は次のように書いている。「……二つの長さ、すなわち紐の長さと球の半径が与えられているので、そこから三つ目の比例項が求められる。それは支点から球の中心までの紐の長さが球の半径に対する比率であり、その半径が求める第三項に対する比率である。この第三の比例項の5分の2［0.4］を設定すると、基準値が求められる」。数学的に書くなら、「振り子の支点からボブの中心までの距離をd、ボブの半径をrとし、$d/r = r/x$となるようにxを設定すると、$d + 0.4x$が標準計測単位となる」といったところだろう。

ウィルキンズは、これらの指示にしたがえば、計測の標準単位は「39と4分の1インチだと証明できるだろう」、つまり現在の1メートルの0.997だと主張し、彼の新しい測定値を“スタンダード”と呼んだ。メートルは国際単位系の基礎単位だ。1791年にフランス下院は、メートルという新しい定義はパリを通る地球の子午線の長さ、つまり赤道から北極までの長さの1000万分の1に等しいという、フランス科学アカデミーからの提案を受け入れた。1983年以降は、1メートルは真空中で光が1/2億9979万2458秒間に進む距離と定義されている。ウィルキンズは113年前に正式に認められた、ほぼ正確に1メートルである標準単位を発明した功績があるだけでなく、彼の計測単位のスタンダードを10進法にしてもいた。スタンダードの100分の1をインチとしたが、実際にはセンチメートルで、今でもマイルと呼ばれている1000スタンダードは、実際にはほぼ正確に1キロメートルだ。彼は重さと広さ、貨幣にも同じ10進法を適用した――生まれるのが早すぎた、当時最も偉大な科学的精神を持っていた人物だった。

ジョン・ウィルキンズ博士はロイヤル・ソサイエティの創設者のひとりで、オリヴァー・クロムウェルの妹と結婚し、最初の空気銃と積算計、庭で客を楽しませるための人工虹発生器、空気でふくらませる浮き袋、空気入りタイヤの原型を発明した。そして何よりも、月の探査を計画していた。有名な探検家のコロンブスやドレイク、マゼランによる地球一周の航海に刺激を受けた彼は、2冊の本で宇宙旅行の可能性について探っていた。記録によると、宇宙飛行士を運ぶために、宇宙船、あるいは彼が呼んだように“空飛ぶ戦車（チャリオット）”の試作品の調査を始めていた。まだ24歳だった1638年、ウィルキンズは『月の新世界の発見』を発表し、ほかの惑星と月には居住者がいるに違いないと信じていた。彼はみずから名付けたそのセレナイト（Selenites）に会い、交易がしたいと考えた。「おそらく、月への輸送のために発明されたほかの手段があるのではないか。広大な宇宙を通っていくのは恐ろしいし、不可能に思えるかもしれないが、あえて冒険をした誰かがいるのだろう」

しかし、アイザック・ニュートンが1687年に重力について書くほぼ50年前のこのとき、ウィルキンズは地球の引っ張る力から抜け出す方法を考慮しなければならなかった。彼は、私たちはある種の磁気で地球にとどまっていると考えた。雲の観察から、もし人間が高度20マイル（32キロメートル）に達することができれば、この力から解放されて空間を飛ぶことができると考えた。彼のアイデアは、船のようだが強力なバネとゼンマイ仕掛けの歯車、翼のある飛ぶ機械をつくることだった。内燃機関の原型を動かすには火薬を使うことができた。翼は白鳥やガチョウなどの高く飛ぶ鳥の羽で覆う必要があった。ウィルキンズは、宇宙船は現代の航空機のように低い角度で離陸すべきだと

AN ESSAY
Towards a
REAL CHARACTER,
And a
PHILOSOPHICAL
LANGUAGE.

By JOHN WILKINS D.D. Dean of RIPON,
And Fellow of the ROYAL SOCIETY.

LONDON,
Printed for SA: GELLIBRAND, and for
JOHN MARTYN Printer to the ROYAL
SOCIETY, 1668.

信じていた。彼の見積もりでは、10人もしくは20人の団体をつくって、それぞれが20ギニー出すと、彼の計画する飛行機械を組みたてる腕のいい鍛造工が雇えた。ウィルキンズは彼の探検家たちには食料は必要ないだろうと信じていた。なぜなら、長期間食べずに生き残れるという証拠がすでにあったからだ。宇宙では地球の磁気から自由になるのだから、消化器官に引く力が加わらず空腹を感じないと考えていたのだった。登山家が高地で息切れを起こすことは知られていたが、ウィルキンズは、天使が吸うような純粋な空気に肺が慣れていないからだと言った。宇宙飛行士はやがて慣れるだろうし、そうすると月への航海でも息ができるようになる、と。彼はもうひとりの博学な科学者ロバート・フックとともに、1654年頃にオックスフォードのウォダム・カレッジで飛行機械の建造実験をした。しかし1660年代には、宇宙旅行は想像していたほど簡単でないことを認識しはじめ、計測単位の10進法化を優先するために宇宙への飛行船をあきらめた。

フリードリヒ・ヴィルヘルム2世と巨人連隊

Frederick Wilhelm II (1688–1740) and the 'Potsdam Giants'

1713年に即位したこのプロイセン王は、4万の外国人傭兵からなる軍隊をつくった。彼は長身の兵を好み、“ポツダムの大精鋭兵”連隊を編成した。兵になるには少なくとも6プロイセンフィート、つまり約6フィート2インチ（1.88メートル）の身長が必要で、ヨーロッパ中から採用された。王は毎年、数百人を補充しなければならず、毎日みずから教練と演習を行った。王は彼らの姿を記憶で描くのを好み、外国からの客や高官に見せて、感心させるのが好きだった。楽しみのためだけに自分の前を行進させることもあり、病床にあるときでさえそうだった。マスコットの熊を先頭にして、全連隊が

ソーニー・ビーン

ヨーロッパで最も奇妙な話のひとつは――しかし真実の話だ――すさまじい規模で殺人を行い、15世紀にスコットランドのエアシャー沿岸の一部を恐怖に陥れた、人食い家族についてだ。ソーニー・ビーンを家長とするこの家族は48人もいて、近親相姦を行うとともに、通りすがりの旅人たちを捕まえては食べていた。発見されたときに彼らが隠れていた洞窟には、酢漬けにした人体や、被害者たちから奪った戦利品がつまっていた。一家はエジンバラへ送られ、男たちは裁判なしで火あぶりにされた。女と子供たちは手と足を切り取られ、血を流しながら死んだ。被害者は1000人を超えていただろう。

行進するのだ。王はその“巨人たち”を戦わせることをしなかった。フランスの大使に対し、「世界中で最も美しい娘も女性も私にはどうでもいいが、長身の兵というものには弱い」と言ったという。

ヴードゥー教信奉者

Voodoo (Vodoun) Worshippers

推定で5000万の人たちが、儀式のときに神が短いあいだ信者に語りかけるという憑依を信じている。信奉者たちは、神々の影響は日々のあらゆる側面に存在すると信じており、神々を喜ばせると健康や富、魂のご利益が得られると信じている。ヴードゥー信仰はハイチで広く行われているが、ニューヨークやニューオーリンズ、ヒューストン、チャールストン、サウスカロライナ、ロサンジェルスでも正当な宗教として認められている。ヴードゥーという言葉は、西アフリカの王国ダオメー(現在のベニン)とトーゴの一部のフォン語で“精霊”あるいは“神”を意味する。大西洋を越えて連れてこられた奴隷たちが、ジャマイカやサン=ドマングなどのカリブの島々(現在のドミニカ共和国やハイチ)から新世界へと、この宗教を伝えた。白人の奴隷所有者はこれを恐れるようになり、どんな種類の宗教的行事も集まりも禁止した。決まりを破ったとき、あるいは“呪物”

を持っていたときの罰は苛烈で、手足を切断したり生きたまま皮膚をはいだり、さらには生き埋めにしたりした。2008年、フランス大統領ニコラ・サルコジは、国内の店で彼への“邪視”の向け方の説明書を針に添えて販売されていた、彼に似せたヴードゥー人形を回収するよう要求した。

宇宙からのエイリアン

Aliens from Outer Space

天文学者の推定では、宇宙には何千億もの恒星があり、その多くで惑星がまわりを回っている。我々の太陽系には主要な惑星が8と少数の準惑星(ケレス、冥王星、セドナなど)があり、銀河の近くには429の太陽系外惑星があることがわかっている。最近のNASAの発表では、探査機ケプラーが惑星と考えられる天体を新たに700発見し、そのうち140は地球と同じような大きさだった。幸いなことに、これらの惑星のどこかからの交信や訪問にそなえて、国連が私たち地球人を代表する“リーダー”を選定している。公共の資金に依存し、選挙で選ばれたわけではないすべての巨大組織と同じく、国連にも目的が不明確な委員会が多い。そのひとつがマレーシア人の女性宇宙物理学者が率いる国連宇宙局(UNOOSA)で、2010年に国連に入った彼女がエイリアンとの対話を取り仕切る地球の“リーダー”に正式に任命されている。UNOOSAは実際、地球をエイリアンからの汚染から守るために彼らを“断種”することに国連加盟国が同意した、1967年の“宇宙条約”を監督している。この条約は40年以上のあいだ、宇宙からの訪問者に対する地球の公式政策となっているが、1977年に打ち上げられた惑星探査機ボイジャー2機には、「私たちはただ平和と友情のみを求めて、私たちの太陽系から宇宙へと踏み出す」というメッセージが乗せてある。残念なことに、このメッセージを録音した当時の国連事務総長クルト・ヴァルトハイムは、のちに面目を失うことになる。彼はかつて、断種とそれよりひどいことが起こったアウシュヴィッツ収容所のすぐ近くで、ナチスと一緒に駐留していたのだ。スティーヴン・ホーキング博士は、地球外生命体を探し求める人類の危険性について警告していた。「彼らは故郷の惑星のすべての資源を使い尽くし、巨大な船の中に存在しているのかもしれない。私たちにとっての結末は、クリストファー・コロンブスが最初にアメリカ大陸に上陸したときのネイティヴ・アメリカンのように、あまり好ましくないものになるかもしれません」

ワラキア公ヴラド3世――串刺し公ヴラドもしくはドラキュラ

Vlad III, Vovoide (Prince) of Wallachia (1431–76) – Vlad the Impaler or Dracula

ヴラドの異名ドラキュラは“ドラゴンの息子”という意味で、父親のドラクル・ヴラド2世からきている。ヴラド3世はその死後、ヴラド・ツェペシュ（串刺し公）として広く知られることになった。ヴラド3

世はトランシルヴァニアで生まれ、5歳のときに数年前の父親と同じく、ニュルンベルクでドラゴン騎士団に入団した。1436年、父親が親ハンガリー勢力によって王座から追われた。1442年にはオスマン帝国の君主（スルタン）の助けを得て国の支配を取り戻したが、ヴラドと弟のラドゥをオスマン帝国宮廷に人質として差し出さなければならなかった。ヴラドはそこで幽閉され、しばしば鞭打たれたり殴られたりしたが、弟はイスラム教に改宗してスルタンの配下となった。1417年、ヴラドの父はハンガリーの摂政と結託した大貴族たちに殺され、跡継ぎの長男は目をつぶされて生きたまま埋められた。ワラキア（ルーマニア）がハンガリーの支配下に入ることを防ぐため、オスマン帝国はワラキアに侵攻し、ヴラド3世を王座につけた。しかし、新たなハンガリーによる侵攻で、ヴラドは伯父の宮廷があるモルダヴィアへ逃れる。1451年の伯父の暗殺を受け、

ヴラドはハンガリーへ逃亡した。オスマン帝国を憎む彼は、以前の敵であるハンガリー摂政と和解した。1453年、オスマン帝国はコンスタンティノープルを占領し、1456年になる頃にはハンガリーを脅かしていた。彼らがベルグラードを包囲しているとき、ヴラドは兵を率いてワラキアへ向かって故国を再び征服し、直接対決して王を殺した。

ヴラドはただちに、国の経済と防衛の強化を図った。大勢の大貴族を串刺しで処刑し、下級貴族と自由農民に土地と官職を与えた。ワラキア大貴族とトランシルヴァニアのサクソン人指導者たちがつながっていたため、ヴラドはトランシルヴァニアへの攻撃を開始し、このときも捕虜たちを串刺しにした。ハンガリーの新しい王と同盟を結んだヴラドは、ドナウ川の片岸を支配したが、オスマン帝国は神聖ローマ帝国からの攻撃を防ぐために川の支配権を狙っていた。1459年、スルタンはヴラドに遅れた10万ダカットの貢税と500人の若者を要求したが、ヴラドは頭にターバンを釘打ちして使節を殺害した。トルコ軍はドナウ川を渡ってヴラドを討つ軍勢を募ったが、伝令たちはヴラドに殺された。そこでスルタンは、ヴラドとニコポリスの地方長官とのあいだの会合を手配して、そこでヴラドを捕らえようと計画した。企てをかぎつけたヴラドは待ち伏せを仕掛け、全トルコ騎兵1000人を殺し、串刺しにした。1461年の冬、ヴラドはセルビアと黒海のあいだの地域に攻め入り、ハンガリー王に次のように書き送った。「男と女、年寄りと若者を殺した……2万3884人のトルコ人とブルガリア人。家で焼き殺した者や兵が頭を切り落としていない者は入っていない……」

1462年、スルタンのメフメト2世は、約6万の兵と3万の不正規兵の軍勢をワラキアに派遣した。彼が目にしたのは、ヴラドが前回送られたメフメトの2万の兵を串刺しにした杭の森だった。しかし、ヴラドの指揮下には2万から4万の兵しかおらず、オスマン軍による1462年の首都占領を防ぐことはできなかった。ゲリラ戦に訴えたヴラドは、精鋭兵を引き連れてトルコ兵に変装し、スルタンを暗殺しようとオスマン軍の野営地に向かった。メフメト2世は逃げおおせたが、1万5000の兵を失った。さらなる戦闘のあと、オスマン軍はドナウ川を越えて逃げていった。ヴラドは教皇領やジェノヴァ、ヴェネツィアなどのイタリア国家、トランシルヴァニアから称賛された。スルタンはヴラドの弟のラドゥと直属のイエニチェリ［オスマン帝国の精鋭常備歩兵軍団。キリスト教徒を改宗させた兵］を送り込んだが、破れた。しかし、残っていた不満を持つ大貴族はハンガリーによる保護よりオスマン帝国を好み、ラドゥ側についた。ヴラドは傭兵に払う金銭がなかったためにハンガリー王に助けを求めたが、反逆の疑いで投獄された。マーチャーシュ・コルヴィヌス王は教皇からトルコ軍と戦うために多額の援助を受けていたが、まったく違う目的のために使ってしまっていた。トルコ軍が国境にいる今、ヴラドをスケープゴートとして使う必要があった。ヴラドは12年間投獄され、1474年に解放される直前に王の親戚と結婚した。1476年、ヴラドはハンガリーの支援を受けてワラキア征服に戻ったが、ブカレスト近くの戦いで殺された。トルコ軍は彼の首を切断して蜂蜜漬けにして保存し、コンスタンティノープルで見世物にするためにスルタンに送った。

アメリア・エアハート――謎めいた失踪

Earhart, Amelia – Her Mysterious Disappearance

女性として初めて大西洋を横断飛行したアメリアは、1937年に航空士フレッド・ヌーナンと一緒に世界一周飛行に出発し、全行程2万9000マイル（4万6670キロメートル）のうち7000マイル（1万1265キロメートル）まで到達した。次の区間はパプアニューギニアからハウランド島という名前の礁までで、そこにはアメリカ空軍の沿岸警備艇が無線誘導を提供するために配置されていた。切れ切れの無線連絡がやがて途絶え、警備艇は行方不明の飛行機を捜索するために北西へ向かった。アメリカ軍航空部隊による16日間の大規模な捜索と救助活動で、無人島がくまなく捜索された。最も有力な説は、アメリアはアメリカのスパイとしての任務で、日本が占領している地域の上を通過したというものだ。彼女の写真が1944年にサイパン島で発見され、アメリカ陸軍のある軍曹はアメリカ海兵隊が彼女の飛行機を護衛しており、飛行機はのちに燃やされたと主張した。あるアメリカ海兵隊技術部隊准士官は、1944年にテニアン島近くの彼女の墓を教えられ、彼女とヌーナンはスパイとして射殺されたと告げられた。アメリカ政府は、この有名なヒロインをスパイだと認めるより事実を隠蔽したと考えられている。同様に日本も新たな戦争犯罪を認めないように、隠蔽に荷担したのだろう。別の説では、飛行機が燃料切れになったために航空士が無人のニクマロロ島に着陸し、そこで救助船に発見されずに餓死したという。

カサンドラの予言

Cassandra's Prophecies

トロイアのプリアモス王の娘だったカサンドラは、アポロン神から愛され、予言の力を与えられた。アポロンは見返りに好意を期待したがカサンドラから拒否されたため、彼女の予言を誰も信じないようにした。彼女が警告したにもかかわらず、プリアモス王は兄のパリスがギリシアへ航海することを許した。パリスがアガメムノンの妻だったヘレナをさらってトロイアへと連れ帰ったことが、苛酷なトロイア戦争を引き起こすことになる。カサンドラはトロイアの人々に木馬を市街へ入れてはいけないと警告したが、やはり無視したため、トロイアは破壊へといたった。彼女はギリシア兵から逃れようとアテナ神殿に隠れたが、祭壇でアイアスから強姦され、その後アガメムノンの妾となる奴隷として連れていかれた。ギリシア詩人のアイスキュロスによると、彼女が死の直前に口にしたアガメムノン王家の家系を襲う流血の呪いが、いわゆる“アトレウス家の呪い”だという。

カリオストロ伯爵――地獄の悪魔

Cagliostro, Count (1743–95) –The 'Demon of Hell'

サンジェルマン伯爵（後述）は、カリオストロを“地獄の悪魔”と呼んだ。2003 年にカリオストロの伝記を書いたイアン・マッカランは、彼の敵として、「彼にひどく嫉妬していた当代きっての色事師カサノヴァ、絞め殺したいと思っていたロシア女帝エカテリーナ、彼への憎しみで気が狂いそうになった、ドイツで最も畏敬される作家ゲーテ、危険な革命家として彼を迫害したフランス王ルイ 16 世、ダイヤモンドの首飾り詐取事件で自分を巻き込んだとして、バスティーユ監獄に永遠に閉じ込めることを望んだ王妃マリー・アントワネット、カトリック教会の存続を脅威にさらしたと彼を非難したローマ教皇ピウス 6 世」をあげている。カリオストロはイタリアのパレルモで、ジュゼッペ・バルサモとして生まれた。彼はベネディクト会の修道院で医学と化学の才能を示したが、その後逃げ出して放浪者の一団に入った。17 歳で、錬金術の秘密の技法と神秘学（オカルト）に興味を抱いた。彼は卑金属を金に変えられるとマラーノと金細工師に信じこませ、それを証明するために 60 オンス（1.7 キログラム）の金を要求した。仲間たちが金細工師を殴り倒し、カリオストロは金を奪って成金になった。彼はエジプトやギリシア、ペルシア、ロードス島、インド、エチオピアなど世界中を旅して、オカルトを学び、錬金術の知識を習得した。1768 年にナポリに戻ると、金持ちの外国人旅行者をだまして金を巻き上げるためにカジノを開いたが、町を出なければならなくなった。ローマで医者になったが、異端審問所から異教と疑われ、新しい妻とともにスペインへ逃げ出した。パレルモに戻ったときに金細工師

カンビセス2世と失われた軍隊

ペルシアの王、カンビセス2世は紀元前525年にエジプトを征服した。ヘロドトスは、彼は西エジプトのオアシス町シーワにあるアメン神の神託所を攻め落とすために5万の軍隊を派遣したと記録している。軍隊が道のりのなかばに来たとき激しい砂嵐が起こって、その後彼らは跡形もなく消え去ったという。

のマラーノを欺したとして逮捕されたが、ある錬金術師から大金をだまし取って、イングランドへ逃亡した。そこで出会ったサンジェルマン伯爵は、彼をフリーメイスンに入会させ、不老不死の霊薬の処方を教えた。そしてカリオストロは、イングランドとドイツ、ロシア、フランスにエジプト典礼メイソンロッジを設立した。1772年には、パリへ行って薬と霊薬を売り、降霊術の会を開いた。ルイ16世が興味をいだいたため、カリオストロ伯爵はヴェルサイユで宮廷を楽しませるために、魔法の晩餐を開いて王をもてなした。彼はフランス宮廷の人気者となったが、1785年に、1789年のフランス革命へとつながった大スキャンダルのひとつである、ダイヤモンドの首飾り事件に巻き込まれる。このスキャンダルは宝石商から非常に高価な首飾りをだまし取ったもので、マリー・アントワネットやロアン枢機卿が巻き込まれ、カリオストロはバスティーユ監獄に9か月投獄された。放免された彼はフランスから追放され、イングランドへ向かった。そこでカリオストロはジュゼッペ・バルサモであると告発されたが、"イングランドの人々への公開状"を出して否定し、告発者に撤回と謝罪をさせた。1789年後半に妻とともにイングランドからローマへ向かい、そこで再び薬と霊薬を売り始めた。しかし彼は、ローマでメイソンロッジを建てようとしたために、1791年に異端審問所に逮捕された。ローマのサンタンジェロ城(もともとはローマ皇帝ハドリアヌスの霊廟である素晴らしい円塔)に投獄され、異端と呪術、魔術、フリーメイスン団員として

審判にかけられた。1年半の審議の結果、異端審問所から死刑を宣告されたが、この審判は教皇によって終身刑へと引き下げられた。

カリオストロが脱走を企てたため、モンテフェルトロ近くのヨーロッパで最も堅固な城のひとつ、サン・レオ城に送られて独房に監禁され、そこで1795年8月26日に死亡した。その死の知らせがヨーロッパ中で信じられることはなく、ナポレオンが委託した報告書が出て初めて死が事実として受け入れられた。カサノヴァは自叙伝の中で、カリオストロはなぜかわからないが、カサノヴァの手紙を偽造することができたと書いている。一度は神秘学における最も偉大な人物のひとりと見なされた彼だったが、19世紀後半からは学者からペテン師として無視されている。

奇態な民族

Odd People

77年頃、大プリニウス(23-79年)は著書『博物誌』で「異なる民族の不思

議な形態」について述べた。「近隣にもまた、北方に住む人々が、そして北風が起こる場所から遠くないところにも人々が……アリマスピが存在すると言われる……ひとつ目が額の真ん中にある驚くような民族だ……山々の多くにもまた、犬の頭を持ち、野獣の皮を身にまとう者がいる。彼らは話さずに吠える。かぎ爪があり、鳥を狩る。クテシアスの話では、これらの人々の数は12万以上になるという。また彼は、インドには女性が一生に1度しか妊娠せず、子供の髪が生まれた途端に白くなる民族がいると言う。足が1本だけだが驚くほど敏捷に跳ぶことができる、モノコリという人々についても語る。この人々はスキアポド［足を日傘代わりに用いたという単脚人］とも呼ばれる。理由はとても暑いときに寝そべって足を傘代わりにするからだ。彼によると、このような人々はトログロダイト（洞窟人）からさほど遠くない場所に住み、その先には首がなく、肩に目がある部族が……」

吸血鬼

Vampire

吸血鬼（ヴァンパイア）は世界中のほとんどの民族文化に登場する。この言葉はロシア語のVampirに由来し、piは飲むという動詞だ。ギリシア語のnosopohoros（疫病持ち）が古スラヴ語の“nosufur-atu”に変化し、それがヴァンパイア（vampire）と同じ意味のnosferatuになった。ヴァンパイアの民話はスラヴ系の人々のあいだに広く行き渡っているが、おそらくこの地域に歴史的にロマの人々が数多く住んでいたからだろう。ロマの移動が始まったインド北部では、宗教にカーリーやブフトゥのような残虐な神や生き物が存在する。

ヴァンパイアは肉体だけよみがえった死者で、長く存在するために動物や人間の血を飲む。最もヴァンパイアになりやすいと言われているのは、魔法使いや狼人間、破門者、自殺者、殺人者、そしてヴァンパイアに襲われた人だ。1730年から1735年に、ハンガリーとバルカン半島、ポーランド、ブルガリア、ボヘミア（現在のチェコ）にヴァンパイア病が流行したが、これはおそらくコレラの大発生によるものだろう。まだ生きているうちに埋められたコレラ患者が棺から出ようとしたことが、ヴァンパイアのしるしだと解釈された。アメリカでは1854年と1888年、1890年にニューイングランドで、ヴァンパイアのような行動が数多く見られた。これもおそらく、コレラ患者のせいだと考えられる。ヴァンパイアの最も目立つ特徴は、ひどく青白いこと、日光へのアレルギー反応、そして血を吸ったばかりのときの膨れたような外見だ。埋葬後でも腐敗の兆候はなく、死後硬直も見られない。ヴァンパイアは人間を襲い、その血を飲むが、通常は首にある頸静脈に噛みつき、その切れ目から血を吸う。ヴァンパイアの被害者は普通、血液が欠乏して死亡し、死後にヴァンパイアになる。

ヴァンパイアから身を守る方法はいくつもある。キリスト教の国々では、十字架やキリスト像のついた十字架を示すのが強力だと考えられている。ニンニクはサン

ザシとナナカマドと同様に、一般に最も知られている自然のヴァンパイア除けだ。また別の防御法は種をばらまくことだ――ヴァンパイアは種をひと粒ずつ数えることに没頭し、被害者への興味をなくしたり、日が昇るまでそのまま数えていたりするという。銀は小説の中とは違ってそれほど伝統的な防御金属でなく、選ぶべきは鉄だ。鉄の削り屑を子供のゆりかごの下に置いたり、鉄の首飾りや鉄釘を身につけたりする。また、そのほかの鉄製品を防御が必要な場所を囲むように置く。ヴァンパイアを殺す最も一般的な方法は、棺から身体を出して心臓を取り出して焼き、それから死体に松以外の木でできたくいを打ち込む。松が使われないのは、常緑ということから永遠の命の象徴だからだ。

ジョアンナ・サウスコットと予言の箱

Southcott, Joanna (1750–1814) and the Box of Prophecies

デヴォン州の農家の娘だったジョアンナは、42歳のときに自分には予言という超自然的な才能があり、「ヨハネの黙示録」で「また、大いなるしるしが天に現れた。ひとりの女が太陽を着て、足の下に月を踏み、その頭に十二の星の冠をかぶっていた」(12章1節)と語られた女性だと確信した。彼女は予言を押韻詩で書き、さらに書き取らせた。ロンドンに行って、12シリングから1ギニーで14万4000人の"選民"を募った。64歳のとき、自分は妊娠していて、1814年10月19日に新しいメシア、「創世記」のシロを産むと言った。メシアは約束通りには現れなかった。信奉者たちは、彼女はトランス状態に入って2か月後に死んだと述べた。彼女が死からよみがえると信じていた彼らは、その遺体をしばらく置いていた。埋葬に同意したのは、遺体が腐敗しはじめてからだった。サウスコッティアンと称される信奉者たちは、彼女が死んだときに10万人を超えていたと言われている。彼女は予言を入れて封をした箱を残した。これは一般的にジョアンナ・サウスコットの箱と言われ、国の危機のときに英

国国教会の24人の主教（当時は24人しかいなかった）立ち会いでのみ開けるように指示されていた。1927年にグランサムの主教が箱を開けると、そこにはわずかな書類と乗馬者用のピストル、宝くじが入っているだけだった。しかし一部の信奉者は、その箱は本物ではないと抗議し、今でも本物の箱を開けるように求めている。

サンジェルマン伯爵——驚異の男
St-Germain, Le Comte de – The Wonderman

「すべてを知り、決して死なない男」というのが、ヴォルテールがこの謎めいた宮廷人、冒険家、発明家、アマチュア科学者、ヴァイオリニスト、アマチュア作曲家について言った言葉だ。彼は錬金術の技能も披露した。生きていた時代には"驚異の男"として有名だったが、その出自についてはわからないし、跡形もなく消えた。主要なヨーロッパ系言語を流暢にあやつり、歴史の完璧な知識を持っていたが、最も有名なのは医学と錬金術の腕前だった。金属を金に変えることができたし、ダイヤモンドから傷を取り除く秘密の技術を持っていた。また、何千年も生きていると主張していたため、フリーメイスン制度を発案したと言われている。カバラの秘法（ユダヤ教の秘法）を行い、人前ではほとんど何も口にせず、いつも黒と白の服を着ていた。彼が最初に記録に現れるのは、ホラス・ウォルポールによる1743年の手紙で、ロンドンの宮廷にサンジェルマンがいたことが書かれている。しばらくして、"伯爵"はイギリスの王位をねらうカトリックのスチュアート家のためにスパイをしていると告発され、国外追放になった。1748年頃にフランスに来ると、サンジェルマンはルイ15世に気に入られた。王は彼を何度かスパイとして雇い、一方で彼はルイに大きな影響を及ぼしていた。ルイ15世は彼が何者なのかということを、そして王が彼に友情を示すことで宮廷内に嫉妬がうずまくことを、知っておくべきだった。王が彼とポンパドール夫人と3人だけで夜を過ごすこともあった。ウセット夫人は回顧録の中で、王はサンジェルマンのことをまるで輝かしい出自の人物のように語っていたと書いている。サンジェルマンは1760年頃にフランスを去らねばならなくなった。イングランドに戻り、そこで出会ったカリオストロ伯にフリーメイスンの"ギリシア典礼"を教えた。1762年にはロシアのサンクトペテルブルクで、エカテリーナをロシアの女帝にしようという策略で重要な役割を果たしていた。何年かあとにイタリアで彼と会ったアレクセイ・オルロフ伯爵は、彼について「ここにいるのは、我々の革命に重要な役割を果たした男だ」と言った。

サンジェルマンは1770年にパリに戻ったあと、ドイツを旅してシュレースヴィヒ=ホルシュタイン州に落ち着いた。ここで彼は"秘密の科学"を、カール・ヘッセン=カッセル方伯とともに研究した。サンジェルマンが晩年をともに過ごしたこのドイツ貴族もまた、出自が謎であることで知られていた。彼らは一緒に錬金術を行い、サンジェルマンは彼を同等に扱った。サンジェルマンが死亡したとされる1784年の直前、彼がフリーメイスンの書類を託したのがヘッセン=カッセルだった。サンジェルマンはフランス革命の最中の1789年にパリにいたと言われているため、この死亡年に異議を唱えている人もいる。フリーメイスンの正式書類では、メスメルやサン・マルタン、カリオストロも出席していた1789年の大議論に、フランス支部が彼を代表として選んでいる。1789年以降、世界中で生身あるいは霊の彼が目撃されたと言われている。多くの人が、伯爵はスペインのカルロス2世とアダネロ伯

妖精

妖精は超自然的な存在や精霊で、善のことも悪のこともある。彼らは天上界と地上界のあいだの界に存在していると考えている人もいれば、地上に住んでいると思っている人もいる。さまざまな姿で現れ、身につけているものもさまざまだ。たとえば、こびとはたぶん髪があって緑色の服を着ており、地下や積み上げた石の中に住んでいて、魔力を使ってよい結果をもたらす。妖精はおそらく小さくて繊細な女性の生き物で、白い服を身につけて妖精の国に住んでおり、人間に対しては善意を持っている。

アイルランドのレプラコーンは、普通はつばを上向きにした帽子と前掛けを身につけており、善悪どちらにもなる。小さな靴屋はコツコツという音で人に気づかれ、金の壺を隠し持っており、捕まえられて害を加えると脅されないかぎり、その場所を白状しない。妖精は古代から信じられており、サンスクリット語の“ガンダルヴァ”(半神の天上界の楽師)や、ギリシア語のニンフ、アラブ神話の精霊ジン、ブラウニー、ゴブリン、ドワーフ、エルフ、トロール、プーカなど、いろいろな形態がある。

イングランド国王ジェイムズ1世は、魔術についての自著『悪魔学』で、魔法使いの女神かつ妖精の女王にダイアナと名付けた。オベロンという名前もまた、妖精の王であり魔術師に囲まれた悪魔だ。

爵の未亡人の庶子だったと信じている。一方で、トランシルヴァニアの公子フランツ・ラーコーツィ2世の息子だと考える人もいる。この公子の子供たちはオーストリアの皇帝によって育てられたが、そのうちひとりが後見からはずれていた。その子供は死んだことになっているが、実際にはメディチ家の最後の末裔に託されて、イタリアで育てられたという。サンジェルマンという名前は、彼が子供のころに数年過ごした、父の地所があった小さな町、サン・ジェルマーノにちなんでいると言われている。彼が秘密を打ち明けた人々が沈黙を守ったのは、オーストリア皇帝への恐怖と、おそらくは秘密が漏れた場合に報復がありえたからだと説明できるだろう。しかし、長寿については厳然たる事実として信じざるをえない。音楽家のラモーとド・ジェルジー夫人の2人は、ヴェネツィアでモンフェラート侯爵という名前になった彼と、1710年に会ったと断言した（カサノヴァによると、夫人とサンジェルマンは1775年頃にも食事をともにしていた）。2人とも、彼は年を取っていないように見えたという。1750年から1760年のパリでの名士時代、外見が40から50歳だったというのは間違いない。その後15年間姿を消していたが、ダドマー伯爵夫人が1775年に再び彼を見たとき、以前より若く見えたと断言している。彼女は、1789年のバスティーユ襲撃のあとで再び彼を見た。まるで変わらないように見え、中国とフランスにいたと言っていたという。話はこれだけではない。ダドマー伯爵夫人は1821年にこう書いている。「またサンジェルマンを見た。驚くのは、彼を見たのが、女王が殺された革命暦の第2月［10月］の18日、1815年1月のアンギャン公が死亡した翌日、ベリー公の殺害前夜だということだ」。ジャンリス夫人は、1821年にウィーン条約の交渉のときにサンジェルマンに会ったと主張している。在ヴェネツィア大使だったシャロン伯は、その後すぐにサンマルコ広場で彼と話したと語っている。

マザー・シプトン——ナレスボロの奇怪な巫女

Mother Shipton (c.1488–1561)
The Grotesque Sibyl of Knaresborough

占い師および予言者のアーシュラ・サウセイル（あるいはサウヒル、スーステル）は、ヨークシャーのナレスボロの洞窟で生まれたとき、母親がすさまじい雷の音のせいで死んだと言われている。場所は現在マザー・シプトンの洞窟と呼ばれるところで、石化の泉とともに公開されている。恐ろしいほど醜いと言われていた彼女は、地元の大工トビー・シプトン

と1512年に結婚し、生涯にわたって占いと予言をして、マザー・シプトンとして知られるようになった。彼女の予言についての本は、1641年になるまで出版されなかった。内容の大部分は宗教的な予言で、予言詩は2つだけだ。サミュエル・ピープスは日記に、1666年のロンドン大火による被害を調査しているとき、王室がこの出来事に関するマザー・シプトンの予言について話しているのを耳にしたと書いている。彼女の“予言”の多くは、たとえば1881年の世界の終焉のように、実際にはチャールズ・ヒンドリーという男が1871年に発行した予言集のためにでっちあげたものだった。

真実の魔法使い
Truth Wizards

ある人がほかの人とは違った力を持っていることには、疑いの余地がないように思われる（27ページの「第六感」参照）。魔法使いプロジェクト（以前はディオゲネス・プロジェクト）は、他人の嘘を感知する能力を調べる研究だった。魔法使いプロジェクトにおいて“真実の魔法使い”は、普通の人が50パーセントほどのところ、80パーセントもしくはそれ以上という並はずれた正確さで虚偽を見破った人のことだ。しかし、どの真実の魔法使いでも、100パーセント正確ではない。“魔法使い”（wizard）という言葉は、「驚くほどの腕前もしくは成果をあげる人」を意味した。科学者たちはシークレットサービスやFBI、保安官、警官、弁護士、仲裁人、心理学者、学生など、あらゆるタイプの2万人をテストして、50人（400分の1）の真実の魔法使いを特定した。奇妙なのは、心理学者と警察官が学生とあまり変わらず、シークレットサービスが最も優秀だったことだ。ポール・エクマン博士は、彼らは「嘘つきを見分けるほぼ完璧な能力を持つ50人を見つけ出したが、その人たちは特別な訓練を受けていなかった」と述べている。モーリン・オサリヴァン博士は、「私たちの魔法使いは、並はずれて敏感に顔の微妙な表情やボディ・ランゲージ、話し方、考え方を感じ取る。中には、ビデオを数秒見ただけで、登場する人について8つの特徴を描写できる人もいる」と書いている。真実の魔法使いは嘘つきを見つけるため、ある特定のヒントだけに頼らず、さまざまなヒントからごまかしを見分ける。彼らは微かな表情を見つける特別なわざを持ち、また感情やボディ・ランゲージ、話す言葉の矛盾をとらえる素晴らしい技術を持っているようだ。

聖なる血統
The Holy Blood

私たちが知っているナザレのイエスの一族についての物的証拠といえば、すべて新約聖書からのもので、それも、ところどころで矛盾している。しかしそれでも、すべての史料にイエスの母はマリアという名で、ヨセフと結婚していたとある（処女懐胎の物語はヨセフが父親ではないという意味だろう）。また、イエスには少なくと

も4人の兄弟（“義人”ヤコブ、ヨセフ、シモン、ユダ）と、少なくとも2人の姉妹がいたことが読み取れる。イエスが結婚していたと示す史料はなく（正典もそれ以外も）、真偽の定かでない文書のいくつかでマグダラのマリアとの特別な関係が示唆されているだけだ。キリストからつながる血統の存在の支持者は、マグダラのマリアと結婚したと信じている。エウセビオス（260頃-340年）が引用した教会史家のヘゲシッポス（110頃-180年）によると、イエスの兄弟たちの子孫は2世紀初頭までずっとエルサレムの教会を指導していたという。現代の作家たちが書くその他の関係のどれも、単なる推測の域を出ない。

ゾンビ

Zombies

ゾンビは、人間の精神の力を破壊するヴードゥーや魔術によって生き返った死者だ。ハイチでは何千人もの人がゾンビだと考えられており、中には家族や仕事を持ち、尊敬される市民として普通の日常生活を送っている者もいるという。ハイチの刑法249条には、「実際の死を引き起こさず、程度が異なるにしても長い昏睡状態を引き起こす物質を人に用いれば殺人未遂と見なされる。埋葬されたあとであっても、またその結果がどうであっても、その行為は殺人と見なされる」と記してある。ヴードゥー術師は、ゾンビにするためにほぼフグの毒（人類に知られている最も強力な神経毒のひとつ）からできた調合薬をつくると言われている。これを目的の相手に与えれば神経が激しく損傷し、言葉や記憶、運動機能をつかさどる左脳に大きな影響がでる。被害者は昏睡状態になり、ゆっくりと死んでいくように見える。実際には、被害者の呼吸と脈拍があまりにも遅くなるので、生命兆候を検知するのがほぼ不可能なのだ。病院へ連れて行かれるときも、死体安置所に運ばれるときも、そして最後に生きたまま埋められるときも、被害者には完全な意識がある。それから、ヴードゥー術師が墓から被害者を掘り出し、奴隷にする。一時、ハイチのサトウキビ農園で働いているロボットのような奴隷のほとんどはゾンビだと言われたことがあった。

レオナルド・ダ・ヴィンチ――真のルネサンス人と世界の終わり

Leonardo Da Vinci (1452–1519) – The True Renaissance Man and the End of the World

レオナルド・ディ・セル・ピエーロ・ダ・ヴィンチの功績は、美術と科学という2つの世界にまたがっている。彼は画家であり彫刻家、建築家、数学者、植物学者、地質学者、解剖学者、地図製作者、作家、音楽家、技師、発明家、科学者、そして典型的な“ルネサンス人”だった。フィレンツェの公証人ピエーロ・ダ・ヴィンチと、小作農カテリーナのあいだの庶子だ。彼は少年のときに、イタリアで最も高く評価されている工房のひとつの徒弟になった。そこに1483年まで勤めたあと、ミラノへと移った。ミラノではルドヴィーコ・スフォルツァ公から、その父親のために乗馬姿の彫像を建てるよう依頼された。ここで彼は、初期の傑作である『岩窟の聖母』を完成させている。彼はまた、すぐれた技師であり発明家だった。レオナルドが市に委託されて精緻な市庁舎や教会を設計した例や、敵の不意を突く新装備を考案した実例が数多くある。また彼は、科学的精神を持った最も偉大な人物のひとりでもある。莫大な量の観察と実験を行い、スケッチで記録した。骨と筋肉構造、臓器系の観察、解剖研究についての、精巧で詳細な図だ。彼は、史上最も偉大な画家のひとりとして、広く尊敬されている。『モナ・リザ』と『最後の晩餐』の2作は、同時代のミケランジェロによる『アダムの創造』と並んで、世界で最も有名な絵画だろう。1473年8月に描かれた、トスカーナ州の故郷近くにある丘陵の滝の絵は、西洋絵画における純粋な風景画として最初期のものであり、画家が神話や宗教的絵画の背景としてではなく、自然そのものを描くことを選んだ、現存する最初の実例である。レオナルドはさらに、ヘリコプターや戦車、計算器、太陽熱、潜水艦、二重船体などの、多くの技術的発明を概念的に設計していた。

レオナルドが亡くなるとき、親しい友になったフランス王フランソワ1世が彼の頭を両腕に抱いたという。レオナルドの死から20年後、フランシス1世は金細工師かつ彫刻家のベンヴェヌート・チェッリーニに、「絵画や彫刻、建築はともかく、とても偉大な哲学者だったレオナルドをしのぐ者はいなかった」と語ったとされている。ヴァチカンの研究者サブリナ・スフォルツァ・ガリツィアは、レオナルドの壁画『最後の晩餐』に、世界は4006年の11月1日に終焉すると示されていると信じている。中央の半月型の窓に数学的かつ考古学的な謎が隠されており、彼は「人類にとって新しい始まり」となるであろう“世界の大洪水”による終焉を予見している。

第六感

The Sixth Sense

ごくまれにだが、何かが起こることを予見できる人がいて、それが単に偶然あるいはたまたまの出来事だと片付けられないことがある。10歳のエリル・マイ・ジョーンズは、何日かにわたって母親に「ピーターとジューンと一緒だから」自分は「死ぬのは恐くない」と言いつづけていた。1966年10月20日、彼女は母親に「ゆうべの夢の話をさせて。学校に行くとそこに学校がない夢だった。何か黒いものがそこらじゅうに降りてきた！」と言った。翌朝、ウェールズのアバーヴァンにある彼女の小学校の上に、石炭ガラと混濁液の山が崩れ落ちて、116人の児童と28人の成人が窒息し、圧死した。エリルは親友のピーターとジューンと同じ共同墓地に埋葬された。

ラリー・ドッシーは『予感の力』（*The Power of Premonitions*）の中で、ノースカロライナの、ある母親のことを書いている。彼女は、回転して暗闇に落ちながら、「2830！　2830！」と叫ぶ男の声を聞いた。また、その男は「ルックかホロックのように聞こえる」名前を叫んでいたという。彼女は夫が文句を言ったにもかかわらず、2001年9月11日に予定していたディズニーランド行きの家族の航空券をキャンセルした。ニューヨークのワールド・トレード・センターでの死者数の初期の集計は2830人で、マイケル・ホロックスはサウスタワーに衝突したユナイテッド航空175便の副操縦士だった。ドッシーは、この惨事の2週間前にワシントンDCで休暇を過ごしていた別の女性のことも書いている。彼女は夫が運転する車でうとうとしていたが、不意に国防総省から黒い煙があがる様子が見え、パニックになったという。2週間後、アメリカン航空77便が国防総省に突っ込んで184人が死亡し、黒い煙が建物から吹きだした。ワールド・トレード・センターで働いていたローレンス・ボアソーは、2つのビルが彼のまわりで崩れる夢を見た。数日後、彼の妻がマンハッタンの通りががれきに覆われている夢を見た。数日後、ボアソーはビルの1階でケアセンターに閉じ込められた子供たちの救助を手伝っていた。彼はそこで亡くなった。不思議なことに、墜落した4機の搭乗率はわずか21パーセントで、通常のコミューター航空よりずっと低い。これは、このとき多くの人たちが飛行機に乗るのを延期したり、キャンセルしたりしたことを示している。

有名人がヴィジョンを見たこともある。資本家のジョン・ピアポント・モルガンは1912年に、タイタニック号が沈没する予感がして、どたんばで乗船を取りやめた。2007年11月、俳優デニス・クエイドと妻キンバリーは、生後12日の双子のバクテリア感染を疑ってロサンジェルスの病院に駆け込み、手順通りに抗生物質を投与してもらった。入院して2日目、疲れた両親は自宅で数時間眠るために病院を離れた。朝の9時、キンバリーは激しい恐怖に襲われて目をさました。「ただただぞっとして、赤ちゃんたちが死んでしまうと感じました。恐怖でした」。おびえた彼女は「夜の9時。赤ちゃんたちに何かが起こる」と書き留めた。デニスが病院に電話すると、赤ん坊は大丈夫だと言われたが、確認に行ってくれた。すると赤ん坊は、手違いで過剰な抗凝固薬を与えられて、生きるために闘っていた。彼らは集中治療室で11日治療を受けることになった。

飼い主の死が近いことを感じとったりす

る、動物による予知の話も数多くある。インド南岸のフラミンゴは、2004年のボクシングデー［イギリス、カナダの休日。2004年は12月26日］の津波を事前に知っていたことなどだ。忘れられがちだが、人間もまた動物だ。たぶん、私たちの感覚の一部は眠ったままになっているのだろう。

ジョン・ディー――元祖“ブラック・ジャック”“当代一流の魔術師”

Dee, John (1527–1608) – The Original 'Black Jack', 'The Magus of His Age'

エリザベス1世の教師となったユアン・ドゥもしくはジョン・ディー、あるいはブラック・ジャックという男は、宮廷で尊敬される人物だったが、また同時に数学者、古物収集家、天文学者、哲学者、地理学者、伝道者、占星術師、スパイとしても有名だった。ジョン・ディーは、ウェールズではエリザベス女王の宮廷での助言者としてより、魔術師や黒魔術の使い手としてのほうが知られている。イングランドの人文主義の規律はあまり科学的ではないと考えていたディーはフランドルのルーヴァン（ルーヴェン）へ移り、そこでメルカトルやオルテリウス、ゲンマ・フリシウスなど、数学や地理学の超一流の人物と親しくなった。その後彼は、パリで23歳のときに数学の講義をして“大喝采を受け”、1551年にエドワード6世の宮廷へ戻った。「傑出した博識家……この23歳の人物によるパリでの講義は大評判だった。彼はヨーロッパ中の皇族に招かれたことだろう。彼は直角器（パレスティラ）のような航海装置を持ってイングランドに戻ると、女王に取り立てられてレスター伯とシドニー家の侍従となり、エリザベス朝ルネサンスの中心となった」。ディーはすんでのところでメアリ1世によるプロテスタント迫害を逃れた。1553年に“流血のメアリ（ブラディメアリ）”が即位すると、ディーは「女王の命に呪いをかけた」として起訴され、ハンプトンコートに幽閉された。彼はエウクレイデスの『原論』の翻訳の中で、常に「地獄の番犬の仲間や、邪悪で忌まわしい魂の呼び出し人や魔術師だとみなされていた」と書いている。ディーは1555年に枢密院によって解放され、エリザベス女王の宮廷の中心へと戻った。彼はまた、シェイクスピアの描いたプロスペロとマーロウのファウストのモデルだとも言われている。「モートレイクにたぐいまれな図書室を持つディーは、中国への北東と北西航路の探索などイングランドのほとんどの冒

魔法使いと魔術師

私たちは、秘密で深遠な技法や技術に熟達している人がいると長く信じてきた。秘密の知識を持っていると主張する人は魔法使いあるいは魔術師と呼ばれ、しばしば超自然的な力を持っていると考えられた。錬金術師には“魔術”を扱うというこの特徴にあてはまる者もいれば、一方で単に化学という学問を発展させようとしていた者もいた。魔術師は尊敬されつつ恐れられ、評判によっては訴えられることもあった。いくつかの文化では、彼らはシャーマンや予言者と考えられていた。エジプトでは、神官は魔術的な力を持つとされており、ファラオの来世への道を監視していた。この本で扱ったサンジェルマン伯爵やジョン・ディー、ノストラダムス、アレッサンドロ・カリオストロは、生存中は魔術師とみなされ、その力を求められた。

◉ファウスト博士

ファウスト博士の原型は、おそらく魔術を使ったと告発された錬金術師、ヨハン・ゲオルク・ファウスト（1480頃−1540年頃）だろう。彼は1506年から30年のあいだに、手品と星占いをしていたと記録されている。彼は医師や哲学博士、錬金術師、手品師、占星術師などさまざまに評され、しばしば詐欺で告発された。教会は彼を悪魔と結託した冒瀆者と非難した。しかし、1520年には金を受け取ってバンベルグの主教と町のために星占いを行った。1528年にファウストはインゴルシュタットから追放され、1532年に、副市長が彼を黒魔術師にして男色家と呼ぶニュルンベルクに入ろうとした。1536年、ある教授がファウストを立派な占星術師だと推奨し、1539年にはウォルムの医師がファウストの医学知識を称賛した。ファウストは錬金術実験のときの爆発で死んだとされており、その遺体は悪魔が彼を集めようとした証拠のように「悲惨なほどばらばら」だった。

ドイツでファウストに時代が近い人物に、ハインリヒ・コルネリウス・アグリッパ・フォン・ネッテスハイム（1486−1535年）がいる。彼は魔術師や神学者、神秘学の作家、占星術師、錬金術師だとされている。彼は1510年に神秘学（オカルト）思考の概要である傑作『オカルト哲学』の初期草稿を完成させた。彼は議論を呼ぶこの本を秘密にしておくように助言され、20年間出版されなかった。フランスで1512年に講義したときに“ユダヤ化する異端者”と非難されているが、これはおそらく反ユダヤ主義のひとつの例だろう。アグリッパはフランツとドイツ、イタリアを旅してまわり、兵士や法律専門家、神学者、医師などとして雇われながらオカルトを研究し、その意見のせいで繰り返し非難されていた。彼の言葉に「賢明で思慮深い人には何も隠せないが、懐疑的で卑しい人は秘密を学べない」というものがある。

◉ロマの魔術

ロマの人々がイギリスで“ジプシー”と呼ばれるのは、エジプトからやって来たと信じられているからだ。彼らはその自然との関係のために、1000年以上ものあいだ占いと結びつけられてきた。ロマは自分たちの中には、特別な知識で魔術を行う力を持つ者がいると信じている。このような人々はやがて、魔女や魔術師、あるいは魔法使いと呼ばれたことだろうが、ロマの社会では“チョヴィハニス”と言われている。チョヴィハニスが好む占い法が4つある。手相占い、茶葉占い、水晶、そしてカードだ。左手は生まれながらの運勢を示し、右手は生まれてからつくられてきた運勢を示す。チョヴィハニスは手相占いで手のひらの線やふくらみ、分かれ方、手の質を見ながら、相手の過去と現在、未来を語る。知られているなかで最初期のタロットカードはインド由来で、ロマが世の中に紹介した。この占いを行うのは、ほぼすべてが女性だ。

◉大いなる獣

その当時最も悪名高かった魔術師は、アレイスター・クロウリーだ（1875–1947年、エドワード・アレクサンダー・クロウリーとして生まれた）。クロウリーはプリマス同胞教会の厳しい規則のもとで育ったが、しつけへの反抗と母親から“黙示録の獣”とみなされたことが彼の人生を決めた。彼はイギリスで最も影響力のあった“黄金の夜明け団”に入会し、悪魔を呼び出し、黒ミサを行い、乱交に加わったと言われている。1912年にドイツを訪れて“色情的魔術”に興味を抱き、「アイルランドとアイオナ島、グノーシスの主権聖域にあるすべてのブリトン人の最高位かつ聖なる王」という壮大な肩書きをみずからにつけた。クロウリーは第一次世界大戦後に、「世界で最も邪悪な男」として世に知られるようになった。1916年に、ガマガエルを洗礼してイエス・キリストとしたあと、それを十字架にかけることで、みずから“大魔術師”の位についた。1934年、彼を黒魔術師と呼んだ女優ニーナ・ハムネットに対する訴訟に敗北し、破産宣告をした。クロウリーはずっと重度のヘロイン常用者で、ヘイスティングズで5人の人間を殺せるほどのヘロインを摂取して72歳で死亡した。

険的事業の背後にいる思想家となり、彼独自の技術と科学、帝国主義、推測、夢想や神秘学を混ぜ合わせて、論文や地図、通達を書いた」。1576年にエリザベス女王のために“大英帝国（ブリティッシュ・エンパイア）”という言葉を発明し、北アメリカは1170年にウェールズのオワイン・グリンドゥールの息子である、ウェールズのマドック王子が“発見した”として（すなわち、ブリトンのケルト人つまりイギリス人が彼女の帝国の創設者だとして）女王の権利を証明した。ディーは、アメリカへの権利を正当化したマドックの話を使って、スカンディナヴィアや北極、アメリカもエリザベスのものだと主張した。また、フランシス・ドレイクに世界一周航海をすすめ、探検家のハンフリー・ギルバートとともに北西航路を計画した。

ディーは1581年に“賢者の石”の探求を始め、ガラスの球もしくは透明な水たまりを用いた占いの一種、水晶占いを実験した（ノストラダムスも四行連句を書く際に用いていた）。1581年5月25日の日記では、水晶を見つめたときにまず霊を目にし、翌年には天使ウリエルの姿を見て、その天使が彼に精霊界とのやりとりが可能になる曲面の水晶を与えた。さらに心霊主義と錬金術へ興味を強めたが、1583年にロンドンの暴徒が黒魔術師の住み処だと非難して、彼の蔵書4000冊と70の論文を略奪した。その後1584年から1589年まで、ボヘミアやプラハ、ポーランドで身を隠した。1587年から1588年にはプラハから、「強大な王国の目前に迫った没落と恐ろしい嵐」についての予言を広めた。これらはディーの後援者だったルドルフ皇帝を通じてヴァチカンの耳に届き、またオランダ中に印刷してばらまかれ、スペイン占領軍の士気を低下させた。1588年のスペイン無敵艦隊の敗北についてエリザベス女王に書いた意気揚々とした手紙が、彼の予言が正しかったことを示している。しかし、女王の後継者ジェイムズ1世は、彼が“魔術師あるいは霊を呼び出し、呼び覚ます人”という誹謗中傷を取り消してほしいという請願を拒否した。彼はときにその並はずれた知性と神秘主義的な行動ゆえに疑惑をまねき、ケンブリッジのアリストファネス劇にうってつけの背景を持っていたせいで、噂が広がることになった。人々は彼の科学的優秀さを、神秘的な力と通じている証拠だとみなした。インターネット・サイトのThe Dictionary of Welsh Biographyには、「もし彼が純粋科学のみに専念し、秘儀や神秘学に関わらなければ、イギリス科学の先駆者として位置づけられていただろう」とある。彼の79本の論文のほとんどは草稿のままだが、ヒエログリフについての研究はヨーロッパ中で出版され、またその死後にはイングランドで日記が出版された。ディーは、同郷のウェールズ人であり“イコール”（=）記号の生みの親である、ロバート・レコードの数学研究の出版を手配していた。イングランドがグレゴリオ暦を採用できるように計算を行ったという功績もあり、歴史的史料の保存と収集を熱心に行った。ディー博士は偉大な天文学者かつ数学者であり、最初の近代的科学者のひとりだった。同時に彼が、最後の真剣な錬金術師や占い師、霊媒師のひとりだったことは興味深い。

ティブルの巫女（シビュラ）
The Tiburtine Sibyl

彼女の座は古代エストニアの都市ティブル、現代ではイタリアのティヴォリにあった。初期のキリスト教著述家ラクタンティウスは、「その名をアルブネアというティブルの巫女（シビュラ）は、ティブルのアニオ川の川岸近くで女神のように崇められている。アニオ川の流れには本を手に持つ彼女の姿が映るという」と書いている。紀元前380年頃の記録では、コンスタンティヌス帝のキリスト教への改宗を予言していたことになっている。また彼女は、「反キリストはオリーヴ山の上で大天使ミカエルを通じた神の力で殺される」と予知していた。

跛者（はしゃ）のティムールとしゃれこうべの丘
Timur the Lame (1336–1405) and the Hills of Skulls

タメルラン（跛者のティムール）として知られる彼は、1369年から1405年まで統治し、インドからヴォルガ川までの土地に侵略した。破った都市や国々に切断

鉄仮面

ルイ14世時代のフランスで、身元不明の男が国事犯として40年間投獄されていた。この男は1703年11月19日にパリのバスティーユ監獄で死亡し、“M・ド・マルシェル”という名前で埋葬された。彼は監獄から監獄へと移送され、誰とも話すことを許されず、黒いベルベットの仮面をつけていたという（映画と違って鉄ではない）。彼がルイ14世の庶子、ヴェルモンドワ公爵だと信じている人もある。一方で、アレクサンドル・デュマが書いたように、この仮面の男はルイ14世の非嫡出の兄、つまりマザラン枢機卿の息子だと考える者もいた。アクトン卿の考えでは、彼はマントヴァ公の公使だった1640年生まれのマティオーロ伯で、交渉で期待を裏切ったために、もともとはイタリアのピネローロに投獄されていた。

した頭の山を残し、進行をはばまないように警告した。このようなしゃれこうべの丘はデリーからイスファハーン、バグダッド、ダマスカスで見られた。彼はイスラム教徒で、モンゴル帝国を復興しようとしていたが、最大の勝利の相手はイスラム教徒のタタール人“黄金軍団”だった。敵からは、戦いでの怪我にちなんで“レイム”（跛者）と呼ばれていた。ティムールは、現在のウズベキスタンにあるサマルカンドの南50マイルほど（80キロメートル）の場所で、チンギス・ハーンのモンゴル軍団の残存者である部族、バルラスに生まれた。彼は1360年からアジアでの戦いに参加し、その勝利でバルラスの指導者となり、1369年にサマルカンドで君主の地位についた。クリストファー・マーロウは彼の劇『タンバレイン大王』で、この出来事について次のように言及している。

「そして我の生まれた都市サマルカンダ
……
さいはての地として知られる
我が王宮の置かれる地
輝く小塔が天を驚かし
獅子の塔の評判を地獄まで轟かす」

その後の35年間の戦争で、彼はカスピ海からヴォルガ川とウラル川の河岸までの土地を征服し、ペルシアとイラク北部を占領した。ペルシアのイスファハーンは1387年に無抵抗でティムールに降伏し、寛大に扱われた。しかし苛酷な税に対する蜂起が起こり、何人かの収税吏が殺された。ティムールは都市の殲滅を命じ、7万人の市民が殺されたと伝えられている。ある目撃者によると、28以上のしゃれこうべの山があり、それぞれに約1500の頭蓋骨があったという。ティムールは1385年からモンゴルの黄金軍団と戦うようになり、10万の兵を引き連れて1700マイル（2740キロメートル）の草原を越えてモスクワへと前進していた。戦いは、1395年に黄金軍団をテレク川で破るまでつづいた。ティムールはまず黄金軍団の首都サライを、その後アストラハンを破壊して、シルクロード交易に基礎を置く敵の経済を破壊した。1398年にインドを侵略し、とりわけ残虐にヒンドゥー教徒を殺した。デリーの戦いの前に、ほとんどがヒンドゥー教徒である10万の捕虜を処刑していたのだ。

ティムールは回想録に次のように書いている。「兵隊がヒンドゥー教徒と都市に逃げ込んでいたガブル（gabr）［ゾロアスター教徒に対する蔑称］を捕らえるために前進すると、多くが剣を抜いて抵抗した。こうして戦いの火ぶたが切られ、戦闘はジャハン＝パナとシリ、デリー旧市街まで広がり、進むところすべてで戦いが行われた。獰猛なトルコ兵は殺戮と略奪を始めた。ヒンドゥー教徒はみずからの手で自分たちの家に火を放って妻と子供たちを焼き、戦いに参加したが殺された。ヒンドゥー教徒とガブルは戦いでは敏捷で大胆だった。門を防衛していた司令官たちはそれ以上の兵たちを中へ入らせまいとしていたが、戦いの勢いがあまりにも激しくてとどめることができなかった。木曜のこの日から金曜の夜まで、1万

5000 人のトルコ兵が虐殺と略奪、破壊を行った。金曜の朝がくると、我が全軍勢はもはや統制不能となって都市へなだれこみ、殺しと略奪、捕虜にすることだけしか頭になかった。翌土曜の 17 日、すべてが同じように過ぎた。戦利品はおびただしく、それぞれの兵が 50 人から 100 人の兵や男、女、子供を捕らえた。20 人以下の兵はいなかった。その他の戦利品も莫大で、大量のルビーやダイヤモンド、ガーネット、真珠などの宝石、金銀の宝飾品、金貨、金銀を積んだ船が描かれた装飾硬貨が飾られた金銀の絵巻、そして大きな価値のある錦と絹などだった。ヒンドゥー教徒女性の金銀の装身具の量は、その他のすべてをしのぐほどだった。ウラマー［イスラム教学識者］もほかのイスラム教徒も戦利品の 4 分の 1 を期待しており、都市すべてが略奪された。運命のペンがこの都市の人々の運命を書き記した。「私は命を奪いたくはなかったが、このような災いがこの都市にもたらされるのがアッラーの意志であったため、それはかなわなかった」

ティムールはインドで奪った宝石を運ぶだけのために象 90 頭を使い、その宝石は壮麗なサマルカンドのビビハヌイムモスク建設の資金となった。彼は 1399 年には、エジプトとオスマン帝国のスルタンたちとの戦いを始めていた。シリアに侵攻してアレッポを略奪し、ダマスカスではサマルカンドで自分のために働かせる職人以外の、すべてのイスラム教住民を殺した。その後ティムールは、キリスト教国のアルメニアとジョージア（グルジア）に侵攻して 6000 人を奴隷にし、その後 1401 年にバグダッドを占領して 2 万人の市民を殺した。どの兵も切断した頭を 2 つ見せ

なんでも食べる男

フランス人パフォーマーのミシェル・ロティート（1950−2007年）は、消化できないものを食べることができた。芸名は“ムッシュー・マンジェトゥー”（すべてを食べる）で、舞台上で自転車やテレビ、ショッピングカートなどから取り外した金属もゴムも、ガラスも舞台上で食べた。さらには1978年から1980年には飛行機のセスナ150も食べ、取り外したものを切って飲み込んでいくと、飛行機はだんだんと消えていった。彼は9歳からこのような素材を食べるようになり、16歳で最初の興行を行った。毒だと思われるものを食べたときでさえ、なんの悪影響もなかったようだ。パフォーマンスのとき、通常彼は1日に2ポンド（1キログラム）以上のものを食べ、一緒に大量の水を飲んだ。おもしろいのは、固ゆで卵やバナナを食べるほうが気分が悪くなると言っていたことだ。1959年から2007年のあいだに、彼はほぼ1トンの金属を食べたと考えられている。彼は比較的若い時期に、老衰で死亡した。

ないと罰を受けると命じた。彼が西アナトリアを破壊したばかりのとき、明の皇帝がティムールに表敬をするように要求してきた。ティムールはモンゴル人と同盟を結んで中国侵攻の準備をしたが、遠征を始める前に疫病で死亡した。彼の墓は今でもサマルカンドに建っている。1941 年の発掘で発見された彼の骨は、当時にしては長身で腰の傷のせいで足が不自由だったことを明らかにした。ティムールの墓は翡翠の厚板で守られ、そこにはアラビア語で「我が立ち上がるとき、世界は震撼する」と刻んである。棺の内側に彫られている別の碑文も発見され、「私の墓を暴く者は誰でも、私より残虐な侵略者を野に放つことになる」と彫られていると言われている。ロシア人が発掘を始めた 2 日後、ナチス・ドイツがバルバロッサ作戦を開始し、ソヴィエト連邦に侵攻した。皮肉なことに、ティムールがモンゴル人の力をくじかなければ、ロシアと東ヨーロッパは侵略され、イスラム化していたことだろう。そして西ヨーロッパも、すぐにそれにならったことだろう。

鄭和(ていわ)――西海の提督

Zheng He (1371–1435) – The Admiral of the Western Seas

　中国、福建省のある町で、石柱が発見された。そこには、鄭和という中国の“宦官の提督”による、驚くべき航海のことが刻まれていた。その碑文は、明朝の皇帝が彼に「水平線の向こうにある国々……地の果てまで」航海するよう命じたことを語っていた。彼の任務は中国の力を見せつけ、「海の向こうの野蛮人」から貢物を集めることだった。石柱には、鄭和が 3 万 5000 マイル（5 万 6000 キロメートル）にわたる航海で訪れた、アジアからアフリカまでの 30 の国々の名前が中国語で彫ってあった。彼は 1405 年から 1433 年のあいだに、“西の大洋”への中国遠征隊を 7 回率いて、ジャワとジッダ、アラビア海、ベンガル湾へと航海し、おそらくはポルトガル人より 70 年も前にアフリカを回った。彼の偉業は、15 世紀の中国に世界を探検できる船と航海術があったことを示している。とはいえ、中国がこのような探検航海を続けることはなかった。外洋船を破壊し、さらなる航海を取りやめてしまったのだ。こうして 1 世紀後、中国人がヨーロッパを“発見”するのではなく、ヨーロッパ人たちが中国を“発見”することになった。中国はまた、縦帆や船尾舵、外輪のついた船も開発していた。甲板下の防水区画は、漏水があっても沈没を防ぐ。一部の

船には防御のための装甲がほどこされていた。このような開発のすべてが、長距離航行を可能にした。鄭和は訪れた国のすべてで皇帝からの贈り物を渡し、栄光ある明に対する貢物を要求した。中国人は外交関係について特殊な観点を持っている。中国はほかの偉大な文明から孤立した場所で文明を発達させたため、みずからを世界の中心と考えている。だから中国人は、自国のことを“中央の王国”と呼ぶのだ。

もともとの名前が馬平だった鄭和は、雲南省出身のイスラム教徒だった。明朝がこの地方を1378年に征服したとき、彼は宦官として宮廷に仕えるために首都へ連れて行かれた。彼は宮廷で大きな影響力を持つようになり、中国海軍の指揮権を与えられた。1402年、鄭和と王景弘は巨大艦隊を率いて、交易と文化交流のために西海（現在の東南アジア）へ向かった。艦隊の船の数は航海ごとに40隻から63隻のあいだと異なるが、多くの歩兵と水兵が同行し、合計すると2万7000人を超えていた。鄭和の最後の遠征は、ヨーロッパの航海者たちが同じ航海を行ったときの50年も前のことだ。並はずれた旗艦は「宝の船」として知られており、「帆や錨、舵は200から300人いないと動かなかった」という。15世紀初期に建造されたこの船は、長さが500フィート（152メートル）、梁が207フィート（63メートル）で、帆柱が9本以上あった。鄭和がヴァスコ・ダ・ガマより80年前に東アフリカに到達したことを証明する試みとして、200万ポンドの金をかけたケニア沖への探検航海も、行われている。またラム群島のスワヒリ人のDNA検査は、住民たちがずっと主張してきたように、祖先に中国人がいることを明らかにした。

ニコラ・テスラ――ダ・ヴィンチ以降で最も偉大な発明家

Tesla, Nikola (1856–1943) – The Greatest Inventor since Da Vinci

テスラはその知性と多才さが、天才レオナルド・ダ・ヴィンチのレベルにまで達した数少ない人物のひとりだ。セルビア生まれでアメリカ市民になったテスラは、機械技師かつ電気技師であり、さらに何よりも発明家だった。“電流戦争”では、エジソンの直流方式を、現在私たちが知っている交流方式で打ち負かし、商業用電気誕生の主たる貢献者となった。彼はまた、電磁気学と無線通信の画期的な発展で有名だ。磁束密度の計測単位であるテスラは、彼にちなんでいる。テスラはまた、X線やロボット工学、遠隔制御、レーダー、核物理学、理論物理学、弾道学の進展に取り組んだ。彼は写真のよ

ギリシア神話の不死の存在

ギリシア人がローマ人に伝え、そしてヨーロッパに現在残っている神話は、メデスやペルシア、バビロニアなどのほかの文明にあった神話がもとになっている。

◉プロトゲノイ——最初の神族

ギリシア神話の最初の不死の存在は、ガイア(地球)やウラヌス(天空)、ポントス(海)、空、夜、日など、宇宙を創造した原始の存在だった。彼らは原始的な神だったが、擬人化されることがあった。ガイアは地面から浮いている上品な女性として表現された。タラッサは海からつくられた女性が波の上に顔を上げている姿で描かれた。

◉ニュンペー——自然の精霊、ニンフ

これらの不死の存在は、自然の4つの要素において生命をはぐくむ。ナイアデスは水で、ドリュアデスは森、トリトンは海、そしてサテュロイは動物だ。

◉ダイモン——精神と肉体の精霊

3番目の不死の存在には、フォボス(恐怖)とゲラス(死)、エロス(愛)、ヒュプノス(眠り)、エウフロシュネ(喜び)、エリス(憎しみ)、タナトス(死)などがいる。これらの言葉から現代のフォビア(恐怖症)やエロティシズム、ヒュプノシス(催眠)などの言葉が生まれ、奇妙な行動をとっている人を"中にデーモンがいる"と言ったりする。

◉テオイ・ティターン——自然と芸術の神々

4番目は自然の力を制御し、人類に洗練された芸術を授けた。

アポテオテナイ(神格化された人間)……すぐれた人間の中には、ヘラクルスやアスクレピオスのように神々の望みで神へと新神格化されたものもいる。

テオイ・ティターン(巨神)……プロメテウス、クロノス、テミスのような最初の神々。

テオイ・ケノニオイ(地下の神々)……ヘカテ、ペルセフォネなど

テオイ・オリンピオイ(オリュンポスの神々)……ヘーベー、ムーサイなど。

テオイ・ウラニオイ(空の神)……アネモイ(風)、ヘリオス(太陽)など。

テオイ・ハリオイ(海の神)……グラウコスやネレイデス、トリトンなど。

テオイ・ノミオイ(牧神)……アリスタイオスやパンなど。

テオイ・ゲオルギコイ(農神)……プルートスなど。

テオイ・ポリコイ(街の神)……エウノミアやヘスティアなど。

◉オリュンポスの12の神々——オリュンポスの神々

5番目の不死の存在は、古代ギリシア人にとってとりわけ大切だった。ギリシアの

すべての神々を統治していたのは12の神々で、彼らは支配するすべてのものからの崇拝を要求した。12神に対して十分ないけにえと献酒をささげた礼拝を行わないと、罰が与えられた。オリュンポスの神々は宇宙と人間の命のすべてを支配し、何百もの神人と精霊に命令を下した。ローマ人はギリシアの神々を取り入れたが、異なる名前をつけた。

◉死者の王と女王――ハデスとペルセフォネ

“偉大な神々”の13番目と14番目はハデスとペルセフォネだ。ほかの12神とは違って、オリュンポスの神と呼ばれることも、オリュンポスの神々の饗宴に参加することもなかった。彼らは永遠に地下にとどまっている。

◉星座の精霊

6番目の存在は、夜の天空をまわる精霊たちだ。射手座のケイローンや双子座のディオスクロイの双子のように、黄道12宮をはじめとするそれぞれ星座に複数の精霊がいる。

◉怪物と野獣、巨人

7番目は、ドラコネス（ドラゴン）やギガンテス（巨人）、ケンタウロイ（ケンタウルス）、ケルベロス（セルベロス）などの、神々と近縁の半神たちだ。

◉ヘロイ・ヘミテオイ（半神の英雄）

最後の種類は、死後に下位の神格としてまつられた存在で、アキレウスやテセウス、ペルセウスなどの英雄がいる。アルクメーネやヘレネ、バウボなどの女性や、エリクトニオスやカドモス、ペロプスのような国をつくった重要な王も、半神だ。ギリシアの不死の存在の中には、複数の種類に入るものもいる。たとえば、テュケ（幸運の女神）は2番目の種類ではニンフ・オケアニスとして、3番目ではフォルトゥーナとして、そして4番目では自然と芸術の女神として広く崇められている。

主なギリシア神話の神々とその係累

ギリシア名	ローマ名	両親	つかさどること	配偶者	子供
ゼウス	ユピテル、ヨーウェ	ティターン・クロノスとタイタニス・レア	天と運命、王権、空、天候の王	ヘラ	アポロン、アフロディーテ、アルテミス、アテナ、アレス、ディオニュソス、ヘラクレス、ヘルメス
ヘレ、ヘラ	ユーノー	ティターン・クロノスとタイタニス・レア	天と空、女性、結婚、豊穣	ゼウス	アレス、ヘファイストス、エレイテュイア、ヘーベー、エニュオ
ポセイドン	ネプトゥーヌス	ティターン・クロノスとタイタニス・レア	海と川、馬、地震の王	アンフィトリテ	トリトン、テーセウス、ポリフェーモス
デメテル	ケレス	ティターン・クロノスとタイタニス・レア	農業と穀物、パン、来世	なし	ペルセフォネ、プルートス、リーベル、アリオン
ヘスティア	ウェスタ	ティターン・クロノスとタイタニス・レア	家庭と炉辺、家族、食事、生け贄の捧げ物	なし	なし（処女神）
アポロン	アポロ	ゼウスとタイタニス・レト	音楽と予言、教育、癒やしと病	なし	アスクレピオス、トロイルス、アリスタイオス、オルフェウス
アルテミス	ディアナ	ゼウスとタイタニス・レト	狩猟と野生の動物、合唱、子供、病	なし	なし（処女神）
アテナ	ミネルヴァ	ゼウスとタイタニス・メティス	助言、英雄的資質、オリーヴと油、詩歌、兵法、織物	なし	なし（処女神）

§§§第1章§§§

アレス	マルス	ゼウスとヘラ	戦闘と男らしさ、戦争	一部の史料ではアフロディーテ	デイモス、フォボウ、エロス、ハルモニアなど
アフロディーテ	ウェヌス	ゼウスとタイタニス・ディオネ、または海の泡から生まれた	美と愛、喜び、生殖	ヘファイストス、おそらくその後アレス	デイモス、ファボア、エロス、ハルモニア、ルーズ、プリアポス、三美神、ペイト、エウノミア、アンテロス、ヘルマフロディトス
ヘルメス	メルクリウス	ゼウスとニンフのマイア	畜産と運動、幸運、死者の導き、神々の伝令、言語、泥棒、旅、商業	なし	パン、テュケ、アウトリュコス、アンゲリアなど
ヘパイストス、ヘファイストス	ウルカヌス、バルカン	ヘラのみで父はなし	建築と日、金属加工、彫刻、火山	アフロディーテあるいはカリス	タレイア、エウフェメ、エウセニアなど
ディオニソス、ディオニュソス	バッカス、リーベル	ゼウスとセメレー	アリアドネ	コミウス、エウフロシュネなど	
ハイデス、ハデス	プルートー、ディス	ティターン・クロノスとタイタニス・レア	黄泉の国と死、死者の王	ペルセフォネ	
ペルセフォネ	プロセルピナ	ゼウスとデメテル	黄泉の国と来世、春の成長、穀物	ハデス	マカリヤー、メリノエ、ポウルートス、ザグレウス

オリュンポスの神々

ゼウス（ユピテル）とヘラ（ユーノー）

ポセイドン（ネプトゥーヌス）

アフロディーテ（ウェヌス）

デメテル（ケレス）

ディオニュソス（バッカス）

アポロン（アポロ）

ヘファイストス（ウルカヌス）

うな正確な記憶力を持っており、戦争を防ぐ“平和光線”などの数多い自分の発明を“視覚化”することができた。平和光線とは荷電粒子装置のようなもので、極めて遠距離から敵の航空機を撃ち落とすことができるものだった。

ドゴン族と『知の起源』

The Dogon and 'The Sirius Mystery'

『知の起源』は、ロバート・K・G・テンプルによる1976年の本で、西アフリカのマリにいるドゴン族の途方もない知識について書いてある。この部族は何世紀も前から、“天狼星”シリウスのまわりを近くの白色矮星が周回していることに気づいていたらしいが、これは肉眼では観察できず、ほんの最近発見されたことだ。テンプルは、ドゴン族がこの知識を5000年前から持っていたこと、また紀元前3200年以前の前王朝時代の古代エジプト人にも知られていたとして、ドゴン族は部分的に彼らの子孫でありうると信じている。ニジェール川の南にあるマリに、40万から80万人のドゴン族の成人が住んでいる。最も明るい星シリウス（sigui toller シギの星）には、ディジテリア（po tolo）とソーガム（女星 emme ya tolo）という2つの伴星があると信じている。ディジテリアは最もシリウスに近づいたときに最も明るく、60年ごとに最も離れたところにあるとき、複数の星のようにまたたく。シリウスBは肉眼ではまったく見えず、“ディタリア”はドゴン族の知っている最も小さな砂粒という意味だ。シリウスBの存在は、1844年に行われた数学的計算によってのみ推測されたものだ。ドゴン族の最高神である創造主アンマには、年に1回礼拝が行われる。ドゴン族で最も重要な儀式シギが行われるのは50年ごとで、これはシギの星つまり白色矮星シリウスBの周回周期と同じだ。最近、天文学者の一部が、連星のシリウスAとシリウスBの隣に3つめの星があるだろうという仮説をたてた。

ドッペルゲンガー

Doppelgänger

窓から見た恐ろしいイメージ、あるいは目の端にとらえた恐ろしいイメージは、もしかしたら自分自身かもしれない。それはあなたの“生き霊”つまりドッペルゲンガー（ドイツ語で2つの姿や2人の歩く人）で、あなたに死が迫っている前兆だ。ときに形となった魂や、ときに幽体離脱やオーラだと説明されるこれは、警告として現れる。女王エリザベス1世は死の直前に、青白くて動かない自分自身が死の床にある姿を繰り返し見ていた。ゲーテとアブラハム・リンカーンもまた、自分の生き霊を見たと断言しており、それが近づいているのを見たロシアの女帝エカテリーナ2世は、兵たちに射殺を命じた。詩人のパーシー・ビッシュ・シェリーは、1822年の溺死直前にこれを見た。ホランダ伯爵の娘レディ・ダイアナ・リッチは、天然痘で亡くなる1か月前に庭園を散歩しているとき、左右対称になった自分の生き霊を見た。魔女はいたずらをするために、

自分の分身を呼び出していたるところに送り出すことができると、長く信じられていた。その結果、納屋が燃えたり牝牛が死んだりしたときには、まったく違う場所にいたにもかかわらず、多くの女性が罪に問われ、何の疑念もなく魔女とされて処刑された。古くからのハロウィーンの風習では、若い娘が鏡の前でリンゴを食べながら2本のろうそくに火をつけると、鏡の中に彼女を肩越しに見つめている将来の夫の姿が見えると考えられていた。もし娘が勇敢なら、墓地へ行って12回歩きまわれば、自分の生き霊に会える。死者が出たばかりの家のすべての鏡に覆いを掛けるという古くからの風習は、亡くなった人のオーラや生き霊を見ないようにするためだ。イングランドやスコットランドで別名の“フェッチ”（生き霊が死へとフェッチ［連れて行く］）がいるように、世界中のどこでも生き霊について知られている。エジプト人は魂には“カ”（ka）と呼ばれる生き霊があると信じていた。死ぬと“カ”は遺体とともに墓に住み、魂は黄泉の国へ行く。墓所には生き霊のために“カの家”と呼ばれる特別な場所があり、そこで僧が食べ物や飲み物、葬儀の捧げ物とともに勤めを行った。

詩人トマス——真実のトマス

Thomas the Rhymer – True Thomas (c.1220–c.1297)

トマス・リアマスはアールストン出身の13世紀のスコットランド地主で、スコットランドのボーダーズ地方に住んでいた。おそらく彼が、『タム・リンの伝説』の話の出所だろう。トマスは、アイルドン・ヒルの下にある妖精の国で、妖精たちの女王と一緒に7年間暮らしたと言われている。彼の詩は1286年のアレクサンドル3世の死や、1314年のバノックバーンの戦い、1603年のスコットランドのジェイムズ6世のイングランド王位継承を予言していた。また彼は、1970年代にフォークグループのスティーライ・スパンが歌って人気になったバラード『トマス・ザ・ライマー』の主人公でもある。

ネフィリム——神の息子たち

Nephilim – The Sons of God

ネフィリムはシュメール人に“古代の人々”、すぐれた文明を持つ人々だとみなされていた。ヘブライ人にとっての“ネフィリム”は、大洪水前の世界を支配していた種族だった。聖書では、有名な古代の英雄とされている。彼らは（「エノク書」に書かれているように）“人の娘たち”

から“神の息子たち”として生まれたと伝えられている。

ノストラダムス

Nostradamus (1503–66)

予言で有名なミシェル・ド・ノストラダムスはフランス人薬剤師だったが、本当に予言が認められたのは、疫病の治療薬を発見したと主張したあとのことだ。「若き獅子が競技の場での決闘で年老いた獅子をしのぐだろう。その目は金色の檻へ1度で2回の打撃をなし、悲痛な死をもたらしめる」という予言がフランス王アンリ2世の妻カトリーヌ・ド・メディシスの耳に届くと、彼女はそれが夫のことだと信じた。ノストラダムスの予言集を読んだあと、彼女はその説明と子供たちへの予言を求めて、1555年に彼をパリに呼び寄せた。アンリ2世が1559年に試合で長槍が目に刺さって死ぬと、ノストラダムスは有名になり、カトリーヌは彼を新しい王の顧問と医師にした。1556年になるころに痛風が浮腫(水腫)になると、彼は6月の終わりに弁護士を呼んで、詳しい遺書を書かせた。7月1日の夜、助手のジャン・ド・シャヴィニーは、彼が長椅子で書き物をする姿を見ている。彼が「先生、明日は?」と尋ねると、ノストラダムスは「夜明けには生きていないだろう」と答えた。ド・シャヴィニーは部屋を離れた。彼が翌日部屋に戻ると、ノストラダムスは死に、机にメモが残されていた。「大使一行が帰還すると、王の贈り物がなされ、それ以上にすることはない。彼は神の最も近い親戚や友人、血を分けた兄弟のもとへ行き、ベッドと長椅子のそばで死に絶えて見いだされる」(ベルナール・シュヴィニャール『ノストラダムスの予言』1999年)。

1555年に最初の版が出たノストラダムスの予言は、彼の死後もめったに絶版にならなかった。1666年のロンドン大火を語ったように思える予言は、百編詩2の51連にある。その中の“老婦人”はセントポール大聖堂だと言われている。「3かける2足す6の年、火で燃えたロンドンで正しき者の血が求められる。年老いた夫人は高みから落ち、同じものの多くが殺される」

バシレイオス——ブルガリア人殺し

Basil the Bulgar-Slayer

バシレイオス・“ブルガロクトロノス”(バシレイオス2世)は、967-1025年にビザンティウムから東ローマ(ビザンティン)帝国を治めた。彼はビザンティン帝国を東へと拡大させ、帝国にとってヨーロッパでの最初の敵であるブルガリアを、最終的に完全に征服した。死去したとき、帝国は南イタリアからカフカス、ドナウ川からパレスティナの国境にまで広がっており、その領土は4世紀前のイスラム教徒による征服以降で最大となった。ブルガリア人は、976年のバシレイオスの即位を機にビザンティン帝国の土地を襲い始めた。彼は国内の権力闘争でブルガリアの力がそがれることを期待して、捕虜としていたボリス2世の逃亡を許した。その後バシレイオスは、986年にブルガリアに攻め入ってソフィアを包囲したものの、トラヤヌスの門の戦いでの手ひどい敗北で撤退した。ブルガリアのサムイル1世は、アドリア海から黒海までの土地を占領し、ギリシアを襲ってみずからの勝利を確固たるものにした。1000年になると、バシレイオスはブルガリアの脅威に専念できるようになり、その年からブルガリア領土へ頻繁に攻め込むようになった。サムイルは西マケドニアの山脈にある重要拠点で孤立し、やがて1009年にテッサロニキ近くで敗北した。戦いから15年後の1014年、バシレイオスはクレイディオンの戦いでブルガリア軍を策略で打ち負かし、逃げ延びたのはサムイルだけだった。バシレイオスは1万5000人も捕虜にし、100人ごとに99人の目をつぶしたと言われている。このため、元の支配者のもとに戻る兵たちを先導していたのは、わずか150名だった。盲目の兵たちを見たサムイルは崩れ落ち、その2日後に発作で死んだ。この出来事から、バシレイオスの異名、ブルガロクトロノスつまり“ブルガリア人殺し”が生まれた。バシレイオスの残虐さのせいでブルガリア人はさらに4年戦ったが、ついに1018年に降伏した。

エリザベート・バートリ伯爵夫人——血の伯爵夫人

Báthory, Countess Elizabeth – The Blood Countess (1560–1614)

伯爵夫人エリザベート・バートリ・ド・エセットは、スロヴァキアにあったみずからの城にちなんで名付けられた、“チャフティチェの血の貴婦人”として記憶されている。彼女は若いころ極めて美しかったが、年を取るにつれて容貌が衰えると、若さを取り戻そうと“魔術”に頼るようになった。侍女のドルカは夫人に、処女の血の風呂に“魔術の刻”である朝4時に入れば、美しさを取り戻せると言った。この療法が効かなかったため、ドルカは夫人にまじないをかけるためには、娘たちを拷問して生き血を顔に浴びるべきだと告げた。地元の娘たちがさらわれて拷問され、殺された。城の下にある村の人々は伯爵夫人を恐れて暮らしたが、あまりにも怯えていたので何もできなかった。侍女たちは裁判にかけられ、80人の娘への拷問と殺害で有罪になった。侍女のうち2人に言い渡されたのは、爪はぎと火あぶりの刑だった。エリザベート・バートリは、家柄のおかげで裁判にかけられることも有罪になることもなかったが、チャフティチェ城の壁をふさがれた部屋に軟禁され、そこで4年後に死んでいるのが発見された。この後彼女は、串刺し公ヴラドと同じような存在ととらえられて、“ドラキュラ伯爵夫人”や“血の伯爵夫人”などと呼ばれている。彼女はトランシルヴァニアの有力貴族のひとりであり、またプロテスタントとして、カトリックのハプスブルク家の神聖ローマ帝国皇帝と敵対していた。皇帝マティアスは彼女の一族に借金があったために死刑判決を出すように圧力をかけ、彼女が死亡するとその財産と富を押収した。

L・ロン・ハバードと信仰についての本の巻頭言

Hubbard, L. Ron and the Best Opening Line to a Book on Belief

「ダイアネティックスの創造は人間にとって火の発見に等しい出来事であり、車輪やアーチの発見にまさる」(『ダイアネティックス』L・ロン・ハバード)。ダイアネティックスについてのハバードの最初の文章は、1950年に《アメイジング・サイエンス・フィクション》誌に発表され、サイエントロジー教会が彼の作品を普及させた。最も有名なサイエントロジー信者は、トム・クルーズとジョン・トラボルタだ。先に述べた本の中で、ラファイエット・ロナルド・ハバードは「あらゆる形の生命が、基本的な構成要素であるウイルスと細胞から進化したことは広く認められている」と言う。彼はこれを1952年の著書『人類の歴史』(*History of a Man*)で、進化論に発展させている。私たちの身体にあるそれぞれの細胞は、進化の発端までさかのぼる記憶を持っており、心理的弱点の源である祖先たちそれぞれのトラウマを覚えている。何兆年も前に、宇宙の衝撃で“ヘルパー”という単細胞の有機体が創造された。人間にとって次の進化のステップは、「ホタテのような口を持つ生き物」である、“クラム”(Clam)だった。そのトラウマのひとつは、「貝が開いたままで、閉めることができないこと」だ。その後、海から陸へ移行できるように、「2本の管」を持つ貝、“ウィーパー”(Weeper)になる。この管が目に進化したのだ。そして次に無防備なナマケモノに、その後ピルトダウン人へ、それから今の人間へと進化した。ハバードの宗教、サイエントロジーを信じる人の次のステージは“セイタン”(Thetan、精神)になることなのだが、進化したナマケモノにとっては手遅れなのではと思う。

バブーシュカ――ロシアの老女

The Babushka Lady

1963年にテキサス州ダラスで起きたケネディ大統領暗殺の記録映像を分析

したとき、謎の女性が発見された。茶色のオーバーコートを身につけ、頭にスカーフを巻いたその姿は、バブーシュカとも呼ばれるロシア人のおばあさんに似ていた。カメラらしきものを目の前に構えている姿は、現場で撮られた多くの写真に登場している。ほとんどの人がその場から逃げ出したときでも、彼女はその場で撮影を続けていた。その後、エルム・ストリートへと立ち去るところを見られている。名乗り出て撮影したものを見せて欲しいとFBIが公に要請したものの、現れることはなかった。この老女が誰なのか、現場で何をしていたのか、なぜ名乗り出て証拠を提出しないのか、誰にもわからない。

パラケルスス——ドイツのヘルメス

Paracelsus (1493–1541) – The 'German Hermes'

パラケルススことフィリップス・アウレオルス・ボンバストゥス・フォン・ホーエンハイムは、スイスのバーゼルに行き、そこで錬金術と外科、内科を学んだ。錬金術実験はさておき、パラケルススにはアヘンと水銀を薬として取り入れた功績が

巫女(シビュラ)とその記録

女性の予言者（巫女）を意味するシビュラという言葉は、アポロンから予言の力を与えられた（カサンドラにも同じ力を与えた）、トロイア近くに住んだシビュラが由来だ。古代世界で最も有名な巫女は、デルフォイ（141ページのデルフォイの神託参照）とリビア、ペルシア、キンメリア、エリュトライ、ヘレスポントス海峡沿いのダルダニア、サモス島、フリギア、ティブール（ティヴォリ）、クーマイにいた。ナポリに近いクーマイの洞窟に住んでいた巫女は、1000年生きていると言われていた。丘の側面に食い込んだ425フィート（130メートル）の長さの洞窟が、1932年に考古学者たちによって発見されている。彼女の予言は12冊の本にまとめられ、王政ローマの最後の王タルクィニウスが手にした。これらの本はユピテル神殿に保管されたが、紀元前83年の火事で焼失した。ヴァージルが言うには、この巫女はアエネイアスが黄泉の国へ行ったときの道案内で、キリスト教ではイエスと考える救世主の到来を予言していた。

ある。著作から、化学の先進知識を持ち、磁気原理を知っていたことがうかがえ、「化学的な薬理学と治療法の先駆者であり、16世紀で最も独創的な医学思想家だった」と言われていた。

彼は降霊術の研究に関して当局と問題を起こし、急いでバーゼルを離れなければならなくなった。ドイツ、フランス、ハンガリー、オランダ、デンマーク、スウェーデン、そしてロシアを渡り歩いて、占星術による予言とさまざまなオカルト的手腕で生計を立てた。ロシアでは、タタール人に捕らわれて中国皇帝のところへ連れて行かれ、宮廷の人気者になった。パラケルススは皇帝の息子とともに、大使団の一員として中国からコンスタンティノープルに赴いた。そこではアラブ人から万能溶剤（万能融化液）である"至高の秘密"を授けられた。ヨーロッパへの帰途ではドナウ川に沿ってイタリアへ行き、そこで外科医になった。彼の驚異的な治療が始まったのは、ここからだ。1526年に32歳で再びドイツへ戻り、バーゼル大学で物理学と内科、外科の教授職を得た。この地位が得られたのは、エラスムスとエコランピドスの強い勧めがあったからだ。彼は授業でローマ帝国時代の医学者ガレノスとその流派による、それまで崇められていた医学体系を時代遅れだと非難したため、"医学界のルター"として世に知られるようになる。当時の権威はガレノスたちの教えを不変で神聖なものととらえていたため、その教えからわずかでも離れると異端だとみなされた。パラケルススは彼らへの最高の侮辱として、真鍮の鍋の中で巨匠たちの著作に硫黄と硝酸カリウムをかけて燃やした。このとき彼は、自分にラテン語でケルススより偉大だという意味のパラケルススという名前をつけた。アウルス・コルネリウス・ケルススは、1世紀における最も偉大な百科事典作家のひとりで、古代における医学についての最初の著作のひとつ、医学概説の『医学論』は1478年に出版された。新しい名前になったパラケルススは、自分の医学は古代ギリシア人や古代ローマ人より偉大だと大胆に宣言した。これで彼は数え切れないほどの敵をつくった。鉱物薬で行う治療が彼の教えを正当化しているという事実は、さらに医学界からの反感をあおるだけで、権威や名声がこのような"異端の"教えでむしばまれていると激怒させることになった。パラケルススは再び街から去り、放浪の生活を送らざるをえなくなる。支持者たちは、彼のこと

をギリシアの医学の神ヘルメスになぞらえて、“ドイツのヘルメス”と呼んでいた。

バルドランドのバルドランド人と、ひとつ目族アリマスピ

The Baldlanders of Baldland and the Oneeyed Arimaspi

紀元前450年頃、ギリシア人史家ヘロドトスはこう書いている。「この［スキタイ人の］国［現代のトルクメニスタン］に関しては、私がこれまで語ってきた土地はすべて平原であり土壌は厚く、その先には岩だらけの険しい土地が広がっている。起伏の多い広大な土地を過ぎると、急峻な山々のふもとに住む人々に出会う。彼らはすべて生まれながらに頭髪がなく、鼻は平らで、極めて顎が長いと言われている。ポンティカムという名前の樹木の果実を食べて生きており、その大きさは私たちの知るイチジクほどで、内側に核のある実が豆のように実る。果実が熟したときに布でこす果汁は黒く濃厚で、現地の人々はそれを“アシイ”と呼んでいる。彼らは舌で果汁をなめて飲んだり、ミルクと混ぜて飲んだりする。また、固体である絞りかすはケーキにしたり、この国には良好な牧草地がないせいでわずかな羊しかいないため、肉の代わりに食べたりもする。……つまりこのように、土地については知られているが、頭髪のない人々の住む地域の先については誰も正確には知らない。越えることができない高くて険しい山々が、その先へと進むことをはばんでいる。禿頭人によれば、これらの山々に住む人々は山羊のような足を持ち、その先には1年の半分は寝ている別の種族が住んでいるということだが、私には信じられない。この最後の種族については、まったく信用に値しないように思われる。禿頭人の地域の東にイセドニア人が住んでいることは有名だが、これら2つの国から北の地域については、彼らの語ったこと以外にはまったく知られていない……先の地域について知られているのはイセドニア人の語ることだけで、その話によると、ひとつ目族とそれを守る金色のグリフィンがいるという。スキタイ人はイセドニア人からこれらの話を聞き、それが伝わったギリシアで、ひとつ目族は、スキタイ語で“ひとつ”を意味する“アリマ”と“目”を意味する“スプ”からアリマスピと名付けられた」

バンシー

Banshee

バンシーはアイルランドやゲール民話の超自然的存在で、“妖精の女”と言われるときもある。夜の叫びや嘆きの声は、一族の誰か、もしくはその叫びを聞いた者の死の予兆だと考えられている。ときに

実在と架空の謎めいた人々

マーリン――アーサー王の魔法使い

ヴラド・ツェペシュ――串刺し公ヴラド

教皇ヨハンナ――女教皇

マザー・シプトン——ナレスボロの巫女

アルキメデス——力学の天才

伝説のヘラクレス

バンシーは老女の姿になり、やがて死ぬ人の家の窓下を歩く。アイルランドでは、バンシーが警告するのはアイルランドの純粋な血統を持つ家族だけだと信じられている。ウェールズにおける同様の存在“グーラハ・ア・フリビン”（フリビンの魔女）も、純粋なウェールズ人の家系のみを訪れる。

ブギーマンと“黒い男”

Bogeymen and Black Men and Lulus and Cocos

多くの国で“ブギーマン”もしくは“ブーギーマン”は、子供たちがこわがる不気味な怪物で、寝室のドアのうしろやベッドの下に隠れていると考えられている。オランダでは、水の下に隠れると考えられている。この言葉は、私たちが訳のわからない恐怖を抱く何か、あるいは誰かをあらわすたとえになった。スポーツファンは、自分たちの側がなかなか勝てない相手を“ブギーチーム”と言ったりもする。親たちは、「ブギーマンがさらいに来るよ!」と言って、いたずらをしたり、爪を噛んだり、親指を吸ったりする子供たちをしつけるため、よくブギーマンを利用している。この言葉のもとは“オールド・ボニー”、つまりイギリス人が“ボニーマン”と異名をつけたナポレオンへの恐怖だと信じている人もいる。また一方、その起源は小鬼や幽霊を意味する、中世英語の“ブッゲ”（bugge）もしくはスコットランド語の“ボグル（bogle)、あるいはウェールズ語の“ブーグ”（bwg）だと信じている人もいる。また、マラッカ海峡のブギス人海賊は、帰路をたどる船員たちから“ブギスマン”と呼ばれていた。

ブギーマンを悪鬼とした最も納得できる起源は、スラヴ語の“ボグ“(bog、「神」）とのつながりだ。英語で同種の言葉には bugabow や bugaboo、bugbear、boggle-bo があり、これらは五月祭（メーデー）のゲームのためのメイポール（後述）行列に感じられる異教的なイメージを表すために用いられた。“ハンバグ”(humbug、「たわごと」）は、古代スカンディナヴィア語の“ハム”(hum、「夜」)とボグ(bog)あるいはボギー（bogey）からできており、もともとは夜の霊という意味だった。何か信じられないほど異様なことがあると、英語では“ハンバグ”だと言うだろう。ウェールズ語の“ブーグ”（bwg、「霊」）からきている“バグ”（bug）という言葉が

虫に使われるのは、虫は生まれ変わりの途中だという考えからだ。bogから派生したほかの単語には、スコットランド語の“bogel”やヨークシャー語の“boggart”、英語の“Pug”や“Pouke”、“Puck”、それにアイルランド語の“Pooka”とウェールズ語の“Pwcca”がある。デンマーク語の“Spoge”とスウェーデン語の“Spoka”からは、“spook”という言葉が生まれた。

ドイツでは、ブギーマンは“シュヴァルツマン”（黒い男）として知られ、夜の森などの暗い場所や、寝室の戸棚、ベッド下の暗闇にひそんでいる。イタリアでのブギーマンと同様の存在は“ウオモ・ネロ”（黒い男）で、黒いコートを身につけて、黒いフードか帽子で顔を隠している長身の男だ。ときどき親たちは、誰かがドアを叩いているようにテーブルの下で強くノックをして、「ウオモ・ネロが来た! スープを飲みたがらない子供がいるのを知ってるのね!」と言ったりする。ウオモ・ネロは子供を食べたり害を与えたりせず、むしろ不思議で恐ろしい場所に彼らを連れて行く。イランでは、手に負えない子供に食事を終わらせるために、“ルル・コルコレ”(すべてを食べてしまうブギーマン)は怖いと教えられる。スペインのブギーマンは“エル・クコ”または“エル・ココ”で、形がはっきりしなかったり、毛だらけで、寝るように言っても言うことをきかない子供を食べる。親たちは子供たちに子守歌や詩で、もし眠らなかったらエル・ココが来てさらわれるとおどかす。この語はもともとは17世紀にできたもので、その後の長い年月で変わってきたが、それでもなお元々の意味が残っており、スペイン語を話すラテンアメリカの国々にも存在する。スウェーデンではブギーマンは基本的に「ベッドの下の怪物」という意味の“モンストレ・ウンデル・サンイェン”と呼ばれる。

不死の女性

The Immortal Woman

アメリカ、ヴァージニア州出身の黒人女性、31歳のヘンリエッタ・ラックスは、1951年に極めて悪性の子宮頸癌で亡くなった。遺族に知らされることなく、彼女の腫瘍の一部が病院の細胞培養研究部長に渡された。科学者たちは人間の細胞を増殖させようと努力したものの成功しなかったが、ラックスの細胞は急速に増殖した。彼らがこれをHeLaという暗号名で世界中の研究所に送ると、すぐに医学研究の主要な手段となり、癌治療法やポリオワクチンの開発など、さまざまに使われていった。宇宙へ打ち上げられて核爆発で吹き飛ばされたこともある。現在、素早く増殖するヘンリエッタ・ラックスの細胞は、世界中に何トンも存在している。

ブラハンの予言者

The Brahan Seer (c.1650–c.1677)

ルイス島にあるウイグ出身のブラハンの予言者は、ゲール語による“コインニャック・オーダー”としての方が知られている。彼はマッケンジー家の人間で、シーフォース一族が所有する土地に生まれたと考えられている。予言者として有名になった彼は、第3代シーフォース伯爵ケネス・マッケンジーに仕えるために、ディングウォール近くのブラハン城に招かれた。彼はヴィジョンを呼び起こすために、中心に穴の開いた石を使ったと考えられている。血みどろのカロデンの戦いを予知したとも言われている。彼は、ストラスペファーが健康と喜びを求める群衆であふれるだろうと予知した。18世紀に鉱泉が発見されたことで、ほんとうにこの場所は人気の湯治場となった。ある史料によると、ブラハンの予言者はサザーランド水道にかかっているボナー橋が「羊の群れで流される」と予知している。1892年の1月29日、この橋は洪水で流された。これを目撃した人々は「泡となった流れを集まった羊の群れになぞらえた」という。

彼は、もし5つの教会がストラスペファーに建ったら、船々は尖塔に係留するだろうと語った。第一次世界大戦直後に飛行船の四爪錨が尖塔にからまって、この予言を実現させた。また、インヴァネスのネス川に橋が5つかかると、世界中が混乱に陥るとも言った。1939年の8月にネス川に5つの橋がかかり、第二次世界大戦が始まった。また彼は、橋が9本になると、火災や水害、惨事が起こるとも予言した。1987年に9本目の橋が建設されると、1988年にパイパー・アルファ海上油田掘削プラットフォームの災害が発生した。最も注目すべき予言は、「ある日、船がトムナファアリヒの丘の向こうをまわって航行するだろう」というものだろう。彼の時代にもネス川を使った輸送航路はあったが、1822年に完成したスコットランドを二分する現在のカレドニア運河からは丘の反対側だった。彼はフェアバーンに関する予言を4つしているが、少なくともそのうち3つが実現したとみなされている。そのひとつは「フェアバーンのマッ

ヒュー・ウィリアムズ——船上で最も幸運な名前

1664年12月5日、1隻の船がウェールズ北沿岸のメナイ海峡で沈没した。81名の乗客の唯一の生存者の名前はヒュー・ウィリアムズだった。1785年12月5日、娯楽用スクーナー船がメナイ海峡で沈没した——唯一の生存者はヒュー・ウィリアムズ。彼の家族を含む60人が死亡した。1860年12月5日、25名乗りの小型船がメナイ海峡で浸水して沈没した。唯一の生存者の名前はヒュー・ウィリアムズだった。季節を変えて見てみると、1820年8月5日、テムズ川でピクニックの人たちを乗せた船が石炭運搬船に衝突されて沈没した。乗船者25名のうち、ほとんどが12歳以下の子供たちだった。リバプールから来たわずか5歳のヒュー・ウィリアムズが唯一の生存者だった。1889年8月19日、9人乗りのリーズの石炭運搬船が沈没した。漁師に救助された2人は伯父と甥で、どちらもヒュー・ウィリアムズという名前だった。

ケンジー一族がすべての財産を失う日が来るだろう。彼らの城は無人になり、牝牛が塔のいちばん上の部屋で仔牛を産む」というものだ。これは明らかに、キンテールとシーフォースのマッケンジー一族の消滅を予告していた。1851年、今では廃墟となったフェアバーンの塔は、農夫が干し草を貯蔵するために使われており、牝牛は屋根裏で産んだ。牝牛は干し草をたどって塔に入り、上まで昇って降りられなくなったと考えられている。牝牛と仔牛が降ろされたのが5日後だったせいで、人々が予言の実現を見物に来る時間はたっぷりとあった。残念なことに、彼はさらに、不在のシーフォース伯爵はパリで複数の女性と婚外関係を持っていると予言してしまった。シーフォース伯爵の夫人は激高し、予言者をタールの樽に閉じ込めて釘打ちし、チャノンリー岬で焼き殺した。処刑されたのが1677年だったと考えられるのは、"キーノック・オーダー"がこの年に魔術で罪に問われ、第3代シーフォース伯爵が1678年に死亡しているからだ。彼は樽の中から群衆に向かって、シーフォースの家系は息子に先立たれる盲目の伯爵で終わると叫んだ。領地は売られ、「肉体的欠陥」を持つ偉大な領主が4人いるときに血統が絶えると怒鳴った。この4人とは、ゲイロックのヘクター・マッケンジー卿（出っ歯）、チザムのチザム卿（口蓋裂と斜視）、ラッセイのマクラウド卿（吃音）、グラントのグラント卿（精神的欠陥）だ。シーフォース家で生き残った最後の息子は、伯爵が領地の一部を売却した頃の1814年に死亡した。

プレスター・ジョン――事実か虚構か

Prester John – Fact or Fiction?

伝説の東方のキリスト教王の由来は、はっきりとしていない。1122年、インドのヨハネ総主教が教皇カリストゥスを訪ねたと言われているが、この話に事実の裏付けはまったくないようだ。次に、オットー・フォン・フライジング司教が1145年に司祭（プレスター）ジョンについて書いた。彼は、アンティオキアの王子レイモンドが1144年に、ガバラ（シリア）のユーゴ主教を教皇エウゲニウス2世のもとへ送り、エルサレムへの圧力について報告したと述べている。レイモンド王子は教皇に、聖なる地を獲得するために、新たな十字軍を募るように懇願したという。オットー司教は教皇エウゲニウスとともにユーゴ主教と会い、極東のジョン王とその国民はネストリウス教［ギリシア正教会から分離した教会］に改宗し、ペルシアとメディアを征服していたことを知った。苛酷な戦闘のあと、ジョンは軍を率いてエルサレム奪還に赴いたが、増水したティグリス川にはばまれてしまっていた。ジョンは東方三博士の末裔で、とてつもなく裕福でエメラルドだけでつくられた王笏を所持していると言われていた。20年後、何通もの手紙がビザンティン帝国皇帝マヌエルと神聖ローマ帝国皇帝フリードリヒ1世、ヨーロッパ中の諸侯に送られた。これらの手紙には、アジアにいまだに存在するネストリウス教の失われた王国について書かれていたとされている。現存している手紙は多いが、当時のネストリウス教徒による捏造だと考えられている。1177年、教皇アレクサンデル3世は侍医のフィッリプスを派遣して、ジョンにローマ教会に入るよう勧誘した。ローマにある教会とエルサレムの聖墳墓教会をジョンに提供する申し出をしたアレクサンデルの手紙は今でも存在しているが、結果がどうなったのかはわからない。オットー司教は1145年の手紙で、ジョン王がペルシアのスルタンを破った戦闘は「何十年も前に起こったのではない」と書いている。1181年、『アドモント修道院年代記』は「アルメニアとインドの王であるプレスター・ジョンは、ペルシアとメディアの王たちと戦い、打ち負かした」と書いた。1145年以前の戦闘で唯一記録に残っているのは、ペルシアのスルタン、サンジャルがエクバタナ近くで西遼の皇帝耶律大石(やりつたいせき)に破れ、殺された1141年の戦いだ。1219年、エジプトの港ダミエッタが十字軍に征服された。1221年に彼らのあいだに広がったのが、プレスター・ジョンの息子もしくは甥である、東方のダビデ王がみずから強力な3軍勢を率いて、イスラムの国々を進んできているという噂だった。フリードリヒ2世はダミエッタでダビデの到着を待ち構えた。しかし、この“ダビデ王”は誰あろう、アジアでイスラム勢力を3つの軍勢で滅ぼしてきたチンギス・ハーンだった。モンゴル人による虐殺と略奪の噂を聞いたあと、彼らこそがプレスター・ジョンが皇帝マヌエルへの手紙で述べた“野蛮人の群れ”であり、暴れ回ってプレスター・ジョンとダビデを殺したのだと考えられるようになった。ヴァンサン・ド・ボーヴェは『歴史の鏡』の中で、「我らの主の年1202年に、支配者（ダビデ）を殺したあと、タタール人は人々を殺しはじめた」と書いている。

ヘラクレスの12の功業

The Twelve Labours of Hercules

ゼウスと人間の女性アルクメネの息子であるヘラクレスは（ギリシア神話ではヘラクルス）、素晴らしい力に恵まれていた。ゆりかごで2匹の蛇を絞め殺し、成人になる前にライオンを殺した。彼はゼウスの不貞のせいでゼウスの妻ヘラから憎まれていた。成長したヘラクレスは結婚して3人の息子をもうけ、おだやかに暮らしていた。しかしヘラは、ヘラクレスが自分の家族を殺してしまうような、ひどい悪夢を見せる。ヘラクレスは嘆き悲しみ、流浪の旅に出る。恐れおののいた彼はアポロン神殿に赴き、みずからの罪をつぐなうには何をすべきかと神託を請う。そして彼は、エウリュステウス王の奴隷として送られる。王は彼に、家族を殺した悲運から自由になれる12の苦業を与えた。すべてを終えることができたら、彼はヘラの報復から解放され、再び自由を取り戻せる。その苦業とは次のようなものだ。

1. ネメアの獅子を殺す。彼は苦もなく絞め殺した。
2. 9つの頭を持つヒュドラを殺す。ヒュドラ

は、傷がひとつできるごとにそこから新しい頭が2つ生え、そのひとつは不死だ。ヘラクレスは首と8つの頭を焼き、不死の頭は岩のあいだに押し込めた。

3. ケリュネイアの鹿を生け捕りにする。何か月もの追跡のあとでついに罠で捕らえ、エウリュステウスへ届けた。
4. エリュマントス山のイノシシを生け捕りにする。
5. 1日でアウゲイアス王の家畜小屋を掃除する。近くの川の流れを変えて汚物を洗い流した。
6. スティムファリア湖にいる、金属の嘴と羽を持ち、毒のある糞をする肉食鳥を殺す。
7. クレタ島の野生の白い牡牛を生け捕りにする。
8. ディオメデスの人食い馬を生け捕りにする。
9. アマゾン族の女王ヒッポリュテの帯を奪う。
10. 怪物ゲリュオンの濃褐色の牡牛を生け捕りにする。
11. ヘスペリデスの園にある黄金のリンゴを持ってくる。リンゴはいつも竜のラドンが守っている。ヘラクレスは、アトラスに天を支える役目を代わってやる言ってだまし、リンゴを取ってこさせた。アトラスがリンゴを持って戻ってくると、ヘラクレスは傷む肩のために枕を持ってくるあいだ支えてくれ、と言ってアトラスに再び天を支えさせた。ヘラクレスはリンゴを持ったまま去った。
12. ハデス王の三つの頭を持つ犬、ケルベロスを地上へ連れて来る。

ヘラクレスは自由になり、テーベへ戻ってデイアネイラと結婚した。のちに、ケンタウルスのネッソスがデイアネイラをさらおうとしたとき、ヘラクレスは彼を毒矢で射た。死に際のネッソスはデイアネイラに、自分の血をとっておけばいつでもヘラクレスの愛を保つことができるとそそのかした。その後デイアネイラは、ヘラクレスをイオレに取られると思い込み、彼にネッソスの血を染みこませた肌着を送った。ヘラクレスの肌は焼かれ、毒で死んだ。彼は死後にオリュンポスへ送られ、不死の存在となった。

ボア・サー――古代部族の最後のひとり

Boa Sr – The Last of an Ancient Tribe

インドの沖700マイル（1120キロメートル）に位置するアンダマン諸島に6万5000年のあいだ居住していた独特の部族の最後のひとりが、2010年2月に死亡した。そのボア・サーは、先住民族だと考えられている十大アンダマン族のひとつである、ボー族の最後のひとりだった。85歳の彼女は、ほかの大アンダマン族のものとはかけ離れたボー語を話す最後のひとりでもあったが、ボー族を話すもうひとりが亡くなって以来、自分の言葉で話すことができなくなっていた。ボー族の最後の王は2005年に死亡した。ボア・サーは3500人以上の島民が死亡した2004年の津波を生き延び、植民者たちから離れた森に住んでいた近隣のジャラワ族をねたんでいた。200人から300人のジャラワ族は、豚やトカゲを狩りながら遊牧生活を送り、ほとんど外部との接触がない。小アンダマン島のオンゲ族は、わずか100人ほどしかいない。センチネル族は自分たちの島である北センチネル島に住み、外部の人々との接触はない。2004年の津波のあと、彼らを救助しようとしているヘリコプターに向かって矢を射る姿が撮影されている。

ロバート・ボイルと未来予測

Boyle, Robert (1627–91) and Predictions of the Future

1660年に創立されたロイヤル・ソサイエティの創設メンバーであり、アイザック・ニュートンの同時代人だった非凡な科学者ロバート・ボイルは、助手に、未来に対する彼の希望と予測を書き留めるよう

人間の感覚の特性

私たちが感覚を得るにはセンサーが必要だ。それぞれのセンサーはある特定の感覚に調整されている。伝統的には、私たちは5つの感覚を持っていると教えられている。

◉視覚
目の感覚。目の中には異なる種類の2つの光センサーがある。ひとつは桿状体と呼ばれ、光量を感知して光が弱いときに働く。もうひとつは錐状体と呼ばれて色を感知し、働くためにはかなり強い光が必要だ。

◉聴覚
耳にある音センサーからの聴く感覚。

◉臭覚
鼻にある化学物質センサーからの匂いの感覚。

◉味覚
口にある化学物質受容体。

◉触覚
肌の感覚。だが、触覚には4組の異なる神経が関わるため、皮膚の感覚は、暑さ、冷たさ、圧力、痛さという別々の4つがあると考えられている。“かゆみ”を加える人もいる。

これらの八つあるいは九つの感覚に、「運動」(動いていると感じる運動感覚)と「平衡」(重力場での方向を感知する、耳の前庭の感覚)を加えることができる。私たちの筋肉と関節には、身体のどの部分がほかのどの部分と関連しているのかと、筋肉の緊張と動きを教えてくれるセンサーがある。このような感覚のおかげで、目を閉じたまま両手の人差し指の先端を合わせることができる。膀胱の中には、いつ排尿すべきかを知らせるセンサーがある。また同様に、大きな腸にはいっぱいかどうかを知らせるセンサーがある。空腹と喉の渇きのセンサーもある。神経系は私たちが毎日身体にふりかかる無数の感覚を記録し、決定する。これはきいているのか?　眠りに落ちると足や手がちくちくする理由は?　くしゃみをしそうなときはどうやってわかる?　数え方によるが、14から20の感覚がある。異なる感覚を持っている人もいる。“未来が見える”人も、水や石油、隠れた物を“ダウジング”できる人もいる。警察を遺体が隠された場所へ連れていける人もいる。天候の急変がわかる人は多い。誰かに見られているのを感じ取ったり、ひとりではないと感じる人もいる。今でも多くのほ乳類や鳥類、魚類が持っている、磁力線をたどって動いたり飛行できたりする能力のように、私たちの先祖は私たちが失ってしまった感覚を持っていたと筆者は信じている。

頼んだ。平均寿命が40歳だった当時に、彼ははるかに長い寿命と「若いころのような新しい歯や髪のように、若さの回復あるいは少なくとも外観」を予測した。その24の予測のほとんどが、次に述べるように現実となっている。「どのような風でも航行できる船と沈没しない船」「紅茶を飲んだときや、狂人に起こることで実証されているような、睡眠の必要性からの解放」「想像力や覚醒、記憶などの機能を変化もしくは亢進させたり、また痛みを鎮めたり、やすらかな眠りや気持ちの良い夢を手に入れたりできる効力のある薬」「甲冑を軽量で極めて強固にすること」「発芽の促進」「経度を知る実用的で確実な方法」「飛行技術」「遠隔から、もしくは少なくとも移植による病気治療」

魔女狩り将軍マシュー・ホプキンズ

Witch-Finder General Matthew Hopkins (c.1620–47)

17世紀のイギリス清教徒革命のとき、マシュー・ホプキンズは魔女狩り将軍という肩書きを持っていると主張し、1645年からイングランド東部の州各地で魔女狩りを行い、拷問や断眠を用いて被害者から自白を引き出した。おそらくは結核のせいで引退し、2年後に27歳くらいで死んだ。彼と仲間たちは約1年と2か月のあいだに、それまでの100年より多い人々を、魔術を使ったとして首つりにした。15世紀初頭から18世紀後半までにイングランド全土で行われた魔女裁判で、魔術での処刑は500未満だと推定されているが、ホプキンズと仲間のジョン・ス

ターンによるものは全体の約40パーセントを占める。ホプキンズの魔女狩りの方法については、1647年に出版された、彼の『魔女の発見法』に要点が書いてある。このやり方は法律書の中で推奨され、すぐに魔術の裁判と処刑が大西洋の向こうのニューイングランド植民地で始まった。マーガレット・ジョーンズが有罪になったのは、ホプキンズの“探索”と“監視”というテクニックを用いたからだった。ジョーンズの処刑は、ニューイングランドで1648年から1663年まで続いた一連の魔女狩りの始まりで、女性13人と男2人が処刑された。彼の方法論は1692年から1693年のマサチューセッツのセーラム魔女裁判で再び用いられ、このときは20人が処刑され、150人が投獄された。

マドック王子とアメリカの発見

Prince Madoc and the Discovery of America

〈アメリカ革命の娘たち〉［独立の取り組みに関わってきた人たちの女性子孫による民間団体］は、1953年にモビール湾のフォートモーガンに私費で記念銘板を設置した。銘板には「1170年にモビール湾に上陸し、インディアンとウェールズ語を残した、ウェールズ人探検家のマドック王子を記念して」とある。北ウェールズのオワイン・グウィネズ王の息子だった王子はアメリカを訪れ、彼と同行者たちはミズーリ北部の部族に同化したと主張されている。この部族のことから、金髪のインディアンが存在するという話に火がついた。彼らは円形の小屋に住み、丸い網代船のような小舟を使っており、そのどちらも当時のウェールズでは普通だったが、アメリカでは知られていなかった。王子たちはアメリカに到着するとモビール湾から河川系をさかのぼって、まずはジョージア、テネシー、ケンタッキー地域に住み着き、石の砦を建てた。彼らは地元のインディアン部族、チェロキー族と戦った。1186年以降のいつかの時点で下流に戻ろうと決意して大きなボートを建造したが、オハイオ川の滝（現在のケンタッキー州ルイヴィルあたり）を越えようとしているときに待ち伏せにあった。戦いは数日続いた。最終的に停戦が呼びかけられ、捕虜の交換のあとでマドックと部下たちは、その地を離れて戻ってこないことに同意した。彼らはミシシッピ川まで下ってから、ミズーリ川との合流地点までさか

のぼり、そこから上流へ向かった。その後定住し、ミズーリ川の岸に住むマンダン族という有力部族と融合していった。1781年から1782年の天然痘流行のあと、4万人だったマンダン族で生き残ったのは2000人だった。1837年までには1万2000人まで増加していくぶん回復したものの、同様の疫病で部族はほぼ全滅してしまった。生き残ったのはわずか39人だったと言われているが、マンダン族とヒダーツァ族は約200人だと主張している。生き残りのマンダン族は、同じ病気に襲われたものの影響の少なかったヒダーツァ族に引き取られた。アメリカ人画家ジョージ・カトリンは、マンダン族がもともとウェールズ人だったと確信していた。

テュロスのマリヌスと幸運な島々

Marinus of Tyre (c.70–130 ce) and The Fortunate Isles

マリヌスは地理学者で数学者であり、また同時に数理的地理学の創始者でもあった。等間隔の線で空間を分け、それぞれの場所に適切な緯度、経度を割り当てることで、地図描写の向上をもたらし、海図システムを発達させた。彼が

緯度計測の基準点にしたのは、ロードス島だ。以前からある地図や旅人の日記を基にした彼の地図で、ローマ帝国で初めて中国が記載された。マリヌスは120年頃に、居住できる世界は西側で“幸運な島々”に接していると書いた。クラウディオス・プトレマイオス（90-168年）は、150年頃に書いた『地理学』に、この幸運な島々を経度0度となる本初子午線として採用した。これは最も有名な古典的世界地図で、ほぼ1500年のあいだ何の疑問も持たれていなかった。プトレマイオスが通常最も頻繁に引用した史料は、マリヌスの地図と文書だ。ナイル川の源流が発見された近代より1700年も前の110年頃、マリヌスはルウェンゾリ山への旅について書いている。ギリシア人商人のディオゲネスが、アフリカ東海岸から内陸の「2つの大きな湖とナイル川の二つの源流が流れ出る雪を抱いた山々」へと旅をした。プトレマイオスとマリヌスは、地球一周を決心したコロンブスが用いた、一流の権威だった。マリヌスが重要なのは、彼の地図に（2世代あとのプトレマイオスの地図でも）アメリカの東海岸ではなく西海岸が示されているように、太平洋の東側に大陸があると知っていたことだ。彼は赤道のすぐ南に、サン・ロレンツォとサンタ・エレナ、カボ・ブランドという3つの目立つ岬を記している。マリヌスがそこにアメリカ大陸があったことをどの程度知っていたかは確かでない――アレクサンドリアにあった大図書館の火災によって、古代世界についての多くの知識がつまった史料が失われてしまったからだ。

マーリン――アーサー王の魔術師
Merlin (5th–6th Century ce) –Arthur's Wizard

アーサー王の助言者であり予言者、魔術師であったマーリンは、基本的にジェフリー・オブ・モンマスによる『ブリタニア列王史』でつくりあげられたものだ。ジェフリーはウェールズの伝説に登場する、予言する吟遊詩人マルジンと、ウェールズの作家かつ修道士だったネンニウスの物語を組み合わせた。ジェフリーは『マーリンの予言』も書いている。その後マーリンは13世紀のフランスの作品で有名になり、トマス・マロリーは『アーサー王の死』で彼をアーサー王の助言者、かつユーサー・ペンドラゴンのためにカーリオンに円卓をつくった人物として描いた。テニスンは『国王牧歌』でキャメロットを創造した。知られている最初期の参照文献は、おそらく900年頃の予言的なウェールズの詩『ブリテンの予言』だ。カイルビルディン（カマーデン）の地名の基になったマルジン・エムリスが、アーサー王伝説の中のマーリンにあたる。世界中で最も有名な魔術師である彼は、アーサーの助言者として振る舞うアーサー伝説よりずっと前からウェールズの伝説に登場し、英雄の没落を予言する。彼がマーリンとして知られるようになったのは、マルジンをラテン語にするとマーディヌスになるからだ。また、彼は詩人かつ予言者として知られており、ウェールズが再びブリトンの土地を奪い、サクソン人を追い出す日を予言していた。これは素晴らしい知見だ――イギリス諸島の東

側は、西側と比べると3-4倍海へと落ち込んでいる。次の千年紀でイングランドは消え失せて、ウェールズ人と親戚のコーンウォール、カンバーランド、ストラスクライドの人たちが再び島を支配するかもしれない。若き日のマーリンは、ディナス・エムリスに塔を建てることができなかったブリテン王、ヴォーティガーンと関わりがあった。マーリンは彼に、白と赤の2頭のドラゴンが近くの地中の湖で争っている問題があると知らせた。最近の考古学発掘調査で、知られていなかった地中の池が見つかっている。ドラゴンはイギリス人(赤いドラゴンの旗)とサクソン人(白いドラゴンの旗)のあいだのブリテンをめぐる戦いのシンボルだった。

伝説によると、マーリンは次にヴォーティガーンに勝利したアンブロシウス・アウレリアヌスに、アイルランドから聖なる石でつくられた巨人の指輪を持ち帰り、ストーンヘンジを建てるように助言した。アンブロシウスの死後、後継者のユーサー・ペンドラゴンがゴルロワの妻アイギール(イグレイン)に夢中になったため、マーリンはユーサーをゴルロワの姿に変え、その結果イグレインがアーサーを身ごもった。アルトゥレットの戦いのあと、マーリンは正気を失って森に住んだが、その後アーサーに助言するために戻ってきた。ウェールズの伝説では、彼は“ブリテンの13の宝物”といわれる魔術道具を持って、カマーデンのブリン・マルジンの下にある洞窟、あるいはディネヴァウル城の近くの洞窟で鎖につながれていたとも、バードジー島に埋められたともいう。また、ブルターニュの池に閉じ込められていたとも考えられている。おそらく、ヴォーティガーンの時代にスコットランドの森に住んでいるケルト人魔術師が2人いて、ひとりはマルジン・ウィルト、もうひとりはカマーデンのマルジン・エムリスだったのだろう。マーリンは死後の次の千年紀についていくつかの予言を残した。トマス・ヘイウッドによる1812年の『マーリンの生涯』では、マーリンの予言を火薬陰謀事件のようなイギリス史の大きな出来事と関連づけている。「王の殺害をくわだてる/反乱を起こす/宗教を変える/国家を転覆する/よそ者による侵略を手配する」。あるフランス人筆記者は1330年頃の『エドワード2世の生涯』に、次のように書いている。「ウェールズ人のイングランド人への抵抗は長年の狂気の沙汰だが……それには理由がある。以前はブリトン人と呼ばれていたウェールズ人はかつて貴族で、イングランド全土を手にしていた。しかし彼らはサクソン人に追放され、名前も国も失った。だが彼らは、予言者マーリンの言葉でイングランドを取り戻す希望を持っている。だからこそ、彼らはしばしば反逆するのだ」

緑の男――グリーン・マン

The Green Man

ヨーロッパの森林地帯を歩きまわる非キリスト教徒の伝説的な神で、おそらくはケルト人とドルイド僧の精霊信仰（アニミズム）の名残だろう。よく描かれるのは、神聖な樹木であるオークの葉でできたマスクから顔をのぞかせている、角のある姿だ。“グリーン・ジャック”や“ジャック・イン・ザ・グリーン”、“グリーン・ジョージ”という別名でも知られており、樹木や植物、草葉の精霊をあらわしている。青々とした草原で家畜を育てるために、雨を降らせる力があると信じられている。またその姿は、イギリスの教会の装飾に使われていることがある。

メトセラと長寿の秘密

Methuselah and the Secret of Long Life

「創世記」によると、メトセラは969歳まで生きた。彼はレメク（187歳でできた）の父で、ノアの祖父であり、大洪水の年に死んだ。しかし、預言者エノクは死んでいないから、今は3000歳くらいだ。ギルガメシュは、永遠の命を追い求めたバビロニアの王だ。彼は7日7晩眠らずにいるという目標を達することができず、不死の秘密を得ることができなかった。パキスタンのフンザ渓谷では、当たり前のように90歳まで生きて、多くは120歳まで生きる人々がいると言われていた。彼らは主として果物と穀物、野菜を食べる。エクアドル南部のビルカバンバ渓谷の住民の多くは、健康なまま100歳以上まで生きるという。この長寿は自然のミネラルウォーターのおかげだと考える者もいる。ロシア南部のカフカス山脈に住むアブハジア人は、極めて長寿で健康な生活だという評判だ。ソヴィエト時代のロシアでは、シラーリ・ムスリモフは168歳だと主張され、特別切手になるという栄誉を受けた。日本人はおそらく世界最長の自然寿命を持ち、平均で82歳まで生きる（アメリカは77歳ほど）。日本で最も健康なのは沖縄の人々で、冠動脈性疾患や癌、脳卒中の割合が世界で最も低い。90歳台や100歳台まで生きる沖縄の人たちの長寿は、新鮮な魚、新鮮な野菜、海草、豆腐、緑茶という食事、そしてたっぷりの運動のおかげだとされている。長寿の島として知られている沖

縄は、100歳人口が世界で最も多い場所だ。データによると、沖縄県民は世界最長レベルの平均余命を享受しているだけでなく、うまく年をとり（著しく）病気にならないという驚くべき能力を持っているのだ。100歳以上の沖縄県民の調査では、北アメリカの人々とくらべると、沖縄では乳癌と前立腺癌患者は80パーセント少なく、卵巣癌と大腸癌は半分以下だと報告されている。極めて低いホルモン依存性癌に加えて、沖縄県民は糖尿病と心臓病の割合も著しく低い。肉の飽和脂肪をあまりとらず、魚と野菜中心という日本の伝統的な食事は、沖縄でずっと引き継がれてきた——沖縄の特徴も添えて。沖縄県民と本土の日本人の料理は、気候のせいで異なっている。亜熱帯にある沖縄の温かく陽気な気候のおかげで、一年中新鮮な野菜が栽培できる。このため、野菜を塩に漬けて保存する必要がなく、塩の摂取量が減る。食事に加えて、食べ物への姿勢が長寿に極めて重要な役割を果たしている。沖縄人は食べ物を“くすいむん”や“ぬちぐすい”と呼ぶが、これは“薬”や“命の薬”という意味だ。健康に良いものが入っていない食べ物は価値がないとみなされ、食べられることがない。

寿命をのばす確実な方法がひとつある。1907年、アインシュタインは一般相対性理論の中で、時間は重力が小さい高い高度ではより早く進むと仮定した。1世紀後に、最も正確な原子時計を使って、時計を12インチ（30センチメートル）上にあげると時間は早く進むことが証明されたのだ。重力による時間の遅れは、人間は頭のほうが足より早く年を取り、高層ビルに住む人は地表面に住む人より早く年を取るということも意味する。もし地下に住むとしたら、79年という平均寿命において90億分の1秒長生きできることが、科学的に証明されているのだ。

女教皇ヨハンナ
Pope Joan

伝説によると、853年から855年に在位した教皇ヨハンナは女性だという。オパヴァのマルティンによる『教皇皇帝年代記』には、こう書かれている。「このヨハンナは女性で、少女のときに愛人に連れられ、男装してアテネにやってきたと言われている。彼女は多様な分野の知識をたくわえ、やがてそこで、のちにはローマでも並ぶ者のないほどになった。そして学芸を教え、教え子と観衆にとって巨匠になった。彼女の生活と学問に対する街の高い評価から、教皇に選ばれた。しかし教皇だったとき、愛人の子供を妊娠した。正確な出産日を知らなかった彼女は、サン・ピエトロ聖堂からラテラノ聖堂

への行進の途中に、コッロセオとサン・クレメンテ教会のあいだの細い路地で子供を産んだ。その死後、この同じ場所に埋葬されたと言われている」

女教皇についての初めての言及が記録されたのは13世紀初頭のことで、次のような出来事が1099年に起こったという。「ある教皇、いやむしろ女教皇は、教皇やローマの主教の名簿に記されていない。その理由は女であるからで、彼女は男の身なりをしてみずからの人格と才能でヴァチカンの書記となり、やがて枢機卿に、そしてついに教皇となった。ある日彼女は、馬に乗っているときに子供を産んだ。彼女はただちに、カトリック教会の判事によって足を馬の尾に縛り付けられて引きずられ、半リーグ（2キロメートル）にわたって人々から石を投げられて死んだ。彼女はそこに埋葬された。その場所には、"ああペテロ、父たちの父、女教皇の出産を示したまえ"と書いてある。また同時に、"女教皇の断食"と呼ばれる4日間の断食が初めて行われた」（ジャン・ド・マイイ『年代記』）

ウェールズ人司教アダム・オブ・アスクによる『年代記』（1404年）は、彼女にアグネスという名を記し、あるローマの彫像は彼女だと言われていると書いている。14世紀頃まで、新しい教皇の即位に使われる"セディア・ステルコラーリア"（排便椅子）と呼ばれていた2つの古い大理石の椅子には、新しい教皇の性別を判別するために用いる穴があると信じられていた。教皇はその椅子に裸で座り、枢機卿委員会が穴の下からのぞきこむと言われていた。これらの椅子は実在しており、1099年の教皇パスカリス2世の即位に使われた。1脚は今でもヴァチカン美術館にあり、もう1脚はパリのルーブル美術館にある。

ラ・ゴメラ島の口笛言語
The Silbadores of La Gomera

カナリア諸島のテネリフェ島から西に30マイル（50キロメートル）にあるラ・ゴメラ島は死火山で、人の立ち入ることができない、深く霧がたちこめたバランコスと呼ばれる渓谷がある。初期のギリシア人交易商人は、その住民の言葉を「人間の言葉ではなく、鳥が歌うようだ」と描写した。シルボ・ゴメロとして知られるその言葉は、すべてが口笛で構成されている。スペイン語のシルバは口笛を吹くという意味で、この島の言葉は峡谷を挟んで6マイル（10キロメートル）離れた相手とやりとりができるように、羊飼いが発達させたものだ。シルボはアトランティスの失われた言葉だと仮定されてきたが、2500年ほど前にベルベル人の部族を通して伝わったと考えられている。口笛の形態の言語は今でも、モロッコの山々に存在している。ここの言葉には4つの母音と4つの子音があり、高さを上下させることで4000以上の言葉を生み出す。ラ・ゴメラ島の1万8000人の住民のうち、3000人近くがこの言葉を“話す”。“発声言語”と言われ、指を口の前やまわりに当てることで、異なる音調がつくられる。この言語は携帯電話の普及で危機に瀕しているが、島の子供たち全員に教える教育プログラムが始まった。

ヴィルヘルム・ライヒとコペルニクス革命
Reich, Wilhelm (1897–1957) and the Copernican Revolution

ヴィルヘルム・ライヒはみずからのオルゴン理論を「コペルニクス革命に匹敵する生物学と心理学の革命」と呼んだ。彼は大気とすべての生き物に浸透しているエネルギー形態、“オルゴン”を発見したと主張した。そして、患者が中に入って健康のためにエネルギーを利用する“オルゴン蓄積装置”をつくった。彼は連邦刑務所で死亡している。

ラザロ——よみがえった死者
Lazarus – The Return from the Dead

イエスはラザロを死からよみがえらせた。このようなことは、まれではあるが裏付けのある出来事で、今では医学書に“ラザロ症候群”としてあげられている。その原因はまだ十分に解明されていない

が、蘇生失敗後に心臓が自発的に再び動き出したという記録が、1982年以降で少なくとも25回ある。2008年のアメリカでは、ヴェルマ・トマスの心臓が3回打ったあと停止し、17時間臨床的に脳死するという出来事があった。彼女の息子は葬儀の準備のために病院から帰ったが、生命維持装置が止められてから10分後、医者たちが移植のための臓器摘出準備をしていたとき、この59歳の女性は目覚めたのだった。

ウィリアム・リリーとロンドン大火の予言
William Lilly (1602–81) and the Foretelling of the Great Fire of London

リリーは17世紀の一流の占星学者で、占星学の研究を始めたのは1632年だった。1641年に仕事として星占いを始め、すぐにピューリタン革命で議会側に深く関わることになった。もしイングランド国王チャールズ1世がリリーを味方につけることができていたら、6連隊も

の価値があっただろうと言われている。リリーは占星術暦を数多く発表し、時間占星術について英語で書かれたものとして最も信頼できる、『クリスチャン・アストロロジー』を1647年に出版した。この本は現代でも人気があり、絶版になったことがない。彼について最も有名なのは、1651年に、大疫病［1664-65年のロンドンでのペストの大流行］の発生と1666年のロンドン大火を予言したことだろう。王制復活後、リリーは何度も議会側支持者として調査を受け、64歳だった1666年に国会委員会の前に引き出された。そこで彼は、自分が引き起こしたのではと疑われていた大火について、「火事の原因、あるいはそこに何らかの意図があったかどうかについて、何か言えることがあるか」と質問を受けた。悲劇は「神の指」のせいだったと答えて解放された彼は、その後も人気の星占いを続け、1681年6月9日に死亡した。

レプラコーン

Leprechaun

このアイルランドの妖精は普通、赤あるいは緑の上着を身につけた、子供ほどの身体の孤独な老人として現れる。レプラコーンはいたずら好きだ。靴をつくったり修理したりして過ごし、持っている全部のコインを虹の端にある金の壺に隠している。もし人間に捕まったら、逃がす代わりに魔力で3つの願いをかなえてくれる。一般的に、レプラコーンは小さな子供くらいの背丈で描かれる。“小さな人たち”の物語は、有史以来何世紀にもわたって世界中で見られる。

20世紀になるまで、レプラコーンが身につけていたのは緑ではなく赤だった。サミュエル・ラヴァーは1831年に、「……極めてしゃれた身なりなのだが、たっぷりと金を織り込んだ直線的な仕立ての赤い上着と、つばが上向きの帽子に靴、バックルを身につけている」と書いている。W・B・イエーツは、緑を着ている“集団の妖精”と違って、レプラコーンのような孤独な妖精は赤を着ると言う。レプラコーンのジャケットには、それぞれ7つあるボタンの列が7つある。西部沿岸では赤のジャケットに装飾帯が飾られ、アルスターではつばが上向きの帽子をかぶって、ひどい悪さをたくらんでいるときには、壁によじ登ってかかとを浮かし、帽子を中心としてくるくると回る。デイヴィッド・マクナリーがうまく説明している。「3フィート（90センチメートル）ほどの背丈で、小さな短い上着あるいは裾がまっすぐな上着を着て、ひざで留めた赤い半ズボンに、灰色か黒の靴下、1世紀前のスタイルでつばを曲げた帽子を身につけ、ひからびた年寄りのような小さな顔をしている。首のまわりにはエリザベス朝のひだ襟飾りを、手首にはレースのフリルをつけている。大西洋の風のせいで雨が降り続く西部沿岸では、ひだ飾りとフリルをやめて装飾帯のあるコートを赤いシャツの上に着ているので、つばが上向きの帽子に気をつけていないかぎり、道でレプラコーンに会ってもまったく気づかないかもしれない」。また、北部のレプラコーン、つまりローク

リーマンは「赤い軍服の上着と白い半ズボン、つば広で高いとんがった帽子を身につけ、帽子の上で逆立ちをすることがある」という。ティペレアリーでのラリガドーンは、「スリットがあり、どこの先も丸い古ぼけた赤い上着を着て、ジョッキーキャップをかぶり、魔法の杖として使う剣を振りまわす」。ケリーのルーリコーンは、「ふとった小さな男で、丸くて楽しげな顔は、着ている上着と同じくらい赤い。上着の前裾は斜めに仕立てられ、ボタンが７列に７個ずつついている」。モナハンのクルリコーンは、「赤い燕尾服に緑のベスト、白の半ズボン、黒の靴下、光る靴を身につけ、かぶっているふちなしの高い三角帽をときどき武器として使う」

錬金術師

Alchemists

いわゆる“錬金術師”の多くは、ただ単に銅や鉄などの卑金属を銀や金に変えようとしていただけでなく、純粋に化学的プロセスを理解しようとしていた。ほとんどの錬金術師は、人類は“古代の秘密”を失ってしまったと強く信じており、その技法を再発見するために昔を振り返っていた。彼らの多くが信奉していたのは、物質の四大元素というアリストテレスの説だ。すべての物質は原始的で混沌とした物質から生じ、“形相”によってのみ実際に形づくられると想定されていた。この“形相”は、四大元素である火、風、水、土を生み出す原始的物質の混沌から生まれる。これらの“単純な物体”をさまざまな割合で混ぜ合わせた結果、生命と物質の無限の多様性がつくり出されるのだ。土という元素は４つの主要な“性質”のうち２つを持つ。火には熱と冷があり、風には熱と湿が、土には冷と乾がある。それぞれの元素では、ひとつの性質がもうひとつより優勢となる。火では熱、風では湿、水では冷、土では乾が優勢だ。“変性”すれば、共通して持っている性質によって、どのような元素も別のものへと変えられるかもしれない。風は湿の媒介で水になり、火は熱などの媒介で風になりうる。燃焼や焼成、溶解、蒸発、昇華、結晶化によって素材を変成する試みがなされた。もし銅と金が異なる割合の火と風、水、土から構成されている金属であるなら、銅の元素の割合を変えて、目的の元素の割合をつくりだせる。だから錬金術師は、金銀のような稀少な金属をつくり出そうと、卑金属の元素割合を変えたのだ。彼らは秘密の誓約に縛られており、自分たちの製法を複雑な暗号で書き留めた。錬金術師が古典

的な理論から離れて、現代で言う科学者となったのは、16 世紀末のことだった。しかし 18 世紀になっても、アイザック・ニュートンのような著名な科学者でさえ、錬金術を研究していた。

フランシスコ・ソラーノ・ロペス――狂気の南アメリカ独裁者

López, Francisco Solano (1826–70), The Maddest South American Dictator

ロペスは、まわりを他国に囲まれた内陸の小国パラグアイの、大統領であり事実上の独裁者だった父親カルロスから、その地位を引き継いだ。彼はナポレオンの王冠の正確なレプリカを購入し、軍隊を拡大し、兵たちにナポレオン軍の軍服を着用させ、パリから高級娼婦を連れてきて一緒に住んだ。パラグアイ戦争（1864-1870 年）では、隣国のブラジルとアルゼンチン、ウルグアイと対決した。優勢な敵と戦って優秀な軍隊を犠牲にしたあと、何千人もの民間人難民とともに奥地へ後退した。だが 1868 年、パラグアイの支持者が本当は自分の命を狙っているのだと、彼は思い込む。数百人の有名パラグアイ市民が捕らえられて処刑され、その中には彼自身の兄弟 2 人、義理の兄弟 2 人、閣僚、判事、知事、軍士官、主教、司祭、公務員の 9 割、さらには数人の公使館員を含む 200 人の外国人がいた（この出来事はサン・フェルナンドの虐殺として知られている）。このとき彼は、自分が婚外子だと明かしたという理由で 70 歳の母親も鞭打たせて、処刑を命じた。また、地元の主教に自分を聖人の列に加えさせようと試みて、1870 年に自分は聖人だと宣言した。列聖に異を唱えた 23 人のパラグアイ人主教は、彼の命令で処刑された。ロペスが殺されるまでに、パラグアイの人口の半分以上（25 万人以上）が死亡し、この惨事で生き残ったのは、わずか 2 万 8000 人だった。

第2章

神話の怪物と亡霊

CHAPTER

2

Mythical Monsters, Ghosts *and* Things That Go Bump *in the* Nights

アバディーン動物寓話集

The Aberdeen Bestiary

動物寓話集とは、現実のものも想像上の物も含めて、あらゆる種類の動物や怪物についての短い話を集めたもので、キリスト教的な寓意や道徳的説明が添えてあることが多い。『アバディーン動物寓話集』は、その好例だと考えられている。この写本の文字とイラストが描かれたのは、1200年頃のイングランドだ。この本が初めて歴史上の記録に登場するのは1542年で、ウェストミンスター宮殿にあるオールド・ロイヤル・ライブラリーの蔵書目録に518番『野生動物の本』（*Liber de bestiarum natura*）として記録されている。ここの蔵書は、修道院解散［ヘンリー8世が1536年から行った修道院の土地、財産の没収］で失われる写本と書類を所蔵するために、ヘンリー8世が古物商ジョン・リーランドの専門的な助力で集めたものだ。

アンフィスバエナ——両頭の蛇

The Amphisbaena Serpent

リビアの蛇で、中世の動物寓話集に見られるように（ウロボロスも参照）体の両端にそれぞれ頭がある。紀元前150年頃に、アイリアノスが次のように書いている。「ニカンドロスが言うには、アンフィスバエナの抜け殻を杖に巻き、嚙ませるのではなく打ちつけて使えば、人を殺すすべての蛇と生き物を追い払える……アンフィスバエナは二つの頭を持つ蛇で、ひとつは上に、もうひとつは尾の方向にある。進むときには前進運動が必要なので、ひとつの頭をうしろで尾のように使い、もうひとつを頭として使う。うしろに動きたいときは、2つの頭を前に進むときの正反対の方法で使う」。7世紀のセビーリャの聖イシドールス（560-636年）も同じように言う。「アンフィスバエナには2つの頭があり、ひとつはそうあるべき場所に、もうひとつは尾にある。円運動をして、どちらの頭の方向にも動ける。目はランプのように光る。アンフィスバエナは、ほかの蛇とは違って寒くても外に出てくる」。アンフィスバエナは、翼と2本の足を持ち、頭に角のある姿で紋章や中世絵画によく用いられている。現在は、前にもうしろにも動ける足のないトカゲ科をアンフィスバエナと言っているが、名前の使い方としては比較的新しい。

アンフィスバエナカメと移植
The Amphisbaena Tortoise and Ransplants

南洋の伝説の７つの島に蛇に似た生き物が棲んでいると言われていた（ヘリアデスの項で後述）。１世紀に、ディオドロス・シクルスは次のように記している。「動物もいると言われている。大きさは小さいが、その体の性質と血の効能のゆえに、驚異の対象である。形は丸く亀に似ているが、体表に２本の斜めの筋があり、その筋のどちらの端にも目と口がある。それゆえに、４つの目で見て４つの口を使うが、食べ物はひとつの食道に入って下に飲み込まれ、一緒にひとつの胃に流れこむ。そして同様に、ほかの臓器も中の器官もやはりひとつだ。体の下にはぐるりと数多くの足がついており、それを使ってどちらでも好きな方向へ動くことができる。この動物の血には、切断されたところをすぐに接着するという素晴らしい効能があると言われている。もし手などが切れても、傷が新しかったらこの血を使えば再びもとのようにつく。体のほかの部位でも、生命維持に不可欠な部位と結合していなければ、やはり同様につく」

ウロボロス――環状の蛇
Ouroboros - the Circular Serpent

自分の尾に嚙みつく蛇またはドラゴンの描写は、紀元前1600年頃のエジプトにさかのぼる。それよりさらに早く、ウナス王のピラミッド（紀元前2350年頃）の

石棺の部屋のヒエログリフに、次のように書かれている。「蛇と蛇が互いにからまっている……オスの蛇はメスの蛇に嚙みつかれ、メスの蛇はオスの蛇に嚙みつかれている。天が魔法にかけられ、地が魔法にかけられ、人類のうしろにいる男が魔法にかけられる」。ギリシア人はこの生き物にウロボロス（尾を食べるもの）という名をつけた。グノーシス主義では、この環状の蛇は世界の永遠と魂を象徴している。クレオパトラのクリソピアのウロボロスは、ウロボロスの最も古いイメージのひとつで、歴史を通じて錬金術師や石工、秘教に影響を与えてきた。ウロボロスには数多くの意味が混じり合っている。まずは、みずからの尾を嚙む蛇の象徴性だ。これは、破壊から創造が生じ、死から生が生じるという宇宙の循環的な性質を象徴している。ウロボロスは再生の永遠のサイクルで生命を維持するために、みずからの尾を食べる。自然界では、アフリカ南部地域に特有のアルマジロトカゲつまり典型的なヨロイトカゲは、長さ

が約 7.5 インチ（19 センチメートル）で、ウロボロスの由来と考えられる。このトカゲには、闘うときに尾を口にくわえて転がってボールのようになるという、捕食者よけの仕掛けがある。ボールになると、背中にある厚くて四角い鱗で守られる。このような行動がアルマジロに似ているため、このトカゲにその名前がついた。

19 世紀の化学者アウグスト・ケクレは、ウロボロスの形をした指輪の夢を見て、ベンゼンの分子構造発見のインスピレーションを得た。1865 年に彼は、その構造に交互の単結合と二重結合 6 員環の炭素原子が含まれていると書いた。ベンゼンと、その後のすべての芳香族化合物に対する新しい理解が、純粋化学と応用化学にとって極めて重要だと証明された。1890 年には、ドイツ化学学会がケクレをたたえるくわしい評価会を計画し、彼の最初のベンゼン論文から25周年を祝った。ベンゼンの周期的性質は、最終的に 1929 年に結晶学で確認された。

運命の三女神

The Fates

モイラエもしくはモエラエ、あるいはモイライ（ギリシア語で分配する人）は、ギリシア神話で運命の擬人化として出てくる白いローブを身につけた 3 人の女性だ。彼女たちはゼウスとタイタネス・テミス、あるいは原初の存在であるニュクス（夜）やカオスもしくはアナンケ（必然）のあいだの娘たちだ。彼女たちは、すべての人間の人生の糸を誕生から死まで支配する。子供が生まれたあとに 3 夜現れ、その人生の行く末を決定する。クロト（紡ぎ手）は糸巻き棒から紡錘に運命の糸をつむぐ。ラケシス（くじの引き手）は運命の糸を測り、彼女のものさしでそれぞれの人に割り当てる。アトロペス（不可避のもの）は運命の糸を切り、それぞれの人の死に方を選ぶ。その時がくると、ミルトンが詩『リシダス』で想像したように、彼女は“忌まわしいはさみ”で命の糸を切る。おそらく、マントに身を包み鎌を持った時の翁の姿は、この伝説から生まれたのだろう。

王のごちそう

コカトリス——半分蛇で半分若い雄鶏——は、王室の饗宴で供された。食べられるコカトリスは、小麦粉のたねに卵黄を塗って焼いた皮の中に、鶏の半分と、乳を飲んでいる子豚半分を、縫い合わせて入れたものだった。

エアレー(センティコア)
Yale (Centicore)

大プリニウスはこう語る。「エアレーはエチオピアで見られる。黒あるいは黄褐色で、象の尻尾とイノシシのあごを持つ。その角は長さが1キュビット（50センチ前後）以上で、動かすことができる。闘うときには角を交互に使い、必要に応じて前に向けたりうしろに傾けたりする」。伝説によると、長くて柔軟な角はどちらの方向にも個別に動かすことができる。闘うときには1本の角をうしろに向けておき、もし前の角が戦いで傷を受けてもうしろの角を使うことができる。エアレーは馬くらいの大きさだ。バシリスクがエアレーの天敵で、もしバシリスクから寝ているところを見つかると、目のあいだを刺されて、破裂するまで目が腫れる。

エチオピア(アフリカ)の怪物
Ethiopian (African) Monsters

大プリニウスは『博物誌』の中で次のように語っている。「エチオピアは多数のオオヤマネコと茶色い髪と胸に1組の乳房のあるスフィンクスなど、多くの怪物を生み出す。角と翼のあるエチオピア・ペガソスという名の馬や、歯ですべてを引き裂いてひと飲みし、腹で租借する犬と狼の中間のようなクロコタス（ハイエナ）。頭が黒く、臀部の毛と声がほかの種のサルとは違うセルコピテクス（サル）。1本あるいは3本の角のあるボブス・インディシ（インドの牡牛あるいはサイか?）。野生の獣の中で最も足が速いレイクロコタ……レイヨウ……タウルス・シルベストレス（武器を通さない赤い皮膚を持つ森の牡牛）……マンティコア……西エチオピアにはニグリスという泉があり、そこがナイル川の源流だと多くの人が考えていた……その近くに、カトブレパスと呼ばれる動物がいる……バシリスキ・サーペンティス……キレナイカ地方の土着動物だ」

狼人間(狼男)
Werewolves

狼人間は満月の影響で変身させられた、あるいはみずから変身した人間だ。罪のない人々も、呪われたり狼人間に噛まれたりしたら、狼人間になるかもしれない。狼人間が活動的なのは夜だけで、そのあいだに人間や死体を食べる。最近の伝説によると、狼人間は銀の矢尻や銃弾などの銀でできた物で殺せるという。死ぬと人間の形に戻る。この狼人間（Werewolves）という言葉は、古いサクソン語のwer（人間）と狼（wolf）の縮約形だ。狼つきという言葉が狼人間の説明として使われることもあるが、この言葉は自分が狼に変わったと信じてしまった、精神疾患に苦しんでいる人間のことを意味する。狼人間という概念はおそらく、残酷さで悪名高かったアルカディアの王リュカオンの神話に基づいている。王はゼウスの歓心を買おうと、自分の息子ニュクティモスを殺して皿に載せて捧げた。しかし、激怒したゼウスはリュカオンを罰して、彼を狼に変えた。狼が一般的

ではない地域では、狼人間はそれぞれの伝承によって虎やライオン、熊などに変化する。中世の教会裁判所は、統合失調症やてんかんなどの精神障害者をせめたり、拷問にかけたりして、彼らが悪魔から直接命令を受けている狼人間だと証言させた。1270 年以降になると、狼人間の存在を信じないのは異端だとさえ考えられた。ヨーロッパの裁判所から証拠不足という理由で狼人間という告発がなくなったのは、17 世紀を迎えてからのことだ。この伝説の説明として可能性があるのは、異常なほどの体毛の増加や光と闇への感受性、指や歯の奇妙なゆがみが引き起こされる奇病、ポルフィリン症だろう。

オノケンタウルス――オスの肉欲の象徴

Onocentaur - the Symbol of Male Lust

オノケンタウルスは上半身が人間で、下半身がロバだ。上半身は理性的だが、下半身は桁外れに荒々しい。この獣の２つの性質は、口ではいいことを言いながら実際には悪いことをする偽善者を象徴している。中世のノルマン系イギリス人詩人、フィリップ・ド・タオンは、人は誠実なときはきちんと人と呼ばれ、悪いことをするときにはロバと呼ばれるべきだと書いている。

キマイラ（キメラ）――スフィンクスの母

Chimera (Khimaira) - the Mother of the Sphinx

テュホンとエキドナの娘であるキマイラが、スフィンクスとネメアのライオンを生んだ。彼女は火を吐く奇怪な獣で、ギリシア神話によるとアナトリアのリュキア（トルコの南海岸）の田園地帯を破壊した。キマイラはたてがみのあるライオンの頭と体を持つが（ときに３つの頭）、背中には山羊の頭と山羊の乳房があり、蛇の尾を持つ。ホメロスは『イリアス』の中で、翼のある馬ペガソスに乗ったベレロフォンが、先端が鉛でできた長槍を喉に突き立て、息を止めて殺した様子を書いている。「まず王（イオバテス王）は彼（ベレロフォン）に、誰も近寄ろうとしないキマイラを殺すように命じて送り出した。それは人間ではなく不死の存在であり、前

はライオンうしろは蛇、胴体に山羊、そして輝く火と恐ろしい炎の息を噴きだす。彼は神々の言葉にしたがってキマイラを殺した……」。ヘシオドスは『神統記』でこう語る。「彼女（エキドナ）がキマイラを産んだ。それは猛火を吐き、大きくて恐ろしい、強い俊足の獣だ。頭は三つある。ひとつは光る目のライオン、ひとつは山羊、もうひとつは力強い大蛇だ。キマイラ（凍える冬）はペガソス（春）と勇ましいベレロフォンに殺された。だが彼女はオルソス（朝の薄明）を愛し、死を招くスフィンクス……そしてネメアのライオンの母となった」。彼女は聖ゲオルギオスと戦ったドラゴンのモデルとなった。キマイラは、春になるとペガソス座に天から追い払われる冬にのぼる星座、やぎ座と同一視されていた。一部の著述家によると、この火を吐く怪物の起源は、キマイラと関係する出来事が起きたと書かれている、リュキアのファセリス近くにある火山、もしくはクラガス近くの火山の谷だ。最近発見されたリュキアの工芸品では、キマイラは単純なライオンとして描かれていた（彼女はネメアのライオンを産んだ）。アジアのライオンは、かつてはギリシアやトルコ、中東に棲んでいたが、今はインドにあるギルの森林にいる400頭だけになった。

グール

Ghouls

グールの起源は、アラビア語でまとめられ、19世紀に『千夜一夜物語』という

題で英語に翻訳された、アラビアやペルシア、インドの物語にある。物語の翻訳者であるサー・リチャード・バートンは、人間の肉を喰らうオスのグールについて脚注をいくつか書いている。「アラビアでは“グール”、こちらではオウガー、食人族。千夜一夜物語のグールはかなり恐ろしく、必要にせまられて人間を食べているとは思われない。その食欲は飽くことを知らないほどだ……“アッラーよしずまりたまえ、ああ、時代の王よ、グールに私を与えたとしても、その腹が満たされることはない、アッラーよ、救い給え”……」。“安全をアッラーに祈る人間を喰らうグール”と表現されるほど、彼らの名前は恐ろしい。バートンは女グールと、グールという言葉の起源について書いている。

「グーラ（女グール）はヘブライ語でリリス（Lilith/Lilis）。ギリシア・ローマ時代のラミア［人を食う女の怪物］。語源的には“グール”は災いや突然の恐怖を意味する。この怪物は明らかに墓と墓地の恐怖を体現している」

クロコテ――半ハイエナ／半ライオン

Crocote - Half-Hyena/Half Lioness

「エチオピアの一部では、ハイエナと雌ライオンがつがう。その組み合わせから、クロコテという名前の怪物が生み出される。それは、ハイエナのように人間の声を出す。見る方向を決して変えようとしないが、方向を変えなくても見える。口には歯ぐきがない。ひとつの連続した歯は自然に箱のように閉まるので、先が鈍くなることがない」（『アバディーン動物寓話集』）

ケラステス――角蛇

Cerastes - the Horned Snake

セビーリャの聖イシドールスの記録に、こうある。「ケラステスは頭に牡羊のような角を持つ蛇だ。名前は角をケラタというギリシア語が由来だ。4本ある角を餌のように見せて、引き寄せられた動物をただちに殺す。体を砂で覆い、角だけを出して鳥や動物をおびき寄せて捕まえる。体はとても柔軟で、まるで骨がないようだ」。牡羊のような2本の角あるいは小さな4本の角があると言われている。

ケルベロス（セルベロス）――ハデスの番犬

Cerberus（Kerberos）- the Great Hound of Hades

ケルベロスはギリシア神話とローマ神話に登場する巨大な犬で、死者の亡霊が黄泉の国から出ないようにハデスの門を

守っている。ケルベロスは3つの頭と大蛇の尾、蛇のたてがみ、ライオンのかぎ爪を持つとされている。50の頭があと言う者もいるが、これはおそらく、たてがみになっている蛇の頭を入れたからだろう。ヘラクレスは12の功業の最後としてケルベロスを連れてくるために黄泉の国に送られ、ペルセフォネの情けのおかげで達成することができた。彼がエウリュステウス王に獰猛なこの獣を渡したとき、恐れおののいた王は大きな瓶の中に隠れて、ケルベロスを黄泉の国に戻すように懇願した。

ケレス――死の女悪魔

The Keres - She-Demons of Death

ギリシア神話ではタナトスは穏やかな死の神であり、一方のケレスは暴力的で残酷な死や事故、殺人や破壊的な病をつかさどる悪魔あるいは女の精霊だ。彼女たちは人が生まれたときに命の長さを測る運命の三女神と、人を避けがたい破滅へ導く悪神ドゥーム（モロス）の代理だ。血を渇望するケレスは、戦場で傷ついた兵から魂をはぎとり、ハデスのもとへ送るあいだに血を楽しむ。死にゆくものの上

を飛ぶハゲワシのように、何千ものケレスが戦場に現れ、仲間うちで争う。ケレスには人間の命に対する絶対的な力はなにもないが、血への渇望から運命の境界を越えて死をもたらしてやろうと狙っている。オリュンポスの神々が、お気に入りの人間がこのかぎ爪のある死の精霊と闘っているすがたを傍観している様子がよく描かれている。ケレスの一部は疫病の化身であり、悪疫のときに姿を現す。その姿は毒牙と爪のある、黒衣をまとった女性として描かれる。彼女たちはパンドラの箱から飛び出してしまった、人間を苦しめる悪霊の一部を持っているようだ。紀元前7世紀から8世紀の古代ギリシアの詩人ヘシオドスによると、彼女たちはニュクスの娘かつモエラエの姉妹で、人間の罪を罰するという。「そしてニュクス（夜）は憎むべきモロス（ドゥーム）と黒いカー（暴力的な死）、タナトス（死）を生み、そしてヒュプノス（眠り）とオネイロイ（夢）を生んだ。そしてまた、女神ニュクスは誰とも交わらずにモモス（非難）とオイジス（悲惨）、ヘスペリデスを生んだ……そして、モイライ（運命）と残酷な復讐のケレス（死の運命）を……さらにニュクスは人間を悩ませるネメシス（嫉妬）と、そのあとにアパテー（欺瞞）とフィロテス（友情）、いまいましいゲーラス、そして薄情なエリス（争い）を生んだ」

ケンタウルス——半馬半人

Centaurs (Kentauroi) - Half-Horse/Half-Man

ケンタウルスは半分人間、半分馬の野蛮な種族だ。彼らは“マグニシア”の山と森に棲んでいた。原始的な種族で、住まいを山の洞窟につくり、野生の動物を狩って食べ、石と木の枝で武装していた。ケンタウルスは、ラピテース族の王リクソンに犯された雲のニンフ、ネフェレの子だ。王の奇形の子供たちはペリオン山に預けられ、そこでケンタウルスの神ケイローン（カローン）の娘たちによって大人になるまで育てられた。彼らは半兄弟の

キュクロプス——ひとつ目の巨人、年寄りのキュクロプス

ガイアとウラヌスのあいだの3人の息子が、ブロンテス（雷）とステロペス（稲妻）、アルゲス（閃光）だ。彼らキュクロプスは兄弟のティターンとともに、父親のウラヌスによって冥界の下にある深淵、タルタロスへ追放される。しかし母のガイアにそそのかされて、クロヌスが権力を奪う手助けをした。しかしクロヌスは、再び3人をタルタロスへと投げ落とす。そこでゼウスは、クロヌスとティターン相手の戦いのために3人を解放した。彼らはゼウスに雷と稲妻を、プルートに兜を、ハデスには見えない兜を、ポセイドンには三つ叉のほこを与えた。その後3人はゼウスの臣下になったが、ゼウスにアスクレピオスを殺す雷を与えたことで、このうち少なくともひとりがアポロンに殺された。アルゲスは、ヘルメスがヘラからイオを守っているときに殺された。

フィリソスの婚礼に招待されたが、酔っ払ってしまい、花嫁と女性客をさらおうとした。その後の闘いで、ケンタウルスはほとんど消滅した。西ペロポネソスにいた別種族のケンタウルスは、ヘラクレスのために戦った。キプロス島土着の、牡牛の角を持つケンタウルス族もいるという話もある。ケンタウルスは頭から腰までの上半身が人間で、その下が馬の体で描かれていた。人間のような表情をしているときもあるが、獅子鼻と尖った耳という典型的なサテュロス［半人半獣の精霊］の顔として描かれているときもある。

サテュロスの島
The Satyroi Nesioi

サテュロスは、サティリデス諸島というアフリカ沖の島々に住んでいた。地理学者のパウサニアスは、2世紀に次のように述べている。「サテュロスが何なのかを知る大勢よりくわしく知りたいと思い、まさにその点を多くの人々に尋ねた。カリアのエウフェモスは、イタリアへのある航海で進路をそれて、船乗りの航路より先の外海へ流されたと言った。たくさんの無人島があったが、一方で野蛮人が住む島もあったと彼は断言した。船乗りたちがこのような島に入港したがらなかったのは、以前入港したときの住民たちとの経験の

せいだった。しかし今回は、ほかに選択肢はなかった。これらの島は船乗りたちからサティリデス諸島と呼ばれ、赤い髪を持つ住民たちの脇腹には馬より少しだけ短い尾がついていた。彼らは訪問者に目を留めるとすぐ、叫び声をあげることもなく船へ走り寄り、乗っていた女性を襲った。恐怖に襲われた船乗りは、ついにひとりの外国人女性を島に放り投げた。サテュロスたちは彼女を普通のやり方だけでなく、極めて恐ろしいやり方で暴行した」。ここでのサテュロスは、アトラス山脈のリビアサテュロスに似通っているようだ。どちらもおそらく、旅人たちによるサルや類人猿の話が由来だろう。彼らは半分が人間で半分が獣だと説明されており、たいていは山羊の尻尾と胴体、蹄がある。上半身は人間だが、山羊の角もある。彼らは酒の神ディオゲネスとパンの仲間で、酒を飲んだり踊ったり、ニンフを追いかけたりする。

サラマンダー――火の王

Salamander - the King of Fire

体に斑点のあるサラマンダーは火に影響されないため火山に棲み、そのつばは強い毒を持つため、もし人間がそれに触れたら体毛が抜けてしまう。大プリニウスは次のように書いている。「サラマンダーはトカゲのような形だが、斑点で覆われている。とても冷たいので、これが火に触れると消える。口から乳状の液体を吐き出し、その液が人間の体のどこかにかかると、体毛すべてが抜け、皮膚の色が変わって発疹が出る。サラマンダーは雨のときだけ現れ、晴れると姿を消す……サラマンダーが中で死んでいた水やワインを飲むのは命取りだ」。5世紀の聖アウグスティヌスは、「博物学者が記録したように、もしサラマンダーが火の中に棲んでいるのなら、燃えたものすべてが消滅するわけではなく、地獄の魂も消滅しないという十分に説得力のある実例だ」と書く。イシドールスはこのように語る。「動物の中でサラマンダーのみが火を消す。燃やされることも、痛みもなく、火の中で生きることができる。すべての有毒動物の中で最強なのは、一度に多くを殺せるからだ。木に這い上ればすべの果実に毒をつけ、誰かがそれを食べると死ぬ。井戸に落ちると水を毒し、それを飲んだ人は死ぬ」

火に耐えることが“知られている”サラマンダーの皮膚は、貴重な品物をつつむ布になっていると言われている。このような“防火布”は、柔軟な布に織るために細い糸状にしたアスベスト鉱物でできているらしいことが、のちの分析でわかった。アスベストは古代ギリシア語（消すことができない）だが、ギリシア人地理学者のストラボンとローマ人博物学者の大プリニウスは、この鉱物はこの布を織っている奴隷の肺に害を与えると書いている。神聖ローマ帝国のカール大帝は、アスベストでできた貴重なテーブルクロスを持っていたと言われている。ペルシアでは、裕福な貴族がヒンドゥークシ山脈から布を買い、それを火にさらしてきれいにしてみせて客を感心させたという。ペルシア人の中には、その布は火の中に棲み、水に入ると死ぬ“サラマンダー”と呼ばれる動物の皮でできていると信じている者もいた。マルコ・ポーロは、旅でこの奇跡の布に出会ったことを書いている。一部の考古学者は、死者を包む布はアスベストでつくられたと考えている。王の遺体を火葬の積み薪の中で焼くとき、ほかのすべてを焼いて遺灰だけを保存するためだ。そのほかは、アスベストは墓地の常夜灯ランプ用の芯に使われたと考えている。以上のような話の根拠は、サラマンダーの毛穴からかなりの量がでる乳状の液がその体を火から守るという事実にあるとされている。象徴的意味においては、サラマンダーはこの世で傷ひとつなく情熱の炎を通り抜ける人々を表している。

ジン――醜い火の悪魔

Jinn - the Ugly Fire Demons

ジンはアラビアやイスラム教徒の民話の醜い悪鬼で、自分を呼び出す力を持つ人々に、超自然的な力を与える。ジンの単数形はジニあるいはジンニで、西洋ではジーニーと呼ばれるようになった。伝説では、サロモン王は指輪を使ってジンを呼び出し、戦いで自軍を助けさせたという。イスラム教では、ジンは砂漠と関連する火の精霊だ。彼らは人間の人生をかき乱すものの、生かしておく価値があると考えられている。罪を犯したまま死んでいく人間が、この世と来世のあいだの時期にジンに変わるのだろう。最も偉大なジンはイブリスで、以前は闇の王子つまり悪魔であるアザゼルとして知られていた。ジンは火から生まれ、不死ではないことから、天使より位の低い精霊だと考えられている。人間に影響を与えて良いことや悪いことをさせるために、人間や動物の形をとる。ペルシア神話によると、一部はジンニスタンと呼ばれる場所に住んでいるが、そのほかは地を取り巻く謎のエメラルドの山々、カフでほかの超自然的存在と一緒に住んでいるという。起源となったアラビア語は“隠された”という意味がある。クルアーンでは、知覚を持つ存在は天使と人間、ジンだ。クルアーンは、ジンは煙のない炎からつくられ、人間とは違う次元の世界に住んでいると述べている。彼らが精神的に人間の身体を所有することを選べば、人間と似た形をとることができる。ジンは善のときも悪のときも、中立

ドラゴン

ギリシア・ローマ神話には、多くの種類のドラゴンが書かれている。たとえば、ドラゴン・アイディオペスはサハラ砂漠以南のアフリカ土着の、巨大な蛇だ。古代ローマの著述家アイリアノスは、次のように語る。「アンティオピア（ホメロスが、素晴らしく理想的だとオケアノスという地名で称賛した、神々が湯浴みする場所）の土地は、まさにドラゴン（蛇）の最大の母なる場所だ。知ってのとおり、彼らは180フィート（55メートル）の長さにもなり、どのような種の名前でも呼ばれないが、これらのドラゴンは象を殺し、どんなに長寿の動物にも引けを取らないほどだと、人は言う」。アイリアノスはドラゴン・インディコイをインドに棲む巨大な歯を持つ蛇で、象を餌食にすると書く。「インドでは、象とこのドラゴンは不倶戴天の敵だと聞いた。象が木の枝を引き下ろし、それを食べる。それに気づいたドラゴンは、木に這い上って下半身を葉で覆うが、上半身は頭を縄のように下げるために伸ばす。そして、象が小枝をむしるために近づくと、ドラゴンは目に飛びかかって目玉をえぐりだす。次にドラゴンは象の首に巻き付き、下半身を木にしっかりと巻き付けると、ひとつの輪になった上半身で象を絞め殺す」。これからあげるのは、寓話に記録されたさまざまな種類のドラゴンの一部だ。

◉フリギアのドラゴン
アナトリアのこのドラゴンは背丈が60フィート（18メートル）ある。尾を支えにして直立し、不思議な息で鳥を捕らえる。

◉クレタ
蛇のような巨大な海のドラゴン。

◉スコロペンドラ

巨大な海獣で、鼻孔から毛が伸びており、胴体には側面に何本もの水かきのある脚とザリガニに似た平らな尾がついている。

◉コルキスのドラゴン

決して眠らず、黄金の羊毛を守る。

◉サイクレイデス

サラミス島から追放され、デメテルの従者となった。

◉ヘスペリアのドラゴン

100の頭を持つドラゴンで、ヘスペリデスの園の金のリンゴを守っていたが、ヘラクレスに殺された。

◉ヒュドラ

9つの頭を持つ水棲ドラゴンで、ヘラクレスに殺された。

◉ネメアのドラゴン

ゼウスの聖なる森を守っている。

◉ピュトン

ガイアがデルフォイの神託を守るために用いた。

◉トロイアのドラゴン

ポセイドンがトロイアの神官ラオコーンとその息子たちを殺すため差し向けた2頭のドラゴン。ラオコーンは木馬の危険を市民に警告しようとした。ヴァチカン美術館にあるラオコーンと息子たちが蛇と闘っている素晴らしい彫像は、おそらく紀元前40年頃にロードス島で彫られたものだ。

"ドラゴナ"もしくは"雌ドラゴン"(シー・ドラゴン)と呼ばれる種類のドラゴンもいて、上半身は美しいニンフ、脚のところはドラゴンあるいは海獣になっている。

◉キャンペ

奇怪なシー・ドラゴンで、タルタロスにある監獄の門を守っている。蛇の胴体と、100匹の蛇の"脚"、恐ろしいサソリの尾を持つ。ゼウスがキュプロクスとヘカトンケイルたちを監獄から救ったときに殺された。

◉ケト

怪物のような海の女神で、脚のあるところに水棲ドラゴンの胴体がついている。エキドナとヘスペリアのドラゴン、そのほかたくさんの怪物を産んだ。

◉エキドナ

海のシー・ドラゴンで、シチリア島とイタリアのあいだのメッシーナ海峡に現れ、通り過ぎる船の水兵を食べた。ニンフで、脚の場所に海獣の尾がある。

◉シバリス

デルフォイ近くの山に現れ、羊飼いや旅人を食べるシー・ドラゴン。英雄のユーリバルスに崖から突き落とされた。

で慈悲深いときもある。

1998年、パキスタン人の核科学者スルタン・バシルディン・マフムードが《ウォール・ストリート・ジャーナル》紙とのインタビューで、ジンは火からできているのだから、捕まえてエネルギー危機の解消に利用できるだろうと言った。「もし私たちが魂を発展させたら、彼らとのコミュニケーションを発達させられる……どのような新しいアイデアにも反対があるが、イスラム教と科学のあいだに対立などないのだから、イスラム教と科学についての論争をする理由などない」

2001年11月2日の《ニューヨーク・タイムズ》紙の見出しは、「挑戦される国民:核の恐怖　先週逮捕されたパキスタン人原子力専門家強くタリバンを支持」だった。記事には、こうある。「先週タリバンとの関係疑惑で逮捕された3人のパキスタン人科学者のうちのひとり、スルタン・バシルディン・マフムードは核兵器製造専門家だが、型破りな科学観を持つイスラム原理主義者でもあり、パキスタンの科学界にくわしい人物でもある。

彼はパキスタンの核計画で30年以上にわたって先頭に立ち、現在は小規模だが拡大しつつある核兵器保有のために濃縮ウラン製造工場を建設してきた。しかし、クルアーンは科学的知識の泉であるという立場をとる"イスラム科学"の支持者かつ実践者として、バシルディン・マフムード氏はクルアーンで火からつくられたと書かれたジンニについての論文を発表した。彼はこれらの存在をとらえてエネルギー危機を解決することができるかもしれないと提唱し、また来世の構造を理解する方法についても書いた」

2001年8月、彼と同僚のひとりはアフガニスタンで、ウサマ・ビン・ラディンと副官のアイマン・アル=ザワヒリと会った。《ニューヨーク・タイムズ》紙によると「マフムードがアル・カイダの指導者2人と核兵器について語ったこと、そしてアル・カイダが爆弾を猛烈に欲していたことに疑いはほぼない」

2009年1月8日、再び《ニューヨーク・タイムズ》紙に、「本紙がマフムードについて初めて書いた2001年後半に……『この男は私たちにとって最大の悪夢だ』とアメリカ諜報部職員が語った。『彼はパキスタンの計画全体を知ることができた。自分のしていることがわかっていた。そして、完全に頭がおかしくなっていた』」という記事が出た。マフムードは今までに15冊の本を書いているが、その中で最も有名なのは、科学的理論とクルアーンの知識という観点から、世界の破滅につながる出来事を分析した『破滅の日と来世の構造』(*The Mechanics Doomsday and Life After Death*)だ。その中で彼は、パキスタンの爆弾は"全イスラム共同体の財産"だと信じると明言している。アメリカの歴史的伝記研究所は彼に1988年に金メダルを授与し、さらにパキスタン科学アカデミーからもゴールドメダルを授与されている。

スキタリス——美しい蛇
Scitalis - the Beautiful Snake

セビーリャの聖イシドールスは、こう書いている。「スキタリスは、それを見た人が歩みをゆるめるほどさまざまに変化して光る皮を持つ。這うのが遅いために獲物を追いかけることができず、そのため見事な外見で驚かせるのだ。冬でも体温が高く、脱皮する」

スフィンクスとオイディプスの謎かけ
The Sphinx and the Riddle of Oedipus

ギリシア神話に登場するこの女の怪物は、ライオンの体に人間の女性の胸と頭、ワシの翼と、ときには蛇の頭のついた尾を持っている。テュフォンとエキドラの娘、あるいはテュフォンとキマイラの娘、もしくはオルソスとキマイラの娘など、さまざまに書かれているスフィンクスは、テーベに災いをもたらすために神々が町に送り込んだ。アポロドロスと思われる著述家が2世紀に次のように書いている。「クレオンが王だったとき、テーベは災難にみまわれた。ヘラが、エキドラとテュフォンを親に持つスフィンクスを送り込んだからだ。スフィンクスは女性の顔と胸、脚にライオンの尾と鳥の翼を持っていた。文芸の女神ムーサから謎を学んだ彼女は、フィキオン山に住んでテーベ人に謎かけをしつづけた。その謎は“ひとつの声を持ちながら、4本の脚、2本の脚、3本の脚を持つものは何だ?”というものだ。テーベ人には、その謎をとけばスフィンクスから解放されるという神託があった。そのため、何人もが謎に挑戦したがそのたびに間違い、彼女に食べられた。多くの人が死に、クレオンの王の息子ハイモンも死んだあと、王は謎をといた男に王国とライオスの未亡人を与えると告知した。オイディプスはこれを聞いて謎をとき、スフィンクスに答えは人間だと告げた。赤ん坊のときは4つの脚で這い、成人では2本の脚で歩き、老人になれば杖という3番目の脚を持つ。これを聞いて、スフィンクスはアクロポリスの丘から身を投げた」。テーベの伝説があるため、スフィンクスは若くして亡くなった人の墓にたてる墓碑によく彫られている。エジプトのスフィンクスは、人間の上半身を持つ横たわる翼のないライオンとして描かれ、その影像は寺院への参道にある。エジプトのスフィンクスの中で最大のものはギザにあり、足以外はひとつの石からつくられている。エジプトのスフィンクスは、上半身が羊や仔羊のものと区別するために、男の顔のスフィンクス（アンドロスフィンクス）と呼ばれることもある。

神話の怪物

バイコーン。誠実な
人間を食べて生きる
中世の怪物

ドラゴンの体を持つヒュドラ

セプス――小さくても致命的

Seps - Small But Deadly

聖イシドールスは、小さな蛇についても述べている。「死をもたらすセプスは素早く人に噛みつき、口の中で溶かす……体も骨も取り込む毒を持つ珍しい蛇だ」

タロス――最初のロボット

Talos - the First Robot

タロスは、ギリシアの火と金属化工の神ヘファイストスが青銅でつくった巨大な怪物で、ミノス王に贈られた。タロスはクレタ島を守るためにゼウスからエウロペに贈られたという話もある。ヘファイストスのロボットは島の周囲を1日に3回歩き、上陸しないように船に石を投げて、島を守った。並はずれて強かったが、唯一の弱点は足首の血管だった。〈アルゴー〉号の一行は、リビアからの帰途にタロスと遭遇した。メディアはタロスに、もし上陸させてくれたら不死になる秘薬をあげると言った。タロスは同意し、秘薬を飲んで眠った。メディアが眠るタロスに近づいて足首の血管から栓を引き抜くと、すぐにタロスは血を流して死んだ。別の話では、メディアが島に上陸しようとしたとき、追い払おうとしたタロスが石で足首をすりむき、血を流して死んだ。まったく違う話として、タロスは〈アルゴー〉号に乗っていたポエアスに足首を矢を射られて死んだというものもある。

ディプサ

Dipsa

この蛇はとても小さいので踏みつけるまで見えず、極めて毒が強いので、噛まれたことに気づく前に死んでしまう。この蛇のことを記しているのは、1世紀のルカヌスと7世紀のセビーリャの聖イシドールスだ。

テュフォン――嵐の不死の巨人

Typhon - the Immortal Storm Giant

ヘシオドスは紀元前7世紀もしくは8世紀に、次のように書いた。「ゼウスが天からティターンを追放したあと、タルタロス（奈落）に恋した巨大なガイア（地球）はアフロディーテの黄金のリンゴを使って、末っ子のテュフォエウス（テュフォン）を産んだ」。その子はとても巨大で、頭は星に届くほどだったという。頭から太ももまでは人間の形で、脚は巻き付いた2匹の毒蛇だった。手の指のところには、それぞれの手に50の蛇の頭があった。翼があり、よごれて絡み合った髪、あごひげ、先の尖った耳、火を放つ目を持っていた。史料の一部では、テュフォンには指として50匹の蛇のある200本の手があり、100の頭があった。頭のうちひとつは人間で、そのほかは牡牛やイノシシ、蛇、ライオン、ヒョウだった。火山の守護神であるテュフォンは、空に赤く熱された岩を投げ、口から火を嵐のように吹き出す。彼の子孫は、ヒュドラやハルピュイア、ケルベロス、キマイラ、カフカスの

ワシ、ネメアのライオン、コルシカのドラゴン、スフィンクス、ゴルゴーン、スキュラとトロイアのドラゴン、など多くの怪物たちだ。テュフォンはゼウスとの戦いに破れ、タルタロスの奈落に閉じ込められた。そして、地下の世界から吹き出す破壊的な暴風のおおもととなった。後世の詩人たちは、彼がシチリア島のエトナ山の下に閉じ込められていると想像した。

虹の蛇と絶滅種

The Rainbow Serpent and the Extinct Species

この蛇は、アボリジニのアートと神話に共通の主題だ。名前は平らな土地を蛇のように曲がって進む水と、日光が適切な角度で水にあたったときにできる虹の色に由来する。この蛇は水場に棲み、命にとって最も貴重な資源である水の管理人だと見られていた。常に存在する太陽と衝突するため予測できないこともあるが、この蛇が再び地に水を満たし、土地を進んでいって溝や深い水路を形づくる。“天地創造”は、偉大な精霊がいかにして不毛で特色のない地から動物や人間の形の生命をつくったのかを語る。虹の蛇は地中から上がってくるときに、巨大な尾根や山脈、渓谷をつくる。この巨大な蛇は、人々（周辺の集団）の慈悲深い保護者として、また同時に、おきてを破った人にとっての、苛烈な処罰者として知られている。

ウォナビ・ナラコーテンシスは、絶滅した属である巨大なオーストラリアヘビ2種のうちのひとつだ。オーストラリアのほかの大蛇と同じく、ピュトンではない。化石からすると、20フィート（6メートル）の長さまで成長した。ウォナビという名前は、アボリジニの天地創造の蛇についての描写からつけられた。この種が属する科であるマドソイーデは、世界のほかの地域では約5500万年前に絶滅していたが、オーストラリアでは新しい種が生まれつづけていた。オーストラリアのこの2つの種が絶滅したのは、過去5万年以内のことだ。ウォナビ・ナラコーテンシスは、水場の横にある日当たりのよい場所に棲んでおり、水を飲みに来るカンガルーやワラビーなどを獲物にしていた。このため、

アボリジニの文化では子供たちはこのような場所で遊ぶことを禁じられており、大人が一緒のときだけ行くことが許された。西オーストラリアのこのような場所を地図に記してみると、今も聖なる場所だと考えられている所と密接に関連していることがわかる。この蛇が絶滅したのは、アボリジニが農耕のために定期的に野焼きをしていたからだという説がある。

バシリスク（バリスコスあるいはコカトリス）——蛇の王

Basilisk (Baliskos or Cockatrice) - the King of the Serpents

バシリスクは、蛇もしくはヒキガエルの卵から若い雄鶏（コカレル）が孵化させたもので、コカトリスは若い雄鶏の“卵”から蛇あるいはヒキガエルがかえしたものだと言われている。この小さな蛇は球形で卵黄のない卵から生まれるが、抱卵するのはシリウス（犬の星）の日［太陽がこの星の近くを通る日。古代エジプトにとって洪水の時期の目安］であるべきというのが通説だ。卵を産めるのは7歳の雄鶏だけで、ヒキガエルがかえさなければならない。バシリスクのひとつの種類は近づくものすべてを毒で焼き、2つ目の種類はひとにらみですべての生き物を殺せる。どちらの種類もとても恐ろしく、息は植物をしなびさせ、岩を砕くほどだ。バシリスクの3つの種類について述べている別の史料によると、どの種類も岩を砕く破壊的な息を持っているという。“ゴールデン・バシリスク”は、ひとにらみですべてを毒殺する。

“イヴィルアイ・バシリスク”は金色の頭の上にある3番目の目で威嚇し、すべての生き物を殺す。“サンギネネス・バシリスク”は骨から肉を落とす。バシリスクを殺す唯一の方法は、直接目を見ないようにして鏡を目の前にかかげ、恐怖で死なせることだ。天敵はイタチで、にらみに免疫がある。イタチは、噛まれるといったん闘いからしりぞき、バシリスクの息でもしおれない唯一の植物ヘンルーダを食べて力を回復させ、再び闘いにいどむ。このため、バシリスクは現在では、マングースと闘うコブラと同一だとよく考えられている。だからバシリスクは、インドのツノクサリヘビもしくはフードコブラから生まれたのかもしれない。もうひとつ天敵がいて、雄鶏のときの声を聞くとすぐに死んでしまう。

中世になるころには、バシリスクは雄鶏の頭あるいは人間の頭がついた蛇に形を変えていた。芸術では悪魔や反キリストを象徴するもので、プロテスタントにとっては教皇制度を象徴するものだった。バシリスクという名前は、ギリシア語のバシレウス“王”に由来する。バシリスクは“蛇の王”として知られており、地上で最も有毒な生き物として恐れられていた。ローマ人は、王冠のようなとさか（おそらくコブラのフード）を持つからだけでなく、死を招くにらみと毒でほかのすべての生き物を威嚇しているために、“レグルス”つまり小さな王と呼んだ。バシリスクは一般的には黄色だが、黒っぽい色のときもある。プリニウスは頭にある白い点が王冠あるいは帯状の頭飾り（ディアデム）と誤解したと述べており、ほかの人は額にある3本の突起のせいだと言った。その外見が常に議論になっていたのは、実際にバシリスクを見て生き残った人が誰もいなかったからだ。紋章においては、バシリスクは頭と胴体、雄鶏の脚、蛇の舌、コウモリの翼のある姿として現される。蛇のような尻尾の先は矢尻のように尖っている。

大プリニウスは『博物誌』に次のように書いている。「バシリスクヘビを見た人は誰でも、ただちに死ぬ。長さは12インチ（30センチメートル）もなく、頭部にディアデムのような白い印がある。シャーと音をたてて逃げるほかの蛇とは異なり、胴体のなかばを高くして前に進む。触れたり息をかけたりするだけで草を焦がし、繁みを枯らし、岩を焼く。その毒は極めて強く、騎乗している人がバシリスクを槍で突くと毒が槍を伝って上がってきて、人だけでなく馬も死ぬほどだ。イタチはバシリスクを殺すことができる。この蛇をイタチの棲む穴に投げ入れると、バシリスクがイタチを殺すのと同時に、イタチの悪臭がバシリスクを殺す」。7世紀のスペイン人学者セビーリャの聖イシドールスは次のように書く。「バシリスクは6インチ（15センチメートル）の長さで白い印がある、蛇の王だ。臭いあるいは単ににらむだけで人間を殺すことができるため、すべてが逃げ出す。バシリスクの視界を飛んでいる鳥は、どんなに遠くにいても燃え上がる。しかし、イタチはこれを殺すことができるため、人はそれを狙ってイタチをバシリスクが隠れている穴に入れる。彼らはサソリのように、乾いた地面を通って水場にやってきて、人間を狂乱に陥れ、水を恐れさせる。バシリスクはシャーと音を立てて殺すことから、“ヒッシングスネーク”シビルスとも呼ばれる」。教皇レオ4世の時代（847-855年）、バシリスクがローマにあるルチア聖堂近くの門の下に隠されているという噂だった。その臭いが悲惨な疫病を引き起こしたが、教皇がその生き物を祈りで殺した。1474年にバーゼルで、抱卵している年老いた雄鶏が発見された。その雄鶏は捕らえられ、裁判にかけられて自然に反する行為で有罪となり、何千人もの人々の前で火あぶりにされた。処刑の直前、群衆が処刑人を説き伏せて雄鶏の腹を割かせると、孵化までの段階が違う卵が3個入っていた。この事実が書かれているのは、1906年のE・P・エヴァンズによる『殺人罪で死刑になった豚』という素晴らしい題の本だ。カンブリアのレンウィック教区教会が1733

年に解体されたとき、おそらくはコカトリスと思われるコウモリの翼を持つ巨大な生き物が、織工たちに向かって腹立たしげに羽ばたいた。ジョン・タレンタイアという男がナナカマドの枝で殺し、荘園領主に払う料金を免除された。村人たちは、その生き物がいることは突然の肌寒さでわかったと語った。

ヒドラス(ヒドロス)——ワニ殺し

Hydrus (Hydros) - the Croc-Killer

ヒドラスはナイル川で見られる蛇で、ワニの口の中へ泳いでいって飲み込まれ、そのあとで内側からワニを食べて殺す。セビーリャの聖イシドールスはこう書く。「ヒドロスは小さな動物だ。その名前は水に、具体的にはナイル川に棲むことにちなむ。眠っているワニを見つけると、まずは泥の中を進み、ワニの口に入り込む。ワニの体の内部を食べ尽くしたあと、これを殺す……ヒドラスは水蛇で、これに嚙まれると膨れあがる。この蛇に嚙まれることで起こる病はときにボアと呼ばれるが、それは牡牛の糞で治るからだ」。ヒドラスはヘラクレスが殺したヒュドラと混同されることがある。文書の中には、レルネーの沼に棲んでいる多くの頭を持つ水棲ドラゴンで、新しい頭が生えると書いているものもある。12世紀なかばのアイスランドの写本『フィシオロゴス』には、羽のある鳥のヒドラスがワニの口に入り、横から頭を出している姿が描いてある。しかし、ヒドラスはほとんどいつでも、尾をワニの口から突き出して頭をワニの横から出している蛇として描かれている。

ピュトン——デルフォイの陸のドラゴン

Python - the Earthdragon of Delphi

このメスの蛇は、蛇の母であるガイアのための礼拝所でもあったデルフォイの神託所に棲んでいた。ギリシア人はこの場所を地の中心と考えており、へそを表している魔法の石をピュトンが守っていた。ピュトンはアポロン神の怒りをかって殺された。アポロンはピュトンと彼女が住んでいた場所と神託所をギリシアで最も有名にしたが、今この場所はアポロンにささげられている。

平原の悪魔

Plains Devils

ルイス・クラーク探検隊は、アメリカ合衆国の西部を太平洋まで探検するため1803年に出発した。隊を率いていたひとり、ウィリアム・クラークは、1804年8月25日に平原の悪魔について書いている。「入り江の入り口から北の方向の広大な平原に高い丘がある。円錐のような形をしたそこは、この地域のいろいろなインディアン部族から悪魔の棲み処だと考えられている。彼らは人間の形をしており、並はずれて大きな頭と18インチほどの背丈がある。とても用心深く、遠距離からも殺せる鋭い矢で武装している。彼らは大胆にも丘に近づこうとする人間をすべて殺すと言われている。先住民が言うには、言い伝えによると、多くの先住民がこの小さな人々に悩まされており、なかでもマハ族の男３人が無慈悲な凶暴さの犠牲になった。マハ族もスー族も、オトス族やほかの近隣部族も同様にこの話を信じているため、彼らは何があっても丘に近寄ろうとしない」

ベヘモット――聖書の怪獣

Behemoth - the Great Monster of the Bible

旧約聖書の「ヨブ記」には、火を吐く海獣レヴィアタン（第８章を参照）とともに、打ち倒せない陸の怪物ベヒモスのことが述べてある。神がこれらの怪物を造りだし、彼だけが捕らえられるのだから、私に言わせれば神に問うても無益なことだ。

40.15：
　河馬を見よ、
　これはあなたと同様にわたしが造ったもので、
　牛のように草を食う。
40.16：
　見よ、その力は腰にあり、
　その勢いは腹の筋にある。
40.17：
　これはその尾を香柏のように動かし、
　そのももの筋は互にからみ合う。
40.18：
　その骨は青銅の管のようで、
　その肋骨は鉄の棒のようだ。
40.19：
　これは神のわざの第一のものであって、
　これを造った者がこれにつるぎを授けた。
40.20：
　山もこれがために食物をいだし、
　もろもろの野の獣もそこに遊ぶ。
40.21：
　これは酸棗の木の下に伏し、
　葦の茂み、または沼に隠れている。
40.22：
　酸棗の木はその陰でこれをおおい、
　川の柳はこれをめぐり囲む。
40.23：
　見よ、たとい川が荒れても、これは驚かない。ヨルダンがその口に注ぎかかっても、
　これはあわてない。
40.24：
　だれが、かぎでこれを捕えることができるか。だれが、わなでその鼻を貫くことができるか。

棒人間とビッグフット

Stick People and Big Foot

アメリカ、ワシントン州にあるカスケード山脈のヤカマ族には、丘陵高くに住む

棒人間(スティックピープル)もしくは小さな人の伝説がある。丘のいくつかは棒人間にとっての聖地で、彼らが旅人に害を与えるという恐怖から、そこに行くのは勧められていない。棒人間はまた、何もしていないのに車の鍵を盗むなどのいたずらをするらしい。1995年刊のロバート・マイケル・パイル著『ビッグフットの謎』には、次のように書かれている。「膨大な伝承が、スティックシャワーマンやスティックマンとも呼ばれるステ=エ=ハンマ(Ste-ye-hah'mah)と係わりがある。このヤカマの言葉には森に隠れた精霊という意味がある。"スティック"はこの習癖を意味するという人もいれば、この生き物が被害者を追い出したり攻撃したりするためにロッジ(先住民の住まい)に棒を突っ込むからだという人も、彼らの上に雨が降り注ぐからだという人もいる。最近のクイノールトでの話では、女性たちが鮭などの食べ物の入った浅い籠を出しておいたら、シーアトコ(See'atco)が食べ物を取って、代わりに籠に薪を置いていったという——これも"棒"と関連する。インディアンの中には、棒人間は名前を言うべきではない精霊だと考えているものもいる。ドン・スミス別名レルースカは、棒人間はただ単にビッグフットと融合したものだと考えている。

ボナコン——糞投げ

Bonacon, Bonnacon - the Excrement Hurler

「アジアで、ボナコンと呼ばれている動物が発見された。牡牛の頭を持ち、牡牛ほどの大きさの体にある首には馬のたてがみがついている。渦巻き状の角はうしろに巻いていて、もし誰かがぶつかっても怪我はしない。しかし、額ではできない防御を腸がする。逃げ出すとき、腹から排泄物を3エーカーの距離まで放ち、その熱で落ちたところすべてが燃えるのだ。このようにして、有害な糞で追跡者を追い払う」(『アバディーン動物寓話集』)

大プリニウスはこう語る。「ボナススはパエオニアに見られる。馬のたてがみを持つが、そのほかは牡牛に似ている。角があるがうしろに巻いているため、闘いには役にたたない。攻撃されると、3ファーロング(600メートル)も届く糞を放ちながら逃げる。追跡者が糞に触れると、まるで火に触れたときのように焼ける」。パエオニアはほぼ現在のマケドニアにあたる。中世イングランドの"カカフエゴ"という言葉は暴れ者やほら吹き、"火を吐く者(スピットファイア)"を意味するが、文字通りにとるなら火を"吐く"(スピット)のではなく、むしろ"排出する"意味だ。スペインの財宝運搬船〈ヌエストラ・セニョーラ・デ・ラ・コンセプション〉は、フランシス・ドレイクに1579年5月1日に捕獲されるまで、数日間追跡されていた。この船は史

上最大の獲物で、当時で約150万ダカット、現在の価値で約5億ポンドの価値の財宝を積んでいた。この船が追跡する私掠船たちから“火を漏らす(シットファイア)”という意味の“カカフエゴ”という品のない名前で呼ばれていたのは、当時大砲を備えていた数少ないスペイン財宝運搬船のひとつだったからだ。エリザベス女王が略奪品のほとんどを手に入れた。捕獲された船に乗っていたスペイン人の若者は、この船のことを「もうカカフエゴじゃなくてカカプラタ（銀漏らし）だ」と言い、ドレイクの小さな船〈ハインド〉（手柄にちなんで〈ゴールデン・ハインド〉と改名する前）のほうが、カカフレゴに改名するべきだと、悲しげに言った。

ポルターガイスト——音を立てる霊

Poltergeists - the Knocking Spirits

ドイツ語のpoltern（打つ）とgeist（霊）によるこの言葉は、奇妙な音あるいは物体の移動、もしくはその両方が起こる現象を意味する。ポルターガイストは多くの文化で報告されており、過去には悪魔や悪鬼、魔女、死者の霊など、さまざまなものが原因とされていた。科学者たちはこの現象を地面の震動や風などで起こる現象だと説明しようとしてきた。一般的なポルターガイストは、石や土、小さな物が降ってきたり、家具などの大きなものも含めて物体が落ちたり動いたり、悪臭や大きな音、きしみ音がしたりする。ポルターガイストは電話や電子機器、点灯や電

パランドルス——擬態の達人

「パランドラスは牛くらいの大きさで、頭は雄鹿ほど、そしてやはり雄鹿のように枝分かれした角と割れた蹄があり、熊くらいの長さの体毛がある。本来の色は——とは言ってもパランドラスがもとに戻ろうと考えるときだけだが——ロバに似ている。皮は極めて硬く、胸当てをつくるのに使われる。危険にさらされると、あらゆる樹木や低木、花、あるいは身を隠す場所の色になるため、めったに捕まらない」（大プリニウス『博物誌』）。この獣はエチオピアが起源だと言われているが、プリニウスが色を変えることのできるスキタイ由来のタランドラスについても述べており、これはトナカイあるいはヘラジカに違いないと考える者もいる。

神話に登場する半人の怪物

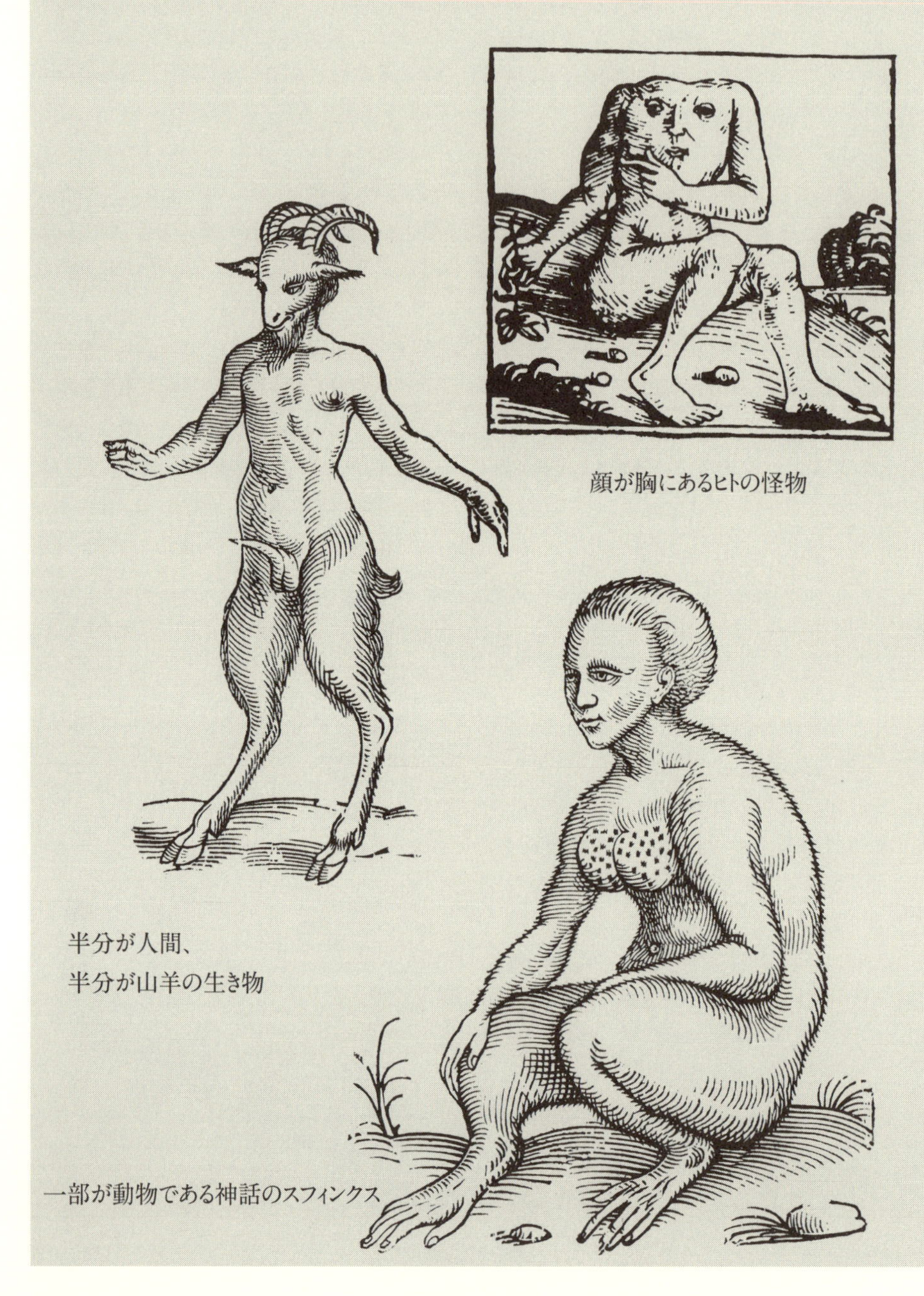

顔が胸にあるヒトの怪物

半分が人間、
半分が山羊の生き物

一部が動物である神話のスフィンクス

§§§第2章§§§

豚人間

ヒトの顔と5本の蹄を持つ怪物

伝説の熊の顔を持つ人間

気製品のオンオフなどによる干渉で起きると言われてきた。ポルターガイストの中には、生きた人をつねったり噛んだり、性的に攻撃するものもいると言われている。

ポルターガイストはたいてい悪ふざけ程度だが、悪質なときもあり、音を立てたり物を動かしたり、人や動物を襲ったりして自分の存在を見せつける。筆者の家にはリスやコウモリ、鳥やネズミがいたことがあり、ポルターガイスト体験の多くがこのような動物のたてる音が原因である可能性を感じている。一般的に、ポルターガイストは急に始まって不意に終わり、ひとりの人間と関連していることが多い。数時間から数か月続くが、数年続くこともある。ほぼ常に、ある特定の人間がいる夜に起こる。この人物はポルターガイストの仲介者もしくは磁石として行動しているように思える。たいていは20歳以下の女性だ。1970年代後半、1800年からまとめられていた事例のコンピュータ分析が行われた。64パーセントに小物の移動が発生し、58パーセントが夜最も活発になり、48パーセントにラップ音が発生、36パーセントが大きな物体の移動、24パーセントは1年以上継続、16パーセントでポルターガイストと仲介者とのやりとりが行われ、12パーセントでドアや窓の開け閉めがあった。

最初に記録された実例のひとつは1682年に起きた。ニューハンプシャー植民地の長官リチャード・チェンバレンは、ニューキャッスル（当時はグレートアイランドと言われていた）にあるジョージとアリスのウォルトン夫妻の宿屋に滞在していた。彼は「リソボリア」つまり「石を投げる悪魔」の攻撃を目撃した。チェンバレンは1698年に書いた小論文で次のように述べている。「（見えない手で）あらゆる大きさの石やレンガ、レンガのかけら、ほかにハンマーや棍棒、焼き串などの調理器具を思いつくままに投げ、これが1年の4分の1起こる」。1716年12月にリンカンシャーのエプワース牧師館で起きたポルターガイストは、最も多く記録が残っている事例のひとつだ。ウェズリー家の全員が、2か月にわたって大きなラップ音と騒音を聞いたのだ。ウェズリー夫人によるくわしい記録によると、騒音がある特定の人物がたてているように聞こえるときもあった。あるときには、彼女と夫が階段を下りているとき、足下から誰かが大きな袋からコインを出しているような音が聞こ

えた。そのあとにガラス瓶が「粉々に砕ける」ような音が続いた。ほかにも、走っている足音やうめき声、ドアのかんぬきが何度か上がるような音があった。

フリードベルト・カーガー博士は、ドイツのローゼンハイムのポルターガイストの調査を助けた、マックス・プランク研究所の２人の物理学者のうちのひとりだ。この事例の仲介者は、ローゼンハイムの法律事務所で秘書をしていた 1967 年当時 19 歳の、アンヌマリー・シュナイダーだと思われた。電線と電話線の異常や絵画の回転、ゆれる照明器具などがビデオにとらえられ（ポルターガイストが録画された最初の１例）、出所がわからない電気音のような奇妙な音が記録された。物理学者やジャーナリスト、警察による徹底的な調査にもかかわらず、インチキとは証明できなかった。この若い女性が仕事を変えると、影響も一緒に移動し、やがて消滅して２度と起こらなかった。カーガー博士は「これらの実験はまさに科学への挑戦だ。ローゼンハイムの事例で目撃したことは、既知の物理学では説明できないことがあると示している」と言った。この現象は、超心理学者のハンス・ベンダーと警察官、CID、記者、物理学者が目撃していた。

ミノタウルス――クレタ島の牡牛と、地に落ちた男

The Minotaur - the Cretan Bull and the Man Who Fell To Earth

牡牛の頭を持つこの怪物は、クレタ王妃パシファエが牡牛と交わって生まれた。ミノタウルスが住んでいたのは、ダイダロスがミノス王のために建てた迷宮の曲がりくねった迷路の中だ。彼はそこで人食いの飢えを満たすために、若者と娘を定期的に与えられた。やがて彼は、英雄テセウスによって殺された。彼の正しい名前のアステリオン（星の人）は、牡牛座との関連を示唆している。アポロドロスと思われる著述家が、２世紀にこう書いている。「ミノスは（クレタの）王位を熱望したが、拒絶された。しかし彼は、神々から君主の地位を与えられたと主張し、自分が祈ったことが実現することを証明しようと言った。そこで彼は、ポセイドンにいけにえを捧げながら、深い海から牡牛が現れるように祈り、それが現れたらいけにえに捧げると約束した。するとポセイドンは、ほんとうに彼に見事な牡牛を送ってきた。こうしてミノスは支配力を得たが、牡牛は自分のものにして、代わりをいけにえにした……ポセイドンは牡牛をいけにえにしなかったことに怒り、それを野に放った。また、パシファエがその牡牛に色情を抱くようにたくらんだ。牡牛への欲望にかられた彼女は、大工のダイダロス（ダイダラス）を共犯にした……彼は車輪のついた木の牝牛をつくった……内側の仕掛けの上に本物の牝牛の皮をかぶせて縫い付けた。そして中にパシファエを入れたあと、それをいつも牡牛が草を食べる草原に置いた。牡牛はそれに近づき、まるで本物の牝牛相手のように交わった。パシファエは、ミノタウルスと呼ばれるアステリオンを産んだ。彼は牡牛の

顔を持っていたが、それ以外は人間だった。ミノスは神託の指示にしたがい、彼に監視をつけて迷宮に閉じ込めた。ダイダロスが建てた迷宮は、"流出を乱す入り組んだ曲がり目のある檻"だった（つまり、脱出をはばむ複雑なカーブや曲がり角がある)」

アテナイ人は、エーゲ文明でクレタが覇権を握っており、アテナイがまだ新興国だったころにミノスの息子アンドロゲオスを殺したようだ。ミノスはその後報復してアテナイを破り、カトゥルスによると、アテナイは「疫病に苦しめられて、仕方なくアンドロゲオスを殺したつぐないをすることを承諾した」という。アテナイのアイゲウス王が彼の罪で起こった疫病をはらうには、ミノタウルスに「若者と最良の未婚の娘をごちそうとして」送るほかなかった。ミノス王は、ミノタウルスが食べるために、くじで選んだアテナイの若者７人と娘７人を９年ごとに（他史料では毎年）送るように要求した。３度目のいけにえが近づいたとき、アイゲウス王の息子テセウスが怪物を殺すと申し出た。彼は父親の王に、成功したら白い帆をあげて帰港するが、もし自分が死んだら乗組員に黒い帆をあげさせると約束した。クレタでは、ミノスの娘アリアドネがテセウスと恋に落ち、彼が中央まで一本の道しかない迷宮を進んでいく手助けをする。ほとんどの話では、進むごとにほどいていって来た道をたどれるように、彼に糸玉を与える。テセウスはアイゲウスの剣でミノタウルスを殺し、アテナイの若者たちを迷宮から脱出させる。しかし、テセウスは白い帆をあげるのを忘れてしまい、船を見た父親は息子が死んだと思い、海に身を投げて自殺してしまった。クノッソスのミノス王の宮殿の巨大な遺跡が発見されている。

才能あるアテナイ人職人のダイダロスは、ミノス王によって息子のイカルスとともに閉じ込められたクレタの宮殿から脱出しようとした。彼が軟禁された理由は、ミノス王の娘アリアドネに王の敵であるテセウスを手助けする手がかりを与えたからだ。テセウスはこのおかげで迷宮を進み、ミノタウルスを倒した。ダイダロスは脱出するため、自分と息子のために蠟で２組の翼をつくった。島から飛び立つ前、彼は息子に太陽にも海にも近づきすぎないように注意した。飛ぶことに夢中になったイカルスは空高く飛び上がり、太陽に近づきすぎてしまい、蠟が溶けてしまった。イカルスは、今は彼の名前がついているサモス島の南西にあたるイカリア海へ落ち、溺れ死んだ。後日、この伝説にはいくつかの変形が生まれている。たとえば、クレタからの脱出には実際にはパシファエが与えた舟を使い、ダイダロスはその舟のために帆を発明して、追跡するミノス王のガレー船から逃げ切った。この話では、イカルスはシチリアに向かう途中で舟から落ち、溺れ死んでいる。

ムスカリエト——ひとつに6つの動物
Muscaliet - Six Animals In One

ピエール・ド・ボーヴェの『動物寓意集』に登場するこの動物は、ウサギのような体とリスのような脚と尻尾、イタチの耳、モグラのような鼻、豚のような毛、イノシシのような歯を持つと言われている。木に登り、尻尾の力で枝から枝へと跳ぶ。木に登ると、葉と果実をめちゃくちゃにする。木の下のうろに巣をつくり、体温で木を枯らしてしまう。

レオントフォン——ライオン殺し
Leontophone - Lionkiller

レオントフォンはライオンに死をもたらす小さな動物だ。ライオンを殺すために、レオントフォンを焼き、肉の上にその灰を振りかけ、十字路に置く。ライオンがほんの少量でも食べれば、死ぬ。ライオンはレオントフォンを嫌って狩り、噛むのではなくかぎ爪でばらばらにして殺す。

若いキュクロプス
The Younger Cyclopes

ホメロスの詩では、キュクロプスはシチリアの南部に住む巨人で、傲慢で無法で、人をむさぼり食う羊飼いの種族だ。法律も政治制度もなく、それぞれが妻と子供たちとともに山の洞窟に住み、彼らを専横的な力で支配している。族長のポリフェムスはポセイドンの息子で、目は額にひとつしかないと言われている。ホメロスは『オデュッセイア』の中で、オデュッセイアと部下たちがポリフェムスに捕らえられたが、彼の目をつぶして逃げ出したと書いている。のちの伝承では、キュクロプスをヘファイストスの助手とみなしている。火山はこの神の仕事場で、シチリアのエトナ山やその近隣の島々が彼らの本拠地だと考えられている。ヘファイストスの助手である彼らはもはや羊飼いではなく、神々や英雄たちのために甲冑や装身具をつくっていた。彼らが力強く仕事をするとき、シチリアとその近くの島々に彼らのハンマーの音が鳴り響いていた。

第3章

不思議な場所

CHAPTER
3

Magical Places *of* Legend *and* Reality

アジャンターとエローラの石窟群

Ajanta and Ellora Caves

19 世紀、インドのマハーラーシュトラで虎狩りをしていたイギリスの士官らによって発見された。アジャンターはおよそ2000 年前に仏教の僧院としてつくられた。モンスーンの季節に自然の洞窟を宿にした修行僧たちが、雨季のあいだの手すさびに内部に宗教画を描いたのが始まりだと考えられている。石窟が拡張され、常時の僧院となり、岩を彫って装飾した 29 洞［30 という説もあり］におよそ 200 人の僧が住んでいた。僧たちは石窟を広げながら階段、長腰掛け、衝立、柱、仏像等を彫り、床に据えつけられたそうした遺物が、天井画や壁画とともに内部を飾った。アジャンターの石窟群が 7 世紀に放棄されたのは、僧たちがエローラに移ったからだった。エローラは重要なキャラバン交易路のそばで、施しを受けやすかった。アジャンターの放棄後、エローラの石窟群の彫削が始まった。エローラの石窟群は異なる 3 つの宗教の聖地だ。最初の仏教寺院は紀元前 200 年から 600 年頃、続いてヒンドゥー教寺院が 500 年から 900 年頃、ジャイナ教寺院が 800 年から 1000 年頃につくられた。エローラの低い丘の斜面に彫られた全部で 34 の石窟のうち、仏教が 12 洞、ヒンドゥー教が 17 洞、ジャイナ教が 5 洞で、一部の洞窟は同時期に彫られている。第 16 洞のカイラーサ寺院（カイラーサナータ）はエローラの中でも最重要な石窟で、ヒンドゥー教の破壊と慈悲の神シヴァ神の住みかとされたヒマラヤのカイラス山をイメージしてつくられた。独立した多層建築物に見えるが、ひとつの岩から彫られたもので、アテネのパルテノン神殿の倍の大きさがある。ひとつの岩による世界最大の建造物で、上から下に彫り下げていった。この寺院の天井は、世界最大の片持ち梁の石造り天井で、元々は冠雪したカイラス山に似せるために白漆喰が塗られていた。寺院建物の建造では 20 万トンの岩が彫りだされ、7000 人の工人が 150 年かけて完成したと考えられている。アジャンターおよびエローラのそのほかの石窟とは異なり、カイラーサナータ寺院には数階建ての高さの回廊に挟まれた広い露天の中庭がある。

カイラス山はチベットにあり、仏教、ヒンドゥー教、ジャイナ教、ボン教の 4 つの宗教で永遠の聖地とされている。標高 2 万 1778 フィート（6638 メートル）で、これまでに登頂された記録はない。仏教およびヒンドゥー教の信仰のために立ち入りが禁じられ、世界で最も重要な未登頂

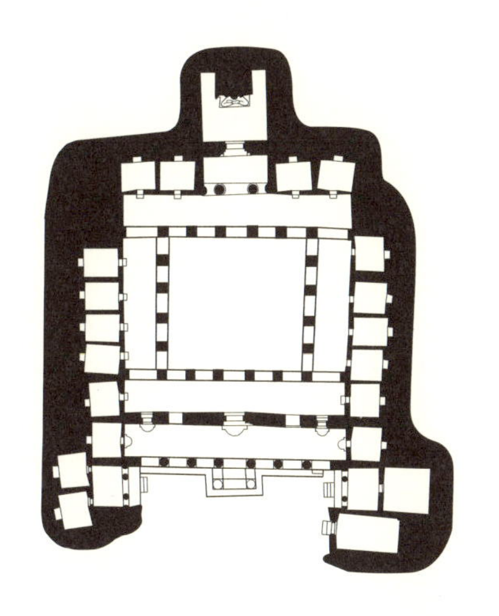

の山とされている。カイラスはサンスクリット語でクリスタルを意味し、チベット語の名前であるカンリンポチェ山は“雪の貴重な宝石”という意味だ。1950年に中国がチベットに軍事侵攻して、シヴァ神の住まいとされるカイラス山への巡礼は1954年から1978年まで中断された。その後、限られた人数のインド人巡礼者が厳重な監視の下で巡礼を許されるようになった。聖山の周囲の巡礼路は、徒歩またはポニーやヤクに乗って回るのに3日かかる。

アトランティス

Atlantis

アトランティスという名前を最初に使ったのは、プラトン（紀元前428-348年）だ。彼は対話篇の中で、自分の時代より9000年前、つまり先の氷河期に、ある大陸が地震によって海にのみこまれて失われたと語った。アトランティスは、現在はジブラルタル海峡として知られるヘラクレスの柱の外側のどこかに沈んでいるはずだとプラトンは考えていた。

「我々の記録にあるように、あなたがたの国家［アテナイ］はかつて、大西洋の遥か遠い地点から不遜にもヨーロッパ全体、さらにはアジアに攻め入ろうとした大軍を阻止した。当時の大西洋は航行可能であり、ギリシア人が『ヘラクレスの柱』と呼ぶ海峡のすぐ外側に、リビュアとアシアを合わせたよりも大きな島が存在した。旅人たちはその島からほかの島へ、島々から本物の大洋を囲む大陸全体へと渡ることが可能だった。我々のものである、前述の海峡の内側の海［地中海］は、入り口の狭い港のようなものだが、あちらは本物の海であり、それを囲む土地は、真実本当の意味で大陸と呼ぶにふさわしいものだ。このアトランティスという島に存在した王たちの同盟は驚くべき強大な権力を有し、島全体、またほかの多くの島々、大陸の一部を支配していた」

プラトンの親戚クリティアス（紀元前460-403年）によれば、アトランティスは、東はエジプトとチューレニア（エトルリア、現在のイタリア）までの地中海を征服し、そこに住む人々を奴隷にした。アテナイはアトランティス帝国に対する抵抗勢力と同盟を結成し、占領された土地を解放した。「しかしその後、大きな地震と洪水が起きて、不運な一昼夜で兵士たちは全員地面にのみこまれ、アトランティスの島も海の底に沈んだ」

アトランティスの場所については、多くの説がある。大部分は地中海の中または周辺（サルディーニャ島、クレタ島、サントリーニ島等）だが、中には遠く北極海、インドネシア、カリブ海にあったとする説もある。スパルタも、プラトンの記述中のいくつかの要素と一致し、候補のひとつになっている。スパルテル海底島（またはマフアン海底島）は、海中に沈んだ島で、ジブラルタル海峡のスパルテル岬の近くに位置し、最も高い場所で水深150フィート（46メートル）だ。この島はおよそ1万2000年前、最終氷期極相期の後、極冠が融けたことで海水面が上昇し、水面下に沈んだ。一方、同じ地域にあったとされるプラトンのアトランティスはおよそ1万1500年前に沈んだ。

アポロンの失われた都市

The 'Lost City of Apollo'

「失われた都市」の概念は、紀元前36年頃に40巻に及ぶ『歴史叢書』を著したギリシアの著述家、ディオドロス・シケリオテス（紀元前90頃-30年頃）が生んだ。彼は第2巻の3章で、神アポロンを崇拝し、ギリシア人に好意的に受け止められる“極北人”（ヒュペルボレオス人）［古代のギリシア人が信じていた北方の常春の地の住人］について述べている。「（極北人の）島にはアポロンのための壮大な聖なる区域と特筆すべき神殿があり、そこにはボール状の多くの供

物が供えられている。そして、島には同じ神を祀った町が存在し……いわゆる北国人、北風の神ボレアスの子孫がその町と聖なる区域を統治し、神が降臨して指導者を決める」

ディオドロスによると、その島はガリア地方の近海にあり、シチリア島と同じくらいの大きさだという。島の住民はハープを奏で、過去にギリシアの旅行者を受け入れ、旅行者が献辞を残した。月が近くにあるようだといわれるとおり、彼らの国では月が明らかに大きく見えた。気候は二毛作ができるほど良好だった。失われた都市はストーンヘンジ、ハープ奏者はドルイドだと特定された。ギリシア人とフェニキア人はたしかに、ローマの侵攻の何百年も前にブリテン島と交易を行っていた。

アレクサンドロス大王の墓

The Tomb of Alexander the Great

アレクサンドロス大王は、紀元前323年6月、バビロンのユーフラテス川畔で没した。遺体は川に流し、あとに残さないでほしいと望んでいた。消滅して天に昇った大王が、父と仰ぐ神アムモーン（ア

メン）のそばで永遠の時を過ごすという神話が生まれると考えたのだ。しかし、大王の武将たちは壮大な葬儀を計画した。葬列の行き先は当初マケドニアだったようだが、途中シリアでアレクサンドロス軍のマケドニア人武将プトレマイオスが迎えて行き先をエジプトへ変更、大王のミイラをメンフィスの墓に埋葬した。プトレマイオスは紀元前305年、プトレマイオス１世としてエジプト国王に即位、プトレマイオス朝を創始した。その後、プトレマイオス１世あるいはその息子のプトレマイオス２世の時代に、大王の遺体はメンフィスからアレクサンドリア［プトレマイオス朝の都］に埋葬し直される。のちにプトレマイオス４世愛父王（紀元前222/21-205年）が、先祖の遺体とともに大王の遺体も、アレクサンドリアに新設された公共霊廟に安置した。これで、アレクサンドロス大王が入った墓は、メンフィスとアレクサンドリアに３カ所となる。最初の墓も２番目の墓も見つかっていない。３番目の墓はアレクサンドリアで東西と南北の幹線道路が交差する地点に位置する。

のちにローマの初代皇帝アウグストゥスとなるオクタウィアヌスは、紀元前30年にクレオパトラ７世が自殺した直後、アレクサンドリアを訪れている。アレクサンドロス大王の遺体に詣でて、墓に花を供え、ミイラの頭に金の王冠を捧げたという。スエトニウスがこう書き残している。「このころ、オクタウィアヌスはアレクサンドロス大王の石棺と遺体を奥の聖所から運び出させ、しばし見つめたあと、金の王冠を捧げ、花を播いて敬意を表した。そして、プトレマイオスの墓参りもしたいかと問われて、『私が会いたかったのは王であって、死体ではない』と答えた」

スエトニウスはまた、紀元40年頃に「カリグラ［残虐性と暴政で知られるローマ皇帝ガイウス・カエサルの呼び名］は、軍事行動を起こす前でもしょっちゅう凱旋将軍のようないでたちだった。アレクサンドロス大王の石棺から取ってきた大王の胸当てを着用していることもあった」とも記している。カッシウスによると、紀元200年、「セウェルス帝は、入念に隠されていることでも何でも調べ上げた。人間のことも神のことも、何ひとつ未調査のままにはしておけない性分だったのだ。したがって、事実上すべての聖所から、ひそかに伝承が収められていそうな書物をすべて持ち出し、アレクサンドロス大王の墓を封鎖した。将来的に誰も、その遺体を目にしたり、前述した書物に書かれていることを読んだりする者がないようにするためだ」という。ヘロディアヌスは、ローマ皇帝の訪問では最後になる、カラカラ帝［セウェルス帝の子、大浴場の建設でも有名］が紀元215年に墓を訪れたときのことをこう記している。「全軍を引き連れて入市するやいなや、カラカラ帝は神殿に上がって盛大な捧げ物をし、大量の香を祭壇に供えた。そしてアレクサンドロス大王の墓へ向かい、自分が着ていた紫の衣を脱いで、はずした高価な宝石の指輪やベルトなど、身につけていた貴重品とともに墓に供えた」

大王の墓はおそらく損なわれているだろうし、紀元270年になってほどなく、アウレリアヌス帝の時代に政情不安だったころ、略奪もされたのではないだろうか。初期キリスト教の教父たち数人の話が信用できるとすれば、4世紀になると墓がどこにあるかわからなくなった。紀元400年頃、聖ヨハネ・クリュソストモスはこう書いている。「さて、アレクサンドロス大王の墓はどこにあるのだろう?　見せてほしいものだ。そして、大王の命日がいつなのか教えてほしい……彼の国の人々でさえ彼の墓を知らないのだ」

1989年、シーワ・オアシス［エジプト北西部］のいわゆるオラクル神殿の遺跡が再調査されたあと、アレクサンドロス大王が父と仰ぐ神アメンのそばにいたいと願っていたことから、そこに大王が埋葬されていると言われた。紀元前331年、アレクサンドロスはシーワを訪れ、かの有名なアメンの神託を受けた。アレクサンドロスがアメン神の息子であると示す神託だったようだ。その場所は、カイロの西330マイル（530キロメートル）、リビア国境付近である。

アレのUFO港

Ares UFO Port

フランスの南西部に位置する海沿いの小さな町アレ（人口5500人）で、1976年に町議会が開催され、おいしい食べ物と飲み物で大いに盛り上がった（フランス人は世界で唯一、会議の開催方法を心得ている人々だ）。笑い声のあがる中、町議会はUFO専用の港をつくるために総額およそ600ポンドの予算を承認した。1980年代になると、あるアメリカ人が、レーガン大統領はアメリカでこのアレの町と同じことをしなかったという不満を表明する手紙を、町議会に送った。その後2010年、町議会は、このUFO港が毎年2万人の観光客を誘致していることから、宇宙人が着陸の可否を判断できるような、視認性の高い赤と白の滑走路ライトと大きな吹き流しを追加した。2010年9月に行われた“着陸帯”上でのパーティーでは、牡蠣と白ワインがふるまわれた。地元観光局長のクリスチャン・エスプランディによれば、このパーティーの目玉は、「着陸した宇宙人がさびしいと感じないように」設置された、空飛ぶ円盤を模した金属製美術作品のお披露目だったそうだ。

ヴァルハラ——神々の住まい

Valhalla - Home of the Gods

北欧神話に出てくるヴァルハラ（Valhalla）の語源は、古ノルド語のvair（殺された戦士）とholl（館）。ア

スガルズにあるこの壮大な館では、戦で立派な死に方をした英雄たちが、トール神をはじめとする神々や女神たちと祝宴を開いて永遠に生きる。ヴァルハラの大広間内に、540室もあるトールの館ビルスキルニルが建っている。ヴァルハラ内の館のうちで息子トールの館がいちばん立派なのではないかと、オーディン神は言う。ヴァルハラの主はオーディンで、戦士たちはオーディンの侍女、ワルキューレたちに選ばれる。戦死した英雄たちにワルキューレは、エールや蜂蜜酒（ミード）を彼らが倒した敵の頭蓋骨に入れてすすめる。マジックマッシュルーム［幻覚を生ずるシビレタケ属のキノコ］を食べてハイな状態になってから戦いに趣いた、異常なまでに勇ましい戦士でもいたのではないだろうか。

失われた世界

The Lost World

『失われた世界（ロスト・ワールド）』は、サー・アーサー・コナン・ドイルが1912年に発表した冒険物語の題名だ。小説の舞台は、依然として恐竜が大地を歩き回っているというアマゾンの台地だが、世界には今でも発見されるのを待っている“失われた世界”と、数々の新たな種が存在する。

2007年、ニューギニア西部パプアのフォジャ山脈の探検では、ピグミー・ポッサムと、巨大ネズミの新種の哺乳類2種の存在が明らかになった。1年後の探検では、哺乳類の新種数種、爬虫類1種、両生類1種、12種以上の昆虫類、鳥類1種と、新種発見のさらに大きな収穫があった。発見されたのは、鼻が極端に突き出た樹上性アマガエル（愛称ピノキオガエル）、ネズミにしては巨大だが非常におとなしい、羊のような毛が生えた草食性のネズミ、目が黄色く、怪物ガーゴイルに似たヤモリ、カンガルー科で世界最小となる小さなフォレスト・ワラビー、それにいくつかの新種のミカドバトだ。そのほか、熱帯雨林の蜜を吸う小型の花蜜食の新種コウモリ、樹上性の新種の小型ネズミ、花をつける低木類の新種1種、新種のオオトカゲ1種、北米のオオバカマダラと関連のある新種の白黒の蝶が発見された。樹上性アマガエルが見つかったのは、キャンプ地の米袋からだった。このアマガエルの鼻はピノキオのように突きでており、オスがメスを呼び寄せるときには上を向くが、それが収まると収

縮して下向きになる。標高 7000 フィート（2130 メートル）を超えるフォジャ山脈には、未開発で人の知らざる熱帯雨林が 1160 平方マイル（3000 平方キロメートル）以上あるのだ。この最初の探検隊のニュースが流れると、すぐに"失われた世界"という名称が使われた。探検隊の一員、ブルース・ビーラー博士は、こう述べている。「世界中でここ何百万年、類を見ないペースで動植物が絶滅している中、この驚くべき姿の生き物の発見は、ずっと待ち望んでいた朗報だ。このような場所は、私たち生物すべてにとっての健全な未来の象徴であり、現在進行中の種の絶滅危機を止めるのが手遅れではないことを示している」

フォジャ山脈は、数千年にわたって種が人間に干渉されずに進化してきた、いわば陸の孤島なのだ。

2008 年、ロンドンにある王立植物園キューガーデンの保護活動家チームが、モザンビーク奥地の"知られざる未踏の楽園"の調査から戻った。標高の高い 27 平方マイル（70 平方キロメートル）にわたる山岳地帯は、人を寄せつけない地形のうえに、数十年にわたる戦争で立ち入り不可能だったことから、野生生物専門家や地図製作者に見逃されていた。存在が注目されたのは、イギリスの研究者が Google Earth で思いがけず緑の森の地域を見つけたのがきっかけだ。探検隊はマブ山周辺の人類未踏の地域を訪れ、コノハカメレオン、ハイガシラヤブコマ、それに蝶のコオナガコモンタイマイやオオシロモンアゲハなどの野生動物を発見した。蝶の新種は 3 種で、それまで未発見だった毒蛇や、めったに見られない蘭、ガボンマムシなどの大きな蛇や、珍しい鳥たちの群居地も発見された。持ち帰られた数百の植物標本から、さらなる新種の発見が期待されている。

失われた都市、"Z"

The Lost City of Z

パーシヴァル・ハリソン・フォーセット大佐（1867-1925 年頃）は、彼が"Z"と呼ぶブラジルの失われた古代都市を探して探検中、不明の状況下で息子とともに姿を消した。彼は 1906 年から 1907 年にかけて、王立地理学会のためにブラジルとボリビアのあいだのジャングル地域の地図をつくったが、体長 62 フィート（19 メートル）の巨大なアナコンダを目撃して撃ったと言い張り、学界で笑い者にされた。主張によると、ネグロ川との合流点に近いアブナ川に沿ってカヌーで航行していたときのことだという。カヌーの近くで幅が数フィートもある蛇の尾が、力強く、ゆるやかに波打ちながら、とぐろを巻くように蛇行したかと思うと、三角形の巨大な頭が川面から出てきた。彼と探検隊の面々が恐怖におののきながら見ていると、巨大なアナコンダが川岸に姿を現しは

じめた。フォーセットはそのアナコンダを撃ち殺したが、撃つ前に水面から出ていた体の部分は45フィート(13.7メートル)、水中にとどまっていた部分は17フィート(5.3メートル)あったという。隊員たちには、あまりにも重く、急速に腐敗する全長20メートル近い死体を、文明の利器が普及した地域に送る輸送手段がなかった。30フィート(9メートル)超のアナコンダの完全な個体は確認されていないが、南アメリカの熱帯の沼地や川に生息する水生大型蛇は4体把握されている。50フィート(15メートル)をゆうに超えるといわれる巨大蛇の未確認情報も複数ある。

フォーセットは、ほかにも動物学上未知の動物の存在を、いくつも報告していた。彼は1906年から1924年のあいだに7回の探検を行い、先住民と行動を共にした。1908年、フォーセットはベルデ川の源流をたどり、1913年には鼻が2つある犬を見たと発表した(393ページ参照)。第一次世界大戦で従軍したあとブラジルに戻ったフォーセットは、マト・グロッソ地域のどこかに存在すると信じ、みずから“Z”と名づけた、失われた都市を探しに出かけた。そして、探検隊が戻らない場合に救助隊が不運につきあわされて苦労しないよう、救助隊を送るなという指示を残した。息子のジャックとその長年の友人ローリー・リメルとともに、彼はブラジル人労働者2人、馬2頭、ラバ8頭、犬1匹を連れていった。探検隊からの最後の連絡は1925年5月29日、アマゾン川の支流を渡ろうとするところだった。先住民が最後にフォーセットの息子とその友人を見かけたとき、彼らは病気だったという。推定によると、フォーセットのその後と失われた都市の運命を明らかにしようと行われてきた数々の探検で、自発的に救助に向かった100人が死亡している。

宇宙と暗黒物質

The Universe and Dark Stuff

科学者によると、星やガス、銀河、塵など、目に見える物質だけでは宇宙の質量のほんの一部にしかならないのだという。天体望遠鏡でも見えないその物質を“暗黒物質(ダークマター)”という。視覚的に検知できる光は発しない。その存在は、目に見える物質への引力のはたらき方から推定するしかないのだ。

エデンの園

Garden of Eden

旧約聖書の「創世記」には、エデンの園は、神がおつくりになった最初の人間の男と女が暮らした場所だと書かれている。「創世記」にはエデンの園と4つの主要な川との位置関係が記されているので、多くの宗教ではエデンの園が実在

すると考えられていた。ほとんどの学者はエデンの園を中東のどこか、メソポタミア（イラク）の近くだと考えた。2009年に行われた遺伝子調査によれば、人類の起源はナミビアとアンゴラの国境地帯の荒涼とした土地だったと考えられている。現在その地域に住んでいるのはブッシュマン、またはサン族で、彼等が聖書のアダムとイヴに最も近い人々かもしれない。科学者たちは、サン族の話し言葉に特徴的な破裂音は、初期人類の言葉の名残かもしれないと考えている。だが、サン族はおよそ5万年前にアフリカ東部から移住してきた可能性があり、地理的な位置が間違っているかもしれない。同じ調査では、人間――150人規模の小さな部族集団――がおよそ5万年前に旅立ち、世界中に広まっていった起点を計算によって割りだした。紅海に面するアフリカ沿岸の中間点近くだった。

エリア51

Area 51

エリア51――正式名称グルーム・レイク空軍基地は、ラスヴェガスの北およそ90マイル（145キロメートル）に位置する秘密の軍事基地だ（本章〈ロズウェル事件〉の項を参照）。60平方マイル（155平方キロメートル）の土地の中央に、立ち入り禁止地区になっている空軍基地がある。ここは1950年代にU-2偵察機の試験場として選ばれ、以来グルーム・レイクはアメリカ軍の“闇予算”で秘密裡に開発された航空機が公式に認められるまでの試験場として使われてきた。基地と周囲の地域はUFOや陰謀論と関連づけられている。1989年、ボブ・ラザーはラスヴェガスのテレビ局で、エリア51の南にあるパプース・レイクで宇宙人の飛行船を研究していたと暴露した。以降、「エリア51」はアメリカ政府がUFOを隠しているという俗説のシンボルとなっ

た。UFOの目撃件数は数百にのぼり、ウィキペディアには興味のある人の参照用に「UFO目撃報告のリスト」というページが存在する。

エルドラド——黄金の都

El Dorado - the City of Gold

16世紀のヨーロッパ人は、南アメリカの山奥にエルドラドという、想像もできないほど金銀の豊富な大都市があると考えていた。スペイン人コンキスタドールたちはその黄金郷を探して、命を落とすことも多かったという。現在はコロンビアになっているアンデス山脈の頂近くに、地理的に孤立したチブチャ族が暮らしていた。そこでは金やエメラルドが豊富に産出し、新しい首長は聖別されるとき、樹脂を塗った全身にトウのストローで金粉を吹きつけられ、純金の彫像のようになった。文字どおり"黄金の人"という意味の"エルドラド"になった首長は、聖なるグアタビータ湖で沐浴の儀式を行った。その後チブチャ族がほかの部族に征服され、この風習は1480年頃に終わったが、言い伝えは中南米に広まり、何もかも黄金、銀、貴石でできている巨大な王国エルドラドの話が知れ渡った。エルドラドはその首都で、信じられない富を持つ黄金の都だとされたのだ。

1530年代に、現在のペルーにあったインカ帝国を征服したフランシスコ・ピサロは、首都クスコを目にして、その高度な技術と富に驚嘆した。あるインディオの部族からのインカ皇帝への使いが、インカ帝国がスペイン人に征服されたことを知らずにクスコに到着した。その使いはスペイン人に拷問され、自分はボゴタのジパ族出身であること、東方の山の上に別の王国があり、そこに住む部族は非常に裕福で首長は全身が黄金で覆われていることを話した。スペイン人は略奪するつもりでエルドラドを探したが、見つけられなかった。そのひとりはオリノコ川の周辺を探検して、友好的なインディオに助けられた。フアン・マルティネスというこの男によれば、何日間もインディオに目隠しされて、マナオという彼らの王国に連れていかれた。そこでは王宮内の何もかもが黄金でできていたという。またマルティネス

は、財宝を贈られたが、帰り道でほかのインディオに奪われたと語った。サー・ウォルター・ローリーは1586年にこの話を耳にして、エルドラドを探す旅に出て『ギアナの発見』という本を執筆した。その後1618年にも、マナオ／エルドラドを探す旅に出たが、見つけることはできなかった。

オークアイランドの埋蔵金
Oak Island Money Pit

海賊による財宝の隠し場所として最も興味深いのは、ヘンリー・モーガン船長と“キャプテン・キッド”ことウィリアム・キッド船長にまつわるものだろう。そこはカナダのノヴァスコシア州南岸にある島、オークアイランドで、1795年に穴が発見されたあと、一度発掘が中断されていたが、数年後に再開すると、丸太や粘土の層の中から謎の文字が記された石版が発見された。解読された文章は、「40フィート（12メートル）下に200万ポンドを埋めた」というものだった。以後、長年にわたって財宝探しがされたものの、掘ると海水があふれて来るような仕掛けなどがあって掘削が進まず、地下に人工の砂浜がつくられていたことはわかったが、財宝が発見されることはなかった。1965年には、掘削現場の縦穴で4人の男が死んでいる。残念ながら詳しく書いているスペースはないが、この財宝についてはいくつもの本が書かれているし、情報を得るにはhttps://www.oakislandmoneypit.com/　などのウェブサイトも有効だろう。

ガーウェイ——聖マイケルの教会
Garway - St Michael's Church

イングランドとウェールズの境、スケンフリスの近くに建つこの教会は、元の名前をスランガレウィといって、600年頃にケルティック・クリスチャニティーの教会土台の上に建てられた。初めて石造りの教会を建てたのは、この土地をヘンリー2世から賜ったテンプル騎士団だった。この教会には非常に珍しい円形の身廊があり、元々の教会の基礎は1927年に発掘された。イングランドとウェールズに6カ所あるテンプル騎士団の教会のうちのひとつだ。1200年頃、教会とは離れた場所に塔がつくられてウェールズ人の攻撃からの避難所として使われた。身廊と結ばれたのは15世紀になってからだ。非常に重要な教会だったので、テンプル騎士団最後の総長ジャック・ド・モレーが1294年にここを訪れている。その後1307年から1314年のあいだ、テンプル騎士団はフランス国王やローマ教皇によって解散させられ、モレーは拷問の上で処刑された。ガーウェイのテンプル騎士団の土地

は近くのディンモアにあったホスピタル騎士団に譲られた。15世紀、ホスピタル騎士団は円形の身廊を伝統的な身廊に改修した。教会は独特で貴重な特徴を備え、テンプル騎士団の歴史に興味を持つ人たちの案内所のような場所になった。大陸からテンプル騎士団総長が訪問したことに加えて、近くのラグラン城が内戦で焼失する前に、その大図書室からとても貴重な品物が教会に持ちこまれたと言われている。それは聖杯だったとする向きもある。

パレルモのカプチン会修道士墓所

the Capuchin Catacombs of Palermo

1599年、あるシチリア人修道士が急死した。数か月後、別の修道士が彼の墓を訪ねると、死んだ修道士はミイラになっていた。仲間の修道士たちも、死後はミイラにされることを希望した。やがてそれは一種のステータス・シンボルとなり、裕福な市民たちはいちばんいい服を着てミイラにされたり、防腐処理をされて壁龕に安置されるようになった。場所が足りなくなると、死体はフックで吊りさげられたが、年齢、性別、職業、地位によって分類された。1920年代になり、死体をミイラにすることは禁じられたが、今でも私たちは、揺り椅子に座った子供、机に向かっている弁護士、軍服を着た兵士、罪を償うために首に縄を巻いた聖職者などのミイラを見ることができる。遺体は特別な房で8か月間にわたって乾燥処理され、それから酢に浸される。人々は遺書で、どの服を着たいか、一定期間で着替えたいかといった遺志を書き残す。過去400年間にわたるファッションスタイルを見られるのも素晴らしいが、一部の死体は皮膚、髪の毛、睫毛まで見事に保存されている。

ガラス質の砦

Vitrified Forts

ヨーロッパのあちこちに、天然石の囲いが見られる。多くが丘の上にある防衛目的の砦で、防壁は火にさらされている。おおむね、難攻不落な丘に立地する。防壁の大きさはさまざまだが、高さ12フィート（3.6メートル）に及び、堤防と見まがうほど広大なものもいくつかある。防御の弱点となるところは二重、三重の防壁で強化されているが、未切削未加工の石を大きなブロックに塁壁を組み立て、やや離れたところにあるガラス質の中心部を囲むように並べたものもある。こうした構造物に石灰やセメント［接着

風の塔

アテネのアクロポリスやパルテノン神殿から見渡せるローマ人のアゴラ［広場、集会所］に、アンドロニコスの時計台（ホロロジオン）という、八角形の大理石の建造物が立っている。紀元前50年頃にマケドニアの天文学者アンドロニコスが建設したものだ。今では風の塔という名所になっている。古代ギリシアの偉大な彫刻家たちが利用し、エルギンの大理石彫刻［エルギン伯が収集、大英博物館に寄贈した古代アテナイの大理石彫刻コレクション］の素材でもある、ペンテリクス大理石でつくられた。ガラスのように輝く大理石の塔は、高さ40フィート（12メートル）。もともとてっぺんに海神トリトンを模した回転風向計が冠されていた。古代の人々にとって、風は神聖な力を宿すものであり、円錐形の屋根のすぐ下にある装飾帯には8面それぞれ、その面が向いている方位をつかさどる風の神が彫刻されている。“時計台”という言葉から、アンドロニコスが塔に組み入れたもうひとつの機能もわかる。塔は日時計でもあり、内部には上方アクロポリスから供給された複雑な水時計が組み込まれている。

風向き	風の神	彫刻
北	ボレアス	厚い外套をまとい、巻き貝を吹く男
北東	カイキアス	雹をちりばめた盾を構えた髭の男
東	エウロス	果実と穀物をたっぷり包んだ外套を持つ男
南東	アペリテオス	暴風雨に耐えて外套にぴったりくるまる老人
南	ノトス	甕から水を注ぎ出す男
南西	リプス	航海でよい風に恵まれるという意味で、船の船尾を押す少年
西	ゼフュロス	空中に花をまく若者
北西	スキロン	熱い灰と石炭でいっぱいになった青銅の大釜を傾ける、髭のある男

剤、充填剤］は使われていない。防壁は、建材の岩石を融解させることによって固めたようだ。熱融解ガラス化は超高温加熱によって起こる現象で、各所の砦で完成度に差がある。石が部分的にしか融解せず、煆焼（かしょう）されただけの場合もある。また、接触した石の縁が融解してしっかり接着されている砦もある。ひとつひとつガラス質の上塗りをほどこされたような石が、全体としてひとつにまとまっていることが多い。防壁全体がひとつのガラス化した物質の塊となっていることもある。なぜ防壁をガラス化させたのか、その理由はよくわからない。加熱すれば、その構造物はむしろ弱体化するのだ。ガラス化というのは、ケイ酸塩鉱物がほとんどの岩石が融解してガラス状の非結晶質固体になる化学変化であり、煆焼（焼成）は水分がなくなって、炭酸塩岩石に酸化や還元が起こることだ。ガラス化させるには常時高温状態を保って、火力を慎重に管理しつつ、防壁を加熱しなければならないはずで、戦闘によるダメージとは思えない。ガラス質の砦がスコットランドで50例発見されているが、そのほかのおよそ100例はアイルランド、ドイツ、ポルトガル、ハンガリー、フランスで見つかったものだ。何百という砦があるウェールズには1例もないし、イングランドにもない。燃焼された砦の年代は新石器時代からローマ時代までにまたがる。並はずれた加熱のしかたで、構造物の一部あるいは全部がガラス化したり煆焼されたりしている。花崗岩、玄武岩、片麻岩そのほかのケイ酸塩岩石は約658度で結晶化しはじめ、1050-1235度の高温にさらされると融解、ガラス化する。石灰岩や苦灰石（ドロマイト）など炭酸塩岩石は、800度の高温にさらされると煆焼されて酸化物となる。わざわざそんなことをした理由は謎のままだ。

キャメロット——アーサー王の城
Camelot - The Court of Arthur

キャメロット城はアーサー王の城として最も有名だが、初期のアーサー王伝説には記述がない。キャメロットが登場したのは1170年代、クレティアン・ド・トロワの書いたランスロットの詩の中で、“カーリオン”と呼ばれていた。ウェールズのモンマスシャーにあるカーレオンには、ローマ時代の巨大な城塞兼円形劇場があり、ウェールズでは昔からアーサー王の城や円卓と関連付けられていたが、その言葉を最初に書き記したのは、クレティアンと、『ブリタニア列王史』を書いたジェフリー・オブ・モンマスだった。ジェフリーの素晴らしい遺跡と大浴場に関する文章は、ウェールズの伝承『マビノギオン』の中の「キルッフとオルウェン」を参考にしている。「キルッフとオルウェン」が最初に書かれたのは11世紀らしい。その

中でアーサー王の3つの主要な城はケルノウ(Cernyw)のケシュウィグ(Celliwig)にあったと書かれている。同じケルノウという発音のCerniw(コーンウォールのウェールズ名)とCernywの混同は禁物だ。Cernywは初期のGlywyssing(グラモーガン、モンマスシャー、グロースターシャーの一部)地域に興った王国とその従属国の名前だが、その名は6世紀には使われなくなった。おそらくコーンウォールに住む同胞のブリトン人との混同を避けるためだろう。あいにく後世の学者たちはキャメロット(ケルノウのケシュウィグ)をコーンウォールの不明な場所と結びつけたが、ケルノウのケシュウィグ(Cellwig、森の木立ち)は、カーリオンから数マイルの、マンモスシャーとグラモーガンの境界に位置していた。6世紀のベドウィン司教(アーサー王伝説ではサー・ボードウィン)はアーサー王の古い騎士のひとりで、軍総司令官、ブリテンの統治者のひとりに任命され、医師および隠者として一生を終えた。さまざまな説があるにしろ、とにかくアーサー王の主力の城は、モンマスシャーのニューポートからほんの数マイルのところにあった。

金星——宵の明星

Venus - the Night Star

金星は恒星ではなく惑星だが、月を別にすると、夜空で最も明るく輝く天体である。自転周期(243日)が太陽を1周する公転周期(224.5日)よりも長いので、金星の1日は1年よりも長い。太陽に最も近い惑星である水星が、赤道地域の気温700ケルビン(427度)と、最も暑い惑星だと思われる。極地方でさえ380ケルビン(107度)の暑さだ。ところが、夜間の気温は100ケルビン、つまりマイナス173度にまで下がる。日中は酷暑で夜間寒いのは、太陽熱を閉じ込める大気がないからだ。しかし、金星には全惑星中最も厚い大気がある。大気圧が、地球の海面気圧の93倍という高さなのだ。金星の大気はほとんど二酸化炭素で構成されているが、その〈温室効果ガス〉に太陽熱を効果的に閉じ込めるという特質がある。そのため、金星の平均気温は735ケルビン(462度)だ。しかも、金星じゅうどこでも、日中だろうと夜間だろうとその気温で一定している。分厚い大気が太陽熱を閉じ込め、気象によって一定気温が惑星全体にくまなく行き渡るのだ。

グローゼルの謎
The Glozel Mystery

1924年、フランスの小さな村落グローゼルに住む農夫の息子、17歳のエミール・フラダンは、偶然にも史上最も論議を呼ぶ考古学的発見をした。父親と畑を耕している最中に牛が穴に足をとられ、出してやったところ、石積みの楕円形の穴を発見したのだ。中には人間の頭蓋骨と彫りを入れた骨や小石、壺、それに不思議な記号が刻まれた粘土板が入っていた。考古学愛好家ドクター・アントニン・モルレ（1882-1965年）は、さらに範囲を広げて発掘を開始し、ほかに類を見ない新石器時代の遺跡であるとの結論を出した。彼はすぐに発見の数々を公表したが、発見したものの多くが既知の新石器時代のどの遺物にも似ていなかったため、ペテン師呼ばわりされた。エミール・フラダンも偽造の旨で告発され、家族の農場に警察の強制捜査が入った。フラダンは名誉棄損だと反撃に出て、農場の離れに小さな博物館を設け、ル・シャン・デ・モール（死者の地）から出土した2000を超える発掘物を展示した。

50年後、科学者たちは新たに開発された熱ルミネッセンス年代測定技術を駆使して、発掘現場の陶磁器を検査することにした。その結果、陶磁器は1920年代のものでも新石器時代のものでもなく、後期鉄器時代／ガロ・ロマン時代（紀元前200頃-後400年頃）のものだった。その後20年のあいだに、楕円形の穴は12世紀から13世紀のガラスの窯らしいこと、人間の埋葬など中世初期以降の行為が行われていたことが判明した。放射性炭素年代測定では、彫りの入った骨が1100年頃から1300年頃の中世のものだと明らかになった。また、熱ルミネッセンス年代測定法で年代が確定した遺物には、その地域や時代の文化の記録によくある典型的なものはひとつもなかった。1970年代半ば以降の科学的な年代測定法で検査をしていなければ、多くの人が、この発掘現場を悪ふざけだと片づけてしまっていただろう。

コスタリカの石球
Costa Rica's Giant Balls

スペイン語でラス・ボラス・グランデスと呼ばれる石球は、1930年代、ディキスデルタにバナナのプランテーションをつくろうとしたユナイテッド・フルーツ・カンパニーがジャングルを開墾したことで発見された。現在ある300個の石球はほぼすべて、元あった場所から動かされている。大きさは直径十数センチメートルで重さ数ポンドのものから、直径8フィート(2.4メートル）で重さは16トン以上あるものまでさまざまだ。ほとんどすべての石球は、硬質の火成岩である斑糲岩のひとつの岩から人の手でつくられている。かつては数千個あったが、中に宝物があると思われて割られたり、庭園を飾るために持ち去られたりした。1940年代、ハーヴァード大学のドクター・サミュエル・ロスラップは、45個の石球が異なる場所で発見されたことを知った。石球は人里からかな

巨石建造物群

巨石建造物群とは、ヨーロッパ、アジア、アフリカ、オーストラリア、南北アメリカに見られる、大きな石でできた建造物や直立させた石の集まりで、宗教的・天文学的のいずれか、または両方の意義があったと考えられている。その多くは新石器時代や青銅器時代初期に建てられた。巨石(「大石」)は、大きく2つに分類される。自然石を立てた上に大きな平らな石を載せた“ドルメン”(支石墓)は石室古墳や方墳で、通常死者を葬った空洞や部屋がひとつ以上ある。別の部屋とつながる長い石室や、広い空間があるものも存在し、長い部屋は“羨道墳”の名で知られる。土で覆われて山のように盛り上がっている墓を古墳と呼ぶ。ドルメンは死体を埋葬する以外の目的にも使われていたに違いない。というのも、いずれの場所でも遺体の残骸が発見されていないからだ。太陽の特定の至点で太陽と並ぶ開口部を備えたものが多い。春分に通路に日光が差し込めば、太陽の神による「母なる大地」の肥沃を象徴となり、豊作や家畜の健康を保証することができるからだ。“メンヒル”(立石)は直立した石の集まり、またはその集合体や、環状列石またはクロムレックと呼ばれる形状に並んだもの。土手や溝が石を囲んでいる場合は、ヘンジと呼ぶ。メンヒルはウェールズ語のメーン(石)とヒル(高い)に由来する。立石、中でも空洞のあるものには、治癒を促す超自然的または魔法の力があると考えられていた。病気の人々は健康を取り戻そうと穴をはいくぐった。巨石建造物が最も集中しているのはブルターニュのカルナックだ。元は推定1万1000個あった石のうち、現在もドルメンや古墳や環状列石の形に並んでいるのは3000個だけ。上に古墳がかぶさったあるドルメンは、紀元前4700年にさかのぼる。

巨大なストーンサークル

イギリス、ウィルトシャー州のエイヴベリー遺跡のストーンサークル

チャネル諸島のジャージー(イギリス領代官管轄区)のストーンサークル

カンブリア州ケズウィック近郊のドルイド教のストーンサークル

コーンウォール州ペンザンス近郊のストーンサークル、メリー・メイデンズ

イランのダラブにあるドルイド教の
ストーンヘンジ

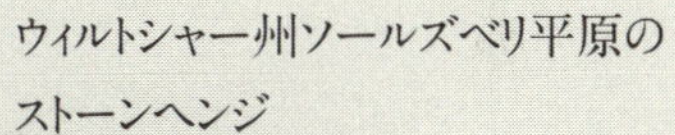

ウィルトシャー州ソールズベリ平原の
ストーンヘンジ

り離れた山の中にあり、ほぼ完璧な真球もあった。三角形をつくるように置かれていたり、長い直線または曲線を描くように置かれていたり、小さな石球は墓に入れられたりしていた。未完成の石球はひとつも見つかっていない。また完成した石球は50マイル（80キロメートル）離れた石切り場から運ばれていた。つくり方はたぶん、丸い大きな石を慎重に割ったり打ったり削ったりして球形にしたのだろう。球形に近くなってきたところで、熱（熱した石炭）を加えて表面を焼き、冷やした（冷たい水）。ほぼ球形になると、さらに同じ石でできた道具でコツコツと打ったり叩いたりした。最後に研磨して光沢を出した。この方法は磨製の石斧や石像をつくるときのやり方と似ている。

石球は紀元前200年頃から800年まで続いたアグアス・ブエナス文化の遺跡発掘現場や埋没した層にあった。4つのまとまりの石球が磁北を指すように直線に並べられていたこともあった。残念なことに、ほとんどの石が元の場所から動かされている、こうした配置は一部しか残っていない。配置されているものも含めて石球の多くは、低い盛り土の上に置かれていた。農地に置かれていた石球は作物の収穫後に周期的に焼かれて、滑らかだった表面にひびが入り、割れたり浸食されたりした。最大の石球として知られていた石もそのようにして壊れた。

サントリーニ島と10の災い

Santorini and the Ten Plagues

ギリシアのサントリーニ島（ティーラ島とも呼ばれる）は、大規模な火山噴火の名残だ。そのミノア噴火［海底火山の爆発的噴火］は、クレタ島のミノア文明が絶頂にあった、今から3600年前に起きた。噴火のマグマによって巨大なカルデラが形成され、そのまわりには何十メートルもの深さの火山灰が堆積して、南方68マイル（110キロメートル）にあるクレタ島に巨大な津波が押し寄せたことと、火山灰の雲が長期間覆ったことによる農業への影響が、ミノア文明の崩壊につながったのだった。

旧約聖書の「出エジプト記」には、古代エジプトで奴隷状態にあったイスラエル人を救出するため、エジプトに対して神が“10の災い”もたらしたとある。その内容は、この未曾有の大噴火のことを言っているとも考えられる。その災いとは、完全な暗闇と、ナイル川の水が血に変わること、激しい雹（ひょう）が降ること、家畜に疫病が流行ること、腫れ物やカエル、シラミ、蝿、イナゴを放つこと、そして、生まれた長子がすべて死ぬことだ。グラハム・フィリップスは著書『モーゼの伝説』の中で、こうしたことはみな、分厚い火山灰の雲がナイルの三角地帯にあたる太陽の光をさえぎったことに起因する可能性がある、と述べている。

ワシントン州のセント・ヘレンズ山が1980年に噴火したときは、火山灰の雲のため500マイル（800キロメートル）

にわたって太陽がさえぎられた。高温の火山噴出物が雹のように降って作物がつぶされ、いたるところにある酸性の塵のせいで何百人もの人が皮膚障害に悩まされ、家畜が死んでいった。川や湖には死んだ魚が浮かび、水は浄化しないと飲めなかった。聖書には、こう書かれている。「……それで川の魚は死に、川は臭くなり、エジプトびとは川の水を飲むことができなくなった」(「出エジプト記」7章21節)

セント・ヘレンズ山の噴火後、ワシントン州ではカエルの異常発生があった。あまりにもたくさんのカエルが轢死したため、道路がぬるぬるになって運転するのが危険な状態になったという。カエルの大群は、家や配水管を荒らした。火山灰は魚を死なせたが、カエルの卵をつぶすことはできなかった。オタマジャクシは、サギなどの天敵がこの地域から逃げてしまったことで、どんどんカエルに成長していったのだった。昆虫が大量に繁殖する現象も、火山の噴火後に記録されている。これもまた、自然界の天敵が死んでしまったか、逃げてしまったことによる。そして昆虫たちは、食べ物を求めて火山灰地帯の外に出て行く。1902年のマルティニーク島大噴火のあと、生き残った人間のもとを羽アリの群れが襲い、イナゴの大群のようにあらゆる作物を食べ尽くしたという。

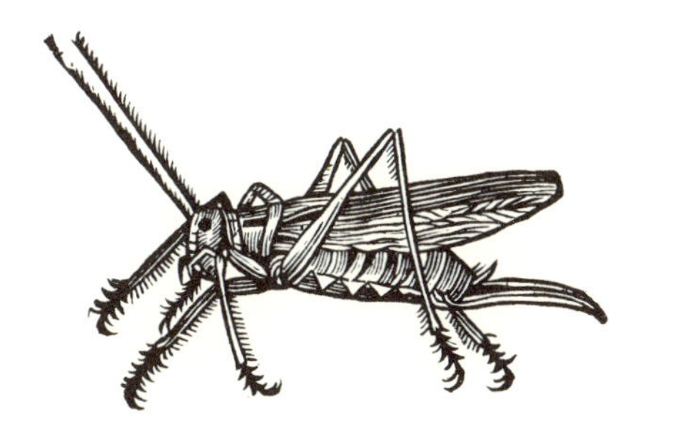

シャングリラ
Shangri-La

イギリスの作家ジェイムズ・ヒルトンが1933年に発表した小説、『失われた地平線』の中に出てくる架空の地の呼び名。それ以来この言葉は、長寿や健康、幸福につながる隠された理想郷の代名詞として使われるようになった。

白ピラミッド
The White Pyramid

学者たちのあいだでは中国にもピラミッドがあると考えられていたが、一般人の話題にものぼるようになったのは、第二次世界大戦後のことだ。ジェイムズ・ガウスマンというアメリカ軍パイロットが、中国とインドが戦っていた1945年に、白ピラミッドを見た。「機体を傾けて山をよけると、平坦な盆地に出た。機の真下に巨大な白いピラミッドがある。おとぎ話から抜け出してきたかのように見えた。ちらちら光る白にすっぽり包まれていた。金属、それとも石か何かだろうか。全面純白だった。みごとといえば頂石(キャップストーン)で、水晶に違いない、巨大な宝石のようだ。私たちはその巨大さに圧倒された」

世界“最大”のピラミッドが、中国の

"立ち入り禁止区域"内の秦嶺(しんれい)山地［中国中部、黄河流域と長江流域のあいだ］にあると噂されていた。1000フィート（300メートル）近い高さで、溜めておいた土と粘土で築かれていると推定され、巨大な墳墓があるという（ギザの大ピラミッドは高さは147メートル）。中国政府は当初ピラミッドの存在を否定していたが、1978年以降公開されている茂陵には、"白ピラミッド"で見つかった遺物が展示されている。中国のピラミッドは古代中国の皇帝や皇族をまつる霊廟や陵墓として建造されたものだ。陝西省西安の北西16-20マイル（26-32キロメートル）のあいだに約38基ある。最も有名なのが、兵馬俑（149ページ参照）坑から1マイル西の秦［紀元前221-206年］始皇帝陵だ。中国では漢［紀元前206-紀元220年］、唐［618-907年］、宋［960-1279年］、西夏［1038-1227年］といった時代にも、ピラミッドが建造された。頂部が平らで、エジプトのピラミッドよりメキシコの古代都市テオティワカンのピラミッド（140ページ参照）に似ている。漢の武帝（紀元前157-87年）の墓、茂陵は、西安から約25マイル（40キロメートル）に位置する。この陵墓が"中国のピラミッド"と呼ばれるのは、規模が最大であるばかりか、前漢（紀元前206-後24年）時代に建造された皇帝の陵墓のうちで最も豪華な副葬品を備えているからでもある。建造に53年を費やし、皇帝は毎年みずからの年収の3分の1をその工事費に充てた。高さ約153フィート（47メートル）、基部

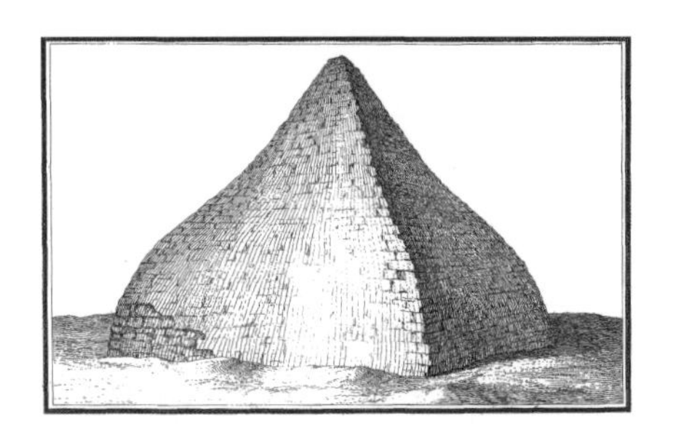

の各辺が約700フィート（213メートル）にもなる。茂陵周辺に、20あまりの墳墓が今も武帝に付き添っている。そのほとんどは皇帝の后、重臣、高位の貴族たちの墓所である。玄室には、どれも6頭立ての荷馬車が通れる幅の、4カ所の通路から出入りできる。玄室への4カ所の入り口に、盗掘者から守るための剣や石弓が隠されていた。墓には6頭立ての荷馬車、トラやヒョウそのほかの動物の像をはじめ、金、銀そのほかの貴重品、絹織物、衣服、穀物、日用品も収められた。口に翡翠を含ませた皇帝の遺体が、金糸で縫い綴じた翡翠の葬服にくるまれた。前漢時代末期、"赤眉"（眉を朱で染めて集団の目印とした農民反乱の参加者たち）が金銀その他数々の財宝を墓から奪い去った。

蜃気楼

Mirages

筆者はかつて、イランのフゼスタン州アフヴァーズ付近の砂漠で、はるか遠くにきらめく湖のむこうに、ニューヨークの摩天楼のような幻想的な都市と、それが湖面に映る姿を見たことがある。よく見る

と、それはただの泥土でできた小屋の集まりで、半径何マイルにもわたって水はなかった。自然に発生するこの光学現象が起こす視覚効果を説明することは、不可能に近い。光線が曲折して遠くの物体や空の様子を別の場所に映し出すと言うしかない。蜃気楼は実際にカメラで撮影することができる。光線が屈折し、観察者のいる位置にそこに虚像をつくりだすからだ。蜃気楼は「下方屈折蜃気楼」(実際の物体より下に現れるもの)と、「上方屈折蜃気楼」(実際の物体より上に現れるもの)、そして非常に精巧で、階層状に虚像が重なり、あっという間に移ろい変わる「ファタ・モルガナ」(149ページ参照)に分類できる。映像が表すと思われるものは、人の心理的解釈能力によって決まる。たとえば陸上に見える下方屈折蜃気楼は、小さな水たまりの反射と非常に簡単に間違えやすい。

ジンバブエ廃都跡――巨大な遺跡群
Zimbabwe - the Great Ruins

グレートジンバブエ遺跡群は、無数の石をてっぺんまでモルタルで接合せずに完璧なバランスで互い違いに積み上げた巨塔や建造物が壮観な、世界遺産登録地だ。グレートジンバブエ社会は11世紀に、金や象牙をポルトガルやアラブの陶器、布、ガラスと交換する通商で勢力を伸ばしていった。富み栄えたグレートジンバブエの人々は、やがて200平方マイル(500平方キロメートル)を超える帝国を築く。そして15世紀、グレートジンバ

ブエは人口過剰、病気の蔓延、政争がもとで衰退していった。今は巨大な方形の花崗岩で築かれた石造建築が、廃墟都市となって残る。ここの建造物はアフリカ原住民たちが1250年から1450年にかけて築いたものだ。グレートエンクロージャーは、サハラ砂漠以南で単体では最大の古代建造物だ。高さ36フィート(11メートル)、厚さ18フィート(5.5メートル)の壁で、およそ820フィート(250メートル)にわたって囲まれている。2面の高い壁が平行して長さ190フィート(58メートル)の細い通路をつくり、有名な円錐塔に直通している。この廃墟が再発見されたのは1867年になってからで、ローデシアという国名だった"白人優越"の植民地時代には、グレートジンバブエの建国者が黒人だとは信じない者が多く、

フェニキア人かアラブ人だろうと考えられていた。1929年にやっと、この壮大な石造建築がバントゥー語系の黒人によるものだと決定的に証明されたのだった。

スフィンクス――世界最古の彫像か?
The Sphinx - the Oldest Sculpture In the World?

この古代世界最大級の彫像は、長さ240フィート(73メートル)、高さ66フィート(20メートル)の一枚岩を彫ってつくられた。頭部は胴体部分と違う石灰岩の層で、浸食されにくい。石灰岩の丘を掘り下げたので、胴体の部分をつくるために切り出した大量のブロックは、スフィンクスのすぐ南側にある神殿を建造する石材に使われた。

スフィンクスはエジプト古王国時代、第四王朝のファラオであるカフラーによって修復されたと思われるが、その年代は定かでない。19世紀に銘板“Inventory Stele”がギザ高原で発見され、それにはカフラーの前任者であるクフ王(在位紀元前2589-2556年)がスフィンクスのそばに寺院をつくるよう命じた、とあった。近年の地質学者たちは、スフィンクスの胴体がひどく浸食されているのは、これまで言われてきたように風と砂によるものではなく、水によるものだと結論づけた。スフィンクスの胴体が砂に覆われていれば、風による浸食は考えられないが、スフィンクスは1817年に肩の部分が発見されるまで5000年間そのような状態にあったわけだ。地質学者たちは、遠い昔のエジプトで深刻な大雨と洪水があったことで意見が一致している。

また、スフィンクスの年代については、もうひとつ、ライオンの姿をしていることの天文学的な意味合いが証拠となるだろう。地球の自転軸のわずかな傾きによって生まれる歳差運動のせいで、2160年ごとに、春分点の太陽が昇る背景となっている星座は別のものになっていく。その春分点の星座を象徴して、春分点の星座の時代と言っているが、過去2000年、西暦が始まってからは、うお座の時代だった。その前が牡羊座の時代、さらにその前が牡牛座の時代だ。紀元前2000年までのあいだ、ほぼ牡羊座の時代、エジプト王朝では牡羊を題材にした図像が多かったし、クレタ島のミノア文明が興ったのは牡牛座の時代だった。地質学的調査によれば、スフィンクスがつくられたのは紀元前1万年以前のいつかと考えられており、その時期は獅子座の時代である紀元前10970年から8810

年に重なるのである。今はコンピュータ・プログラムにより、夜空のどんな部分であろうと、地球上のどんな場所から見たものであろうと、未来や過去のどんな時代から見たものであろうと、正確な図をつくりだすことができる。グラハム・ハンコックは『天の鏡―失われた文明を求めて』の中で、こう書いている。「コンピュータ・シミュレーションによれば、紀元前10500年に春分点の太陽は獅子座にいた。つまり、その時代の夜明けから1時間前、獅子座は東の方向の、太陽が昇ってくるあたりの地平線に沿って横たわっていたということだ。このことは、ライオンの姿をして東を向いているスフィンクスが、天界におけるみずからの片割れとみなしていたと思われる星座を、まっすぐに見つめていたことを意味する」

この紀元前10000年説が証明されれば素晴らしいことだが、多くの専門家たちが、スフィンクスはカフラー王によって紀元前2560年につくられたと信じている。

世界の終わり

The End of the World

この滅亡説は、マヤ文明でつくられていた暦に基づいている。マヤ文明は、中央アメリカの熱帯雨林で2000年にわたって栄えた文明だが、900年頃に衰退し、その原因は解明されていない。マヤ暦の太陰月（新月と次の新月のあいだの期間）は29.5305日、つまり255万1435秒だ。マヤ人は望遠鏡もコンピュータも使わずに、250万秒以上でわずか34秒しかずれていない。また彼らは、木星や火星をはじめとする惑星の動きも正確に計算し、数世紀先まで日食および月食がいつ起きるかも知っていた。こうした非常に精密な予測から、終末論者たちは、マヤの長期暦が彼等の記録で13.0.0.0.となっている日に突然終わっていることに懸念を抱いた。現在我々が使っているグレゴリオ暦のカレンダーでは、その日は2012年12月21日にあたる。マヤ人がその日に何が起きると考えていたのかの唯一の手掛かりは、1960年代にメキシコの道路工事で発見された古い石板だけだ。その石板には象形文字で、2012年と、マヤの戦争と創造の神であるボロン=ヨクテについて書かれていた。石板が割れているせいで、文章の最後は読めないが、メキシコ人考古学者は次のように翻訳した。「彼が空から降りてくる」

筆者としては我が身の不運を思わざるを得ない。なぜなら、ちょうどその頃にこの本の印税が入る予定になっているからだ。

セント・エルヴィス教会

St Elvis Church

セント・エルヴィス教区は大ブリテン島でいちばん規模が小さいが、セント・エルヴィス教区牧師の称号は、近くにあるソルヴァ［ウェールズ南西部セント・ブライズ湾に面する小さな港町］のセント・テイロー教会区司祭の称号にまさる。セント・エルヴィスの名は、遅くとも16世紀から地図

世界の七不思議

これらの七不思議はすべて地中海地域に存在するものであり、この7つが選ばれたのは、古代ギリシア人が完全性と豊かさをあらわしていると信じたからだった。現代の我々が7を「ラッキーな」番号とするのは、この考えに由来する。ヘロドトス（紀元前484-425年頃）もカリマコス（紀元前305頃-240年）も、"thaumata" つまり「見るべきもの」のリストをつくっており、それには以下のものが含まれていた。

1. ロードス島の巨像

紀元前292年から280年にかけて建造された、古代ギリシアの太陽神ヘリオスの彫像で、港に両脚を広げて立っている。外装は青銅板で覆われ、高さは107フィート（33メートル）以上で、それが高さ50フィート（15メートル）の白い大理石の台座に載っていた。

2. ギザの大ピラミッド

紀元前2560年頃に、エジプト第四王朝のファラオ、クフ王の墳墓として、ヘミウヌを建築家として建造された。1個が重さ1トン以上もある石灰岩230万個以上を積み重ねたもので、13エーカー（5ヘクタール）以上の敷地を占めた。完成時の高さは146.6メートルで、14世紀にリンカーン大聖堂（高さ160メートル）が完成するまで世界一高い建造物であった。

3. バビロンの空中庭園

イラクにあったこの空中庭園は、新バビロニア帝国の王ネブカドネザル2世が、ペルシア出身で故国の緑を懐かしむ王妃アミュティスのためにつくったものと言われる。ただし、アッシリアの王センナケリブがティグリス川沿いにあるアッシリアの首都ニネヴェにつくったものが、バビロンの空中庭園と混同されたとする説もある。

4. イシュタル門——のちにアレクサンドリアの大灯台に差し替え

イシュタル門は初期の七不思議リストにあったもので、その二重の門の片方がベルリンのペルガモン博物館に復元されている。紀元前575年、新バビロニアのネブカドネザル2世が女神イシュタルに捧げるため、バビロンの市壁を形成する8番目の門として建設した。門を彩る彫刻のほとんどは、現在ドイツにある。

アレクサンドリアの大灯台は、紀元前280年から247年のあいだにエジプトのアレクサンドリア湾岸にあるファロス島に建造された。灯台の高さは390-460フィート（120-140メートル）で、当時はギザのピラミッドに次ぐ驚異的な高さだった。現在は東側の港の海底に遺構が発見されている。

5. ハリカルナソスのマウソロス霊廟

紀元前350年頃、カリア（アナトリア半島南西部の古代の地名）の王マウソロス（?-紀元前353

§§§ 第3章 §§§

年）とその妻アルテミシアの遺体を安置するため、ハリカルナソス（現在のトルコのボドルム）につくられた霊廟。

6. オリュンピアのゼウス像

紀元前432年頃、有名な彫刻家ペイディアスによってゼウス神殿のために建造された、天空神ゼウスの座像。1950年代にペイディアスの工房が発見され、彼の名が刻まれた酒杯も発掘されたという。

7, エフェソスのアルテミス神殿

紀元前550年頃、エフェソス（現在のトルコ）に建造されたが、現在は原形をとどめていない。

以上のリストは中世までにつくられたものだが、そのときまでにギザの大ピラミッドを除くすべてが崩壊・消滅していた。その結果、次のような新たな“七不思議の候補”が選ばれている。

コム・エル・シュカファのカタコンベ（地下墓地）［エジプトのアレクサンドリアにある歴史的遺跡］
コロッセウム［ローマ帝政期につくられた円形闘技場］
万里の長城
ハギア・ソフィア大聖堂［トルコのイスタンブールにある博物館］
ピサの斜塔
南京の大報恩寺瑠璃塔
ストーンヘンジ
カイロの城塞［エジプトのカイロにある中世のイスラム時代の要塞］
クリュニー修道院［フランス革命まで存続］
イーリー大聖堂［英国ケンブリッジシャー］
タージ・マハル

2006年、アメリカの新聞《USAトゥデイ》がテレビ番組『グッドモーニング・アメリカ』とタイアップして、7人の審査員による「新・七不思議（七つの驚異）」（以下のリスト）を発表した。その後の視聴者の投票により、八つ目の不思議（驚異）として“アリゾナ州のグランドキャニオン”が選ばれている。

1. チベットのラサにあるポタラ宮
2. エルサレムの旧市街
3. 地球の極冠［氷に覆われた高緯度地域］
4. ハワイのパパハナウモクアケア海洋ナショナル・モニュメント
5. インターネット
6. メキシコ、ユカタン半島のマヤ遺跡
7. セレンゲティ国立公園のヌーの大移動（タンザニア）とマサイマラ国立保護区（ケニア）
8. グランドキャニオン（アメリカ、アリゾナ州）

そして2007年、200の現存する候補地をもとに、世界中からの投票によって「新・世界の七不思議」が選ばれた。ブルターニュのカルナック列石［フランス北西部のブルターニュ地方カルナックにある巨石遺構］がなぜこれらのリストに入らないのか、と思う向きもあることだろう。

チチェン・イッツァのピラミッド（メキシコのマヤ文明の遺跡）
コルコバードのキリスト像（ブラジル、1931年）
コロッセウム（ローマ、80年頃）
万里の長城（中国、紀元前5世紀-16世紀）
マチュ・ピチュ（ペルー、15世紀のインカ帝国の遺跡）
タージ・マハル（1648年頃）
ペトラ（ヨルダンにある遺跡、紀元前150年頃）
ギザの大ピラミッド（名誉称号を獲得）

に載っていた。教会の敷地にセント・エルヴィス・クロムレック（環状列石）という、墓標が２つある5000年前の巨大埋葬室遺跡があるのだ。数ヤード離れたところに、修道士の見張り所か貯蔵庫だったらしい四角い塔の土台もある。教会の遺跡は大規模で、正確に南北に整列している。すぐ近くの“セント・エルヴィスの聖なる泉”は現役で、1976年の大干ばつのときも１時間に360ガロン（1636リットル）の水をあふれさせていた。往時は家畜の飲み水に供されていたものだ。また、泉の近くにあるセント・エルヴィス農場の納屋は、20世紀初頭にセント・エルヴィス教会の化粧石でつくられたものだ。セント・エルヴィス教会で最後に結婚式があったのは1860年代だったという記録が、ハヴァーフォードウェスト［ウェールズ南西部］の文書館に残っている。プレセリ・ヒルズが海に向かってなだらかに下った裾にある遺跡は、内陸というほどでもないが、アイルランドやヴァイキングの海賊からはうまく隠れていた。絵のように美しいソルヴァ港の出入り口沖に見えるセント・エルヴィスの岩は今、グリーン・スカー、ブラック・スカー、メアと呼ばれている。“エルヴィス（Elvis）”という地名はヨーロッパじゅう探してもここにしかない。セント・アルヴァ（Ailbe）［アイルランド神話のコーマック・マク・アートの娘の名］が転訛したものらしく、セント・アルヴュス修道院がセント・エルヴィス教会になったようだ。２つの非常に重要なレイライン［古代の遺跡には直線的に並ぶようつくられたものがあるという仮説における遺跡群が描く直線］がここで出会うと言われる。ひとつはストーンヘンジへ向かい、そこには墓がやたらに多い。農民たちは、小屋を建てているときなどによく、土に“チョークの跡”が見つかると言った。触れると粉ぼこりになるそれは、動物の骨なのだ。フランシス・ジョーンズは聖なる泉を記録に残していないが、地元では、セント・デイヴィッド［ウェールズの守護聖人］がセント・エルヴィス教会の前で、いとこのセント・エルヴィスに聖なる泉の水によって洗礼を授けられたと言い伝えられている。このときの洗礼盤が今、近くのソルヴァにあるセント・テイロー教会に所蔵されている。セント・デイヴィッズ大聖堂は、そこからほんの数マイルだ。十字架のしるしがある、もとは門柱だった６世紀の支柱は、セント・テイロー教会がもらったのだが、それと対だったもう１本は1959年に“紛失”したという。さらに興味深く、歴史的に非常に重要でもあるのが、素朴な人間の顔が彫られた立方体の石だ。その石を、ナショナル・トラストの職員たちが塀の補修に使ったと考えられている。ウェールズの古い石の中に暗黒時代［知的暗黒・停滞の時代と考えられた中世、特に476-1000年頃］の顔描写は極めてまれだ。もとは廃墟となった教会の真ん中にあったその石には、上下の面に受け口となる穴がうがたれていて、おそらくは聖遺物への扉になっていたようだ。この石についての記録はないが、土地の所有者である農民親子が記憶している。だからこそ、ここに記録するのだ。エルヴィスという名はプレセリ山付近が起源だと筆者は以前の著書にも記したが、エルヴィス・プレスリーの双子の兄弟と父母も全員ウェールズ系の名前である（ジェシー・ガーロン、ヴァーノン、グラディス）。アメリカで記録に残る最初のプレスリーはデイヴィッド・プレスリーと、これもまたウェールズの聖人の名前だ。このコメントが発表されたあと、メディアで「エルヴィスはウェールズ人だったのか?」というテーマが国際的に周知された。もしかしたら、セント・エルヴィスの聖なる水を瓶詰めにしてアメリカに輸出するといいのかもしれない。酒好きのアメリカ人が“バーボンのエルヴィス割り”を注文しそうだ。

ソドムとゴモラ

Sodom and Gomorrah

旧約聖書「創世記」によれば、「主は硫黄と火とを主の所すなわち天からソドムとゴモラの上に降らせ」たという（19章24節）。19世紀、イギリスの探検家で考古学者のヘンリー・レヤードが、ニネヴェの王宮にあった図書館跡で粘土板を発見した。ニネヴェは古代メソポタミア北部にあったアッシリアの都市で、現在のイラクの都市モースルに近い。近年になってこの粘土板に彫られた記号が解読され、紀元前700年頃にシュメール人の天文学者が小惑星を観測した記録だということがわかった。この小惑星が、現在のヨルダン—イラク国境にあったソドムとゴモラの町を破壊したのであり、その天文学者は目撃者だったのかもしれない。科学者たちはコンピュータを使って当時の夜

空を再現し、その天文学者が見たのは紀元前3123年6月29日の夜明け直前のようすであると特定した。この時間帯には、オーストリア・アルプスのコフェルスに落下した小惑星があった。小惑星は地上に近づくにつれて、超音速衝撃波による破壊の跡を残し、墜落時には地上を激変させる。粘土板の謎を解いたドクター・マーク・ヘンプソルによれば、旧約聖書のソドムとゴモラの話や、ギリシア神話でヘリオスの息子フェアトンが父親の太陽の馬車を暴走させてエリダヌス川に落ちる話を含め、少なくとも20の神話が、この小惑星による衝撃のような規模による荒廃を記録しているのだという。ヘンプソルとアラン・ボンドによる発見は、2008年に著書 *A Sumerian Observation of the Kofels' Impact Event* として発行された。

ソロモン王の銅山

King Solomon's Mines

紀元前10世紀のイスラエルの王、ソロモンは、莫大な富を蓄え、ユーフラテス川の西側地域全体を統治した。彼を訪問した中でも最も有名な人物が、アラ

ビア南部からやって来たシバの女王だ。アラビアは金、乳香、没薬が豊富な国だった。ソロモンにはシバの商品や貿易ルートが必要で、女王は自国の商品を販売するためにソロモンの協力が必要だった。女王はスパイス、金、宝石を載せたラクダに乗った大勢の従者を連れて到着した。

最近の研究で、ダビデ王と息子ソロモンは現在のヨルダン南部の銅産業を支配していたことが明らかになった。諸国の考古学者からなる研究チームがヒルバト・アッナハスの古代の銅採鉱の中心地を発掘すると、産業的に製錬が行われた際に出る破片やスラグを20フィート（6メートル）以上掘り進めないと未使用の土壌にたどりつかなかった。2006年の発掘では新たに遺物が出土し、放射性炭素による年代測定によって、聖書に語られているとおり、紀元前10世紀に産業といえる規模の生産が行われていたことがわかった。ヒルバト・アッナハスはアラビア語で「銅の廃墟」の意味で、かつてのエドム、現在のヨルダンのファイナン地区にあたる死海の南の荒涼とした乾燥地域の低地だ。ソロモンの有名な「オフィールからの荷物」は、金ではなく銅だったようだ。彼は治世の終わりに、古代史の長者リストでアレクサンドロス大王に次ぐ2番目にあたる、現在の貨幣価値で6兆ポンドに等しい500トンの金を蓄えたと計算されている。

タオス・ハム

The Taos Hum

タオス・ハムという低音が聞こえる怪現象が世界中で、特にアメリカ、イギリス、ヨーロッパ北部のさまざまな場所で起きている。たいていの場合は静かな環境で音が聞こえ、遠くで響くディーゼル・エンジンのような音と表現されることが多い。マイクロホンや極長波アンテナには検知されないことが判明していて、この音の発生源も性質も不明である。1997年にアメリカの国会が、ニューメキシコ州の小さな町、タオス・ハムの住民たちに聞こえる不思議な低周波音、“ハム”について、いくつかの研究機関に調査を指示した。そこから、この怪音現象にその町の名がついた。

地球上で最も乾燥した場所と湿潤な場所

The Driest and Wettest Places On Earth

チリ北部のアタカマ砂漠は標高1万670フィート（3253メートル）で、その広さはおよそ7万2500平方マイル（18万8000平方キロメートル）だ。

太平洋とアンデス山脈に挟まれた細長い地帯で、600マイル（1000キロメートル）の長さがある。太平洋上の高気圧が西側からの湿気を押しとどめ、山脈がアマゾン川流域で発生した雲をブロックしており、海岸では南極から北上する寒流のペルー海流がさらに雨雲の発生を抑制する。そのため、年間平均降雨量は約1インチ（25ミリ）で、砂漠の中央部では人間が測りはじめて以来一度も雨が降ったことがない。サボテンも育たないくらいだ。空気があまりにも乾燥しているため、金属は酸化することも錆びることもない。外気にさらした肉は半永久的に保存される。ここは地球上で最も乾燥した場所だと考えられるが、その称号は南極のドライ・バレーに贈られている。この広さ1900平方マイル（4920平方キロメートル）の地域にはまったく降水がなく、水も氷も雪も存在しないのだ。山から吹きおろす風は高い湿り気を帯びているので、重力でドライ・バレーに引きおろされ、また離れていく。

一方、インドの北東部、カーシ丘陵にあるマウシンラムは、年間平均降水量が40フィート（1万2200ミリ）で、10マイル（16キロメートル）離れたチェラプンジと、地球上で最も湿潤な場所の称号を争っている。ある天気予報専門テレビ局によれば、チェラプンジでは2年間毎日、1日も欠かさず雨が降ったそうだ。だがどちらの村も、ときどき水不足に悩まされる。森林伐採のせいで土地が雨水を吸収できず、そのまま流れてバングラディシュで洪水を起こすのだ。

地磁気逆転

Magnetic Pole Reversal

地球の磁場の強さ、すなわち宇宙からの強烈な放射線から私たちを守る力が、過去100年のあいだに劇的に弱まった。パリ地球物理学研究所のゴーティエ・ウーロは、地球の磁場は極付近で最も弱まっていることを発見した。これは“フリップ”、つまり極の逆転がまもなく起こるかもしれないことを示している。「北が南に、南が北に逆転する前兆として、地球の磁場はこれまでに何度も消滅してきた。地球の磁極が逆転する前触れに」

エディンバラのイギリス地質調査所のアラン・トムスン博士によると、逆転は約25万年ごとに発生するという。このような逆転期がどのくらい続くかは不明だ。過去の逆転の記録が残る古代の溶岩層は、逆転期が何千年も続いていた可能性も示しているが、その間、地球は太陽放射による衝撃にさらされていた。一方、逆転期は数週間しか続かなかったという研究者もいる。逆転期が及ぼす影響は破壊的かもしれない。通常は大気から遠ざかる強力な放射バーストが上層部を加熱して、気候の混乱を引き起こす。航法衛星や通信衛星は破壊され、移動性の動物は地球の磁場を頼りに移動しているため、向かうべき方向がわからなくなる。人間にとって最も危険が大きいのは、太陽フレアによる強烈な放射線バーストだ。その粒子は通常は宇宙空間へと広がる地球の磁場に飲み込まれるが、磁場が消滅すると、粒子線の嵐が大気を破壊しはじめる。ケンブリッジ大学天文学研究所のドクター・ポール・マーディンは、次のように語っている。「これらの太陽粒子線は甚大な影響をもたらす可能性がある……火星では、数十億年前に永久に磁場が消え、大気の流失につながった。地球では、大気圏の上層部が加熱され、気候に莫大で予測不可能な影響を及ぼし、世界中に波紋が広がるだろう」

マヤ文明の2012年の「世界の終わり」（324ページ参照）の筋書きが、私たち地球上の生命が全滅するかもしれない磁場逆転のことかと思えてくる。

月
The Moon

月は暗闇に三日月形の細い光の筋で現れ、ひと月のあいだに満ちて欠けることから、常に人の誕生、成長、死の象徴として見られてきた。最も古くから伝わる月の神のひとつがシンで、5000年前に古代シュメールの都市ウルで崇拝されていた。シンは「神の神」トートに地位を譲り、トートは彼の仲間で太陽神のラーと空を渡った。トートには巨大な彫像が建てられた。古代エジプト人は、人が亡くなるとトートがその人の心臓の重さを量ると信じていたからだ。怒らせようものなら、心臓が切り裂かれる。ギリシア人は月の女神アルテミス、セレーネ、ヘカテを崇拝し、ローマ人はそれをダィアナ、ルナ、そして意外にもトリビアという名をつけた。月は今でも多神教的女神信仰ウィッカのオカルト運動で崇拝されている。ウィッカは

満月の下で年に13回集まる。新たな始まりのそのとき、高位の司祭は「月を引き寄せ」、月の女神のエネルギーを地球に流そうとする。18世紀、サー・ウィリアム・ブラックストンは、人気を博した法律に関する論評の中で“ルナティック”（狂人）を次のように説明した。「……理解力を持ち合わせていたが、病気や悲しみが原因で分別を失った人。ルナティックには、確かに正気な時間帯があるが、その分別をときに発揮し、ときに発揮せず、月の変化に左右される」

この定義は1845年の月狂条例（精神異常者法）起草の際に採用された。実際その証拠に、満月のときは病院、警察署、消防署が最も忙しくなる。男性は満月になると狼男になると言われていた。

土の壁でできた客家
Hakka Earth Buildings

中国南部の福建省には一風変わった形の建物が密集する地区があり、かつてアメリカの研究者は「別の惑星のもののようだ」と言った。CIAは1960年代、

この「中国の核基地と疑わしい」地域をひそかに見張っていたが、現在そこは世界遺産に登録されている。福建土楼の客家の人々は、秦王朝（紀元前221-206年）から宋王朝（960-1279年）までの1000年のあいだに、中国の中原から福建省にやってきた。自分たちを客家と呼ぶこの漢人の移民は、“土楼”の呼び名で知られる独特の土壁の家をはじめ、先祖の生活様式、宗教、文化の多くを守っている。土楼で最も一般的なのが円形または正方形で、ほかに長方形、D形、半円または蹄鉄形、傘、風車または“八卦”（古代中国の占い本から派生した八角形）のものがある。土壁の家は通常3階から5階建てで、中央に広々とした中庭があり、各部屋の戸と窓が面している。中庭は先祖代々を祭る寺院やくつろぐ場所として、公共に使われる。建物は、土、石、竹、木でつくられており、採光と換気が良く、防風性と耐震性があり、冬は暖かく、夏は涼しい。多くの客家が昔から山間部に住んでいたように、隙間なく固めた土壁の共同住宅は山賊や野生動物から身を守れるように建てられており、要塞化した小さな城といってもいい。これら土楼は、ずばぬけて頑丈だ。“環極楼”の建設は1693年だが、1918年のマグニチュード6.2の大地震にも耐えた。国共内戦中は国民党により爆撃されたが、堀の水で消火したという。

ティアワナコの太陽の門

Tiahuanaco Giant Blocks

ボリビアのチチカカ湖南岸付近にあったティアワナコは、主要な祭事の中心地で、広大な地域にまたがる文化の起点でもあった。栄えたのは1万7000年前だと推定する研究者もいるが、この文化に独特の石造技術からしてティアワナコ文化には謎が多い。石のピラミッドが現存するが、みごとな彫刻が施された石が現地から大量に取り去られ、ラパス［チチカカ湖東岸にある現ボリビアの首都］の大聖堂その他の大建築物に使われてしまった。中心にあって最も目立つ遺跡、ほぼ1平方マイル（2.6平方キロメートル）にわたる長方形の盛り土の部分には、もともと段があって、それぞれの段がどっしりした割り石の壁に支えられ、全体に石造りの構造体が載っていた。その基礎だった部分が、今でもはっきりわかる。この構造体は“要塞”と呼ばれ、付近にはいくつかの神殿があった。最も注目すべき建造物は、大きすぎてどこへも運べないような一枚岩の門だ。聖なるチチカカ湖の岸からちょうど12マイル（19キロメートル）離れたティアワナコは、創世神話や社会秩序、そして南米文化に特有の並はずれて進歩した天文学を生み出していたらしい。

プマプンクという構造物は、立派な埠頭（昔のティアワナコはチチカカ湖岸にあった）と、大規模な4つの部分から成る崩壊した建物の遺構らしい。埠頭をつくったブロックのひとつは重さ440トン、

ほかに100-150トン級のブロックがいくつかあると推定される。これらの巨大ブロックは、チチカカ湖の西岸に10マイル（16キロメートル）離れた採石場から切り出された。古代アンデス世界に、それほど大きくて重い石を輸送する技術があったとは知られていない。単純な葦船に乗っていた紀元前500年頃のアンデス先住民に、どうやってそんな石が運べたのか。その点と遺跡の天文学的配置からして、もとのティアワナコ文明は従来の考古学者が推定した時代より何千年も前に栄えたのではないかという説もある。メキシコのテオティワカン、レバノンのバールベック、エジプトのスフィンクスと大ピラミッドとともに、ティアワナコには長らく所在不明の古代文明が断片的に残っていたのかもしれないという考えだ。この遺跡のプマプンク・ピラミッドは、重さ200トン以上のブロックを高度1万3000フィート（4000メートル）の高原へ運んで築かれている。ストーンヘンジの場合と同じく、ローラーにするような木はないし、車輪はまだ発明されていなかった。巨大な石が運び込まれると、極めて正確に切られ、パズルのピースさながらにぴったり組み合わせられた。ほんの3分の1インチ（1センチメートル）ほどの深さながら、完璧な直線の溝が彫られた石もあるが、その石というのが閃緑岩という世界一硬い花崗岩なのだ。今日でも閃緑岩を加工するにはダイヤモンド付きの工具が必要だというのに、当時の建造者たちは200トンもの石を正確に組み立てている。ピラミッドには赤色砂岩のブロックも使われていて、最大級でおよそ25×16×4フィート（7.6×5×1.2メートル）や25×8×6フィート（7.6×2.4×1.8メートル）の、重さがそれぞれ131、85トンにもなる。考古学者は、赤色砂岩のブロックはざっと7マイル（11キロメートル）離れたチチカカ湖付近の採石場から、急傾斜を運び上げられたと結論づけている。化粧仕上げや彫刻に使った小さめの安山岩は、60マイル（96キロメートル）以上離れたコパカバーナ半島その他の採石場から調達したものだ。

テオティワカン——神の都市

Teotihuacan, the City of Gods

テオティワカンは、かつて広大だったテスココ湖の北東25マイル（40キロメートル）、現メキシコシティの地に栄えた古代の巨大都市だ。テオティワカン遺跡は建造物が見どころの、メキシコ最大の観光地となっている。この古代都市はコロンブスの到達以前の両アメリカ大陸で最大規模の14-16平方マイル（36-41平方キロメートル）に及び、10-25万の人口をかかえていた。紀元前500年頃から人が住みはじめ、紀元750年に街の大半

が燃え落ちて滅びた。のちに遺跡を発掘したアステカ族が、「神々の道を持つ人々の街」という意味で、テオティワカンと名づけた。ひときわ目立つ太陽のピラミッドと月のピラミッドのほか、シウダデラ（城、要塞）という13万3000平方ヤード（11万1000平方メートル）に及ぶ巨大複合体には、ケツァルコアトル［アステカ神話の文化・農耕神。風の神とも考えられた］の神殿もある。これらがほかの大規模建造物とともに、2.5マイル（4キロメートル）にわたる“死者の大通り”という幹線道路（“神々の道”とされたもの）に面している。ごく最近になって、太陽のピラミッドの地下にある地下蔵やトンネル網が発掘された。また考古学者たちは、太陽のピラミッドの第5階層で、分厚く巨大な雲母の石板を発見した。その後も、太陽のピラミッドから400ヤード（365メートル）の距離、死者の大通りの近くで、92平方フィート（8.5平方メートル）の雲母の板を二枚発見している。2枚の石板は直接重なり合っていた。雲母は、発見された場所の組成によって異なる金属を含む鉱物だ。石の床の下にあったとすると、その目的は明らかに装飾でなく、機能的なものと言える。このきらきら光る巨大な雲母の板は、ブラジルにしかない種類のものとわかった。なぜ、どうやってこの特殊な雲母が2000マイル（3200キロメートル）もの距離を運ばれ、この構造物に組み込まれたのだろう？ “石器時代”であるこの時期に、どうやってこれほどの大規模なトンネル掘削ができ、しかも無傷で残ったのだろう？ この都市をつくったのがどういう人たちなのか、我々にはわからないのだ。同じような南アメリカ産雲母は、オルメカ文明の遺跡でも発見されている。

デルフォイの神託
The Delphic Oracle

デルフォイには、ミュケナイ文明（紀元前14-11世紀）の時代から大地の女神を信仰する小さな集落があった。ギリシア神話には、アポロンが大蛇ピュトンを矢で射殺したことが書かれている。ピュトンは大地の女神ガイアの聖地である山の斜面を長年守っていた。アポロンは勝利によって、デルフォイをみずからの聖域と呼ぶ権利を得た。光明と調和と秩序の神であるアポロン信仰は紀元前11世紀から9世紀にかけて確立され、その聖域の規模および重要性は拡大した。デルフォイはオンファロス石（地球の中心）のある場所として、ギリシア世界中で崇められた。紀元前8世紀になると、デルフォイのピュティアの神託の力は国外でもよく知られるようになった。ピュティアは水の音や木の葉のこすれ合う音に基づいて未来を告げた。シビュラの岩の上、または三脚台の上に載せた大釜型の鉢の中に座って、地面から立ちのぼる蒸気を吸いこみ、奇妙な神託を述べる。2001年、地質学者は岩の中にエチレンが存在することを突きとめた。閉じた空間でその気体を吸うと、麻酔や幻覚を誘発する効果がある。プルタルコスはデルフォイの神官を務め、執筆した歴史書の中でピュティアが神殿の奥の部屋（アディトン）に入り、三脚台に腰掛け、地面にあいた裂け目から出る（軽質炭化水素）ガスを吸うと書いた。彼女はトランス状態になり、一般の人間には理解不能な言葉をつぶやく。神殿の神官らがその神託を普通の言葉にして、神託を求めた者に告げる。それでも、神託を解釈することは可能であり、2つの意味または相反する意味にもとれるほどあいまいなことが多かった。

デルフォイの神託所はギリシア世界に大きな影響を持ち、戦争、植民地の設立等の大きな決断の前に神託を求められた。ソクラテスは神託によって己の無知に気づいたと言われ、「汝自身を知れ」という有名な警句はそれに関係する。もうひとつ、デルフォイが起源の有名な警句は「過剰の中の無」だ。リュディア王クロイソスは紀元前532年、ペルシアを攻めるべきかどうかデルフォイの神託所に伺いを立てた。神託は、もし彼がハリュス川を渡ってペルシアを攻めれば、偉大な帝国が滅びるだろうというものだった。クロイソスは攻撃したが、あいにく滅びたのはリュディア帝国だった。ペルシアがアテナイを攻めようとしたとき、アテナイの将軍テミストクレスは神託を求めた。神託は「木の壁」によって勝利するというものだった。テミストクレスはこれを、アテナイ海軍の木の船だと解釈し、紀元前480年のサラミスの海戦でペルシア軍を壊滅させた。ギリシアやその他の国の高官、国の首脳、平民らがデルフォイの聖域に巡礼し、ピュティアの神託に大金を支払った。神託所は1年のうち9か月間の数日しか一般人を受付けていなかったので、裕福な市民は巡礼の長い順番待ちを短くするために大金を支払った。デルフォイの神託所は紀元前191年にローマ人の支配下となり、紀元前86年にはアテナイ包囲の軍費を調達するために将軍スラがその財宝を没収した。3年後、デルフォイはトラキア人によって破壊され、大昔から消えたことのなかった聖火を消された。現在でもデルフォイには多くの遺跡が残されている。

ナスカの地上絵

Nazca Lines

ペルーのナスカ砂漠にある地上絵は、パンアメリカン・ハイウェイがその上を一直線に建設されたときには気づかれていなかった。ナスカの地上絵は人の手で（地面に描いた）線描で、168平方マイル（435平方キロメートル）に広がる1万3000本の線と絵のことだ。巨大な絵はいくつか例を挙げるだけでも、ハチドリ、サル、クモ、トカゲなどがある。

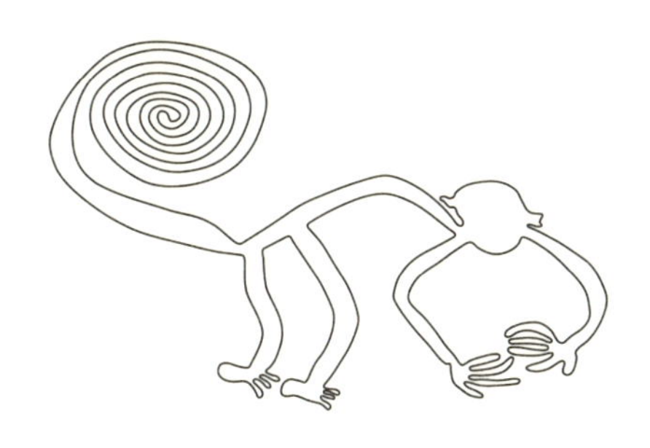

サルの絵には100ヤード（90メートル）の巨大な螺旋の尾がついており、ペリカンの絵には長さ320ヤード（290メートル）にわたり、数本の直線が何マイルも走っている。線は空からしか認識できず、酸化鉄で覆われた石と砂利を取り除いて、その下のさらに明るい色の土壌をむき出して描かれた。地上絵はその地域がナスカ文化期、紀元前200年から紀元600年までのあいだに描かれた。ナスカの地上絵は（それを見るのに）何らかの形で有人飛行することを前提としていて、唯一利用可能だった技術が熱気球ではないかといわれている。最も有名な説を展開したエーリッヒ・フォン・デニケンは、地上絵が実は宇宙船の滑走路ではないかと提案した。このほか、地上絵は“移動寺院”の名残で、崇拝者が大規模な集団であらかじめ決められたパターンに沿ってそこを歩いて、特定の聖なる存在に捧げていたという説などがある。何百年ものあいだに水源が枯渇し始めたので、雨の神が彼らを哀れんで雨を降らせるように、水を求めて祈っていたのかもしれない。

なぜ地球は素晴らしいのか？

Why is the Earth Perfect?

地球の重力は、窒素と酸素の気体からなる薄い層を、惑星のまわり、地上約50マイル（80キロメートル）の範囲に保持している。もし地球がもっと小さかったら、水星の場合のように、化学作用によってこのような大気が実現することはなかっただろう。もし地球がもっと大きかったら、木星のように、大気に遊離水素が含まれていただろう。知ってのとおり、私たちが生命を維持するのに適切な混合気体は地球の大気だけだ。地球の気温はざっとマイナス34からプラス49度で推移する。地球は太陽からの距離もまた、最適だと言える。もっと近すぎたり離れすぎたりしていたら、極端な高温や低温を生き抜くことができなかっただろう。地球は太陽を時速およそ6万7000マイル（10万8000キロメートル）で周回する。1日に1周自転するので、毎日温まったり冷えたりする。地球の衛星である申し分のない大きさの月が好適な距離にあって、その引力で海の潮汐や海流を生み出す。おかげで、海水がよどむことも、大陸じゅうに氾濫して手に負えなくなることもない。植物も動物も人間も、ほとんどは水分でできている（人体の約3分の2が水分）。水が存在するからこそ私たちは、体温を一定に保ちながら、気温が変動する環境で生きられる。水には溶解力があり、無数の化学物質、ミネラル、栄養素を体じゅうに運び、細い血管に送り込むことができる。水は化学的に

中性なので、食物も薬剤もミネラルも吸収して、体が活用できる状態にすることができる。水には独特の表面張力があるため、植物の体内では重力に逆らって上に流れ、どんなに高い木だろうがてっぺんまで生命のもととなる養分を届けることができる。また、水は上から下へ凍っていくので、魚は冬でも氷の下で生きられる。地球上の水の約97パーセントが海水だ。蒸発して大気になる海水から塩分が取り除かれ、雨となって世界中に水が分配されて生命を守る。この素晴らしい仕組みがしばしば、神の存在が地球上の生命の〈インテリジェント・デザイン〉をもたらしたという主張のもととなる。

ナンテオと聖杯

Nanteos And The Holy Grail

ウェールズ神話でマーリンが守らねばならなかった13の財宝のひとつが、6世紀のストラスクライドの王ルゼルフの皿だ。それは大きな皿で、「どんな食べ物も願い求めれば直ちにそこに盛られた」という。"祝福されたブランの角の杯"にも「欲しいと望むあらゆる飲食物を受け取ることができた」という同じ説明がある。"ケリドウェンの大釜"にはこの世のすべての知識が含まれており、彼女はタリエシンを産んだ。"ディルナッハの大釜"は英雄には最高の肉ひと切れを与えるが、臆病者には何も与えない。祝福されたブランは、死んだ男たちを生き返らせる大釜を持っていた。ケルト神話に繰り返し現れる大皿や大釜は、聖杯や最後の晩餐の杯の前身だと思われる。最後の晩餐でイエス・キリストが使った杯は、アリマテアのヨセフがグラストンベリーに運び、そこから安全のためにイストラド・フルー（ストラータ・フロリダ大修道院）に運ばれたとみられる。

ヘンリー 8 世が 1536 年から 1541 年にかけて修道院を解散したとき、最後に残った 7 人の修道士が、パウエル家に保護されるよう杯を近くのナンテオスの邸宅に持ち込んだとされている。言い伝えによると、ワーグナーはそこに滞在していたとき、残っていた木の椀の部分のかけらからひらめきを得て、オペラ『パルジファル』を書いたという。パウエル家が 1960 年代にナンテオスの邸宅を引き上げるとき、最後のパウエル相続人フィオナ・ミリーリーズはパウエル家の大切な“杯”をヘレフォードシャーの銀行の金庫に預けた。残る大昔の杯の破片は直径約 4 インチ（10 センチメートル）で、オリーヴの木でできている。小さな破片をどうしても持ち帰りたいと頼み込む人々がいたので、残りはほとんどない。ナンテオスの邸宅には少なくとも 3 つの幽霊が出る。家長が死にそうになると燭台を持って現れる灰色の女性は、パウエル家の大昔の夫人だ。そして、今も見つかっていない宝石を隠すために死の床から出ていった女性、真夜中に敷地内の砂利道にぼんやりと現れる、いかにも幽霊な騎手だ。

バビロンとバベルの塔
Babylon and The Tower of Babel

旧約聖書の「創世記」には、バベルの塔はシンアルの平野に建てられた高い塔だと書かれている。大洪水の後、人類はひとつの民としてひとつの言葉を話し、西方に移住した。彼らはシンアル（2 つの川という意味で、メソポタミアとバビロニアにあたる）にやってきて、そこに塔のある町をつくろうと決めた。「さあ、町と塔とを建てて、その頂を天に届かせよう。そしてわれわれは名を上げて、全地のおもてに散るのを免れよう」。神は人々のしたことを見て、言った。「民は一つで、みな同じ言葉である。彼らはすでにこの事をしはじめた。彼らがしようとする事は、もはや何事もとどめ得ないであろう」。そして神は言った。「さあ、われわれは下って行って、そこで彼らの言葉を乱し、互に言葉が通じないようにしよう」。ヤハウェは彼らを全地に散らし、言葉を混乱させたので、彼らは町の建設をやめた。こういうわけで、この町の名はバベルと呼ばれた。「主がそこで全地の言葉を乱され

たからである」（創世記 11 章 4-9 節）

この言葉の混乱は、バベルの塔を建設したことの結果として人間の言葉が分裂したことを表している。それ以前、人々は、アダムとイヴがエデンの園で話していたのと同一またはそれから派生したひとつの言葉を話していた。言葉の混乱の結果、その言葉は伝統によって 70 または 72 の言語に分裂した。バベル "Babel" という言葉は、「門」を意味する "bab" と「神」を意味する "el" の 2 語でできているが、ヘブライ語の "balal（バラル）" は「混乱」という意味だ。Google Earth で見ると、イラクの、バビロンのあった遺跡の中央に、正方形の塔の跡があることがわかる。これはエテメンアンキ・ジッグラトで、紀元前 14 世紀には建てられていた可能性がある。紀元前 689 年にバビロニアを破壊したアッシリアのセンナヘリブ王が、エテメンアンキも破壊したと述べている。バビロンはネボポラッサルとその息子ネブカドネザル 2 世によって再建された。再建には 88 年かかり、その中心にあったのはマルドゥク神殿とエテメアンキ・ジッグラトだった。ウルクで見つかった粘土板によれば、ジッグラトは 7 層建てで高さが 295 フィート（90 メートル）あり、頂上には神殿があったとされる。紀元前 610 年頃に記録されたネブカドネザル 2 世自身の言葉には、「前王が地上の 7 つの光の神殿を建造したが、最上部は未完だった。人々は大昔に塔を放棄し、言葉を表現する命令もなかった。そのとき以来、地震や雷が日干し粘土を散り散りにし、枠でつくる煉瓦は割れ、内部の土間はあちこち山になっていた。偉大な主、マルドゥクは、この建物を再建するように私の心を呼び覚ました。私は場所を変えることも、以前の再建時のように土台を取り払うこともしなかった。私は昔あったままに土台を据え、建設し、頂上をあげた」とある。紀元前 323 年にジッグラトを破壊したアレクサンドロス大王はバベルの塔を再建する計画だったが、工事を始める前に死んだ。旧約聖書のバベルの塔の話はおそらく、紀元前 6 世紀にバビロン捕囚となったヘブライ人がエテメアンキ・ジッグラトの話を聞いて、影響を受けて書かれたのだろう。

バールベック――太陽の都

Baalbeck - The City of the Sun

バールベックはレバノン東部で栄えたフェニキア人の都市で、紀元前 331 年にギリシアに占領され、ヘリオポリス（太陽の都）と改名された。ギリシア人はバールベックの神を太陽神と同一視した。紀元前16年、アウグストゥス皇帝の治世にローマ帝国の植民地となった。ローマ人はその後の300年間で、アクロポリスに巨大な3つの神殿、3つの中庭、それを囲む外壁をつくった。その際、人間が加工した石としては最大級の巨石が使われた。バールバックの南の入り口に、その石を切りだした石切り場がある。そこには世界最大の切り石とされる巨石が、2000年前に切りだされた場所に今も残っている。「妊婦の石」［または南の石］と呼ばれ、高さ14フィート（4.25メートル）、幅16フィート（5メートル）、長さ70フィート（21メートル）、重さは1000トンと見積もられている。この石切り場は数世紀にわたりがれきの下に埋もれていたが、1898年に発掘された。ローマ人は2世紀に元々あった神殿と中庭の上をユピテル神殿の大庭園にして、バッコス神殿をつくりはじめた。313年にキリスト教がローマ帝国で公認されると、コンスタンティヌス大帝はバールバックの神殿を閉鎖した。636年にアラブ人の支配下に入ると、神殿は要塞または城砦（カルア qal'a）に転用された。その後バールバックはウマイヤ朝、アッバース朝、トゥー

緋色の淫婦

イスラエルはバビロンを憎んだ。ネブカドネザル2世がユダヤとエルサレムを征服し、人口の大半をバビロンに連れていったからだ。新約聖書「ヨハネの黙示録」には次のように書かれている。「御使は、わたしを御霊に感じたまま、荒野へ連れて行った。わたしは、そこでひとりの女が赤い獣に乗っているのを見た。その獣は神を汚すかずかずの名でおおわれ、また、それに七つの頭と十の角とがあった。この女は紫と赤の衣をまとい、金と宝石と真珠とで身を飾り、憎むべきものと自分の姦淫の汚れとで満ちている金の杯を手に持ち、その額には、ひとつの名がしるされていた。それは奥義であって、『大いなるバビロン、淫婦どもと地の憎むべきものらとの母』というのであった」（17章3節-5節）

このように、最初の"緋色の淫婦"はバビロンに象徴されていた。しかし1時間が60分に分けられたのも、月の名前が決められたのも、西半球で最初に天体の動きが観察されたのも、バビロンだった。バビロニア人は空に星座が昇る時間を計算し、その知見は後世のギリシアの研究方法、天文学、数学の礎となった。

ルーン朝、ファーティマ朝、アイユーブ朝といった王朝に支配された。1260年にモンゴル人による占拠・略奪を受けたあと、バールベックはマムルーク朝の支配下に入り、つかの間の平穏が訪れた。ユピテル神殿の土台にはこれまでに切りだされた最大級の石が使われた。西側の土台に使われている“トリリトン”と呼ばれる有名な3つの巨石で、それぞれ800トンの重さがある。神殿に巨大な土台を付けることになったとき、フェニキア人の伝統で、石積みは3層までとされた。その決定のために、史上最も大きく重い石を切りだし、運搬してきて、運びあげることになった。高さ40フィート(12メートル)の壁が3層の石を積みあげてつくられているだけでなく、見た目をよくするために、中央の石は幅が高さの4倍になるように切られている。奥行は高さと等しく、石の体積は400平方ヤード(300平方メートル)になり、重さはおよそ1000トンだ。バールベックの工人たちは、技術的にはそれが可能だと証明した。それは巨石3つが中間層に積まれていることでも明らかだ。しかし時間的にはできなかった——土台は完成しなかったのだ。それでもバールベックは長いあいだ、3つの石の遺跡、“トリリトン”として知られていた。

ビミニ・ロード

The Bimini Road

1968年、バハマ諸島のノース・ビミニ島近くの海中に、石組みが発見された。長さ半マイル(800メートル)のこの石の道を、自然にできた“テッセレイテッド・ペイヴメント”だと考える人も多い。テッセレイテッド・ペイヴメントは、貝殻や砂が凝固して非常に硬い堆積岩ができ、長い時間をかけてそこに直線のひびが入り、さらに直角のひびが交差することでできる。タスマニア島ではよく見られて、観光名所になっている。しかしビミニ・ロードでは石が変わった並び方をしているので、多くの人がこれは失われた都市アトランティスの一部だと考えている。1938年、エドガー・ケイシーはアトランティスに関する予言を行った。「神殿の一部が、ビミニ近くの海底に堆積した泥の中から発見される……それは68年か69年で——それほど遠い未来ではない」

最近の調査では、アマチュア考古学者のドクター・グレッグ・リトルが、最初の石組みの真下にまったく同じ並びの石組みがあることを発見し、ロード(道)は実際には壁またはドックの最上部だろうと考え、ビミニ・ウォールと名づけた。“ウォール(壁)”の近くにはほかにも2つ直線的な石組みが見つかっているが、地質学者はそうした複数列の“ブロック(石塊)”は、タスマニアをはじめとして世界中の各地に存在するし、整然としたひび割れによって複数の層ができることもあると述べている。その後別の探検家は、ビミニ沖の海中にピラミッドを見つけたと主張している。

ファタ・モルガナ(蜃気楼)

Fata Morgana

ファタ・モルガナは、アーサー王の異父姉であり姿かたちを変えられるモルガン・ル・フェイのイタリア語訳からきており、非常に複雑な"高度な"イメージのことを指す。物体が圧縮されたり引き伸ばされたり、浮きあがって見えたり逆さに見えたりする視覚的錯覚だ。ファタ・モルガナはたいていの場合目まぐるしく変化し、極地方で最もよく見られる。光の屈折や歪みによって非常に奇妙な効果が見られる。ルードヴィック・ケネディは、著作『戦艦ビスマルクの最期』の中で、1941年5月、グリーンランドとアイスランドの中間デンマーク海峡下でイギリス海軍戦艦〈フッド〉が沈没したあとに起きた奇妙な出来事を、詳しく説明している。ドイツ海軍戦艦〈ビスマルク〉は、イギリス重巡洋艦〈ノーフォーク〉と〈サフォーク〉に追われているとき、霧に入って見えなくなった。と思ったとき、ビスマルクが再び現れ、イギリス海軍の2隻に猛スピードで向かってくるように見えた。驚いた巡洋艦は攻撃に備えて二手に分かれたが、艦の乗組員が見ている前で巨大な戦艦が揺れたかと思うと、その姿が不明瞭になり、消えてなくなった。レーダーの監視によれば、〈ビスマルク〉はその間、航路の変更は一切していなかったという。

兵馬俑と不老不死の霊薬

The Terracotta Army and the Elixir of Life

秦の始皇帝(紀元前259-210年)は、中国の戦国時代、秦の王だったが、紀元前221年に天下を統一して初代皇帝となった。即位すると、全土に郡県制を施行し、初代万里の長城を築いた［現存のものよりはるか北方にある対匈奴防衛線］。政権安定のため多くの書物を焼いて禁止し［焚書坑儒］、"兵馬俑"軍団が守護する、街ほども大きいみずからの陵墓を建造した。皇帝となってからは不老不死の霊薬探しに血道を上げ、渤海の芝罘(しふう)島を3度も訪れて不死身になれる霊薬を探し求めた。その島には〈不死の山〉伝説があった。皇帝は次のような碑銘を残している。「罘に到着、これを石に刻む」(紀元前218年)、「罘に来

墳墓、立石、支石墓(ドルメン)

アングルシー島［イギリス、ウェールズ北西部］プラスノウィズの環状列石（クロムレック）

ケント州アイルズフォード付近のキッツ・コティ新石器時代ドルメン

コーンウォール州リスカード付近の立石あるいはドルメン、トレヴシー・ストーン

コーンウォールのコンスタンティン・ドルメン

モンマスシャー［ウェールズ南東部の独立自治体］、トレレックの“ハロルドの石”

コーンウォール州ボドミン・ムーアのチーズリング［チーズしぼり器］

たりて巨大石を見、魚を1匹射止める」（紀元前210年）。皇帝は芝罘島民をひとり、若い男女を何百人と乗せた船団とともに、8人の仙人が住むという伝説の蓬莱山を探しに送り出す。彼らは皇帝が旅の途上で会ったらしい、千年も生きている呪術師、安期生を見つけに行かされたのだった。一行は二度と戻ってこなかった。所望された霊薬を持ち帰らなければ、処刑されてしまうからだ。言い伝えによると、彼らはたどり着いた先の日本に移住したという。

紀元前211年、大型の隕石が黄河下流域付近に落ちた。その隕石に、「初代皇帝が崩御し、皇帝の領土は分割されるだろう」という言葉を刻んだ者がいた。やったと名乗り出る者がいなかったため、付近の住人がみな殺された。隕石は焼かれ、こなごなに砕かれた。始皇帝は、秦の都である咸陽を発って2か月、中国東部を旅しているあいだに息絶えた。不死身になるはずで飲んだ丸薬に致死量の水銀が含まれていて、倒れたのだという。同行していた丞相［最高行政官］は、皇帝が死んだという知らせが反乱や権力闘争の引き金になりかねないと危ぶんだ。彼ら高官たちが都にとって返すには2か月かかり、戦を防ぎようがないため、咸陽へ引き返すあいだは皇帝の死を伏せておくことにした。皇帝に随行していた側近たちのほとんどは何も知らされなかった。丞相は、腐った魚を積んだ荷馬車を2台、皇帝の乗った馬車のすぐ前後に引かせるよう命じた。また、信頼の置ける宦官（かんがん）が皇帝の顔を誰にも見られないようにすだれを下ろして、毎日服を取り替え、食事を運んだ。皇帝との話はことごとく丞相を介さなければならない。夏の暑さで遺体がひどく腐敗しはじめた皇帝の馬車から漂う異臭に、みんなが気づかないようにするためだった。

秦始皇帝陵造営は、皇帝が即位後さっそく着手した事業のひとつだった。紀元前215年、皇帝が30万人に着工を指示した。無償労働に72万人が動員されたとする中国の文献もあるが、今では工事に携わったのは1万6000人だけだと考えられている。皇帝が眠る墓本体は未公開だが、遺体は比較的損なわれていないようだ――水銀のプールに浮かべられているらしい。墓の解説書には、宮殿や見晴らしの塔のレプリカ、水銀でできた100本の川、天体を描いた絵画、押し入ってこようとする者を射るための石弓などが言及されている。墓は西安から25マイル（45キロメートル）の驪山（りざん）に築かれた。考古学者たちが墓の奥深くにプローブを差し込んで調べたところ、天然の100倍という異常なまでに高濃度の水銀があるとわかった。墓を築いた労働者たちのほとんどが、命を奪われている。墓は高さ250フィート（76メートル）、面積およそ3770平方フィート（350平方メートル）の土のピラミッドの下にある。現在発掘されている場所はほんのひと握りしかない。兵馬俑は、1974年に井戸を掘っていた農民グループが発見したものだ。いくつもある別々の鋳型をうまく組み合わせてつくり、さらに細かく個性化された陶製の武人たちに、ひとつとして同じものはない。像の高さも6フィート（1.8メートル）から6フィート4インチ（1.93メートル）まで、任務に応じてさまざまに異なり、いちばん背の高いのが軍司令官だ。兵馬俑坑には武人、戦車、兵馬（軍馬）、高官、軽業師、怪力男、楽師などの像が収められている。現在の推定によると、3つある兵馬俑坑に8000体あまりの武人、130の戦車と520の兵馬、150の騎馬があって、その大多数がまだ埋もれたままだという。武人はひとつひとつ違う顔をしていて、どの顔もかつて手描きされたものだ。

ベニントン三角地域

The Bennington Triangle

アメリカ、ヴァーモント州南部にある、失踪事件が多発した地域。犯人は連続殺人犯から“ビッグフット”（第8章「ビッ

ヘリアデス——太陽神ヘリオスの民

ギリシア神話のヘリアデスとは、エチオピアやインドより南に位置するはるか南方の7つの島の楽園のことだ。平和で豊かな土地で、冬も来ず、戦争も起きず、島々には一年じゅう実がなる木々の森が栄えていた。住民は美しくて高潔で、背が高く、頭とあごと眉以外にはまったく体毛がなかった。島民は体が柔らかく、骨はゴムのようで、大きな耳があり、舌の先が割れていて、同時に2つの会話ができた。動物や鳥の鳴き声をまねることができ、鮮やかな紫色のリネンのローブを着ていた。ところが、太陽の民は150歳になると安楽死しなければならなかった。彼らは苦痛を味わうことなく眠りのような死をもたらす魔法の植物の上に横になっていた。さもなければ、誤って切断された手足を島に住む魔法の亀、アンフィスバエナカメ（76ページ参照）の血から抽出した、魔法の糊で貼りなおされてしまうおそれがあった。7つの島はそれぞれ島の年長者の男である王が治めていて、王が150歳になると次に年長にあたる者が引き継いだ。その土地には家庭が存在せず、子供は人々が共同で育てていたので、血統に関するいかなる知識も得ることはなかった。子供が生まれると、魂の性質を見極めるために魔法の鳥の背中の上に乗せた。その検証で落第した者は人々に拒まれ、荒野に残されて死んだ。

グフットとサスクワッチ」参照）まで諸説ある。ネイティヴ・アメリカンはこの地域を埋葬地としてしか利用しない。彼らの言い伝えでは、ここは4つの風が出会う神聖な場所だからだ。

マーファライト
The Marfa Lights

マーファライトは説明のつかない“怪しい光”で、テキサス州マーファの東のミッチェル・フラットで目撃されている。初めて発表されたマーファライトの記事は1957年に提供された情報だったが、ロバート・リード・エリスン（1880年生）は目撃情報を家族に報告していたので、その話は1950年代にはすでに口コミで広まっていた。光はバスケットボール大で、空中の肩くらいの高さに浮かんでいる。たいていの目撃談の説明では白、黄、オレンジ、赤だが、緑や青が報告されることもある。ときに複数集まって現れることもあり、通常は横方向に移動するが、さまざまな方向に敏速に移動するのも確認されている。付近を走る国道67号線を通る車のヘッドライトが大気反射したものか、石英が圧倒的に多いその地域の丘が、電気を帯びて思いがけず発生した現象かもしれない。たいていは立ち入るのが難しい私有地のど真ん中に現れるので、光に近づいて近距離で観察できた人の報告はないに等しい。

未完のオベリスク
The Unfinished Obelisk

写真は、エジプトのアスワン採石場にある3000年前のオベリスクだ。途中でひびが入って切り出されずじまいとなり、今も岩にくっついたまま横たわっている。石が当初の計画どおり採取されてオベリスクが建てられていたら、この〈未完のオベリスク〉は高さ137フィート（42メートル）、重さ1185トンと、ほかのすべてのオベリスクを小さく見せていたことだろう。現存する最大のオベリスクであるローマの〈ラテラーノ・オベリスク〉は、高さ105フィート（32メートル）、重さ455トンなのだ。

ミステリー・サークル

Crop Circles

最も古いミステリー・サークルは、1647年にイギリスで発生した。アメリカで最初にミステリー・サークルが報告されたのは1964年だが、1970年以来、中国とアフリカ南部を除く世界中でおよそ10000件のミステリー・サークルが報告されている。自分たちがいたずらでつくったと告白したケースもあるし、激しい雷雨によってつくられることもあるとも考えられている。そのほとんどは、小麦またはトウモロコシの畑にできる。原因はつむじ風による空気の渦で、突然作物の中に降り、去っていくということかもしれない。ミステリー・サークルの多くは簡単に近づける場所にできるが、中には、ウィルトシャーのソールズベリ平野にある軍事施設といった、立ち入り禁止区域内に発生することもある。また、ミステリー・サークルの中には、農夫によるトラクターの線から離れた場所に発生し、いたずら者が自分たちの存在を隠すことが不可能になる場合もある。また、研究者らは、本物のミステリー・サークルでは倒れた作物が独特の方法で編まれているという証拠写真を所有している。いたずら者は板の上を歩いたり芝生ローラーを使ったりして作物を倒すが、それではできないような編まれ方なのだ。ある研究家は次のように指摘している。「ミステリー・サークルはしばしばカノーラ（菜種植物）畑に発生する。この植物はセロリの茎と同程度の堅さがあり、45度以上倒されると、茎が2つ

The Mowing-Devil:

Or, Strange *NEWS* out of

Hartford-ſhire.

Being a True Relation of a Farmer, who Bargaining with a Poor *Mower*, about the Cutting down Three Half Acres of *Oats*, upon the *Mower's* asking too much, the *Farmer* ſwore, *That the Devil ſhould Mow it, rather than He*. And ſo it fell out, that that very Night, the Crop of *Oat* ſhew'd as if it had been all of a Flame; but next Morning appear'd ſo neatly Mow'd by the Devil, or ſome Infernal Spirit, that no Mortal Man was able to do the like.

Also, How the ſaid *Oats* ly now in the Field, and the Owner has not Power to ſetch them away.

に割れる。しかし“本物の”ミステリー・サークルでは、茎はいずれも90度倒れて平らになっている。植物学者も、ほかの科学者もこの現象を説明するのは不可能で、人間が再現することもできなかった」

別の研究者も、複数のミステリー・サークルの磁場（EM）の強さを測定したところ、中央で40-50ナノテスラとなり、通常の畑の10倍だと述べた。1991年、アメリカの原子物理学者2人が、ある論文を書いた。その論旨は次のようなものだ。「種子と土壌のサンプルを厳密に実験室分析した結果、本物のフォーメーションの土壌には、バナジウム、ユウロピウム、テルリウム、イッテルビウムの4種の短寿命放射性同位体が発見された。［ウィルトシャーの］ベッカムトンで7月31日に発生したフォーメーションの土壌か

らは、コントロールサンプルと比較して、アルファ放射が198パーセント増、ベータ放射が48パーセント増、いずれも“驚くべき増大”を示しており、フォーメーションの外側の土壌の2倍から3倍の放射能が存在する」

ミステリー・サークルの原因としてよく挙げられるのは、つむじ風の渦や、プラズマの渦（発生するときに光の玉が見えることがある）、地球エネルギー、宇宙人、地下考古学、音の振動、天または悪魔の力、マイクロ波を含む軍事実験などだ。

あらゆるリンゴの発祥の地

The Home of the Mother of All Apples

カザフスタンの始祖リンゴは、世界中の2万種のリンゴすべての祖先だ。厳密には種子から成長するリンゴに2つと同じものはない。同じリンゴの種を保持するには、台木に接ぎ木してその遺伝的性質を保つ必要がある。

世にも珍しいリンゴの生地

The Home of the Rarest Apple

ウェールズ北西沖のバージー島は、到達するのが難しいことから、ウェールズ語でエナサンキ、“水流島”と呼ばれている。その地に埋葬された巡礼者の数から、聖人2万人の眠る島としても有名だ。現実にバージー島を3回訪れるのはローマに巡礼するのに等しいと見なされていたので、島に埋葬される人は誰も

が永遠の救いを保証されていた。島は6世紀から巡礼地となり、修道院の遺跡がみられる。島の最も古い名前はアファラック、ウェールズ語で“リンゴの島”で、運命のカムランの戦いの後で致命傷を負ったアーサーが連れて行かれたアヴァロンの魔法の島だと伝わっている。ところが、記録史上、バージー島にリンゴに関する記述はまったくない。1998年、鳥類学者2人が島のプラスバッハと呼ばれる家の1軒の側で、風から身を守りながら成長する節くれだったリンゴの木を発見した。果物も木も病気にかかっておらず、ウェールズ北部では非常に珍しいことだった。イギリスの一流果物史家ドクター・ジョアン・モーガンは、ケント州ブログデールで開催されたナショナル・フルーツ・コレクションで、実も木もほかに類を見ないと断言した。メディアはそれを「世界で最も希少な木」と呼んだ。その木は地元民から「マーリンのリンゴ」と呼ばれた。家の上空の丘の中腹には、アーサー王の魔術師マーリンがガラス棺で埋葬されたといわれる洞窟がある。

レイライン

Ley Lines

1921年、アルフレッド・ワトキンズは、地形と教会や古墳などの古代遺跡の両者が同一線上に配置されているという神秘的な事実を発見した。このような位置関係は、世界中にみられるという。ワトキンズはもともと“leas”という地名の場所と、“lay”、“lea”や“ley”で終わる地名の場所を調べていた。このことから、遺跡群が描く直線が“レイライン”(ley line)と呼ばれるようになった。“ley”は「森林の中の空き地」を意味するサクソン語に由来する。ワトキンズの説によると、イギリス周辺の古代遺跡は実は意図的にイギリス人の居住地域を縫ったり横切ったりして、一直線上に配置するよう建っているという。たとえば、ストーン・サークル、立石、長方墳、石塚、墳墓、教会が地形を無視して一直線に並んでいる(教会は一般的に、古くから崇拝される土地に建てられていた)。レイラインはいわゆるダウジング・ロッドで探しあてることができるので、地球の磁場の変化を示していると思われる。鳥、鯨、ミツバチ、魚、バクテリアは、磁鉄鉱を含む生体組織のはたらきで地球の磁場を利用して移動する。磁気の変化が感知できるのは磁鉄鉱の性質によるもので、現在では人間の脳でも発見されている。磁鉄鉱を含むバクテリアは、磁鉄鉱の結晶のはたらきで「泳ぐ針」となって地球の磁場の方向を指す。おそらく過去のどこかの時点で人間はレイラインを「感知する」能力を失い、

それらの目印とするために立石を並べたとみられる。墳墓は山の頂上に立つと隣の墳墓が見えるように配置された可能性があり、それらのあいだに道が設けられたり案内が示されたりした。ウェールズに建設されたノルマン民族の城にも同じ規則性が当てはまる。どの城も、攻撃を受けたときには頂上部からのろしや合図で隣の城にメッセージを伝達できた。ウェールズのグラモーガンとマンマスシャーで初めに征服された城の数々が密集していたのは、そのせいだと考えられる。

ロアノーク――失われた植民地

Roanoke Colony

1584年、イングランド女王エリザベス1世からヴァージニア植民の勅許を得たサー・ウォルター・ローリーは、北米大陸の東岸に遠征隊を派遣した。遠征隊が2人のアメリカ先住民と、現地の動植

物とともに戻ってきたので、1585年から1587年にかけて、2グループの入植者たちがロアノーク島（現在のノースカロライナ州の一部）に上陸し、入植地を開拓した。だが、その後の現地部族との争いで最初の入植地は食料が枯渇し、防衛のための男たちも減って危機に瀕した。そこへやってきたのが、カリブ海の襲撃航海を終えて帰国途中のサー・フランシス・ドレイク一行だった。イングランドへ連れ戻してやろうという彼の申し出を受け入れ、入植者たちは出発する。1857年に新たな入植者121人が到着すると、現地の住民（クロアタン族、Croatans）は友好的で、この入植によりアメリカ大陸では初となるイングランド人の女の子が生まれた。この一団は、これまでの入植者グループが争ったほかの部族との関係修復を試みたが、ジョージ・ハウという入植者が先住民に殺されてしまう。ほかの入植者たちは、自分たちの身の安全性を案じ、イングランドへ戻って援助を求めるよう指揮者を説得した。指揮者のジョン・ホワイトは90名の男と17名の女、11人の子供を残して出発する。だが、1590年8月にホワイトが戻ってみると、開拓地はすっかり荒廃していた。争いの跡も、入植者たちの生活の形跡も見当たらない。唯一の手がかりは、砦の柱に彫られた「クロアトアン（Croatoan）」という文字と、近くの木に彫られていた「クロ（Cro）」という文字だけだった。この入植地は“失われた植民地”として知られるようになり、その後、入植者はひとりも見つかっていないのだ。これまでに考えられているのは、彼らは近隣のいくつかの部族と一緒に暮らすことになったのではないかという説だ。その後かなりの年数がたって、いくつかの部族がキリスト教を信奉したり、英語を解したりしていることがわかり、それがこの説に説得力を与えている。

ロズウェル事件
The Roswell Incident

1947年の6月ないし7月に、ニューメキシコ州ロズウェル付近に墜落した物体からエイリアンの遺体を含む地球外のものが回収されたという、真偽の疑わしい出来事。1947年7月8日、ロズウェル陸軍飛行場が、付近の牧場から職員が潰れた“空飛ぶ円盤”を回収したと発表し、メディアは大騒ぎとなった。だが、2日後に再度行われた記者会見では、発見されたのは「レーダー追尾装置」の残骸だったと変更された。この一件はその後30年以上忘れ去られていたが、1947年の事件発生当時に残骸の回収に関わったジェシー・マーセル少佐のインタビューが公表されたことで、事態は急変する。彼によると、軍はエイリアンの宇宙船を回収したのに、それを秘密にしているというのだ。彼がインタビュー内容を《ナショナル・エンクワイアラー》誌1980年2月号に渡すと、この話はたちまち世界中に広まっていった。

それから何年ものあいだ、新たな証言や報告が続き、注目すべき情報が加えられていった。たとえば、エイリアンの乗り物とエイリアン自身を回収するための大きな軍事作戦が11もの地点であった、という証言などだ。目撃者は脅迫されているとも言われたが、1989年には、元葬儀屋のグレン・デニスが、「ロズウェル基地でエイリアンの死体解剖が行われていた」と証言している。

1995年に発表された政府の報告書は、「1947年に回収された物体は、ソ連の原爆実験と弾道ミサイルによる音波を検知するための高高度気球を使った〈モーグル計画〉と呼ばれる秘密の政府計画による残骸だった」としている。そして、1997年に発表された2度目の報告によると、証言者たちの記憶は、高高度のパラシュート実験で使うダミー人形回収の記憶や、軍の墜落事故による記憶が、無意識のうちに変質したものだという。

第4章

空飛ぶ怪物と伝説

CHAPTER
4

Flying Monsters, Mysteries, Odd Happenings, Strange Sightings and Legends

悪霊、悪魔、ジン

Demons, Devils and Jinn

悪霊は邪悪で超自然的な霊だと考えられている。だが元々のギリシア語“daimon”には、のちのキリスト教で加えられる否定的な“汚らわしい”といった含意はなく、霊魂または聖なる力という意味だった。一部の悪霊は“堕天使”で、そのほかは地獄で生みだされたと考えられている。フロイトは、悪霊の概念は少し前に亡くなった人間と我々との関係に由来すると考えた。「悪霊は少し前に死んだ人間だと考えられるということが、悪霊を信じる気持ちの源は哀悼だとの何よりの証拠だ」。バビロニアとカルデアでは、7人の邪悪な神、またの名を“嵐-悪霊”がいた。その代表的なものが有翼の牡牛だ。ヘブライ人の神話では、“破壊者”または“破壊の天使”は邪悪な悪霊で、まぐさや戸口の側柱にいけにえの血を振りかけておけば魔除けになる。しかし“破壊の天使”は、神の使いとして悪疫や疫病をもたらすこともある。その他のヘブライの悪魔は天国とは無関係で、地獄から生じ、脳の病、癲癇、カタレプシー、頭痛をもたらす。盲目の悪霊“シャブリリ”（まぶしい輝き）は夜、蓋をしていない水面の上にいて、その水を飲む人間を盲目にする。こうした悪霊は人体に入りこみ、犠牲者を精神的に圧倒したり“とり憑いたり”して病気にする。そうした病気を治すには、ある種の呪文を唱えて魔除けのまじないをして邪悪な悪霊を取りだす必要がある。現在のキリスト教では、悪霊は一般的に、神に背いてその恩寵を失った天使だと考えられている。しかしキリスト教およびユダヤ教の一部の学派は、悪霊または邪悪な霊は、堕天使と人間の女の性的関係の結果だと教える。イスラム教以前の神話では神と悪霊は区別されていない。“ジン”は下級の霊的存在で、人間的なところがたくさんある。人間と共に食事したり酒を飲んだり子をもうけたりする。ジンは食べ物の匂いをかいだり舐めたりするし、残り物を好む。食事には左手を使う。ゴミ捨て場や寂しい場所が好きで、特に野生動物が集まる未開地を好む。墓地や汚い場所も住むところとして人気がある。人間の前に姿を見せるときは、見た目を動物にしたり、人間にしたりする。たいていの場合ジンは平和的で人間に好意的だが、人間に害をなそうとする邪悪なジンもいる。イスラム教では、キリスト教の悪霊のようにすべてが邪悪というわけではなく、人間と共存する存在だと考えられている。邪悪なジンはシャイターン（悪魔）、イブ

リース（魔王）はその長だ。イブリースはアッラーに最初に背いたジンだ。ジンは火で、天使は光で、人間は変化させた土でできている。クアルーンによれば、イブリースはかつてアッラーの僕だったが、アッラーが土からアダムをつくったとき、嫉妬と傲慢からアッラーに背いた。アダムは最初の人間であり、人間はアッラーの最高の創造物だ。イブリースがそのことに我慢できず、“泥”でつくられた生き物を認めるのを拒んだので、アッラーはイブリースの死後、永遠に地獄の炎で焼かれる罰を与えた。

アレリオン

The Alerion

伝説によれば世界には一対のアレリオンしか存在しない。アレリオンはワシに似た鳥で、“鳥の王”だと考えられている。「大きさはワシよりも大きく、剃刀のように鋭い翼を持ち、炎の色をしている。雌のアレリオンは60歳になると卵を2つ産み、その卵は60日で孵る。雛が生まれると、親鳥は、その他の鳥たちを供に連れて海へと飛んでいき、水面に突っこんで、溺れる。供の鳥たちは巣に戻り、アレリオンの雛が飛べるようになるまでその世話をする」（ピエール・ド・ボーヴェ『動物寓話集』）

紋章学においてアレリオンは鷹と同等だ。

ウズラ——同性愛の放屁

Partridge - The Homosexual Wind-breaker

大プリニウスは次のように述べた。「ウズラは巣が動物に襲われないようにとげや小枝で巣を守る。卵を産んだあと、ウズラは卵をよそに移すが、これは卵を産む場所を知られないようにするためで、柔らかな土で覆い隠しておく。雌はつがいの雄にも卵のある場所を隠す。雄が雌と交尾するために卵を嘴でつついて割るからだ。雌をめぐって雄どうしで戦いになる。戦いに負けたほうは勝者に対して、性的に服従しなければならないと言われている。雌は雄と面と向かって立つだけで卵を産む準備ができ、そのときに嘴を開いて舌を出していたら、それは性的に興奮しているということだ。雄のウズラが雌の上を飛んだり、鳴くだけで、雌は卵を産む。鳥撃ちが巣に近づいてくると、雌は怪我をしたふりをして巣から逃げ、鳥撃ちを巣から遠ざける。守るべき卵がない時には、逃げたりせず、くぼみで仰向けになって爪で土塊をつかみ、自分の体を隠そうとする」。セビーリャの聖イシドールスは、さらに詳しく語っている。「ウズラ（*perdix*）はその名前をperdesthai（放屁）からつけられた。性欲によって雄どうしで交尾する不純な鳥だ。ほかの鳥の卵を盗んで孵すずるい鳥でもあるが、ウズラはそんなことをしても何も得しない。雛は本物の母親の鳴き声を聞くと、孵したウズラを捨てて母親のところに帰っていく」

宇宙人による誘拐
Alien Abductions

自分または知り合いの誰かが、UFOに乗った宇宙人に誘拐されたことがあると考えた人はたくさんいる。現代で最も古い例は1957年のアントニオ・ヴィラス・ボアズで、夜にアルゼンチンの農場を歩いていて誘拐されたと主張した。

1961年、休暇を過ごしたカナダから車でニューハンプシャーの自宅に帰る途中だったバーニーとベティのヒル夫妻のケースは、最も有名なものだ。2人は森の上空で動いていた光に向かって車を走らせ、停車した。バーニーは巨大な宇宙船を目撃して、そちらに向かって歩いていった。すると十数人の宇宙人が彼をじっと見ているのが見えた。あわてて車に駆け戻り、逃げだした。2人は眠気に襲われ、“ビープ音”が聞こえた。家に着くと、2人の腕時計は止まっていた。その後2人は、家までのドライブは予想よりも2時間長くかかっていたことに気づいた。ベティ・ヒルは、宇宙人によって身体検査をされているというフラッシュバックや鮮やかな夢を経験するようになった。1964年、彼女はボストンの精神分析医、ドクター・ベンジャミン・サイモンを訪ねはじめた。サイモンは退行催眠療法で、ベティの意識を“誘拐された”夜までさかのぼらせた。ベティ・ヒルは、別の“誘拐被害者”であるキャシー・アンドレアソンと同様に、自分も臍（へそ）から探り針を挿入されたと考えていた。また別の誘拐被害者であるキャシー・デイヴィスは、数回にわたり宇宙船に乗せられ、人工授精をされ、9人の“混血児”を産んだと信じていた。

オフィス・プテロトス
Ophies Pteretos

この羽毛と翼を持つ蛇は、アラビアの乳香を守っており、オフィス・アンフィプテロトイ“2つの翼を持つ蛇”とも呼ばれる。ヘロドトスは次のように書いた。「アラビアは人が住む国の中で最も南にある。そして乳香、ミルラ［没薬（もつやく）］、カッシア［桂皮］、シナモン、マスティック［洋乳香］を産する唯一の国だ。このうちミルラ以外はすべてアラビア人には入手が難しい。アラビア人はエゴノキを燃やして乳香を集め、フェニキア人がそれをヘラス（ギリシア）へと運ぶ。彼らが燃やすのは乳香を採るためだ。薫香を産する木は、さまざまな色をした翼を持つ小さな蛇に守られている。蛇は1本の木にたくさんいる。エジプトを襲う蛇だ。エゴノキの煙だけがこの蛇たちを木から追い払う

ことができる……もし毒蛇やアラビアの翼を持つ蛇が普通の蛇だったら、人間の暮らしは大変だっただろう。ところが実際は、交尾の際、雄の蛇が精子を放出すると、雌の蛇は雄の頸を咬んで捕まえ、咬み切るまで放さない。こうして雄の蛇は死ぬが、雌の蛇もその報いを受けることになる。まだ胎内にいる蛇の子たちが父親の仇を討つために母親の腹を食い破って生まれてくるのだ。人間に害をなさないほかの蛇たちは、卵を産み、たくさんの子供が孵る。アラビアの翼を持つ蛇はたくさんいるように見えるが、それは（どの国にも蛇はいるが）翼を持つ蛇はすべてアラビアにいて、ほかにはいないからだ」。

アイリアノスはこう説明している。「メガステネスによれば、インドには……翼のある蛇（ophis［ギリシア語］）がいて、昼ではなく夜に移動する。その排泄する尿が皮膚にふれるとすぐに化膿した傷になる」

オルファン・バード
Orphan Bird

13 世紀のピエール・ド・ボーヴェ『動物寓話集』によれば、オルファンはインドの“la mer darenoise”と呼ばれる海に棲んでいる。クジャクのとさかと首と胸、ワシの嘴、ハクチョウの脚、ツルの体を持っている。翼は赤、白、黒の 3 色だ。水の上に卵を産む。母鳥にはどの卵から最も強い雛が生まれるかがわかる。いい卵は母鳥の少し下に浮かび、悪い卵は海底の砂に沈む。

カウカソスのワシ
The Caucasian Eagle

ティターン族のひとりで不死のプロメテウスは、イアペトスとクリュメネーの子で、神々の火を盗んで人間に与えた罰として、ゼウスにカウカソス山の山頂に鎖で繋がれた。ゼウスはさらなる罰として、毎日大ワシにプロメテウスの肝臓をついばませ、夜のあいだに再生した肝臓をまた翌日もついばませた（一説にはワシは炎と鍛冶の神ヘファイストスの作った青銅製のオートマトンだとされている）。しかしプロメテウスは、アルゴス人の巫女であり半神女のイーオーに、彼女の子孫のひとりであり、世界で最も偉大な英雄ヘラクレスによって自分が解放されることを予言し

た。その後、ヘラクレスがやってきて、カウカソスのワシを矢で射殺した。そしてプロメテウスの縛めの鎖を切った。このときのワシ、ヘラクレス、矢はいずれも空にあげられ星座になった。ワシ座、ヘラクレス座、矢座だ。

カササギの卵の動き
Magpie Egg Movement

大プリニウスはカササギについて次のように書いた。「カササギは、誰かが巣を見ているのに気がつくと、卵を別の場所に移す。その爪は卵を運ぶのに適していないため、賢いやり方をする。2つの卵に渡すように小枝を置き、胃から出す糊で卵を枝に貼りつけ、小枝の下に首をくぐらし、左右の卵のバランスをとりながら運ぶ……カササギの中には言葉を学べるものもいる。特定の言葉を気に入って、その言葉をくり返すだけでなく、その意味を考えているようにも見える。カササギが言葉を学ぶためには、何度も繰り返し聞く必要がある。もしその言葉が難しすぎると、カササギが死んでしまうこともある。ある言葉を忘れたカササギは、その言葉を聞くと大いによろこぶ」

カッコウの飛行力とカッコウ時計
Cuckoo Flight and Clocks

セビーリャの聖イシドールスの言葉を引用する。「カッコウはタコの上に乗って決まった時間にやってくる。なぜならカッコウの飛行能力は短く弱いからだ。このやり

方なら空を長距離飛んでも疲れることはない。カッコウの唾からセミ（バッタ）が生まれる」。1949年の映画『第三の男』でオーソン・ウェルズはグレアム・グリーンの脚本にアドリブの台詞を加えた。「イタリアは、ボルジア家支配の30年間に、戦争、テロ、殺人、流血があったが、ミケランジェロ、レオナルド・ダ・ヴィンチ、ルネサンスを生んだ。スイスは友愛の国で、500年間民主主義と平和を保った――そして何を生みだしただろう？　カッコウ時計だ」。自動装置の鳥をつけた時計は大昔からつくられてきた。最初につくったのはギリシア人数学者、アレクサンドリアのクテシビオス（紀元前285頃-222年）で、水を使って笛の音を出し、フクロウの模型を動かした。797年もしくは801年、バグダッドのカリフであったハルン・アッラシードはカール大帝にアジアゾウと毎時を告げる機械仕掛けの鳥を贈った。現在の形のカッコウ時計は、一般に思われているようにスイスではなく、オーストリアとドイツで最初につくられた。

伝説と関わりのある鳥たち

カササギ

ダチョウ

フクロウ

ウズラ
クジャク
ワタリガラス

カムペ

Campe (Kampe)

この雌ドラゴンは巨人のクロノスに命じられて、彼がタルタロスに閉じこめたヘカトンケイル（嵐の神である巨人３人）とキュクロプス（単眼の巨人３人）の番をしていた。カムペはケンタウルスのように腰から上は蛇の髪を持つ女だった。下半身は鱗のあるドラゴンで、足は1000匹の毒蛇だ。腰からライオンや熊を含む恐ろしい獣50頭の頭が突きだしている。黒い翼が肩から広がり、頭の上で怒ったサソリの尾をあげている。ティターンと10年間戦っていたゼウスは、タルタロスの巨人たちの助けがなければ勝てないと言われて、カムペを殺し、巨人たちを解放してその力を借りた。

カラドリウス――癒しの雪鳥

Caladrius, - The Healing Snowbird

２世紀にギリシアで書かれた『フィシオロゴス』（道徳的な内容の動物寓話集）と12世紀の『アバディーン動物寓話集』には、王の宮殿に住む雪のように白い霊鳥カラドリウスが出てくる。カラドリウスが病人の顔を見ればその病人は死なない。だがカラドリウスが目をそらしたら、その病人は死ぬ。また、病人を癒したいと思ったら、カラドリウスは病人の目を見つめて、病魔を吸い取ってから飛び立ち、病魔を追い払って、自分と病人を癒す。全身が雪のように白く、罪の色である黒いところのまったくないカラドリウスはキリストの比喩となった。初期のキリスト教の教義では、キリストは彼を信じないユダヤ人から顔をそむけ、非ユダヤ人のほうを向き、彼らの罪を背負って十字架にかけられたとされていた。キリストは悔い改めない者から顔をそむけ、見捨てる。しかし悔い改めた者は受けいれ、彼らのほうを向き、完全な人間にする。カラドリウスの元になったのは白い鳩やサギやコウノトリかもしれない。鳩は王宮の中に、コウノトリは屋根の上に巣を作っていたはずだ。「『フィシオロゴス』に書かれているカラドリウスという鳥は、全身が白く、どこにも黒いところはない。その糞は白内障を治す。カラドリウスは王宮の中に住んでいる。この鳥によって病人が生きるか死ぬかを知ることができる。もし不治の病なら、鳥は病人を見てすぐに顔をそむけるので、その病人は死ぬのだと

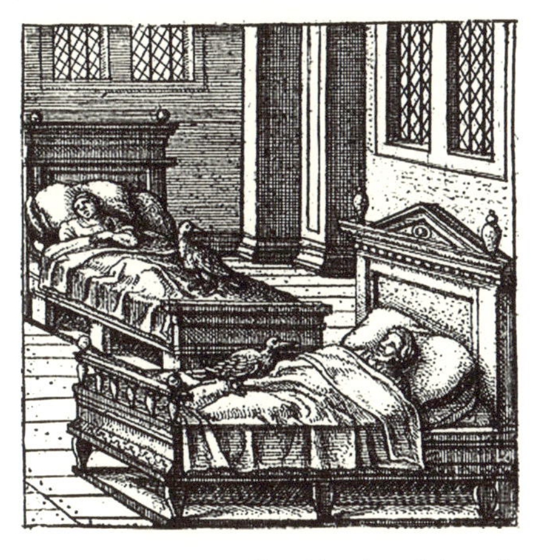

わかる。だがその病が治るものなら、鳥は病人の顔を見つめて病魔を吸い取ってくれる。それから太陽に向かって空を飛び、病魔を焼いて四散させる。すると病人は快癒する。カラドリウスは我等の救い主の化身なのだ。我が主は純白で、罪の色である黒いところはひとつもない。“罪を犯したことがなく、その口に何の偽りも見いだされ”ないからだ。そして主は空高くから降りてこられ、彼を信じなかったユダヤ人から顔をそむけ、我等非ユダヤ人のほうを向き、弱さを取り除き、我等の罪を背負って木の十字架にかけられ、天へと昇った。“彼は多くの捕虜を引き連れ、人々に賜物を分け与えられた”。カラドリウスと同じく、キリストは日々、我々が病めるときは我々に寄り添い、我々が告白するときには我々の心を吟味し、悔い改めの恵みを示して癒す。しかし悔い

カムペの死

5世紀のギリシアの詩人ノンノスはディオニュソスの物語である叙事詩『ディオニュソス譚』の中でこのように語った。「天空を支配するゼウスは、うぬぼれたカムペを雷で打った。全身どこもかしこも気味の悪い形をした雌怪物だ。毒蛇の足から這い出てくる1000匹は、遠くまで毒を吐き散らし、エニュオ（戦いの女神）をあおりたて、醜いとぐろを巻いている。カムペの首からは、野の獣の頭が50も突きでていた。謎かけするスフィンクスの陰気な顔のようなライオンの頭が咆哮したり、熊の牙から泡を飛ばしていたり、カムペの見掛けは犬たちの頭が並んだスキュラそのものだ。上半身は女のようで、頭には髪の代わりに毒を吐く蛇が密集している。巨大な体は、胸から太ももが分かれるところまで、海獣の持つ異様な形の硬い鱗でびっしり覆われている。大きく広がる手についた爪はかぎ爪のついた鎌のようだ。肩から首にかけて、喉よりも高く振りあげた尻尾に鋭く尖る冷たい針を持つサソリが這い、とぐろを巻いている。そうしたさまざまな部分を持つカムペが身をよじり、地上や空中や海中を飛びまわり、2つの黒い翼をはばたかせて大嵐を起こし、暴風を吹かせる。それがタルタロスの黒い翼を持つニンフだ。だが天空神ゼウスは……その怪物を殺し、クロノスのエニュオである蛇の化け物を退治した」

改めることがないとわかっている者からは顔をそむける。そうした者たちを見捨てる。しかし悔い改めた者は受けいれ、彼らのほうを向き、完全な人間にする。しかし、カラドリウスは法律では不浄とされているので、それをキリストに喩えるべきではない。だがヨハネは神についてこう語った。『モーセが荒野で蛇をあげたように、人の子もまたあげられなくてはなりません』そして法律によれば、『野の生き物のうちで、最も賢いのは蛇であった』」(『アバディーン動物寓話集』)。プルタルコスとアイリアノスは、カラドリウスが黄疸を癒したと述べており、12 世紀、フィリップ・ド・タオンは腿の骨の髄は盲目を癒すと書いた。中世の文献のほとんどで、カラドリウスは海鳥だとされている。

クジャク――悪魔の声
Peacock - The Voice of a Fiend

大プリニウスの『博物誌』に、いかにも興味深い記述がある。「クジャクはみずからの美しさを自覚して誇りに思っている。褒められると羽を広げて、羽が見事に輝くように太陽のほうを向き、尾を曲げてその影で体を覆う。なぜなら体の羽は暗いところのほうが美しく輝くからだ。見る者が尾羽の目の部分に注目すると、クジャクはよろこぶ。そのために普段はすべてまとめて畳んでいる。秋の生え代わりの時期に尾の羽が抜けると、クジャクは恥ずかしがって、新しい羽が生えてくるまで隠れてしまう。クジャクの寿命は 25 年だが、その色は 3 歳から色褪せはじめる。一説には、クジャクは意地が悪くこれ見よがしな性格だとされている。食べるためにクジャクを殺したのは、雄弁家のホーテンシウスが初めてだった。やがてルルコがクジャクを太らせて食用に販売し、大いに儲けた」。聖アウグスティヌスは、なぜクジャクの肉には " 防腐性 " があるのか不思議に思っていた。いったん加熱すると、1 年間腐らなかったからだ。セビーリャの聖イシドールスもこのことについて記している。「クジャク (pavo) の名前はその鳴き声からつけられた。その肉はとても硬く、ほとんど腐らないが、料理するのも難しい」。『事物の特性』という題名の百科事典を著したバルトロマエウス・アングリクス[13 世紀初頭のパリの学者。イギリス出身のフランシスコ会士] は、次のように書いている。「クジャクの頭はまるで蛇の頭のようにぐらぐらして変な形をしており、とさかもある。一定の歩調で歩き、細い首は赤く、胸は青く、目の模様のついた素晴らしく豪華な尾羽を目立つように高くあげ、足は醜い……クジャクはみずからの羽の豪華さに感心し、羽を立てて広げ、頭を囲むように円形にして、だが足元を見て、その醜さに気がつき、

恥じているように突然羽をおろし、尾羽を下に向けて、まるで羽の豪華さなど少しも気にしていないようだ。よく言われるように、鳴き声はまるで悪魔の声のよう、頭は蛇のよう、歩調は盗人のようだ。まったくひどい声なのだ」

グリフォン──ライオンワシ

Gryphon the Lion-Eagle

グリフォン（グリフィンまたはグリフォンとしても知られる［ギリシア神話ではグリュプス］）は、ワシの頭、翼、前脚の爪と、背中は羽毛に覆われたライオンの下半身を持つ。蛇の尾を持つこともあり、太陽をさえぎるほどの巨体だ。山の中に棲み、高巣と呼ばれる黄金の巣をつくる。スキュティアの隻眼の一族アリマスポイ人がしばしばグリフォンの黄金を盗もうとするので、グリフォンは注意深く巣を守っている。伝説では、グリフォンは巣に瑪瑙(めのう)の卵をひとつ産み、2倍貴重なものにしている。グリフォンは宝物の埋められている場所を知っていて、略奪者から護っている。死んだ人間や馬を食べる。グリフォンの伝説は中近東に起源があり、古代バビロニア、アッシリア、ペルシアで彫像に彫られてきた。紀元前3000年頃、グリフォンはエジプトでファラオの供になり、のちにミノアの聖なる守護者となった。生まれ故郷はインドで、当地の人々はグリフォンの大きなかぎ爪を飲み物のカップに用いるとされている。かぎ爪で毒を検知できるからだ。ギリシアでは、グリフォンは神々のペットだった。グリフォンは太陽の黄金を表すためアポロンの霊獣とされ、ヒエログリフでグリフォンは熱と夏を意味する。また宝物を見つける知恵を持つことからアテナの霊獣、宝物を盗む者への報復からネメシスの霊獣ともされる。14世紀、サー・ジョン・マンデヴィルが著した『東方旅行記』には次のように書かれている。

「彼の国（バカリア、中国の近く）にはグリフィンがほかのどの国よりもたくさん生息している。上半身はワシの、下半身はライオンの体を持つといわれている。まったく実際にそういう姿なのだ。だがあるグリフィンはその半身を形づくるライオンを8頭合せたよりも大きく強く、その辺にいるワシ100羽を合わせたよりも大きく強い。グリフィン1頭は、巣に飛んでいく時に、もし見つければ大型の馬を、または供に軛をかけられて鋤を牽く2匹の牡牛を運んでいく。グリフォンの足のかぎ爪はとても長くて大きく、大きな牡牛やビューグルやカインの角ほどもあり、人間はその爪を飲み物のカップに用いる。また肋骨や翼の羽茎からはとても強い弓がつくられ、矢や、四角い矢じりのついた矢（石弓用の太く短い矢）を射るのに使われる」。ビューグルは若い野生牛かバッファローかもしれない。ビューグル［角笛］と呼ばれる笛はもともと角からつくられた。カインというのは牛の古語または性成熟する前に去勢した牡牛のことだ。イギリスの紋章学では、“雄のグリフィン”は翼なしで描かれ、体は恐ろしい尖った羽毛の房で覆われている。紛らわしいことに、“グリフィン”は男性器をもって描かれている。

◉ヒッポグリフィン——ウマワシ

ヒッポグリフィンはグリフォンと同じ翼、頭、羽毛、前足のかぎ爪を持ち、下半身はライオンではなく馬という獣だ。1532年にアリオストが著した『狂乱のオルランド』によれば、ヒッポグリフィンは伝説のアトランティス島にいた暴れ馬だった。ヒッポグリフィンのアイデアは、ウェルギリウスによる不可能なことを表す隠喩、「グリフォンと馬をかけあわせるようなもの」が元になっている。

◉ルーポグリフィン——イヌワシ

ルーポグリフィンは、ライオンの代わりに犬の下半身を持つ獣だ。ペルシアの古い伝説の鳥シームルグは、半分犬で半分鳥と表現されている。シームルグは地と空の結合を表している。生命の樹をとまり木にして、聖なる植物ハウマの生える土地に棲む。ハウマの種はあらゆる悪疾を治す。シームルグは蛇を憎悪し、1700年生きるといわれている。寿命が尽きるとフェニックスと同様に、火の中に飛びこんで焼死する。

ケツァルコアトル——羽毛を持つ蛇の神

Quetzalcoatl - The Plumed Serpent God

ケツァルコアトル（“羽のある蛇”または“羽毛ある蛇”）は、古代メソ・アメリカのオルメック、ミステク、トルテカ、アステカといった文明で崇拝された有翼の蛇神につけられたナワトル語の名前だ。この神はテオティワカン文化の人々やマヤ人から採りいれられたのかもしれない。ケツァルコアトルはまた、トルテカの支配者に与えられた名前でもあった。その信仰は、スペイン人に征服されるまで2000年近く続いた。蛇は地球と植物を表しているが、都市の壁画に見られるように、蛇が貴重なケツァールの羽毛を得たのは、テオティワカン（紀元前150年頃）文化の頃だった。最も精巧な像は、紀元前200年頃に建てられたケツァルコアトル神殿にあり、ケツァールの長い羽毛を持つガラガラヘビが描かれている。やがてケツァルコアトルはそのほかの神々と融合し、そ

れらの特徴を持つようになった。最終的にケツァルコアトルは創造神のひとつとなった。アステカ帝国のモクテスマ２世は当初、1519年のエルナン・コルテスの一行の到来をケツァルコアトルの再来を示すものだと考えた。モクテスマ２世は、特にケツァルコアトルを描いた宝物をコルテスに贈った。モルモン教徒の多くは、ケツァルコアトルは、『モルモン経』に記されているとおり、イエス・キリストが復活直後にアメリカ大陸のネファイト（ネイティヴ・アメリカンのグループ）を訪れた際につけられた名前だと考えている。

ゴルゴーン――有翼の悪魔
Gorgons - The Winged Demons

ゴルゴーンは、メデューサ、ステンノー、エウリュアレーという名前の強力な有翼の悪魔３人のことをいう。古代ギリシアの壺絵や彫像に描かれた彼女らは、翼を持ち、頭は大きくて丸く、頭髪は蛇で、にらみつける大きな目、大きな口、イノシシの牙、だらりと垂れた舌、広い鼻孔を持ち、短く粗いあごひげを生やしていることもある。大プリニウスはゴルゴーンを、獰猛で素早く、体を毛に覆われた女の一族だと考えた。ディオドロスは、リビアの西側に棲んでいる女の一族で、ヘラクレスに退治されたと述べている。ゴルゴーンは黄金の翼、鋭いかぎ爪、イノシシの牙を持った姿で描かれることもあるが、蛇の牙と皮を持つとされることが多い。モザイク美術に描かれるメデューサの顔は、まわりにとぐろを巻く蛇

が描かれ、眉から小さな翼が生えている。メデューサは姉妹の中で唯一不死ではなく、元は美しい乙女だったが、アテナの神殿でポセイドンと交わり身ごもったために、アテナによって髪を蛇に変えられた。メデューサの頭はあまりにも醜く、見た者は誰でも石になった。メデューサは不死ではなかったので、ポリュデクテース王はペルセウスに、その頭を持ち帰るよう命じた。ペルセウスは神々に助けられ、反射する盾、輝く剣、翼のついたサンダル、隠れ帽を与えられた。彼がメデューサの首を切ると、その傷からポセイドンの子である有翼の神馬ペガサスと巨人のクリューサーオールが生まれた。メデューサの頭を袋に入れて逃げだしたペルセウスを、怒った姉妹２人が追った。一説には、ペルセウスまたはアテナがメデューサの首を見せてアトラスを石に変え、天空を支えるアトラス山脈をつくったともいわれている。ペルセウスはメデューサの首を、彼が殺されることを願ってメデューサ殺しを命じ、その間に母親のダナエーに言い寄ろうとしたポリュデクテース王に対して使った。ペルセウスがポリュデクテー

ス王の宮廷に帰ると、彼はダナエーを横に従えて玉座に座っていた。王はペルセウスに、メデューサの首を持って帰ったかと尋ねた。ペルセウスは「ここにあります」と言って首を高く挙げ、宮廷にいた全員を石に変えた。詩人のヘシオドスはゴルゴーンを、暗礁をつくる海の怪物で、古代の船乗りにとって命取りになりかねない危険な暗礁を擬人化していると考えていた。

サギ――最も賢い鳥

Heron - The Wisest Bird

セビーリャの聖イシドールスは、次のように語っている。「サギは、あたかもほかの鳥より高いという意味で名付けられたような名前だ。サギは雷を恐れているので、疾風を避けるために雲の上を飛ぶ。サギが空高く飛んでいる時は嵐になるということだ」。サギは休息所をあまりもたず、餌場のそばに棲み、水上の高い樹で羽を休めるので、すべての鳥の中で最も賢いとされている。決して死肉を食べず、ほかの鳥に巣にいる雛を攻撃されると嘴で防戦するので、称賛されている。

慈愛のペリカン

The Pelican in her Piety

大プリニウスは次のように記している。「ペリカンは喉に２つ目の胃を持っており、貪欲なペリカンはその胃に食べ物を入れ、受容力を高めている。あとになってその胃から食べ物を取りだし、本物の

胃に移す」。セビーリャの聖イシドールスはこう述べている。「ペリカンはエジプトの鳥で、群れではなく１羽でナイル川に生息している。一説では母鳥は雛を殺して３日間嘆いた後で、自分の体を傷つけて血を流し、雛を蘇らせる。ギリシア語の名前（オノクロタロス）はその長い首からつけられた。ペリカンには水生と単生の２種類ある」。ギヨーム・ル・クレールが13世紀に著した『神聖動物寓話集』には、次のように書かれている。「ペリカンはナイル川流域に生息する素晴らしい鳥だ。歴史書によればペリカンには２種類がある。川に棲み、魚しか食べない種類と、砂漠に棲み、昆虫や足のない虫しか食べない種類だ。ペリカンには素晴らしい美点がある。羊の母親の仔羊への愛情は、ペリカンの母鳥が雛にかける愛情にはかなわない。雛が生まれるとペリカンの親鳥は雛を育てるために全力で面倒を見る。だが雛は恩知らずで、成長して自立すると、父親の顔を嘴でつつき、怒った父鳥は子供を全部殺してしま

う。3日目、深い哀れみと悲しみをいだいた父鳥は子供のそばにやってくる。自分の嘴で血が流れるまで脇腹をつつく。その血によって死んだ子供を蘇らせる」。バルトロマエウス・アングリクスは、子供を蘇らせるのはペリカンの父鳥ではなく母鳥だとして、「慈愛のペリカン」の図は多くの写本、彫刻、教会のミゼリコルディアなどの意匠に使われた。筆者の知っているパブに、グラモーガンのエウェニー近く、オグモア川のほとりに、〈慈愛のペリカン〉という店がある。

ギリシアの医療知識

プロメテウスの肝臓が毎日鷲に食べられても夜のあいだに“再生”したという神話は、肝臓には手術で摘出されたり負傷したりしても“再生”する力があるということを古代ギリシア人が知っていたと示している。ギリシア語の肝臓——hepar——は、直すまたは修復するという意味の動詞、hepaomaiから来ている。heparをざっと翻訳すると“修復可能”という意味になる。

シームルグ——ペルシアの神鳥

Simurgh - The Persian Dog-Bird

別名をアンガーという。この名前は神話的で善な空飛ぶ生物を指すペルシア語の名前だ。有翼の鳥形の生物として描写されるこの生物は、象やクジラを運べるほど巨大だ。犬の頭とライオンの爪を持つクジャクのような姿とされるが、人間の顔を持つこともある。シームルグは女で、生まれつき善である。その羽毛は銅色で、もともとは“犬鳥”とされていたが、犬の頭か人間の頭で現れた。ペルシアの伝説では、シームルグはあまりにも長寿なので、世界が破壊されるのを3度も目撃し、長く生きてきて多くを学び、あらゆる時代の知識を有しているという。ある物語では、シームルグは1700年生きてから、フェニックスのようにみずから炎の中に飛びこんだとされている。土地と水を清めることで、豊かさを授ける。この生物は地と天の結合を表し、天使のように二者のあいだの調停者または使者を務める。世界の海の真ん中に立つ生命の樹にとまっている。シームルグが飛びたつと、世界のあらゆる植物の種がこぼれる。それらの種は水に浮かんで世界をまわり、根付いて、これまでに生きたあらゆる植物になり、人類のあらゆる病を癒す。

シナマロガス――シナモンの木に巣をつくる鳥

Cinnamalogus - The Cinnamon Nest Bird

シナマロガスはアラビアの鳥で、シナモンの枝を使って巣をつくる。人間はシナモンをスパイスとして珍重しているので、巣のシナモンを採りたがるが、巣は木の高いところにあり、木の枝は折れやすい。そこで鉛の玉や鉛の矢を使ってシナモンを打ち落とそうとする。シナマロガスの巣から採れたシナモンは最も貴重なものとされている。紀元前5世紀、ヘロドトスは次のように書いた。「さらに素晴らしいのは彼らのシナモンの集め方だ。シナモンの木がどこで成長したのか、どの国で採れたのか、それはわからない――一部の人間だけが、可能性をたどり、バッカスが育った国のものだということを知る。フェニキア人によれば、大きな鳥が、我々がシナモンと呼ぶ枝をくわえて高く飛び、その枝で巣を作る。枝は泥でまとめられて岩肌に固定される。人間が登っていくことは不可能な場所だ。そこでアラビア人は、シナモンを採るために、以下のような手段に出る。土地で死んだ牡牛やラバなど荷役に使う動物を切り刻む。その肉を運んで、巣の近くに置く。そうして離れた場所から見張っていると、親鳥が降りてきて、肉の一片をくわえて巣に戻る。するとその重みに耐えきれず、巣が壊れて地面に落ちてくる。そこでアラブ人はシナモンを集め、アラビアから他国へと輸出する」

セラフィムとその他の天使たち

Seraphim and Other Angels

◉天使の第一階級

天使たちの階層は数多く存在し（183ページも参照）、聖クレメンス1世、アンブロシウス、聖ヒエロニムス、聖グレゴリウス1世、聖イシドールス、聖トマス・アクィナスらはみな、異なる説明を述べている。しかしながら、一般的に認められている天使の階級では、セラフィム、ケルビム、オファニムが最上位の“第一階級”に入る。

セラフィム――熾天使　……旧約聖書の「イザヤ書」に登場する、神の王座を管理する天使で、常に「聖なるかな聖なるかな聖なるかな萬軍の主 その栄光は全地にみつ」と唱えている。セラフィムには6つの翼があり、そのうちの2つ

で顔を、2つで体を覆い、残りの2つで空を飛ぶ。“セラフィエル”として知られるセラフィムは、頭部がワシだとされている。その発する光があまりにまぶしく、何者も、ほかの天使たちでさえ、その顔を見ることはできない。4人のセラフィムが神の王座を囲み、神への愛と情熱で体が燃えあがっている。

ケルビム　……智天使ケルビムには4つの顔がある。牡牛、ライオン、ワシ、人間だ。エゼキエル書では牡牛の顔がケルビムの顔とされ、牡牛の顔がケルビムの“真実の顔”だと考えられる。目で覆われた4つの翼と牡牛の脚を持つ。ケルビムは守るために選ばれた存在で、神の王座とエデンの園の生命の木への道を守っている。どういうわけか、形象美術における翼を持つ人間の赤子“プット”とケルビムが混同されるようになった。

オフィニム　……座天使または王座またはエレリムまたはエルダースまたは車輪。タルススのパオロによれば神の正義と権威の生きたシンボルであり、王座を自分たちのシンボルとするダニエル書では、車輪の中にあるもうひとつの緑柱石色の車輪として現れ、その外枠には数百の目がついていた。エゼキエル書では、ケルビムと関連付けられていた。「生き物が移動するとき、傍らの車輪も進み、生き物が地上から引き上げられるとき、車輪も引き上げられた。それらは霊が行かせる方向に、霊が行かせる所にはどこにでも進み、車輪もまた、共に引き上げられた。

生き物（ケルビム）の霊が、車輪の中にあったからである」

◉天使の第二階級

第二階級の天使たちは、天の統治者を務める。

ドミニオン――主天使またはハシュマリム　……彼らは下級の天使たちの務めを管理する。主天使が人間の前に姿を現すことは極めて稀だ。国々を統括する天使でもある。ドミニオンは、よく天使の絵に描かれるような羽のついた一対の翼を持ち、神々しいほど美しい人間の姿をしているとされるが、笏の頭部または剣の柄頭についた光の玉を行使することで天使と見分けられる。

ヴァーチューズ――力天使　……座天使の横で、宇宙の秩序を保つために

神話の中の空飛ぶ怪物たち

ドラコ、神話上のドラゴンの一種

コカトリス

フェニックス

グリフォンの翼と蛇の尾を持つ伝説の雌狼、マルコシアス

天体の動きを監視している。宗教画では天上の聖歌隊として描かれる。

パワーズ——能天使　……彼らの務めは人類のあいだの力の配分を監督することであり、その名前がついた。また、力と権威について公国の主権者らと協調する。良心を伝え、歴史を保存する。また神によってつくられた完全に神に忠実な戦天使でもある。能天使はひとりも堕天使になったことがないとする考えもあるが、サタンは堕落以前、能天使の長であったとする考えもある。

◉天使の第三の階級

神の使者や兵士として働く天使たち。

プリンシパリティーズ——権天使　……彼らは能天使と共に力と権力を行使する。プリンシパリティーズは王冠をかぶり、笏を持った姿で描かれる。主天使によって与えられた命令を実行し、物質世界に祝福を与える。その務めは人々の集団を監督することだ。地の国の教育者かつ守護者である。新しい思想の世界に関わりを持つことを好み、彼らは生ける者が芸術を生みだし科学を探究するように励ます。

大天使　……新約聖書に登場するのは、ミカエル（大天使の長）とガブリエルのみである。ラファエルは一部の文献で大天使とされており、ウリエル（神の炎）も同様だ。大天使は７人いるとされ、おそらく「黙示録」および「エノク書」に書かれている、王座の前に立つ神の７つの霊を表しているのだろう。彼らはまた、国民国家の守護天使であり、政治、軍事、商業、貿易など人間をとりまく出来事に関心がある。

天使またはマルアハまたは使者　……最も下の階級の天使は、最もよく見られる。彼らは生きる者の事柄に最も関心をいだいている天使だ。天から人間への使者として遣わされる。

先導役のカラス

Crows as Guides

カラスは一夫一婦で寿命が長く、おそらく鳥類の中で最も頭のいい鳥だ。古代人たちは、カラスが雛にきちんと餌をやり、若いカラスの飛ぶ訓練を見守るということに気づいた。カラスが鳴くと雨が降

ると言われている。また、待ち伏せを暴いたり、未来を予言できるとも言われた。カラスがコウノトリの群れを連れて海を渡り、アジアに導いたこともある。大プリニウスはカラスの賢い行動について、次のように書いている。「カラスは木の実の殻が硬ければ、嘴で割ったり、木の実を放り投げて石や屋根の上に落として割ったりする。カラスの鳴き声、とりわけ繁殖期の鳴き声は不吉なものとされる。ほかの鳥とは異なり、カラスは雛が飛べるようになった後も餌を与えつづける」。17世紀、セビーリャの聖イシドールスは、このように書いた。「カラスは古い鳥だ。予言者たちによれば、カラスは暗示を示して不安を増大させ、待ち伏せを暴き、雨を予知し、未来を予言する。しかし神がカラスに助言を与えたと考えるのは不道徳だ」。13世紀のフランシスコ会士バルトロマエウス・アングリクスは、次のように書いた。「カラスは長寿の鳥で、占い師によれば監視することと待つことに留意し、道を教え示して、落下物を知らせる。だが神がカラスに内密に助言したと考えるのは極めて不道徳だ。カラスはコウノトリを支配し、率いていると言われている。群れをつくるように近づき、コウノトリの上を飛び、守るためにコウノトリを嫌うほかの鳥や猟鳥と戦うこともある。ほかの鳥の戦いを引き受け、自分の命を危険にさらすのだ。その証拠は以下になる。コウノトリが国外に渡っていくとき、カラスは普段いる場所から姿を消す。さらに、戻ってきたカラスが新しい傷を負い、興奮した鳴き声をあげるというよく知られた事実は、そのほかのしるしと合わせてカラスたちが激しい戦いをしてきたことを示す。また、カラスはとても思いやりがある。老いた親鳥が羽毛を失って丸裸になると子供たちが自分の羽毛で親鳥を覆い、餌を集めて親を養う」

空飛ぶ(魔法の)絨毯
Flying (Magic) Carpet

『千夜一夜物語』の中にある、タングの魔法の絨毯の物語、「フセイン王子の絨毯」が西側世界に知られるようになった。魔法の絨毯は、ほかのいくつかの文化の昔話にも出てくる。ヘブライ文化では、緑色の絹糸に金糸の横糸で織られたソロモン王の絨毯は、縦横60マイル（95キロメートル）の巨大なものだったとされている。「ソロモン王が絨毯の上に座ると、風に乗って空に浮かび、見事な速さで空中を移動して、ダマスカスで朝食をとってメディア（メディア人の国）で夕食をとることができた」。風はソロモン王の命令通りに吹き、絨毯をきちんと目的地へと向かわせた。ソロモン王がみずからの功績にうぬぼれたので、風は絨毯を揺さぶり、4万人の人々が落ちて死んだ。ソロモン王の絨毯はその上を天蓋のように覆う鳥たちのおかげで直射日光を除けられた。サー・リチャード・バートンの翻訳による『千夜一夜物語』には、次のように書かれている。

「魔法の絨毯の素晴らしい原型はスライマーン・ビン・ダウド（すなわちソロモン王）の絨毯だ。クアルーン（21章81）にも書かれている寓話はタルムードから借りたもので、“インド人の作り話”ではない。絨毯は緑色のセンダル（中世では教会の法衣や旗に使われた薄い絹織物）でつくられていて、金銀の糸で刺繍が施され、貴石が散りばめられている。縦も横もとても広いので賢王の軍勢全員がその上に立つことができた。玉座の左側に兵士たち、右側にジンたちが侍り、すべてが整うと、風は王の命令通りに吹いて絨毯をもちあげ、預言者の言うところへと運んでいく。絨毯の上を飛ぶ鳥の一群が天蓋のようになって、軍勢の日除けになる。中世には、この伝説が別の形に変わった。別名“無怖公リシャール”とも呼ばれたノルマンディー公爵リシャールが、ある晩、供の者を連れてセーヌ川縁に立つみずからの城のそばのムリノーの森を歩いていると、大きな音が近づいてきたので、何事かと従者のひとりに様子を見にいかせた。戻ってきた従者は、指導者または王の率いる一団がいると報告した。リシャールは最も勇敢なノルマン人兵500人を率いて、農民たちが週に2、3回、無料で見物している見世物を見に出かけた。その見世物は軍隊で、2人の男が進みでて、地面に布を広げると、ノルマン人は全員逃げだし、あとには公爵がひとり残された。公爵が見ていると男たちは布の上で体を円の形にした。お前たちは何者かと問うと、自分たちはフランス王シャルル5世とその従者の霊魂で、夜通し邪悪な者や呪われた者と戦ってみずからの罪を贖うように運命づけられているのだという答えが返ってきた。リシャールは彼らの仲間になりたいと望み、決して布の上から出ないようにと厳しく命じられた上で彼らと共にシナイ山へと運ばれ、布の上から出ることなく、戦っている彼らから離れ、聖カタリナ修道院の教会堂で祈りを捧げ、彼らと共に戻った。この物語が真実である証拠として、リシャールは修道院のある騎士の結婚指輪の半分を持ち帰った。騎士の妻は、6年間不在の夫はもう死んだと考え、2人目の夫と再婚しようとしていた」

ダチョウ――石を投げる鳥

Ostrich - The Rock Thrower

古代人はダチョウが鉄でも何でも消化できると考えていた。そしてダチョウが卵を産むのはヴァージリア（プレアデス星団）が昇るときだとも言われていた。大プリニウスは以下のように書いている。「エチオピアやアフリカで見られるダチョウは、最大の鳥であり、馬に乗った人間よりも背が高く、走るのも速い。ダチョウは飛べない。その翼は走るときの助けとして使われるだけだ。牡鹿の蹄に似て2つに分かれた足は、武器として使われる。敵に追いかけられる時には、足で石を拾って敵に投げつける。飲みこんだものは何でも消化するという驚くべき能力がある。頭を茂みの中に隠しただけで、大きな体が見えているにもかかわらず、自分が敵から見えなくなったと考えるところは、あまり賢くない」

天使
Angels

“エンジェル”はギリシア語のAngelosから来ている。Angelosはおそらく、使者という意味のヘブライ語mal'akhを翻訳した言葉だろう。天使は翼を持ち、人間の形をした不死の存在で、天からのメッセージを運ぶと考えられている。

◉最も古い有翼の神　……トルコのアナトリアで発掘された世界最古の都市カタル・フユクには、“ハゲワシの祠堂”という部屋があった。年代は紀元前6500年にさかのぼり、神のかたちを表している“ハゲワシ”は、死者の頭（あるいは魂）を引き抜くことが仕事だった。住民は“空葬”（死体を鳥についばませる）を行っていたのかもしれない。時を経て文化が発展し、ハゲワシのイメージが“ハゲワシ—神”のイメージへと進化していったのを示す証拠が存在する。カタル・フユクの壁画のひとつには、ハゲワシの皮を被った人間のようなものが描かれている。1950年代に考古学者がクルディスタンにある洞窟を発見した。放射性炭素年代測定法によれば、この洞窟は、紀元前8870年頃にザウィ・チェミの人々の

埋葬に使われていた。多数の山羊の頭蓋骨と一緒に、ヒゲワシ、シロエリハゲワシ、オジロワシ、ノガンを含む大型猛禽類の翼の骨が見つかった。ある種の非常に大型な鳥の翼が、個人的な装飾または儀礼的な目的のために衣裳の一部として使われたのだろう。科学者たちの報告には、こうある。「ザウィ・チェミの人々はこれらの大型猛禽類に特別な力を与え、遺跡で見つかった動物の死骸は特別な儀式道具だったのだろう。死骸から、これほど多数の鳥や山羊を捕獲するために大勢の人間が協調したことがうかがえる……翼をとっておいたのは、羽毛をむしったり、翼で扇をつくったり、儀式の衣裳の一部として使うためだった。カタル・フユクの祠堂の壁画のひとつには……ちょうどそうした儀式の場面、つまり人間が猛禽の皮を着ている様子が描かれている」

現存の人々の記憶の限りでは、クルドには土着の天使崇拝が3つあり、最も有名なのがイラクのクルド人のヤジディ教徒だ。彼らの信仰大系の中心には、タウス・マレク“クジャクの王”という天使が存在する。タウス・マレクはサンジャクと呼ばれる奇妙な鳥の聖画像というかたちで表現されることが多い――もっとも、知られている最古のサンジャクに描かれていたのは孔雀とは似ても似つかず、膨らんだ鳥の体とかぎ型の嘴を持つものだった。サンジャクの聖像は、シャーマンに指導されたザウィ・チェミの人々が（明らかに）崇拝していたのと同類の猛禽を表したものかもしれない。「シャーマニズムは中央アジアのトルコ人によく見られる宗教だ。男でも女でもシャーマンになれて、古いトルコ人の部族では“カム”と呼ばれていた。カムは超自然的な力を誇示するために凝った衣裳を身に着けていた。儀式では太鼓の音が鳴り響き、カムは守護動物の助けを借りて自分も空を飛べると考えていた。その飛行で彼らは天国や地下世界のさまざまな階層に達した。この世に戻ってくると、そうした旅で学んだことを信徒たちのために利用した」

◉シュメール人のつながり　……紀元前3000年頃、石の彫刻や彫像に有翼の人間のモチーフが初めて使われた。翼によって、普通の人間が行けないところに行ける力を示していたのかもしれない。あるいは人間の世界と“より高い”ところとを“仲介”する力を示唆していたという可能性もある。文明の揺籃となったティグリス川とユーフラテス川に挟まれた地域は、現在はイラクにある。シュメール人はさまざまな精霊や神々を信じていた。その中には、神と人間のあいだの使いをしていた“神の使者”もいた。また、多くの現代人と同様に、人間にはそれぞれ一生連れ添う“霊”または“守護天使”がついていると考えていた。発掘されたシュメール人の家に、守護天使を祀った祭壇があった。紀元前2000年頃、シュメールは戦に敗れ、重なり合うアッシリア文化とバビロニア文化が地域を支配するようになり、シュメール人の中東支配は終わった。その後も有翼の人間は浮き彫りや彫像にされつづけた。セム系の部族はその概念を取りいれて、自分たちの多くの神々に仕える天使たちのヒエラルキーを生みだした。この考えはゾロアスター、一神教のユダヤ教、キリスト教にも採用された。

◉エジプトの偶像　……エジプトの神々のほとんどは紀元前2500年頃にさかのぼり、シュメールとの異文化間のつながりがあったと思われる。エジプトの神々

の多くは動物の姿をしており、それらの動物は神々の魂だと考えられた。たとえば、ホルス（天空神）はハヤブサのかたちをしており、トト（月神および文芸・学問・科学の神）はトキの頭を持つ男性として描かれた。エジプトの最高の女神であり、有翼の女性として描かれることが多い。『死者の書』には約500の神々が登場し、のちに1250の男神と女神が加えられた。その一部、たとえば太陽の光線として描かれる不死の存在フンマニットは、太陽の世話をするために呼びだされ、太陽からの伝言を受けたり太陽への伝言を渡したりして、神というよりもむしろ天使に近い。また彼らは間接的に人間の面倒も見ており、ある種の“守護天使”（のちの宗教におけるセラフィムに似ているもの）だ。有翼の人間のモチーフがシュメールからエジプトに、あるいは逆の方向で伝わったものかどうか、それとも現在のトルコの東欧の部分で独自に生まれたものかどうかは、わかっていない。

◉インド−ヨーロッパ語族の移動 ……紀元前4千年紀の終わりに、民族的に“インド・ヨーロッパ語族”と呼ばれるようになった人々が、東欧から西欧、中央アジア、インド北部、アフリカ北部へと移動した。そのため古いギリシア語と古いサンスクリット語には類似性がある。神ミトラスはギリシアと中央アジアの文献に現れ、同等の神ミトラは古いヒンドゥー教の聖典であり、口承では紀元前3000年頃までさかのぼる『リグベーダ』で200回も言及されている。ミトラスは“光をもたらす”神であり、紀元前1500年から紀元300年頃まで、インドからグレートブリテン島までの広い範囲で、当時はペルシアとして知られていた地域を中心に密儀宗教として栄えた。ミトラス教は、ザラスシュトラが存命中のペルシアで最も一般的な宗教であり、ゾロアスター教でミトラスは天国と地上を仲介する天使であり、やがて創造された世界の審判および保護者となった。ミトラスは遠い光明神として、また守護天使のように身近な愛情と支援の与え手として崇拝された。ミトラスはしばしば、聖なる牛と戦っている姿で描かれ、背後にはためくマントが、見方によれば翼のようにも見える。リグベーダでも、ミトラは神というよりむしろ天使のように描かれている。

◉ゾロアスター教の守護天使 ……ザラスシュトラは紀元前650年頃のペルシアで暮らしていた。天使のお告げを受

量子ミツバチの世界

最近の研究によれば、ミツバチは六次元に暮らすため、量子物理学の世界にあってスピンしているクォーク粒子や、軌道上の電子を"見る"ことができるのだという。数学者のバーバラ・シップマンは、ミツバチは原子よりも小さな量子力学的世界のエネルギーを直接感じられるだけでなく、六次元の空間を使って互いに意思疎通を行っていると主張する。シップマンはニューヨーク州のロチェスター大学に所属する数学者だが、彼女の父親はアメリカ農務省でハチを研究していた。ミツバチの行動の中でも、巣に戻ってからハチがする謎のダンスは、70年前から科学者を悩ませてきた。ハチはこのダンスによってほかのハチたちに、新しい餌場の場所を教える。斥候の蜂のダンスを見ることで、"働きバチ"たちは新しい餌場のある方角と距離を正確に知ることができる。シップマンは数学の中でも、"マニフォルド(多様体)"と呼ばれるものの研究分野に進んだ。複雑な方程式によって表される幾何学的図形だ。マニフォルド形状には無限の種類があり、多くの次元における図形を形づくることができる。シップマンは"フラグ・マニフォルド"と呼ばれる六次元の構造を研究していたとき、それがミツバチの"尻振りダンス"と非常に似ていることに気づいた。フラグ・マニフォルドは六次元の図形なので、我々の三次元の世界では知覚できない。できるのは、"影"を二次元の空間に映すことによって、だいたいの形を視覚化することだけだ。たとえば普通の球の影は、二次元に映すと平らな円になる。六次元のフラグ・マニフォルドを二次元に映すと、踊るハチのパターンと完全に一致した。しかし、二次元のハチのダンスパターンでは、ハチたちがどうやってこのパターンから遠くの餌場の場所を読みとっているのかはわからない。ひとつの仮説は、ハチが実際に六次元を知覚しているというものだ。しかしそれを可能にするには、ハチの目または感覚が原子よりも小さな動きを直接見られることが必要だ。人間の科学者がクォークを検出するには、高エネルギー加速器の中でクォークをほかの粒子にぶつけ、フラグ・マニフォルドの図形は失われる。もしハチがダンスの言葉としてクォークを使っているなら、クォークが自然な状態で見えているはずだ。科学者たちは、ミツバチは渡り鳥が渡りのルートをたどるのと同じやり方で飛んでいく方向を理解しているのだろうと考えている。

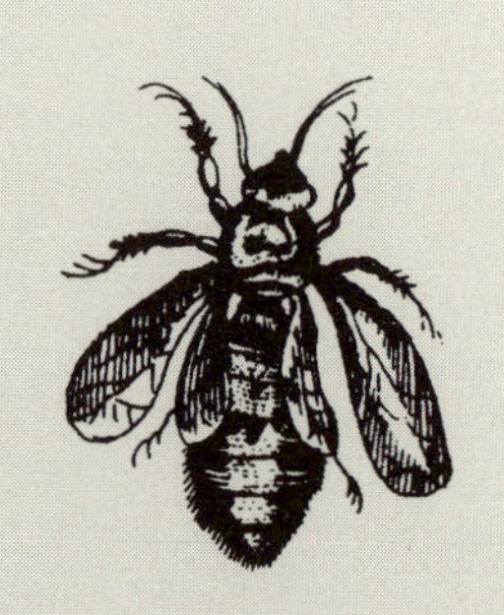

けて、一神教の教えを広めた。その宗教はやがてペルシア帝国の国教となり、その後イスラム教、ユダヤ教、キリスト教の考えに影響を与えた。ゾロアスター教は6人の大天使という考えを発展させた。不死、善なる意思、正義、統治、繁栄、敬虔の大天使たちだ。そのほかに、"崇敬されるものたち"と呼ばれる下位の天使が少なくとも40人はいた。下位の天使の一部は男性で、一部は女性で、それぞれ特徴を持っていた。次の階層に3番目のランクの天使である"守護天使"がいて、ひとりの人間の人生を通じて、導き手、良心、保護者、協力者の役目を担った。さまざまな天使のヒエラルキーは、"光明の神"の具現だと考えられた。一方、"暗黒の邪神"も悪魔と悪霊を従えていた。光と闇の闘争が続き、最終的には光の軍勢が勝利すると信じられていた。

◉ユダヤ教と天使とアーチデーモン……中東の古いセム系の人々は自然界の精霊の存在を信じていた。無生物や自然現象も霊魂を持つとするこのアニミズム的な考えは、のちにゾロアスター教の影響を受けた。風や火の有翼の精霊はとくに重要で、現在のケルビムやセラフィムの基になったように思われる。紀元前およそ1300年のモーセの時代に、多神教が一神教へ（多くの神々から唯一絶対神へ）と変わったが、翼を持った不死の存在など以前の信仰の一部は残していた。紀元前数世紀にわたりゾロアスター教の影響が広がったことで、ユダヤ

教の聖書の中にはますます多くの天使が神の使いとして登場した。ユダヤ人がバビロニア捕囚から帰還した紀元前450年頃、天使はユダヤ人の一神教信仰のなくてはならない一部となった。正典である旧約聖書には2人の大天使が登場する。天軍の軍事指導者であるミカエルと天の使いであるガブリエルだ。旧約聖書の外典にはさらに2人の大天使の名前がある。ラファエル（神の治療者または助手）と、世界と地獄の最下層を見張るウリエル（神の炎）だ。悪の勢力の長は、サタン（敵対する者）、ベリアル（堕落、闇、破壊の悪魔）、マステマ（敵意または敵対）などという名前で呼ばれる。ユダヤ教とキリスト教におけるアーチデーモンとしてのサタンの発達はおそらくゾロアスター教の影響が原因だろう。ヨブ記ではユダヤ教のサタンは、神の法廷で人間を訴追する者であった。しかしのちのキリスト教の文献では、サタンの地位は、キリストと人類に敵対する者に高められた。サタンのほかの悪霊はユダヤ教の旧約聖書（すなわちキリスト教の旧約聖書の最初の5章にあたるモーセ五書、トー

ラーともいう）に書かれている。リリス（夜の女悪霊）、アザゼル（荒野の悪魔）、レヴィアタンとラハブ（混沌の悪霊）などだ。

◉**ギリシア・ローマの影響**　……ラテン語の"ダイモン"（daemon）は、守護神霊または霊感によって人を導く精霊だった。彼らの多くは空を飛べた。たとえばヘルメス（Hermes、ローマ神話のメルクリウス）は足に翼をつけ、"神の使者"だと見なされていた。英語の聖書解釈学hermeneuticsは、元々「神聖な文章のメッセージを読みとる」という意味の彼の名前から派生した言葉だ。ギリシア神話には、イカルスとダイダロスが太陽に近づきすぎてしまった話がある。ギリシアの美術では、太陽神ヘリオスは光輪をつけて描かれることが多い。光輪は輝く光線や円盤で頭を囲むことで、光の霊的な象徴性を介して魂の清らかさを表そうとしたものだ。ローマ時代、皇帝が光輪をつけて描かれることもあった。その"異教の起源"のために、このしきたりは初期のキリスト教では敬遠された。しかし中世を通じて、天使は頭を黄金の光に囲む光輪をつけて描かれることが多かった。

◉**キリスト教の発展**　……新約聖書の「ヨハネの黙示録」は、天使がパトモス島に流されたヨハネに神聖な真理を開示したものだ。福音書には大天使ガブリエルがマリアに受胎告知したことが書かれている。また、天使がザカリヤに、高齢にもかかわらず彼には洗礼者ヨハネになる息子が生まれると彼に告げた。マタイの福音書では、キリストが復活し、石が脇に転がされたあとで、からの墓のそばで天使が言葉を述べた。キリスト教で最も古い天使のイメージは、ローマの3世紀にさかのぼるプリシラのカタコンベだが、翼はない。有翼の天使を描いた最も古い像は、1930年代にイスタンブールで発見された、テオドシウス1世（379-395年）時代の「王子の石棺」と呼ばれる棺に彫られている。キリスト教の最初期の教父のひとりであったアレクサンドリアのクレメンスは、天使は星を動かし、土、水、空気、火の四大元素を支配していると語った。キリスト教では伝統的に"堕ちた"天使は"悪魔"と呼ばれ、ヨーロッパの中世および宗教改革の時代には、さまざまな悪魔のヒエラルキーが考案された。たとえば7つの大罪と関連付けたものでは、サタン（憤怒）、ルキフェル（傲慢）、マモン（貪欲）、ベルゼブブ（貪食）、レヴィアタン（嫉妬）、アスモデウス（邪淫）、ベルフェゴール（怠惰）とされた。1259年、聖トマス・アクィナスはパリ大学で、天使について一連の講義を行い、その際述べられた意見は数世紀に渡ってキリスト教の思想に影響を与えた。新約聖書では、天使は7つのランクに分類されている。天使、大天使、権天使、能天使、力天使、主天使、座天使だ。この7階級に旧約聖書の智天使と熾天使が加わって、天使の9階級を構成し、のちのキリスト教の神秘神学で引用された。

◉**イスラム教の天使**　……630年頃にムハンマドが創設したイスラム教は、中東および中央アジアに急速に広まった。大天使ガブリエルがムハンマドに語ったことがその後イスラム教信仰の基になった。天使はさまざまなかたちで現れる。ムハンマドは大天使ガブリエルの大きさについて、彼の翼は東西の地平線に及ぶと述べた。またイスラム教では、天使は人間の姿になることがよくある。イスラム教における悪魔のヒエラルキーの長は、イブリース（魔王）、別名シャイターン（サタン）だ。下位の慈悲深い天使や邪悪な悪魔や“ジーニー”（または“ジン”）も、しばしばクアルーンに登場する。たとえば、イスラム教の信仰の5つの基本のひとつに、死後、2人の天使ムンカとナキールに信仰について問われる「審判の日」がある。ほかにも、天啓の天使ジブリール（ガブリエル）、人間に食物と知識を与える万物の天使ミーカール（ミカエル）、死の天使イズライール、最後の審判の日にラッパを吹き鳴らす天使イスラーフィールがいる。ムスリムの学者によれば、アッラーは3000の名前を持ち、そのうち1000個は天使たちにのみ知らされている。新約聖書に300、ダビデによる詩篇に300、トーラーに300が書かれている。99はクアルーンに。3000番目の名前は、アッラーによって隠され、“アッラーの最も偉大な名”として知られている。

◉**近代の天使信仰**　……ローマ教皇ヨハネ・パウロ2世は1986年、「天使は救いの歴史に参加する」と題する演説を行った。現代世界が天使の重要性を理解するべきだと訴えたのだ。主にイギリス国内で天使と遭遇する体験をした350人へのインタビューに基づく2002年の研究では、そうした体験の種類について述べている。視覚による体験で、ときには複数の目撃者が存在する。聴覚による体験で、たとえば警告を発するもの。触られたり、押されたり、もちあげられたりといった感覚の体験の多くは、危険な状況を避けるためのものだった。よい香りがするという体験は、たいてい誰かの死に際

ゼウスのワシ

一説によれば、巨大な黄金のワシは原初の女神にして大地の女神であるガイアの創造物だという。ティターン族の戦いの初期にゼウスの前に現れると。ゼウスはこれを勝利の吉兆だと考え、黄金のワシの紋章を軍旗に使った。聖フルゲンティウスの『神話学』には、次のように書かれている。「このような喜ばしい兆しであり、実際に勝利という結果がもたらされたので、彼は黄金のワシをみずからの軍旗とし、その守護する力によって神聖にしたので、それでローマ人も同様な軍旗を使うようになった」

別の文献では、ワシはもともとアポロンの司祭でアッティカの王となったペリパスだったともいわれている。しかしゼウスは、自分並に崇敬を集めるペリパスに嫉妬し、滅ぼしたいと願った。怒ったゼウスは雷でペリパスを殺そうとしたが、アポロンに元司祭の命乞いをされた。ゼウスは折れてペリパス王をワシに、その妻ペーネーをハヤブサに変えた。天のハヤブサは、プトレマイオスによって記された48星座のひとつである琴［ラテン語でライラ］座になった（別の説では、ペーネー王妃はミサゴになったとされている）。もしかすると鷲［ラテン語でアクイラ］座は、プロメテウスの肝臓をついばんだカフカスの鷲ではなく、ペリパスなのかも知れない。ゼウスのワシはゼウスの玉座に近づくことを許され、ゼウスの聖なる笏を守り、その妻（今では琴座として知られている）は吉兆だとされた。後にワシはゼウスに遣わされて、神々の酒の酌をさせるために美少年ガニュメデスを天へと運んだ。

§§§§第4章§§§§

という状況下だ。視覚的体験では、天使はさまざまなかたちで現れている。“古典的な”姿（有翼の人間）だったり、非常に美しく光り輝く人間だったり、光そのものだったりする。カナダでは2008年、1000人以上のカナダ人を対象に調査が行われ、うち67パーセントが天使の存在を信じていた。2007年8月にピュー研究所が行った調査では、アメリカ人の68パーセントが“天使や悪魔がこの世界で活動している”と考えていた。同じくアメリカで、1700人を調べた2008年の調査が《タイムズ》誌に掲載され、アメリカ人の55パーセント、そこには5人にひとりの宗教を信仰していないと答えた人間も含めて、人生のある時期、守護天使に守られていたと考えていることがわかった。また2009年に行われた4つの異なる世論調査によれば、地球温暖化を信じている人（36パーセント）よりも多くの人が、天使を信じていた（55パーセント）。1994年のギャラップ社の調査「十代の若者は超自然現象を信じるか」では、十代（13-17歳）の若者508人のうち78パーセントが天使の存在を信じていた。この割合は、占星術、EPS、幽霊、魔術、千里眼、ビッグフット、吸血鬼を信じる割合よりも高かった。1978年には、アメリカの若者の64パーセントが天使の存在を信じていた。1984年には69パーセントの十代が天使の存在を信じていた。1994年には、その数字は76パーセントに増えたが、ネス湖の怪獣やESPといったその他の説明不可能な概念を信じる割合は減った。1992年には、調査に回答した502人の十代の少女のうち80パーセント、カトリック信者の十代のうち81パーセント、毎週教会に通う十代のうち82パーセントが、天使の存在を信じていた。

トキ――エジプトの聖なる鳥
Ibis - The Sacred Bird of Egypt

ギリシア人歴史家のヘロドトスは、毎年翼を持った蛇がアラビアからエジプトにやってくるが、トキに貪り食われて全滅すると書いた。そのためエジプト人はトキを崇敬している。のちに大プリニウスは次のように書いた。「トキはエジプト原産の鳥だ。曲がった嘴を使って自分の体を清める……その部分から栄養を多く含む残りが排泄されて最も健康に役に立つ……エジプト人たちは、蛇の到来に対する守護をトキに祈願する……トキはペレシウムでは黒いが、その他の土地では白い」。セビーリャの聖イシドールスはこう書いた。「トキはナイル川の鳥だ。蛇の卵を食べ、嘴で肛門に水を注ぎ入れ、身を清める」。アイリアノスは「クロサギはオフィス・プテロトス（翼を持つ蛇）がアラビアからアイギュプトス［エジプト］に入ってくるのを許さず、愛する土地を守る」と記している。

メデイアのドラコネ
The Drakones of Medea

この翼を持つ蛇型のドラゴン一対は、ティターン族の血から生まれ、魔女メデイアの空飛ぶ二輪戦車をひいている。祖父である太陽神ヘリオスから与えられた。メデイアはコリントスの王クレオンとその娘クレウサ［グラウケとも］、イアソンとのあいだに生まれた我が子たちを殺し、コリントスから逃げだすときにこのドラゴンたちを召喚した。オイディウスの『変身物語』はこのドラゴンたちをティターンのドラコネと呼び、次のように述べている。「メデイアが（テッサリアの王ペリアスを殺して逃げるときに）翼を持つ蛇によって空を飛んで逃げなければ、その代償を支払っていたはずだ。ペリオン山の頂上よりも高

ゲリュオン——3つの体と4枚の翼を持つ巨獣

ゲリュオンは、夕焼けの光で赤い色に染まった素晴らしい牡牛をたくさん所有していた。ヘラクレスは“12の功業”のひとつとして、ヘリオスから借りた黄金の盃の船で、その牛を奪うために西の果ての島にやってきた。ヘラクレスは牛飼のエウリュティオンを殺し、双頭の番犬オルトレスを殺し、最後に毒矢で3つの頭を持つゲリュオンを殺した。

く飛んで……彼女は逃げ、オスリス山を越えて……(やがて)ついにヴァイペリー(ドラコネ)の翼に乗って、彼女(メデイア)はエフィラ(コリントス)、ペイレーネーの町に到着した……しかし彼女が魔女の毒で花嫁(イアソンの新しい妻グラウケ)を殺し、海から王宮全体が燃えあがる炎が見えたとき、彼女の剣は息子たちの血にまみれ、母としてぞっとするような復讐をとげた彼女は、イアソンの剣から逃げた。彼女のドラコン軍団ティターンのドラコネは、彼女をパラディア(アテナイ)へと運んだ」

ドラゴン——象殺し

Dragons - The Elephant Killers

1世紀、大プリニウスは、インドは地球最大の象と、象と永遠に戦いつづける最大のドラゴンの、両方を産出していると書いた。ドラゴンはとぐろを巻いて易々と象を包みこめるほど巨大だ。ドラゴンは、象が餌場に行く道の近くの木の上から見張っていて、一気に象に飛びかかる。攻撃された象は、巻きついたドラゴンの尾から逃げられず、木や岩に体をこすりつけてドラゴンを殺そうとする。そうさせてはならじとドラゴンは象の脚に巻きつき、長い鼻やそのほか弱いところ、特に目を攻撃する。それで象が盲目になったり飢え死にして骨だけになったりして見つかるのだ。大プリニウスは、ドラゴンは毒を持っていないと書いている。象の血は驚くほど冷たい。だからこそ、夏の焼けつくような暑さの際にドラゴンは象を狙う。ドラゴンはまた川の中にとぐろを巻いてひそみ、象が水を飲みにやってくるとその鼻に巻きつき、象の耳の後ろに牙を立てる。象がそこだけは強力な鼻で防御できないと知っているのだ。「ドラゴンは巨大で、象の生血をすべて飲むことができると言われている。血を全部吸われた象は地面に倒れる。血を吸って酔っぱらっているドラゴンは倒れる象の下敷きになり、運命を共にすることになる」。大プリニウスはまた、“ドラゴンの血”と呼ばれる朱丹が極めて珍重されていると語った。倒れた象に押しつぶされたドラゴンの体から出るどろりとした液体が、ドラゴンと象の両方の血と混じってできるものだ。絵画で血の色を出すにはそれを使うしかないとも言っている。セビーリャの聖イシドールスは、以下のように書いた。「ドラゴンは世界最大の蛇、さらに言えば世界最大の生物だ。ラテン語のドラコ（draco）は、ギリシア語のドラコン（drakon）から来ている。ドラゴンが洞窟から出てくると、空気が震える。とさかがあり、口は小さく、喉は細い。牙よりも尾のほうが強力だ。咬みつくより尾で叩いて敵に打撃を与える。ドラゴンには毒はなく、必要もない。なぜなら敵に巻きついて殺すからだ。象でさえドラゴンに襲われたら危ない。ドラゴンは象が行く場所で待ち伏せしていて、脚と尾で巻きついて象を絞め殺す。ドラゴンはインドやエチオピアといった暑い土地に生息している……ドラコナイトという石はドラゴンの脳から無理やり摘出されたもので、生きたドラゴンから取ったものでなければ宝石とは呼べない。そこでマギ（魔術師）はドラゴンが眠っているあいだに石を摘出する。勇敢な者はドラゴンの洞穴に入り、薬を含ませた穀物を撒いてドラゴンを深く眠らせ、ぐっすり眠っているあいだに頭部を切開して、宝石を取りだす」

フランス人聖職者のユーゴ・ド・フォリート（1110頃-1172年）は、ドラゴンは毒を吐き、空を飛べるらしく、海上の船を襲うと書いている。「聖書には、最大の蛇はドラゴンであり、毒の息と尾の打

建築におけるゴルゴーン

伝説に名高いその目のために、ゴルゴーンの像は魔除けとして建物に用いられた。ギリシアにある、ゴルゴーンを描いた最古の石の破風はコルフにあり、紀元前600年頃のものだ。古い神託所は蛇によって守られているとされ、それらの建物にはよくゴルゴーンの像が描かれた。“ゴルゴネイオン”はギリシア建築の重要なシンボルとなり、魔除けとしてドア、壁、床、硬貨、縦、鎧の胸当て、墓石などに使われた。石の頭に、ゴルゴーンの顔が浮彫や絵で描かれ、蛇が四方八方に突きだして、牙のすき間から舌が飛びでている。

撃で死をもたらすと書かれている。この生物はその毒の威力で空中にもちあげられて飛んでいるように見えるし、空気もかき乱される。ドラゴンは最も純潔な動物である象を待ち伏せして、その脚に尾を巻きつけ、毒の息で窒息させようとするが、倒れてくる象に押しつぶされる。しかしドラゴンの血が染みこんだ地面から貴重な顔料が採れる。ドラゴンが象を目の敵にするのには理由がある。ドラゴンの体内の毒は極めて暑い気候では沸騰するが、一方象の血の温度は極めて低い。そのためドラゴンは象の血で自分の熱を冷やそうとするのだ。ユダヤ人によれば、神はレヴィアタンと呼ばれる巨大なドラゴンをおつくりになった。海に棲んでいて、引き潮はレヴィアタンが後退することで起きる。レヴィアタンは神が最初につくった魚であり、今でも生きていると言う者もいる。時にドラゴン、時にレヴィアタンと呼ばれるこの生物は、聖書では象徴として使われた。あらゆる蛇の長であるレヴィアタンは、あらゆる悪の長である悪魔（サタン）にたとえられた。レヴィアタンは毒の息と尾の打撃で死をもたらし、悪魔は考え、言葉、行いで死をもたらす。傲慢という息によって人間の魂を殺し、悪意によって人間の言葉を毒し、尾で絞めるように邪悪な行いによって人間を絞め殺す。ドラゴンによって空気がかき乱されることで、精神性を大切にする人々の平穏がじゃまされる。ドラゴンはいつも、純潔な動物である象を待ち伏せする。それは純潔な処女から生まれた、純潔の守護者たるキリストを死に追いやることの喩えなのだ。しかしドラゴンは死んだキリスト

に潰されて敗北する。その地面から採れる貴重な顔料は、キリストの血で彩られたキリスト教会ということになる。ドラゴンは純潔な動物の敵であり、悪魔は“処女の息子”［キリスト］の敵なのだ」

ナイチンゲール――死を競う

Nightingales Compete to the Death

ナイチンゲールは、退屈を紛らすため夜通し巣の中で鳴きつづけ、夜が明けるとあまりにも熱心に鳴いて死にそうになる。大プリニウスは次のように書き記した。「ナイチンゲールは春に最初の葉の出ると、15日間昼夜を問わず鳴きつづける。この鳥は音楽について驚くべき知識を持ち、人間の科学がフルートの構造を作るのに使ったあらゆる技術を使っている。一羽一羽が歌を数曲知っているが、その曲はそれぞれ違う。鳥たちのあいだには激しい競争と対抗心があり、競争に負けた鳥は、曲が終わる前に声が潰れて、死んでしまうことも多い。若いナイチンゲールは年寄りに音楽を教わる。練習用にバースを与えられ、指導者に批判されながら歌唱を向上させていく」

蜂は鳥

The Bee is a Bird

2000年ものあいだ、ミツバチは牡牛や仔牛の腐った死体から生まれる最小の鳥であり、巣を支配しているのは女王ではなく“王蜂”だと思われていた。大プリニウスは以下のように書いた。「虫の中でも、人間のためにつくられたのは蜂だ

グリフォンの卵

グリフォン神話の起源のひとつとして考えられるのが、鳥を捕まえた猫だ。また別の最近の説では、スキタイ人の遊牧民が、モンゴルや中国の山中での金鉱床の発掘についてギリシア人に語ったことが起源になったとされる。それらの険しい山地には、恐竜プロトケラトプスの化石や、その巣に並んだ卵の化石が、良好な保存状態で多数存在する。プロトケラトプスはライオンくらいの大きさで、曲がった嘴と大きなかぎ爪を持っていたため、グリフォンの原型となったのかもしれない。

けだ。蜂は蜂蜜を集め、蜜蠟を作り、巣を築き、勤勉に働き、政府や指導者もいる。蜂は寒さに弱いので冬ごもりする。巣の材料になるのは集めてきたさまざまな植物だ。巣のそばに咲く花々から蜜を集め、近くの花から採り尽くしてしまうと遠くに斥候を送りだす。斥候は夜までに巣に帰れなかったときには野営して、羽が露で濡れないように仰向けに寝る。巣の入り口には門衛を置き、夜明けになると仲間に起こされ、天気が良ければみんなで一緒に外に飛びだしていく。ミツバチは強風や雨を予測できるので、出かけるべきではないときがわかる。若い蜂たちが外に行って材料を集めてくるあいだ、年寄りの蜂たちは巣の中で働く。蜜は空気中から生じ、高いところから落ちてくるあいだに塵がつき、地面の蒸気で汚れる。ミツバチが集めて巣の中で発酵させることで蜜が純化される。人間が蜜を採るときは蜂を追い払うのに煙が使われる。だが使い過ぎると蜂が死んでしまう。蜂は数匹の候補の中から、最も優れたものを王蜂に選び、分裂を防ぐためにほかの候補は殺してしまう。王蜂は普通の蜂の倍の大きさで、鮮やかな色をしていて、眉の部分に白い斑点がある。普通の蜂は王がいなければ生きていけないので、

罰として遣わされたハルピュイア

ハルピュイアは、神々の神秘を明かしたトラキアのフェニキア人の盲目の王ピーネウスを苦しめるため、ゼウスに遣わした怪鳥だ。彼の前に食べ物の皿が置かれるたびに、ハルピュイアがおりてきて食べ物をかすめとり、残り物もよごしていく。イアソンとアルゴナウテースたちがやってきたとき、王は怪物を追い払ってくれたら、この先の道を教えると約束した。ハルピュイアは北風の息子である有翼のアルゴナウテース2人によってストロパデス島へと追い払われた。そこで虹の女神イーリス［ハルピュイアの姉妹とされている］が、2人に対して、ハルピュイアを傷つけることなく、引き返すようにと命じた。こうして（イオニア諸島の）小さなストロパデスの2島、“引き返しの島”は、ハルピュイアの棲家となり、この島からトロイアへと飛んでいった。

王に従い、王を守る。蜂は青銅を打ち鳴らす音を好み、その音を聞くと集まってくる。死んだ蜂は泥と去勢牛や牡牛の体で覆えば生き返る」

5世紀、聖アウグスティヌスは、ミツバチには性別がなく、したがって“王蜂”も存在しない、蜂は腐敗（腐った肉につく蛆）から生まれると書いた。7世紀になると、セビーリャの聖イシドールスはこう記した。「ミツバチは仔牛の腐った肉を経る変化によってつくられる……蜂蜜（apis）がその名前なのは、脚（pes）でその体を繋ぎとめているからか、脚なし（a-pes）で生まれてあとから脚と羽が生えるからだろう。蜂は決まった場所に住み、勤勉に働いて蜂蜜を作り、巧みな技で巣を築き、さまざまな花から蜜を集め、巣の中に蠟を編みこんでたくさんの幼虫を育て、王と軍隊は外敵と戦い、煙から逃れ、騒音に苛立つ。去勢牛の死体から蜂が生まれるところが観察されている。仔牛を殺してその肉を叩くことで、蛆が生まれ、それが後に蜂になる。スズメバチが馬から生まれ、オスのミツバチはラバから生まれ、大型の蜂はロバから生まれるように、ミツバチは去勢牛から生まれると言って間違いない。ギリシア人は巣の最も遠い場所にいる蜂をエストリと呼んでおり、それらの蜂が王蜂だと言う者もいる。野営（castra）しているからだ」

鳩、その色と意味

Doves - Colour and Meaning

かつてすべての鳩は“ダブ”（doves）と呼ばれていた。“赤い”鳩はほかの鳩たちの上に立ち、ほかの鳩を鳩舎に連れて戻ると考えられていた。赤が支配的な色だとされたのは、キリストがその血で人類の罪を贖ったからだ。さまざまな羽色の鳩は12使徒の多様性を示す。金色の鳩は黄金の像を崇拝することを拒んだ3人の少年の象徴だ。空色（青）の鳩は空にあげられた預言者エリシャを表している。黒い鳩はあいまいな説教で、“灰色（グレイ）”の鳩はキリスト教徒に、髪で編んだシャツを着て灰まみれで宣教したヨナを思いださせる。チャイロキンバトはキリスト教最初の殉教者である聖ステファノの化身とされている。白い鳩は洗礼者ヨハネと洗礼の儀式を表している。鳩がキリストと精霊に関係があるのは、神が人々を教会に集めるため、鳩の形で精霊を送ったことによる。さまざまな色の鳩がいるように、律法や預言者を通して語られる話もさまざまだ。だがそうしたメッセージの使者である鳩は、鳩舎で飼育され、金持ちの食卓にのぼることにあった。7世紀、セビーリャの聖イシドールスは、次のように書いた。「鳩は人間の近くに生息するおとなしい鳥だ。首がさまざまな色に変化し、胆嚢はなく、いつもは巣の中でキスして愛を交わしている。

ジュズカケバトは貞節で、伴侶に死なれたらほかの鳥とつがいになることはなく一生ひとりで生きていく」。中世の動物寓話には、鳩は悲しげな声で鳴き、飛ぶときは群れで飛び、いつもキスして、雛は2匹で生まれると書かれている。水面に映るワシの影を見て逃げられるように、鳩は浅い水たまりに座っている。ドラゴンに威嚇されると、鳩は伝説に名高い両手利きの樹に避難する。

ハルピュイア――ゼウスの猟犬

Harpies - The Hounds of Zeus

ギリシア・ローマ神話では、ハルピュイアは荒々しい気性の、2つまたは3つの翼を持つ、下半身が鳥で、長く鋭い爪を持つ女として描かれている。ホメロスの『オデュッセイア』では、ハルピュイアは人々を連れ去る風だったが、その後、飢えのせいで青白くなった顔を持ち、その速さにおいてあらゆる風や鳥をしのぐとされた。ハルピュイアはゼウスに遣わされて人々や物を地上から掠めとるため、不可解な行方不明はハルピュイアのせいにされた。人々はハルピュイアが、小さな子供を盗み、弱かったり傷ついたりした者をさらうと考えていた。ハルピュイアはゼウスの罰の代理執行者であり、罪人をさらって拷問しながら、冥府の罪人を懲罰する場所へと運ぶ。邪悪、残酷、狂暴で、ゼウスの言うことしか聞かない。聖書では、ハルピュイアは死の悪魔とされ、死んだ者の魂を運び去るとされているが、墓場に存在することから、幽霊と見られていた可能性もある。中世においては、ハルピュイアは“処女ワシ”と呼ばれ、紋章学で人気の意匠となった。

飛行船、1896年から97年

Airships of 1896-7

19世紀末のアメリカで、試作品ということでは説明がつかないほど広範囲で謎の飛行船が目撃された。最初の目撃情報は、1896年11月、カリフォルニア州サクラメントで、数百人の人々が光り輝く細長い物体を見たというものだった。その物体は両端が細くなっており、サーチライトとプロペラがついていた。3日後、80マイル（130キロメートル）先の、サンフランシスコ近くのオークランドで再び飛行船が目撃された。その4日後、700マイル（1125キロメートル）離れたワシントン州タコマでは、別の種類の飛行船が目撃された。さらにその8日後、1機の飛行船がサンフランシスコに着陸した。翌1897年4月1日の夜、ミズーリ州カンザスシティの上空に浮かぶ全長およそ30フィート（9メートル）の飛行船

を数千人の人々が目撃し、次の日の夕方には、160マイル（260キロメートル）北東のネブラスカ州オマハでも飛行船が目撃された。あくる日の夜にはカンザス州トピカで、そして再びオマハで目撃された。4月7日にはアイオワ州スーシティ、4月10日にはシカゴで、このときも数千人に目撃されている。その後も飛行船はアイオワ州、ミズーリ州、カンザス州、ケンタッキー州、テキサス州、テネシー州、ニューヨーク州、ウエストヴァージニア州の上空で目撃された。最初に操縦飛行に成功したとして知られている飛行船は、1901年にエッフェル塔の周回飛行を行ったものだ［1852年9月23日にフランスのアンリ・ジファールが蒸気機関をつけた飛行船の試験飛行に成功している］。同じ年、ツェッペリンは第1号の飛行船を開発し、同機は時速18マイル（29キロメートル）という立派な速度で飛行した。アメリカの飛行船はそれよりも速かったという目撃情報もあり、また宇宙人が乗っていたという話もあった。1897年4月16日、《サギノー・クーリエ・アンド・ヘラルド》紙は、飛行船がミシガン州ハワードシティに着陸したと報じた。その飛行船から宇宙人がおりてきて、音符を使ってコミュニケーションをとろうとしたという。1897年4月20日、《ヒューストン・デイリー・ポスト》紙は、からまったロープを切るために、小さな人間がロープを伝って飛行船からおりてきたという記事を掲載した。

フェニックス——火の鳥

Phoenix - The Firebird

フェニックスには2通りの伝説がある。まずひとつは、フェニックスはインド生まれの鳥で寿命は500年、乳香の木に飛んでいって翼に薫香をつける。早春にヘリオポリスの司祭が祭壇に小枝を積みあげる。フェニックスはヘリオポリスにやってきて、祭壇を見ると、火を点けてみずから焼死する。翌日、甘い匂いのする足のない虫が灰の中で見つかる。2日目になると虫は小さな鳥に変わり、3日目には再びフェニックスの形をとる。そして生まれ故郷のインドに帰る。もうひとつの伝説によれば、フェニックスは紫色または赤い色の鳥で、アラビアに棲んでいる。世界には常に1羽のフェニックスしか存在しない。年老いると、木と香辛料の薪を積みあげ、その上に乗る。そこは太陽のほうを向いていて、火が点くと、フェニックスは翼で火を煽り、やがて完全に炎にのまれる。そして、前のフェニックスの灰から新しいフェニックスが生まれる。中には2つの伝説を混ぜあわせたような話もある。ラピス・エクシリスという名前の素晴らしい貴石がフェニックスの若返りを引き起こす。ヴォルフラム・フォン・エッシェンバッハはそれを聖杯になぞらえた。

紀元前5世紀、ヘロドトスは次のように書いた。「それとは別にフェニックスなる聖なる鳥もいるが、私自身は絵でしか見たことがない。実に貴重な鳥で、エジプトにやってくるのは（ヘリオポリスの人々によれば）500年に1度で、その時、年老いたフェニックスは死ぬ。その大きさと見た目は、もし絵に描かれた通りだとすれば、以下になる。羽毛は一部が赤、一部が金色で、体のつくりと大きさはワシとほぼ同じだ。この鳥がどのようなことをするかについての話があるが、私にはあまり信じられない。すなわち、フェニックスはアラビアからはるばる飛んできて、ミルラに覆われた親鳥を太陽神の神殿に運び、そこに埋葬する。運んでくるために、フェニックスは自分が運べるくらいの大きさのミルラの玉をつくり、中身をくりぬいて、その中に親鳥を入れ、あいているところを新しいミルラで覆う。そうすると玉は初めとまったく同じ重さになる。フェニックスはすき間なく詰めた玉をエジプトに運び、太陽神の神殿の中に置く。この鳥はそういうことをすると言われている」

大プリニウスは信じた。「世界に1羽しかいないというフェニックスは、ワシと同じ大きさだ。首の周りは金色、体は紫色、尾は青く、一部薔薇色の羽が交じっている。頭には羽のとさかがついてい

ペガソス——有翼の神馬

ギリシア神話では、ペガソスはポセイドンがアテナの神殿でゴルゴーンのメデューサと交わって生まれた。メデューサがギリシアの英雄ペルセウスに首を切られたとき、ペガソスはその胎内から飛びだした。または地面に落ちた血から生まれた。アテナはペガソスを捕まえて飼いならし、ヘリコーン山のムーサたちに見せた。ペガソスが山を蹄で打った場所から泉が湧きでてきて、そこはムーサたちにとって神聖なヒッポクレーネの泉となった。ペガソスが泉の水を飲んでいるとき、コリントス王ベレロポンテースがアテーナーから贈られた黄金の馬勒でペガソスを捕えた。ベレロポンテースはペガソスの助けによって、3頭の怪物キマイラを退治した。だが、得意になったベレロポンテースはペガソスに乗ってオリュンポス山に昇ろうとした。怒ったゼウスが虫を送り、虫に刺されたペガソスはベレロポンテースを背から振り落とした。ベレロポンテースは落馬では死ななかったが、足が不自由になり、目も見えなくなってしまった。その後ペガソスはオリュンポス山の厩に入れられ、ゼウスに雷や稲妻を取ってくる役目を任せられた。ペガソスは星座になり、ペガサス座の現れは春の暖かい気候と季節の雨嵐の訪れを告げる（ペガソスは“春の”という意味だ）。ペガソスの物語はギリシア美術や文学で人気のテーマとなり、空高く飛ぶ姿は魂の不滅の比喩となった。

る。フェニックスが餌を食べるところを見た人間はひとりもいない。アラビアでは、フェニックスは太陽神の聖鳥だとされている。寿命は540年で、年をとったフェニックスは天然のシナモンと乳香で巣をつくり、薫香でいっぱいにして、そこに横たわって死を待つ。死んだフェニックスの骨の髄からうじのような虫が育ち、鶏くらいの大きさの鳥に育つ。この鳥は先代の鳥の葬儀を執りおこない、巣ごとパンカイアの近くにある太陽の町［ヘリオポリス］に運んでいって、祭壇に置く」

フェニキア、ギリシア、アラビア、ロシア、中国、エジプトなどを初めとして、火の鳥の伝説は世界中に存在する。フェニックスは復活、不死、敵に打ち勝つことと結びつけられ、灰から蘇ることから初期キリスト教の墓石に描かれるシンボルとして人気があった。ローマ人は、ローマ帝国が永遠に続くことを願うしるしとして、硬貨やメダルにフェニックスを刻印した。エジプト人はフェニックスを、コウノトリに似たベヌーという鳥と同一だと

考え、葬礼文書である『死者の書』の中で、フェニックスを朝日や太陽神ラーと関連づけ、ヘリオポリスで崇拝されている聖なる象徴のひとつだとした。この記述から、フェニックスは実際にはピンクフラミンゴだったと考える人もいる。フラミンゴはアフリカの塩原に巣をつくるが、その場所は卵が孵るには温度が高すぎる。そこでフラミンゴは塚をつくり、卵を支えて少し温度を冷やそうとする。巣のまわりの対流が炎の揺れのように見える。筆者は蜃気楼を見たことがあるが、熱く揺らめく空気はまるで炎でかすんでいるようだった。フラミンゴが属するフラミンゴ科 *Phoenicopteridae* は、“フェニックスの羽を持つ”という意味だ。フラミンゴの最も長寿なものは75歳を越えている。

フクロウ――葬儀の鳥

Owl - The Funereal Bird

動物寓話集では動物の種を、廃屋の中に棲み、光を嫌うナイトアウルと、ナイトレイヴンと、巣を汚すきたない鳥である普通のフクロウに分けた。ヘブライ人の律法では、さまざまなフクロウを“この鳥は嫌悪すべきなので、これを嫌悪し、食べてはならない”と定めている。キリスト教ではフクロウは、キリストを拒絶して光より闇を選んだユダヤ人を象徴していると考えられている。長くて曲がった嘴が宗教画で強調され、ますますユダヤ人と同一だとされる。大プリニウスは次のように記した。「ワシミミズクは、葬儀の鳥であることから、ひどい凶兆だと見なされる。砂

漠の恐ろしく何もない近づきがたい場所に棲んでいる。その鳴き声は叫び声だ。ワシミミズクが街中で日中に目撃されるのは不吉な前兆であり、個人の家にワシミミズクがとまっていて、死者が出なかった例は数件しか知られていない……フクロウは行きたい場所にまっすぐ飛んでいくことはなく、常にたどるべき道筋に対して斜めに飛ぶ……ナイトアウルはほかの鳥との戦いで奸智に長けた戦い方をする。包囲されて多勢に無勢なときには、仰向けになって足で戦い、身を丸めて嘴と爪で防御する。ワシとは同盟を結んでいて、戦いになるとワシがやってきて加勢する。ニギディウスによれば、ナイトアウルは冬季に60日間冬眠する」。セビーリャの聖イシドールスは次のように書いた。「別種のメンフクロウ（strix）の名前は、その耳障りな（stridet）鳴き声からきている。雛に愛情をかけ（amando）、生まれたての雛に乳をやることから、ギリシア語のアンマ（看護士）と呼ばれることもある」

フス・クラゾメナイオス
The Hus Klazomenaios

神話の生物である大きな翼を持つイノシシは、スミルナの西の島にあった古代ギリシアの都市クラゾメナイを恐怖に陥れていた。2世紀、アイリアノスは次のように書いた。「クラゾメナイでは有翼のイノシシが現れ、クラゾメナイの領土を荒らしているそうだ。アルテモンは『クラゾメナイの年間記録』にこのことを記した。それで“有翼のイノシシのいた場所”と記念されている場所があり、有名になっている。もしそれを作り話だと思う者がいたら、そう思わせておけばいい」

フリアイまたは復讐の女神
The Furies or The Vengeful Ones

ギリシア人は復讐の女神をエリーニュスまたはエウメニデスと呼び、ローマ人はフリアイと呼んだ。そのほかに、セムナイ（厳かなる者）、ポトニア（すさまじき者）、マニアイ（狂気）、プラークシディケー（復讐心に燃える者）といった名前でも知られている。見た目は醜く、ケールのよ

うで、黒衣をまとい、長い爪を持ち、赤毛の髪は多数の蛇だ。コウモリや鳥のような翼があり、ときには胴体が犬だ。鞭と松明をもって罪人を追いかけるとされている。また蝿になり罪人を自責の念で苦しめるとも言われている。ウラーノスが息子クロノスによって男根を断ち切られた時に流した血から生まれた。別の伝説では、母なる大地と闇とのあいだに生まれたとか、クロノスと夜のあいだに生まれたとか言われている。その数は不明だが、ウェルギリウスは、テイシポネー（報復者）、メガイラ（嫉妬する者）、アレクトー（休まない者）の３人だと記した。当初、フリアイの仕事はタルタロスの冥府への門の守衛で、罪を贖った者だけが門をくぐるように見張ることだった。贖っていない者は拒絶され、幽霊としてさまようことになる。その後フリアイの役割は広がり、どんな罪をおかした者でも追及するようになった。彼女らは罪人を苦しめ痛めつけるが殺すことはなく、追いつめて自殺させることが多い。また冥界でも拷問を行い、罪人を容赦なく鞭打つ。

ペガソイ・アイシオペス

The Pegasoi Aithiopes

この有翼で角のある馬はエチオピア（サハラ以南のアフリカ）原産だ。ペガソス

フェニックス

1世紀にオウィディウスが著した『変身物語』15巻には、次のような記述がある。「自分を再生させ、自分から新しい自分を産む鳥がいる。アッシリア人はこの鳥をフェニックスと呼ぶ。餌は種子や草ではなく、少しの香料とカルダモンの樹液だ。500歳になると、嘴と爪だけを使って、風に揺れるヤシの木のてっぺんの枝に自分の巣をつくる。巣の内側にカッシア（桂皮）の樹皮とナルド（ラヴェンダー）の穂、シナモンのかけら、イエローミルラを張ると、フェニックスは巣の中に座して薫香の中で死を迎える。フェニックスの親の死体からフェニックスの子供が生まれ、同じ年月を生きることになっている。成長して力をつけ、重荷を運べるようになると、ヤシの木の枝から重たい巣をはずし、感心なことに、みずからの揺籃かつ父親の墓であるその巣を、ハイペリオン、つまり太陽神の町（エジプトのヘリオポリス）まで空を飛んで運び、ハイペリオンの太陽神の神殿の神聖な扉の正面に置く」

そのものもエチオピア、または紅海のエリュテイア島原産だったと言われている。大プリニウスは次にように書いた。「アイシオピア［ラテン語のエチオピア］は……多くの奇怪な動物を生みだしている……（たとえば）有翼で角のあるペガソイという馬だ」

ペリトン——有翼の鹿

Peryton - The Winged Deer

これはほとんど記録に記されていない、失われたアトランティス大陸原産の鹿と鳥を合わせた伝説の動物で、ローマ帝国の崩壊に一役買った。頭、首、前脚、角は雄鹿で、羽毛、翼、下半身は大きな鳥だ。犬歯が大きく発達し、人肉が好物だという。エリュトライの巫女（シビュラ）は、ローマがついにペリトンによって破壊されると預言したと言われている。642年、アレクサンドリアの図書館ではオマールの命令によって、この巫女に関する記録の大部分が焼かれた。しかし16世紀にフェズ出身のあるラビ、おそらくヤコブ・ベン・ハイムが、ギリシアの文献から引用した文書を残した。「ペリトンはもともとアトランティスに生息していた半分鹿、半分鳥の生物だ。鹿の頭と脚を持つ。体は完全に鳥で、翼と羽毛がある……ある奇妙な特徴があって、太陽の光に照らされると、その体の影ではなく人間の男の影を落とす。このことから、ペリトンは、故郷を遠く離れ、信仰する神々の庇護を受けずに死んだ旅人の霊魂ではないかと考える者もいる……乾いた土を食べ……群れで飛び、ヘラクレスの柱の目のくらむような高みで目撃されている……彼ら（ペリトン）は人類の不倶戴天の敵で、人間を殺すと、影が自分の体の形になり、神々の加護を取り戻す……カルタゴを征服するために（プブリウス・コルネリウス）スキピオ（紀元前237-183年）と共に海を渡った軍隊は、あやうく全滅するところだった。というのも、航海中、ペリトンの一隊が船に襲いかかってきて、大勢を死傷させたからだ……人間の武器はペリトンには何の効き目もないが、ペリトンが人間を殺すときはひとりしか殺さない……犠牲者の流血の中を転げ回り、力強い翼で上空に逃げる……ペリトンが最後に目撃されたラヴェンナでは、淡い青色の羽毛に覆われていたということだが、これまでずっと羽毛は深緑色だとされていたので、私はとても驚いた」。ラビの論文は、ドレスデン大学の図書館に所蔵されていたが、ナチスによって焼かれたか、ドレスデンの空爆によって破壊されたか……それは不明だ。

ヘルシニア——光る鳥

Hercinia - The Glowing Bird

ヘルシニアはドイツのヘルシニアの森で生まれ、その羽毛が暗闇で明るく光って旅人の道を照らすことから、標識代わりとされる鳥だ。大プリニウスとセビーリャの聖イシドールスの両方が記述している。絵に描かれたヘルシニアは、その明るい輝きを示すために金銀の葉で覆われている。ヘルシニアの森は広大な古代の森で、ライン川の東岸から南ドイツに広がっていた。現在の黒い森はその西側の残りだ。

蠅の王ベルゼブブ

Beelzebub, Lord of the Flies

バール＝ゼブブという名前は文字どおり“蠅の王”という意味で、エクロンの町（エルサレムの西25マイル［40キロメートル］）に住むペリシテ人の信仰するセム系の神であった。その後、聖書の中では“地獄の七王子”のひとりとされた。預言者エリヤは、転落して病気になったイスラエル王アハジヤが治るかどうか尋ねるためベルゼブブに使いを出したことを咎め、ヤハウェの言葉による死の宣告をした。パリサイ人たちは、イエスが悪魔の王子である“ベルゼブル”の力を借りて悪霊たちを追い払ったと非難した。旧約聖書のソロモンの契約では、ベルゼブブは元天使の長だとも、明けの明星である金星と関連する智天使であり、サタンやルキフェルだとも言われている。中世には、ベルゼブブはルキフェルの側近だったとされた。傲慢と大食の悪魔であるルキフェルやレヴィアタンと共に、最重要の堕天使3人のひとりに数えられることもあった。ベルゼブブは魔女裁判において嘆願の対象として名前が出ることが多かった。たとえば1634年のルーダンの悪魔憑き事件やセーレムの魔女裁判だ。ルキフェルは“光をもたらす者”という意味で、その名はもともと金星と同じくイエスにも使われた。だが聖ヒエロニムスらは、ルキフェルは堕天使サタンと同一であり、その傲慢のせいで天国を追放されたのだと述べた。このようにルキフェルは、時代によってイエスともサタンとも見なされた。アラム語でサタンは、反対する者または敵という意味だ。

モンスの天使

The Angels of Mons

ウェールズのカールオン生まれのアーサー・ジョーンズ・マッケン（1863-1947年）（ペンネームはアーサー・マッケン）は、サー・アーサー・コナン・ドイルから“天才”と称賛され、ジョン・ベッチマンに「マッケンの作品によって人生が変わった」と言わしめた。1894年までにマッケンは、12巻5000ページにおよぶ『カサノヴァ回想録』を翻訳し、この英訳本は17回版を重ねた。オスカー・ワイルドに小説を書くように勧められて、最初に著した本格的な作品『パンの大神』はヴィクトリア時代の世間を憤慨させた。同書は1894年にボドリー・ヘッド社のジョン・レインによって出版された。オスカー・ワイルドはマッケンの「大成功」を祝い、セックスと超自然とホラーをミックスした煽情的ゴシック小説である同書はまもなく重版になった。マッケンの次の作品はカールオンからロンドンに出てきた少年の文学と幻覚を通した美の探究と、麻薬によって堕落する悲劇的結末を描いた小説だった。この作品『夢の丘』は、1922年にアメリカ人作家カール・ヴァン・ヴェクテンに「世界で最も美しい本」だと称され、1935年にはフランス人批評家マデレーン・カザミヤンに“英文学で最もデカダンな本”と呼ばれ、「書棚でポーやド・クインシーと並ぶにふさわしい」作品だと評価された。マッケンはまた、聖杯探しはケルト教会の失われた典礼の記憶だとする学術的論文を執筆した。彼の影響は極めて大きかった。《スペクテイター》誌（1988年10月29日）は、マッケンの思想がアレイスター・クロウリーや“黄金の暁教団”の活動を通じて、L・ロン・ハバードやサイエントロジーまで、さらにはヒッピー・ムーヴメント、レイラインへの関心やセリ・リチャーズやグレアム・サザランドの新ロマン主義に影響を与えていった流れをたどった。モダンホラーの名手であるスティーヴン・キングやクライヴ・バーカーら多くの作家たちが、マッケンの影響を受けたと述べており、T・S・エリオット、D・H・ロレンス、ヘンリー・ミラー、ホルヘ・ルイス・ボルヘス、H・G・ウェルズ、オスカー・ワイルド、W・B・イエーツ、シーグフリード・サスーン、ジョージ・ムーア、ジョン・ベッチマンといった名だたる文学者らの尊敬と称賛を集めた。この忘れられた天才は、1914年8月、《ロンドン・イヴニング・ニューズ》紙に「モンの天使」という文章を発表して士気を高めると同時に自身の超自然的思想を広めようとした。第一次世界大戦中、モンから退却した英軍兵士たちは上空に奇妙な人影を目撃した。マッケンはそれを、アジャンクールからヘンリー5世の弓兵たちを率いた聖ジョージだと言った。彼の弓兵は人々の口承や現代の神話では、天使または天使の軍団に“取り替えられた”のだ。

ヤツガシラ——面倒見のいい鳥

Hoopoe - The Caring Bird

「ヤツガシラという鳥は、親鳥が年老いて目が悪くなると、その羽毛をむしり、目を舐めて、体を温める。すると親鳥の生命力が回復する。まるでこう語りかけているかのようだ。『あなたがわたしに餌を与えてくれたように、わたしがあなたに餌を与えます』……理性を持つ人間は、この理性をもたない鳥が（上記のように）年老いた親の世話をするふるまいから、父母への子の務めを学ぶがよかろう」（『アバディーン動物寓話集』）

しかしギリシア人は、ヤツガシラが人の糞便や埋葬地をねぐらとし、糞を餌にしていると考えていた。ヤツガシラは悲しみを好み、その血を眠っている人間にこすりつけると、その人は悪魔に絞め殺される悪夢を見ると言われている。

ロック――象を運ぶ鳥

The Roc - The Elephant Carrying Bird

ロック（ペルシア語のrokh）は神話の中の巨鳥で、通常は白く、象を運んで餌にすると言われている。ロックはマルコ・ポーロの『東方見聞録』や『千夜一夜物語』中のアブド・アッラフマーン１世の物語や船乗りシンドバードの物語で有名になった。マルコ・ポーロによれば、ロックは翼を広げると16ヤード(15メートル)の大きさで、羽は８ヤード（7メートル）もあり、その羽はヤシの葉と同じくらい大きいという。ロックはかぎ爪で象をつかんで運び、哀れな獲物を高いところから岩の上に落として殺す。アラビアの伝説では、ロックは決して地面におりることはなく、おりるのは世界の中心であるカーフ山の上だけだ。カーフの棲家はマダガスカルだといわれている。そこで採れる、羽ペンの形によく似たラフィアヤシの大きな葉が、“ロックの羽”という名前で偉大なチンギス・ハーンに献上された。実際、マダガスカルにはエピオルニス、別名“象の鳥”と呼ばれる大きな鳥がいた。飛ぶことはできなかったが、16世紀に絶滅するまでは生きていた。

ロペン――インドネシアのプテロサウルス

Ropen - The Indonesian Pterosaur

ロペンは驚くべき生物で、パプアニューギニア近くのウムボイ島およびマヌス島にいるとされる未確認動物（ビッグフットやネス湖の怪物のような未確認の生物）だ。コウモリのような皮の翼と先端が房になっている長い尾、歯の並んだ嘴、剃刀のように鋭い爪を持つ。ジョハサン・ウィットコムの著作『ロペンを探して』（*Searching for Ropens*、2007年）によれば、ロペンは「大西洋南西部上空を飛んでいる羽毛のない鳥で、その尾の長さは羽を広げた長さの25パーセントもある」。ロペンは夜行性で生物発光すると考えられ、土地の人々は“インダヴァ”と呼んでいる。魚を餌としているが、墓荒らしをして人間の死肉を食べていたという情報もある。デュエイン・ホジキンスンという名前のパイロットは、1944年、パプアニューギニアに駐屯していた。彼はある時林の中で大きな音に驚き、見ると大きな鳥に似た生物がゆっくりと地面から飛びたち、上空を旋回して飛び去った。ホジキンスンは、その鳥の翼幅を20フィート（6メートル）くらいだと判断し、色は濃灰色で、首は蛇のように長く、頭に目立つとさかがついていたと語った。1987年、イギリス人宣教師のタイソン・ヒューズは、18か月の契約で、セラム島のモルッカの部族の人々が効率的な農場を開発するのを手伝う活動を始めた。ヒューズは、カイラトゥ山の洞窟に棲む、コウモリのような皮の翼を持つオレンジ=バティ（“翼のある人間”）という恐ろしい生物の話を何度も耳にした。カウラトゥ山は、島の中央に位置する火山だ。1994年に目撃されたロペンは、翼の広さが20フィート(6メートル)もあり、まるでクロコダイルのような口をしていた。僻地の部族の人々が、名前はそれぞれ違っても、この獣を見たという目撃事件が多発している。グンカンドリやオオコウモリの見間違いという可能性もあるが、西側の調査員の中には、長い尾を持つ翼竜（恐竜と同時代に生息した空飛ぶ爬虫類）がどういうわけか生き残り、ビスマルク諸島の洞穴に棲んでいるのではないかと考えている人もいる。

ワイヴァーン
Wyvern

綴りはwyvernもしくはwivern。伝説の有翼の爬虫類は、ドラゴンの頭、蛇またはトカゲの下半身を持ち、脚は2本または脚なしで、尾にはとげがついている。ワイヴァーンは中世の紋章によく使われており、その名前も中期英語のwyvereからきたものだ。古期フランス語のwivreは“ドラゴン”の一種だ。ワイヴァーンはダンテの『神曲』（17篇）で、地獄の生物の肉体として言及されている。ワイヴァーンは魔除けとして用いられることが多い。ウェールズとウェセックスではとくにそうで、さらにワイ川とセバーン川の流れるヘレフォードシャーとウースターシャーにも広まっている。未確認動物学者の中には、ワイヴァーンを、およそ6500万年前に絶滅した翼竜の生き残りだと考える者もいる。世界の人里離れた場所では、たとえばアフリカのコンガマトーなど、翼竜に似た動物が目撃されたという事件が起きている。

若い雄鶏は天文学者
Cockerels are Astronomers

雄鶏には、生まれつき時間がわかる知性があり、いつ鳴くべきかを知っている。ライオンが白い雄鶏を恐れたという話がある。1世紀、大プリニウスは次のように書いている。「雄鶏は生まれつき夜明けを告げるようにつくられている。鳴き声で人間を起こす。熟練の天文学者であり、3時間ごとの始まりに時を告げ、太陽が沈むと眠り、午前4時に鳴いて人間を起こす。雄鶏たちはどちらが上に立つかを巡って喧嘩し、勝者は誇らしげな足取りで歩き、敗者は勝者に従い、時を告げることはなくなる。一部の雄鶏は闘鶏のためだけに飼育される。雄鶏があまりにも誇らしげな足取りで歩くので、高貴なライオンでさえ彼らを恐れている。雄鶏のふるまいから凶兆や吉兆を読むことができる」

ワシと再生
The Eagle and Rebirth

古来、ワシは再生や生まれ変わりの信仰と結びつけられてきた。バビロニアでは、王エタナがワシの翼に乗って天を訪れたとされている。多くの古代文化において、支配者の葬儀の際にワシが放たれる習わしがある。遺体が火葬にされると同時にワシが空高く飛んでいく様子は、魂が天国で神々と共に暮らすために旅立つという象徴になっている。シリアのパルミラでは、ワシは太陽神の使いとされ、フェニックス（199ページ参照）のように蘇ると考えられていた。ワシは蛇やドラゴンを殺すので、闇に勝利する光を象徴する鳥の王と見なされた。キリスト教の図像学において、中世の動物寓話では、ワシは最初の人アダムを象徴している。もともとアダムは天国の近くで暮らしていたが、禁じられた果実を見たことから神の恩寵を失う。同様にワシも、肉体の欲を満たすために優雅な飛翔を中断して舞い降り、獲物を捕える。またワシは、福音記者ヨハネや、預言者エリヤの昇天、キリストの昇天などを象徴するとも言われている。空高く飛ぶ力がキリストの昇天を象徴する。そしてワシは洗礼用の洗礼盤によく描かれている。

第5章

深海のミステリー

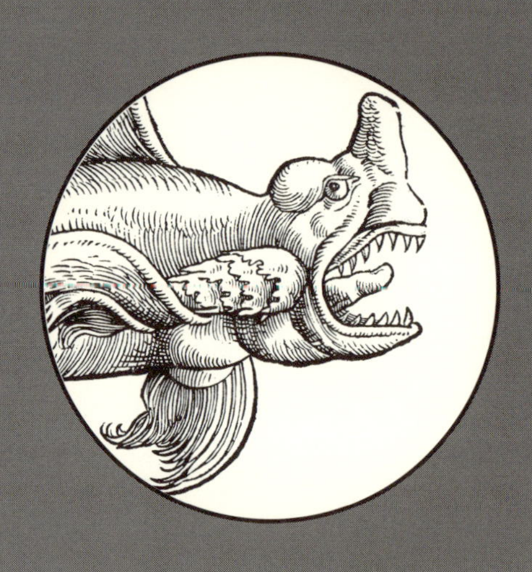

CHAPTER

5

Mystery *of the* Deep

アトランティスとレムリア
Atlantis and Lemuria

最終氷期には、世界の平均海面は今より約 330 フィート（100 メートル）低かった。海水は蒸発し、氷や雪となって氷河に堆積した。そうしてできた氷河の大部分はおよそ 1 万年前に溶け、その後に残っていた氷河も溶けて海面が上昇している。つまり、地球温暖化は今に始まった現象ではない。アトランティスやそれに類似する失われた大陸の伝説が世界中で生まれたのは、おそらくこのような海面上昇のせいもあるだろう。多くの天地創造神話では大洪水が発生する。不確定要素が多くて詳しい実態はよくわからないが、目下海面上昇の加速化が進んでいるのかもしれない。過去 100 年の平均海面上昇は平均 4-10 インチ（10-25 センチメートル）で、上昇率は上がっている。海洋に変化が現れるまでに非常に時間がかかるので、地球の気候がすぐ安定したとしても海面は上昇しつづける。南極大陸の氷が減少しているので、この先何十年間かは海面上昇の最大の要因となりうる。専門家によると、そんなことは 2100 年まではまずありえないそうだが、もし南極大陸の氷のすべてが溶けてしまった場合、グリーンランドの氷河がすべて溶けた場合の 22 フィート（7 メートル）と比べて海面は 200 フィート（61 メートル）前後上昇するとみられている。伝説の大陸アトランティスは、海面上昇で肥沃な低地が浸水して陸地の一部を消滅させた自然災害が起きる前の時代の人々の記憶かと思われる。アトランティス大陸だとされるのはバハマ諸島のビミニ島、イギリス・ウェールズ地方の西海岸（波打つ水面の下で今も鳴りつづけているアベルディフィー鐘の伝説も含む）、アイルランド沿岸、ペロポネソス半島、ナイジェリア、ヘリゴランド島、黒海、チュニジア、エーゲ海、サントリーニ島、アメリカ大陸、スペイン、ドイツ、マデイラなどだ。ウェールズなど、これらのうちいくつかの場所では、干潮時に化石化した木々が見つかっている。地球温暖化のわかりやすい例は、17 世紀にはロンドンからアングルシー島のホリーヘッドまでアイルランド行きの船に乗る人々を乗せる乗合馬車があったという事実だ。乗合馬車は干潮時に本土のウェールズからアングルシー島に出発していた。およそ 300 年たった今、当時の経路の水深は少なくとも 10 フィート（3 メートル）はある。長いあいだ、アトランティスの繁栄期やそれ以前にも“失われた文明”は存在したものと考えられてきた。そんな文明の人々が住んでいたと考えられているのが、レムリアだ。レムリアは南太平洋や北米大陸とアジアのあい

だ、アジアとオーストラリア大陸のあいだにあったと、おおまかに考えられている。レムリアは「ムー大陸」や「母なる地」とも呼ばれる。レムリア人は身体的にも精神的にも非常に進化していて、その生き残りが今も北カリフォルニアのシャスタ山のトンネルに住んでいると言われている。しかし科学者によれば、現代の地質構造学の知識からはレムリア人に関するそのような概念はありえないという。

阿呆船

Ship of Fools – Stultifera Navis

『阿呆船』は西洋文学、音楽、芸術の分野にその名をとどろかす寓話だ。狂気、軽薄、忘れっぽいなど、自分の進むべき方向をわかっていない者たちが乗った船を描いている。15世紀から16世紀にかけて、この『阿呆船』は啓発的な主題で（カトリック教会を指す）“救いの箱舟”をも滑稽に風刺した。この寓話は保守的な神学者セバスチャン・ブラント（1458-1521年）の1495年の風刺詩から始まった。114編の短い風刺詩には木版画の挿絵が添えられ、その中には芸術版画家アルブレヒト・デューラーが初めて受注した作品も含まれている。作品の大部分は教会批判で、著書名はラテン語“navi”と舟や教会の身廊（nave）の語呂を合わせている。宮廷の道化は何を言っても許されたので、彼は作品の語り手を道化にして教会への批判を表に出すことができた。コロンブスの〈新世界〉発見からわずか2年後に出版された、「西洋」（大西洋）より遠くに初めて触れた文学作品である。

「ポルトガルが発見した大陸へ
茶色っぽい裸の原住民がいる

悪魔のイルカ

“キラー・ホエール”は、コククジラ（グレイ・ホエール）を殺すシャチに、スペインの船乗りがつけた呼び名。“キラー・ホエール”はまた、浜辺に上がったアザラシを海に引きずり戻してむさぼり食う。シャチ、学名*Orcinus orca*（オルキヌス・オルカ）は、実はイルカの一種で、正式には*Delphinus Orca*（マイルカ科）に分類される。*Orca*（オルカ）はラテン語の*Orcus*（オルクス）、すなわち冥界が由来で、シャチは古代の人々から文字通り“悪魔のイルカ”として知られていたわけだ。フランス語の“orque gladiateur”、ドイツ語の“swaardvis”は、どちらもオスの2メートル以上ある大きな剣のような背びれを言い表した名前だ。この名はきっと、ヘロドトスやプリニウスなどの著述家がナイル川のクロコダイルがシャチに殺されたのを目撃して、そう表現したのだろう。シャチはアフリカ大陸の海岸全域に生息しており、オスは体長25フィート（7.6メートル）にも成長する。地中海でもっと餌が豊富だった大昔には、現在よりもっと広く分布していただろう。現在の地中海では“外来の”種とみられているが、ジブラルタル海峡に定住するものもいる。大プリニウスは、古代ローマの外港オスティアに迷い込んできたらしいシャチが「沈没船の外板を飲み込んだあと」、クラウディウス帝（在位41-54年）とその護衛に殺されたと書き残した。1985年の夏から秋にかけての約2か月間、リグシア海［地中海北部のコルシカ島の北の海域］で、シャチが何度も目撃された。2日後、サン・レモの20マイル（32キロメートル）南の海で2頭の目撃が報告された。2頭のうち大きいほうには、高くそびえる大きな背びれがあったという。同年10月にはさらに、イタリアのリヴィエラ海岸のフィナーレ・リグレで目撃された。体長20フィート（6メートル）のアカボウクジラを殺したばかりで、その浮かび上がった死骸の腹を裂いて食べていたそうだ。

スペインが発見した黄金の島へ
そんなに広いとはちっとも知らなかった」

作品は大成功を収め、*Stultifera Navis*と題してラテン語に翻訳され、1509年には英語に翻訳された。阿呆だらけの船が“阿呆の楽園”ナラゴニア目指して出帆する。ブラントは堕落した裁判官、飲んだくれ、経験不足の医者など数多くの愚行の例を描き出している。なかでも傑作なのがヒエロニムス・ボッシュの挿絵（1500年頃）で、全人類は小さな船に乗って時の海を航海しているのであり、船は人間社会の縮図だとの彼の想いが表れている。船上の登場人物はひとり残らず愚か者だ。ボッシュはこれこそが私たち人間だと語りかけている。人はみな食べ、飲み、戯れ、欺き、愚かな駆け引きに手を出し、届かぬ目標を追いかける。船はあてもなく漂流し、いつになっても目的地に到着しない。作品の概念は何度となく文学作品に採用されていて、最も記憶に新しいのがダグラス・アダムズの『銀河ヒッチハイク・ガイド』だ。ゴルガフリンチャムは赤い砂漠の惑星で、おおいに想像力を掻き立てる地衣類が生息している。その星の人々は、人口の3分の1の役立たずを自分たちで排除する時が来たと判断し、惑星が近々（突然変異した星ヤギの脅威による）悲劇で破滅するという話をでっちあげた。人口の3分の1の役立たず（不動産業者、政治家、判事、弁護士、会議漬けの会社役員など）は3つの巨大な箱舟のうちBに押し込まれ、残りはあとの2隻ですぐ追いかけると聞かされた。残った3分の2の人たちはもちろんあとは追わずに「豊かで幸せな人生を全うした。不潔な電話機から感染したウイルス性の病気で突如全滅するまでは」［「電話消毒係」なる職業はBの船に割り当てられていた］。

アマダイの謎
The Tilefish Mystery

1860年代、ニューイングランド沖で新たに貴重な大量の食用魚が発見された。タラ科の仲間であるマダラは、体重50ポンド（23キロメートル）に成長し、水深50-100マイル（80-160メートル）、沖合約80マイル（130キロメートル）に生息し、気温10度前後の温かい水を好む。1882年、海が無数の死んだア

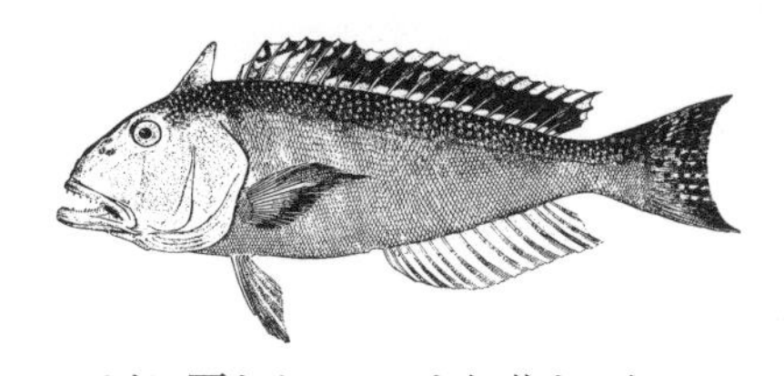

マダイに覆われていると何隻もの船から目撃報告があり、その数は海面1平方マイル（2.59平方キロメートル）あたり推定25万6000匹にのぼった。後日、南に流れる北極海流の勢いが増し、より温かいメキシコ湾流の流れを変えていたことがわかった。アマダイは30年以上のあいだ1匹たりとも浜に打ち上げられることも目撃されることもなく、1915年に再び現れはしたものの、以前の数に戻ることはなかった。

イッカク——海のユニコーン
The Unicorn of the Seas-Narwhal

らせん状にねじれた長い牙状の突起（実際には上顎から伸びた門歯）の生えたこの不思議なクジラは、気候変動による危険にさらされている。生息範囲が狭く、その食餌も特殊なため、急激な温暖化に最も適応しにくい北極地方の哺乳類だといえるかもしれない。イッカクの生息数はカナダのバフィン島とグリーンランドのあいだの比較的狭い水域に集中している。生息数は8万頭未満で、確立された回遊パターンを正確に守り、ほかの2種のホッキョククジラ、ホッキョクセミクジラとシロクジラよりも活動範囲が狭い。重厚な冬の流氷の分布にいかなる変化があってもイッカクに不利な影響を及ぼしかねな

い。イッカクは、主に冬の寒い暗闇の中で餌を食べ、お気に入りの獲物であるカラスガイや、その次に好んで食べるタラやイカを求めて水深5000フィート（1500メートル）より深く潜る。

海氷の喪失によりイッカクは、近年より北へと活動範囲を広げてきたシャチ（非常に大きな背びれを浮氷にぶつけたくないので、凍りかけの水やその周辺を避ける傾向がある）に襲われやすくなった。しかしホッキョクグマはシャチの逆で、呼吸孔の端を襲って集団でイッカクを狩る。今でもかなりの数のイッカクを捕獲しているイヌイット族は分布と生息状況を記録してきた。12世紀から19世紀にかけて直近に著しい気候の変化がみられた冷却期（小氷期）のあいだ、イッカクはもっと南に生息していたと考えられており、イギリス海域での最後の目撃記録は1588年だった。私掠船〈マーティン・フロビシャー〉がイッカクの角をエリザベス1世に差し出し、その角の重量の10倍の金と同じ値がついたのがその少し前だった。

ウソウス——舟の発明者

Usôus – The Inventor of the Boat

フェニキア語による『サンクニアトン』（紀元前700年頃）のギリシア語訳によると、ウソウスは倒木の枝を切って残った丸太に横座りして水をかき分けて進んだという。舟はこうして発明された。「風のコルピアと彼の妻バウ［夜］から生まれた人間の男の子2人はイオンとプロトゴナスと名づけられた。そのひとりイオンは、命が木々の果実によって維持されているかもしれないことに気づいた。彼らの直系子孫はジェノスとジュネアと呼ばれ、フェニキアに住んでいた。2人は干魃になると太陽に向かって両手を天に伸ばした。彼らは太陽を唯一の天の主とみなし、バアル＝サミンと呼んだ。それはフェニキア語で「天の主」を意味し、ギリシア語のゼウスにあたる。そしてイオンとプロトゴナスの子孫であるジェノスにはフォス（光）、パイル（火）、フロクス（炎）と呼ばれる人間の子が生まれた。この3人は2つの木片をこすり合わせて火を起こす方法と火の使い方を人々に教えた。3人には驚くほど大きくてがっしりした息子たちが生まれ、それぞれに所有していた山の名前

がつけられた。カシウス、リバヌス、アンティリバヌス、ブラシーだ。彼らにはメムルムスとヒプスラニウスが生まれた。2人はそれぞれの母親の名をとって名づけられた。当時の女性は偶然出会った男に恥じらいなく身を任せていた。ヒプスラニウスはティルスに住んでおり、葦やイグサやパピルスの植物を使って小屋を建てる技術を発明した。彼は兄弟のウソウスと喧嘩した。ウソウスは殺した野生動物の皮を身にまとった最初の人物だ。あるときものすごい暴風雨になり、タイア付近の木々がこすれ合って火が起き、森全体が燃え尽きてしまった。ウソウスはそこから1本の木を持ってきて、大きな枝を切り落とし、その小舟に乗って初めて海に出た。彼はまた、2本の柱を火と風に捧げ、崇拝し、狩りで仕留めた獣の血を注いだ。2人の兄弟が死んだあと、残った者たちは死者を悼んで枝を捧げ、柱を崇拝し続けただけでなく、敬意を示すために毎年祭りを行った」。以降、人類の発明は続いている。

ウナギで死者が復活する

Eels and the Raising of the Dead

ウナギには多くの効能があると言われている。もし水から出して死なせてしまっても、強い酢とハゲワシの血に浸し、全体に堆肥を被せると、死因となった組成物が浮かび上がって以前と同じように息を吹き返す。さらに、ウナギの温かい心臓を食べた者は預言者の魂にとりつかれて、これから起きる出来事を予言するようになるともいう。エジプト人はウナギを崇拝していたので、神官だけがそれを食べることが許されていた。“魔法のウナギ”は、18世紀に小麦粉と羊肉の肉汁で作られていた。12世紀のイングランドの歴史家、マームズベリのウィリアムは、スコットランドのマレー州エルギンの修道院長が信心深い修道僧に教会を譲るのを拒んで修道会の会員をみんなウナギの姿に変え、修道士がそれをシチューに入れたと記した。

19世紀、ウェールズの言語学者ジョン・リスは『ケルトの民間伝承』(1900年)に、次のように書き残している。

「グラスフリン・ウチャフのウィリアムズ=エリス夫人は、遠からず前にスランギビで、少年期以来その場所を訪れていない地元出身者に会った。その男はサウス・ウェールズで技師になり、ずっと地元を離れていたが、年老いた親類に会いに戻ってきたのだという。彼は故郷の思い出で胸がいっぱいだった。故郷といえばよく覚えていたのが、ある日、村でいたずら好きな男が井戸の中からとても大きなウナギを引き上げたことだった。そのとき、年寄りの多くが、ウナギとともに井戸の効能もなくなってしまったと思ったそうだ。とぐろを巻きながら水に入るウナギを見るのは、縁起がいた。男は夫人にそう信じ込ませたのだった。

似た話はもうひとつある。私は同じ魚がスラン・ベリスの教会区から遠くないフフィノン・ベリスに生息しているのを見たことがある。住民たちからたいそう用心深く守られていて、いたずら好きな変わり者がそれを持ち出したときは、すぐもとに戻せと強く言われた。しかし、私がこの聖なる魚のいきさつを把握することはついにかなわず、大昔からの言い伝えだとわかったにすぎなかった。付け加えると、アングルジーのスランドウィンにあるフフィノン・フェア（メアリの井戸）と呼ばれる井戸は、かつて聖なる魚を住まわせるのに使われていて、聖ドウィンウェンの聖堂を訪れる恋に悩む男性や乙女が、その動きから運命を知ることができたらしい」

海で起きた偶然

Nautical Coincidences

時に“アメリカ独立運動の創始者”と呼ばれるトマス・ペイン（Thomas Paine、1737-1809年）の出生時の名前の表記は、Thomas “Pain”だった。ペイン家のコルセット製作業はほとんど利益が出ず、彼の母親は息子のグラマー・スクールの学費を賄うのに未婚の姉妹に頼らなければなければならなかった。その頃出版された『ロビンソン・クルーソー』や『ガリバー旅行記』の冒険に刺激を受けてか、トマスは1756年に家を出た。彼はロンドンに着いて職人になろうといろいろ挑戦しては失敗していた。しかし、《デイリー・アドバイザー》紙の通知欄が目に留まった。「フランス人と戦う航海／私掠船テリブル／船長ウィリアム・デス／船員諸君、健康で丈夫な農民のみなさん、王や国に尽くすのみならず、運試しをしてみたい人は、上記の船に集まられたし」。〈テリブル〉はテムズ川の海賊処刑場ドックで修繕・艤装中だった。トマスが契約しにでかけて待っていると、誰かが彼の名を呼んだ。父ジョセフがあとをつけて、外海で働くのを考え直すよう説得したのだが、それがからくも彼の命と歴史の流れを救った。〈テリブル〉はイギリス海峡にさしかかった途端にフランスの私掠船に襲われたのだ。乗組員180人のうち生き残ったのはたったの16人で、デス船長はその名のとおり死んだ。それでもトマスは父親と家に帰るのを拒み、1757年、私掠船〈プロイセン王〉の乗組員になるべく再び海賊処刑場ドックに向かった。その船は8か月で8隻の外国船を拿捕し、トマスは当時ちょっとした財産である給金30ポンドを手に成功者としてロンドンに戻った。彼はその後、議会や地方行政を担う地主層をまねた生活を送るようになり、彼のその後の人生が世界の歴史に影響を与えた。ペインは姓の表記を“Paine”に変え、急進的な革命論者、知識人となり、意見小冊子を発行した。

砲26門装備の〈テリブル〉の運命に話を戻すと、1757年にフランスの大型船〈アレクサンドル・ル・グランデ〉を拿捕した。ウィリアム・デス船長の兄弟ジョンと

16人の乗組員が交戦中に死亡、残りは重傷を負った。しかし数日後、先の戦利品である船を曳航中、乗員360人、36砲装備のフランス船〈ヴェンジェンス（復讐）〉に捕まった。〈テリブル〉はそのとき、戦いで損傷してプリマスへとゆっくり航行中だった。ヴェンジェンスはまず〈アレクサンドル・ル・グランデ〉を奪い、そこに人員を配置して両船でテリブルを攻撃し、舷側のメインマストを吹っ飛ばした。〈テリブル〉は事実上停止して猛攻撃を受けたが、デス船長は降伏の旗を揚げようとはしなかった。〈ヴェンジェンス〉の船長と一等航海士は死亡。〈テリブル〉側はデス船長と副官、船医が死亡したが、それぞれの名はデヴィル、ゴーストだった。フランス人はついに〈テリブル〉に乗り込み、36人の生存者を発見した。そのうち26人は手足のいずれかを失い、残る10人も重傷だった。最終的に生き残ったのは16人のようだ。生存者が書いたといわれる当時の海の物語詩の最後は次のとおり。

ついに運命のおそろしい弾が飛んできて
われらが勇敢な船長が倒れ、やがて航海士も続いた。
乗組員はみんな倒れ、死体の山が見えた。
それが波を緑から紅に染め
ネプトゥーヌスが海から姿を現して怒りをまき散らし
デス船長をトリトンの頭上に載せた。
こうして強いテリブルは大胆かつ勇敢に倒れた。
でも16人の生き残りの話はこれからだ。
勝ったのはフランス側だ。でも代償は大きかった。
大勢の勇敢なフランス人とイギリス人が命を失った
昔あの女王エリザベスは言った
デス船長の乗組員には会えずじまい。

海の魔女
Sea Witches

海の魔女信仰は長いあいだ船員生活とは切っても切れないものだった。過去の時代、女は風を起こし、嵐を呼ぶ力がある、すなわち船の男たちに地獄の責め苦をもたらす力があると考えられていた。海の魔女は天候を制御して安全な航海を確保するために招喚された。伝説によると、魔女は風を操ることができた。方法のひとつは、ロープ、場合によってはハンカチで3つの結び目をつくる。3つの結び目を魔法の結び方に正しく結ぶと、風はその結び目に束縛された。安全に航海できるようにと魔女はそのような結び目を船員にくれたり売ったりした。結び目のひとつをほどくと穏やかな南西の風が吹いた。2つほどくと強い北風、3つほどくと

嵐になった。シェトランド諸島やスカンディナヴィアの言い伝えでは、そんなふうに風に命じる漁師がいたといわれている。結び目で風を制御できるという信仰の起源は、古代ギリシア神話のオデュッセウスが旅の途中でアイオロスの助けを借りるのに風の袋を受け取ったときにさかのぼる。サー・フランシス・ドレイクは、熟練した船員・提督となるために魂を悪魔に売ったと言われている。その悪魔は1588年にドレイクがスペイン軍のアルマダを倒す援軍に海の魔女を送りこんだといわれている。戦いが起きたのはデヴォンポートを見下ろすデヴィルズ・ポイントで、そこには今でも魔女が住みついていると信じられている。

海の迷信とことわざ

Sea Superstitions and Sayings

酒のボトルと船の進水式にまつわる迷信については先に述べたとおりだ。過去のあらゆる記録を見ても、船に新しい装置や部品などを取り付けたときは昔から似たようなことが行われていた。儀式には花や葉のリースを使うのが一般的で、守護聖人の名において新しい船に油を注ぎ、祝福を与えて穢れを除き、清めるために聖職者を呼ぶことも多かった。中には洗礼を受ける船さえあった。もしボトルが割れなかったり、土台を取り除くときに誰かが怪我をしたり、船が船架を滑り降りるべき時に止まったりして進水式の途中で粗相があると、おおかた悪い兆候だとみなされる。進水式の出席者が乾杯の酒を飲むのを拒むのさえ縁起が悪いとみなされることもある。船乗りほど迷信が多い職業はない。たとえば4月の第1月曜日に決して出航してはいけないのは、カインがアベルを殺した日だから。8月の第2月曜日はソドムとゴモラが破壊された日だから。12月31日はユダ・イスカリオテが首を吊った日だからなど。いちばんあり得ないのが金曜日で、キリストが十字架に磔の刑になったのが金曜日だから。いちばん望ましいのが日曜日なのは、キリストの復活が日曜日だったからで、それがこのような言い回しを生んだ。“Sunday sail, never fail”（日曜日の船出に失敗なし）

「幸運を」の言葉に返事がないのは禁物だ。悪運を招く。この悪運を祓う唯一の方法は、返事をしない相手の鼻にパンチをくらわしたりして血を流させること。黒い服を着て葬儀を行うから聖職者を乗せるのは不吉。黒は一般的に死を象徴する色で海の深さを連想させるので、黒い旅行かばんは縁起が悪い。花を積み込むのは縁起が悪いのは、葬儀の花輪に使われるから。海上で教会の鐘が聞こえると、その船の誰かが死ぬ。セント・エルモの火（マストなど尖ったものの先端でかすかに燃えるように見える青紫色の放電現象）が頭の周辺に見えた船員はそ

の日のうちに死ぬ。死んだ船員の服を航海中に別の船員が着ると船全体に不幸が訪れる。赤毛で偏平足の人間は不運をもたらすが、話しかけられる前に話しかけるとそれを避けられる。多くの船員はタトゥーを彫ることや金の輪のイヤリングをつけること、出航直後に古い靴を1足海に投げ捨てることで縁起を担いでいた。船上で生まれた子供が船員の襟（首章）collarに触れると縁起がいい——これが“touching up”の由来かどうかは定かではない。船名が“a”で始まる、船を改名する、緑色の船で航海する、ネズミが船から出ていくのを見かける、船上で死亡者が出る、船上で口笛を吹く、ほかの船が一度でも沈んだり桶をなくしたりした場所を横切るのも縁起が悪いと考えられていた。乗客に女性と聖職者がいると悪運を招くと言われていたし、船員が船着き場に到着するまでに斜視の人と出くわすと、その船員は航海を断念するよう促された。くしゃみはおおいに不吉で、お大事にと声をかけられた。

船上で鐘がひとりでに鳴るのは船員のひとりが死ぬ不吉の予兆。船のマストに蹄鉄をつけると嵐がそれる。船首像がない船は沈没しない。敵から逃げている船は普段より速く進み、死体を乗せている船はゆっくり進む。死体があるのは嵐が吹きすさんでいたか、とりつかれているから。死者の持ち物に触れると死者の魂が触れた者に復讐しようとするか、触った者は死者と同じ方法で朽ちる運命になる。溺死した船員は元の船の同僚を悩ませるとよく噂されていた。迷信の多くが嵐の空に注目したものだ。口笛には嵐を呼び寄せる力があると信じられていたのかもしれない。嵐のいろいろな危険を少しでも遠ざけようと、船員たちは数多くの迷信を生みだした。2本の剣を十字の形に合わせてカチンと叩くのは、黒い柄のナイフや聖ヨハネの福音書、もしくは太鼓やゴングを叩くのと同じく、海上の竜巻や豪雨を撃退する力になる。左肩越しに石を投げる、宙に砂を撒く、水が回転するように穴に流し込む、布を濡らして石に叩きつける、これらはすべて暴風などを追い払うためだった。月に環がかかっているのは雨の前兆、嵐の最中に月が出たらもうすぐ嵐がやむ前兆だと信じられている。欠けた月の下のほうが見えているのも雨の予兆で、上のほうが見えているのは天気が良くなる兆し。左足から船にのると災難が訪れる。悪運に見舞われるおそれがあるので船が港を出たら絶対に振り返るべからず。マストの先の見張り台の下に置いた銀貨は長い航海中に甲板にワインを注ぐのと同じく、航海の安全無事を確実にしてくれる。新生児が生まれるとき頭に被さっている羊膜の一部は溺死を防ぐお守りで、持ち主に幸運をもたらす。黒猫は船乗りを海から家に帰してくれる。海に出ようとしている船の上に石を投げるとその船は絶対に戻らなくなる、航海中に海に石を投げるのは海に対する不敬にあたり、大波と嵐が起こる。釣り道具の近くに犬がいるのを見かけたら縁起が悪い。海でツバメを見かけたり、イルカが船を一緒に泳いでいるのを見かけたりはいい兆しだが、ダイシャクシギヤウを見かけるのはよくない兆し。サメは死に近い人々の存在を感知できると信じられているので、サメが船を追いかけるのは避けられない死の兆し。カモメを殺すのはアホウドリを殺すのと同じく縁起が悪い。カモメには海で死んだ船員の魂も宿っている。はしごの横木のあいだから旗を受け渡しするのは、後甲板で旗を修繕するのと同じく縁起が悪い。海上で散髪したり爪を切ったりするのも縁起が悪い。グラスのふちが音をたてたらすぐさま消さないと難破する。元日に絞めたミソサザイの羽は船員を遭難死から守ってくれる。海では絶対に「溺れる」と口にしてはならない。

伝説のオオウミヘビ

Sea Serpent

1848年8月6日、喜望峰付近を巡航中のイギリス海軍艦の快速帆船〈ダイダロス〉で監視任務についていた士官は、海中のある物体が目に留まった。彼が船長や甲板にいた乗組員数人にあれを見ろと合図すると、そこには体長60フィート（18メートル）、胴の直径15インチ（38センチメートル）とみられるオオウミヘビまたはリュウグウノツカイが水面から4フィート（1.2メートル）ほど首を出して泳いでいた。その生物は垂直にも水平にもなることなく、体をくねらせてすいすい泳いでいた。その生物は濃い茶色で、喉から腹にかけて黄色から白へと濃淡がついていて、背中には海藻のようなたてがみがあるように見えた。ダイダロスはそれを約20分間観察していた。1903年、スクリュー船〈トレスコ〉がハッテラス岬の90マイル（145キロメートル）南を巡航中、二等航海士ジョセフ・オステンス・グレイは自分が見たものを最初は遺棄船の船体だと思った。グレイはじっくり観察し「水深が深くなるにつれてますます気が高ぶり、これは廃棄船ではなく、人の手でつくれるようなものではないと確信した……」と報告している。グレイは海面から突き出た力強い首を「竜のよう」だと表現した。生物の体長は約100フィート（30メートル）、胴の直径は最大8フィート（2.4メートル）。頭部は長さ5フィート（1.5メートル）で、直径は18インチ（46センチメートル）。船は積荷なしで航海していて、その生物が甲板に這い上がろうとしようものなら、傾いたり転覆したりするおそれがあった。「やがておそろしい下顎から何かが滴り落ちるのを目撃した」。グレイは続けた。「観察の結果、さきほどのものは唾液だと判明。汚いくすんだ茶色で、口の両端から滴り落ちた」。やがてその生物は進行方向を変えて危険は去った。科学者たちは何年も《ワイド・ワールド・マガジン》誌にグレイの名前で掲載された話をあざ笑っていた。その後トレス

コの1903年5月30日土曜日の航海日誌の再確認が行われた。そこには「午前10時、巨大な海の怪物に追われたサメの群れが通過」と書かれていた。

カナダのバンクーバー付近の太平洋岸沿いでは、蛇のように見えるリュウグウノツカイなど、姿かたちが異なる複数の生物の報告がある。さらに南では、サンフランシスコ市周辺を中心に数々の目撃報告がある。1983年11月1日、スティンソンビーチに近いゴールデンゲイト・ブリッジのすぐ北の1号線で建設作業員が工事していた。彼らはふと水中を陸に近づいてくる生き物が目に入った。見たところ、それは体長100フィート（30メートル）、胴の直径が5フィート（1.5メートル）あろうかという生物だった。こぶが3つあるように見えたという。彼らは双眼鏡でその生物がとぐろを巻き、頭を振り回しているのを目撃した。2年後、サンフランシスコ湾で双子のロバートとウィリアムのクラーク兄弟が堤防付近で車の座席に腰かけていた。兄弟は2頭のアザラシがあまりにも速く湾を横切って泳ぐのを目撃、そのあと「蛇に似た大きな黒い動物」がアザラシを追いかけているのに気づいた。ふたりはその生物がとぐろを巻くように体をくねらせて上下に動きながら移動するのを見た。その動物には水平安定装置の役目を果たす小さな半透明の扇形のひれがあった。経験豊かな船員によるオオウミヘビ目撃情報は1848年のイギリス軍船〈ダイダロス〉のピーター・ムクへ船長、1877年の王室専用船〈オズボーン〉の中尉ハインズ、1878年のアメリカ湾岸調査汽船〈ドリフト〉の船長プラット、1875年のスクリュー汽船〈ポーリーン〉のジョージ・ドレヴァー船長など、数多い。

溺れる者を助けるなかれ
The Duty of not Saving a Drowing Man

19世紀後半、ボヘミアの漁師は、不運に見舞われるという理由から、溺れている男性の救助を拒んだ。サー・ウォルター・スコットは『海賊』の中で、行商人ブライスが難破船の溺れかけた乗組員の救助をどんなふうに断ったか物語っている。

「『気でもふれたのか?』行商人は言い返した。『溺れたやつを助ける危険を冒すほど、ゼットランド諸島［シェトランド諸島の別名」で長生きしたっていうのか?やめとけ。命を助けてやったら、きっとあんたをひどい目に遭わせるぞ』

同様の迷信は、聖キルダ島の住民やドナウ川の船頭、フランスやイングランドの船員にもみられた。人が溺れるのは神のご意志で、その人は溺れるべしという考え方らしい。救助する人は、仮にうまく助けたとしても、その人の身代わりになる義

務があり、後日代わりに溺れるはめになるというのだ。

海馬（ヒッポカンポイまたはヒッポカンピ）
Hippokampoi (Hippocampi)

この海の怪物は、馬の頭から胴体の前半分と、蛇のように曲がりくねった魚の尾びれが合体した姿に描かれる。ギリシア語のヒッポスは馬、カンポスは海の怪物という意味だ。古代の人々は海馬を現在「タツノオトシゴ」と呼ぶ生物の成体で、海の精ネレイスたちを背に乗せ、海の神ポセイドンが２頭または４頭立ての二輪戦車を引かせていたと考えていた。かつては尻尾に魚の尾びれがついたレオカンポス（ライオン）、タウロカンポス（牡牛）、パルダロカンポス（ヒョウ）、アイギカンポス（山羊）など合体型の海の怪物の古代芸術を集めた神殿があった。ギリシアの地理学者パウシニアスは西暦２年、コリントスのポセイドン神殿をこう説明した。「ほかに奉納されたのはガレネ［静寂］とタラサ［海］、胸から上がクジラのような馬［ケトス］の像だ」

ローマの詩人スタティウスはこう記した。「彼（ポセイドン）が穏やかな波の上にそびえ立ち、先が三つ又の槍で戦車を引く（ヒッポカンポイ）の面々を急き立てると、ヒッポカンポイは泡立つ中、前半身は猛烈な速さで走り、うしろ半身の尾は蹄の跡を消しながら泳ぐ」

ガレー船〈アルゴー〉と金の羊毛
Argo and the Golden Fleece

ギリシア神話では勇士イアソンとアルゴナウテースと呼ばれる勇士たちがガレー船〈アルゴー〉に乗り、伝説の翼を持つ牡羊の“金の羊毛”を探す航海に出た。船は大工アルガスが女神アテナの助けを借りて建造し、女神ヘラが乗組員を守護した。船は無事航海を終え、コリントスで海の神ポセイドンに捧げられたあと、空の星に変えられてアルゴー座となった。〈アルゴー〉の乗組員一行は、黒海が外海ではないことを発見した最初のギリシア人船員を象徴していると思われる。航海はレムノス島、サモトラケ島を経てヘレスポントス海峡を通過し、黒海のキュジロスとコルキスに寄ったあと、ドナウ川、ポー川、ローヌ川を通って地中海を渡り、リビアやクレタなどに及んだ。2008年には〈アルゴー〉を復元した50人漕ぎのガレー船がEU全27か国の乗組員を載せてコリントス運河に出帆した。目指すはヴォロス付近のイオルコスから現在のジョージア（グルジア）で、黒海の古代王国コルキスへ帆と櫓漕ぎでたどり着くこと。しかしトルコ当局が航海の安全を保障できなかったので、〈アルゴー〉の航海

はヴォロスからヴェネツィアまでの 1200 海里（2200 キロメートル）で終わった。

キャリー母さんの雛鳥

Mother Carey's Chickens

海面を軽々と走るウミツバメの名は、“Petrello”（イタリア語で小さなペテロ、わずかに水の上を歩いた聖ペテロ）に由来する。船員は船の近くでウミツバメを見かけると、沖に嵐が来ていると予測した。ウメツバメはフランス語で“le oiseaux de Notre Dame（ノートルダム大聖堂）”と呼ばれ、聖母の鳥といわれている。ラテン語の“Aves Sanctae Mariae（聖マリア）”が“Mater Cara（母の顔）”に変化し、これがイギリスで崩れて“Mother Carey（キャリー母さん）”に変化した。「雛鳥」がどこからきたかは筆者の調査力と語源知識では解明できなかった。別の言い伝えによると、“キャリー母さん”は溺死した船員の墓地“フィドラーズ・グリーン”の管理人だったそうだ。彼女は死者が時々ウミツバメの姿になってこの世に現れるのを許していたので、現世の船員は決してウミツバメに悪さはしない。

魚雷――シビレエイ

Torpedo – The Electric Ray

セビーリャの聖イシドールスはこう書き残した。「シビレエイは触れると硬直（麻痺）するのでその名がついた。長い棒の先でも、この魚に触れればしびれや麻痺が起こる。その効き目は強力で、魚の体から出る呼気さえも手足に影響を及ぼす」

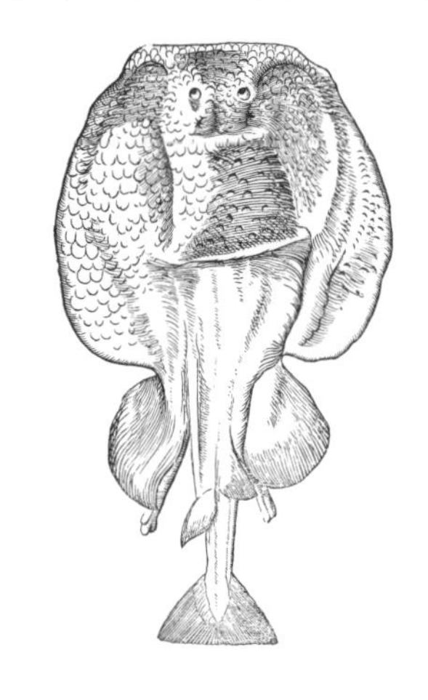

クラーケン

Kraken

伝説の海の怪物クラーケンは、何世紀ものあいだ北欧の船員に恐れられていた。クラーケンは波間に浮かんでいて、通過する船は、てっきり小さな島かと思ったところを触腕で水面下に引きずり込ま

れ、乗組員は飲み込まれるのだ。この巨大生物の逸話は、ダイオウイカやダイオウホウズキイカの目撃談が元とみられる。クラーケンの腕の数々は帆船のメインマストのてっぺんにも届いたと言い伝えられ、船体に腕を回して抱え込んで襲い、転覆させる。乗組員は溺れるか、クラーケンに飲み込まれるかのどちらかだった。オデュッセウスが航海途中に通過しなければならなかった、頭が6つある怪物、ギリシア神話のスキュラも、目撃談が代々伝わった例だろう。1555年、スウェーデンの聖職者オラウス・マグヌス（1490-1557年）は、この海の生物を次のように説明した。「鋭く尖った長い角だらけの、木の根をひっくり返したような姿だ。体長は10から12キュビット[4.6から5.5メートル。キュビットは古代メソポタミアおよびエジプトの長さの単位。1キュビットは0.4572メートル]、体は真っ黒で眼はすさまじく大きく……」

“クラーケン”の呼び名が初めて使われたのは、『自然の体系』（カロルス・リンナエウス、1735年）の中だが、この怪物の物語は12世紀のノルウェーに端を発するようだ。1752年、ベルゲンの司教は著書『ノルウェー自然史』で、クラーケンを次のように説明した。「異論の余地なく世界一大きな海の怪物だ……怪物には数々の腕があるようだ。手にかけたのが最大の戦士であっても、それを真っ二つに引き裂くことができるだろうと言われている」

1930年代には、ダイオウイカが船を攻撃した事件が少なくとも3件報告された。ダイオウイカの天敵はクジラなので、おそらく船腹を向かってくるクジラと間違えたのだろう。

クロコダイルを殺すイルカ
Dolphins as Crocodilekillers

1世紀、大プリニウスは『博物誌』で次のように述べた。「イルカはナイル川の河口に入っても、わが物顔のクロコダイルに追い払われる。クロコダイルはイルカよりずっと屈強なので、イルカは力より知恵を使わなければならない。クロコダイルをやっつけるのに、イルカはクロコダイルより深く潜って鋭くとがった背びれで下から柔らかい腹を切り裂く……。イルカは水陸のあらゆる動物の中でいちばん動きが敏捷だ。イルカの口は突き出た鼻先よりずっと下にあり、魚を食べるのにあお向けにならなければならないからだ。イルカは背中で呼吸する。水深深くまで魚を追い

伝説上の海の生き物たち

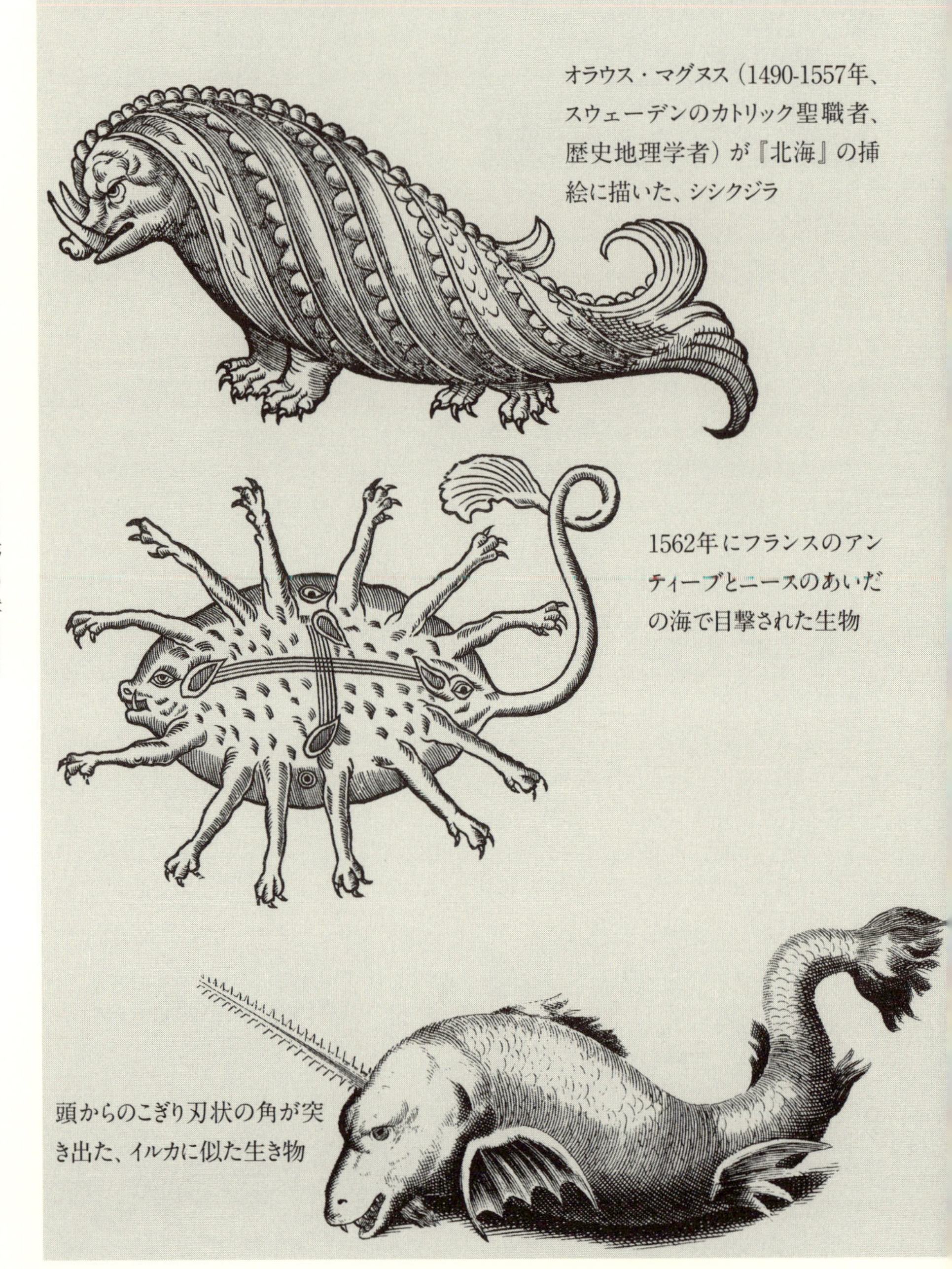

オラウス・マグヌス（1490-1557年、スウェーデンのカトリック聖職者、歴史地理学者）が『北海』の挿絵に描いた、シシクジラ

1562年にフランスのアンティーブとニースのあいだの海で目撃された生物

頭からのこぎり刃状の角が突き出た、イルカに似た生き物

女性人魚（マーメイド）と男性人魚（マーマン）

さまざまな怪魚

海の魔女

近年の〈フライング・ダッチマン〉目撃情報

1881年7月11日、イギリス軍スクリュー式装甲駆逐船〈インコンスタント〉で当直中だったその少尉は南大西洋で見たことを航海日誌にこう書いた。「午前4時。あのさまよえるオランダ船〈フライング・ダッチマン〉が、当船の船首を横切った。幽霊船は全体的に赤く光り、奇妙な燐光を発していた。その光の中には、200ヤード離れていてもブリグ型帆船のマストや円材、帆がくっきり浮かび上がって見えた。帆船が左舷船首に近づくにつれ、そこの当直士官も船を目撃、後甲板の士官候補生にもそれが見えると、ただちに船首に行かされた。しかし船首に着くと、付近にも遠い水平線にも、実体のある船の痕跡や気配はまるで見当たらず、夜空は澄み、海は穏やかだった」

これを記したのが、のちのジョージ5世だ。〈フライング・ダッチマン〉はその夜、軍艦〈ターリマン〉と〈クレオパトラ〉からも目撃された。目撃情報は20世紀だけで何十件にものぼる。第二次世界大戦終盤、ドイツのUボート艦隊司令官デーニッツ提督は、指揮下の潜水艦乗組員が〈フライング・ダッチマン〉と遭遇したあと、迷信深くなってこわがる様子を、こうぼやいた。「基地に戻るまでに幽霊船と遭遇して2度も恐怖を味わうくらいなら、連合国側の対潜爆雷に出くわすほうがずっとましだ」

アメリカ海軍の船も同様の問題を抱えていた。1942年、駆逐艦〈ケニソン〉は、この幽霊船を近距離で2回目撃したが、2回ともレーダーが探知せず、全乗組員が怯えることになった。第二次世界大戦中にイギリス海軍がよく目撃したのが、南アフリカのケープタウン付近だ。イギリス艦〈ジュビリー〉は幽霊船との衝突を避けるために急な針路変更を強いられたが、艦長が最後に〈フライング・ダッチマン〉を見たときには、「完全な凪だったのに、全速力であっという間に遠ざかって行った」という。

かけるので、非常に長く息を止め、空中に飛び上がり、ときには船の帆を飛び越えたりするほどの勢いで水面に急浮上する。イルカは通常、つがいで行動する。声は人間のうなり声に似ている。嘴の先が上向きなので“シモニス”(しし鼻)と呼ぶと反応し、どの呼び名よりそれを好む。イルカは音楽好きで、ハーモニーの歌や水オルガンの音を喜ぶ。イルカは人間に友好的だ。よく船の周りで遊んだり、船と競って泳いだりする」

セビーリャの聖イシドールスも、7世紀にクロコダイルについて記した。「デルフィーニ(イルカ)という名は、人の声に続いて声を出したり、一緒に歌ったりすることからついた。海でいちばんすばしこい動物だ。向かってくる船のたいていは飛び越えることができる。強い波の中で遊んでいるときは嵐を予報しに来ている。ナイル川のイルカにはノコギリ刃状の背びれがあり、それでクロコダイルの腹の柔らかい部分を切って殺す」

「デルフィーニ」はギリシア語で子宮を意味する「デルフォス」で、若くして出産する哺乳類だという事実からつけられた。

“群発地震”の謎

The 'Swarm of Earthquakes' Mystery

2008年、オレゴン州中部海岸沖で水中マイク（水中聴音機）の音を聞いていた科学者が探知した。オレゴン州立大学ハットフィールド海洋科学センターは4月の最初の10日間で600回以上の地震を記録した。その“群発地震”は独特だった。その地域の主要な地殻構造の境界から離れたファン・デ・フカ・プレートの真ん中で起きていたのだ。海洋地質学者ロバート・ジャクはこう話した。「何が起きているのか、まだはっきりしない。……この地域に火山がひとつもないこと以外は、火山噴火の前触れに似ている」。地殻は溶岩（マグマ）の上に載ったプレートで構成されており、これらのプレートは上下左右にこすれ合っている。マグマが地殻を突き抜けて噴火すると、それが火山を形成する。これはプレートの真ん中でも起こり得る。プレート同士がぶつかりあうと、プレートの端に沿って地震が起きる。群発地震の少なくとも3つはマグニチュード5.0以上だが、それは1回の本震のあと徐々に小さくなる余震が続く特有のパターンにはあてはまらない。

さまよえるオランダ船〈フライング・ダッチマン〉

The Flying Dutchman

300年以上も昔から伝わる海で最も有名な幽霊船の伝説だ。コルネリウス・ファンデルデッケン（ヴァンデルビルトとも）船長は、バタヴィア（現インドネシアのジャカルタ）から母国へ戻る復路で嵐の海の喜望峰を越える際に神の救いがあるかどうかを賭けた。船長は向かい風と9週間闘ったが、船は進まず、彼は神をののしって審判の日までかかっても喜望峰を越えてやると宣言した。そのとき彼の運命は終わった。それ以来、呪われた船は海上を行ったり来たり、帆を広げ、助けてくれと叫ぶ幽霊乗組員を乗せて終わりなき航海を続けている。この幽霊船を見た船員はその日のうちにひとり残らず死ぬと恐れられている。実在する〈フライング・ダッチマン〉が出帆したのは1660年のようだ。ほかに、17世紀後半にベルナルド・フォッケ船長が水上でいちばん速いのは自分の船だと罰当たりなことを言ったという言い伝えもある。船長はマストを鉄で覆い、当時のどんな船より多く帆を装備できるようにして、ロッテルダムから

東インド諸島を奇跡的な90日間の短期間で航海した。彼はその記録を更新するために自分の魂を悪魔に売ったので、死ぬと肉体と船は消えた。船長は甲板長と料理人と舵手だけを乗組員に、猛烈な強風の中をまったく前進できないままその航路を延々と航海する運命となった。

サルガッソ海――迷える魂の迷宮
The Sargasso Sea – The Dungeron of Lost Souls

バハマ諸島の東では、猛烈な海水の渦でホンダワラまたはサルガッスムと呼ばれる海藻が大量に水面に集まる。その水域の航海の難しさや、海藻が船に絡まることはコロンブスが指摘していた。バミューダ北東の海域は、水深1-4マイル（1600-6400メートル）。ここの"海"は非常に暖かい水が大量にたまって時計回りに、非常にゆっくり回転している。赤道海流とメキシコ湾流のどちらもそこを通過するときに暖かい水を押すので、その付近はめったに雨が降らず、水面同様天気もとても穏やかだ。そこは非常に湿度が高く、酷暑になることも多い。海の真ん中の砂漠にもたとえられる。降雨量が少ないせいで海水の塩分がとても高い。そこには無数のサルガッスムが塊になっていて、もっぱら海中へと集まっていくので、水流も風もほとんどない場合は長期間そこで足止めを食らいかねず、無風で止まっていた船は飲料水が尽きていた。記録によると、スペイン人は貴重な物資を節約するため、戦闘馬を舷から投げ出した。それゆえ、この水域（亜熱帯無風帯）は"馬の緯度"の名で知られるようになった。そんな馬や船や船員の亡霊がこの水域にとりついていると考えられていたのだ。この水域にはほかにも"The Doldrums"（停滞水域）、"The Sea of Berries"（ベリーズ海）、そして"The Dungeon of Lost Souls"（迷える魂の迷宮）と呼ばれていた。1492年、コロンブスは"海藻"に絡みつかれ、海水に光が当たると（塩分のせいで）奇妙な効果が表れることや、羅針盤が極端に変化するのを経験した。そのとき乗組員は家に帰してくれと懇願したという。それは磁気の変化が起こした現象だった。

塩や胡椒をこぼす
Spilling Salt or Pepper

塩や胡椒をこぼすのが今でも不吉とみなされるのは、歴史上、特にエリザベス1世の統治時代には信じられないくらい元手がかかっていたからだ。特に胡椒はヨーロッパの食卓に届くまでに船でとてつもなく長い距離を運ばねばならない非常に高価なものだった。

女性を船に乗せると縁起が悪い
A Woman on Board Brings Bad Luck

女性は昔から、肉体的にも精神的にも男性ほど有能ではないと考えられていて、海に居場所はなかった。女性が乗船していると男性の気が散りやすいとか、男性が任務をおろそかにしたりけんかしたりしやすい（またはその両方だ）と

悪く言われることもあった。後者はとくに海の怒りを買い、船を破滅させることになる。しかし、女性が船上にいると海が怒るとはいっても、裸の女性が船上にいると波は静まった。これが多くの船の船首に女性像がついている理由だ。像はほぼどれも胸がむき出しだ。女性の露わな胸が荒れた海を「恥ずかしがらせて」静めると信じられていた。

進水式でのボトル割り
Launching a Ship With a Bottle

進水式のならわしについて触れた最も古い資料は、アッシリア語の碑で見つかった紀元前2100年の記述だ。碑には大洪水のときの箱舟建造の経緯が記されている。箱舟が進水するときは牡牛を何頭かいけにえにした。フィジー諸島やサモア諸島の人々は人間をサメのいけにえにした。サメは彼らにとって神様で、新しいカヌーを進水させるときはいけにえの血でカヌーを洗った。ヴァイキングの言い伝えでは、船の進水のときには若い男数人が竜骨の下敷きになってつぶされて犠牲になっていたという。14世紀頃になると、銀のゴブレットにワインを入れて新しい船に乾杯する習慣が始まった。ゴブレットを海に投げ入れるのはそれ以上乾杯しないようにするためで、そうしないと不運に見舞われると言われた。経済的な理由でそれがワインのボトルに変わったのが1690年だ。船首にボトルをぶつけて割るのは王子など男性王族の一員が普通だったが、1811年以降、その名誉は重要な地位にある女性に譲られた。コーンウォール公爵夫人カミラが進水の儀式を行い大勢の乗客を乗せた3億ポンドの大洋航路定期船は、進水式のわずか3週間後に非常に伝染性の高い食あたりに襲われた。〈クイーン・ヴィクトリア〉の船体にぶら下げたシャンパンのボトルは割れなかった。9万トンのその船は、2度目の航海で、嘔吐や下痢を引き起こすノロウイルスが大発生した。同船の乗客と乗組員合わせて3000人のうち78人が、そのウイルス性胃腸炎にやられ、船室で治療を受けた。イギリス海運会社キュナードがそれまでに「女王」の名を冠した船、つまり〈クイーン・メアリ〉、〈クイーン・エリザベス〉、〈クイーン・エリザベスII世〉、〈クイーン・メアリII世〉は、すべてイギリス女王の名にちなんでつけられていた。〈クイーン・ヴィクトリア〉は帰港すると、P&O社のクルーザーでアン王女が名づけた〈オーロラ〉付近に停泊した。〈オーロラ〉はそこで2000年に進水式を行うもボトルが割れなかった。その後オーロラは処女航海で故障、3年後には乗客がウイルスに悩まされ、2005年にはエンジンが停止した。

永遠の命

来世はイソギンチャクになってみるといい。鮮やかな色でデイジーの花の形をしたイソギンチャクは海の花だ。イソギンチャクはその美しさに似合わず捕食動物で、先の尖った触手で獲物を捕まえる。分類上はサンゴと同じ花虫綱だ。群体を構成して固着生活し、クラゲと同じ門に属する。6500種が存在するイソギンチャクは、一説によると非常に長生きで、60年から80年は生きるという。ほかの刺胞動物と同じく、老化しない。つまり永遠に生きる可能性があるのだ。そうはいっても、ほとんどは長生きする前に捕食者の餌食になってしまう。カゲロウの命は数時間だが、イガゴヨウマツは何千年も生きる。ヒトの最長寿命記録は人類史上100歳から120歳の間で止まっている。確認されている長寿の世界記録は、フランス人女性ジャンヌ・カルマンの122年164日だ（ただし2019年、この記録には疑義が生じたという報道があった）。一方、特定の魚類や爬虫類、イソギンチャクには「ごくわずかな老化」しか見られない。つまり、絶えず自己修復していて、普通にしていれば、何かに殺されない限り死なないのだ。

スキュラとカリュブディス
Scylla and Charybdis

慣用句 “between the rock and the whirlpool” ［直訳すると「岩と渦のあいだで」の意。スキュラが巣くっていた岩とカリュブディスの渦を指す］と “between a rock and a hard place” ［どちらも身動きが取れない、の意］の由来は “between Scylla and Charybdis” （スキュラとカリュブディスのあいだで）という表現かもしれない。ギリシア神話の乙女スキュラは嫉妬深い女神に怪物の姿に変えられた。カリュブディスはガイアとその息子ポセイドンから生まれ、もとは父の海の王国を広げようと陸に洪水を起こしていた海の精で、ゼウスに怪物に姿を変えられた。カリュブディスは1日に3回膨大な量の水を飲み、あとで吐き出して付近を航行するあらゆる船を破壊した。カリュブディスは狭い水路の片側にある巨大な渦の姿をしている。海峡の反対側には別の海の怪物スキュラがいた。腕は6本、それぞれ目が4つある頭が6つあり、下半身には口の中に剃刀のように鋭い歯が3列に並ぶ恐ろしい犬がついていた。スキュラは首を伸ばした状態で体長15フィート（4.5メートル）、それぞれの首の長さ

は5フィート（1.5メートル）だ。崖の下の洞窟に潜むスキュラは後ろ足で立って岩の隙間から出てきては、大胆にも近づいてくるイルカや人間や動物を襲っていた。海峡の両端のあいだは矢が届く距離で、船員がカリュブディスを避けようとすればスキュラに近寄りすぎ、その逆も然りというほど近かった。英雄オデュッセウスはカリュブディスに対峙して船ごとすべてを失うよりは、乗組員の何人かを犠牲にしてスキュラの危険を冒すほうを選んだ。言い伝えによると、カリュブディスのいた場所はシチリア海岸沖にあるメッシーナ海峡のスキュラと呼ばれる危険な岩の反対側だ。そこの海水の渦は流れが合流して起きるもので、輸送時に危険な状態になることはまれだ。

セイレーン——女性と鳥、女性と魚を合わせた姿の怪物

Siren – Part Woman, Part Bird, Part Fish

大昔の資料では、セイレーンの姿を頭から腰は女性、腰から下は鳥に描いている。のちの資料では人魚と同じく腰から下が魚で、たいていの場合、左右に翼がついている。鳥の足と魚の尾びれが両方ある姿で描かれていることもある。セイレーンは美しい歌声で男性を魅了する。『オデュッセイア』のオデュッセウスは、自分をマストにくくりつけ、船員の耳を蠟でふさぎ、美しい歌声が流れてきてもその魔力にかからないようにした。歌に魅了された船員は眠り込んでしまうことさえあった。セイレーンはそのあと男たちを襲って体を引き裂く。セイレーンは嵐のときは歌い、晴天のときは泣く。2つの尾びれを持つ人魚の姿は紋章の図案に使われている。シチリア島のアマリー族の紋章入りの盾には白いセイレーンが描かれている。セビーリャの聖イシドールスはこう述べた。「セイレーンには翼とかぎ爪がある。愛は空をも飛ぶし傷つけることもあるからだ。セイレーンが水中にいるのはヴィーナスを作ったのが波だからだ。セイレーンは3体いると考えられている。上半身は女性で下半身は鳥、翼とかぎ爪がある。1体がリュートを吹くと、もう1体がフルートを吹き、3体目が歌った。彼女らは船員をうっとりさせては船を難破させた。これは正確ではない。セイレーンは実のところ旅人を貧困に陥れる売春婦なのだ」。セビーリャの聖イシドールスは、

セイレーンの蛇についても、嚙まれると痛みを感じる前に死ぬほど力が強いと触れた。13世紀にはノルマンディーのギヨーム・ル・クレールが『神聖動物寓話集』に次のように記した。「セイレーンは奇妙な怪物だ。上半身はこの世で最も美しいもの、すなわち女性の姿でありながら、下半身は魚や鳥のようだ。その歌声はあまりに甘美で、海を行くものは歌が聞こえたとたん、そちらに向かわずにはいられなくなる。船員は歌声にうっとりして甲板で眠りに落ち、叫ぶ間もなく殺される」

戦艦〈バラム〉と魔女

The Barham and the Witch

イギリス軍艦〈バラム〉は、興味深い経緯をたどった。この軍艦は1916年のユトランド沖海戦で5回被弾し、1939年には北海でドイツのUボートの攻撃を受けた。1940年には、自由フランス軍がセネガル上陸を試みた際に、フランスの軍艦〈リシュリュー〉の砲弾と潜水艦〈ベジュ〉の魚雷でまたもや大打撃を被った。1941年にはクレタ島沖で爆撃された。〈バラム〉はのち1941年11月25日、乗組員861人を失ったが、海軍本部は士気の低下をおそれて、それを発表しなかった。ドイツ軍は自国の潜水艦U-331が〈バラム〉を沈めたことを把握しておらず、イギリス海軍本部はドイツ軍を欺こうとその情報を秘密にしつづけた。当時イギリスで最も有名な女性記者ヘレン・ダンカンは、ポーツマスに住んでいたが、〈バラム〉が沈没して1日か2日後の降霊会

で、帽子に喪章をつけた〈バラム〉の乗組員が現れ、「本艦は沈没した」と話したと言った。乗組員の関係者に通知したとき沈没を伏せておくよう依頼していた海軍省は、ヘレン・ダンカンを監視し、2年以上のちの1944年1月、彼女を逮捕した。1944年3月に10日間かけて行われた裁判で、検察はヘレンが反逆者だとは証明できず、1735年の魔女法で有罪判決を下した。彼女はイギリスで魔女として収監された最後の人物となり、ホロー刑務所に9か月間服役した。6人の子の母であり孫もいたが、1956年に警察が降霊会の強制捜査に入ったあと再び逮捕され、まもなく亡くなった。ヘレンの孫たちは、メディアに彼女の名誉回復を求めている。

ダイオウイカの謎

Giant Squid – The Mystery

ダイオウイカはタイセイヨウダイオウイカの名でも知られ、最大の無脊椎動物がダイオウイカかダイオウホウズキイカかについては議論がある。ダイオウイカのほうが触腕は長いが、ダイオウホウズキイカのほうが外套膜（胴体）は大きいからだ。ダイオウイカの個体は全長59フィート（18

メートル)、重量1989ポンド(900キログラム)になる。タイセイヨウダイオウイカ(やダイオウホウズキイカ)の眼球は、ほかのどの動物より大きい。1878年にカナダの浜に打ち上げられた個体の眼球は直径約20インチ(51センチメートル)だった。過去100年間のダイオウイカの発見数は50体足らずなので、単体で生息していると考えられている。ダイオウイカの唯一の天敵はマッコウクジラ(あるいはオンデンザメも)だ。これらのクジラはダイオウイカを探して深海に潜る。浜辺に打ち上げられる死んだクジラの体には、明らかにダイオウイカが防御しようとしてつけたとみられる大きな吸盤の痕が発見されている。科学者はこのダイオウイカ属が8種なのか1種なのか、決めかねている。これまでには全長66フィート(20メートル)にも達する個体も報告されているそうだが、それほど大きな動物は科学的資料には残っていない。

2004年には日本の国立科学博物館が自然界に生息するダイオウイカの撮影に初めて成功した。ほかのどのイカとも同じく、ダイオウイカには外套膜と8本の腕とそれより長い触腕が2本ある。ダイオウイカの非常に長い体は大部分が腕と触腕なので、主にダイオウイカを捕食するマッコウクジラよりずっと軽い。ダイオウイカは大きな眼球のおかげで、深海ではあまり見られない生物発光などの光をより敏感に感知できる。2本の触腕の先端に円形に並んだのこぎり刃上の突起がついた吸盤で獲物をつかんで、強力な嘴に運び、歯舌(小さな歯状の突起が並んだ舌)で細かく刻んだあと食道に飲み込む。釣り網には単体でしかかからないので、獲物狩りは単独でしか行わないと考えられている。ダイオウホオズキイカもダイオウイカも、われらが地球で最も大きな生き物だが、その実態はごくわずかしかわかっていない。

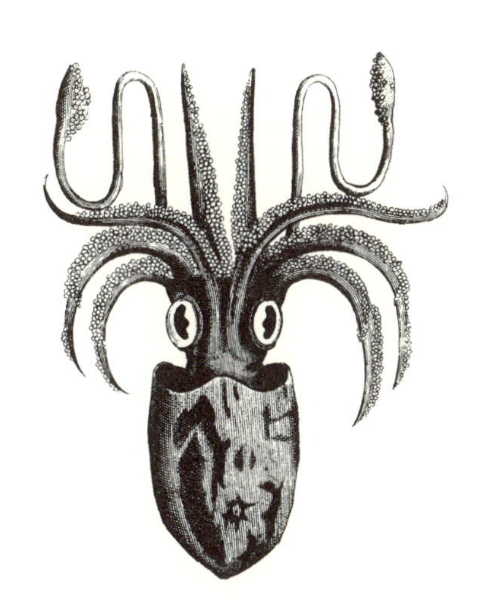

ダイオウホウズキイカ——伝説のオオウミヘビの正体?

Colossal Squid – The Origin of The Sea Serpent?

ダイオウホウズキイカは、おそらくダイオウイカが巨大化しただけの生物だと思われる。ダイオウホウズキイカは、ときに南極イカやダイオウサメハダイカとも呼ばれ、その属の唯一の種だ。比較的小さく未発達な標本の分析結果による、暫定的な推測では、体長は最大で39-46フィート(12-14メートル)、眼球はビーチボール大だ。触腕に小さな歯状の突起が並ぶ吸盤がついているダイオウイカとは

深海の奇妙な生き物たち

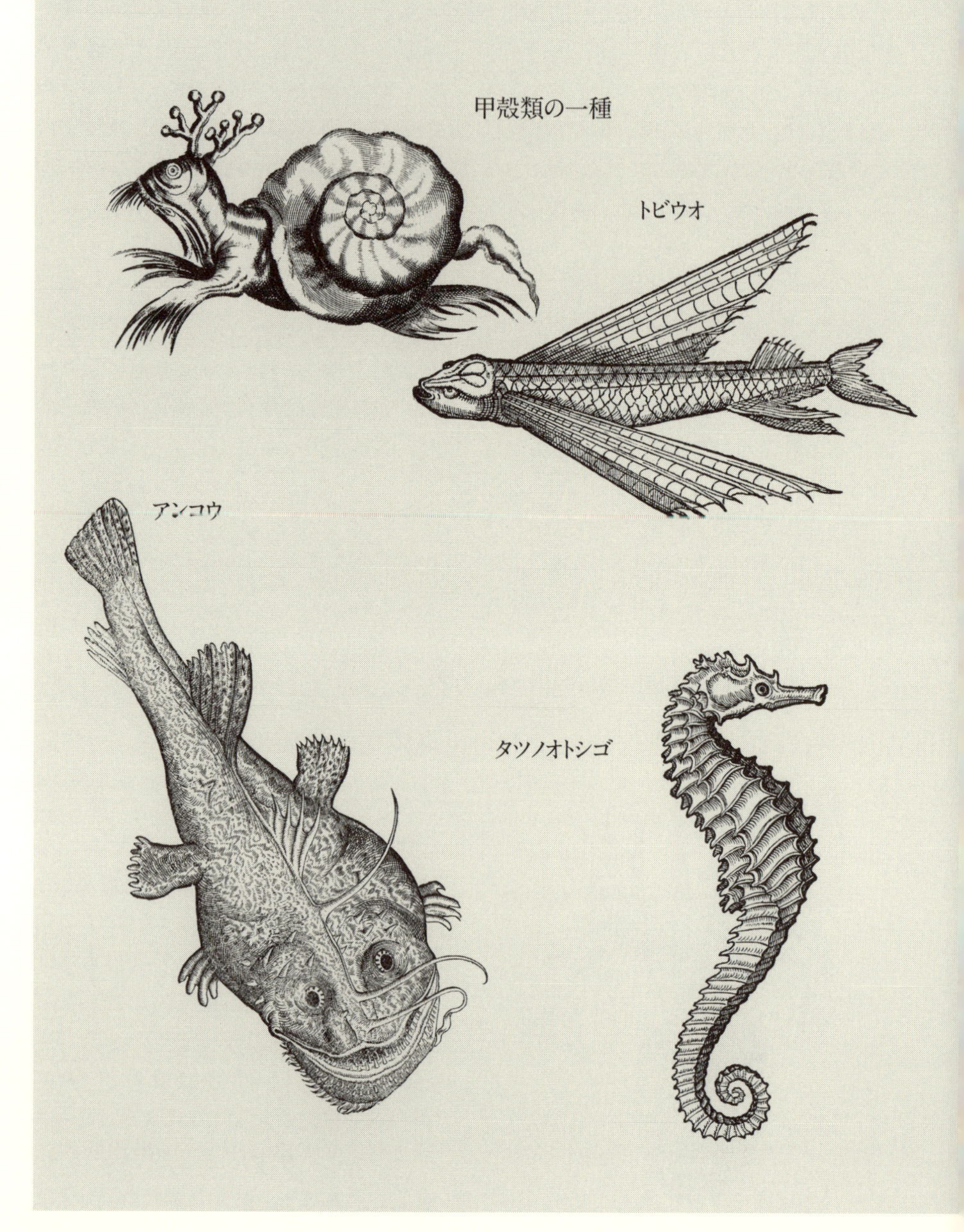

第5章

違って、ダイオウホウズキイカの触腕の先端にある吸盤には鋭く切り込める鉤状のものがついている。体全体はダイオウイカよりさらに大きくて肉づきがよく、したがって重い。ダイオウホウズキイカはダイオウイカより触腕は短いものの、外套膜の部分はずっと長いと考えられる。主に南極大陸周辺の南極海に生息し、深海で生物発光を利用してマジュランアイナメのような大型深海魚やほかのイカを捕獲していると思われる。成体の巨大イカは水深7000フィート（2100メートル）より深いところに生息している。ダイオウホウズキイカはオスのマッコウクジラの主な食糧源で、マッコウクジラの胃の中で見つかったイカの先端の尖った部分は、14パーセントがダイオウホウズキイカのものだった。これは、マッコウクジラが消費する生物

男性人魚（マーマン）と海の神ネプトゥーヌス

7000年以上昔、バビロニア人はエア、のちにギリシア人にオアンネスと呼ばれる、男性人魚を崇めていた。彼は海の神で、上半身は人間の男性、下半身は魚だった。エアは人々にそれぞれの言語で話しかけ、芸術や科学に関する重要な知識を授けていた。後世のギリシア神話やローマ神話で彼に相当するのがポセイドンやネプトゥーヌスだが、男性人魚として神話に登場するのはその子孫だけだ。ローマ神話のネプトゥーヌスは水の神で、神サトゥルヌスの息子であり、彼にまつわる言い伝えはギリシア神話の神ポセイドンからの借用が多い。海の神ポセイドンはクロノスの息子でゼウスとハデスの兄弟だ。世界を分ける際、ゼウスは空、ハデスは冥界、ポセイドンは海をとった。見た目は人間だが、ポセイドンは陸上でも海中でも生きられる。ネプトゥーヌスが海の精アンフィトリテと結婚してできた息子がトリトンで、半人半魚史上最も有名な男性人魚だ。トリトンは上半身が人間の男性、下半身が魚。芸術作品で見る彼は、たいてい海から上がって巻貝を吹いている。

量の 77 パーセント前後がダイオウホウズキイカであることを示している。多くのマッコウクジラの背中には、ダイオウホウズキイカが鉤状の尖った部分でつけたとみられる傷跡がある。ダイオウホウズキイカが初めて発見されたのは 1925 年で、触腕が 2 本、マッコウクジラの胃袋で見つかった。2007 年には体長が 33 フィート（10 メートル）ある史上最大の個体を、ニュージーランドの漁船が捕獲した。重量は 1091 ポンド（495 キログラム）で、延縄にかかったマジェランアイナメを捕食しているところを水面に引き上げられた。イカに心臓が 3 つあることも、クジラには胃が 3 つあることも、あまり知られていない。

大洪水

The Great Flood

2008 年、デンマークの北グリーンランド氷床コア掘削プロジェクトチームが、最終氷期の終期を特定した。広範囲にわたる科学的研究の結果、最終氷期はきっかり 1 万 1711 年前に終結した。コペンハーゲン大学ニールス・ボーア研究所氷河・気候センターの氷床コア研究員ヨルゲン・ペーデル・ステフェンセンは、「氷床調査で得た極めて綿密な新データは、氷河期から現在の暖かい間氷期への移行がボタンを押して切り替えたように突然だったことを示している」と述べている。神または神々が天罰として文明を破壊する大洪水神話は、数多くの文化で語り継がれてきた。中でも現在最もよく知られているのが、旧約聖書やクルアーンと

いった聖典のノアの箱舟、マヌが洪水から人類を救うヒンドゥー教聖典プラーナの物語、ギルガメシュ叙事詩のウトナピシュテム、ギリシア神話のデウカリオンだ。大洪水が人類を洗い清めて“真の”信仰に目覚めさせるので、これらの創造神話は、時につけ太古の洪水の類似点が指摘される。歴史学者エイドリアン・メイヤーは、大洪水の物語は内陸部や山間部にも見られる貝や魚の化石に触発されて生まれたと推測する。ギリシア、エジプト、ローマ、中国の人々はどれもそのような場所での化石発見について記録を残しており、ギリシア人は貝や魚の化石が山頂で発見されるのを証拠に地球が何度か水に覆われたことがあると推測した。遠い昔に起きた各地の川の大々的な氾濫が世界各地のさまざまな言い伝えに影響を及ぼした、と考える地質学者もいる。紀元前 1600 年頃のミノア（テラ、サントリーニとも）期の火山噴火は、おそらくアテナイやテーベ、ギリシア本土のほかの都市には影響がなかったとしても、クレタ文明、つまり南エーゲ海の島々やエジプトさえも襲った津波を起こしただろう。

地中海の失われたアトランティス大陸の伝説はそれに触発されて生まれたのかもしれない。紀元前3000年頃、インド洋のマダガスカル島の東に隕石または彗星が落下して、海底に直径30キロほどの大きなバークル・クレーターができた。その衝撃は津波を起こし、沿岸部に洪水をもたらしただろう。おそらく紀元前8400年頃の最終氷期の終わりにも、アガシー湖の氷河の流出で海面の急激な上昇が起こっていた。そこは北米の中心部だ。最終氷期に氷河の解けた水が流れ込み、現在の世界中のすべての湖を合わせたより大量の水が存在した。

"ライアン=ピットマン説"(黒海洪水説)は、紀元前5600年頃、地中海の水が突然壊滅的に溢れ出てボスポラス海峡を通って黒海に流れ込んだと主張している。それ以前には氷河の融解水が黒海とカスピ海を広大な淡水湖に変え、エーゲ海に注いでいた。氷河の後退により、黒海に流れ込む川の中には流水量が減少する川や、流路が変わって北海に流れ込む川もあった(そちらでは陸地の消失を引き起こしていた)。気候変動による蒸発で湖面も下降し、世界中の水の生成・循環・水質・分布などに変化が起こり、海面が上昇した。地中海の海面が上昇すると、ついにボスポラス海峡の陸地の岩床からあふれ出し、6万平方マイル(15万5000平方キロメートル)の陸地が水没した。黒海の海岸線はかなり北と西に延びた。農耕民のケルト人が黒海に隣接するアナトリア地方から大量に流出して建設技術や農耕法といった自分たちの文明をヨーロッパや北アフリカに広めているのを、私たちは今の時代にも目の当たりにしている。ライアンとピットマンによると、「10立方マイル(42立方キロメートル)の水、つまりナイアガラの滝に流れる水の200倍が毎日流れ込んでいた……ボスポラス海峡の水は轟音を立てて流れ、少なくとも300日間は氾濫状態だった」という。ロバート・バラード率いる海洋考古学者チームは、黒海の現トルコの海岸のおよそ300フィート(90メートル)沖で太古の海岸線、ヒメタニシの貝殻、溺れ谷、道具で加工した材木、人工建造物らしきものを発見し、放射性炭素による年代測定でそれらの人工物や貝が紀元前約5600年頃のものと特定した。これがノアの箱舟やヨーロッパ、近東、北アフリカの洪水伝説の由来となった可能性は十分に考えられる。

チェッシー
Chessie

チェッシーは19世紀以降、アメリカ北東部海岸沖のチェサピーク湾水域で目撃されている。その姿は長くて黒っぽく、蛇のような姿の生き物だそうだ。1982年にはロバート・フルーがケント島の湾を見下ろす家からその姿を撮影した。体長は約30-35フィート(9-10メートル)で、焦げ茶色の背中にこぶ状の隆起があった。チェッシーの写真と映像はスミソニアン博物館の担当者が確認して、映っているのが生きた動物だと判断したが、それが何かは特定できなかった。チェッシーの

目撃は5月から9月にかけて最も多く、その海域のクロマグロの群れが現れるのと相関関係があることから、それが食糧供給源のようだ。1980年にはチャーター船4隻の25人が、それらしい生物を目撃している。1800年代には、チェッシーに非常に似た生物の生息がニューイングランド、特にグロチェスター港でたびたび報告された。その生物を説明する描写が非常に似ているので、ニューイングランドの生物が1900年頃にチェサピーク湾に南下したのではないかと考える人もいる。

デイヴィ・ジョーンズの監獄
Davy(Davey) Jones's Locker

“海の悪霊”デイヴィ・ジョーンズについて初めて具体的に書かれたのは、トバイアス・スモレットの小説『ペリグリン・ピクルの冒険』(1751年)の中でだった。「おお、なんとでも言うがいい。だがあれがデイヴィ・ジョーンズでないわけがない。俺はあいつを知っている。皿のように丸い目、3列に生えた歯、それに尾、奴の鼻から出る青い煙。これがそのデイヴィ・ジョーンズなら、船乗りの言い伝えにある、深海のあらゆる悪霊を取り仕切る極悪非道の悪霊だ。たびたび姿を変えては、ハリケーンが来たり船が難破したりして船員の命が危なくなる前の晩に索具の上にちょこんと座って、死んだり苦しんだりするはずの哀れな人々に警告を与えているのが、目撃されている」と。デイヴィ・ジョーンズは精霊とも海の悪魔ともいわれ、海底を住みかにしている。「デイヴィ・ジョーンズの監獄に送る」とは、海の底に沈めてやるという意味であり、“監獄(ロッカー)”とは海の底、沈没船や人骨が最後にたどり着く、いわば海の墓場のことだ。

このウェールズ系の名前が海の悪魔といかに結びついたかは、辞書を見てもはっきりしないが、おそらくインド洋で活動していたデイヴィッド・ジョーンズと呼ばれたウェールズ人の海賊のことだろうと、筆者は考えている。ウィリアム・コッブ船長に仕え、のちにウィリアム・エアーズ船長に仕えたジョーンズは、1636年、わずかな乗組員と手に入れたばかりの略奪品を載せた船を任され、〈ローバック〉でエアーズ船長の船に随行していた。エアーズの船はコモロ諸島沖でジョン・プラウド船長率いる東インド会社の船〈スワン〉に捕らえられたが、ジョーンズはずっしり荷を積んだ自分の船が逃げられないのはわかっていたので、船に穴をあけて罪の証拠をすべて海に沈めたという。

一方「老いぼれデイヴィ」は、18世

紀に使われたこの悪魔の別名だ。資料によると、このデイヴィッド・ジョーンズはロンドンで居酒屋を経営していた。油断した客を自分の手下によって宿屋の裏のエール酒のロッカー（倉庫）に閉じ込め、出航する船に船員として強制的に乗せたという。当時の言い回しにはほかに「デイヴィ・ジョーンズのところで会おう」（殺してやる）、「デイヴィの手の内だ」（怖がっている、死にそうだ）、「デイヴィがついている」または「ジョーンジーがついている」（怖がっている）などがある。

帝王紫の秘密

The Secret of the Imperial Purple of Rome

紫系の色にはローマの帝国の権威を示す特別な意味があった。クレオパトラも自分の船の帆を紫に染めていた。帝王紫の顔料はホネガイから採取していた。「ホネガイは海の巻貝で、その鋭い先端とざらざらした表面からそう呼ばれている。別名コンキリウム（評議会）とも呼ばれる。なぜならその周囲を鉄の刃で切ると、紫色のしずくが出てくるからだ。紫の染料はそのしずくからつくられる。それが紫の別称オストラム（貝の血）の由来だ」（『アバディーン動物寓話集』）。しかし、染料の作り方は古代エジプトとローマでは秘密だった。近頃、アマチュア化学者が地元のスーパーマーケットで手に入るザルガイに寄生する微生物を使って古代ローマ人が皇帝の外衣を染めていた方法を突き止めた。引退したエンジニアのジョン・エドモンズはザルガイを購入し、酢をかけ、ジャムの瓶にザルガイと紫の顔料を入れた。ザルガイは染料を分解するのに非常に重要な役割を果たすバクテリアを宿していると考えられている。混合物が酸性にならないように容器に木炭を加え、そのあと10日間ほど摂氏50度で保存する。顔料に入れたウールは初め緑色だが、光に当てるとやがて紫色になる。この今では使われなくなった染色法は、藍色のジーンズの染料を分解するのに目下大量の化学物質が必要で、その結果大量の硫黄廃棄物が生じていることを示唆している。熱心な研究者の面々は、将来藍色を分解する化学的プロセスに代わるクリーンなバイオテクノロジーの開発を目指してバクテリアがどのようにインディゴを分解するのか解明しようと努めている。

ドラゴン・トライアングル――魔の海域

Dragon's Triangle-The Devil's Sea

東京の南からグアム方面へと広がる海域では、これまでにロシアの潜水艦13隻を含む何百もの船や航空機が、前ぶれもなく姿を消している。東西にそれぞれ水深5マイル（8キロメートル）、8マイル（13キロメートル）の深い海溝があり、その海域では3方向から“三角形”に波が押し寄せると報告されている。そこは日本政府が「危険水域」に指定しており、日本では「魔の海」と名づけられている。

トール・ヘイエルダールと伝説の証明

Thor Heyerdahl and The Proof of Legends

ノルウェーの非凡な人類学者トール・ヘイエルダールは1947年、バルサ木のいかだ〈コン・ティキ〉でペルーからポリネシア諸島まで4300マイル(6920キロメートル)を航海し、ポリネシア人が南アメリカ由来であるとの証明を試みた。1970年にはパピルスボート〈ラー2世〉でアフリカから西インド諸島を航海、エジプト人が南アメリカでピラミッドをつくることができたと実証した。その後1977年には葦の船〈チグリス〉でイラクからペルシャ湾を通って紅海に出た。メソポタミアが海路を使ってインドのインダス文明と貿易した可能性を示すためだった。

人魚(マーメイド)

Mermaids

人魚は上半身が女性、下半身が魚だ。虚栄心が強く、いつも鏡と櫛を手にした姿で描かれる高慢と贅沢の象徴だ。

人魚とマナティ

Mermaids and Manatees

最も古くから記録に残っている人魚のひとつがシリアのアタルガティスで、広くはアスタルテやアフロディーテ、そしておそらくピスケスとも関係がある。この女神は月の満ち欠けや潮の干満に関連して下半身が魚の姿に描かれることもある。豊穣を表す穂の垂れた小麦の束が頭上に描かれている場合もある。人魚は魚のような尾びれのある美しい女性だと言われていた。1608年、ヘンリー・ハドソンは部下のトマス・ヒルズとロバート・レイナーの2人が人魚を見たと記した。「今朝、乗組員のひとりが甲板から人魚を目撃し、見ろと声をかけたところ、同僚が来たときには人魚はもう船の舷に近づいていて、男2人をまじまじと見つめた。少したつと潮が満ちてきて、彼女は仰向けになった。腰から上の背中と胸は巷で言われているとおり女性のようだったが、体は男性と同じくらいの大きさだった。肌はとても白く、長い黒髪を背中に垂らしていた。潜っていくときに尾びれが見えた。ネズミイルカに似ていて、サバのような斑があった」

この目撃情報と人魚伝説について普通に思いつくのは、船員が実際に見たのはマナティまたはジュゴンという海の哺乳類だったという説明だ。人魚は船員を誘惑して死に至らせる力があると信じられていた。この評判はおそらくマナティがマングローブのある沼に近い浅瀬を好み、船が簡単に岸に乗り上げてしまうからだろう。

海の変化と生物量減少

これまでの膨大な時の流れの中で、6回の破壊的大量絶滅が起き、多くの種が消滅したため、これまで地球上に存在した全種の99.9パーセントが絶滅したと推定されている。

1 オルドビス紀からシルル紀にかけての大量絶滅——およそ4億3900万年前

氷河が溶けて海面が上昇し、海洋生物の科の25パーセントと属（種の上の階層）の60パーセントが滅びた。

2 デヴォン紀後期の大量絶滅——およそ364万年前

暖水の海洋生物の種が最も深刻な影響を受けたことから、地球規模の低温化がデボン紀の大量絶滅につながったと考えられている。ブラジル北部にこの時代の氷河堆積物がみられる。広範囲の海面下降とは別に、隕石の影響で絶滅が起きた可能性もある。海洋生物の科の22パーセントと属の57パーセントが滅びた。

3 ペルム紀から三畳紀にかけての大量絶滅——およそ2億5100万年前

彗星や小惑星の衝突がこの絶滅につながったと考える科学者がいる。また、火山の噴火でシベリアの町トゥーラを中心とするシベリアン・トラップの溶岩で広大な大地が覆われ、それに関連して各地の海の酸素が失われたのが原因だという説もある。さらに、彗星や小惑星の衝突が火山活動を引き起こしたのではないかという意見もある。地球最悪の大量絶滅で、全種の95パーセント、海洋生物の科の53パーセント、属の84パーセント、そして植物、昆虫、脊椎動物など陸上生物の種の約70パーセントが絶滅した。

4 三畳紀からジュラ紀の絶滅——およそ2050万年前

中央大西洋マグマ分布域から噴出する溶岩が大量に噴出してパンゲア大陸が分裂し、大西洋ができたことが原因だと言われる。火山活動により致命的な地球温暖化が起きた可能性がある。そのときの噴火でできた岩石が現在のアメリカ東部、ブラジル東部、北アフリカやスペインにみられる。海洋生物の科の20パーセント、属の52パーセント、および未知数の脊椎動物がこの急激な大変動で死滅した。

5 白亜紀から第三紀の絶滅——およそ6500万年前

現在はユカタン半島とメキシコ湾の下に隠れている、チクシュルーブ・クレーターをつくり出した巨大な小惑星の衝突が、原因とは言えないまでも、深刻化の要因と考えられている。この大量絶滅は、ゆるやかな気候変動か、もしくは数々の火山噴火によってインド中西部のデカン・トラップから玄武岩の溶岩が大洪水なみに噴出したことが原因だと、考える科学者もいる。この絶滅で全恐竜のほか、海洋生物の科の16パーセント、属の47パーセント、陸上脊椎動物の科の18パーセントが絶滅した。

6 18世紀以降

現在、標準的な条件下の絶滅率の100から1000倍（1000から1万倍もありうる）の速度で動物が絶滅している。これは年間10-25種の割合だ。白亜紀から第三紀にかけての恐竜を一掃した絶滅よりも深刻な大量絶滅が目下進行中だと、研究者の多くが声を上げている。生物多様性が憂慮すべき速度で進んで現在の大量絶滅に至っている原因は、隕石や大規模な火山噴火というより、人間の活動だ。真っ先に挙げられるのが、人間の活動による気候変動を含む生息地の破壊だろう。人間の活動が誘因である気候変動は、温室効果のある排ガス（主に二酸化炭素、メタン、亜酸化窒素）が大気中に滞留することが原因となっている。これが温室効果を発揮して、先のようなガスが太陽熱を閉じ込める。生息地の破壊など、その他の人間の活動と気候変動が重なれば、条件は悪くなる一方だ。気温が上昇すると、種はもっと暮らしやすい、概してもっと涼しい気候帯に移動を強いられる。そんな生息地がすでに破壊されていた場合、その種は気候変動の影響を免れることができず、絶滅する。パーム油、食肉牛の繁殖、大豆栽培、建物の建設などのために熱帯雨林が破壊され、それが生息地の破壊と種の絶滅を加速させているのだ。人口過剰は過剰な収穫、捕獲、漁獲につながる。環境汚染は世界中で種の喪失につながり、人間によって生息地に持ち込まれた侵入種や外来種が捕食、生存競争、病気を介して在来種を排除する。2008年には、正式にカリブのモンクアザラシの絶滅宣言が出た。2006年には、その角で中国の媚薬を作るために売られた西アフリカのクロサイが全滅。2008年にはパナマの国のシンボル、パナマゴールデンフロッグが絶滅した。今回進行中の生物学的大変動の影響は、全大陸に及んでいる。地球の種の総合的なリストを作り上げ、種の絶滅を防ぐ努力を世界的な優先事項とする必要がある。IUCN（国際自然保護連合）のレッドリスト基準で評価ずみの4万177種のうち、784種の絶滅がわかっており、1万6119種が絶滅危惧種に挙げられている。現状把握のため、さらに何千もの種が評価の必要に迫られている。それが実行されれば、絶滅危惧種の数は現在の推定よりもはるかに多くなるだろう。

フランスの冒険家ジョン・エスケメラン（アレクサンドル・エスケメラン）はマナティをこう説明した。「そして我々は針路をボカ・デル・ドラゴン（竜の口）と呼ばれる場所に向け、そこで糧食の準備、具体的にはスペイン人がマネティネスと呼ぶ動物と、その獣の頭と鼻と歯が牛に非常によく似ているからとオランダ人が海牛と呼ぶジュゴンの肉を用意した……。それらの動物の首の近くには左右に翼、その下に乳房か乳腺があり、人間の女性の乳房によく似ていた」

トリスタン・ジョーンズは『信じられない航海』で、若いマナティは乳房を吸うことと、「夜には女性に似たうめき声を出す」ことから人魚の言い伝えが始まったと述べている。

ネロと船の設計

Nero and Boat Design

長年さんざんな言われようのローマ皇帝ネロだが、このスエトニウス（紀元前69/75-130/135年頃）著『ローマ皇帝伝』の抜粋で彼の人柄がわかろうというものだ。「その設計図（母アグリッピナの寝室の天井が就寝中に落下する設計）が運悪く外に漏れたので、ネロは別の手を考えねばならなかった。次に彼は小舟を思いつき、ひとりでに沈まない場合でも、船室の屋根が落ちて母が死ぬよう建造した。そして今一度、また母と非常に仲が良いふりをして書いた愛の手紙でミネルヴァの祭日を一緒に祝おうと彼女をバイアエに招いた。現地に着いたネロは、配下の船長たちにアグリッピナが乗ってきたガレー船を"誤って"はさみうちにして破壊せよと命じた。わざと長引かせた食事のあとで彼女がバウリに戻りたがると、ネロは破壊したガレー船の代わりにみずから考案した仕掛けつきの船を差し出した。アグリッピナが否応なしにその申し出を受けると、ネロは船まで上機嫌で付き添い、お別れのしるしに両乳房に口づけた。その晩彼は目論見が首尾よくいったかわかるまで、気になって一睡もできなかった。あいにくどちらの細工もうまくいかず、翌朝、彼女が無事岸に泳ぎ着いた知らせが入った」

この件に関しては、タキトゥスがずっと詳しく細かく書き残している。ネロは次に殺し屋を雇って彼女の刺殺に成功した。

ノアの箱舟——史上最も有名な船

Noah's Ark – The Most Famous Ship of All Time

原型はメソポタミアの4人の神が大洪水を計画した物語のようだ。4人とは別の神エアが人間ウトナピシュテムに正確な寸法の箱を作って金・銀を用意し、野生動物と彼の家族を連れてくるよう命じた。7日7晩ひどい嵐が続いて陸地に洪水が押し寄せ、舟は山の上で止まった。ウトナピシュテムは鳩を送り出し、次にツバメ、そのあとカラスを送り出した。鳩とツバメは戻ってきたが、カラスは戻らなかったので、彼は水が引いたとみて、命が救われた感謝のしるしにいけにえを捧げた。ノアの物語には似たような物語が数多く存在する。それらのノアに相当する人物も神に感謝していけにえを捧げている。“Ark”はヘブライ語で箱ではなく“櫃”の意味だ。「創世記」で神は600歳のノアとその家族以外のよこしまな人間を創り出してしまったことを悔やむ。そして世界を洪水で沈めてしまうことにする。ノアはわが身と動物を守るため、巨大な櫃を作るよう告げられる。「創世記」6章19節から21節は次のとおり。「また、すべて命あるもの、すべて肉なるものから、二つずつ箱舟に連れて入り、あなたと共に生き延びるようにしなさい。それらは、オスと雌でなければならない。それぞれの鳥、それぞれの家畜、それぞれの地を這うものが、二つずつあなたのところへ来て、生き延びるようにしなさい。更に、食べられる物はすべてあなたのところに集め、あなたと彼らの食糧としなさい」。しかし「創世記」7章2-3節はこうだ。「あなたはすべての清い獣の中から雄と雌とを七つずつ取り、清くない獣の中から雄と雌とを二つずつ取り、また空の鳥の中から雄と雌とを七つずつ取って、その種類が全地のおもてに生き残るようにしなさい」。こうしてノアは「清くない動物」として豚、エビ、ネズミのつがいを1組ずつ、「清い獣」に山羊、鶏、牛のつがいを7組ずつ船に乗せる。

箱舟の総容積は約150万立方フィート（4万立方メートル）、排水量は〈タイタニック〉号の半分よりやや少ない約2万2000トン、総床面積は約10万平方フィート（9300平方メートル）と推定されている。舟が（現在は絶滅したものも含め）さまざまな種の生物を2個体以上、加えて食料や水を載せることが可能だったか否かの疑問は直解主義者と反論者のあいだでおおいに議論され、激しい論争にもなっている。聖書学者は初めノアが約1万6000組以上のつがいの動物を救う必要があると見積もっていた。このほかノミや蚊などの昆虫を含めると、現在その数は最大500万種に達するとの見方もある。大きな問題は、地球規模の洪水で海、淡水湖、川、小川の水が混ざって大多数の魚の種が死んでしまうので、船上にさまざまな水槽を追加する必要があったことだ。それぞれの水槽には魚や餌となる植物や軟体動物やほかの魚が必要だし、プランクトンが必要なクジラもいる。ある計算によると、箱舟は長さ450フィート（137メートル）、幅75フィート（23メートル）、型深さ45フィート（14メートル）、船体重量2430トン、加えて人々や動物とその全員の食料などの船荷が約1600トンだった。牛の体重がおよそ0.5トンなので、汚れなき牛のつがい7組だと重さ7トンだ。カバと同じく象はさらに重く、かなりの重量になる。水が引いてから地上に植物を植えなおし、

草食性の種に食料を与えるには、植物を舟に積み込む必要もある。肉食動物を養うにはほかの種が必要だ。さらなる問題は真水だ。象には1日200ガロン（900リットル）必要で、海水は塩分が高すぎて飲めない。「創世記」第7章によると、動物はすべて洪水が収まるまで6か月間箱舟に住んでいた（水はどこへ?）。おそらくノアの3人の息子は一日中働かされて、動物たちの排泄物を片付けるのはもちろん、餌を与えたり水を飲ませたりしたりしていただろう。地球が6か月間海に覆われた場合、沖積泥の単一層が世界中のどの国にも堆積する。だがそれは不思議なことに、消えてしまったようだ。 箱舟が「止まっていた」のはトルコのアララット山だと言われている。その後パンダは竹を食べに陸路で中国へ移動し、コアラはユーカリの葉を求めて木の幹に乗ってオーストラリアに渡ったのだろう。コモドドラゴンは思うままに散らばった。神のみわざは実に神秘的だ。

ノコギリエイ

Sawfish – Ship-Sinker

ノコギリエイはかつて巨大な翼のある海の怪物だと考えられていた。ノコギリエイは船を見ると胸びれを広げて大急ぎで逃げた。30-40マイル（50-65キロメートル）移動すると疲れて水中に戻り、魚をむさぼった。胸びれを広げて船からの風を受け止めた。セビーリャの聖イシドールスによると「ノコギリエイ（serra）の名は、背中側のてっぺんののこぎり刃状の

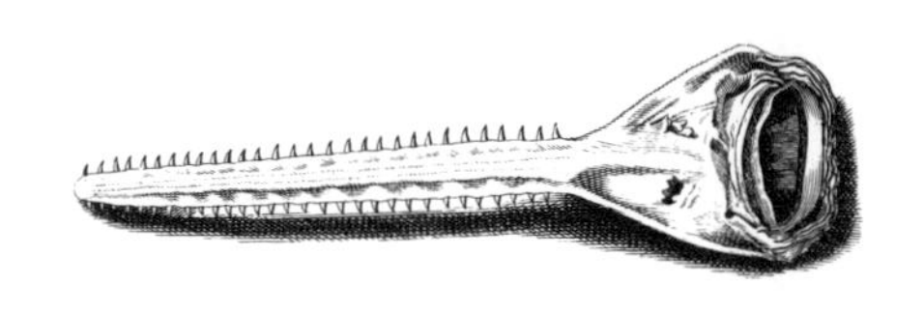

部分に由来する。船の下を泳いでその部分で船体を切る」。ヴァンサン・ド・ボーヴェによると「ノコギリエイは船の下に潜んで船底を切り抜いて水を流し込み、その巧みな刃さばきで乗組員を溺れさせ、その肉をむさぼり食う」

絶滅の危機に瀕しているノコギリエイ（ノコギリザメとも）は長い鼻先（吻（ふん）状突起）に歯が並んでおり、現在はエイに関係がある海洋生物の仲間だと認識されている。中には体長23フィート（7メートル）と巨大に成長する種もある。それらもノコギリエイ科の仲間だ。

ハドックと釣り人聖ペテロ

Haddock and St.Peter The Fisherman

モンツキダラとも呼ばれるハドックは、北大西洋の東西沿岸に生息する。さらにわかりやすい特徴は、頭部の両側のすぐうしろの側線の下にある大きくて黒い、親指を押しつけたような斑だ。この斑には“悪魔の親指の跡”や“聖ペテロのしるし（拇印）”などいろいろな呼び方がある。かつてはカナダのフランス語で“poisson de St. Pierre”（聖ペテロの毒）と呼ばれていた。斑の部分は聖ペテロがガリラヤ湖でハドックの先祖を釣り上げたときの人差し指と親指のあとだというわけだ。その周辺の水域にハドックが生息していた事

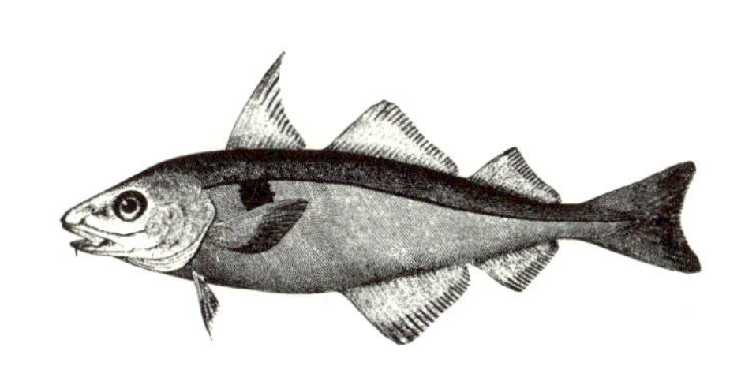

実がないので、それが奇跡だとみなされている。ハドックは美味で、特に燻製にするとおいしく、かつては“フィナン・ハドック”（ハドックの燻製）が有名だった。

バナナは不吉
The Evil of the Banana

バナナは世界で最も人気のある果物でありながら、海の上では何世紀も悪者扱いされてきた。船上にバナナがあると縁起が悪いと、広く信じられていたのだ。1700年代初め、南大西洋とカリブ海の通商におけるスペインの支配権が絶頂にあったころ、海で姿を消す船はほとんどどれもバナナを積んでいたとみられる。後年には最速の帆船で熱帯地方からアメリカにバナナを輸送し、東海岸沿いで腐る前にアメリカの港に荷揚げした。バナナ運搬船は高速で、乗組員が船上で釣りをしても何も釣れなかったので、それが「不吉」の迷信に追い打ちをかけたのかもしれない。このほか、奴隷船に積まれたバナナが発酵してメタンガスを出し、そのガスが甲板の下に閉じ込められたからだという説がある。船倉の奴隷が毒された空気にやられ、それを助けようと船倉に降りようとした者も死んだという。また、バナナを積み込んだあとで乗組員がクモにかまれて突然死ぬと、それが不吉の前兆とみなされて、積荷が海に投げ込まれることもあった。船長の中には、バナナブレッド［つぶしたバナナ入りのパン］や日焼け止めローションなどの〈バナナボート〉ブランドを船内に持ち込むのを禁じる者さえいた。

バミューダ・トライアングル（魔の三角水域）
Bermuda Triangle (Devis's Triangle)

バミューダ、プエルトリコのサン・フアン、マイアミに囲まれた50万平方マイル（130万平方キロメートル）の水域は“ハリケーンの通り道”だ。この水域のスペインやポルトガルのガリオン船には、無数の財宝が眠っている。“バミューダ・トライアングル”の呼び名は1964年の〈フライト19〉消失（251ページ参照）の雑誌記事から始まった。この水域の海流はメキシコ湾流の影響が非常に強く、フロリダ半島の先端から北東に流れている。その水域に不慣れな乗組員は、三角水域の早い海流に押されて北や北東に針路を外しやすい。そんな誤差が生じたときに突然の嵐が重なると、この水域を航行するのは危険だ。大量の暖水はフロリダ海峡に押し寄せてメキシコ湾流に合流している。水分が蒸発するので海水の塩度は極めて高く、この比重の重い水が沈んで軽い水が上昇することによって、海中に激流の渦ができる。海水が大陸棚から鋭く深く、切り込むように流れ落ちるのも、珍しい航海条件だ。もうひとつの問題は、振動した海底から放出されたメタンガスが広範囲にたまって、船をあっという間に浸水・沈没させる条件になることだ。最近では1963年、乗組員39人の1万1000トンのタンカー〈マリン・サルファー・ウェスト〉が、フロリダのキー・ウェストの200マイル（320キロメートル）沖で忽然と姿を消した。

ハルシオン・デイズ
Halcyon Days

ハルシオンはギリシア神話で海上に巣をつくって波風を鎮めて雛を孵す鳥で、一般的にはカワセミと呼ばれている。「ハルシオン・デイズ」とは、通常1年で最も日が短い12月21日前後の穏やかな気候の時期のこと。西暦1200年頃の『アバディーン動物寓話集』には、こう記されている。「ハルシオンは浜辺で雛を孵す海鳥だ。真冬に砂の中に卵を産みつける。雛鳥を孵す時期に選ぶのは、波が最も高く、普段より激しく浜辺に打ちつける頃だ。そのせいでこの鳥は、突然訪れる静けさの厳かな雰囲気のおかげでもとより備わっている輝きがいっそう増す恩恵を受ける。事実、海が猛威を振るっているときにひとたびハルシオンが卵を産みつけると、突然天気が穏やかになり、あらゆる嵐の風はおさまり、強風は弱まり、風が止み、波は穏やかになる。ハルシオンは卵を抱いて温める。7日間卵を温め、最後に雛を引っぱりだして孵化は終わる。雛が幼鳥になりはじめるまでさらに7日餌を与える。餌を与える期間がそれほど短いのも、孵化を終えるのに数日しかかからないことを思えば驚くにはあたらない。この小さな鳥は、船員がその14日間は好天になると自信を持って判断でき、その頃が嵐のない『ハルシオンの日』と呼ばれる恵みを神から授かっている」

ビショップ・フィッシュ――キリスト教徒の魚
Bishop-Fish – The Christian Sea-Monster

ビショップ・フィッシュは、ヨーロッパの海の怪物だ。頭は剃髪したカトリック僧のようで、胴体は巨大な魚の姿をしている。その存在が報じられたのは13世紀と早く、バルト海を泳いでいるところを捕まった。そのあとポーランド王のもとに連れていかれると、王は飼育したがった。だが、カトリック司祭の面々に披露され、解放してほしいと懇願すると、その願いが

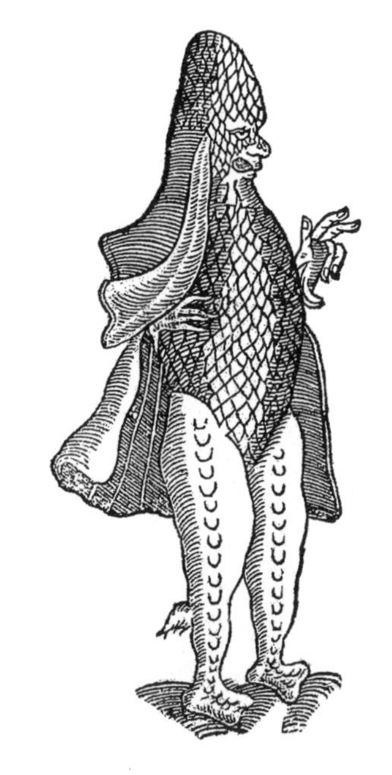

かなえられ、十字を切るしぐさを見せて海に消えたという。1531年にはもう一体がドイツ近海で捕獲されたが、食べることを拒んで3日後に死亡した。

レルネのヒュドラ——9つ頭のウミヘビ

Hydra Lernaia – The Nineheaded Water Serpent

テュフォンとエキドラの巨大な娘ヒュドラは、アルゴリスに近いレルネの沼に住んでいた。ヒュドラの退治はヘラクレスの12の難事のひとつだ。だがヒュドラの頭は彼がひとつ切り落とすたびにまた2つ生えてきた。そこで彼はイオラオスの助けを借り、切り口の傷に燃えた木をあてて焼灼し、頭が再生するのを防いだ。9つ目の頭はそれでも不死だったので、巨大な岩の下敷きにした。怪物を抑え込んだ彼は、矢にヒュドラの胆汁の毒を塗り、矢傷を負わせた相手の傷が治らないようにした。その闘いでヘラクレスは、ヒュドラに加勢しようと彼の足元に来た大蟹も粉砕した。ヒュドラと大蟹はのちに女神ヘラに星に変えられ、うみへび座と蟹座になった。

〈フライト19〉とバミューダ・トライアングル

Flight 19 and The Bermuda Triangle

〈フライト19〉は、1945年12月5日に消息を絶ったアメリカ海軍の雷撃機アベンジャー5機の編隊だ。5機はフロリダ州フォート・ローダーデールからの水上飛行航行訓練中だった。乗員14人は全員行方不明で、13人の乗組員が乗ったマリナー飛行艇も、彼らを捜索中に空中爆発したとみられている。海軍の捜査部門は〈フライト19〉の消息不明の原因を特定できなかったが、燃料が切れて操縦士が混乱し、荒れた海に墜落したのかもしれないと発表した。その後1986年、発射後まもなく爆発して海に墜落したスペース・シャトル〈チャレンジャー〉の残骸捜索中に、フロリダ海岸沖でアベンジャーの残骸が見つかった。残骸は1990年に海底から引き揚げられたが、断定にはいたらなかった。記録によると、1942年から1946年にかけて訓練中の事故で行方不明になったフォート・ローダーデール海軍航空基地の兵士は〈フライト19〉の搭乗員を含む94人だという。1992年には別の捜索隊が海底に残骸が散らばっている位置を特定したが、それが何かは特定できなかった。過去10年間で捜査部門は大西洋まで捜索の網を広げたが、飛行艇の残骸も乗組員の遺体の手がかりも見つかっていない。現代の伝説、バミューダ・トライアングルは、〈フライト19〉の消息不明から始まったのだ。

謎の深海音ブループ
The Bloop

“ブループ”は雑音という意味で、1997年にアメリカ海洋大気庁（USNOAA）が何度も探知した、不思議な超低周波音のことだ。音の発生源は現在も不明だが、最初はロシア潜水艦の探知用に設計された赤道付近の太平洋の自動水中聴音器のアンテナ装置が、繰り返し検知した。USNOAAの説明によると、その音波は「周波数帯が急上昇し、およそ1分以上にわたって半径5000キロメートルの複数の聴音器が音を拾えるほど振幅があった」という。海洋生物特有の周波数のばらつきがあり、地球上の既知の生物の鳴き声のどれよりも力強かったと、自然科学雑誌《ニュー・サイエンティスト》は記している。記録に残る最も大きなイカの死体は、触腕を含めて全長約60フィート（18メートル）だが、イカがどこまで大きく育つかは不明だ。とはいえ、イカやタコなどの頭足類にはガスをためる袋状の部分がないので、ブループのような音を出すのは無理と思われる。音響測定域は水深が何百メートルもあり、音波が〈深海サウンドチャネル〉と呼ばれる水の層に閉じ込められる。ここでは水温と水圧のせいで、音波が海面や海底に拡散することなく伝わる。検知された音波の多くは明らかにクジラや船、海底地震から発生したものだったが、非常に低い周波数のいくつかの音波が、科学者を悩ませている。

トロイアのヘレネ——破壊者
Helen Of Troy – The Ship-Estroyer

ギリシアの悲劇作家アイスキュロス（紀元前525-456年）は、彼の作品『アガメムノン』でヘレネを船の“破壊者”と呼び、「船の破壊者、男の破壊者、都市の破壊者」と表現した。一方、エリザベス朝の劇作家クリストファー・マーロウ（1564-93年）は、『フォースタス博士』で彼女をいくぶん違う角度で描いている。

「これが何千隻をも船出させた顔、
先端の見えないトロイアの塔を焼き落とした顔か
美しいヘレネ、口づけでわたしを不死にしたまえ。
［ヘレネに口づけ］
おお、魂が吸い出される、ほら、そこを飛んでいる!
さあ、ヘレネ、さあ、魂を返すのだ。
わたしはここでまどろもう、天にも昇る

気にさせるその唇を求めて。
ヘレネ以外はどうでもよい。
われはパリス［スパルタ王妃ヘレネを奪ってトロイア戦争の原因を作ったトロイア国の王子］になろう。汝への愛ゆえに、
破壊されるのはトロイアではなく、ヴェルテンベルクだ。
そしてあの弱いメネラオスと対決するのだ、
汝の色の紋章を羽飾りのついた兜につけて。
さよう、アキレウスのかかとを傷つけ、
そうしてヘレネの口づけを求めて帰還する。
ああ、汝は美しい、
千もの美しい星をまとう夜空より……」

ミルクの海
The Sea of Milk

1995年1月25日のある航海日誌によると、ある商船は船長が気づいたときには「乳白色の海」に進入していて、6時間後に抜け出した。報告された位置は衛星から見た輪郭と正確に一致した。その現象は1月26日と27日の夜にもまた衛星が観測した。地中海とインド洋をつなぐ紅海の出口付近“アフリカの角”から半径100マイル（160キロメートル）以上にわたっておよそ6000平方マイル（1万5000平方キロメートル）の面積が乳白色に覆われていた。これはおおよそハワイ諸島と同じくらいの面積だ。ジュール・ヴェルヌの『海底二万里』（1870年）では潜水艦〈ノーチラス〉がしばらく乳白色の海を旅している。「午後7時、半潜水状態のノーチラスはミルクの海を航海していた。初めに見たときは海からミルクが湧き出ているようだった……『これがミルクの海さ』。私は説明した。『アンボイナの海岸とこの周辺の海域では、白いさざ波が広範囲にわたって広がるのがよく目撃されている。……驚くほどのこの白さは無数の滴虫類がそこにいるだけのことさ。光を発する虫の一種で、無色のゼラチン状、髪の毛ほどの太さで、長さは7000分の1インチもない。……この滴虫類の数など計算しなくていい。無理だ。私に間違いがなければ、船はこのミルクの海を40マイル（65キロメートル）以上進んでいるのだから』」

信じられないことに、この架空の目撃談も1月27日付なのだ。この小説では（滴虫類などの）微生物の数を計算するのは無理だと言っているが、科学者の見積もりによると、控えめに見積もっても400億兆個の生物発光バクテリアがいたことは間違いないそうだ。この膨大な数は、地球全体を厚さ4インチ（10センチメートル）の砂の層で覆うのに必要な砂粒の数に相当する。ミルクの海は何世紀にもわたって船員に注目されてきた珍しい現象だが、科学的にはまだ説明されていない。このような現象は海面、つまり水平線の一部が光によって連続的にまんべんなく乳白色に輝くときに起こる。このような光の起源はあまり研究が進んでいないが、最もそれらしいのは、バクテリアの華（密集発生）により起こるという説明

だ。渦鞭藻類中は赤潮、光る波、ボートのうしろにできる泡の跡の原因だが、そのような短時間の明るい閃光を発生させるには物理的な刺激を必要とする。この種の現象は断続的にしか見られず、ミルクの海で見られる現象とは別物だ。一方バクテリアはしかるべき条件下で連続的に発光する。ミルクの海の光は白と表現されることがあるが、実際には青い。夜間は私たち人間の目の桿体視細胞が色を区別できないので白く見えるだけのようだ。

〈メアリ・セレスト〉

Mary Celeste

1872年11月7日、ベンジャミン・スプーナー・ブリッグズと彼の妻、2歳の娘、アメリカ人2人、オランダ人3人、ドイツ人ひとり、デンマーク人ひとりの乗員がニューヨークからジェノヴァに出帆した。半ブリグ型帆船〈メアリ・セレスト〉はヨーロッパのワイン産業の地盤を固めるための産業用アルコール1700樽を運んでいた。12月5日、その船はアゾレス諸島沖を漂流しているところを別の船〈ディ・グラツィア〉に発見された。同船の船長デイヴィッド・モアハウスはブリッグズの友人で、彼は乗員を〈メアリ・セレスト〉に乗り込ませた。救命ボートはなくなっていたが、積み荷と食料・水は残っていた。船内に争った形跡はなく、船長の航海日誌以外の書類はすべて消えていた。日誌の最後は11月25日、アゾレス諸島沖での書き込みだった。乗員が麦角菌に汚染されたパンを食べてこの菌を吸い込み、幻覚を見て甲板から海に飛び込んだというのが一説だ。

もう少しもっともらしいのが、チャールズ・エディ・フェイの説明だ。彼はブリッグズ船長が穏やかな天気を生かして船倉を換気したと考えた。アルコールが9樽漏れていたので、乗員が爆発を恐れたのかもしれない。おそらく救命艇は外したのだろうが、帆を上げ下げする太い動索は船につけたままだった。当時の記録によると、最後の航海日誌の夜、凪のあとは強い嵐だった。動索が擦り切れて船の側面にぶら下がっているのが見つかったので、おそらく船は壊れて船長と乗員は船を離れて夜の闇を漂流したのだろう。〈メアリ・セレスト〉は運のない船で、1860年にノバ・スコシアで〈アマゾン〉の名で進水した。全長はわずか103フィート(31メートル)、排水量280トンで、その後10年以上のあいだに海上で何度か事故に遭い、所有者が転々と変わった。最終的にはニューヨークのサルベージ・オークションにかけられて3000ドルで競り落とされ、大規模な修繕ののちにアメリカ船籍となり、〈メアリ・セレスト〉に改名していた。船の改名は縁起が悪いと海の上で根強く信じられている迷信のひとつだ。

メカジキ

Swordfish – The Ship Piercer

セビーリャの聖イシドールスは7世紀に次のように書いた。「メカジキは先のとがった嘴を持っていて、船を突き刺して沈める」。捕食性のメカジキは鋭い嘴が剣の平らな刃に似ていることにちなんで名づけられた。嘴と力強い流線形の体でいともたやすく水を切って進む。世間で考えられているのとは違い、“剣”は突くのではなく、獲物を切りつけて傷つけ、捕獲しやすくするのに使っている可能性がある。とはいうものの、メカジキがもっぱら武器にしているのは最高時速50マイル（80キロメートル）にも及ぶ豪速と、獲物を捕まえる敏捷性だ。

リュウグウノツカイ――世界一細長い魚

Oarfish – The Longest Bony Fish

リュウグウノツカイは世界でいちばん細長い魚だ。20-40フィート（6-12メートル）の蛇のような体に沿って見事な赤い背びれがついており、顔は馬やブルーギルに似ている。ウミヘビ（221ページ参照）目撃事件の多くはこの魚で説明がつく。リュウグウノツカイの体重は400ポンド（181キログラム）を超える。水深700フィート（213メートル）付近に生息し、病気や怪我をしたときだけ水面に上がってくる。先史時代のウナギのような見た目だが、胴回りは4フィート（1.2メートル）だ。

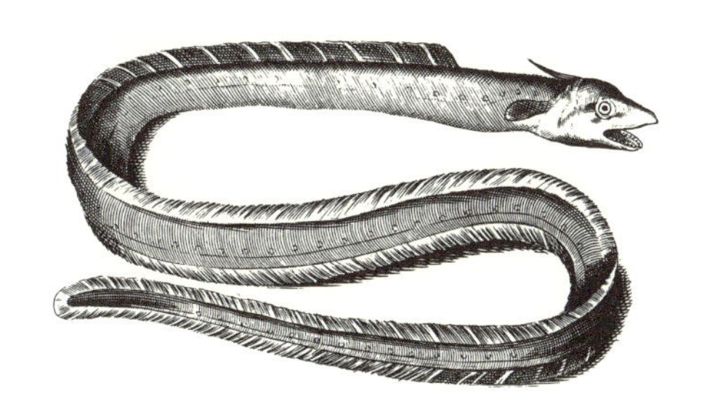

ルスカ――バハマ諸島の海の怪物

Lusca – The Bahamas Seamonster

ルスカは体の半分がサメで半分がタ

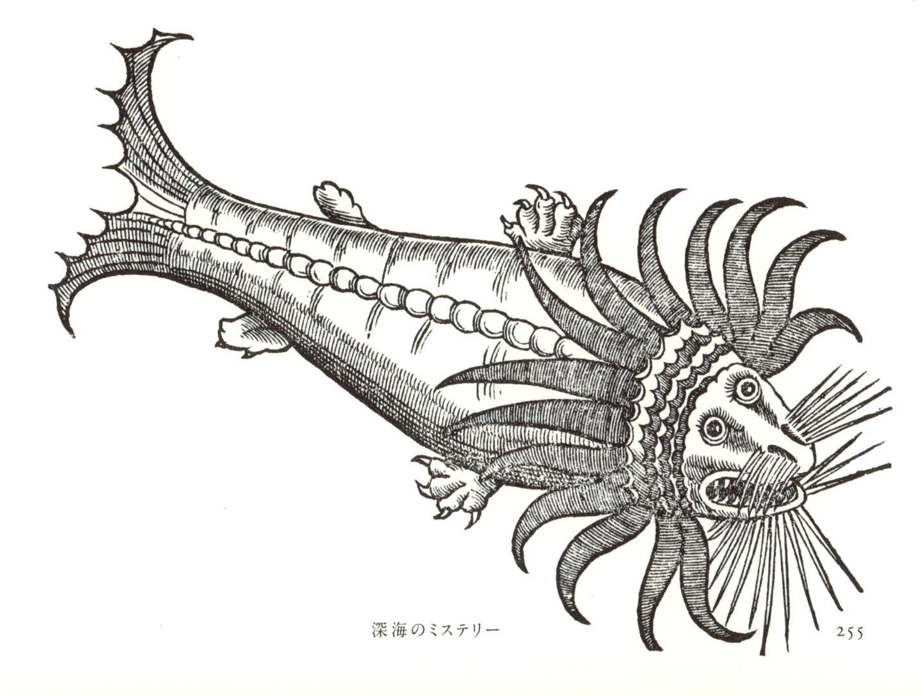

コ、半分がドラゴンで半分がタコなどと言われており、バハマ諸島最大のアンドロス島内陸部周辺の、ブルーホールと呼ばれる鍾乳洞が水没した穴または洞窟で目撃されている。人魚などの伝説上の生き物と同じく、ルスカは潮流に乗って流れ込むプランクトンなどの小さな生物を含む海の藻屑を食べて生きている。地元の言い伝えによると、島の奥地のブルーホールの潮流は、ほかでもない“ルスカの呼吸”によるものだそうだ。ルスカが息を吸うと洞窟に勢いよく水が流れ込んで渦を巻き、息を吐くと冷たい透明な水が水面に湧き上がる。ルスカに出会う者は運悪く隠れ場所に近すぎてしまっており、ほぼ確実に死ぬと言われている。これはブルーホールの迷路の奥深さをものともせず果敢に挑戦する勇敢なダイバーだけでなく、油断して海岸線に近づきすぎる人たちにもいえることだ。ルスカは触手を使って獲物を陸地から水中の墓となる自分の口に引き込むことで知られている。漁師の船が突如ブルーホールの水面下に押し込められるのを見た目撃者は、そのあと消化できない壊れた船の漂流物がゆっくり水面に浮かび上がり、漁師が永遠に姿を消すのをただ見ているしかなかった。

老水夫の詩

The Rime of the Ancient Mariner

1798年のコールリッジの詩は、船員のひとりがアホウドリを殺して呪いを受け、そのあと船の全員が死亡した事件を思わせる。1719年、私掠船の乗組員シモン・ハトリーは、ホーン岬付近を通過中のジョージ・シェルヴォック船長の船の上から黒いアホウドリを撃った。コールリッジの詩の筋は、そのときの出来事に基づいている。快速帆船〈スピードウェル〉がホーン岬付近で暴風雨に見舞われると、ハトリーは不吉な鳥だと気味悪がって黒いアホウドリを撃ち、鳥が死ねば船がいい風に恵まれると思った。ハトリーはパイタ付近のペルー沿岸沖で捕虜になり、軽傷を負ったまま鎖につながれてリマに連行された。彼は少なくとも1年以上そこで過ごした。イングランドに帰国したシェルヴォック船長は『南大洋航路世界一周』（1726年）と題する航海記を出版し、ハトリーの行為に触れた。「我々全員が見ていた。ル・メールの海峡を南下して以来、どの魚も1匹たりとも見かけなかったし、

海鳥の１羽もいなかった。陰気な黒いアホウドリ以外は。そのアホウドリは何日も我々についてきていた。（……）すると憂鬱げなハトリー（わが船の一等航海士）が、その鳥がいつも我々の近くを飛んでいるのに気づき、顔色から察するに、何か縁起が悪いと思ったのか（……）彼は何度か撃って失敗し、ついにそのアホウドリを仕留め、それ以降は順風に恵まれると信じて疑わなかった」

アホウドリを殺すと不運が訪れるという迷信を生んだのは、鳥を撃ち殺したあとのハトリーの経験だった。

第6章
奇妙な人工物

CHAPTER
6

Strange Artefacts, Buildings, Maps *and* Writings

アステカ暦／太陽の石
The Aztec Calendar or Sun Stone

1760年12月17日、神秘的な大きな石が発見された。その発見は神話学上も天文学上も有意義だった。ひと塊の玄武岩で重量約25トン、直径12フィート（3.7メートル）足らずで、厚さは3フィート（90センチメートル）。古代アステカの首都で当時はテノチティトランと呼ばれていたメキシコシティの「ソカロ」（中央広場）に埋もれているのが発見され、その後1885年までメトロポリタン大聖堂の西塔の壁に埋め込まれていたが、のちにメキシコ国立人類学博物館に移された。石は6代目アステカ王治世の1479年に刻まれたもので、アステカの主神である太陽に捧げられている。その複製はメキシコ全土で発見されている。その巨大な玄武岩の一枚岩の名前はアステカ語で“クアウシカリ”すなわちワシの鉢という意味で、アステカ歴または太陽の石として広く知られている。アステカ暦の仕組みはアステカ人だけでなく、コロンブスがアメリカ大陸に到達する前の中央メキシコの人々にも使われていた。よって、アステカ暦は古代メソ・アメリカ中に普及していた暦と基本的な仕組みが共通している。それらの暦は365日の暦周期シウポワリ（年数）と260日の儀式周期トナルポワリ（日数）から成っていた。この2つの周期を合わせると52年の“世紀”になる。シウポワリまたはつまり年数は、太陽の運動に基づくため、農業向けの暦だとみられている。トナルポワリまたはカレンダー・ラウンドは、宗教上の暦とみられている。

アルベルティヌス・デ・ヴィルガの世界地図
The Albertinus De Virga World Map, 1411–15

ヴェネツィアの地図製作者アルベルティヌス・デ・ヴィルガが作ったこの地図（1923年に盗難後行方不明）は、ヨーロッパの冒険家がまだアフリカ大陸を完全には発見していなかった当時としては驚くほど正確だ。1415年頃はポルトガル人がアフリカ大陸の北端セウタを占領して“発見の時代”の幕が開いたばかりで、船員にとってカナリア諸島より先は前人未踏だった（モロッコ内のセウタは現在もスペインの飛び地）。ムスリム商人や中国の宦官で武将の鄭和に随行して航海した地図製作者の説明や絵図に基づいたと考えられるが、製作時の元資料は不明だ。

アンティキティラ島の機械——世界最古の精密機械

Antikythera Mechanism – The World's Oldest Scientific Device

1901年にギリシアとクレタ島のあいだのアンティキティラ島沖で大量の貴重な人工遺物とともに発見された。紀元前150-100年のギリシアの貨物船にあったものだ。高さ約1フィート（30センチメートル）の銅製で、もとは木製の箱枠に収まっていた。人の手で加工した37個の銅の歯車のうち、残っているのは30個。太陽や月の位置を予測するのに使われていた。立体感のある外観想像図から、天体の動きを予測できただけでなく、18年で太陽と地球と月の位置関係が相対的にほぼ同じような配置になるサロス周期、日食・月食が循環する54日のエクセリグモス周期、19年で月相が一致するメトン周期、そして76年周期のカリポス周期の天文周期も計算できたことがうかがえる。同様の複雑な加工機械はゆうに1000年以上たつまで再び世に出ることはなかった。大きさは靴箱ほどしかないが、そのメカニズムをアテネの博物館にただ置いておくのはあまりにもったいないため、イギリスから7.5トンのX線トモグラフィー装置を送って機械の調査が行われた。先に「ほとんど判読不能」な180文字が見つかっていたが、その調査でそれまで見えなかった932文字が判読できた。キケロは「われらの友人ポセイドニオスが最近構築した、太陽と月と5つの惑星のそれぞれの公転の動きを再現する」道具に触れた。アルキメデスも小さなプラネタリウムを作ったが、それら2つの装置は紀元前212年にシラクサが陥落したとき持ち出されたといわれている。

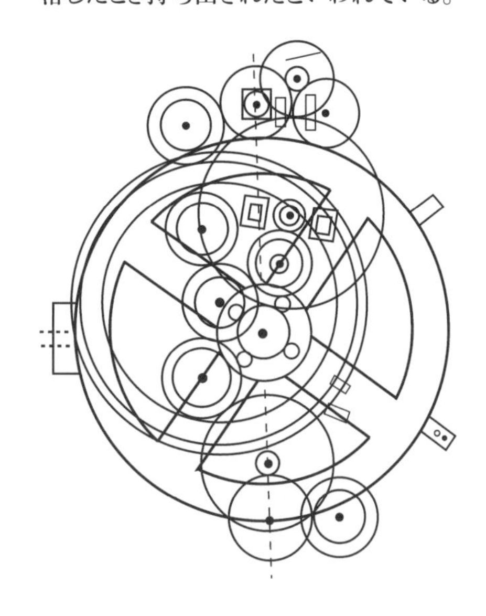

アンティキティラが再構築され、そのような記述を額面通り受け取ってよいことが示された。驚くほど複雑で高度なアンティキティラの機械は、現在の精密機械の先駆けだ。

犬の毛の使いみち

The Hair of a Dog is Not What It Seems

イギリスでは二日酔いを醒ますためにアルコールを飲む迎え酒のことを指す“give me a hair of the dog that bit me（俺を噛んだ犬の毛をくれ）”とか“the hair of the dog（例の犬の毛）”という慣用句がある。中世では狂犬病の犬の燃やした毛を傷口にあてると狂犬病や犬の咬み傷が治るといわれていた。「例の犬の毛」という言い回しが活字になったのは1546年で、『効果的な英語の慣用句を使った日常会話』でとりあげられた。

二日酔いはアルコール中毒からの離脱症状だ。アルコールを少し飲むと、一時的に気分が良くなるが、結局は二日酔いがさらに悪化する。ジョージ・バイロン卿には生前の“犬の毛”のほとんど世に知られていない使い方の記録がある。数多くの女性が“いかれた悪い男でつきあうと危険”な詩人あてに恋文に髪のひと束を添えて送っていた。バイロンの詩を出版していたジョン・マレーの資料庫には、バイロンが誘惑したレディ・キャロライン・ラムなど女性の髪が100束以上保管されている。彼が恋愛関係に区切りをつけると、レディ・キャロラインは長い髪を短く切り、バイロンがそのとき口説き落としていたひとりのケンブリッジ聖歌隊の少年の髪型に似せた。バイロンは愛人たちの髪のお返しに、愛犬のニューファンドランド犬ボースツウェインの毛を自分の髪として仕立ててよく送っていた。彼がもし自分の髪を送っていたら、実質紙がなくなって恋愛生活が大変なことになっていたのは間違いない。

ヴェロニカのヴェール

The Veil of Veronica

言い伝えによれば、イエスが十字架を背負って磔にされる場所に向かうときにヴェロニカが彼の額の汗を拭うのに使われた布で、彼の顔が写っているといわれている。“ヴェロニカのヴェール”といわれる染みがついた布はいくつが存在する。ローマのサン・ピエトロ大聖堂に保存されているものなどがそうだ。布を調べた記録は現代にはほとんど残っておらず、細部の写真もない。ヴェロニカ像の絵は1617年に作られた模写がウィーンのホーフブルク宮殿に1枚存在する。スペインのアリカンテにある聖顔修道院の絵は、1453年に教皇ニコラス5世がビザンティン皇帝の親類から手に入れた。それがヴァチカンの枢機卿からスペインの司祭に渡り、1489年にアリカンテに持ち込まれた。スペインのハエン大聖堂には14世紀のイタリアのシエナにあった現物を模写した「サンタ・ロストロ」（聖なる顔）と呼ばれる複製がある。

ヴォイニッチ手稿

The Voynich Manuscript

ヴォイニッチ手稿は未知の言語で書かれた中世の書物だ。作家ロバート・バーンボーは「世界で最も神秘的な手稿」と称した。書物には内容が薬草、天文学、生物学、宇宙論、薬の調合とその処方の6つの部分に分かれていることを示す挿絵がある。おそらく15世紀の終わりから16世紀のあいだに中央ヨーロッパで書かれたもので、1912年にそれを入手したポーランド系アメリカ人の古書商、ウィルフリード・M・ヴォイニッチにちなんでその名がついた。魔術もしくは科学の教本で、ほぼどのページにも植物の絵や素朴（だが生き生きとした）人物の精確なスケッチが、緑、茶、黄、青のインクで色とりどりに力強く描かれている。これまでのその書物を翻訳する試みはすべて失敗に終わっている。ヴォイニッチは装飾的な書体、挿絵、使用された羊皮紙や顔料の形跡にもとづき、手稿が13世紀に製本されたと推定した。手稿は7×10インチ（18×25センチメートル）と小さいが厚く、羊皮紙およそ240枚にも及ぶ。文字は世界で例を見ない未知の筆記文字だ。正体不明の植物や薬草の処方らしき説明図、複雑に入り組んだ管につながった浴槽で戯れる裸の小さな女性たち、天体もしくは生きた細胞を顕微鏡で見たような図柄が入った天空図のようなもの、裸の小さな人たちがごみ箱に入ったような十二星座の絵が入った奇妙な暦など、多色の挿絵がふんだんに盛り込まれている。

文書はアルファベットのような文字の手書きで、文字の種類は19から28種と推定する意見が分かれており、どの文字も、英語などヨーロッパの言語のいずれの文字体系とも関連性がないと考えられている。2種類の“言語”を使い、符号体系がはっきりしないことから、筆記者は2人以上だったとみられる。1586年にはボヘミア王ルドルフ2世（1552-1612

年）が所有していたことがわかっており、現在はエール大学図書館が所蔵している。手稿には書物がイングランド人ロジャー・ベーコンの著だと記した書面が添えられていた。ベーコンは13世紀に活躍したコペルニクスの地動説前の天文学者だ。ヴォイニッチ手稿が世に知られるようになるわずか2年前、イギリスの偉大な海洋探検家で占星術者、魔術師、諜報員、神秘主義者だったジョン・ディーはプラハでベーコンについて講演している。1987年、レオ・レヴィトフ博士は、手稿はイタリアで人気が出て、1230年代にアルビジョア十字軍により排除されるまでフランスのラングドックでもてはやされた“大異端”の残存する唯一の主要部分だと述べた。浴槽に入った小さな女性たちはカタリ派の「耐忍礼」（endura）ともいわれる自殺儀式、「温かい風呂に入って（静脈を切って）瀉血して死に至る」に参加しているとみられている。植物の絵は何か特定できなかったが、レヴィトフによると「植物の挿絵だといわれるものにカタリ派やイシス神の象徴でもないものはひとつもない。占星学の図も一目瞭然だ。無数の星はイシスのマントの星を表している。ヴォイニッチ手稿の解読がこれほど難しいのは、暗号化などされていないが単に特殊な書記法を使っているからで、数か国語の口語をひとつの文語にあてはめて、ラテン語がわからない人々にも理解し、読めるようにしたからだ。具体的には中世フランドル語と大量の古フランス語、古高ドイツ語の借用語からなる高度な混合言語である」。学会は今も彼の説を認めていない。

エノク書──失われた聖書の書
The Book of Enoch – The Lost Book of the Bible

この書はユダヤ教徒にもキリスト教徒にも同じように尊ばれていたが、論議を呼ぶ堕天使の本性や行為の描写のせいで、大昔の神学者の不興を買った。このように「エノク書」は「トビト記」や「エズラ記」などとともに聖書の正典に数えられていた。その他の書は、内容が当時の教義に一致しないとされ、破棄されて永遠に失われた。「エノク書」はかつて大昔の教父に“アポクリファル（偽典）”のひとつとみなされていた。“アポクリファル”とはギリシア語の「神秘の」や「秘密の」という言葉から派生している。それは敬意の表れであり、聖書に使われたのは、広く公に人の目に触れるには内容

が刺激的すぎるからだった。そのような書はしだいに“賢者”すなわち信仰を統制する人間だけが読むべきものだと認識が変わっていった。こうして“アポクリファ”という言葉が否定的な意味を帯びていった。信者は自分たちがそのような書の教えから拒絶されていると感じ、書は権力と影響力を持つわずかな男性だけしか読むことができないものとなった。れっきとした聖職者でさえ啓蒙が十分でないと考えられ、神秘の書を読むことは許されなかった。教会は何世紀ものあいだ偽典を禁じ、異端的だとみなして誰の目にも触れさせなかった。取り扱う題材に激怒する教父もおり、「エノク書」はのちの教父に異端的だと禁じられた。その結果、「エノク書」は1000年のあいだ都合よくこの世にないことにされていた。しかし、ようやく再び日の目を見る日が来た。1773年、エチオピアでそれを探していたスコットランド人冒険家ジェイムズ・ブルースの耳に写本が残っているとのうわさが届いたのだ。彼はそこでエチオピア教会が聖書のほかの書と一緒に保存している「エノク書」を発見した。書には邪悪な存在のいる黄泉の国のような霊魂の世界を詳しく説明している。写本には堕天使のいきさつも載っており、彼らと人類の関係や、魔力の根拠も載っている。書にはこうある。「地上の娘たちと交わりをもった可能性があり、天から堕ちることを承諾した天使がいた。当時は“人の子”が大量に増え、彼らにとてつもなく美しい娘が生まれていたからだ。それで天使または天界の子は彼女らを目にすると欲望が押し寄せた。そうして彼らは口々にこう言った。『さあわれらに人類から妻を選ばせたまえ、子をもうけさせたまえ』」

ほとんどの学者は「エノク書」の原本が紀元前2世紀頃に記され、500年間は流布していたとみている。最も年代の早いエチオピア写本がギリシア語の写本を映していたのは明らかで、ギリシア語の写本自体もさらに昔の本の写しだ。原書はセム系の言語で書かれていたとみられてきたが、現在ではアラム語だと考えられている。用語の類似性や教義が似ているためかつては紀元後に書かれたものだと考えられていたが、クムランで発見された『死海写本』の中に「エノク書」の写しが発見されたことから、イエス・キリストの時代より前に存在していたことが明らかになった。しかし、紀元前2世紀頃のクムラン写本がもとにした書物の年代は決してわからないだろう。リヨンの司教エイレナイオス（紀元前115-85年）、アレクサンドリアのクレメンス（150-220年）、テルトゥリアヌス（160-230年）、オリゲネス（186-255年）、ラクタンティウス（260-330年）など、ほぼすべてのキリスト教会の教父がこの「エノク書」の内容、特に堕天使と、啓示された彼らの審判を信じるべき聖書の文言だと受け入れた。聖アウグスティヌス（354-430年）は「エノク書」こそが最古の書だと信じていた。イエス・キリスト自身が用いた重点的な概念の多くは「エノク書」が説く言葉や考えかたに直結しているとみられ、イエスがこの本を研究し、来たる王国を具体的に説明し、“邪悪なもの”

に降りかかる、避けられぬ審判の論旨について詳しく説いたようだと考えられている。また、新約聖書には「エノク書」で先に使われた言い回しが100カ所以上見られる。

エメラルド・タブレット
The Emerald Tablet

エメラルド・タブレットは"緑玉板"や"タブラ・スマグラダナ"とも呼ばれる碑文で、ヘルメス文書の重要な一部であり、西洋オカルト主義で崇められている神秘的な書物だ。錬金術を確立した書とみられている。タブレットは洞窟の墓でヘルメス・トリスメギストスの遺体が両手でつかんでいるところを発見されたと言われている。ヘルメス・トリスメギトスは偉大なヘルメス神とエジプトの神トートの神性を合わせた伝説的な人物だ。芸術作品に描かれるヘルメスは、エメラルド・タブレットを抱えてそれにエジプト哲学のすべてを刻んでいる。ギリシアの哲学者ティアナのアポロニウスによると、エメラルド・タブレットを発見したのはアブラハムの妻サラか、アレクサンドロス大王だそうだ。石板にはフェニキア語で宇宙の神秘が明かされている。アラビア語に数回翻訳されたのち、1200年にラテン語訳が登場した。序文は次のとおり。「驚くべき成功に達するのに、上のものは下のものと、下のものは上のものと似る」、したがって「これは占星術と錬金術の基礎である。人類の小宇宙と地球は神の大いなる宇宙と天国の写し鏡である」。しかし、翻訳の解釈はさまざまで、本文の残りの部分はほとんど意味を成さない。ヘルメス文書の文書群のほとんどは何世紀ものあいだに行方不明になったり破棄されたりしているが、エメラルド・タブレットには魔術全体の仕組みが暗号で刻まれていたと言われている。

黄金長方形
The Golden Rectangle

黄金長方形とは、黄金比でできた長方形のことだ。黄金比とは、ギリシア文字のφ（ファイ）または少数で表すと1.6180339887499……である。黄金長方形の辺の長さの比はおよそ1対1.618で、例を挙げると13フィート×8フィート。自然界ではさまざまな場面で黄金分割といえる数字に何度も繰り返し遭遇する。数字の0と1から始めて、各数字が前の2つの合計になるよう並べると、このような数字が並ぶ。0、1、1、2、3、5、8、13、21、34、55、89、144と無限に続く。このような数字の並びをイタリア

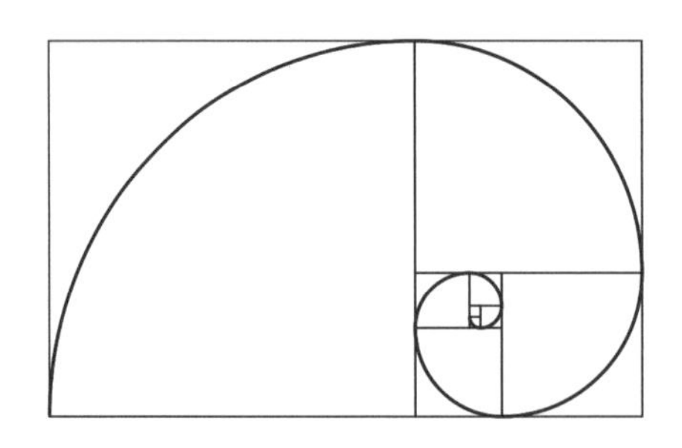

の数学者にちなんでフィボナッチ数列と呼ぶ。彼は植物の成長具合を研究し、それが先の数字の並びと完全に一致することに気づいた。植物は花をひとつつけると、もうひとつ、次はもう2つ、という具合に、正確にそのパターンに従って花をつける。自然界でほかにこの数列の例が確認されているのがオウムガイの殻の巻き方で、黄金比に従って螺旋の巻き方が大きくなっていく。ひまわりの種は34列または89列の反時計回りの螺旋に時計回りの螺旋が55列重なっていて、これもまた完全にフィボナッチ数列に一致する。建築では歴史が始まって以来ずっと黄金比が広く使われている。最初に発見したのはピュタゴラスで、たとえばアテネのパルテノン神殿のように、ギリシア人は神殿を黄金比に一致するよう建築した。黄金比が建築物に採用されたのは、その比が高度な計算技術の必要なしに正確に再現できたからだ。黄金比の知識はローマ帝国の没落後、ルネサンス期まで世間から忘れ去られていたが、イタリアの画家たちが再発見し、それを用いて絵画の中に遠近感を生み出し、建物の設計図を書いた。

黄金比は、黄金分割、黄金の中庸、神の分割、神聖比、黄金比率、黄金切断、黄金数、中道、およびフェイディアスの平均とも呼ばれる。およそ1.6180339887値を持つ一定の無理数で、天体物理学者マリオ・リヴィオは「この世で最も驚くべき数」と呼ぶ。黄金比はおよそ2400年にわたってピュタゴラス、エウクレイデス、ケプラーなど史上最も優れた数学者の多くを魅了してきた。数学者や建築家が重要性を議論するだけではなく、生物学者、芸術家、音楽家、歴史家や心理学者も黄金比を研究し、活用している。

黄金の仔牛
Golden Calf

旧約聖書の黄金の仔牛は、モーセが神の助言を求めに山に入り、その帰りを待つあいだにアロンが作った像だ。イスラエルの民はエジプト出国途中に指導者の長期不在が不安になった。彼らはアロンに、自分たちの前を歩いてイスラエル帰還を導いてくれる神々をつくるよう懇願した。モーセは彼らのもとに戻る前に民が

堕落したことを神に告げられていた。神が戒めを刻んだ石板を持って山から下りたモーセは、黄金の仔牛とその周囲で踊っている人々がすぐに目に入った。激怒したモーセは石板を割り、黄金の仔牛の像を叩き壊して燃やすと、粉々に砕いて水の上に撒き、それをイスラエルの民の子供たちに飲ませた。

黄金のヤドリギの大枝と銀の枝
Golden Bough and Silver Branch

黄金のヤドリギの大枝は、ギリシア・ローマ神話に出てくる神のお告げの木だ。トロイアの勇士アエネイアスがクーマイの巫女（シビュラ）のひとりに相談すると、プロセルピナ［ユピテルとケレスの娘］にとって神聖な、ある木の枝を折るよう言われた。そのあと彼は下界に降り、冥界の入り口に案内された。アエネイアスは冥界との境のステュクス川に近づいた。しかし、舟の渡し守カローンは、死人でないので彼を向こう岸には運ぼうとしなかった。するとアエネイアスに同行していた巫女が黄金のヤドリギの大枝を取り出し、彼は冥界に入るのを許された。ケルト神話のブランは、銀の枝を掲げた女の妖精に導かれていたゆえに妖精の王国に入るのを許された。

オルメカ文明の巨石人頭像（オルメカヘッド）
The Olmec Stone Heads

1869 年に人の頭の形の巨大な石が発見されて、発達した未知の文明の存在が明るみに出た。その文明はメキシコ・中米のマヤ文明やアステカ文明より昔に存在していた。その文明の人々を表した顔は、間違いなくアフリカの黒人に似ていた。考古学者はその人々をオルメカ人と名づけ、大論議の末、紀元前 1500 年頃の、メソ・アメリカで最も古い「文明の母」だろうとのことで落ち着いた。彼らは紀元前 1500 年から紀元前 400 年頃、現在のメキシコ南西部のベラクルスやタバスコ周辺で栄えていた。彼らは町に常設の神殿を建立していて、そこで磁鉄鉱や黒曜石や翡翠でできた豪華な人工物が見つかった。ラ・ベンタの大ピラミッドは当時のメソ・アメリカ最大の建造物で、平野部から約 110 フィート（33.5 メートル）の高さだ。そこから 1000 トンを超える蛇紋石の積み石、モザイク模様の舗道や翡翠の鉱床、赤鉄鉱の鏡などが見つかった。オルメカ人の手工芸品はこんにちでは傑作だと認められている。これまでにアフリカ系の顔の特徴のある顔を彫った頭部の形の大きな玄武岩は 17 個

発見されている。それらは統治者の顔を彫ったものだと考えられており、ひとつの岩の塊からできていて、最大のものは高さ12フィート（3.6メートル）だ。ほかの彫像や祭壇、神の御座や翡翠の仮面、数字を彫った石柱が発見されている。オルメカは南北アメリカで初めて文字を記し、銘を刻み、ボール遊びや瀉血を行った文明だと考えられている。人間をいけにえにしていたと思っている人もいる。しかし、人間をいけにえにしたことを示す証拠はない。だから、私たちは西洋でも近年まで病気の治療に瀉血が行われていたことを思い出すべきだ。コンパス、ゼロの概念、それに「長期暦」を備えたメソ・アメリカ暦やマヤ暦を発明したのも彼らかもしれない。長期暦にはゼロの概念を要する。オルメカは西半球で初めて書記法を発明した文明だった可能性がある。2002年と2006年に発見された文字は、最古の紀元前500年頃のサポテコ文字より前にさかのぼる。

影の書

The Book of Shadows

信条、儀式、薬草の使用法、治療薬、掟や倫理、祈禱、呪文、踊り、そして未来を占う方法などを記した魔術書だ。魔女が使うことを前提に、さまざまな魔女の集団で使えるよう手直しされる。魔法使いは男も女も通常、ひとりひとり独自の魔術書を持っている。公表されるものもあり、そのはしりのひとつが1899年のチャールズ・ゴッドフリー・リーランドの『ア

ラディア、あるいは魔女の福音』だ。リーランドは魔女の教えをエルトリア人の開業医からの伝聞だと明かした。1949年、代々続く魔法使いの一団に属するジェラルド・B・ガードナーは、アレイスター・クロウリーから得た情報を含む『高度な魔術の手引き』を発表した。この著書は書き直され、アレクサンダー・サンダースが使用・修正して、アレクサンドロス魔術の流儀を確立した。魔法使いの影の書は、本人が死亡すると燃やすのが伝統だ。

ギザの大ピラミッド——どのように建設されたのか?

The Great Pyramid of Giza – How Was It Built?

14世紀にリンカーン大聖堂が建設されるまで、世界でいちばん高い建造物はクフ王の墓だといわれるギザの大ピラミッドだった。クフ王の統治期間は紀元前

2589年から2566年までのわずか23年間だ。そのような王が存在したのか疑問を持つ人や、それよりずっと早く建設されたのではないかと考える人も多い。紀元前3100年頃に文明が栄えていたのはエジプトだけで、これらを建てた大昔の人々がどのようにそんな構造のものをつくったかはまだわかっていない。大ピラミッドは側道とそれに面した2つの神殿、マスタバ（墳墓）、それより小さな4つのピラミッド、それに6カ所の船坑を合わせて9500万立方フィート（270万立方メートル）を超える。この建造物群をクフ王の治世に建設するには、当時の作業員で1時間に1万1360立方フィート（320立方メートル）の石を採石し、仕上げ、設置する作業を一日中休みなく毎日こなして23年かかる計算だ。これだとピラミッドの標準的な石の塊2.5トンを2分ごとに採石、仕上げ、輸送、設置することになる。インディアナ石灰石研究所の見積もりでは、大ピラミッドを建設できるだけの石となると爆薬や電動工具、クレーンやディーゼル輸送機関を使っても、採石して海上輸送するだけで81年かかるという。実際にピラミッドを組み立てるのは信じられないほど複雑な作業で、計算を考慮していない。同じくらい信じられないのが、13エーカー（5.3ヘクタール）の岩でごつごつした台地を高低差3センチ未満にならさなければならなかったことだ。エジプト人はその岩盤を平坦にならし、現在ならレーザー測定を要する途方もない精度でくぼみを埋めた。ピラミッドはもともとアスワンから20マイル（32キロメートル）運ばれてきた22エーカー（9ヘクタール）の研磨した石灰岩で表面が覆われていた。ほとんどはモスクをつくるのにはずされてしまったが、ピラミッドのてっぺんにいくらか残っている。その重量はそれぞれ15トンにも及び、極めて正確に配置されている。誤差100分の1イ

古代バビロニアの悪魔用の罠

メソポタミアの一部で古代ヘブライ人が使っていた魔法の呪文やまじない言葉を彫ったテラコッタの鉢のことだ。鉢をさかさまにして建物の基礎の四隅に埋めていた。その不思議な力で男女の姿をした悪魔や病気、呪い、“邪眼”から人々を守っていた。バビロニア人がつくった悪魔用の罠は紀元前3世紀から1世紀頃に使われ始め、紀元6世紀まで使われた。魔術全般を禁じるヘブライ人の教えでは、残存する異教の習慣として、禁止事項だった。この宗教上の禁忌を避けるためか、鉢には神の助けを求める言葉やヘブライ聖書の引用も刻まれた。紀元前3世紀の鉢には悪魔に“慰謝料”を宣告してその配下の闇の怪物ごとすべてに直ちに集落を去れと命じるものもあった。

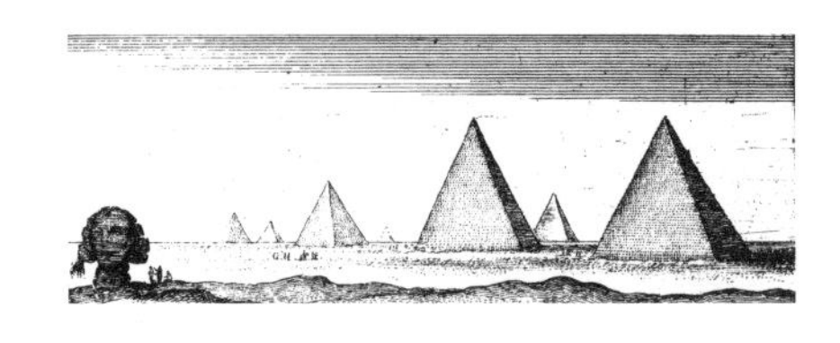

ンチ未満で正確に設置され、そのあいだにはトランプ1枚も入らない。石灰石の塊をひとたびはめ込んだら、あとで次のブロックに合わせて少しずらして表面を合わせることは不可能だった。現在わかっているなかで人力だけで設置する方法はない。

キリストの血とナイフ

Christ's Blood and Knife

イギリス、グロスターシャー州のヘイルズ修道院は、1270年にキリストの血の入った小瓶を手に入れ、非常に人気のある巡礼地となった。たとえば、チョーサーの『カンタベリ物語』の免罪符売りが話題にした。16世紀に修道院が解体されたときには、その血は蜂蜜とサフランが入った贋物だと発表された。ベルギーのブリュージュにある聖血礼拝堂もキリストの血のしみがついた布の入った小瓶があると公言している。小瓶は1147-49年の第2回十字軍のあいだにブルージュに持ち込まれたと伝わっている。最後の晩餐のときにイエスがパンを薄切りするのに使ったと言われるナイフも崇められていた。そのナイフはヴェネツィアのサン・マルコ広場の鐘楼の下の柱廊に常時展示されていたそうだが、鐘楼と柱廊は1902年に崩壊して再建され、ナイフは行方不明になった。

キリストの包皮

Christ's Foreskin

ユダヤ人の男の子は宗教上、生まれて8日後に割礼を受けなければならない。キリスト教の暦で1月1日はキリストの割礼祭だ。聖なる包皮はヨーロッパ中の教会が正真正銘の遺物を所有しているとの主張を展開している。本物は古いカンショウ（ラヴェンダー）オイルに漬けて雪花石膏の箱に保存されたといわれている。聖なる包皮が初めて世に現れたのは800年頃の中世ヨーロッパで、シャルルマーニュ王が教皇レオ3世に贈り物として贈呈したときだ。シャルルマーニュはそれを天使から賜ったと言っていた。聖なる包皮は1110年頃のビザンティン皇帝アレクシオス1世コムネノスからイングランド王ヘンリー1世への贈り物のひとつだった。レディング修道院のヘンリーの墓に納められたらしいが、フランスのクーロン修道院やヨーロッパの4つの寺院がそれぞれ名乗りを上げており、切除された包皮がほかに7枚ある可能性が浮上している。聖書が具体的に触れたキリスト生前に切り取られた唯一の体の一部かつ、彼が天に昇ったあと地上に残った唯一の身体部分なだけに、聖なる包皮ほど貴重な遺物はなかった。ところが、17世紀の神学者レオ・アラティウスは『われらがイエス・キリストの包皮を論ずる』、聖なる包皮がイエスと同時に天に昇り、土星の輪になったと考察した。中世には巡礼地の収入を欲する21の教会にそれぞれ包皮が現れだした。出産時に女性を守ってくれるなど、包皮には奇跡の力があるといわれていた。ローマのラテラノにあるサン・ジョヴァンニの修道士は、教皇インノケンティウス3世（1160-1216年、在位1198-1216年）に包皮の権威を統制するよう要求した。シャルーの修道士は、自分たちの修道院の包皮に見るからに血が滴っているのを示してこの世でひとつの本物だと主張した。教皇クレメンス7世（1523-34年）はそれが本物だと宣言した。ローマ・カトリック教会は1900年になってやっとその包皮が偽物だと宣言し、これ以上包皮について書いたり話したりする者は破門すると威圧した。

銀の弾丸とジェヴォーダンの獣
Silver Bullets and the Beast of Gévaudan

民間伝承では、銀の弾丸は狼男や魔女、怪物を倒す唯一の武器だといわれている。銀の弾丸に十字架やイエス、マリア、ヨセフの頭文字「J・M・J」などのキリスト教上の宗教的な象徴を彫ることもある。狼男が銀に弱いという言い伝えはジェヴォーダンの獣の伝説にさかのぼる。言い伝えでは、その巨大な狼は猟師ジャン・シャストルに退治された。人食い狼に似た獣は、1764年から1767年にかけてフランス南部のマルジュリド山地の50マイル（80キロメートル）四方の広大な地域を恐怖に陥れていた。目撃情報による獣の姿は、恐ろしい歯と牙、大きな尾を持ち、毛は赤っぽく、耐え難い悪臭を放っていると一貫していた。獣は喉を嚙み裂いて犠牲者にとどめを刺した。獣による襲撃件数は推定210件にのぼり、113人が死亡、49人が負傷した。死者のうち98人は体の一部を食べられていた。獣は農場の動物より人間を好んで狙うようだった。同じ畑に家畜がいるのに人を攻撃することが多かったからだ。1765年、ルイ15世が私的に雇った狼ハンターと狼狩りを仕込んだブラッドハウンドを送りこんだが、獣の襲撃は続いた。王が次に私的に集めた狩猟兵の中尉フランソワ・アントワーヌを送り出すと、彼は体長5フィート6インチ（1.7メートル）、体高2フィート7インチ（79センチメートル）、体重130ポンド（59キログラム）の大きな灰色の狼を仕留めた。その狼は通常の狼より大きいことでは目撃情報に一致していたが、その後も何十人もの死亡報告が続いた。ついに獣を退治して襲撃を終わらせるお手柄は、地元の猟師ジャン・シャストルが果たした。獣の腹を切り割くと、身の毛がよだつものが見つかった。胃の中に人の残骸が残っていたのだ。

2009年、ヒストリー・チャンネルはドキュメンタリー *The Real Wolfman*（実在した狼男）を放送した。研究者たちがジェヴォーダンに出向いて当時の言い伝えを調べ上げ、ジャン・シャストルの直系子孫に会って彼のライフルを調べ、狼の習性を詳しく研究した。言い伝えの“銀の弾丸”と通常の弾丸を使って徹底的な鑑識を行った結果、銀の弾丸では何も確実かつ効果的に殺すことができないとわかった。狼には当時の記録のような素早く骨を嚙み切ったり手足を嚙みちぎったりする身体能力はなく、襲撃は、狼のしわざではありえなかった。研究者はアジアのハイエナの死体が王に贈られた記録があり、人が殺されるのが終わった時期と一致することを発見した。地元の記録に残る例の獣の説明は、まさにアジアのハイエナの姿だった。ハイエナはヒトの骨を簡単に嚙み切れるほどあごの力が強い数少ない動物の一種だ。その調査では、ジェヴォーダンの獣は体毛の長いハイエナ科の一種で、今は絶滅しているジアのハイエナだとの結論が出た。ジャン・シャストルは世をすねた地域ののけ者だった。おそらく彼がハイエナを飼っていたのだ。ジャン・シャストルが銀の弾丸で獣を殺したであろうことも、至近距離から致命的な部分に一発撃ち込めたからだと説明がつく。ジェヴォーダンの獣の襲撃は単発的な事件だとはみなされていなかった。1世紀早い1693年のベナイでも同様の殺害事件が多発し、それらの事件で100人以上の犠牲者が出た。そのほとんどが女性と子供で、ジェヴォーダンの獣そっくりな生き物の仕業だといわれていた。ジェヴォーダンで事件が発生していたさなかの1767年8月4日にジェヴォーダン郊外の先史の洞窟地帯サルラで別の獣も目撃されている。いずれにせよ、銀の弾丸が使われたのはこのヨーロッパの事件よりカリブ海のほうが早かった。筆者は1760年代にウィリアム・ウィリアムズがアメリカで記した事実と虚飾が入り混じった『船乗りペンローズの日誌』を翻訳した。その中でウィリアムズは、彼自身を重ねた人物、ルウェリン・ペンローズがニカラグア沿岸の雨林でいかに恐怖を味わったかを語っている。

「私のそのときの不安は、月夜の遅くによく聞こえる物音から始まった。ワォーン、

『死者の書』に記されている審判の内容

『死者の書』第125章には、古代エジプト時代の死後の世界への通過儀式の一部が明かされている。挿絵では王冠を戴いた復活の神オシリスがたいてい左側に描かれており、黄泉の世界の女神アームムートなど、それより下位の4体の神のほうを向いて描かれている。アームムートは頭がクロコダイル、鼻と手足はライオン、背中はリベリアカバだ。アームムートは死後の世界にふさわしくないとわかった死者の肉体を食い尽くす。真ん中に描かれているのは崇高な正義の天秤一式で、片方の皿に死者の心臓、もう片方に真実を表す鳥の羽を載せている。太陽神ホルスと死者の神アヌビスが釣り合いを確認し、神トートが結果を記録する。死者の右側が真理の女神マートで、このほか42の神が審判を行うために周囲をぐるりと囲んでいる。死者は自分を弁護する必要があり、まずオシリスに讃美歌とも呪文とも言える言葉で話しかける。そのあと死者は概して無実だと宣言する。つまり、はたらいた悪事や破ったしきたりの諸々を否認するのだ。「私は家族を虐げたことはありません…誰も飢えさせたことはありません…誰も泣かせたことはありません…神殿に備える食べ物を減らしたことはありません…神聖なるもののためにとってあるパンを盗んだことはありません…私は潔白です」という具合に。このように死者は地上でまっとうに生き、(もちろん自分が死者の世界にふさわしいと宣言する説明のしかたを心得ていて)自分の肉体が無傷で、規範にのっとって儀式上潔白とオシリスを納得させられるよう願うのだ。続いて死者は42の神々に対してさまざまな過ちをひとつひとつ否認する。ここでまたおおいに必要となるのが生前の記憶力だ。審判で神々の秘密の名前と生誕地を述べて信頼を得、神々を操れるかどうかはここが分かれ目だ。そういうわけで、死者は神官からオシリス神ほか42の神々の秘密の名前や生誕地の知識という強力な魔法の力を習得しなければならない。そのような知識があれば、神々の判断を自分に有利に変えることができる。最後に死者は自分の心臓に話しかけて、不利なことを証明しないよう懇願する。この時点から死者はあらゆる釈明の機会を失う。心臓がその人の潔白を認めなければ、その人はおしまいだ。しかし心臓が潔白を認めれば、そのあとホルスにオシリスの面前に連れていかれ、神聖なるものの王国のしかるべき場所に入ることを認められる。

ワォーンと一度に3、4回繰り返す、うつろに響く甲高い咆哮。ほかにも似たような声が常に遠くでいくつか反応していた。私より西のほうの高地に向かって、ものすごく遠くから［これはホエザルの声だったに違いない］。ところで、私が怖がるのは、もとはといえば次の出来事が主な原因だ。私はプロヴィデンス島（バハマのナッソー）に滞在していたとき、ジャマイカ島生まれの老いた黒人男性とよく語らいあっていた。彼は若い頃、多くの海賊とつきあいがあり、一緒に航海もしたことがあり、海賊のよくいく場所もたくさん知っていたが、彼は女王の恩赦法で入国していた（アン女王の治世は1702年から1714年で、関連する恩赦法はその頃発効した）。彼はそれから沿岸貿易の仕事に就いたり、難破船を物色しに沿岸沖を回ったりしていた。白髪のその老人は読み書きができて聖書に精通しており、イングランド、フランス、スペイン、そしてスペイン領アメリカ本土の沿岸のいたるところで過ごした経験があったにもかかわらず、非常に迷信深かった。そして、このウィリアム・ベースという名の老人は、数ある物語の中から、ある夜行性動物の話を聞かせてくれた。その動物は、人のようにまっすぐに立って歩き、大きさも人と同じくらいで、黒くて、素晴らしく足が速く、捕まえたあらゆる生き物の血を吸って死に至らしめたという。彼はその夜行性動物の足跡からして、それを見た者はかかとが前にあると思うだろうと話し、鳴き声は先の咆哮のとおりだったと話した。彼はまた、そんな生き物を倒せるのは銀でできた弾丸しかない、と伝奇小説みたいなことを言っていた」

カリブのヴードゥー教の教えでは、吸血鬼は銀の弾丸でしか殺せない。ペンローズの夜行性生物も銀の弾丸でしか殺せない。だからウィリアム・ウィリアムズはジャマイカにいた当時にそのような伝説を知ったのかもしれない。1804年、独立後のハイチの最初の統治者となったジャン・ジャック・デサリーヌは、自分は銀の弾丸でしか死ぬことはないと信じていた。彼は不満を抱く高官の何人かに銃剣で殺された。彼の後継者で王となったアンリ・クリストフは1820年に銀の弾丸で自殺した。このように、「銀の弾丸」伝説は西インド諸島の昔からの言い伝えに起源があるようだ。

グリ・グリ

Gris-Gris

グリ・グリはアメリカ南部のアフリカ系アメリカ人奴隷文化のひとつで、幸運を招いたり悪を遠ざけたりするお守りとして広まった。たいていは魔法の粉が入ったお守り袋で、ハーブ、香辛料、骨、石、鳥の羽などの材料が入っている。グリ・グリはアメリカのヴードゥー魔術の拠点であるニューオーリンズに根づいて伝統となり、お金や愛を引き寄せ、悪い噂を止め、家を守り、健康を維持したいときなどに使われていた。グリ・グリは今も昔も塩（地）、香（気）、水、ろうそくの炎（火）の4つの要素を載せた祭壇で、儀式にのっとってつくられる。中に入れる材料の種類の数は、1、3、5、7、9、13のいずれかに決まっている。石や色のついた物体は、ヴードゥー教徒にとって神秘的な意味や星占術上の意味で選ばれる。ニューオーリンズのヴードゥー教の女王マリー・ラボーによると、グリ・グリには骨、色つきの石、墓地の塵、塩、赤胡椒が含まれているそうだ。不幸を何度ももたらす彼女の“ワンガ”のひとつが9日前に死んだ人の遺体を包んでいた布でつくった袋だ。そこに干からびた片目のヒキガエル、自殺した黒人の小指、干したトカゲ、コウモリの両翼、猫の目玉、フクロウの肝臓、雄鶏の心臓が入っていた。もしそんなグリ・グリが狙われた人のハンドバッグや枕の下に潜んでいたら、男だろうと女だろうと、その人は死ぬ。赤いフランネルの袋に天然磁石または磁石を入

れたお守り袋はギャンブラーのお気に入りで、幸運を約束してくれるという。奴隷制度があった時代には、奴隷を虐待した者の身近で黒胡椒、サフラン、塩、火薬、つぶした犬の糞を詰めたグリ・グリが見つかることもあった。

契約の箱

Ark of the Covenant

ヘブライ語で“Aron Habrit（アロン・ハブリット）”、アロンは契約の箱、収納箱や金庫を表す。十戒が刻まれた石板とともに、モーセの兄アロンの“奇跡を行う杖”やマナが入っていると言われる。神とユダヤ教徒、イスラム教徒、キリスト教徒など、ユダヤ民族の各聖典を信じる人々との永遠の契約の象徴だ。モーセの五書によると、箱は神の命令でモーセがシナイ山で夢に見た姿のとおり作られた。神は智天使ケルビムの背後からモーセに話しかけた。箱の蓋に描かれているのがその天使だ。神が箱の作り方を詳しく指示し、箱全体を金でメッキすることになった。箱の脚の4本それぞれに金の環をはめ込み、その環にアカシアまたはシター

の木に金メッキした竿を通して箱を持ち運ぶようになっていた。竿は抜いてはならず、金色の天使ケルブ2体を描いて装飾した金色の蓋を箱の上にかぶせて、全体をヴェールで覆い隠すことになっていた。モーセがイスラエル人を率いてエジプトを脱出する間、契約の箱は人々と軍隊が見守るなか、2000キュビット(900メートル)を司祭によって運ばれた。ヨルダン川まで箱を運ぶと、イスラエル人が渡れるように川の水が分かれた。パレスティナの古都エリコは、司祭7人で7日間箱を見せて仔羊の角で作った笛を吹き鳴らしながら都市の周囲を行進すると、叫び声ひとつで城壁が崩れて陥落した。エルサレムに戻ると、箱を収容するための"至聖所"と呼ばれる特別な奥の間を設けたソロモン神殿が建設された。紀元前586年、バビロニア人がエルサレムを包囲して神殿を破壊した。契約の箱は破壊されたかネブカドネザル2世に持ち去られてしまったのだろう。「マカベア第二書」と「ヨハネの黙示録」には、契約の箱はもはや地上に存在しないとある。

それでもまだ、存在しているという言い伝えが多い。ソロモン王は神殿建設の際、万一乗っ取られたときに契約の箱をデッキに載せてトンネル装置に入れて下に降ろすことができるようにしたとヘブライ人には伝わっている。神殿の丘付近には秘密のトンネルの存在がみつかった現代の発掘調査現場がある。しかしソロモン神殿跡の可能性がある場所には、現在イスラム教の主要な神殿の数々やアル=アクサー・モスク、岩のドームが建っており、発掘が厳しく制限されている。ネブカドネザルがソロモン神殿を占領したとき、契約の箱について一切言及がなかったのは、レビ人の司祭が隠していたからだろう。エチオピア正教会はアクスム［エチオピア北部の古代アクスム王国の首都］に契約の箱（"タッボット"とも）があると主張しており、シオン聖母マリア教会の近くの小さな宝物庫に護衛つきで保管している

燃え尽きることのない低木

エジプトを脱出するあいだ、神は燃え立つ低木のしげみから「我は［イスラエル人を］エジプト人の手から解放するために降臨した」とモーセに話しかけた。科学者はこの現象を、天然ガスの噴出口のうえに低木がうっそうと茂り、付近の野営の火の粉が着火して激しく燃え続けたからかもしれないと仮説を立てた。このほか、地域の火山活動のせいだという意見もある。ノルウェーのある物理学者はマリ共和国で有機物質の地表下での燃焼を研究し、そのような現象が自然界で起こりうると結論を出した。園芸をする人なら、一定の条件で堆肥の塊がひとりでに発火することはご存じだろう。

らしい。しかしアクスムのタッボットはどのエチオピア教会にも保管されていて、それぞれ特定の聖人に捧げられている。13 世紀の書物『ケブラナガスト（王の栄光）』には、契約の箱は女神の助けを受けたメネリク 1 世がエチオピアに持ち去り、偽物をエルサレムに置いていったとある。メネリク 1 世はソロモン王とシバの女王の息子だと言われている。アルメニア人アブ・サリは、12 世紀の最後の四半世紀に「アビシニア人は契約の箱をも所有し…」と記してそれを説明している。教会の箱の儀式は年に 4 回、「偉大なるキリスト降誕祭、栄光ある洗礼祭、聖なる復活祭、そして輝ける十字架称賛祭に」に行われた。

南アフリカとジンバブエのレンバ族は、先祖が契約の箱を持って南下し“ンゴマルングンドゥ（神の声）”と名づけたと主張している。彼らは箱を魂のふるさとであるダンゲ山地の洞窟の奥深くに隠した。チューダー・パーフィットは 2008 年の著書『失われた契約の箱』（*The Lost Ark of the Convenant*）で、レンバ族の聖物ンゴマが契約の箱に似ており、竿に載せて運ばれ、神の声として崇められ、地面に置くことは許されず、敵を片側に押しのける武器として使われていたと述べた。彼は契約の箱がアラビア、おそらくイエメンのセナにもっていかれたあと、レンバ族のブバ一族にアフリカに運ばれたと考えている。ブバ一族にはセム族の男性から地中海沿岸諸国地方へとたどる遺伝子の特徴があり、イスラエルの「失われた部族」のひとつとも推測できる。レンバ族は、あるとき箱がいつのまにか壊れていたので、司祭が原物の主要部分を利用して複製を作ったと説明している。複製は現在、ハラレのジンバブエ人間科学博物館に保管され、放射線炭素年代測定によって 1350 年のグレート・ジンバブエ文明の崩壊の頃のものだと特定されている。

ユダヤ教の史料には、契約の箱が２つ

あったと信じているものもある。最初のモーセの質素な木の箱は“戦の箱”で、のちの黄金の契約の箱は「出エジプト記」にあるように、神殿に残すためにベザレルがつくったというのだ。箱の中の石板は廃墟となったラムセス3世の寺院付近のジャハリヤにあるとも言われている。伝説によると契約の箱は十字軍のあと、テンプル騎士団によりラングドックに運ばれた。歴史作家グラハム・フィリップスは、それがマカバイ家によってシナイ山付近のエドンの谷に運ばれ、そのあとテンプル騎士団のラルフ・デ・スードリーによってイギリスに持ち込まれて、ウォリックシャーのハーデウィークにある彼の地所に運ばれたと考えている。アイルランドのタラの丘に埋められたと信じる人や、日本の四国地方の鶴木山の洞窟に埋められたと信じる人もいる。

ケルト十字

Celtic Cross

歴史学者クリクトン・E・M・ミラーは、ケルト十字架が神聖な象徴であるだけでなく、計時器なしで航行できる道具で、新石器時代のものであるとの説を立てた。彼はこの十字架と円を組み合わせたものを作ったのはエジプト人とフェニキア人で、長距離を航海するのにそれを使ったと考えている。あらゆる作業には事前の測量が必要なので、ミラーはエジプトのケオプスのピラミッドとギザのピラミッド群、スコットランドのストーンヘンジ、エイヴベリーとカラニッシュを調査していた。カラニッシュは5000年以上前のもので、ケルト十字の形に建設されている。ミラーはまだ発明されていなかった経緯儀の代わりに建築家が使い得た条件に唯一あてはまるのが十字架に測鉛線を加えて派生した形の道具だと考えている。大ピラミッドは土木工学上の大仕事だ。だからミラーは当時のいちばん手に入りやすい材料と、最もよく使われていた計算法を用いて必要な作業を遂行できる経緯儀を組み立てた。三角定規と測鉛線を組み合わせると、この道具は非常に正確で、設定した目標を満たすどころか、大幅に期待を超える成果を得た。彼はこの信じられないほど素朴な道具が、測るものの大きさによっては角度や勾配を1分（60分の1度）まで測れる驚くべき精度を誇ることを突き止めた。ヨット・マスターの資格を持つミラーは、古代の船員がケルト十字で緯度と経度を判断できたことも突きとめた。彼は手のひら大のケルト十字の形の道具で実験を行い、古代の人々が地球上のどこにいても3海里（5.5キロメートル）以内の誤差で現在位置を知ることができたと証明した。この発見はたとえば

コロンブスのアメリカ大陸到達より前にフェニキア人がアメリカ先住民と定期的に通商を行っていたことを証明する役に立つことだろう。ミラーはその後もケルト十字が幾何学、数学、古代天文学、地図製作、時間の計測が発達する土台となった可能性があるとの発見を続けた。ケルト十字は天文学や月ごとの星の位置、黄道や黄道帯の観測に関する詳しい知識と組み合わせて、地球上のいつどこにいても、どの星がどこにあるか位置を把握できただろう。現在の本子午線はグリニッジだが、ミラーは、本子午線がもとはエジプトのギザにあり、あらゆる現地時間や距離はそこを基準に計算していたのではないかと提議している。彼はマヤ族が星の動きを測定していた“力の杖”もケルト十字だと考えている。

賢者の石

The Philosopher's Stone

賢者の石は、初め卑金属を金や銀に変える化学物質だと信じられていて、“Power of Projection”（投影する力）ともよく呼ばれていた。初めに言い出したのはテーベの錬金術師ゾシモス（250頃-300年頃）で、彼の言葉が強大な力と超自然的な意味を帯びて現在に至る。賢者の石には生命と健康の秘密が隠されていると考える人もいる。13世紀の錬金術師は厳格な祈りと清めのしきた

りに従わなければならず、それに従って初めて仕事をするのにふさわしいとみなされた。賢者の石は、生命の進化を支える力、人間の心と魂を一体化させる普遍的な結合力を表すようになった。現在では、純粋な思想と利他的存在を極めた至高の域の清廉と高潔の象徴だ。

幸運を呼ぶ鶏の糞

Lucky Chicken Manure

2004年3月8日、オーストラリア懐疑主義者協会会長ハリー・エドワーズは、彼の地元ニューサウスウェールズ州セントジェイムズの地方新聞社に手紙を書いた。彼のペットの鶏はよく彼の肩に乗り、そこに「糞」を残していた。彼は糞を落とされたときと賭け事の勝利や予想外のお金を得た場合など、その後の出来事の相互関係を見出し、鶏が幸運をもたらしたと結論づけた。ある日、鶏がエドワーズの息子の上着に糞を残すと、息子が財布や腕時計などを発見、それを持ち主に返した。エドワーズによると、彼が後日「前世が見える人」のところにその鶏の羽を何枚か持っていったところ、鶏は慈善家の生まれ変わりで、「羽を売って幸運をふりまくべきだ」と言われたそうだ。エドワーズは“幸運を呼ぶ糞”を買わないかと申し出て手紙を締めくくった。エドワーズは注文を2件と代金20ドルを受け取った。

古代インドの宇宙船と原子爆弾

Ancient Indian Spacecraft and the Atomic Bomb

『マハーバーラタ』や『バーガヴァタ・プラーナ』などのヴェーダ文学の叙事詩では、空飛ぶマシン、ヴィマナが登場するが、ヴィマナが詳しく解説されているのが『ヴィマニカ・シャストラ』だ。インドの壮大な叙事詩のひとつ、『ラーマーヤナ』には、ヴィマナ（“アストラ”とも）に乗って月へと旅し、そこで“アスヴィン”（“アトランティス人”の飛行船）と戦うさまが非常に詳しく描かれている。古文書には2階建てで舷窓と円蓋のある、不思議なことに現在の〈空飛ぶ円盤〉のイメージに似た円盤型の航空機も載っている。ヴィマナは「風の速さ」で飛び、「旋律のような音」を響かせて飛んだという。描かれているヴィマナは4種で、皿型もあれば、長い円筒形もある。それらの宇宙船を製作したのも、飛行マニュアルをつくったのもほかならぬインド人だとされている。『サマラ・ストラダラ』はヴィマナの

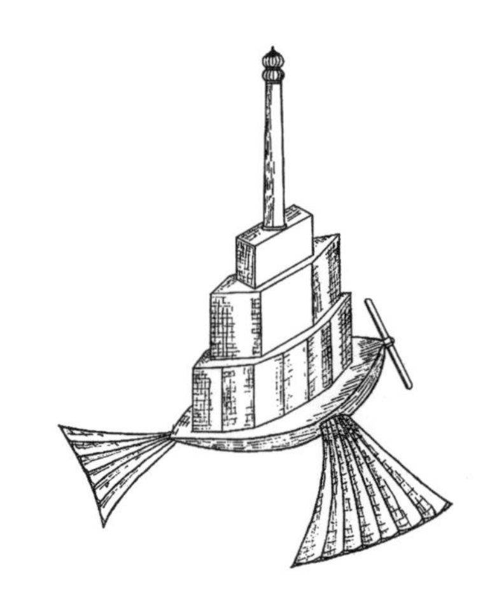

飛行についての科学技術論文だ。一定の韻律を持つ合計230の節で構造、離陸、何千マイルもの飛行、通常着陸と非常着陸、そして鳥との衝突の恐れにいたるまでを説明している。1875年には、紀元前4世紀頃にさらに古い文書をもとに記された『ヴィマニカ・シャストラ』がインドの寺院で世に再び発見された。そこにはヴィマナの操舵法、長時間飛行の事前注意、嵐や雷から飛行船を守る方法、無限のエネルギー源（“反重力”のことか）から“太陽光エネルギー”に推進力を切り替える方法などの操縦法が載っていた。この文書は図を含む8章で、燃えることも破壊されることもない装置など、3種類の航空機を説明している。それらの航空機の構築に不可欠な光と熱を吸収する31の部品と16の部材についても触れ、ヴィマナの構築に適すると認めている。

『マハーバーラタ』の一部『ドローナパールヴァ』や『ラーマーヤナ』によると、あるヴィマナは球に似ていて、水銀で発生させた強風に乗って豪速で飛んだという。操縦士の思いのままに上昇・下降し、前後・左右に動き、ハリアー・ジャンプ・ジェットやUFOにやや似ていた。潜水可能なものもあったという。『ラーマーヤナ』の一節は次のとおり。「強力なラーヴァンはわが兄弟の太陽のような車プシュパカをもってきた。その空飛ぶ優れた車では、どこにでも意のままに行ける…その車は空の明るい雲のようだ……王（ラーマ）が乗り込むと、その優れた車はラギラの操縦でより高く大空へと昇っていった」。別のインドの資料によると、サマルと呼ばれるヴィマナは「しっかりと組まれた鉄の機械で滑らかに動き、水銀を補給して後部から燃え立つ炎を発射する」。さらに古い文献をもとにした8世紀のジャイナ語の『ババブーティのマハビラ』によると「空中二輪戦車プシュパカはアヨーデイヤの首都までおおぜいの人々を運ぶ。空に途方もない飛行機があふれて夜のように暗いが、黄色く輝く光でそれとわかる」。古代のヒンドゥー教の聖典『ヴェーダ』は形や大小がさまざまなヴィマナを解説している。エンジンが2つある“アニホトラ［火のような］・ヴィマナ”、エンジンがさらに多い“エレファント［象のような］・ヴィマナ”、それにカワセミやトキなどの動物にちなむ名前のものなどだ。

水銀は推進力よりむしろ誘導システムに何らかの関係があるかもしれない。『ヴィマニカ・シャストラ』に説明があるのは、現在水銀ヴォーテックス・エンジンと呼ばれるもの［水銀の回転により電力を得る電動輸送機器と考えられている］で、NASAが製造したイオンエンジンの先駆けだ。水銀エンジンについては『サラマンガナ・ストラダーラ』にさらに詳しい情報がある。「ヴィマナの機体は頑丈で耐久性に優れ、軽い物質からなる偉大な飛ぶ鳥のようでなければならない。円錐形の航空機内部の機体の中心に、太陽エネルギー水銀給油タンクとエンジンを据えつける。熱した水銀に潜む力で激しい渦が発生して、中に腰かけている者は嘘のように素晴らしい方法でとてつもない距離を移動することができる。構造内部

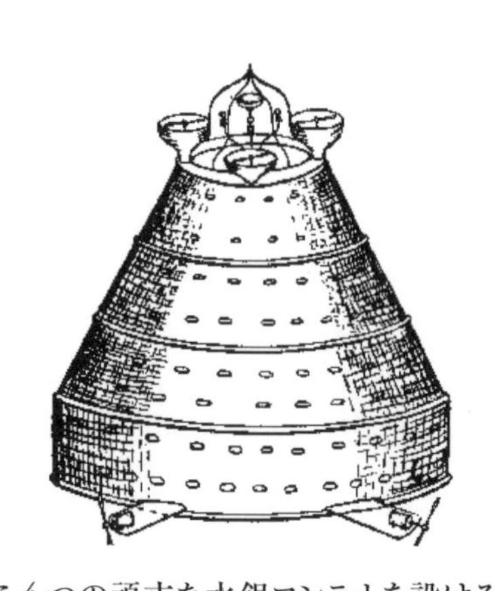

に4つの頑丈な水銀コンテナを設ける必要がある。コンテナが太陽などのエネルギー源で温まると、ヴィマナ（航空機）が水銀を介して雷エネルギーを発生させる……ヴィマナは垂直方向に上昇・下降し、傾斜しながら前後に動く。その力を借りれば、人が空中を飛び、天の存在は地上に降りることができる」

残念なことにヴィマナは結局戦争に使われた。それはアトランティス人が同じような空飛ぶマシン“ヴァイリクシ”を使って世界を征服しようとしたからだ。アトランティス人はインドの文献で“アスヴィン”と呼ばれ、インド人よりさらに技術を発展させていた。彼らのヴァイリクシはたいてい紙たばこ型で、水中でも、空中でも、宇宙でも動いた。『マハーバーラタ』、『ラーマーヤナ』などの書物は現在から1万ないし1万2000年前のアトランティスとラーマの悲惨な戦争を語っている。叙事詩はその戦争での恐ろしい破壊ぶりをこう語る。「（武器は）単発の発射体で／全宇宙の力を備えていた／白熱の煙と炎の柱が立ち／千の太陽が全力で輝きながら上昇するように明るく……／鉄の稲妻は、／死の巨大な使者で／ヴリシュニスの全民族を灰にした。／そしてアンダカスも。／…死体はあまりに燃え／認識できぬほどだった。／髪や爪は落ち／理由もなく陶器が割れ／鳥は白くなった。／……数時間後／すべての食材が汚染された…／…この炎から逃がれようと／彼ら自身と身につけたものを洗おうと／兵士は小川に身を投げた…」これは核戦争だったとは言えまいか?

大虐殺でラーマの王国は全滅、アトランティスは沈没し、世界が崩壊して「第二の石器時代」に逆戻りして、それより昔の、優れた文明の残骸だけが残ったという説がある。悲惨な戦争の数千年後、アレクサンドロス大王がインドを侵略すると、歴史学者は大王が騎兵隊を恐れおののかす「空を飛ぶ、燃えたつような盾」に攻撃されたと記録した。空飛ぶマシンの記録はほかにも残っている。バビロニアの法典『ハーカタ』によると、「飛行機を操縦するのは大いなる栄誉だ。飛行に関する知識は我々に受け継がれてきたものの中で最も古い。“高き所の者”からの贈り物である。我々はそれを多くの命を救う方法のひとつとして賜った」。古代カルデアの文献『シフララ』には100ページ以上にわたって黒鉛桿、銅コイル、水晶インジケータ、振動球、安定角などと訳される言葉が登場して航空機の製造技術が詳しく記されている。

『マハーバーラタ』には、アスラ［親族または魔族の総称］のマヤが周囲12キュビット（55センチメートル）の4つの頑丈な車輪つきのヴィマナを所有するとある。「赤々と燃えるようなミサイル」や「インドラの吹き矢」など円形の“反射材”を介して実行する武器の説明がある。武器は作動すると「光の軸」を作り出して標的を定め、「そのエネルギーで標的を焼き尽くした」という。ある部分を抜粋すると、英雄クリシュナは空中で敵サルバを追っていて、そのヴィマナを見失った。クリシュナはただちに特殊な武器を発射した。「サルバのヴィマナが見えなくなり、さっと矢を放った。すると矢が音を探って敵を殺した」。同じ物語にこんな記述がある。「グルカは彼の敏捷で力強いヴィマナで飛行しながら、ヴィリシスやアンダカの3つの都市に宇宙の全エネルギーを満たした発射体を1発打ち込んだ。1万もの太陽に匹敵するほど明るく光り輝く炎と煙の柱がまばゆいばかりにたちこめた。それは未知の兵器“鉄の稲妻”と呼ばれる巨大な死の使者で、ヴィリシスとアンダカの全種族を灰燼に帰した」。死者は燃えて識別不可能、体の一部を失って生き残った者も髪が抜けて爪がはがれ落ちた。

古代エジプトとアメリカの航空機

Ancient Egyptian and Central American Aircraft

1898年、エジプトのサクアラで、現代の航空機に見える玩具とおぼしき物体が発見された。紀元前200年頃のもので、「木製の鳥模型」と記した箱の中でカイロ博物館の地下に保管されていた。のち20世紀後半に再び発見されてその重要性が認められると、政府が専門家による研究委員会を設置した。その後展示の目玉として、小型の模型とともに「飛行機模型」と題してカイロ博物館のメインホールで披露された。模型の寸法比率は、ほぼ機体が自力で滞空できる“推進式グライダー”の進化形だ。推進式グライダーは荷重が大きくても非常に小さなエンジンで時速55マイル(88キロメートル)の低速で飛行できる。この驚くべき飛行能力は奇妙な形の翼のおかげで、翼が先端に向かって下のほうに曲線を描いている(下反角、正面から見て翼が水平より下に反っている)ことによって最大の浮力を得るからだ。中南米では1000年ほど前のものと思われるコロンブスのアメリカ大陸到達前の金の模型か玩具らしきものが発見された。既知のいずれの動物や鳥、魚にも似ていないが、現代の航空機や宇宙船に似ている。尾状物の前方の構造物はわずかに前方にカーブ

南米大陸のクリスタル・スカル

スカルは真っ先に死を思い浮かべる象徴で、メキシコなど中南米各地で少なくとも古代に作られたと思われるクリスタル・スカルが少なくとも13個見つかっている。中には5000年から1万6000年前のものと考えられているものもある。アステカに由来するといわれるそんなスカルのひとつが、1898年にニューヨークのティファニーから120ポンドで大英博物館に売却された。

◉アンナ・ミッチェル・ヘッジスの“水晶ドクロ”

いわゆる“破滅のドクロ”は純度の高い石英水晶を造形したもので、重量11ポンド7オンス（5.2キログラム）、滅亡したアメリカ先住民文明の遺物だと言われている。1924年にマイク・ミッチェル・ヘッジスと娘アンナがイギリス領ホンジュラス（現ベリーズ）のマヤ族の都市ルアバントゥンで発見したという。あごの部分は取り外し可能で、数か月遅れて発見された。ミッチェル・ヘッジスは巨大な水晶の塊を砂で磨いて滑らかな頭蓋骨の形にするには一定の作業を休みなくこなしても150年かかると推定した。下あごが外れる特徴にいたるまで、実際の人間の頭蓋骨の形状によく似ている。既知のクリスタル・スカルは、ひとつの塊の頭蓋骨の不自然な位置にただ目と鼻と歯が彫ってある型にはまった形のものが多い。ところが、頭蓋骨の発見の経緯はまったくの作り話だったようだ。ミッチェル・ヘッジスはその頭蓋骨を1943年にロンドンのサザビーのある競売で買ったらしい。この事実はミッチェル・ヘッジスに対抗して頭蓋骨に買値をつけた大英博物館の書類で確認された。1970年には、スカルがクリスタルの結晶軸の向きに逆らって加工されていることをヒューレット・パッカード社の研究員が発見した。現代のクリスタル彫刻家は結晶軸の方向や分子対称性を常に考慮に入れる。“結晶に逆らって”彫り刻むと、レーザーなどの高度なカット法を用いてもクリスタルが粉砕してしまうからだ。専門家はそれが金属製の道具で彫られたことを示す微細な傷を発見できなかった。このスカルはカナダでまだ同一家が所有している。ヒューレット・パッカードのある研究者は言ったそうだ。「こんなものが存在するわけがない」。

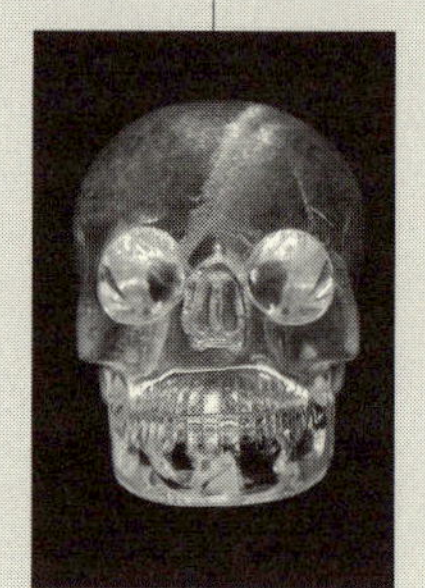

◉ブリティッシュ・スカルとパリ・クリスタル・スカル

「アステカのスカル」と呼ばれる、似たスカルが2つある。どちらもメキシコで1890年代に、金目当ての人間が同時に買ったのだろうと言われている。この2つは大きさも形もよく似ていて、片方はもう片方を複製したものではないかともいわれている。ミッチェル・ヘッジスのスカルと比べて透明度が低い水晶で、彫りも繊細ではない。目鼻や口は表面的に彫ってあるだけで完成度は低く、あごも噛み合わせが合っていない。ブリティッシュ・クリスタル・スカルはロンドンの民俗学博物館に展示中、パリ・クリスタル・スカルはパリのトロカデロ民俗学博物館に収蔵されている。電子顕微鏡を使った研究者はこれらの頭蓋骨の表面に現代の研磨機を使ったことを示す完全に等間隔の直線の痕跡が残っているのを発見した。本当に古代の物なら、手磨きの工程で小さく不規則にひっかいた跡ができるはずだ。研究者はこれらの頭蓋骨が実際には過去150年以内に作られたものだろうと推測した。

◉マヤのクリスタル・スカルとアメジスト・スカル

これらのスカルは1900年代初頭にそれぞれグアテマラとメキシコで発見され、マヤ族の司祭によってアメリカに持ち込まれた。アメジスト・スカルは紫色の石英で、マヤのスカルは透明だが、それ以外はよく似ている。ミッチェル・ヘッジスのスカル同様、2つともヒューレット・パッカード研究所で調査され、どちらも結晶軸に逆らって説明のつかない方法でカットされていると判明した。

◉テキサス・クリスタル・スカル

「マックス」の名で知られるこのスカルは重さ18ポンド(8.2キログラム)の一体型で、透明だ。グアテマラのマヤ民族の墓から出土し、チベットの降霊術者を経て、テキサス州ヒューストンのジョー・アン・パークスの手に渡ったといわれている。パークス一家は訪れる人々にマックスの見物を許可していて、全米各地のさまざまな会場で頭蓋骨を展示している。

◉“アミ” アメジストのクリスタル・スカル

このスカルの経緯は定かではないが、1876から1910年のメキシコ大統領ディアスが所有していたクリスタル・スカルのコレクションの一部だった。メキシコのオアハカ地域のマヤ族のものだった可能性がある。

◉“ET”スカル

“ET” は20世紀初頭に中米で発見された、曇った石英のスカルだ。頭とあごの先が尖っていて、下あごより上あごが異常に大きく頭でっかちで異星人に見えるため、その呼び名を頂戴した。

◉ローズ・クォーツ・クリスタル・スカル

既知のクリスタル・スカルで唯一ミッチェル・ヘッジスのスカルに似ているのが、これだ。ホンジュラスとグアテマラの国境近くで発見されたという。透明ではなく、ミッチェル・ヘッジスのよりわずかに大きいが、取り外せる顎など、同程度の職人技巧がみられる。

◉ブラジリアン・クリスタル・スカル

重量13.8ポンド(6.25キログラム)の実物大のスカルは、ブラジルの宝石商が2004年に博物館の鉱物部門に寄付したものだ。

◉“コンパッション”— アトランティスのクリスタル・スカル

新しく発見された水晶の頭蓋骨で、2009年9月9日のクリスタル・スカル会議でのマヤの巫女と長老の発言によれば、「アトランティス文明時代のもの」だそうだ。

していて、補助翼と昇降舵のようだ。しかし、それは翼ではなく胴体についている。翼は側面から見ると水平だが、正面から見るとわずかに下に曲線を描いている。昇降舵翼は機体の後部の翼の水平よりやや高い位置にあり、正方形で、完全な幾何学形だ。尾状物も奇抜な形だ。直立する尾が1枚の魚や鳥はいないが、この尾状物は航空機の尾翼と形状がそっくりだ。

古代エジプトの電灯
Electric Lamps in Ancient Egypt

ルクソールの北約40マイル(64キロメートル)のデンデラのハトホル神殿では、ランプだと解釈されるレリーフを見ることができる。レリーフに描かれた物体を見たあるノルウェーの電気技師が電球の役割を果たすかもしれないと気づくと、同僚が実際に動く模型を構築できたのだ。絵に見えるのは、先端のほうへと太くなったバルブのようなもので、バルブの先端に近いところを2本のアームが支えている。もう一方の細いほうの端からは、ケーブルの類が外に出て、中では蛇が反対側のアームに触れんばかりに飛び出している。全体像はランプに近い。古代で電気の存在が知られ、使われていたであろうことは、イラクのバグダッド電池や大昔のインドの碑銘の発見でも裏付けられている説だ。幾千もの地下廟やピラミッドの換気坑のどこにもすすの痕跡ひとつ見つからないからと、人々はピラミッド建設中に電灯が使われていたと証明を試みてきた。多くの墓

の壁に多彩な絵が描かれていて、ろうそくやオイルランプなどが光源なら、炭素の痕跡が残っただろうというのが争点だ。鏡で光を反射させたとは考えられない。当時の磨いた銅板は満足に光を反射しなかった。ほかにも議論がある。たとえばダハシュールの赤のピラミッドにはすすの痕跡がある。赤のピラミッドの〈王の間〉や大ピラミッドの通路は昼間に建設されたとみられる。王の間の建設が始まってから数年後に最後の天井石を置くまで、仕上げ磨きや壁や屋根梁を入れるなど、作業のすべてを自然光のもとで行うことができただろう。

ゴルディオスの結び目
The Gordian Knot

ゴルディオンはトルコのアンカラから南西に50マイル(80キロメートル)の都市で、裕福で名高いミダス王(紀元前725-675年)治世のフリギアの首都だった。そこの要塞は、トロイアとアンティオキア間で唯一通行可能なサンガリウス川を渡る交易路を守っていた。アジアと通商するにはゴルディオンの城塞を通過するための税金を払わねばならなかった。フリギ

アが王不在の状態になると評議会は巫女に相談し、次にやってきた牡牛に乗り荷車を引いた男が王になると告げられた。こうしてしがない地主ミダスが王となり、牡牛と荷車をゼウスに捧げた。新しい王は荷車のくびきを複雑に結んで梁に固定した。ある巫女がその結び目をほどいてくびきを解くことができた者がアジア全土の支配者になると予言した。多くの人が試すも失敗に終わったが、紀元前333年にアレクサンドロス大王がその難題に挑んだ。彼は結び目をほどく端がないとわかると、刀で一刀両断して求められる結果を出した。現在では素早く答えを出すことを「アレクサンドロスの解決」という。

サンクタ・カミシア――聖母マリアの衣

The Sancta Camisia – The Cloak of the Blessed Virgin Mary

フランスのシャルトル大聖堂は建築史上最大の偉業のひとつで、意匠が細部にいたるまでほぼ完全な形で残っている。ファサードのおびただしい数の彫刻群はどれも破損しておらず、壮麗な170枚のステンドグラスの窓はすべて建築当初のものだ。建築当時の外観をほぼそのとおり今に伝える唯一の聖堂かもしれない。876年に以前の建物がそこに建って“聖母マリアの聖衣”を収蔵して以来、巡礼の中心地となって久しい。聖衣は天使ガブリエルがキリストの降誕を告げたときにマリアが着ていたものだとか、彼女がキリストを産んだときに着ていたものだと主張する史料も存在する。ビザンティン帝国の女帝エイレネはその聖衣を876年に西フランク王国の“禿頭王”シャルル2世に贈呈した。“聖衣”はイングランド王ヘンリー5世をはじめ、多くの巡礼者をシャルトル聖堂に呼びこんだ。1020年に最初の大聖堂が全焼すると、巨大な地下礼拝堂を備えた壮麗なロマネスク様式の大聖堂が新たに建てられたが、1194年に稲妻で大火事が起き、西の塔と西のファサード、地下礼拝堂以外はすべて焼失した。“聖マリアの聖衣”が火事で焼失したとみられて聖職者は絶望したが、3日後に宝物庫で無事見つかった。司祭はこの一件を、シャルトルにもう一度さらに壮大な聖堂を建てるべきとの聖母マリアみずからのお告げだと宣言した。フランス全土から寄付が集まり、まもなく再建が始まった。1220年までに旧地下礼拝堂、西の双塔、新たな聖堂に組み込まれたファサードとともに新聖堂ができあがった。ルイ9世の列席のもとに聖母に献堂され、現在は世界遺産となっている。石造りの内部には“シャルトル・ラビ

リンス”（1205年完成）と呼ばれる身廊があり、古くは修道僧が瞑想しながら歩いていた。現在はキリスト教徒の巡礼者が黙想するのに使っている。迷路を通り抜ける経路はひとつだけで、その長さは964フィート（294メートル）だ。

死者の書
The Book of the Dead

このエジプトの葬礼文書の原題は『ペレト・エム・ヘルゥ』で、“日の下に出でる”とか“光の中に現れる”との意味だ。死者が来世に渡るのを手助けする呪文を集めた内容で、ヘリオポリス、テーベ、サリスの神官から伝わったいくつかの版が存在する。呪文はたいてい遺体と密接に触れるパピルスや革の巻物に記された。通常、『死者の書』は棺の中で遺体の隣に添えられ、具体的にはミイラを包む布の中に挟むか、葬儀の神の小さな像の中に収められた。神官はおそらく葬儀で多くの呪文を唱えていただろう。『死者の書』を故人の近くに入れるのは、来世に渡るとき危険に面したら見られるようにするためだ。『死者の書』の節の数々は、墓やピラミッドや石棺に刻まれているだけでなく、それを記したパピルスが墓で発見されている。大昔の裕福なエジプト人は、それにふさわしい装飾品、武器、化粧品、衣服、食べ物、飲み物を供えて地下の墓に埋葬された。最も古い葬礼文書の実物は紀元前2665から2155年頃の『ピラミッド・テキスト』だ。ミイラ化したファラオと近くの墓に埋葬された王室の家族や廷臣を守り、死後の世界の彼らを助けることについて記されていた。墓の石室の壁で発見されたこのような文書は紀元前2050年から1755年頃に『コフィン・テキスト』に発展した。棺がミイラの形になったのはこの頃だ。最も古い『死者の書』の実物は第18王朝（紀元前1570-1300年頃）のもので、そこにはピラミッド・テキストやコフィン・テキストにあった呪文や祈禱文が盛り込まれ、さらに内容が増えている。黒のインクが使われることもあったが、呪文の見出しや重要な言葉は赤字で記された。挿絵は白黒から多色までさまざまだ。第18王朝と第19王朝の『死者の書』では、呪文の番号と順番が大幅に異なる。おそらく高貴な身分の者の写書の命令を反映しているのだろう。呪文に通し番号をつけて呪文の数と順番をパピルスに記して標準化したのは、紀元前320年頃のプトレマイオス朝になってから。呪文は200以上あるが、そのすべてを網羅したパピルスは発見されていない。

新王国時代（紀元前1554-1075年）の書物『死後の世界』は、死後の世界が完全に光のない地下の領域だと説明している。そこは12に分割された領域で、それぞれを“洞窟”と呼び、“霊”を臣下に持つ王が統治している。たとえば第6の領域はオシリスの統治する運河が流れる農業地域だ。多くの領域はナイル川に似た大きな川でつながっていて、夜のあいだはこの川沿いで太陽の神が地下の住民たちに光と歓びをもたらす。

エジプト人は死んだその日のうちに自由の身で地上に戻るか、神聖な者としてオシリスの冥界に受け入れられることを願った。『死者の書』にはさまざまな賛歌や魔法の呪文、祈禱の言葉、まじない、祈り、死後の幸福を阻む障害を乗り越える力を死者に与えるために暗唱する言葉が明確に記されている。さまざまな呪文にはそれぞれ目的があり、たとえば21番から23番の呪文は死者が呼吸し、食べられるように死者の“口を開けて”神のいくつかの助けを確実に受けられるようにすること。25番は死者の記憶を取り戻す、42番は全身のすみずみまで神または女神の保護下に置く、43番は死者が首を斬られるのを防ぐ、44番は死者の2度目の死を防ぐ呪文で、130、131番は日の出と日の入りの小舟を使えるようにする呪文だ。154番は死者がオシリスにかける言葉で、抜粋すると、「私は存在しつづける、生きて存在しつづける。生きて、耐え、持ちこたえる。心静かに目を覚ます。かなたで身が朽ちることはない……。頭蓋骨は傷つかず、耳は聴力を失わず、頭も首から離れず、舌も抜かれず、髪も切られず、眉も抜け落ちない。私の亡骸が損なうことはない。この地上から永遠に、決して消え去り朽ちることはない」

死のダイヤモンドの呪い

The Curse of 'The Diamond of Death'

ホープ・ダイヤモンドは、ビルマ（現ミャンマー）またはインドの寺院のヒンドゥー教の女神シーター像の額（目とも）から盗まれたといわれている。これまでの経緯から呪われているとの評判だ。これを盗んだ僧侶は拷問死したと言われている。1642年、フランス人宝石商ジャン・バティスト・タヴェルニエ（1605-1686年）はインドを訪れ、ゴルコンダ地域のコラル鉱山から産出したと考えられている112カラット（22グラム）のブルーダイヤモンドを購入した。ダイヤモンドを販売できるのはムガール皇帝だけだったので、合法的に持ち出されたのか密輸されたのかは不明だ。タヴェルニエは1668年にフランスに戻り、ほかに大粒44個、小ぶり1122粒のダイヤモンドとともにルイ14世がその大きなブルーダイヤモンドを買った。タヴェルニエは貴族となり、84歳のときロシアで死亡した。かれはそのとき、ロシアへの道中で野犬に噛み裂かれたと

トリノの聖骸布

現在トリノ大聖堂に安置されているイエス・キリストの顔が写った屍衣は、キリストの最も有名な聖遺物で、何百万人もの巡礼者がそれを見に訪れている。14フィート(4.25メートル)×45インチ(114センチメートル)のリネン織物の信憑性については今も過激な論争が続いており、1000年前の作り物だと断言する者もいれば、キリストの処刑と同時代のものと考える者もいる。印象的なネガの画像が初めて人目に触れたのは1898年5月28日の夕方、聖骸布の撮影を許可されたセカンド・ピアと名乗るアマチュア写真家が写真乾板を裏返しに見たときだ。中世の作り物だとすれば、1898年まで発見されなかったのは妙な話だ。左右の手首のそっくりな傷は遺体が磔の刑にされたことを物語っている。両掌に釘を打ち抜かれたら、犠牲者は肺が虚脱してすぐにでも窒息死する。脇腹にはおそらくロンギヌスの槍で貫いた胸腔へと上向きに穴があいた傷らしき痕跡もある。額周辺に細かい刺し傷がいくつもあり、頭にいばらの冠を被っていた可能性がある。胴体や両脚に沿って筋状に走っているのはローマの鞭打ち刑具でできた独特の傷あとにも見える。顔は激しく殴られてむくんでいるかに見える。両腕につたう血は磔にするとき腕が持ち上げられる角度と一致しそうだ。どちらの脚も骨を折られた形跡はないが、両足にまるで大釘で貫いたような大きな刺し傷が見られる。写っている男性は、頬から顎にかけてひげがあり、肩まで伸ばした髪を額の中央で分けていた。

聖骸布の反対側にももうひとつぴったり同じ顔が写っているのが判明した。表面的に写っているので、色を塗ったのではなく、二つ折りにして顔を包んだ布と遺体に化学反応が起きたようだ。ところがもっと小さな“自印聖像”と呼ばれる聖骸布(307ページのマンディリオンの項参照)の存在は4世紀から記録がある一方、トリノの聖骸布の信頼できる記録はフランスでの1357年が最初だ。自印聖像はイエスの弟子により(イラクのエデッサの)王アブガル5世に贈られ、その後に町が第4回十字軍のとき略奪されるまでコンスタンティノープルにあった。一部の歴史学者がトリノの聖骸布だと言いつづけているある屍衣は歴代ビザンティン帝国のものだったが、1204年のコンスタンティノープル略奪の際に行方不明になった。1307年にテンプル騎士団が宗教上の罪を問われたときの罪状には、リネンまたは綿に赤の単色で写し取ったひげの男の“偶像”を崇拝したことが含まれていた。2009年4月6日、《タイムズ》誌は、ヴァチカンの研究職員が、聖骸布がコンスタンティノープルの略奪以来テンプル騎士団員に崇められていた証拠を明らかにしたと報じた。ある新入団員の話によると、聖骸布崇拝は入団儀式の一部だったらしい。史料によると、ひげを生やした男性が磔の刑にされた姿が写っている屍衣は、1353年から1357年頃、十字軍のフランス人騎士ジョフロイ・ド・シャルニが所有していたらしい。彼がフランスのリレでそれを公開し、そこは巡礼地となった。その後サヴォイア家のものになり、1578年にトリノ大聖堂に移された。1260年から1390年という放射性炭素による年代測定に異論があるのは、1532年の火事で炭素が付着し、傷んだところを直すのに継ぎ足したリネン地の部分で測定したとみられるためで、その年に起きたフランスのシャンベリーの礼拝堂で起きた火事で傷んだ部分を修復するのに、聖クレア修道院の修道女が14枚の三角形の布とそれより小さな8枚の布を縫いつけていたからだ。屍衣の縫製のしかたも1世紀かそれ以前に行われていた方法だった。花粉と布の繊維に残った植物のとげの痕跡はハンニチバナ、ハマビシ科の植物、回転草の一種で、パレスティナでしかみられない組み合わせだと突きとめられた。2002年、教皇庁は聖骸布を修復した。布の裏地と30枚のあて布をはがし、これまで見えなかった布の裏側の写真撮影とスキャンができるようにした。2004年、布の裏に体の一部分のかすかなあとが見つかった。聖骸布は2010年4月10日から5月23日までトリノで一般公開され（史上18回目）、210万人以上の来場者がひと目見ようと列をつくった。

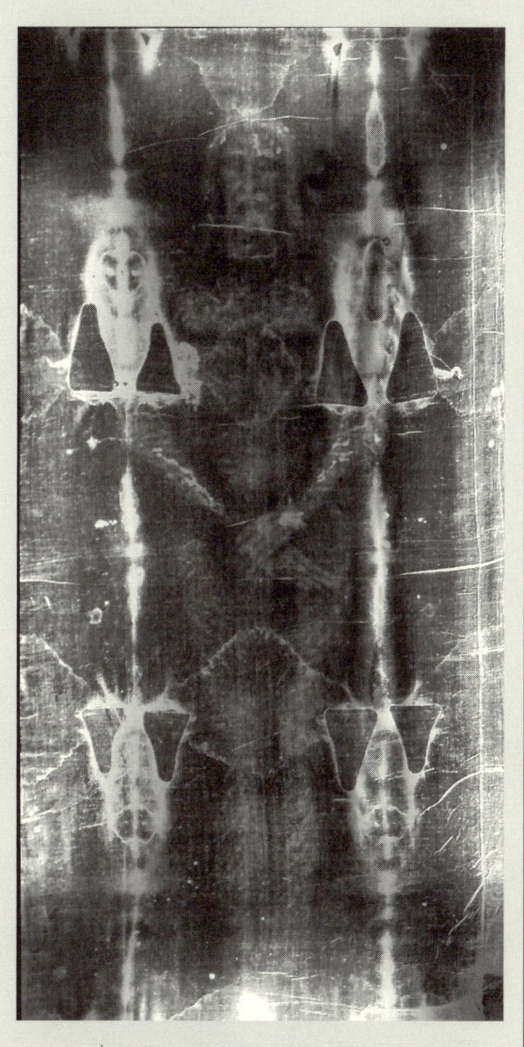

伝わっている。1673年、ルイ14世はダイヤモンドの輝きを強調するためにリカットすることにした。新たにカットを加えたダイヤモンドは67カラット(13.4グラム)になった。ダイヤモンドは公式に「王冠の青いダイヤモンド」と名づけられ、王は首にかけた長いリボンにそれを飾っていた。ルイ14世はお気に入りの愛人モンテスパン侯爵夫人にもそれを身に着けることを許したが、彼女はまもなく王の寵愛を失い、社会的地位を失った。フランスの財務省で宝器類の警備係だったニコラス・フーケはそのダイヤモンドをつけて宴の席に出席し、のちに落ちぶれて投獄され、1680年に国王の命令で処刑された。ルイ14世自身も天然痘で苦しんで崩御し、彼の絶対的な支配も終わった。

1749年、ルイ15世は宝物係に例のブルーダイヤモンドとコート・ド・ブルターニュ(当時はルビーだと思われていた大きな赤い尖晶石)で金羊毛騎士団の衣装の装飾品を作るよう命じた。それでできた装飾品は非常に存在感があり大きかった。それはのちにルイ16世の妻マリー・アントワネットのお気に入りの宝石となったが、彼女はフランス革命のときに断頭台で首を斬られた。マリー・アントワネットとルイ16世はダイヤモンドの呪いのせいで殺されたという不吉な言い伝えもある。王室の一員で、わずかのあいだこのダイヤモンドを身に着けたランバル公妃マリー・ルイーズは民衆に八つ裂きにされた。フランス革命が始まり、1791年に国王夫妻が国外逃亡を試みると、(ブルーダイヤモンドを含む)王室の宝物類は国王夫妻から取り上げられた。宝器類は王室の宝庫に保管されたが、適切に警備されていなかった。宝器類のほとんどはすぐに取り戻されたが、ブルーダイヤモンドはそうはいかなかった。

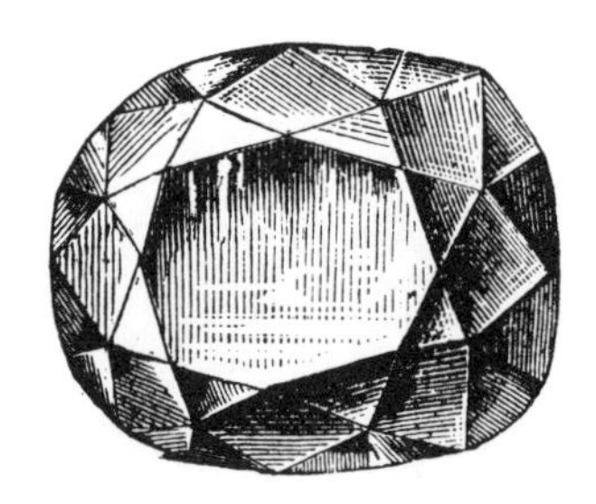

どういう経緯かオランダ人ダイヤモンド研磨師ウィルヘルム・ファルスがそれを手に入れてリカットし、その後、彼自身の息子ヘンドリックに盗まれた。ウィルヘルムは落ちぶれて失意のうちに死んだといわれており、ヘンドリック・ファルスは1830年に自殺した。ヘンドリックは自殺する前、ダイヤモンドを借金のかたにしたとみられる。彼は父親に借金を認める勇気がなくて盗んだのだ。ファルスからダイヤモンドを買い受けた男、フランシス・ボーリューは、マルセイユからロンドンに移ってそれを売却、発疹チフスにひどく苦しみ、みすぼらしい宿屋で息を引き取った。彼は死の直前に例のダイヤモンドを買ってくれるようロンドンの宝石商ダニエル・エリアソンと商談をまとめていたが、エリアソンが支払いに訪れるとボーリューが死んでいて、支払いが行われることはなかった。なぜかエリアソンはダイヤモンドを手に入れ、ほぼ45カラット(9グラム)の大きなブルーダイヤモンドが1812年に“宝石

商”ダニエル・エリアソンのものになったという書類が存在する。1812年9月19日、ロンドンでイギリス人宝石商ジョン・フランシジョンがダイヤモンドの説明とカラーの絵を添えた法的書類だ。ダニエル・エリアソンは1824年に自殺。イングランドのジョージ4世がエリアソンからそのダイヤモンドを買い、彼の死後に莫大な借金のかたに売却された証拠もある。ブルーダイヤモンドは銀行家ヘンリー・フィリップ・ホープが買い取った。ヘンリー・フィリップが払った金額は1万8000から2万ポンドで、ダイヤモンドには3万ポンドの価値があったが、それが払える限界だったと言われている。彼の死後、1839年頃から甥のヘンリー・トマス・ホープが所有すると、次々とひとり息子の死などの不運に見舞われた。ヘンリー・フランシス・ホープ卿がそのダイヤを相続すると、結婚生活も財政的にも破綻するスキャンダルが起きた。卿の妻は貧困のうちに亡くなった。賭け事と浪費のせいで、ホープ卿は1898年、裁判所にホープ・ダイヤモンド売却の許可を求めた（ただし、フランシスが手をつける権利を与えられていたのは祖母の不動産から得る利益のみ）。要求は却下された。1899年、上訴が審理され、再び拒否された。いずれの訴えでもフランシス・ホープの兄弟姉妹がダイヤモンドの売却に反対したのだ。1901年、貴族院に上訴したフランシス・ホープは、ついにダイヤモンドの売却許可を得た。そのときには宝石は世界で最も上質で大きなブルーダイヤ、ホープ・ダイヤモンドとして世界中で存在を知られるように。そのときにはかつての67カラット（13.4グラム）からわずか44カラット（8.8グラム）になっていたが、リカットにより外観は格段によくなっていた。ヘンリー・フランシス・ホープ卿の妻は女優メイ・ヨーとして有名だったが、そのダイヤモンドをよく身に着けていた。ホープ卿は1902年に彼女と離婚しダイヤモンドも売却され、彼女は貧しくこの世を去った。

ダイヤモンドはアドルフ・ウェイルという名のロンドンの宝石取引の中心地ハットン・ガーデンの商人が購入し、ほとんど間髪を入れずにアメリカ人貿易商のサイモン・フランケルの手に渡った。フランケルはそれを所有したとたん金銭問題を抱え、1907年に運が尽きる前にと必死で売却した。1908年にはフランス人宝石商ジャック・コロが手にしていたが、すぐさまロシア皇子イワン・カニトフスキに売却、皇子は愛人で美人女優のマドモワゼル・ローレン・タドゥに貸した。彼女はそれを

パリの音楽ホール、フォリー・ベルジェールで着用し、皇子に拳銃で撃たれたときも身に着けていた。皇子はその2日後にロシア人革命家たちに撲殺された。購入代金の全額回収が不可能になったジャック・コロは気が狂ってその1週間後に自殺。皇子は死ぬ前にダイヤモンドをフランス人宝石商に渡していたが、その宝石商は階段から落ちて脚を骨折。その宝石商はダイヤモンドをギリシア人の宝石仲買人のモンタリデスだかモーンチャリデスだかに売り、彼がアテネに持ち込んだ。ほどなくして彼は強盗につかまり妻と2人の子供と一緒に崖から投げ落とされて死亡した。彼が運搬車を運転していて崖から落ち、妻と子供ひとりが道連れになったという説もある。彼はその宝石を40万ドルでオスマン帝国第34代スルタンのアブドゥル・ハミド2世（1842-1918年）に売却したばかりだったが、スルタンがダイヤモンドを実際に手にしたかどうかは定かでない。スルタンは1909年に軍が蜂起して支配権を失った。ダイヤモンドは使用人アブ・サビルの手に渡り、研磨された。アブ・サビルはダイヤモンドを受け取っていないと発言して鞭打ちの刑を受け、拷問のあげく数か月間地下牢にぶち込まれた。ダイヤモンドは看守がもっているのが見つかり、その看守は絞殺体で見つかった。次はスルタンの皇室の宦官のひとりクルブ・ベイが手に入れていたとみられるが、彼はイスタンブールの街で捕まり、群衆によって街灯の柱に吊るされた。スルタンの宝物係ヤヴェル・アガはダイヤモンドを盗もうとして絞首刑に。そうこうするうちに、スルタンお気に入りの妻のひとりで若いフランス人美女がそれを手に入れた。彼女はトルコ語名サルマ・ズバイバで通っていた。革命家がスルタンの宮殿に押し入ったとき、彼女はそれを身に着けていて、殺されたときは胸元にあった。その後はイスタンブール（コンス

ホルスの目

“ホルスの万物を見通す目”は、エジプトではよくみられる魔除けで、頭部がハヤブサの、太陽と空の神ホルスを大胆に図案化したものだ。ホルスは再生、健康、繁栄の神だ。この目は秘教やオカルト愛好者にとって重要なシンボルとなっている。ホルスはオシリスとイシスの息子で、父を殺した叔父セスとの戦いで片目を失った。その目はトートの魔法で復活し、彼は冥界で再生を果たしたオシリスにその目を捧げた。ホルスの目の魔除けは左目、右目、両目の3種類ある。典型的なエジプトの化粧用つけまつ毛を装着した目にハヤブサのほおのラインをくっきり引いた図案だ。『死者の書』に説明があるように、古代エジプトでは、ホルスの目は葬儀で死者を悪から守り、冥界で再生を助け、ミイラや棺や墓を飾るための魔除けとして使われていた。

タンティノープル）のトルコ人もしくはイラン人のダイヤモンド商人ハビビ・ベイのものになった。彼がモルッカ諸島で乗っていたフランスの蒸気船が遭難して非業の死を遂げ、青いダイヤモンドの悲劇の物語は幕を閉じたかに思われた。

しかし、彼はそれをパリに置いてきていたので、宝石商会ピエール・カルティエのものとなった。カルティエはダイヤモンドをロンドンのヘイマーケットで陳列した。ダイヤモンドは1910年6月22日、パリのザ・ハビブの競売でベイリー&アッパートが1万6000ポンドで売りに出した。2万8000ポンドで買ったフランスの宝石商がそれをアメリカのエドワード・B・マクリーンに6万ポンド（18万ドル）で売却、マクリーンはそれをアメリカの裕福な鉱山主の娘で妻のエヴァリン・ウォルシュに贈った。エドワード・B・マクリーンにはひとり息子ヴィンセント・ウォルシュがいた。ヴィンセントは一時世界でいちばん裕福な子供だと考えられていた。というのも、《ワシントン・ポスト》、《シンシナティ・インクワイア》両紙のオーナーのジョン・マクリーンと、コロラドの鉱山王トマス・E・ウォルシュの両祖父の財産を相続する運命だったからだ。ヴィンセントのフルネームはヴィンセント・ウォルシュ・マクリーン。両親は誘拐を警戒するよう言われていたので、彼は生まれた時から非常に特殊な防犯警備体制に囲まれていた。住む家や敷地は鋼鉄の柵で囲まれ、いかなるときも2人以上の護衛に守られていた。ある日、9歳のヴィンセントはセキュリティ・ゲートをすり抜け、道路に駆け下りたところを通りがかりの自動車にぶつかって死亡した。両親はどちらもケンタッキーのレース場に出かけていて留守だった。マクリーン家は1946年にも娘が25歳で自殺するという大きな喪失を経験した。エヴァリンを捨てて別の女に走った夫エドワードは、アルコール中毒で心神喪失を宣告され、1941年に死亡するまで精神治療施設に隔離された。エヴァリンは一族の新聞《ワシントン・ポスト》の売却を余儀なくされ、娘の死後まもなく亡くなった。1947年にエヴァリンが死ぬと、ホープ・ダイヤモンドはスミソニアン協会の所蔵品に加えられた。ホープ・ダイヤモンドをスミソニアン協会に届けた郵便職員ジェイムズ・トッドはトラックの事故で脚を骨折、自動車事故で頭部を負傷、そのあと火事で家を失った。エヴァリン・マクリーンは孫たちが成長したらダイヤモンドを相続させるつもりだったが、彼女の死から2年後の1949年、彼女の不動産で生じた負債を返済するために売却された。ダイヤモンドはスミソニアン協会から持ち出されてニューヨークの宝石商ハリー・ウィンストンが購入した。ウィンストンはダイヤモンドの呪いを信じず、影響も受けなかった。彼はそれをしばらく披露すると、1958年にスミソニアン協会が新たに創設した宝石コレクションの目玉とすべく寄付した。

勝利のクワドリガ――サン・マルコ寺院の4頭の馬

The Triumphal Quadriga – The Four Horses of st Mark's

4頭の馬の"ブロンズ"像は、もとはクワドリガ（戦車競走用の四頭立て二輪馬車）を表した彫像の一部で、1254年にヴェネツィアのサン・マルコ寺院のファサードに設置された。この見事な彫刻は紀元前4世紀のギリシアの彫刻家リシッポスの作ともいわれている。ブロンズ像とはいうものの、96パーセントは銅だ。高純度の銅は水銀メッキにより金箔を完全に施したい場合に採用する。4頭の馬とクワドリガの像は、コンスタンティノープル（イスタンブール）競馬場で何世紀にもわたり披露されていた。彫像は8世紀から9世紀のビザンティン帝国の書物にある「キオス島からテオドシウス2世を乗せてやってきた戦車競走場の頭上に立つ4頭の金箔の馬」かもしれない。彫像の馬はかつてローマの凱旋門の装飾だったとの話もある。1204年、馬の彫像は第4回

十字軍のとき、コンスタンティノープル略奪の一環としてヴェネツィア軍に略奪された。この"十字軍"が実はキリスト教国ビザンティン帝国の首都を襲っていたことは特筆すべきだろう。十字軍は本来、イスラムの"異教徒"と戦ってキリスト教の聖地を守る名目だった。第4回十字軍によって東欧と近東におけるキリスト教の支配力は致命的に弱まった。ヴェネツィアの総督は馬の彫像を出入り口のファサードの段上に設置するよう聖堂に送った。1797年、ナポレオンが馬をはずしてパリに輸送すると、そこで新しいクワドリガと一緒にカルーセル広場の勝利の門の設計に組み込まれた。1815年にナポレオンがウォータールーで敗北を喫したあと、像はヴェネツィアに戻された。1980年代初期まで大聖堂にあったので、大気汚染の悪化によりやむなく複製に交換された。本物は現在、大聖堂の中に入ってすぐのところに設置されている。

数字の魔法

Hex

魔女の呪いは昔から6とつながりがある。キリスト教徒の上層部は6を「罪の数」と呼んだ。黙示録の6が3つ並んだ666は「獣の数」であり、「サタンの数」と呼ばれてきた。ところが、エジプト人は3、6、7を最も神聖な数字と見なした。3は三女神、6は女神と神との融合を表し、7は7人のハトス(運命の女神)や7つの惑星、7つの門がある聖なる都市、数々の王の7年の治世などを表すという具合に。エジプト人は、神の総数が37でなければならないと信じていた。その数には不思議な力が宿るからだ。聖なる数字の3と7を組み合わせた数字だからだ。37に3の倍数(最大27)のどんな数字を掛けても111、222、333、444、555、666のように3桁のゾロ目や「三位一体」と呼ばれる数となる。ほかならぬ666も、3×6×37の積だ。

昔から、魔法のしるしには、小屋や家に描いて魔法から身を守ると同時に、そこにいる人間や動物を守って生産力を確保する狙いがあった。さまざまな魔法のしるしにはそれぞれ違う意味があり、卍などの象徴や図案には起源が青銅器時代にさかのぼるものもある。

数字の7

Number 7

数字の7は数多くの文化で“幸運の数”だとされている。新約聖書の「黙示書」または「ヨハネの黙示録」にはたびたび謎に包まれた神聖な数字7が登場する。黙示録でヨハネはアジアの7つの教会に主と御座の前の7つの精霊からのあいさつの手紙を送った。ヨハネは手紙でギリシアの島パトモスで見た幻を説明した。ヨハネは人の子イエス・キリストに似た人物が7本の金のろうそくに囲まれて、真ん中で右手に7つの星を持っているのを見た。金のろうそくは7つの教会で、7つの星はそれぞれの教会の天使だと説明されている。続いての幻では、天国に玉座があり、神の右手に7つの封蠟で封印された書物が1冊載っていた。すると神が地上に送り込んだ7つの精霊、角が7本、目が7つある仔羊が書物を奪い、7つの封印を次々に解いた。7番目の封印が解かれると、ラッパを持った7人の天使が現れて次々吹き鳴らした。7番目の天使がラッパを吹く前に、7つの雷鳴がとどろいた。その後頭が7

つで角は10本だが7つの角に冠を戴く竜が現れた。その後今度は海から7つの頭と10本の角を持つが、10個の王冠を戴く獣が現れた。7人の天使が次々と地上に神の怒りの瓶を7本注ぎ、すると頭が7つある7つの山の姿の緋色の獣に腰かける女が見えた。そこには7人の王がいて、そのうち5人が倒れ、1人が統治し、1人はまだ来ていないと続いた。最後の光景は天国に似たエルサレムで、よく出てくる数字が7ではなく12なのは、おそらくイスラエルの12部族からきているのだろう。しかし、この例外を除けば、この書では7という数が圧倒的に多い。18世紀オーストリアの歴史学者フォン・ハンマー・パーグストールの考察では、あいさつの手紙には7つの教会と7つの精霊、2つの7がある。本文にはそれとは別に7つの7が2回登場する。

7つの燭台、星、封印、角、目、らっぱ、雷。2回目は天使、頭、王冠、疫病、瓶、山、王だ。

スターチャイルド

The Starchild

1930年代、メキシコの北部の州都チワワの南西100マイル(160キロメートル)にある坑道の奥で完全にそろった人骨1体と、その腕をつかんだより小さな体の骨1体が見つかった。1999年2月下旬、ロイド・パイは所有者から初めて"スターチャイルド"と呼ばれる小さいほうの骨一式を見せられた。その頭蓋骨には形状の珍しい異常がいくつかあった。その主たる点が、標準的な人間よりはるかに正確な左右対称性だ。その骨には人間の体の各部位に相当する骨がほとんどそろっていて、見事に形が整っていた。眼下の深さや両目のすぐ奥の側頭部周辺の形に目立った違いがみられた。所有者のアメリカ人、レイとメラニーのヤン夫妻は頭蓋骨の異常を遺伝性によるではなく、頭蓋骨が異星人のものだからだと考えている。

聖十字架

The True Cross

イエスが磔の刑にされた十字架の破片だと主張される木片は数多い。言い伝えによれば、聖十字を発見したのはコンスタンティヌス1世の母聖ヘレナだ。彼女は4世紀にキリストの聖遺物を探してパレス

ティナに赴いた。司教エウセビオスは彼女と同じ時代に著書『コンスタンティヌスの生涯』でヘレナの旅に触れた。彼はヘレナの聖墳墓（キリストの墓）の発見については触れたものの、“聖十字架”の発見には言及しなかった。十字架に架けられたイエスの罪状を書いた札の半分など、聖十字架を称する破片はローマのサンタ・クローチェ・イン・ジェルサレンメ聖堂にいくつか保管されている。聖十字架の小さな破片はほかに何百ものヨーロッパの教会内や十字架の中に保管されている。

ヘルメス文書（もんじょ）

知恵を記した42の聖なる文書は、ヘルメス・トリスメギストス（三重に偉大なヘルメス）が記したと伝わっている、ギリシャ神ヘルメスとエジプト神トート（緑玉板の項参照）の知恵を合わせたものだ。文書は紀元1世紀から3世紀頃に世に出て以来、ずっと西洋の魔術やオカルティズムに影響を与えてきた。原文はパピルスに書かれていたと言われており、キリスト教の神学者アレクサンドリアのクレメンスは36の文書にエジプト哲学のすべてが詰まっていると述べた。4つは占星学、『神官文字』と呼ばれる10の文書には法の権威、ほかの10の文書には儀式やしきたり、2つには音楽、残りは著述、宇宙論、地理学、数学、測量学、聖職者の修行について書いてある。残る6つは薬と肉体、病気と医療器具、目と女性に関して書かれている。ヘルメス文書のほとんどはアレクサンドリア図書館の火災の際に他の文書とともに失われ、焼け残った本は密かに砂漠に埋められた。残った本は代々受け継がれた。最も重要で古いのは、ヘルメスに啓示された知恵と宇宙の神秘の探求法が記された『ポイマンドレス神』である。

謎多きピラミッド

丘上神殿　メソ・アメリカのピラミッド　メキシコのチョルーラ

古代エチオピアの首都メロエのピラミッド　エジプトのピラミッド

エジプトのピラミッド

エジプトのスフィンクスとギザの大ピラミッド

ローマのケスチウスのピラミッド

オビエドの聖顔布
The Sudarium of Oviedo

この血の染みがついた布は、ヨハネの福音書に登場する、墓でキリストの顔を覆っていたものと認められている。大きさは 33 × 21 インチ（84 × 53 センチメートル）で、スペインのオビエドにあるサン・サルバドル大聖堂に保管されている。1999 年の研究でトリノの聖骸布とこの聖顔布の関連性を調べる調査研究が行われた。史実や法医病理学、血液化学、染み模様のつきかたを調べて、2 枚の布はそれぞれ近い時期に同じ人物の頭部を覆っていたという結論が出た。別の分析ではオビエドの聖顔布についていた花粉はトリノの聖骸布についていたものと同じで、同時期のパレスティナ地方のものだとわかった。どちらの血の染みも同じく、中東には多いが中世ヨーロッパでは珍しい AB 型だった。オビエドの聖顔布は 1 年に 3 回、一般に公開される。受難日と呼ばれる復活祭の前の金曜日、9 月 14 日の十字架挙栄祭、それから数えて "8 日目" の同月 21 日だ。聖顔布は汚れてしわができ、黒い斑点が左右対称についているが、何かの形には見えない。2 つの遺物を関連づける最も重要な物理的証拠が布地で、織り方は異なるものの、素材が同じなのである。

聖釘などの聖遺物
Holy Nails and Other Relics

キリスト教の聖人の亡骸の一部や、キリストや聖人にまつわる聖なる物を聖遺物という。787 年の第 2 回ニケア公会議では教会の指導者ヒエロニモとアウグスティヌスが遺物や聖像崇拝を奨励し、公会議ではそれらなくして教会を建設すべきではないと定めた。十字軍のあいだに膨大な量の聖遺物がヨーロッパに持ち帰られ、のちに聖遺物箱に収納された（多くの場合、公式に定められた手の込んだ装飾つきだった）。列をつくって行進しながら運ばれ、奇跡を起こす力があると信じられていた。1969 年まで、ローマ・カトリック教会のすべての石の祭壇の下に殉教者の聖遺物が納められていた。4 世紀、ローマ皇帝コンスタンティヌス 1 世の母聖ヘレナは、パレスティナに旅して "聖十字架" の破片などの遺物を収集した。地方総督ポンティウス・ピラトの公邸で裁判にかけられるイエスが上った階段 "聖階段" は彼女がローマにもちこんだとされている。現在ヨーロッパ全土で 30 本以上は崇められている "聖釘" を持ち帰ったのも彼女だ。これらの聖遺物はローマのサンタ・クローチェ、ヴェネツィア、ドイツのアーヘン、スペインのエスコリアル、ニュルンベルク、プラハの教会の宝物庫にある。しかし、各教会の当局はキリストを磔刑にした釘が3本だったのか4本だったのか、まだ判断できていない。ほかには、たとえばロンバルディアの鉄王冠やコンスタンティンの馬勒の聖遺物があり、どちらも磔にするとき使われた釘からつくったという。ドイツのトリーア大聖堂とフランスのアルジャントゥイユ教会はどちらも、十字架刑の後に兵士たちがたくさん描いたキリストの“聖外衣”や“一枚布のローブ”と呼ばれる磔刑のあとで兵士たちがくじを引いて手に入れたキリストのチュニックを所有していると主張している。アルジャントゥイユ教会によると、それを持ってきたのはカール大帝だそうだ。キリスト降誕のとき東方の三博士のひとりマギがもってきた“マギの贈り物”はギリシアのアトス山にあるセントポール修道院にある。クロアチアのドゥブロヴニク大聖堂には、イエスが赤ん坊のとき寺院でお披露目のときくるまれていた布がある。イエス・キリストが磔のとき頭の上に被された“いばらの冠”の遺物があるという教会は多い。イエスが鞭打ちのあいだに縛りつけられた“鞭打ちの柱”の破片は、ローマの聖プラクセデス大聖堂にある。

磔にされているときに使われた“聖なる清拭布”はローマのサンタ・クローチェ・イン・ジェルサレンメ聖堂にある。この教会にはほかに十字架に吊るされた“罪状書きの札”の一部、“キリストのいばらの冠”のとげ2本、欠けた釘、ベツレヘムの岩屋の破片がいくつかと、善良な盗人の十字架の大きな破片、復活を遂げたキリストの傷の中に入れた聖トマスの人差し指といわれる骨、“聖十字架”の小さ

最後の晩餐の聖杯とアーサー王の聖杯

イエスは最後の晩餐のとき、この聖杯にワインを入れて弟子に飲ませた。スペインのバレンシア大聖堂で見つかったサント・カリス（聖なる杯）など、この杯を所有していると主張する教会もある。近年、教皇ヨハネ・パウロ2世とベネディクト16世がこれに敬意は払ったものの、両者とも本物だとは宣言していない。杯の存在自体が聖杯伝説を生み、アーサー王の騎士がそれを探し求め、何百作もの作品の主題となった。その杯は物理的には存在せず、人の子の父となったキリストの血統の象徴ではないかと考える人もいる。

な木片3つがある。前述のものよりはるかに大きな十字架の破片は、1629年のローマ教皇ウルバヌス8世の指示でサンタ・クローチェ聖堂からサン・ピエトロ大聖堂に運ばれ、聖ヘレナの巨大な像の近くで見ることができる。キリストが鞭打たれるとき縛りつけられた“鞭打ちの柱”、“聖墳墓”、“イエスのゆりかご”の小さな破片を収めた聖遺物箱なるものも存在する。遺物はすべて地下部分のある古代の聖ヘレナ礼拝堂の聖堂に収められていた。教会の創設者はここでカルバリの磔が行われた場所の土を分配していたので、そこから大聖堂の名がジェルサレンメになった。中世の巡礼案内者は、礼拝堂は非常に神聖だと考えられていて女性の立ち入りは禁じられていると説明していた。十字架に架けられたイエスが確実に死ぬよう彼の脇腹を突き刺した“運命の槍”や“聖なる槍”または“ロンギヌスの槍”と呼ばれる聖遺物やその破片にいたっては、さまざまな聖地に保管されている。

ゾディアック事件の暗号

Zodiac Killer Cypher

ゾディアック・キラーは1960年代後半にカリフォルニア北部で10か月間のあいだに少なくとも5人を殺し、2人を負傷させた。彼は初めにベニシア市内の市境付近で若者2人を拳銃で殺害した。2度目の銃撃はヴァレーホで、また2人殺そうとしたが、頭と首を撃たれたにもかかわらず若い男性が生きのびた。40分後、警察に2人を殺したと主張し、先の犠牲者2人も自分のしわざだと認める匿名の電話があった。1か月後、カリフォルニアの新聞社3社に手紙が送りつけられてきた。自称殺人犯が名乗りをあげる暗号文が記されていた。解読した内容は次のとおり。「俺は人殺しが好きだ／すごく楽しいからだ／森で野生の獲物を仕留めるより楽しい／どんな動物より人がいちばん危険だからだ／人殺しがいちばんぞくぞくする／女とヤるよりもっといい／最高なのは俺が死んで天国で生まれ変わったとき殺した奴らが俺の奴隷になることだ／俺の名前は教えない／お前たちは俺のあの世の奴隷集めを

遅らせたり止めたりしようとするからだ／EBEORIETEMETHHPITI」。最後の18文字は解読されていない。ゾディアック連続殺人事件は現在も未解決だ。

大網膜／幸福の帽子
Caul

新生児の出生時にときおり頭にかぶさっている羊膜の一部だ。かつては海で溺れるのを防ぐと考えられていたので、海の男たちがたいそう欲しがった。ローマ時代の産婆は大網膜を長寿と幸福をもたらす幸運のお守りとして販売していた。予言にも使われていたので、のちの1870年代になっても新聞広告欄に購入希望者の募集が載っていた。

ダビデ像――ルネサンス期の最高傑作
David – the Greatest Statue of the Renaissance

ミケランジェロがダビデ像に取りかかる以前、フィレンツェ当局はサンタ・マリア・デル・フィオーレ大聖堂の正面に並べる旧約聖書にちなんだ12体の巨大な彫像の制作を依頼する計画を立てていた。2体はドナテッロとその助手アゴスティーノ・ディ・ドゥッチオがそれぞれ彫った。1464年、アゴスティーノがダビデ像の制作を依頼された。カララ大理石の巨大な塊が提供されたが、彼の師匠ドナテッロが1466年に死亡すると、別の彫刻家アントニオ・ロッセリーノがアゴスティーノの残した作業を引き継ぐよう依頼された。契約はすぐに打ち切られ、巨大な大理石の塊は、

大聖堂の工房の中庭に倒れたまま25年間も風雨にさらされて放置された。1501年、教会上層部は“巨人”と呼ばれるその大理石の塊を“立った”状態にするよう手配し、この手の作業を経験した名匠がつくりかけの像を調べて意見を述べられるようにした。レオナルド・ダ・ヴィンチなどが意見を求められたが、このとてつもなく難しい依頼にふさわしいと上層部を納得させたのが26歳のミケランジェロだった。彼が3年間作業し、1504年にダ・ヴィンチやボッティチェリなどの芸術家の委員会が顔を合わせて像を設置するのにふさわしい場所を選定した。像をミケランジェロの工房からシニョリーア広場に移すのは4日がかりだった。ミケランジェロのダビデ像は通常描かれる頭を切り落としたゴリアテの姿ではなく、戦いに備えて気を張り詰め、構えた戦士の姿だ。下

ろした右手から浮き出た静脈とひねった体には躍動感があり、ダビデ像はルネサンス彫刻で最も有名といえる作品となり、力強さと若々しさを備えた人体美の象徴であり続けているといえよう。現在はフィレンツェのアカデミア美術館に設置されていて、シニョリーア広場に複製がある。実際の人間より大きなダビデ像は息をのむほど素晴らしい芸術作品だ。

ロンドンのヴィクトリア・アンド・アルバート美術館にはダビデ像の石膏型があり、そのそばには取り外し可能な石膏のイチジクの葉が展示されている。ヴィクトリア女王の訪問時のために制作されたもので、要所2か所でフックにかけて急所を隠した。イチジクの葉が選ばれたのは、アダムとイヴのエデンの園の『堕落』でイヴがアダムに知識の木のリンゴを食べるよう説得したあと登場するからだ。「すると、ふたりの目が開け、自分たちの裸であることがわかったので、いちじくの葉をつづり合わせて、腰に巻いた」(「創世記」3章7節)。この一節は、大きな一枚の葉で隠すというより、腰巻きを「まとう」よう、ほのめかしている。1500年より昔には、絵や彫刻で「恥部」の描写を隠すことはまずなかったが、ルターやカルヴァンのようなプロテスタントの牧師の台頭で、人間の肉体の罪深さが公然と非難されるようになると、あえてそこをぼかしたり、雲や枝や葉を使って隠したりする配慮がみられるようになった。すると対抗するプロテスタントより敬虔さで上を行こうとするカトリック教会は、トリエント公会議で宗教画での生殖器、臀部、乳房の描写をはっきりと禁じる勅令を発した。1557年、教皇パウロ4世が公共の目に触れる裸体像や裸体画の数を減らす教書を公布すると、イチジクの葉がいたるところに貼りつけられるようになった。ミケランジェロの巨大な壁画『最後の審判』には腰に巻いた布や木の枝が描き加えられた。ヴァチカンの巨大な彫像メルクリウスには巨大なイチジクの葉の制作を依頼して問題となる部分に貼りつけた。

ダンヴェガンの妖精の旗

Fairy Flag of Dunvegan

この色あせた茶色い絹の布切れはマクラウド一族のもので、スコットランドのスカイ島にあるダンヴェガン城で保管されている。有事の際に一族を救うために授けられたと言われており、もとは古代スカンディナヴィアのもので、1066年にヴァイキングの王ハーラル3世がスタンフォード・ブリッジの戦いで戦死したとき奪われたと信じる人もいる。ノルウェー王である彼が最も大切にしていた持ち物が“Landoda”(大地の破壊者)で、彼はこうのたまっていた。「この旗があれば、決して戦で負けることはない」。ところが、1920年

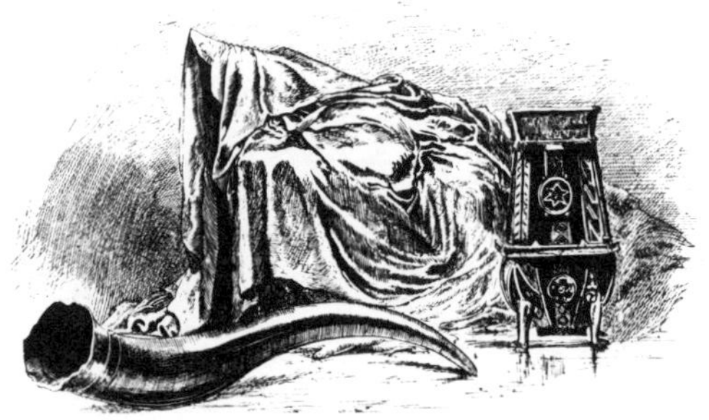

代にマクラウド一族の家長が、それは一族が妖精からもらったもので、3回しか使えないと主張した。妖精の旗が初めて使われたのは1490年で、マクドナルド一族との絶望的な戦況に持ち出され、戦いの潮目をマクラウド一族に有利に変えた。1520年、マクラウド一族はウォーターニッシュの戦いでマクドナルド一族に圧倒的に数で負けていたが、旗を掲げると攻撃を撃退できたという。

テスラの最終兵器

Tesla's Weapon to End War

ニコラ・テスラ（37ページ参照）は、戦争を終わらせる科学技術を模索していた。科学を応用した戦争はそれを通り越して機械装置が引き起こす単なる悲惨な見世物に代わりかねないとの先見の明を持っていたのだ。1931年、彼は記者会見で、まったく新しいエネルギー源の発見寸前だと発表した……「そのアイデアが浮かんだときはものすごい衝撃だった。……現時点では、まったく新しい、思ってもみなかったエネルギー源だとしか

マンディリオン――エデッサの聖顔

キリスト教ではこのイエスの顔が映ったマンディリオン（手ぬぐい）が最古のイコンだと言い伝えられている。イラクのエデッサ王アブガル5世のハンセン病を治すために、王の招待への断り状に添えてイエスみずから送ったものといわれている。何世紀ものあいだに、その布は何度か行方不明になったりまた現れたりしてきたそうだ。マンディリオンだと主張されているイコンは現在2つある。ひとつはイタリアのジェノヴァにあるアルメニア人のサン・バルトロメオ教会が保管しているジェノヴァの聖顔。もうひとつは、1870年までローマのカピテの聖シルヴェストル教会に保管され、現在はヴァチカン宮殿のマチルダ礼拝堂に安置されている聖シルヴェストルの聖顔だ。

言えない」。1934年7月11日の《ニューヨーク・タイムズ》紙の見出しは「テスラ（78）が新種の死の光線発見をほのめかす」だった。記事は「自由空気中で粒子の集束ビームを発し、そのすさまじいエネルギーで250マイルの遠方から敵機1万機の艦隊を撃墜できる」と報じていた。テスラはどの国にも情報障壁を提供すれば戦争にならなくなると考えを述べた。彼は銀行家J・P・モルガンに死の光線試作の資金提供をもちかけたが、失敗に終わった。戦争が迫っていた1937年、彼は「ピースビーム」（「ピースレイ」や「テレフォース」とも）の詳しい技術論文をアメリカ、カナダ、イギリス、フランス、ソヴィエト連邦、ユーゴスラヴィアなどの連合国に送った。その題は「自然界を介して非分散エネルギーを集中投射する新技術」で、現在では荷電粒子光線武器と呼ばれる、冷戦時代にアメリカやソ連が開発していた技術を初めて説明したものだった。彼が考えた装置では、一国の国境や海岸沿いにひと続きの発電施設を設置し、敵の航空機がいないか上空を走査する必要があった。光線は直線で発射するため、射程は約200マイル（320キロメートル）だった。それが地球の湾曲に妨げられない距離だったからだ。

テスラの発明の平時の応用例は、たとえば長距離電線なしでエネルギーを伝送すること。〈大規模粒子光線発射器〉は大型のバン・デ・グラーフ装置［直流の高電圧をつくる装置］と特殊な開放型真空管をもとに、非常に小さな荷電金属粒子を音速の約48倍の極度に高速まで加速できる装置だ。粒子は管から静電反発力で発射する。その管は単列の高帯電粒子を散乱させずに遠距離発射できるよう設計されていた。

デリーの鉄柱
Iron Pillar of Delhi

インド、デリーのクトゥブ記念碑建造物群の中心にある鉄柱は4世紀に建てられたもので、ヒンドゥー教のヴィシュヌ神を敬い、グプタ王チャンドラグプタ2世（375-413年）を追悼する旗じるしとして建立された。鉄柱は98パーセントが錬鉄で、1600年間腐食したり変質したりすることなく立っている。高さは約24フィート（7.3メートル）、重量はおよそ6.5トンで、鍛接法で製造された。デリーの厳しい気象条件にもかかわらず鉄柱が腐食しない秘密が解明されたのは2002年になってからだ。科学者は、鉄、酸素、水素の化合物"misawite"［アモルファスオキシ水酸化鉄、α-FeOOH］の薄い層が鋳鉄の柱を錆から保護していることを突きとめた。保護層の形成は、柱の建立から3年以内に始まり、それ以来ごくゆっくりと成長している。建立から1600年たち、薄い層は厚さ20分の1ミリにまで成長した。保護層は鉄に含まれる1パーセントという、現在の鉄の標準の0.05パーセントの20倍もの高濃度のリンが触媒となって形成された。高いリン含有率は独特の鉄製造工程のたまもので、鉄鉱石に灰を混ぜることにより、一工程で鋼鉄に精錬できる。現代の溶鉱炉は木炭の代わりに石灰石を使って溶融スラグと銑鉄を生産し、銑鉄を鋼に加工する。現代の工程では、ほとんどのリンはスラグとともに除去されてしまう。デリーの鉄柱は注目に値する冶金学的知識の実例で、保護層の成長を予測するために生み出された模式的な仮説は、核貯蔵用容器の長期腐食反応を設計する役に立つかもしれない。

猫オルガン——猫の合唱

The Katzenklavier – the Cats' Chorus

"Katzenklavier（キャッツエンクラヴィエ）"は「猫のピアノ」という意味で、ドイツのイエズス会神学者で博識のアタナシウス・キルヒャー（1602-80年）が考案した楽器だ。動物愛好家や心臓が弱い人はこの項目を飛ばしていただきたい。この発明品は猫を声の高低順に並べて箱に入れたもの。鍵盤を弾くと猫が尻尾に釘を押しつけられて鳴くという具合に"演奏"する。この考案者は政治家や銀行家向けに同じような発明を行った。"エジプト学の創始者"とされるキルヒャーは、微生物と伝染病の関連性を発見し、メガホン、機械人形、磁力時計を考案した。しかし、このぞっとする楽器は改良を施したに過ぎない可能性もある。ジャン゠バティスト・ヴェッケルラン（1821-1910年）は著書『ミュジキアナ』にこう記した。

「1549年にスペイン王フェリペ2世がブリュッセル滞在中の父カール5世を訪問したとき、またとない行列を見てどちらも歓喜した。先頭には角が燃える巨大な牡牛が練り歩き、角の間に小さな悪魔がいた。牡牛のうしろには、熊の毛皮を縫いつけられた少年が、耳と尾を切り落とされた馬にまたがっていた。続いて大天使聖ミカエルが明るい衣服をまとい、天秤を手にしていた。最も興味をそそったのは、想像もつかない独特の音楽を奏でる二輪の手押し車だった。それにはオルガンを演奏する熊が乗っていた。管のあるべきところに閉じ込められた16匹の猫が顔を出していて、尻尾を伸ばしてピアノの弦として固定されていた。鍵盤を弾くとそれに対応する尻尾が強く引っ張られ、そ

のたびに悲しげな鳴き声を出すのだ。歴史学者ファン・クリストバル・カルベテは、猫は1オクターブの各音を出すよう適宜並べられていたと注釈を添えた（筆者は各半音だと考える）。この忌むべき管弦楽団はサル、狼、鹿などの動物がこの非道な音楽の音に合わせて踊る劇場の中にあった」

この“猫ピアノ”については、ドイツの医師ヨハン・クリスチャン・ライルも意識を集中させる能力を失った患者の治療法として説明を残している。ライルは患者にこの楽器を強制的に見せたり聞かせたりすれば、必然的に彼らの注意を引いて治すことができると考えていた。この楽器はサウンド・スカルプターのヘンリー・ダグによってチャールズ皇太子がクラレンス・ハウスで主催するガーデン・パーティで金切り声を出すぬいぐるみを使って再現された。演奏されたのは『虹の彼方に』で、皇太子はいかにも楽しそうだった。

バグダッド電池

The Baghdad Battery

パルティア電池ともいわれるバグダッド電池は、パルティア帝国時代またはササーン朝時代（紀元後数世紀のあいだ）にメソポタミアで多く作られたであろう人工遺物の総称だ。古代の壺の中に水を通さない銅の筒が入っており、開口部をアスファルトで接着したものもある。1936年、イラクのバグダッド付近で2000年前の村落を発掘中に発見されたその人工遺物は、1938年にウィルヘルム・ケーニヒ博士がみずから館長を務めていたイラク国立博物館で偶然目に留めて以来、広く注目を集めるようになった。考古学者ケーニヒは、一見古いただの粘土の壺をつぶさに調べた。壺は薄黄色の粘土製、高さ6インチ（15センチメートル）の縦長で、中に筒状に巻いた5インチ（13センチメートル）×1.5インチ（4センチメートル）の銅板が入っていた。筒状に巻いた銅の上の縁は鉛60対錫40の合金（現在のはんだに近い混合物）で密封されていた。底側の縁は円い銅の端を折り曲げて被せ、瀝青またはアスファルトで密封してあった。さらにアスファルトの絶縁層で壺の上部を密閉し、筒状の銅の中心に吊り下げた鉄の棒をそのアスファルトで所定の位置に保持していた。その鉄の棒は酸性物質で腐食した痕跡を示していた。1940年、ケーニヒはそれを銀に電気で金メッキを施すのに使われていた古代のガルバニ電池だと明言する論文を発表した。彼のいう“電池”とは、イラクで発掘されたほかのものと同様、すべて紀元前

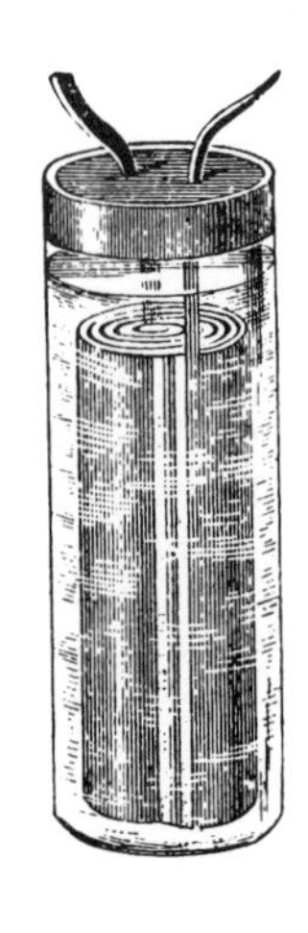

248年から紀元226年のあいだのパルティアの占領時代のものだった。しかし、バグダッド博物館でケーニヒがまたしてもイラク南部のシュメール遺跡で発掘された銀メッキを施した銅の縦長の壺を発見すると、紀元前2500年より前のもので、壺を軽く叩くと表面から青い緑青または塗膜が分離した。これは銅の基部に電気で銀メッキを施した場合にみられる特徴だ。したがって、既知の最も古い文明人のひとつ、シュメール人は“電池”および電気メッキに関する知識をパルティア人に伝えていたかもしれない。

1940年、マサチューセッツのゼネラル・エレクトリック社の技師がこの電池の複製を作り、硫酸銅溶液を使って約0.5ボルトの電気を発生させた。1970年代にはドイツ人のエジプト学者もこの電池を複製し、パルティア人やシュメール人が行ったと推測したとおり、搾りたてのグレープジュースを電解液として充塡して機能させた。この装置では0.9ボルト近い電圧

ナガンM1895とロシアン・ルーレット

ロシア軍将校はなぜそれほど「ロシアン・ルーレット」をやりたがるのかと不思議に思ったことがある人は多い。ロシアン・ルーレットには、弾丸をいくつかリヴォルヴァーのチェンバーに入れて回転させ、銃口を自分の頭に向けて引き金を引くなどのやりかたがある。ナガンM1895は1895年から1933年までロシアの将校に支給されていた標準火器で、第二次世界大戦中もまだ使われていた。ナガンM1895にはガスシールがあったので、消音できる唯一のリヴォルヴァーだとうわさされ、ソヴィエト秘密警察部隊がひそかに使用していたことが知られている。7発装塡で、再装塡するときは装塡ゲートにひとつずつ弾薬を通さなければならず、使用済み弾薬は手動で排出しなければならないので、再装塡は面倒で時間がかかった。ロシアン・ルーレットの“遊び”では、2人のプレイヤーが交代で弾倉を回転させて引き金を引くので、各自がシリンダーを回転させるときの死亡率は7分の1の確率だ。チェンバーを回さずに最大7人が参加することもあったので、最初のプレイヤーが7分の1、2番目は6分の1という死亡率の場合もあった。先の6人が生き残ると、7番目のプレイヤーが死ぬ確率はもちろん1分の1。遠慮したい率だ。ギャンブラーはときに軍人仲間から掛け金をとってロシアン・ルーレットをしていた。 ナガンM1895は弾薬を1発ずつドラムに装塡して回転させる。弾薬の入った薬室が下にある状態でドラムが止まりがちなので、プレイヤーは空の薬室が撃鉄の延長上にくると合理的に確信がもてた。最近の調査によるロシアン・ルーレットによる志望者の約80パーセントが白人で、全員が男性、平均年齢は25歳、そして銃による自殺の原因は飲酒による影響がとび抜けて多い。

が発生した。彼はその電流で銀の像に金メッキした。つまり金箔といわれる電着法だ。したがって、1799年にアレッサンドロ・ヴォルタが現代の電池を発明するもしかすると4300年前に少なくとも1800年間電池が使われていた可能性がある。複製は0.8ボルトから2ボルト近くの電圧を発生させることができる。直列に接続すれば、理論的にははるかに高い電圧を生み出すことが可能だ。

バヤン・カラ・ウラの石の円盤――ドローパ・ストーン

The Bayan-Kara-Ula Stone Discs

この謎めいた石の円盤が物語っているのは1万2000年前に不時着した異星人のいきさつかもしれない。バヤン・カラ・ウラは、中国側のチベット国境付近で、最も辺境にある地域のひとつだ。周辺の山脈は標高7000から1万6000フィート(2100-5000メートル)に達する。1938年、中国の考古学者チャイ・プー・

7枚の粘土板に刻まれた創造神話

古代バビロニアの『創世叙事詩』(エヌマ・エリシュ)は、115行から170行の楔形文字で7枚の背の高い粘土板に刻まれている。粘土板には天地創造についてのバビロニア人とアッシリア人の見解と考え方が詳しく述べられている。メソポタミアのニネヴェにあるアッシュールバニパルの宮殿と図書館の遺跡(紀元前668-626年頃)で1848年から1876年にかけて発見された。この碑文は1876年に『古代カルデアの創世記』と題してジョージ・スミスが初めて出版した。バビロニアの神のみわざは粘土板6枚目までで、7枚目の板は、神のみわざと偉大さをたたえている。よって、聖書に見られる7日間の創造の物語は、バビロニア人がシュメール人から借用したのと同じく、バビロニア人から借用したとの推論が成り立つ。碑文が刻まれたのはネブカドネザル1世(紀元前1125-1103年)の治世より前だろうが、このような物語が最初に創られたのがそれよりずっと前の紀元前5000年頃のシュメール人の時代であったことはほぼ間違いない。

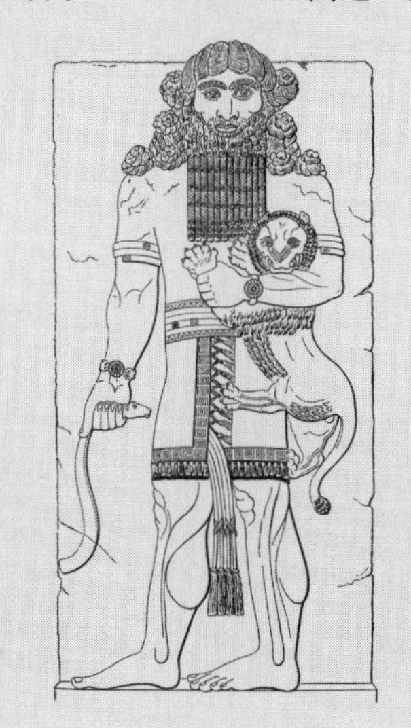

テイは、山の洞窟の何カ所かで墓が列に並んでいるのを発見した。彼は華奢で小さな体の骨を見つけたが、頭蓋骨はそれとは不釣り合いに大きかった。洞窟の岩壁には丸い兜をかぶった人間を描いた壁画が描かれていた。岩には星、太陽、月も刻まれ、エンドウ豆大の点の集合でつながっていた。中国の考古学者たちは、ドローパ族とカム（キカン）族がかつて人里離れた地域に住んでいたことは知っていた。彼らの平均身長は約4フィート2インチ（1.27メートル）と極めて小柄だ。チャイ・プー・テイとその助手の面々は、複雑に入り組んだ洞窟や地下のトンネル、貯蔵庫からなんとか716枚の石の円盤を回収した。「これらのトンネルの断面は完全な正方形で、壁、天井、床は非常に滑らかに研がれていて、通路や部屋は、どういうわけか、山を溶かすほどの強度の熱を発する装置で彫り進んだかのようだった」と北京自然史博物館のジョウ・クォンシン博士は話す。石の円盤は直径9インチ（23センチメートル）、厚さ1インチ（2.5センチメートル）足らずで、現代のビニールレコードに似た溝と中央に穴がある。1962年、北京の先史研究学院のスン・ウン・ノイ教授が刻まれた文字の一部の解読にようやく成功した。それがあまりに衝撃的な内容だったため、当初、先史研究学院はスン・ウン・ノイに発見の公表を禁じた。彼は地質学者と協力し、石の円盤はコバルトと金属の含有量が高いことを明らかにした。物理学者たちは716個の石盤すべてに高い振動律があることを認め、円盤が非常に高い電圧にさらされていたとの結論に至った。科学者は、実は溝には古代の文章が極小に記録されていることも突き止めた。

「石の円盤は8000から1万2000年前のものなので、これが既知の最も古い碑文ということになる」とクォンシン博士は述べた。「716枚の円盤のうち、全部解読できたのは5枚だけで、4枚が解読中だ」。解読した内容は、敵対する2つの派閥が戦争に走ったあとの悲劇的な最期の恐ろしさを物語っている。およそ1万2000年前、異星人の集団がこの太陽系の“第三の惑星”（地球）に墜落した。彼らの宇宙船には、もうこの惑星を再び後にするだけの能力がなかった。異星人が墜落したのは人里離れた、近寄り難い山脈。そこには新しい船を建造する手段も材料もない。生き残りのひとりが、派閥の一方が恐ろしい“最終兵器”の使用を許可して紛争を終わらせたことを書き残していた。「まるで電熱線が放たれたようだった…太陽があたりをぐるぐる回った。武器が発する猛烈な熱さに焼かれ、世界が揺れ動いた。人間も動物も白熱の光で燃えた。見るも恐ろしい光景だった。転がっている死体はばらばらで、もはや人の姿をとどめていなかった。そんなひどい武器はそれまで見たことも聞いたこともなかった。まるで天が叫び声をあげて稲妻を放ち、死の雨を降らせているようだった。投下地点の近くにいた多くの人々は灰と化した」。この描写は完全に核兵器による大量虐殺だとクォンシン博士は指摘する。

中国で昔から伝わるバヤン・カラ・ウラ地域の物語にも、雲から降りてきた華奢で黄色い人間の話がある。その言い伝えでは、異星人は醜さゆえに小柄なドローパ族に避けられたそうだが、実際には“手っ取り早く”男たちに殺されたそうだ。ドローパ族は、異星人の祖先が2万年前を最初に2度にわたり宇宙からやってきたと信じている。

ピーリー提督の地図と消えた人々
The Piri Reis Map and the Mystery of the Lost People

1929年、歴史学者がガゼルのなめし革の地図を発見した。1513年にオスマン帝国海軍の名高い提督ピーリーが作製したものだった。軍で階級が高かった彼にはコンスタンティノープル帝国図書館を利用できる特権があったので、現在では失われてしまった紀元前4世紀以前の地図を参照することができた。ピーリー提督の地図には、アフリカ大陸の西海岸、南アメリカ大陸の東海岸、南極大陸の北側の海岸線が描かれている。南北アメリカ大陸が載っている地図で現存する最古のものだ。南極大陸発見の300年前にどうしてピーリー提督が南極を含むそのような正確な地図を製作できたのか、最深1マイル（1.6キロメートル）の氷の下にある南極大陸北部の実際の地表の海岸線をどのような経緯で書き込んだのかは不明だ。提督がさらに昔の文明から得た知識を利用したと考える人は多い。ピーリー提督自身も、自分が製作した地図はずっと昔の海図をもとにしたと認めていた。ピーリー提督の地図は、南極大陸北部が氷で覆われる前の海岸線を示している。現在では南極大陸に氷がなかった直近の期間が紀元前1万3000年頃から9000年頃に始まり、4000年頃に終わったとわかっている。中東地域に最初の文明が発達したのが紀元前6500年頃で、その後1000年以内のうちにインダス谷や中国で文明が発展した。どういうわけか、地図は現代の技術を使わなければできない方法で作られたのだ。

1953年、トルコ共和国のある海軍士官がピーリー提督の地図をアメリカ海軍水路測量局に送った。水路測量局の主任技師はその価値を評価しようと、古代地図の権威アーリントン・H・マレリーに協力を依頼した。マレリーはグリッドを入れてピーリー提督の地図を地球儀に写し、投影図法が使われていることを発見した。地図は正確で、それほど精度の高い地図を作製する唯一の方法は航空測量しかないとの意見だった。経度を求めるのに球面三角法を用いるのはおそらく18世紀半ばまで知られていなかった製図過程だ。明らかに、地球が丸いと知っていて、かつその実際の円周から誤差

が50マイル（80キロメートル）内だとの知識を持つ地図製作者から写したと思われる。1960年7月6日、アメリカ空軍はキーン・カレッジのチャールズ・H・ハプグッド教授からの古代のピーリー提督の地図を鑑定してほしいという要望にこのように回答した。

ハプグッド教授殿

貴殿が鑑定を要望された1513年のピーリー提督作製地図のいくつかの並々ならぬ特徴について調査しました。地図の下方にあるのが南極大陸クイーンモードランドのプリンセス・マーサ海岸とパーマー半島［南極半島に対する1964年以前のアメリカでの呼称］だとのご意見は妥当です。それが最も論理的で、あらゆる可能性を鑑みたうえでの地図の正しい解釈だと判断します。地図の下方に示されている地形の詳細は、1949年にスウェーデンとイギリスの南極探検隊が行った氷冠の連続音波探査の結果と非常によく一致します。これは海岸線が地図に描きこまれたのが氷冠で覆われる前であることを示唆しております。件の地域の氷冠は現在厚さ1マイルです。この地図の情報と1513年にあったとみられる地理的知識にどう整合性がとれるのか、皆目見当がつきません。

米空軍司令官

ハロルド・Z・オールマイヤー中佐

ファイストスの円盤

The Phaistos Disc

1900年以降、クレタ島の数々の考古学発掘調査で、堂々たる中庭や大階段、劇場とともに、壮大なファイストス宮殿の姿が明らかになってきた。神話によると、ファイストスはミノス王の弟ラダマンティスの邸宅だった。そこは偉大な賢者であり預言者だったエピメニデスを輩出した都市でもある。最初の宮殿は紀元前2000年頃に建てられたが、紀元前1700年頃地震で崩壊した。さらに贅沢な様式で再建されるも、紀元前1400年頃に再び崩壊した。ファイストスの円盤は、クレタ島の象形文字の碑文で最も重要な標本だ。1908年に宮殿の文書保管室の倉庫付近の小さな部屋で発見された。紀元前1850年から1600年頃の「線文字A」の石板と陶器の隣で見つかった。考古学者たちは多くの碑文を発見したが、どれも紀元前1850年から同1600年頃の未解読の「線文字A」の石板と陶器の近くにあった。粘土でできた円盤で、表面に線文字が刻印されている。文は61語からなり、うち16語の

あとには奇妙な縦の線が書いてある。文字は45種類で、総文字数は241だ。これらの文字は人の姿や体の一部、動物や武器、植物の形を表しているとみられる。円盤に書かれた文が短すぎて、統計的暗号技術で線文字Bを解読することはできなかった。しかし、別の古代書記法である原始ビブロス文字（レバノンのビブロスにちなむ）がファイストス円盤解読の鍵となると考えられている。文中の16カ所の謎の“縦線”は円盤に記録された商品を数える数詞とみられ、大部分が線文字Bの文字に似ている。粘土板に文字を押しつける版に再利用できるものを使っているところは活字の前身ともいえる。2008年、ジェローム・アインズバーグ博士はこの円盤が作りものだと主張したが、ギリシア当局は円盤のもろさを理由に、展示ケースから出して調査する許可は出さない方針だ。

ヘーローの蒸気機関

Hero's Engine

アレクサンドリアのヘーロー（ヘロンとも）（10-70年）はギリシアの講師、数学者、技師で、ローマ属州エジプトに住んでいた。彼は古代で最も偉大な実験者とみなされている。彼の設計の多くは行方不明だが、アラビア語の写本に残っているものがある。多くはアレクサンドリア図書館の原本から書き写した気学、数学、物理学、機械工学に関する講義メモとみられる。ヘーローは“アイオリスの球”と呼ばれる蒸気機関の説明を発表した。これは温まると回転する装置で、記録に残る最古の反動蒸気タービンまたは蒸気機関である。アイオリスはギリシア神話の風の神だ。回転する容器を載せる台の一部となる単純なボイラーで水を加熱する。ボイラーは回転する容器の一部だ。チェンバの回転軸としても機能する一対の管で回転チェンバに接続する。別の設計では回転チェンバをボイラーとして機能させるものもあり、この配置だとそれらが蒸気を伝導する必要がないので、回転軸と軸受けの配置が非常に単純になる。ヘーローは初めて地上で風を利用したサーフィンのような移動手段“ウインドホイール”や風力オルガンも発明した。さらに驚くべき発明は世界初の自動販売機だ。機械の上部の投入口から硬貨を落とすと、所定の量の聖水が出た。硬貨が販売機上部の投入口から中に入ると、レバーに取り付けた受け皿の上に落ちる。するとレバーがバルブを開けて、所定の量の聖水が出るというわけだ。受け皿は硬貨が落ちるまで硬貨の重みで傾き、落

ちた時点で平衡力がレバーを元の位置に戻して弁を閉じる。ヘーローはギリシアの劇場や静水エネルギーで作動する独立した噴水のためにも多くの機械装置を発明した。彼はさまざまな種類の手動ポンプを設計し、押し揚げポンプは消防車に採用された。ヘーローはほかの誰よりも1000年とびぬけて早く「光の最短経路の原理」を公式に表し、平方根を計算するバビロニアの平方根を書き留めた。ヘーロー（ヘロン）の公式は、辺の長さから三角形の面積を求めるのに使う。

ポルトラーニ——不自然なほど高精度の海図

Portolani and Unnatural Precision

中世では海図のことをポルトラーニ（羅針儀海図）と呼んだ。海岸線、港、海峡、湾、最も一般的な航路を落とし込んだ正確な海図だ。ほとんどのポルトラーニは地中海やエーゲ海などの既知の航路を中心に描かれていた。たとえば、前述のピーリー提督の航海帳などがそうだ。1339年のドゥルチェルトの羅針儀海図はヨーロッパと北アフリカの緯度がぴったり正確で、地中海と黒海の経度の座標の誤差は0.5度だ。もっと信じられないほど正確なのが1380年のゼノの海図だ。海図はグリーンランドまで広がる北の広大な区域を網羅している。『古代の海の王たちの地図』の著者チャールズ・ハプグッド教授はこう述べた。「14世紀の人間がこのような場所の正確な緯度を把握できるはずがない。経度の精度はいうまでもない」。もうひとつ別の驚くべき海図がトルコのハジ・アーメドの1559年の海図で、約100マイル（160キロメートル）の幅で細長くアラスカとシベリアの一部がつながっている。そのような自然の橋は氷期の終わりに海水で覆われていた。ということは、彼は古代の地図を参照できたのだろうか?

1532年には、数学者で地図製作者のオロンテウス・フィネウスが氷冠のない南極大陸が載っている地図を作った。ほかにもグリーンランドが2つの島に分かれている地図もあり、これについてはフランスの北極探検隊が実際にはグリーンランドは2つの島が厚い氷冠を戴いているものであると確認ずみだ。ハプグッド教授は1137年の中国の石柱に彫られたさらに昔の情報源から写しとった地図製作情報も発見した。その情報は科学的にみて前述の西洋の海図に劣らず精度が高く、同じくグリッド法と球体三角法を使っていたことが明らかになった。

大釜と魔法使いの老婆

古代ウェールズの伝説のケリドウェンは、地母神の闇の面を表す老婆だ。予言することができ、黄泉の国の霊感と知識の釜を所有している。ケリドウェンの釜には真珠の縁取りが施されているといわれている。アンヌンの王国（黄泉の国）にあり、カンブリアの詩人タリエシンの詩「アンヌンの略奪品」によると、9人の処女の息で大釜の下に火を起こしたという。大釜からはお告げが聞こえたと言われている。もちろん、この話はデルフィの神託の9姉妹と関連する。お告げの聞こえる大釜の下の火口が発する蒸気は予言の力を与えてくれるという。ケルト神話の代表的な女神ケリドウェンには似ても似つかぬ子供が2人いて、娘のクレアウィは美しくて聡明だが、息子のモルファン（アヴァグドゥとも）は頭が鈍く、醜くて意地が悪い。ウェールズ地方の伝承体系の中でも素晴らしい『マビノギオン』の一話では、ケリドウェンが魔法の大釜に霊薬をひと吹きしてモルファンに与える。霊薬はリュウキンカ（キバナノクリンザクラ）の名で知られる黄色い花、グウィオンの銀、小さなサクランボ、タリエシンのクレソン（クマツヅラ）、ヤドリギの実を海の泡と混ぜたもの。ケリドウェンは若者グウィオンに大釜の火の番をさせたが、誤って大釜の中身が3滴彼の指に落ち、霊薬がたたえていた知識を授かってしまう。激怒して姿を変えたケリドウェンは動物や植物に姿を変えるグウィオンを追い、四季がめぐったところでやっと、雌鶏になりすまし、穀物の穂に姿を変えたグウィオンを飲み込む。彼女はその9か月後にウェールズ史上最高の詩人タリエシンを産む。ケリドウェンはタリエシンが生まれて直後に幼子を殺そうとたくらむが、あとで気が変わる。彼女はタリエシンを海に投げ込み、彼はケルトの王子エルフィンに救出される。タリエシンはエルフィンの宮廷付の吟唱詩人になり、エルフィンがウェールズ王マーレグン・グウィネッズに捕らわれると、詩作の競演で王の宮廷吟遊詩人に挑戦する。タリエシンはついに雄弁な詩作でエルフィンを鎖から解放する。彼は不思議な力でマーレグンの宮廷詩人が口をきけなくしてエルフィンを鎖から放つ。マーレグンはアーサー王が死ぬと古代ブリタニアの王となり、タリエシンはアーサー王物語集成のマーリンに結びついた。

ウェールズ地方の神話「祝福されたブラン」では、大釜が知恵と復活の器として登場する。ウェールズの強大な王ブランは（巨人の女に化けた）ケリドウェンから不思議な大釜を手に入れる。彼女はアイルランドのある湖から追放されているのだが、湖はあの世の象徴だ。大釜は死んだ兵士を中に入れると生き返らせることができる。ブランは妹ブランウェンとその新しい夫アイルランド王マソルッフに結婚祝いにその窯を贈るが、戦争が勃発し、ブランは贈り物を取り戻そうとする。ブランは忠実な騎士の一団を伴うが、帰還したのは（アーサー王伝説のカムランの戦いと同じく）わずか7人。ブラン自身も毒槍で足に傷を受ける。これもまた、“聖杯”の守護者である“漁夫王”に結びつく、アーサー王伝説にも登場する題材だ。『マビノギオン』の女王ブランウェンはアイルランドの破壊を逃れてアベル・アラウで悲しみのあまり死亡した。1800年、アングルシー島ランデュサントのアラウ川の岸で“ブランウェンの墓標”が発掘され、1960年代には骨壷や火葬の証拠もいくつか発見された。石は運び出され、墓標は壊された。墓標は周囲を縁石で環状に囲んだ中央に小さな石を立てたもので、石棺に近い。ウェールズ地方の伝説には、ブランがイリアッド（アリマタヤのヨセフ）の娘アンナと結婚するものもある。ブランはカラドッグ（カラクタス）の父親だと考えられている。カラドッグは息子と7年間ローマを流浪し、そこでキリスト教徒になり聖パウロと出会った人物だ。祝福されたブランは1世紀にリャニリッドに近いトレフランに戻ってブリテン島にキリスト教を持ち帰った。トレフランはアリマタヤのヨセフが建設したといわれている。ブランは死後別世界に旅立ち、アーサーはアヴァロン島に向かった。ケリドウェンの大釜、つまり知識と復活の釜こそ実はアーサーが生涯を費やして探し続けた聖杯だという説も複数ある。

魔女の大釜

Cauldron

大釜は最も早くから使われている鉄製の調理器具で、生の食材を食べられるようにする非常に重要な役割を果たし、人類が生きていくのに貢献している。そんなわけで、大昔の社会でも変化、発生、変態の象徴になっていた。しかし、重要なのは、大釜は子宮の象徴でもあり、ギリシア・ローマ神話の女神や地母神の象徴になっていた点だ。大釜が偉大なる女神の子宮の象徴になったのは、すべてがそこから生まれ、最終的にはそれに戻るという概念だ。元来、大釜が象徴するのはひょうたんや木の器、大きな貝殻だった。金属製の大釜が象徴するものがやがて炉や家に結びつくようになったのは、調理に使用されていたからだ。この観点がギリシア・ローマ神話の女神と地母神を結びつけ、大釜のイメージが両者をひとつに統合した。ケルト人にとって大釜は黄泉の国の象徴だった。アイルランド神話のダグザの大釜は誰にでも十分な食料を提供し、ウェールズ伝説『スィールの娘ブランウェン』の「祝福されたブラン」の大釜は人間を生き返らせた。ギリシアやローマの神話では、大釜は常に洞窟に隠されていた。ギリシアの魔女の女神メデイアは、魔法の大釜で人々を若返らせた。大釜はこのような起源が由来で魔術の神秘の象徴となった。

魔女の壺

Witch Bottles

2004年、イギリスのグリニッジで200以上の炻器の「魔女の壺」が発見された。壺にはまだ内容物がそのまま残っていた。17世紀も終盤のもので、針が刺さった心臓をかたどった小さな革、それとは別の鉄釘の数々、真鍮の針8本、へそのゴマ、爪、人間の尿の1パイント（570ミリリットル）が入っていた。体液などの品を魔女の壺に入れると、呪いの呪文をそらすことができるだけでなく、呪いをかけた本人にはね返すこともできた。へそのゴマには硫黄の痕跡がみられ、爪の切りくずは大人のもので、尿にはニコチンが含まれていた。このほか20世紀初めまで、家の中に猫の死体や子供用の靴などをおいたりして悪霊を追い払う魔除けが行われていた。

魔女への鉄槌——マレウス・マレフィカルム

The Witches' Hammer – Malleus Maleficarum

中世からルネサンスの時代にかけての魔女狩りの手引で、魔女の告発についてあらゆることを指南している。カトリックの尋問者ハインリヒ・クラマーとヤーコプ・シュプレンガーの共著で、1487年にドイツで初めて出版されたあとヨーロッパ中に広まり、およそ200年のあいだヨーロッパ大陸の魔女裁判で使われた。著者は1484年に教皇インノケンティウス8世からドイツ北部のいたるところで魔女裁判を担当する権限を得た。教皇は異端審問に対するプロテスタントの反対運動を鎮圧し、異端者を魔女として処刑した1258年の事件に確固たる正当性を与える意向だったのだ。教皇は市民による魔女裁判が十分な厳罰を科していないとの意見だった。のちにクラマーとシュプレンガーの両司祭は認証文を偽造し、証拠をでっちあげて人々を魔女だと陥れ、拷問を行って自白させていたことが明らかになっている。権限を得たあと教会内で位があがったふたりは1485年までに『魔女への鉄槌』に発展する魔術に関する総合的な手引書の草案を起こした。この書のよりどころは「出エジプト記」の戒め「魔法使の女は、これを生かしておいてはならない」(22章18節)で、陪審員も聖職者である審問官も、プロテスタントであろうとカトリックであろうと、その理論と罰をただちに採用した。神が魔女を認めたので、魔術の存在を信じないだけでも異端と見なされた。この手引き書は、男女どちらも魔女になりうるが「女性のほうが男性より肉体に関心があるから」女性のほうが魔女になりやすいと述べている。女性は男性の肋骨からつくられたので、「不完全な動物にしかすぎず」「欠陥がある」が、男性はキリストが姿を現した栄誉ある性別とされたのだ。両司祭は「女どもの悪意」に用心せよと警告していた。

書の第1部は悪魔とその手下の魔女が手を組んで男女の姿の夢魔で誘惑するなど、いかに男や動物に悪事を働くかを説明している。夢魔は憎悪を植えつけ、生殖力を鈍らせたり破壊したり、人間を獣に変身させたりする。第2部は魔女が呪文を唱えて「悪事」を行う方法を示し、いかに防ぎ救済するかを説いている。魔女と悪魔が交わす「悪魔の契約」が詳しく説明されている。魔女は洗礼以来ともにいたキリストとの縁を切って不滅の魂をサタンに渡すと契約し、悪魔はその見返りに禁断のあらゆる物事を可能にする。この行為は神への冒瀆であり裏切りである。魔女とその悪事の証拠は、拷問を行ってクラマーやシュプレンガーが著

書で指南した尋問で得た自白と、ほかの聖職者が記した魔術に関する資料に従って得ていた。証拠には呪文をかけた、悪魔と契約した、子供をいけにえにした、悪魔と交わったなどが挙げられていた。教皇インノケンティウス8世は1484年の大勅書で、男女問わず悪魔と性的関係を持ちうると述べ、聖職者に審問する権限を与えた。第3部は魔女を告発する法的手続きを扱っている。証言をとり、証拠を認め、尋問と拷問を行う手順、および判決を出す際の指針などだ。誰もが魔女を恐れていたので、証言することを許されたのは被告人にとって不利な証人だった。被告人が投獄されて1年近く経過しても自白しない場合、自白を引き出すための拷問が許された。拷問によって得た自白も有効だった。二枚舌も社会と国家の最善の利益のためとの大義名分で、自白すれば慈悲を約束すると被告に嘘をつくことが裁判官に許されていた。判決に関する指南はほとんどが死刑を勧める内容だった。異端者の排除は教会の支配を強化する一手段であり、犠牲者の財産を没収して教会を裕福にする手段でもあった。通常、没収財産は異端審問官、教会裁判所判事、および国庫の3者に分配された。死者でさえうかうかしていられなかった。死者に異端者だった疑いが生じると、遺体を掘り起こして燃やされることもあった。故人の財産はその後に没収され、そのような没収で多くの女性や子供たちが一文無しなった記録が残っている。それどころか、教会や国は囚人の投獄や裁判、処刑費用を徹底的に帳簿につけた。没収財産の価値がこれらの費用を賄いきれなければ、被害者の相続人がその差額を支払わねばならなかった。被害者の家族が告発されることも多かった。

マハーバーラタと宇宙の光

The Mahabharata and Evidence of Spaceflight

『マハーバーラタ』と『ラーマーヤナ』はインドの国を代表する叙事詩だ。この2つはおそらくあらゆる言語で書かれた詩の中で最も長い。『マハーバーラタ』は紀元前540年から300年頃に聖仙ビヤーサが書いたとされるインド・ヨーロッパ語族のひとつ、バラタ人の伝説集だ。キサーリ・モハン・アングリによる英語訳が発表されていた1886年から1890年頃でさえ航空機が空を飛んだことはなく、初の燃焼機関が動いたのも数か月前だった。ところが次の『マハーバーラタ』の記述は宇宙船の飛行のことを指しているように思われる。「ロコパラスが行ってしまい、敵を全滅させたアルジュナは頭に思い浮かべ始めた。『おお、インドラの戦車の王よ!』すると偉大な知識を授かっ

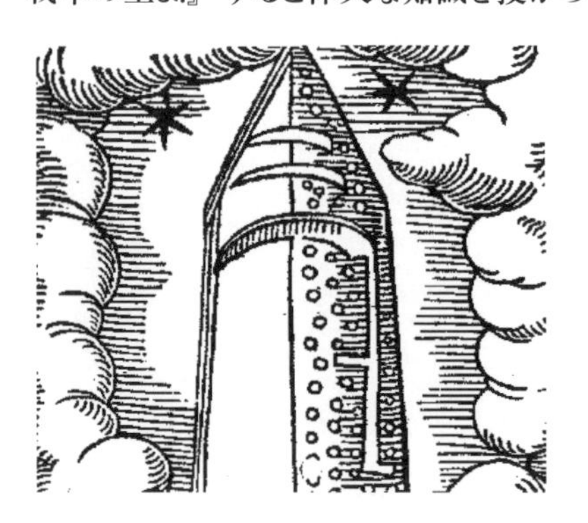

たグダケカがそれを想像し、車がものすごい光に包まれてマタリに導かれながら雲のあいだから大空を照らし、上空に振動が響き渡り、厚く大きな雲の塊が轟音をとどろかせた。剣、そしてぞっとするの恐ろしい生き物、そして翼のついた星のように輝く吹き矢、まばゆいばかりに輝く稲妻、雷鳴、そして車輪のついたトゥタグダスが大空の膨張と轟音をともなって大きな雲の塊のように動く車輪のついたトゥタグダスが載っていた。その車には荒々しく巨大な体のナーガ一族が口から炎を出し、羊の毛のように白い雲のように白い石の塊となり積もっていた。戦車は金色の馬1万頭に引かれ、風のような速さで動いた。そして想像どおりの豪勇を備えた車は目にもとまらぬ速さでけん引された。するとアルジュナはその車の上にヴァイジャヤンタと呼ばれる旗竿を見た。エメラルドやダークブルーの蓮に似た色に強烈に光り輝き、金の装飾が施され、竹のようにまっすぐに立っていた。そしてその戦車の金色の席に腰かけた御者を見ると、重装備のプリータの息子はそれを天界のものだと思った。カクラの戦車の御者マタリは、アルジュナの言葉を聞くとまもなく車に乗り、馬を御しはじめた。アルジュナはまるで太陽そのもののように輝きながら天界の車に乗り込んだ。すると偉大なる知能と朗らかな心を持つクル族の王子が太陽のごとく輝き、とんでもない離れ業をやってのける天界の車に乗って天を駆け巡った。そして彼が地上の人間に見えなくなると、とてつもなく美しい何千もの車が見えた。その領域には光源となる太陽も月も火もないが、車は功徳によってそのものが輝いていた。地上からは星に見える、ランプのように明るく輝く領域は、距離のせいで非常に小さく見えるが、実際にはとても大きいとパンドゥは見た。それぞれの位置について、美しさと輝きに満ち満ちている。『おお、プリータの息子よ、これらはそれぞれの位置についた徳の高い人々だ。お前が対面したことのある人間だ。地上から星の高みに昇った者だ』」

マヤ族の道路の謎

The Mayan Road Mystery

マヤ文明はピラミッドで有名だ。その多くは密林地帯に建てられた。ピラミッドは漆喰で塗装されていたので、滑らかな外壁は（エジプトのピラミッドと同じく）太陽や満月の光で輝いていたことだろう。天文学、数学、建築の高度な知識を持っていたにもかかわらず、マヤの人々がいまだに「石器時代」や新石器時代の文化と見なされているのは、金属製の道具を使わなかったからだ。ところが、最も近

い鉄鉱石の鉱床は1500マイル（2400キロメートル）離れていたので、マヤの人々は道具（や武器）をつくるのに、代わりに翡翠を使った。これは鉄より硬い。ローマ人の数学体系はマヤ人のそれと比べて未熟で、マヤとは違ってゼロの概念がなくても、だれもローマが新石器時代の文化だとは思わない。メソ・アメリカ文明の功績は、ヨーロッパ中心で世界を考えてきた私たちの歴史の中では決して十分に認められてはこなかった（1000年以上前の中国、インドなどアジア諸地域の目覚ましい進化もしかり）。マヤ族の聖地や都市を結ぶ平らな白い道路「サクーベ」は大きな石でできていて、石灰石のセメントで水平に舗装されていた。道路の幅は8-30フィート（2.4-9メートル）と多岐にわたる。しかし、マヤの人々は車輪のついた乗り物を持たず、集落間を家畜に乗って移動することもなかったようだ。ディエゴ・デ・ランダ司教などの初期のスペイン人征服者の記録によると、マヤの市街地を結ぶ全天候対応型の緻密な道路網があったという。これらの道路が建設された理由は謎のままだ。

マヤ暦と世界の終焉

The Mayan Calendar and the End of the World

コロンブスのアメリカ到達前の時代にメソ・アメリカのマヤ文明で使用されていた、1年が365日のマヤ暦は、私たちが現在使用しているグレゴリオ暦より正確だ。マヤ文明の人々が「春分の歳差運動」のような複雑な現象をどのように理解するように至ったかはまだ明らかにされていない。彼らは3種の異なる暦を考案した。ツォルキン（神聖暦）、ハアブ（俗暦）、長期暦だ。ツォルキンは1年の周期が260日（20日×13か月）で、ハアブは太陽の運動周期だ。このツォルキンとハアブの2つの暦を連動させたものがおよそ52年（1万8980日）周期の「カレンダー・ラウンド」と呼ばれていた。それぞれの日に特定の絵文字と意味があてられていて、52年の周期の終わりに再生の儀式が行われる。5200年が経ち、長期暦の100周期が終わった。これはひとつの期に相当する。マヤ族によると、人類は4番目の太陽または期の時代にあった。その期は暦の初めから5200年後に終わる。マヤ暦（長期暦）が始まったのは紀元前3113年8月10日だ。したがってマヤ暦（長期暦）の終わりは2012年12月21日で、多くの人々がその日に世界が終焉すると予言した（131ページ参照）。マヤの宇宙論上最も長い周期は2万6000年の“グランド・サイクル”で、これは春分点歳差に相当する（地球の自転軸の傾きが元の位置に戻るまでにかかる時間。後述）。長期暦5周期がグランド・サイクル1周なので、新たなグランド・サイクル／大周期が終わるまでには5200年あり、私たちは4番目のグ

ランド・サイクルの終わりに近づいている に過ぎない。長期暦とツォルキン暦／ハアブ暦の開始日がそろうことは1億3665万6000日（37万4152年または73マヤ期）に1回しかない。

マヤ暦には6000年に1日しか、うるう日がない。マヤの人々の日食・月食の予測は信じがたいほど正確だった。彼らが世界の終わりだと信じていた日を現行の暦に換算すると2012年12月21日だ。この日は地球の歳差周期上、うお座から出てみずがめ座の位置に入る。地球がうお座の位置にいるとき春分の日の太陽はうお座の方角に昇る。しかし、歳差のせいで、2160年ごとに春分の日の太陽は別の星座の方角から昇る。地球は太陽の周りを公転しながら自転軸を中心に自転する。自転軸は完全な垂直ではなく、23.5度傾いている。といっても、自転軸は常にこの角度で傾いているわけではなく、22.1度から24.5度のあいだをゆっくりと、きっかり4万1000年の周期で変化している。このように運動するあいだも重力が変化するせいで、軸は時計回りに歳差運動をする（わかりやすくいうとぶれる）。地球の傾斜角度は同じ（3度以内のずれがあるが）でも、軸の向きが変わる。たとえば、現在の北極星は北極が指しているポラリスやこぐま座だ。しかし、約1万3000年前なら北極はベガを指していただろうし、約1万3000年後にはまたそうなる。歳差周期を1周するには約2万5776年かかる。

メイポール（五月柱）

The Maypole

五月祭で花やリボンで飾って広場に立てる高い柱、メイポールは紀元前から行われている昔のケルトの休日、ベルテーン祝祭の目玉行事で、復興異端主義者が現在も行っている。イギリスではそれがあたりさわりのない行事として、地域の人々の連帯感を高める役割を担っている村もある。ベルテーン祝祭は5月1日の前夜に祝われる豊穣祭で、日付が名前の由来だ。柱には、たいてい伐採したカバノキを使ったが、ナラやニレも使った。これらの木々は、昔から豊穣神崇拝と結びつけられていて、メイポールは男根の象徴なのだ。木々はアニミズムや異教で昔からずっと人々の子宝や家畜の多産を祈願したり、穀物の豊穣を願ったりする儀式で重要な役割を果たしてきた。メイポールは人々が歌い、踊るなかで伐採し、枝を切り落として花輪で飾り、地元集落の中心

地に立てる。色のついた長いリボンを頂上部に巻きつけて、リボンの両端のそれぞれを若い男性と女性が持って、柱の周囲を互いに逆の方向に回ってリボンを重ね編み込んでいき、全体を包む。5月にこのように踊る光景はヨーロッパやアメリカのいたるところで見受けられる。オリスダンスも似たようなもので、作物に良好な天候を願うためだ。現在ではほとんどの場合、柱は燃やされて、次のベルテーン祝祭でまた新たにまた伐採と飾りつけが行われる。昔は柱を半永久的に使用して、村人共有の草地に保管し、毎年飾りつけていた。

物神（ものがみ）

Fetish

物神とは神や精霊を形に表し、人と超自然の絆を結ぶものだ。昔からよくあるもので、加護、幸運、愛、健康やお金を得るため、あるいは悪を退けたり、敵に呪いをかけたりするために身に着けたり所有したりする。典型的なのが人形、像、石、動物の毛やかぎ爪、骨にいたるまでさまざまだ。「コーン・ドーリー」は紀元前にイングランドの収穫時の風習の一部で使われていた藁人形の名残だ。とうもろこしの精や神は人に最も欠かせな

魔女の大要

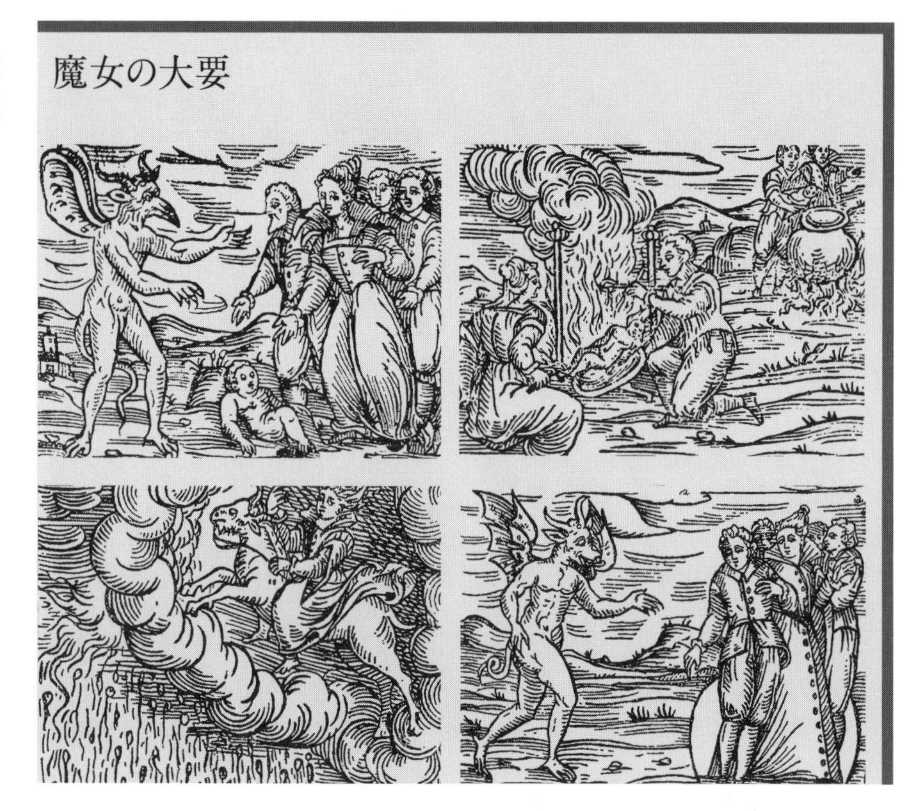

い収穫物と共生していて、収穫すると居場所がなくなると信じられていた。最後に収穫したトウモロコシなどの穀物の束を使う風習は、ヨーロッパ全土に存在していた。空洞を作った形にするのは鞘を模していて、トウモロコシの精を中に入れて冬のあいだのすみかにするため。トウモロコシの“ドーリー”は新しい季節に最初に鋤を入れた溝に蒔くと新たな収穫を約束してくれた。ドーリーは崇拝物が変化したものである可能性があり、ほかにもノーフォーク・ランタン、アングルシー・ラトル、ウェールズ・ロングファン、スタッフォード・ノット、バートン・ターフ・ドーリーなど、驚くほど多様化している。

モンテ・アルバンの狭い地下トンネル

The Pygmy Tunnels of Monte Albàn

サポテカ文明は紀元前2000年からスペインの征服者がやってくる1519年までメキシコ南西部で繁栄していた。その文明の人々の芸術品や建築物、数学、暦学には、さらに昔のオルメカ文明、南のマヤ文明との類似性がはっきりとみられるが、歴史上、それらの地域から移民はなかった。サポテカ文明の首都はオアハカから7マイル（11キロメートル）のモンテ・アルバンで、山を人工的に平らにならした高地にあった。その中心には1000フィート×650フィート（300メートル×200メートル）の広大な広場があり、高台や中庭に接していた。1931年に計画的な発掘が始まると間もなく、都市のいくつかの墓から金、翡翠、水晶、ターコイズの財宝が発見された。しかし、最も驚くべき発見は、平均的な体格の大人や子供が通るには狭すぎる複雑に入り組んだ石造りのトンネル網だった。最初に発見されて1933年に探査が行われた地下トンネルは、高さたったの20インチ（50センチメートル）、幅25インチ（64センチメートル）。地下トンネルの空間が狭すぎて、発掘者はあおむけになった状態で中を進むしかなかった。少しずつ進んでいくと、195フィート（60メートル）のと

ころで頭蓋骨、香炉、骨壺に行き当たった。翡翠やターコイズや石の装飾品、そしてわずかに真珠もあった。この少し先で通路は塞がっていて、再度通路に入るには遮蔽物の向こう側の地上から下に穴を掘らなければならなかった。遮蔽物の先を徐々に進んでいくと、主要路から分岐する高さ1フィート(30センチメートル)もないさらに狭い通路を複数発見。そのうちのひとつに入っていくと、小さな踏板の階段が続いた。主要な地下道の入り口から320フィート（100メートル）のところで考古学者はもうひとつ頭蓋骨を発見、さらに数ヤード先の大広場の北側の高台の端で地下トンネルは止まっていた。さらなる発掘により、このような地下トンネルが2か所あり、どちらも粘土が詰まっていることがわかった。するとついに、7号墓の東の最も贅沢な財宝が発見された場所へと小型地下トンネルの複雑な網が張り巡らされているのが発見された。総石張りで、高さが1フィートもないところもあった。なんとか道筋をたどって用途を突きとめようとそこに煙を吹き込むと、「意外な出口がいくつもあることが明らかになった」。地下トンネルは排水路だという掘削者の当初の意見は否定された。地下トンネルが緊急避難路だったとか、通常の大きさの人間がその他の用途に使っていたという意見もボツになった。地下トンネルの目的は謎のままだ。

ヤシュチラン遺跡のマヤ橋

The Mayan Bridge

ヤシュチランはメキシコのボナンパクから8マイル（13キロメートル）のジャングルにあるウスマシンタ川に臨むマヤ遺跡の一部だ。100年以上にわたって考古学者が研究を続けている。1989年、民間の技師ジェイムズ・オコンは、橋の一部と考えられる謎の岩の堤に気づいた。彼は自説を確かめるため、コンピュータを使って考古学史料・航空写真・地図情報をもとに現場の3次元模型を作成し、橋の正確な位置と寸法を突きとめた。彼はマヤ人が古代の7世紀の世界で最もスパンの長い橋を建設していたことを発見した。橋は全長600フィート（183メートル）で、2本の橋脚に3つのスパンがある麻縄の吊り橋だった。橋はメキシコのヤシュチランとペテンの農業地域で現在のグアテマラのティカルを結んでいた。考古学者ががれきの山だと思っていたものは高さ12フィート（3.6メートル）、直径35

フィート（10.6メートル）の橋脚の名残だった。航空写真では川の反対側に2本のそっくりな橋脚の位置が確認できる。

ヨハネによる福音書

Gospel of st John

「ヨハネによる福音書」は、祓魔師（エクソシスト）が人にとりついている悪魔に発作をもたらして身を守る防衛手段だ。中世の悪魔はこの福音書を声に出して読まれるのが耐えられなかった。「ヨハネによる福音書」が悪魔払いに使われたと考えられているのは、悪魔や悪霊は神がキリストの体に転生すると考えることを非常に嫌うと考えられていたからだ。福音書はこう始まる。「初めに言があった。言は神と共にあった。言は神であった。この言は初めに神と共にあった。すべてのものは、これによってできた。できたもののうち、一つとしてこれによらないものはなかった。この言に命があった。そしてこの命は人の光であった。光はやみの中に輝いている。そして、やみはこれに勝たなかった」

第7章
秘密の財宝の物語

CHAPTER
7
Tales *of* Secret Treasure

怪傑ゾロの財宝

Zorro's Treasure

ホアキン・ムリエタ(1829-53年)は、1850年代のカリフォルニア・ゴールドラッシュ時代に“メキシコのロビン・フッド”として名を馳せ、“快傑ゾロ”伝説のもとになった人物だ。ゾロは“5人のホアキン”と呼ばれる、1850年から1853年までにシエラ・ネバダ山脈で数々の家畜泥棒や強盗、殺しを行った、悪名高き5人組のリーダーだ。彼と仲間は北部の金鉱のひとつから金を盗んだが、アメリカ先住民に襲われて奪われてしまう。先住民たちは、その金を岩棚の下の墓穴に隠した。ムリエタは自分が盗んだ財宝をカリフォルニア州バーニーとハイウェイ299号線付近のハッチャー峠とのあいだにも埋めていた。20万ドル分の砂金が隠されているもうひとつの隠し場所は、スーザンヴィルとフレドニヤー峠のあいだのハイウェイ36号線付近だと言われている。彼の仲間のひとりで“3本指の男”ことマヌエル・ガルシアは、乗合馬車から250ポンド（113キログラム）の金塊が入っていると考えられた金庫を強奪した。金塊は当時の価値で14万ドル。彼とムリエタはその財宝をカリフォルニア州パラダイスに近いフェザー川の岸辺に埋蔵した。彼が奪った金は、いずれも発見されていない。ムリエタのファンは、彼は盗賊でなく、米墨戦争（1846-48年）の終結時に国境線を定めたグアダルーペ・イダルゴの条約でアメリカとなった、メキシコの一部（アッパーカリフォルニアとニューメキシコ）を取り戻す資金のために活動していた愛国者だと、主張している。1853年、カリフォルニア州議会は5人のホアキン（ムリエタ、ボテジェルカリジョ、オコモレニア、バレンスエラ）とその共犯者を捕まえるべく、カリフォルニア・レンジャーズ20人の一団を3か月間雇う法案を可決した。同年7月25日、3本指の男とムリエタと思われるもうひとりのメキシコ人が、パチェコ峠でレンジャーズと対峙の末、死亡した。

キッド船長の宝島地図

Captain Kidd's Secret Island Map

俗にいう“キッド=パーマー地図”は、引退した弁護士ヒューバート・パーマーが、処刑された海賊キャプテン・キッド（1645-1701年）の持ち物といわれる大量の家財道具を購入した際に、見つかった。ずっしりと重いオークの書き物机には「船長ウィリアム・キッド、〈アドベンチャー・ガレー〉1699年」の銘があり、パーマーはその机の隠し収納部分で秘密の島の手書き地図を見つけたのだ。それには、イニシャル「W.K.」と「シナ海」の文字、それに「1699」という年号が記されていた。地図に描かれた島はシナ海ではなくノヴァスコシア海岸沖のオーク島で、書き込みは財宝ハンターを惑わすための手の込んだ手口だと考える人が多い。パーマーとその兄弟ガイは、その未知の島を描いた、書き込みの詳細度が異なる地図をさらに3枚、キッドのシーチェスト2脚および木箱ひとつとともに見つけたと発表した。パーマーの死後、合計4枚の地図はすべて、遺言により彼の家政婦エリザベス・ディックに遺された。彼女は地図を大英博物館に持参し、地図専門家のR・A・スケルトンに本物だと証明してもらった。スケルトンはどの地図も17世紀に作成されたと考えており、そのことを1965年に作家のルパート・ファーノーに対して認めた（ファーノーの1976年の著書『金の隠し場所――オーク島の謎』に書かれている）。エリザベス・ディックは1950年、色あせた4枚の地図すべてを、あるイングランド人男性に売却し、その男はのちにカナダに移住したという。

1698年、金銀財宝を積んだアルメニア船〈クエダ・マーチャント〉とその積荷の金、銀、絹製品などを略奪したとき、キッドは〈アドベンチャー・ガレー〉の船長だった。キッド=パーマー地図に描かれた島は、ニューヨーク州ロングアイランドのサフォーク郡のすぐ沖にある、ガーディナーズ島に似ている。キッドは1699年6月に海賊行為で逮捕される直前、確実を期して、ガーディナーズ島のチェリー・ツリー・フィールド地域に財宝を隠した。そのときの貴重品は回収され、ニューヨー

ク州知事ベロモントによってイングランドに返還され、キッドの裁判の証拠に使われた。回収された財宝は、金や銀の延べ棒、金粉（金 1000 金衡オンス以上、銀 2000 金衡オンス以上）、ルビーなどの宝石用原石、絹、貴重な砂糖が入った袋だった。証拠品の数々はすべて 1704 年 11 月に総額 6437 ポンドで売却され、代金はグリニッジ病院設立の一助となった。以上は〈クエダ・マーチャント〉から略奪したほんの一部で、多くの人が 5 平方マイル（13 平方キロメートル）の島でもっと宝物が見つかるはずだと確信している。とはいえ、そこは私有地だ。キッドの行方不明の財宝がオーク島の金の隠し穴にあると信じている人は多く、それで命を落とした財宝ハンターが何人もいる。キッドの地図の島に似ていると思われる島々にも捜索は及んだ。コネティカット州ミルフォードのチャールズ島、カナダのファンディ湾のグランド・マナン島のマネー・コーヴ、ロード・アイランド州沖のブロック島、日本の鹿児島県南部トカラ列島の（その名のとおり）宝島、ヴェトナム最大の島フーコック島などだ。

琥珀の間のパネル

The Amber Room Panels

“世界八番目の不思議”と呼ばれる琥珀の間は、ドイツ人でバロック時代の代表的な建築家・彫刻家、アンドレアス・シュリューターのデザインにより、1701 年にプロイセンで組み立てられ始めた。フリードリヒ・ヴィルヘルム 1 世が、1716 年にサンクトペテルブルクに近いエカテリーナ宮殿の装飾用として、ピョートル大帝に贈ったもので、表面を金の木の葉型の装飾や鏡で仕上げた、琥珀彫りのパネルを張った応接室だった。パネルの総面積は 592 平方フィート（55 平方メートル）、重量は 6 トンで、のちにナチスに略奪されてプロイセンのケーニヒスブルクに移されたあと、歴史から消えた。第二次世界大戦中の 1943 から 44 年にかけて、ドイツ海軍はオーストリアのアルプス西部のザルツブルグから 60 マイル（100 キロメートル）に位置するトプリッツ湖畔を、テスト基地に使っていた。徒歩でしか行けない森の中の、危険な山道の 1 マイル先にある。その周辺には、琥珀の間のパネルのほか、金などの極めて貴重な品々をドイツ軍が極秘に蓄えていたと考えられている。戦後、元ナチス親衛隊員の面々は、ダイバーを雇って湖の奥深くから数多くの封管の回収を試みた。それにはスイ

ス銀行の秘密口座の情報が入っていると言われていたからだ。イギリス経済の弱体化を図った“ベルンハルト作戦”で、ドイツ軍は何百万枚もの偽ポンド札をつくったが、それが使われることはなく、この湖に投棄された。偽札はアメリカのドキュメンタリー制作会社数社が小型潜水艦を使ってなんとか引き揚げたが、琥珀の間のパネルの行方は今も謎だ。

ドクロの指輪の隠し場所
The Cache of Death's Head Rings

銀製のナチス親衛隊名誉リング（または“ドクロの指輪”）は、ナチスの親衛隊員に対し勲功のあかしとして与えられていた。与えられた者が死亡すると、指輪はドイツ北部のナチス親衛隊の“聖地”、ノルトライン=ヴェストファーレン州のヴェーヴェルスブルク城に返還する義務があった。第二次世界大戦の終戦が近づくと、親衛隊長ハインリヒ・ヒムラーは、城に返還された9280個すべての指輪を近くの洞窟に隠すよう命じ、財宝ハンターの手から将来にわたってそれを守るため、爆発物を設置して洞窟への入り口を永久に封印した。指輪の総額は現在の市場価値で5000万ポンド程度になるだろう。

ノスリの略奪品
The Buzzard's Booty

オリヴィエ・ルヴァスールは“ラ・ビューズ”（鳥のノスリ）や“ラ・ブーシュ”（口）など、多彩な呼び名で知られた男で、1716年にバハマ諸島の（ナッソーがある）ニュー・プロヴィデンス島を出航した、海賊船の船長だった。彼はベンジャミン・ホーニゴールドや、サミュエル・ベラミー、ポール・ウィリアムズといった船長たちが率いる、海賊船と一緒に航海した。1719年の春、ルヴァスールはアフリカ沖で、ハウエル・デイヴィーズ、トマス・コクラン、エドワード・イングランドら各船長の船団に合流した。次の航海では、マダガスカル周辺海域をジョン・テイラー船長の船と並んで帆走した。レユニオン島沖では〈ケープの聖母〉から莫大な量の宝物を略奪し、ゴアの司教の宝物船からは「大量のダイヤモンドと、数えきれないほどの金の延べ棒、唸るほどの金貨に、教会の聖遺物の入った箱やチェスト」を奪った。その中には金の表面にダイヤモンドをちりばめた“ゴアの血の十字架”と呼ばれる豪勢な十字架があり、持ち上げるのには3人がかりという代物だった。海賊生活の10年間でルヴァスールは現在の価値でおよそ300万ポンドを略奪した。最後にはフランスの軍艦〈ラ・メデュース〉に拿捕され、裁判で死刑を宣告された。1730年にレユニオン島の絞首台で彼は「できるもんなら俺の宝を見つけてみな!」と叫んで群衆に暗号化したメッセージを言い放った。第一次世界大戦後まもなく、レユニオン島の北1100マイル（1770キロメートル）のセイシェル諸島沖で海面に浮上したのは、彼の暗号だとみられる。1948年、レジナルド・クルーズ・ウィルキンズはルヴァスールの

財宝がセイシェル公国の主島マエーのベル・オンベ湾に埋蔵されていると信じて、その暗号文を買い取った。ウィルキンズは残る生涯を18世紀の海賊ルヴァスールの墓と彼の時代の芸術品や装飾品とおぼしき略奪品探しに費やした。セイシェル諸島は18世紀半ばまで無人島だったが、1977年、ウィルキンズは死の床で略奪品のありかがあともう少しで判明すると宣言した。1988年には彼の息子ジョンが、ベル・オンブルにおける遠隔調査でテーブル大の金属の痕跡があると知り、捜索を再開した。ウィルキンズは人骨3体を発見、今なお財宝探しを続けており、宝の現在の価値を2億ドルは下らないとみている。

ビールの秘密の暗号

The Beale Secret Ciphers

1820年1月、ハンサムで日に焼けたトマス・ジェファースン・ビールと名乗る男が、馬でヴァージニア州リンチバーグを訪れ、ワシントン・ホテルにチェックインした。そして3月にチェックアウトしたが、2年後に戻ってきてそのホテルで冬を越し、1822年の春にまた出て行った。彼はホテルのオーナーであるロバート・モリスに、"価値のある重要書類"が入っているという鍵のかかった鉄製の箱を預けたが、それきり戻らなかった。1845年、ビールが死んだと思ったモリスは、鍵を壊して鉄の箱を開けた。すると中には、ビールが英語で書いたメモと、数字がぎっしり並んだ3枚の紙が入っていた。メモには、ビールと29人の同僚が1817年4月にアメリカ横断の旅に出て、ニューメキシコのサンタフェに到着し、バッファローを探して北へ向かった事情が明かされていた。メモによると、そのあと彼らは金(と銀)を発見し、18か月間採掘を続けたという。ビールの一行は新たに手に入れた富を安全な場所、つまりヴァージニアの秘密の場所に移すことにした。ビールは金と銀の一部を宝石に換え、1820 年にリンチバーグに足を伸ばして、財宝を埋めた。それがモリスと初めて会ったときで、そのあと彼は再び仲間と合流した。メモには、自分が不慮の死を遂げた場合、宝石や金銀の秘密のありかをモリスが管理し、仲間が来なければ親族に渡してほしいとあった。メモには、数字だらけの 3 枚のメモの解読に必要な鍵が第三者から送られるとあったが、それが届くことはなかった。モリスは 20 年間その暗号を解読しようと苦戦し、1862 年、84 歳のときに初めてその秘密を友人に打ち明けた。

ビールの暗号とモリスが語った経緯など、事件の一部始終を説明した小冊子が発行され、数字がそれぞれ独立宣言の言葉に対応しているとわかると、800 の数字からなるメモの 2 枚目の暗号解読に突破口が開けた。解読内容は次のとおりだ。

「ビュフォードの店から 4 マイル離れたベッドフォード郡のほら穴もしくは洞窟の、地表から 6 フィート下に次の品々を埋めた。これは 3 枚目に名前を挙げた一行の共有物である。1 回目に埋めたのは金 1014 ポンド、銀 3812 ポンドで、1819 年 11 月に埋蔵した。2 回目は 1822 年 12 月で、金 1907 ポンド、銀 1288 ポンドと、輸送費を工面するためセントルイスで交換した宝石 1300 ドル相当。以上はひそかに鉄の壺に入れて鉄の蓋をした。ほら穴はごつごつした岩に囲まれているので、容器は安定した石の上に置き、別の石をかぶせた。1 枚目のメモには、ほら穴の正確な位置を示したので、見つけるのに苦労はないはずだ」

ほかの紙に使われた暗号も、公の文書や本の内容をもとにしていると思われる。書いてある財宝の現在の価値は5000 万ドル。1 枚目と 3 枚目に書いてある暗号はビール関連の数多くのウェブサイトで閲覧できる。

ブラック・バートのエメラルドの十字架
Black Bart's Emerald Cross

禁酒主義者のブラック・バート・ロバーツ（1682-1722 年）は、史上最も成功した海賊と言われる。400 隻以上の船を乗っ取り、大西洋を横断する海上輸送を停滞させた。海賊の中でも、海軍の軍艦を何隻も敵にまわして戦ったのは事実上彼だけだ。彼の最も大それた所業のひとつは、ブラジルのバイーア沖で、夜間にたった 1 隻で強力な 42 隻のポルトガルの財宝船団の中央に攻め入る危険を冒し、2 隻の軍艦に追われながらもいちばん金めの船を乗っ取ったことだ。言い伝えによれば、ブラック・バートは財宝をリトル・ケイマン島の洞窟に隠したという。彼は少なくとも 4 万枚の金貨と、ポルトガル王が手にするはずだった大きなエメラルドの十字架を奪った。ロバートは戦闘時、常にその十字架を赤いサテンの衣装の上につけていた。部下が酔っぱらっていたためアフリカ沖でイギリス海軍の船を見つけるのが遅れ、殺されたときも、その十字架をつけていた。乗組員は事前に言いつけられていたとおり、彼に鎖を巻きつけ、途方もなく値打ちのある十字架とともに海に沈めた。その後1722年3月28日、史上最大の海賊裁判が行われた。ロバーツの部下のうち91人が有罪、74人が無罪放免となった。スカーム船長と“ハウス・オブ・ロード”を名乗るロバートの主要な部下のほとんどに「最重罪」の判決が下り、裁判長のハードマン船長はこう宣告した。「汝らはそれぞれ判決を受け、汝らが来たる場所へと送還され、そこからこの城の門なき処刑場へと連行され、満潮標より下でそれぞれが死ぬまで首を吊るされて水に浸されるべしと宣告す。主は汝らの魂を憐れみたもう」……「そして汝らひとりひとりは取り外され、死体は鎖に吊るされる」(『海軍本部高等裁判所記録』)

鎖に吊るされた男の中には、以前黒髭

に仕え、かの小説『宝島』に登場する、イスラエル・ハンズもいた。ハードマン船長は、バート・ロバーツの手下52人に死刑を、20人にケープ・コーストの鉱山労働による事実上の死刑を宣告し、ほか17人をロンドンのマーシャルシー監獄に投獄した。17人のうち13人はロンドンへの移送中に死亡、生き残った4人は最終的にニューゲイト監獄に収監中、赦免された。有罪判決のうち2件は「執行猶予」に。ケープ・コーストで絞首刑になった52人の海賊のうち、半数近くがウェールズないしイングランド南西部の出身で、そのほかはほとんどが奉公契約を交わした使用人か、貧しい白人入植者だった。15人はケープ・コースト城に搬送される途中に負傷がもとで死亡、4人が地下牢で死亡した。10人は〈レンジャー〉の、3人は〈ロイヤル・フォーチュン〉の船上で、死亡した。以上がロバーツの船の乗組員91人の最期だ。海賊船上にいた70人の黒人は奴隷の境遇に戻った。この史上最大の海賊裁判も、驚くほど恐れ知らずのロバーツの存在も、巷にはほとんど知られていない。ポルトガル王のみごとなエメラルドの十字架は300年近くのあいだ、ロバーツの骸骨と鎖に絡みついて、ガボンのロペス岬の1マイル海岸沖の海底のどこかに眠っている。

山下財宝

Yamashita's Gold

山下財宝とは、“マレーの虎”の異名を

持つ日本の陸軍大将、山下奉文（1885-1946年）の軍隊がこっそり隠した金、プラチナ、宝石類などの貴重品のことだ。第二次世界大戦中、日本の軍事活動用資金にするためにアジア中から取り寄せたものだった。東南アジアで手に入れた財宝の大部分は、まずシンガポールの港に輸送され、そこからフィリピンを中継し、フィリピンから日本の本州へと船で輸送されるはずだった。山下の財宝が今もフィリピンのどこかに隠されている、と信じている財宝ハンターは多い。彼は進攻するアメリカ軍から退却する際に財宝をフィリピンのどこかに隠すよう命じ、財宝をばらばらにして何台かのトラックに分けて運び、退却途中でルソン島の何カ所かの比較的小さな隠し場所に収めたと言われている。財宝は、山下が1945年9月2日にアメリカ軍に対し降伏する直前、最後に抵抗した山がちの地域に量が集中していると言われる。戦犯として有罪判決を受けた山下とその将校数人は、1946年2月23日にマニラで処刑された。

ロビンソン・クルーソーが財宝を隠した島

The Robinson Crusoe Island Hoard

フアン・フェルナンデス島は、スコットランド人船員アレクサンダー・セルカークが置き去りにされたチリ海岸沖の諸島の島のひとつだ。セルカークがのちにダニエル・デフォーの小説『ロビンソン・クルーソー』で不朽の名声を得ると、ここは観光客目当てにロビンソン・クルーソー諸島に改名された。2010年、ロボット探査機を開発したチリの企業ワグナー・テクノロジーズが、フアン・フェルナンデス島で金貨とインカ帝国の宝石類を推定600樽発見したと発表した。同社の顧問法律事務所のフェルナンド・ウリベ・エクセベリアは、埋蔵された宝物の価値を56億ポンドと推定、「史上最大の財宝が見つかった」と声明を出した。ワグナー・テクノロジーズは、財宝の半分は同社のもので、それを非営利団体に寄付すると宣言したが、チリ政府は寄付する権限がないとの判断を下した。チリの各紙は、財宝には教皇の指輪10個とスペインがインカ帝国から略奪した金の像が含まれているという報道で、もちきりだった。埋蔵場所は島の地下50フィート（15メートル）と言われ、財宝ハンターが何世紀ものあいだ、1715年にスペイン人船員フアン・エステバン・ウビリャとエチェベリアが何度かにわたって埋めたといわれる略奪品を探して、嗅ぎまわってきた。

この件は2005年9月、ワグナー・テクノロジーズが、政府高官と財宝の権利をめぐって争いになると目されていたバルパライソでの会談中、財宝に対するすべての主張を放棄するという、予想外の展開になった。エトクセベリアによると、同社は財宝の発掘が可能だとは考えていないそうで、発見時の探査機の周知だけが目的だったと思われる。

第8章

神話と伝説の真実

CHAPTER
8

The Reality *of* Legends *and* Myths

アフール――ジャワの巨大コウモリ
Ahool - the Giant Monkey Bat of Java

人口およそ1億3600万人のジャワ島は世界でいちばん人口の多い島で、近年、雨林が激減している。とはいえ、かつて広大だった雨林の残った部分で鳥類200種、植物500種以上という驚くべき野生の命の数々を支えている。今も残る雨林に住む先住民の人々は、雨林には“アフール”と呼ばれる大きな翼を持つ未確認生物が生息していると信じている。アフールはジャワの雨林の最も奥地に生息しているといわれており、最初の目撃談は1925年、博物学者エルネスト・バートルズがサラク火山地帯を探検したときのものだ。バートルズが山地の斜面にある滝を探検していると、巨大な未知のコウモリが彼の頭上を飛んだ。2年後、ジャワ西部のチドジェンコル川に近い草ぶき屋根の小屋の寝床で彼が横になっていると、小屋の上から突如聞いたこともない変な音が聞こえた。それは大きな鳴き声で、「アフール!」と聞こえた。博士はトーチをつかんで声がする方向へと小屋から駆け出した。20秒もたたないうちにまた「アフール!」とかなり下流から聞こえたのが最後だった。彼は何年経ってもその声が頭から離れなかった。伝説のアフールの話を聞いたことがあったからだ。

アフールの名はその鳴き声からつけられた。島民によるとコウモリに似た生物で、体の大きさは1歳の子供くらい、翼を広げるとかなりの大きさだという。濃い灰色の短い毛に覆われ、両眼は大きくて黒く、平らで折りたためる前腕が皮のような翼を支え、頭部はサルに似て、やや平たい、ヒトに似た顔だ。森の地面にうずくまっているところを目撃されたときは、翼をたたんで胴体にぴたりとくっつけていて、両足をうしろに曲げているようだった。アフールは夜行性だと考えられており、昼間は滝の奥や下にある洞窟に隠れていて、夜は大きな魚を探して川の水面付近を飛んでいると考えられている。

◉未知の巨大コウモリ説

アフールは10から12フィート(3から3.5メートル)と翼幅が非常に大きい。世界一大きなビスマルクオオコウモリは翼幅が6フィート(1.8メートル)前後だ。確かに世界最初の空飛ぶ霊長類よりありうる説だ。最近のインドネシア森林の探検ではジャイアント・ラット、ネズミ、ピグミー・ポッサム、小型のワラビーなど、新種がいくつか発見されている。

◉翼竜説

アフールは6500万年前に絶滅したとされている飛翔爬虫類の生き残りの一部かもしれないとの考えを示す研究者もいる。皮のような翼を支える前腕など、アフールの特徴は既知の翼竜と一致する。ほとんどの翼竜の翼は熱損失を防ぐ

ために羽のような毛に覆われていたとみられる。アフールはアフリカのコンガマトー（361ページ参照）に近い生物かもしれないとの推測もある。

◉フクロウ説

島には2種類の大型で耳のないフクロウが生息している。マレーモリフクロウとジャワスズメフクロウだ。それらは体長16から20インチ（41から51センチメートル）、翼幅は約4フィート(1.2メートル)。大きさに違いはあるが、飛行中の動物は通常実際より大きく見える。ジャワスズメフクロウがアフールだったとしても無理はなさそうだ。目立って平らな顔に大きな黒っぽい瞳、目の周りを囲む黒い毛、わずかに突き出た嘴、下から見ると灰色っぽい茶色に見える姿。鳴き声も特徴的で、間をあけてひと声「フー!」と叫ぶような声をあげる。多くの大型フクロウと同じく繁殖期は縄張り意識が非常に高く、侵入者を背後や上空から威嚇攻撃する。ほかのフクロウと同じく飛行中は無音に近い。ジャワスズメフクロウは非常に珍しく、逃げるのが上手で、日中は身を隠している。姿がみられるのは人里離れた森の中だけで、人間が伐採などで縄張りに入ってくるのは耐えられない。

雨降らしのクモ
Spider Rain-Makers

蛇もそうだが、クモも、断食している人間の唾液を飲むと死んでしまうという。大プリニウスいわく、「クモを観察すれば天気予報ができる。クモがせっせと巣を張るのは雨の前触れで、川の水位が上がりつつあるとクモが巣をかける場所も高くなる。メスグモが巣づくり、オスグモが狩りというふうに、仕事をきちんと分担しているらしい」

アルマス
Almas

カフカス山脈、ロシアのステップ、アルタイ山脈、モンゴルのゴビ砂漠、シベリアには、イエティ（忌まわしき雪男）やサスクワッチ（ビッグフット）に似た生き物の噂が尽きない。目撃情報によると、アルマスはそれらのヒマラヤや北アメリカの猿に似た生物より人間に似ているという。アルマスの最初の記録はニコライ・プルジェヴァリスキーの1879年の探検のときで、そのとき野生のラクダと野生の蒙古馬も発見した。アルマスはマーモットなどの小動物や植物を食べると言われており、約4000年前に絶滅したとされているネアンデルタール人の最後の生き残りだと信じる人もいる。

アンピプテラとヤクルス(ジャヴェロット)
Amphitere and Jaculus (Javelot)

アンピプテラは足がなく翼がある蛇のことで、通常は羽が生えており、ヨーロッパの紋章の図案にみられる。アラビア南部の乳香の木を守っていた翼の生えた蛇、ヤクルスをもとにしている。乳香は、イエメンやオマーンに生息するフランキン

センスの木からとれる、極めて貴重な樹脂だ。フランキンセンスは白く香り高い煙を出して燃えるので、天に祈りを届けると信じられていた。ギリシアやローマの人々は、それを燃やして神々に捧げ、エジプト人は王家の墓に納めた。虫除けの香のほか、フランキンセンスは利尿剤として腎臓浄化に、内出血や外出血の止血に、脂肪排出の促進や健忘症の治療にも使われていた。イエメンでは今でも採取されている。歴史学者ヘロドトス（紀元前485頃-425年頃）はその木々には毒蛇が住んでいるので樹脂の採取は危険だと書き残した。彼は「フランキンセンスが育つ茂みは、斑模様の小さな翼の生えた蛇たちが守っているので、どの茂みにもそれは多くの蛇がいる」と言明した。彼はアラブ人がその問題をエゴノキの樹脂を燃やして煙で蛇を追い払う解決法を詳しく説明した。

紀元1世紀、ローマの詩人ルカヌスは、カエサルとポンペイウスの内乱を描いた叙事詩『ファルサリア』にこう記した。「枝のない幹から、リビア人がヤクルスと名付けた蛇がとぐろから飛び出した。その毒蛇は遠く飛んだ。パウルスの脳を突き抜け、傷の中にとどまることなく、ものすごい勢いで出て行った。その傷で彼は死んだ……」

ヤクルスはラテン語で「投げる」という意味で、ルカヌスは犠牲者の死因が蛇の毒ではなく、ヤクルスがつけた傷だとしている。こうしてヤクルスは「身を投げる蛇」と言われるようになったのだ。同じく1世紀には、大プリニウスが著書『博物誌』にこう記した。「フランキンセンスはアラビア以外どこにも生育していない……ヤクルスは木々の枝から飛び出してくる。そして、侮れないことに、足元に飛んでくるだけではなく、まるで大砲（包囲攻撃に使う石弓）から出てくるように、空中高く飛んでくる」

7世紀、セビーリャの聖イシドールスは『語源論』にこう記した。「ヤクルスは飛ぶ蛇だ。木から飛び出して通りがかりの動物に襲い掛かるところから『やりを投げる者（ヤクリ）』」と名がついた。

マダガスカルにはファンドレフィアラと呼ばれる蛇の伝説がある。その蛇は下を通る人や動物をめがけて尾から先に矢のように木から落ちて突き刺す。島で最も恐れられている蛇で、ウルスウシサシヘビ、ペリネヨルモリヘビとも呼ばれる。頭に槍の穂先に似たV字型のしるしがあり、体の配色が珍しい。頭から腹にかけては黄色っぽく、背から尾にかけては赤いため、島民には尾を下にして木にぶら下がって通りがかりの者を突き刺すと信じられている。突き刺す前に獲物を選んで特定の枚数（3枚または7枚）の木の葉を落とし、警告してから致命的な打撃を与える。ある島民はファンドレフィアラがいかに賢いかこう説明した。「獲物が木の下を通ると3枚葉を落とす。1枚ずつ、獲物の頭の上に。そうして軌道を確かめる。そのあと木から落ちると同時に槍のようにピンと体を伸ばして仕留める」。しかしながら、この派手で血も凍るような蛇の言い伝えに反して、マダガスカルの蛇はどれも人間に害はないことがわかっている。

イエティ——忌まわしき雪男

The Abominable Snowman - the Yeti

ネパールとチベットの国境、標高2万フィート（6100メートル）を超えるヒマラヤ山脈にはイエティなる生き物がいると、多くのシェルパが信じている。人間より大きく、腕は膝に届くほど長く、直立歩行し、赤みを帯びた黒い体毛で覆われていると目撃情報は一致している。1951年、登山家のエリック・シップトンは大きさを確かめるのにアイスピックを横に置いて雪の中のイエティの足跡の写真を撮った。さらに1972年にはアメリカ人の探検隊、1973年にはハント卿が編成した探検隊が足跡を撮影したところ、どれも14×7インチ（36×18センチメートル）の大型生物のもので、つま先までくっきり跡が残っていた。足跡の石膏型を見ると、第2趾がほかより長く、ほかの霊長類や熊よりヒトに近かった。ロンドンのクイーン・メアリ・カレッジの動物学者W・チェルネスキー博士はヒト、ゴリラ、オナガザル科ラングール属のサルを除外し、イエティの足跡は化石類人猿のギガントピテクスに似た、がっしりした二足歩行の霊長類のものだと断言した。

イエティといわれる生き物は、その標高で出くわすどんな生物とも違う甲高い咆哮を上げる。イエティにはタイプが3種類あるとシェルパは話す。“チュッ・テー”（大物）は体長7から8フィート（2.1から2.4メートル）前後で、牛を襲って食べ、毛むくじゃらだそうだ。これはほぼ確実にヒグマの亜種ウマグマで、チベット高原東部に生息している。ヒマラヤヒグマ、ヒマラヤン・スノー・ベア、チベットヒグマとも呼ばれる。チベット名はドム・ギャムクで、世界で最も珍しい亜種のひとつだ。初めて分類されたのは1854年で目撃情報が非常に少なく、絶滅していてもおかしくない。

ウマグマは西洋では毛皮と骨のわずかな標本で存在が知られているにすぎない。1960年、サー・エドムンド・ヒラリーのイエティの痕跡探しの探検隊は、地元民が「イエティの毛皮」だと認めた2枚の毛皮の破片を持ち帰り、のちに科学的見地から、ウマグマの毛皮の一部であることがはっきりした。イエティの名はチベット語で“岩場の熊”という意味だ。シェルパが区別する2番目のタイプのイエティは“テルマ”や“ニッ・テー”（小さいやつ）と呼ばれる3-4フィート（0.9-1.2メートル）の“小さなヒト”で、枝木を集めて走り回り、カエルを食べる—これはテナガザルだと考えられる。シェルパはヤセザルがどんな姿かは知っているだろうが、テナガザルはインドのこれほど北では記録がないからだ。3番目のイエティは、いわゆる“忌まわしき雪男”が、体長5-6フィート（1.5-1.8メートル）のずんぐりした赤または黒い体毛の“ミッ・テー”だ。見た目はオランウータンに似ていて、雑食だ。雪が解けるとこの地域はヤク［チベットなどで家畜として利用される長毛の野牛］、アイベックス［野生の山羊］、オオヤマネコ、綿毛のような毛の狼のすみかとなる深い森に覆われる。これらの動物がヒマラヤ探検隊の目に触れることはほとんどないので、ギガントピテクスの生き残りがまだ存在しているのかもしれない。トラがブータンの標高1万6000フィート（4875メートル）と考えられるよりはるかに高地で生息していることも、2010年まで発見されなかったのだから。2010年8月18日付《デイリー・メイル》紙は、インドとパキスタンの国境付近のジャングルで回収された体毛がその地域では未知の野生動物のもので、イエティの体毛ではないかと推測されたことを報じた。体毛は最長1.7インチ（4.3センチメートル）にも及び、長くて太く、しなやかでうねりがある。

イエメンカメレオン

日本ではエボシカメレオンと呼ばれるイエメンカメレオンは、イエメンやサウジアラビアの山岳地帯に生息している。木登りのエキスパートで、木の上で生活し、足は木のこぶや枝をつかむのにまさに適している。体の色は全体的に緑で、部分的に黄、茶、青の縞模様や斑点がみられる。成体の雄は体長24インチ（61センチメートル）に達する個体もおり、頭部にカスクと呼ばれる背の高い装飾的なとさかが発達する。尻尾は物をつかむのに適していて、木登りのときには5本目の肢（あし）として役に立つ。待ち伏せ型の捕食者で、イナゴやバッタが何も知らずに付近を通りかかるのを、かなりの長時間待つことができる。竜を思わせるとさかの部分と前肢、蛇に似た尻尾と木に生息する習性が結びついてヤクルスの伝説になったのかもしれない。

イクニューモン――ファラオのネズミ
Ichneumon - Pharaoh's Rat

大プリニウスは『博物誌』にこう書き残している。「イクニューモンは命懸けで蛇と闘うのをいとわないという。闘いに備えて全身に泥を塗っては日に乾かし、何度か塗り重ねては乾かして鎧のように固める。態勢を整えると、相手からの攻撃をかわしながら隙をうかがい、頭を横にしたまま喉もとに向かっていく。同じようなやり方でワニも襲う」

イクニューモンはドラゴンの敵でもある。ワニを襲うというのは、ヒドラス（水蛇）との混同による俗信ではないだろうか（本章「ワニのそら涙とワニ糞美顔パック」の項参照）。セビーリャの聖イシドールスの記述にも混乱した部分がある。「この獣のにおいから生成したものを食物に入れると、毒にも薬にもなる」

イクニューモンはギリシア語で、蛇を襲う“ファラオのネズミ”またはエジプトマングースのことを言うが、カワウソという意味で使われることもある。

イタチ――バシリスクを殺す
Weasel - the Basilisk Killer

中世の動物寓話集で、イタチは絶対に食べてはいけない不潔な動物とみなされている。イタチは口に子をはらみ、耳から出産すると考えられていた。右耳から出産する子はオス、左耳から出産するとメスが生まれる。大プリニウスはこう書いている。「イタチの巣穴は、周辺の地面が不潔なのですぐに見つかる。バシリスク（第２章と本章「バシリスク」の項参照）をイタチの巣穴に放り込むと、イタチの悪臭でバシリスクは死んでしまうが、イタチも死ぬことになる。……ハツカネズミ狩りのあいだにハツカネズミと戦って傷を負ったら、イタチはヘンルーダという薬草で治療する」

ウク――南米のビッグフット
Ucu - the Bigfoot of South America

ウク（ウクマルまたはウクマル・ズパイとも呼ばれる）は、チリやアルゼンチン内外の山地に生息するらしい、ビッグフット［サスクワッチ、オーマーともいう、手が長く毛深い伝説上の野生の大男］もどきの生き物だ。大型犬ほどの大きさで、直立歩行する。もっと熱帯寄りのアンデス山脈のほうが生息に適するとも考えられている。現地民によると、ウクはパヨという中身がキャベツそっくりな植物を好んで食べ、「ウーフー、ウーフー、ウーフー」という声を出す。博物学者・未確認動物学者のアイヴァン・T・サンダーソンが、1924年にサスクワッチ一族に捕らえられたというアルバート・オストマンの報告した音をもとに表記した。

ウズラ――船を沈める鳥

Quails As Ship-Sinkers

1世紀の大プリニウスによると、「ウズラは渡り鳥なのに、地上にとどまっているのを好む。これが船員たちにとっては脅威ともなる。夜間に陸地が近づくと、ウズラたちが帆に下りてきて船を沈めてしまうのだ。タカから身を守るためにウズラは、アリスイ、トラフズク、ズアオホオジロなど、ほかの鳥を護衛に付ける。体力がなくて疲れてしまうので、飛ぶときはなるべく北風に乗って運ばれるようにする。飛びな

インドネシアのオランバッチ

オランバッチは、セラム島に生息する人間に近い奇妙な姿のコウモリだ。言い伝えによると、夜中に飛び回っているところがよく見かけられ、そんなときは小さな子供がさらわれているかもしれないのだという。毎朝、死火山に戻っては子供たちをむさぼり食っているというのだ。姿は人間のようで、肌は赤っぽく、コウモリの翼と長い尾がついていて、左右の翼も尾も黒い毛にびっしり覆われている。同じ地域のほかの島での目撃報告もあるが、人を殺すのはセラム島でだけのようだ。短い毛皮のコートをまとった裸の女性のようだとも描写され、その毛は翼をも覆っている。研究者はオランバッチがアフール同様、サルに似た顔の巨大コウモリである可能性を示唆している。島民は、世界最大級の鳥の一種、たとえばサルクイワシなどのサルを食べるコウモリではないかとみている。セラム島にはサルが生息してないので、誤って子供を餌食にしているが、ほかの島々で十分なサルが見つかるなら、ほかの場所では人間を殺さないことの説明がつく。

がら悲しそうな悲鳴をあげるのは、疲労のせいだ。向かい風に出くわすと、小石を拾い上げたり喉に砂を詰めたりしてバラスト代わりにする。ウズラは有毒な種子を好んで食べる。そのため、ウズラはほかの動物の食用とされない。人間以外で、てんかんを患う生き物はこの鳥だけなので、その病除けのまじないとして、ウズラを見かけたら唾を吐くならわしがある」

セビーリャの聖イシドールスも同様のことを書いている。「ウズラは鳴き声にちなんで名づけられた。ギリシア人はオルティジア島で初めてこの鳥を見て、オルティガイと呼んだ。この鳥は一定の時期に群れを率いて海を渡る。タカは陸地を目指す群れの先頭にいる鳥をつかまえるので、別種の鳥を護衛にしてウズラは先頭につくのを避けようとする。毒のある種子を好んで食べるので、古代人たちはこの鳥を食べてはいけないと言っていた」

ギリシア人がウズラをオルティガイと呼ぶのは、オルティジア（デロス）島［エーゲ海南西部のキクラデス諸島にある島］で初めて見つかったからだ。そして、ウズラの群れのリーダーはオルティゴメトラ、つまり“ウズラたちの母”である。ウズラが別種の鳥をリーダーに仕立てようとするのは、地上に近づいたとき。なぜなら、先頭に立つオルティゴメトラはしばしばタカに襲われるからだ。

エケネイス――船を止める魚

Echeneis - the Fish Which Halts Ships

13 世紀のはじめから、“エケネイス”という魚が船の航行を遅らせるという説が流布した。大プリニウスはこう記している。「エケネイスは岩礁によくいる小さな魚だ。この魚が船体に貼り付いて、船の通過を遅らせる。また、恋のお守りや訴訟がはかどらないようにするまじないのもとともなり、妊娠中に子宮からの不正出血を止めたり早産を防止したりするのにも使われる。食用にはならない。この魚には足があるとも言われる。アリストテレスは、足はないが、ひれが翼に似ていると言う」

セビーリャの聖イシドールスはこう述べている。「エケネイスという名は、船にぴったりくっついてはがれない（echei-naus）ところからついた。体長約 6 インチの小型魚ながら、この魚がへばりつくと船が動けなくなってしまい、ひどい嵐や疾風にもかかわらず海に釘付けとなったように思える。船を立ち往生させてしまうので、mora（遅れ）とも呼ばれる」

バルトロマエウス・アングリクスは、こう書いている。「エケネイスは体長が 1 フィートの半分ほどの小さな魚だ。体は小さいながら、たいした力を持っている。なにしろ、船にくっついて、あたかも船が陸に

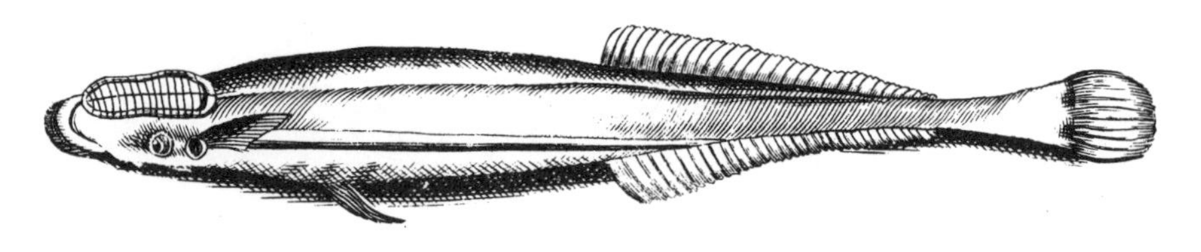

上がったかのごとく海中にしっかり静止させてしまうのだ。風が吹こうと荒波が寄せようと……船はびくともしなくなる。……この魚が船を静止させるのは何かたくらみがあってのことではなく、ただ船にくっつくだけだ。暴風雨など天候が荒れそうなのを察知して、海のうねりにさらわれてしまわないよう、錨をおろす代わりに船にしっかりしがみつくのだとも言われる。この魚を見かけた船員たちは、思いがけない強風や荒波に転覆してしまわないよう警戒する」

エケネイスとはコバンザメのことで、"サッカーフィッシュ"や"シャークサッカー"ともいう［吸盤を持つ魚類を総称してサッカー類という］。体長 1-3 フィート（30-90 センチメートル）まで成長する。第一背びれが変形して吸盤になっているのが独特で、その羽根板状組織が開閉して吸着力を生み、大型怪獣の皮膚にぴったりくっつく。コバンザメが後方に体をずらせば吸着力が増し、前方に泳ぎ出せば体がはがれる。小型の船に吸着することもある。吸着した宿主を移動や保護の手段として利用したり、宿主のおこぼれを食べたりもする。自力でもしなやかに体をくねらせて泳ぐ。コバンザメを使って亀をつかまえる文化もある。コバンザメの尾びれにひもや縄を結びつけておいて、亀の姿が見えたら船から放つ。コバンザメはたいていまっしぐらに向かっていって亀の甲羅に吸い付くので、コバンザメと亀を一緒に引き寄せるのだ。小さめの亀ならそのまま船に引き揚げ、大きめのものになると銛を打てる範囲までたぐり寄せる。ラテン語の remora は delay（遅れ）という意味で、属名の Echeneis はギリシア語の echein（つかむ）と naus（船）に由来する。小プリニウスは、紀元前 31 年のアクティウム沖海戦でマルクス・アントニウスの艦隊が敗れたのは、コバンザメに船を遅らせられたせいだとしている。

エレファントイ――絶滅したハンニバルの象

Elephantoi - the Extinct Elephants of Hannibal

古代の世界で象はかなりよく知られていて、なかでもその頃マウレタニア（古代アフリカ北西部にあった王国）で一般的だった（もう絶滅した）亜種が、有名だった。ハンニバル［紀元前 3-2 世紀、ポエニ戦争で活躍したカルタゴの名将］は象を 37 頭連れてアルプスを越え、ローマに攻め入ったが、それがマウレタニア産の小型象、アフリカゾウの変種ベルベリカだった。カルタゴ［フェニキアのティルス市がアフリカ北岸に建設した植民地］では、たとえば第一次ポエニ戦争［ローマはフェニキア人をポエニと呼んだ］でクサンティッポスがレグルスのローマ軍勢を送り込んできたカルタゴ沖などでも、象が

よく戦争に使われた。しかし、戦争用の象を80頭も育てたにもかかわらず、紀元前202年、ハンニバルがザマの戦いでスキピオ・アフリカヌス（大スキピオ）に敗北するのは防げなかった。アトラス山脈付近に生息するところからアトラスゾウとも呼ばれたが、2世紀にはほぼ姿を消していた。チュニスにある当時のローマのモザイク画には、北アフリカが砂漠化する以前にいた多種多様な野生生物が描かれている――象、ライオン、熊、イノシシ、ダチョウ、ヒョウ。今ではイノシシ以外みな姿を消し、イノシシがスポーツとしての狩猟の対象となっている。最後のアトラスライオンは1920年にモロッコで殺された。こうした動物たちはみな、ローマおよびローマ帝国のいたるところで闘技会に供されたのだ。

牡牛は天候を予測する

Oxen Can Predict the Weather

牡牛を神聖視する文化もある。古い典拠によると、牡牛には天候を予測することができるので、雨になるのがわかっているときには牛房を出ようとしないと考えられていた。耕作用の鋤（すき）を引くときはいつも決まったパートナーと組みたがり、引き離されると吠える。インドには特別獰猛な種類の牡牛がいて、飼い慣らすことができないという。セビーリャの聖イシドールスいわく、「牡牛の糞は、ヒドラスという水蛇に噛まれたときの薬になる」

大プリニウスは『博物誌』にこう述べている。「インドの牡牛はラクダくらいの体

高があって、4フィートほどにも広がる角を持つという。ガラマンテス［古代リビアの南西にいた鉄器時代のベルベル人の祖先の部族］の社会では牡牛だけが、あとずさりながら牧草を食む。エジプトでは牡牛の尾を神として崇拝するという」

狼と狼男

Wolves and Werewolves

大プリニウスは『博物誌』第8巻に、狼をとりあげている。「人間が狼を見るより早く狼が人間を見たら、その人間は一時的にしゃべることができなくなる。寒い地方の狼は冷酷で獰猛だが、アフリカやエジプトの狼は軟弱だ。人間が狼に変身してまた人間に戻る〔狼男〕というのは事実ではないが、ギリシアでは信じられている。ものを食べているあいだによそ見をすると、狼は食べているもののことを忘れて別の食べものを探しにいく。狼の尾には、ほんのひと房、媚薬が含まれる毛があり、狼が生きているうちにその房を引き抜いた場合にかぎって効き目がある。そのため、つかまえた狼の毛を刈ってしまうと、その狼の価値がなくなってしまう。狼が子を産むのは、1年のうちたった12日間だけだ。旅行者の右側に狼が現れ

て道をふさぎ、口いっぱいに何度も土をほおばったら、最高の吉兆だという」。

ローマでは、愛人の金を浪費する娼婦のことを「雌狼」と呼んだ。

オオヤマネコ(リンクス)と貴重な尿

Lynx and the Precious Urine

紀元前4世紀ギリシアの哲学者、テオプラストスが著わした『石について』によると、「(オオヤマネコの尿が固まって石になったラピスリンクリウスには)琥珀と同じく誘引力があり、藁や木片を引きつけると言われるばかりか、ディオクレスが説いていたように、薄いものなら銅や鉄まで引きつける。冷たい、きれいに透き通った石で、飼い慣らされた動物のものよりも野生動物の、メスよりもオスの尿でできた

石のほうがよい。食べるもの、運動量の多寡、全体としての体質に違いがあるので、乾きやすい尿や湿っぽい尿といった差が出るのだ。経験を積んだ者は、掘り起こして石を見つける。この動物は小便をすると、上から土をかぶせて隠すからだ」

1世紀のオウィディウス(紀元前43-後17または18年、帝政ローマ時代最初期の詩人のひとり)も、同じように言っている。「インドでは、葡萄の神バッカスにオオヤマネコを捧げていた。オオヤマネコの膀胱から出るものが石に変わり、空気に触れて固くなるという」。同世紀のプリニウスによると、「狼のような姿で、レパードのような斑点があるオオヤマネコが初めて披露されたのは、ポンペイウス大帝の闘技会だった(紀元前55年)。……オオヤマネコはエチオピアで大量に産する。……オオヤマネコの尿は、石榴石のようなしずく形に固まる。炎のような色をしたこの石を"オオヤマネコ水"(リンクリアム)という。そうなることを知っているオオヤマネコは、尿に土をかぶせて早く固まるようにする」

オーロクス――死滅した巨大牛の再現

Aurochs - the Recreation of a Dead Monster Bull

モラヴィア貴族のペルンシュテイン家のコートの袖には、白い盾の中に黒い原牛オーロクスの頭部がこちらを見ている図柄の紋章が入っている。一族の言い伝えによると、ペルンシュテイン家を創立した家長ヴェナヴァは人並み外れて力持ち

牡羊（ラム）

大プリニウスによると、「乱暴な牡羊は、耳の近くで角に穴をあければ抑制できる。牡羊の右の睾丸のまわりに糸を結んでおくと、牝羊が子を産む。左の睾丸にすると、雄が子を産む」とのこと。

の炭焼き職人だった。彼は野生の原牛オーロクスを捕まえてブルノの王の宮殿に連れて行き、斧の一振りで原牛の首を斬り落とした。王は非常に感銘を受けて彼に広大な地所を与え、両袖にオーロクスの頭部の紋を入れる権利を与えた。パルドゥビツェにある彼の家族の邸宅には、壁にそのときの偉業のレリーフが彫られている。

オーロクスまたはユーラスは家畜牛の先祖で、今は絶滅した巨大な野牛の一種だ。かつてはヨーロッパ、アジア、北アフリカのいたるところに生息していたが、最後の1頭が1627年にポーランドで死亡した。オーロクスは体高6フィート6インチ（2メートル）、体重はほぼ1トンだった。群れを成して移動するのが苦手で、食用に乱獲されて全滅した。オーロクスはヨーロッパの旧石器時代の洞窟の壁画に多く見られ、近東では月の牛として崇拝されていた。ユリウス・カエサルの『ガリア戦記』にはこんな記述がある。「……あれがユーリと呼ばれる動物だ。象よりやや小さく、色や姿形は一見牛と変わらない。その力と速さには目を見張るものがある。オーロクスは人間や野生動物を見つけたら、容赦しない。ゲルマン人は多大な労力をかけて穴の中に追い込んでオーロクスを殺す。若い男たちはこの修練を重ねて体を強靭に鍛え上げ、この種の狩猟で実地演習を行い、いちばん多く獲物を仕留めた者はその角を証拠としてみんなに見せ、大いに称賛される。しかしごく幼いときに捕まえたものでも、人間になつくことはなく、手なずけることもできない。角の大きさ、形や見た目は私たちが知っている牡牛の角とはずいぶん違う。その角は男たちが欲し

がってやまないもので、先端に銀のもち手をつけて、（酒を味わう）最も贅沢な楽しみのひとときにコップとして使う」

古代チュートン人の伝承で異彩を放って描かれていたオーロクスの神秘性は、ヨーロッパのいくつかの州や都市の象徴として残っていることに表れている。イタリアの科学者たちは、遺伝子学の専門知識と現代の野牛の品種改良を用いておそろしく大きなこの獣を再現したいと考えている。ハイランド牛、野生種のヴァイノル・ウェルシュ、イタリア原産の白いマレンマなどの最もよく似た大型牛の品種を「バックブリーディング」という技術でそれぞれ掛け合わせるのだ。科学者は保存されていた骨の資料からオーロクスのゲノム地図を作成し、ほぼそっくりな品種をつくった。最初の交配はイギリス、スペイン、イタリア原産の3品種間で、最近交配が行われた。それ以前に動物の再現が試みられたのは、ヒトラーが至急命令を出したときだ。ナチスは第三帝国が人種的に優位で優生学的に優れているという信念を表す一手段として、ドイツの動物学者2人にオーロクスの再現を指示した。ヘルマン・ゲーリングは東ヨーロッパで征服した領土に計画していた広大な狩猟保護区にオーロクスを繁殖させたいと思っていた。

カオジロガン——海の貝から生まれた鳥

Barnacle Goose - the Bird Born from a Sea Shell

サー・ジョン・マンデヴィルは14世紀、『旅行記』にこう記した。「私は彼らに、我々動物の中でも大いに驚くべきはカオジロガンだと話した。我々の国では果物が実を結んで飛ぶ鳥になり、水に落ちたものが生き、地上に落ちたものはまもなく死に、都合のいいことに人間の食用肉となる。彼らはこの話をありえないと非常に驚いたが、信じた者もいた」

ところが、1800年前後まではカオジロガンが帆船の木の板でできた船体を殻のように覆う大量のフジツボから発生するという別の説が支持されていたのだ。フジツボは海藻をひっかけて、船をかなり減速させる。英語の “barnacle” つまりフジツボは、もともとこのカモだけに使っていた名前で、甲殻類にはあとから使うようになったにすぎない。カオジロガンの自然界での歴史は、流木から発生したという言い伝えに長らく呪縛されていた。1187年、年代記を編んだウェールズのジェラルドはこう記した。「自然は［カオジロを］極めて特殊な方法で世に生み出す。沼地にいるガンに似ているが、いくぶん小ぶりだ。海に打ち捨てられたモミの木から生まれ、初めはゴムのよう。そのあとあたかも材木にくっついた海藻のように嘴でぶら下がる。そしてもっと存分に成長するように殻にくるまれる。このような過程を経て、丈夫な羽毛を身につけ、水に落ちるか、自由に空を飛ぶようになる。カオジロガンは自分たちの食糧から派生し、樹液や海から栄養を得る。知られざる不思議極まりない栄養供給の過程だ。私はこの目で何度も見てきた。すでに鳥の形に成長した1000羽以上のこの小さな鳥が

海辺で1本の材木にぶら下がっているのを。カオジロガンはほかの鳥のように卵を産まず、孵化させることもなく、地上のどこにも巣はつくらないとみられる」

このように考えたのは、おそらく夏にまったくガンを見かけなかったためだろう。実際にガンは、人のいない北極地方で雛をかえしている。カオジロガンは水面下でフジツボの姿の状態で発達するものということになっていた。このためアイルランドの聖職者の中には、カオジロガンなら断食の日も食べてよいと考える者がおり、ウェールズのジェラルドがその習慣を批判した。「アイルランドの一部の司教と信仰者は、この鳥が肉ではなく生身の肉から生まれていないからと断食のときカオジロガンを食べて良心の咎めを感じない。しかしそれは罪に至る行為だ。もし、生身の肉体から生まれたのではないからと、アダムの脚を口にしたら、その者は肉を食べていないとはいえないからだ」

1215年、教皇インノケンティウス3世は、繁殖法が特殊だからといっても、カモのように生活し、餌を食べるのだから本質はほかの鳥と変わらないとして、四旬節［受難説から復活祭前日までの日曜日を除く40日］のあいだにカオジロガンを食べることを禁じた。

カトブレパス（カロブレプス）――死の息を吐く水牛

Catoblepas (Katobleps) - the Buffalo with Fatal Breath

古代ローマの著述家クラウディオス・アイリアノスは、2世紀の著書『動物奇譚集』で次のように説明した。「リビアは膨大な種類と数の野生動物を育む地で、さらにはカトブレポンと呼ばれる動物の生地だ。見た目は牛ほどの大きさだが、もっといかめしい顔をしている。というのも、毛深い眉毛が顔の高いところにあり、その下の目は牡牛ほど大きくないが細くて血走っているからだ。そしてまっすぐ前を見ることはなく、地面を見ている。それが“うつむき”（kata blepo）と呼ばれるゆえんだ。頭のてっぺんに生えているたてがみは馬のそれに似ていて、額に垂れて顔にかぶさっているので、よけいに出会った者を怖がらせる。主食は有毒な根だ。カトブレパスが牡牛のようににらみつけ、すぐさま体を震わせたてがみを逆立て、前足を上げて体を起こし、唇をひん剝いて口をあけてつんとする嫌な臭いの息を出すと、周囲の空気全体がすべて汚染されて、近寄ったりその空気を吸ったりした動物はどれも深刻な影響を受けて声が出なくなり、神経が麻痺してけいれんを起こす。カトブレパスはその威力を自覚しており、ほかの動物もそれを知っていてできるだけ遠くに逃げる」。カトブレパスはうつむいた“牡牛”の目撃談がもとで生まれたと考えられており、胴体は水牛で頭は豚の姿だ。実際に見たのはウシカモシカかヌーだろう。

ところが、カトブレパスが小動物だとか、背中に鱗があるという情報も多い。1245年頃、バルトロマエウス・アングリクスは『事物の特性』にこう記した。「［古代］エチオピアや西国の人たちの多くは、あるひとつの井戸がナイル川の水源だと思っているが、そのかたわらにいるのがカトブレパスだ。体が小さく、四肢はどれも不安定で、大きな頭を地面にぶら下げるようにいつもうつむいているが、そうでなければ人間にとって厄介な存在だ。というのも、コカトリスと同じ眼を持っていて、それが見たものはまもなく死ぬからだ」

彼はこれを、レオナルド・ダ・ヴィンチが手稿に書いたのと同じく、小さな動物だと説明している。「カトブレパスはエチオピア、ニグリカポの水源近くにみられる。それほど大きな動物ではなく、体全体の動きが鈍く、頭は大きくて動かすのが大変そうで、常に地面を向いてうなだれている。そうでなければ人間にとっては非常に厄介だ。カトブレパスに見つめられたものはただちに死ぬ」

エドワード・トプセルの1607年の著書『四足獣誌』も、昔のアイリアノスのウシカモシカまたはヌーとおぼしき動物の説明を思わせる。「大プリニウスがこの獣をカタブレポンと呼ぶのはずっと下を向いているからで、頭以外の部分はすべて小さく、頭は非常に重くて胴体と不釣り合いだ。顔を上げることはないが、目が合った生き物はすべて死ぬ。そこで獣が送り出す毒が息から生じるのか目から生じるのかという疑問が生じる。それについては息を吹きかけて殺すよりも、コカトリスのように目で見て生き物を殺すことができるほうが信用できる。カトブレポンはこの世のどんな獣にもたとえがたい」

エチオピア—エジプト間を旅したローマの大プリニウスは、1世紀の『博物誌』でこう語っている。「エチオピア西部にはニグリスという泉があり、ほとんどの人はそこがナイル川の水源だと思っている……その付近にはカトブレパスと呼ばれる動物がいて、頭だけが非常に大きくて動かしにくそうにしているが、四肢は普通の大きさで、動かない。だからいつもうつむいて首をうなだれている。そうでなければ人類にとって非常に危険だ。その目を見たものはただちに命が尽きてしまうからだ」

鱗の生えた背中や小さな体、うつむいた大きな頭なら、センザンコウやアリクイの可能性もある。センザンコウは脅威を感じるとかみそりを重ねたような鱗を鎧代わりに、顔を尾の内側にうずめてボールの

カトブレパスの絶滅——『博物誌』に載った西エチオピアの架空の動物

センザンコウは食肉用にアフリカじゅうで狩猟が行われている。中国でも大量の需要があるのはその肉が珍味とされているからで、中国人の多くはセンザンコウの鱗が血行や授乳中の女性の母乳の出をよくすると信じている。森林減少で生息地が奪われたことと人間の活動の影響があいまって、今やセンザンコウの全種類が絶滅の脅威にさらされている。需要の増加により中国、ヴェトナム、ラオス、カンボジアのセンザンコウは絶滅した。貿易商人がさらに南へ南へと足を伸ばすにつれ、センザンコウはアジアで最後に残った生息地、ジャワ島、スマトラ島、マレーシア半島でも減少している。中国人が増加しているアフリカからは密輸が横行している。2007年、タイの税関職員が中国へ密輸されるある請負貨物から100頭以上の生きたセンザンコウを救出した。広州のあるレストランの強制捜査では、センザンコウ118頭、蛇132ポンド（60キログラム）、カエル880ポンド（400キログラム）が発見された。2007年11月10日付の《ガーディアン》紙が取り引きのおぞましい実態を紹介している。「広州のあるシェフは昨年の《北京サイエンス・アンド・テクノロジー》誌のインタビューで、センザンコウの調理手順をこう説明した。『客から注文が入るまでは檻に入れて生かしておく。注文が入ると頭を叩いて意識を失わせてから喉を切り裂いて血抜きする。死ぬまでには時間がかかるよ。そのあと茹でて鱗を取り除く。肉を細かく切り分けて、蒸し肉やスープなど、何品にも使う。たいていの客はあとで血を持ち帰るね』」

ように丸くなって危険から身を守る。前足のかぎ爪は長すぎて歩くのには向いていないので、前足を曲げてかぎ爪を守りながら、頭を下げて地面の昆虫を探す。スカンクのおならと同じく、肛門付近の腺から毒々しい臭いの酸を出すこともできる。その毒々しい臭いこそカトブレパスの正体かもしれない。センザンコウは足が短く、個体によって異なるが、体長は12-39インチ（30-100センチメートル）だ。鋭いかぎ爪はアリやシロアリの塚に穴を掘るのに使う。

キツツキの占い師

Woodpecker Soothsayers

大プリニウスは『博物誌』第8巻にこう書いている。「キツツキは占いに使われる。猫のようにまっすぐ木を登っていくものもいれば、木に逆さまにぶらさがるものもいる。木をつつく音で、樹皮の下に餌があるのを察知する。キツツキは、穴の中で子育てをする唯一の鳥だ。羊飼いがキツツキの巣穴にくさびを打ち込もうとすると、この鳥はある種の草を使って羊飼いの足をすべらせる。キツツキの巣穴がある木にくさびや釘が打ち込まれたとしても、この鳥がその木にとまれば、どんなにしっかり打ち込んだ釘もたちまちのうちにはずれてしまう」

クサリヘビのロマンス

Viper Romance

紀元前5世紀、ギリシアの歴史家ヘロドトスは、『歴史』第3巻にクサリヘビの交尾を描写している。「オスとメスがちょうど受胎の時期に出会うと、メスがオスの首をくわえて、離れないようにすぐさましがみつき、首を噛みちぎってしまう。そのため、オスは息絶える。だがしばらくすると、オスは子を介してメスに復讐を果たす。クサリヘビの子はまだ生まれないうちに母親の子宮を、そして腹をかじって抜け穴をつくり、この世界に出てくる」

熊は文字どおり子を舐めて一人前にする

Bears Lick Their Cubs into Shape (Literally)

13世紀、フランシスコ会の僧侶バルトロマエウス・アングリクスは『事物の属性』にこう記した。「アヴィケンナ［980-1037年、アラブの哲学者・医師］によると、熊は不完全な醜い肉の塊を生み、母親がその塊を舐めて体の各部を形づくる。……子はネズミより少し大きな肉の塊で、目や耳はないが、かぎ爪はある……そして母親がこの塊を舐めて、子供の体の各部分の形にする」

彼はこの情報を本書のいたるところに出てくる大プリニウスから得たようだ。大プリニウスが1世紀に記した『博物誌』は次のとおり。「熊は初冬に交尾し、オスとメスは別々の穴に引きこもる。30日後に子が生まれ、1回に生まれるのは5頭以下だ。生まれたての熊はこれといった形のない白い肉の塊で、眼球も体毛もないが、かぎ爪は見られる。母親は子供を少しずつ舐めて熊らしい形に整え、鳥が卵にするのとまったく同様に胸元に抱き寄せて温め、添い寝する。冬のあいだ、オスは40日間、メスは4か月間、穴に身を潜める。このあいだは飲み食いせず、初めの14日間は非常にぐっすり眠り、傷を負っても目は覚めない。穴から出てくるとハーブを食べて胃腸を緩め、木の根株で歯を研いで食べる準備をする。ぼやけた目をすっきりさせるのに、ハチの巣に近づいて顔を刺させる。熊のいちばん弱い部分は頭だ。熊の脳には毒があるので人が飲むと熊のように暴れるという人もいる。熊が牡牛と戦うときは角と口をもってぶら下がる。その重みで牡牛を疲弊させるのだ……熊は不完全な状態の子を生み、舐めて完全な体にする、舐める点はライオンやキツネと似ている。熊の息は有害で、熊が息を吹きかけたものはどんな

気象を予測するハリネズミ

“生垣の豚”(hedge pig)ことハリネズミ(hedgehog)は、薬用や食用に供された。大プリニウスがこう書いている。「冬に備えて、ハリネズミは落ちているリンゴの上に転がってとげに刺し、口にもひとつ以上ほおばって木の洞まで積み荷を運ぶ。ハリネズミは北から南へ吹く風向きの変化を予測して、巣に冬ごもりする。つかまえられそうになると、くるりと丸まってボール状になるので、とげだらけの体に触れることはできなくなる」。セビーリャの聖イシドールスによると、「ハリネズミは針だらけで、脅えると体をこわばらせ、丸くボール状になって全面的に身を守る。ブドウの房をつるから切り取ってその上に転がり、針に刺さったそのブドウを子のもとへ運ぶ」。中世の書物の中には、ハリネズミは果樹園からリンゴかイチジクだけを取っていくという記述もある。

動物も触れようとせず、汚染されるのですぐ腐る」

ケガを負った場合、師部やモウズイカのハーブに触れればひとりでに治ると信じられていた。最も獰猛だと言われていたのはナミビアの熊だ。

ケンタウルスと騎兵隊
Centaurs and Cavalry

セビーリャの聖イシドールスは7世紀の『語源論』にこう記した。「ケンタウルスは人間と馬が合わさった素晴らしい動物だ。これはテッサリア人の騎手から発想したものだとの説もある。戦で騎乗していると、馬と人が一体に見えるからだ」。初期のギリシア軍は歩兵が基本だったが、ケルト族の血を引くテッサリア人は見事な騎手だった。スペイン人の騎手を初めて見た南米や中米のインディアンは、人と馬が一体になった動物だと思った。

コウノトリ――嘴をカタカタ鳴らす
Storks - Bill Rattlers

大プリニウスはこう書いている。「コウノトリは、具合の悪いときマージョラムという薬草を薬にする。この渡り鳥がいつ飛び去ったか、どこから渡ってきたのかは誰にもわからない。出発も到着も夜間だからだ。旅立ちのときが近づくと、まるで前もって予定を決めてあったかのように決まった場所に集合する。コウノトリには舌がないという者もいる。ところによっては、蛇を退治する能力のためにコウノトリが高く評価される。コウノトリは毎年同じ巣に戻ってきて、年老いた親を世話する」

セビーリャの聖イシドールスによると、「コウノトリという名は、この鳥がたてる音にちなんでつけられた」という。「鳴き声ではなく、嘴をカタカタ鳴らす音だ。コウノトリは春を告げる鳥で、蛇の敵にして人間社会の仲間。2羽のカラスに先導され、軍隊のように一列に並んで飛び、海を越えてアジアへ渡っていく。子の世話に心血を注ぐあまり、ずっと卵を抱いているあいだに羽が抜けてしまうほどだ。だが、あとになってその子が、親が子育てに費やした時間と同じくらいのあいだ、親を養ってくれる」

コウモリは鳥だ
The Bat is a Bird

1世紀の大プリニウスはこう記した。「コウモリは空を飛ぶ生き物の中で唯一（卵

ではなく）幼鳥を産んで乳で育て、腕に抱えて飛ぶ」

セビーリャの聖イシドールスは７世紀、『語源論』にこう記している。「コウモリは、ほかの鳥とは異なり、空を飛ぶ四足獣で、ネズミに似ている。ラテン語の夕暮れ“vesper”に飛ぶことから“vespertilio”の名がついた。真っ逆さまに落ちてその勢いで飛び回ったり、細い枝にぶら下がったり、キーキー鳴いたりする」。中世研究家の著述家の記録によると、コウモリは身を寄せ合って高いところから大きなブドウの房のようにぶら下がり、コウモリの１匹が止まっている場所から落ちると、ほかのコウモリも全員落ちると考えられていた。現在、コウモリは地上から飛び立つことはできず、翼を広げて滑空できる高いところに登ってから飛び立つことがわかっている。

コモドドラゴン（コモドオオトカゲ）

Dragons of Komodo

竜（ドラゴン）というのはもともと、蛇（サーペント）を代表する大蛇のことだった。鱗に覆われた体に翼があって、コウモリに似た描写も多い。頭部に角と羽冠をいただき、尾はとげだらけで先端が鋭い。世界最古の国旗、ウェールズの紋章の赤い竜は、ローマの伝説を引き写したものらしい。古代ブリテン（ウェールズ）の指導者は、“ペンドラゴン”（pendragon）

空腹の白いパイソンがイタリアでコカインの見張り番

2010年8月12日、ロイター通信は次のように報じた。「イタリア警察は昨日、ローマで麻薬密輸団を強制捜査中に珍しいアルビノのパイソンを捕獲した。密輸団は麻薬を見張り、貸しのある常習者を脅迫するのに蛇を使っていた。警察が密輸団のアパートに突入したとき襲ってきたのが体長10フィートの白いパイソンだった。『突入したとき、まるでしつけられた番犬みたいに、ドアのすぐむこうで蛇が待ち構えていた』と警部補ルカ・ジェロニモ。『蛇の下に非常に純度の高いコカイン200グラムを見つけたときには驚いた』。攻撃的になるように、パイソンは一週間餌を与えられていなかったが、鶏肉を与えられておとなしくなった」

といった。pen はウェールズ語で"長"を意味するのだ。6世紀ブリテンのペンドラゴン、アーサー王のあとを継ぐメルグィン・グイネッドは、領土がアングルシー島にあったところから、"アイランド・ドラゴン"とも呼ばれた。竜は古くから中国の神話に登場するほか、ローマ、ギリシアほか古代の文化にもドラゴンが現れる。ドラゴンは洞窟や地中深くで、常に火とともに暮らしているため、火を呼吸するようになったという。イギリスの紋章に四本足のドラゴンが出現したのは比較的最近で、15世紀以前のドラゴンには足が2本しかなかった。紋章学上、2本足のドラゴンは"ワイヴァーン"あるいは"バシリスク"と呼ばれることが多くなっている。ドラゴンという想像上の生き物が生まれるもととなったのは、旅人の話に出てくるコモドドラゴンや、発掘された先史時代の巨大な獣の化石だったのではないだろうか。

　コモドドラゴンは、インドネシアのいくつかの島に分布する巨大なオオトカゲだ。最大で体長10フィート（3メートル）、体重11ストーン（70キログラム）にも達する。かつてインドネシアおよびアジアの全域に生息し、現代人との遭遇後にほとんど死に絶えてしまった大型オオトカゲ類の、代表的な遺存種だ。コモドドラゴンは主として死肉食だが、獲物を追ったり待ち伏せたりもする。人間を襲った例もある。2007年6月4日、コモド島で1匹のコモドドラゴンが8歳の少年を襲い、少年はその後、傷からの大量出血によって死亡した。島民たちの非難は、山羊を餌にすることを禁じた島外の環境保護論者に向けられた。それによってコモドドラゴンがあてにしていた食糧源を失ったからだというのだ。コモド島には血縁の人々の生まれ変わりと信じてコモドドラゴンを敬愛している島民が多い。2009年3月24日には、コモド島の漁師ムハマド・アンワルがコモドドラゴン2匹に襲われて死亡。アンワルはバンレイシの木から落ちたところを襲われ、胴体、両手足、首からひどく出血することになった。2001年には俳優シャロン・ストーンの夫のフィル・ブロンスタインがロサンジェルス動物園のコモドドラゴンに襲われて、脚の応急処置を受けている。

コンガマトー——舟を破壊するもの
Kongamato - Breaker of Boats

　コンガマトーとは"舟を破壊するもの"という意味の名で、ザンビア、カメルーン、アンゴラ、タンザニア、ナミビア、ケニア、コンゴにいるという翼手竜状の生き物を指す。ケニアではバタムジンガ、カメルーンではオリトゥと呼ばれる。カオンデ族［主にザンビア北西部に住む民族］に言わせれば、羽毛のない膜質の翼を持ち、長い嘴に歯がはえて、コウモリにも似た巨大な赤トカゲだ。コンガマトーはカヌーを転覆させ、人間はその姿を見ただけで死ぬという。主として、コンゴ、アンゴラとの国境に近いザンビア西部の湿原で目撃されている。フランク・メーランドの1923年の著書『ウィッチボウンド・アフリカ』によると、いくつかの川に沿って生息する非常に危険な生き物で、しばしば小型の船を襲うという。体色は赤で、翼開長4-7フィート（1.2-2.1メートル）。メーランドの著書所載の挿画を見せられたカオンデ族の人々が、コンガマトーは翼手竜（プテロダクティル）だと証言した。翼竜（プテロサウルス、"翼のあるトカゲ"の意）も、ギリシア語のpterodaktulos（"翼状の指"の意）に由来するプテロダクティルと言われることが多い。プテロサウルスは6500万年前まで生息していた飛翔爬虫類だ。皮膚膜、筋肉その他の組織が後肢から前肢第4指まで非常に長く伸びて、翼になっていた。原始的ないくつかの種には歯がはえそろった長い顎と長い尾があったが、のちには尾が極度に退化していき、歯のない種も出てきた。毛状の繊条組織でできた柔らかい外被を持つ種もあって、成長したときの大きさはさまざまだった。

ザンビア北西地方のカオンデ族の人々は、"ムチ・ワ・コンガマトー"という魔除けを身につけて、川を渡るときにコンガマトーから身を守ろうとした。1925年、新聞記者のG・ウォード・プライスが、プリンス・オブ・ウェールズ（のちのエドワード8世）のローデシア（現ザンビア）公式訪問に随行した。彼の報告によると、ローデシアで恐れられている湿地に足を踏み入れた男が負傷したと、役人から聞かされたという。その湿地が悪魔だらけだというので、彼は自分に勇気があることを証明しようとしたのだった。胸に深手を負って戻ってきた男は、嘴の長い見慣れぬ鳥に襲われたと言った。役人が先史時代の動物図鑑に載った飛翔恐竜（プテロダクティル）の絵を見せると、男は恐怖の悲鳴をあげて役人の家を飛び出していった。それがプテロダクティルである証拠に、地元の人々は自発的に正確な描写をしてみせ、外見についての描写が全員一致した。メーランドはこう言っている。「地元の人々はそれをムロンベ（悪魔）のような超自然的ものでなく、人食いライオンや暴れ象のような、ただしはるかにたちの悪い、ひどく恐ろしいものだと考えている。……コンガマトーの生息地らしきところとして湿原［ザンビア北西部］を挙げたが、その場所自体、そういう爬虫類が生息できるとすればいかにもなところだと言わざるをえない」

1932年から33年にかけて、動物学者で著述家のアイヴァン・T・サンダースン（1911-73年）の指揮下、パーシー・スレーデン隊が大英博物館のために西アフリカを探検した。カメルーンのアスンボ山地で、探検隊は岸が険しく切り立った川付近の木々生い茂る渓谷で野営した。ある晩、一行は川のそばで狩りをしていて、サンダーソンが大型のフルーツコウモリを撃ち落とした。その獲物が水中に落ちたので、サンダーソンは急流から回収しに向かい、ふとしたはずみにバランスをくずして倒れてしまう。バランスを取り戻したとき、だしぬけに仲間が「危ない!」とうろたえた叫び声をあげたかと思いきや、モンスターが彼目がけて急降下してきた。続いて起きたことを、サンダーソンはこう記している。「私も叫び声をあげ、すぐさま水にもぐった。水面上ほんの数フィートのところからまっすぐ迫ってくるのは、ワシほどの大きさがある黒いものだったのだ。その顔はちらりとしか見ていないが、それでじゅうぶんだった。垂れて開いた下顎に尖った白い歯が、一本分の幅をあけてぐるりとはえていたのだ。水面から顔を出してみると、姿が見えなくなっていた。……日が暮れてもうすぐ何も見えなくなるというころ、そいつがもう一度やって来て、歯をガチガチ鳴らし、ドラキュラまがいの立派な黒い翼で空気を“シュッ、シュ”と切り裂きながら、また川に急降下した」

彼はのちに、その生き物のことを“あらゆるコウモリの草分け”と言っている。

1942年にはC・R・S・ピットマン大佐が、ローデシア北部(現ザンビア)で密集する湿地帯に生息する大型のコウモリないし鳥に類する生き物について、現地人から聞かされた話を報告している。それを見てしまっただけで死ぬことになるというのだ。そんな生き物が長い尾を後ろの地面に引きずって通った跡が、いくつも見つかった。ザンビアに限らず、キリマンジャロ、ケニア山など、アフリカのほかの場所でも同様の報告があった。

J・L・B・スミス博士(生きている化石シーラカンスの研究で有名)は、1956年の著書『古代の四足獣』に、タンザニアのキリマンジャロ付近に生息するトビトカゲのことを書いている。「……夜間、そういう生き物が身近で飛ぶのを実際に見た者がいる。私は反論しなかったし、ともかくそういう生き物が現存する可能性を疑いはしない」

猟区管理人のA・ブレーニー・パーシヴァルがケニア駐在中に書き記したところによると、キテュイ・ワカンバ族は、2本の足と太い尾の跡だけを残す巨大な生き物が毎夜ケニア山から飛来すると信じていた(カール・シューカー *In Search of Prehistoric Survivors,* 1995)。

1956年にはエンジニアのJ・P・F・ブラウンが、ザンビア、バングウェウル湖近くのフォートローズベリーでその生き物を見たという。《ローデシア・ヘラルド》紙1957年4月2日付に、その記事が載った。ブラウンはザイール[コンゴ民主共和国の旧称]のカセンガを訪ねて、車でソールズベリー[ジンバブエの首都ハラレの旧称]まで帰る途中、トランクから水筒を取り出すため、バングウェウル湖のすぐ西、フォートローズベリーで停車した。午後6時頃のことだ。そのとき、2匹の生き物がゆっくりと音もなく、頭の真上を飛んでいるのが見えた。尾が長く、頭部は細い、古代生物のようだったという。翼開長は36-42インチ（90-107センチメートル）ほど。1匹は口を開けていて、尖った歯が多数はえていた。

1975年、やはりフォートローズベリーの病院に、胸に重傷を負った患者がやって来た。バングウェウル湿原で巨大な鳥に襲われたのだという。どんな鳥だったかと尋ねられて、その地元民はプテロサウルスに似た生き物の絵を描いてみせた。その後まもなく、カリバ湖ダムの水力発電事業の結果、ザンベジ渓谷が氾濫した。現場にいた《デイリー・テレグラフ》の記者イアン・コルヴィンが、プテロサウルスらしき生き物の写真を撮って話題になった。

1988年には、ロイ・マッカル教授が探検隊を率いてナミビアを訪れ、翼開長30フィート（9メートル）にもなる見慣れぬ飛行生物を見たという報告がある。目撃情報によれば、その生物はたいてい滑空しているが、まともに翼をはためかせて飛翔することもあったという。姿を見せるのはだいたい夕暮れ時で、約1マイル離れた2つの丘のあいだを、岩の裂け目から裂け目へと滑空するのだった。探検隊は確固たる証拠を集められなかったが、隊員のひとり、ジェイムズ・コシはおよそ1000フィート（300メートル）の距離にいるその生き物を見たという。巨大なグライダーのような体形で、体色は白い斑点まじりの黒だったとのことだ。

1998年、ルイジアナ州在住のケニア人交換留学生スティーヴ・ロマンディ=メニヤが、コンガマトーは今なお彼の母国の奥地に住む人々によく知られていると言明している。その生き物は腐敗する人肉を常食とし、しっかり深く埋葬されていない死体があれば掘り起こしてしまうらしい。

コンガマトーの正体としては、翼竜（プテロサウルス）の一種で顎に針状の歯がはえた、尾の長いランフォリンクス［ジュラ紀に生息していた長尾型翼竜］などが考えられる。常食は魚類だったようだ。生息地がなくなっていってもう絶滅しただろう未詳の巨大コウモリだという説もある。アフリカの地元民や旅行者たちが、その地方の固有種であるハシビロコウやクラハシコウなど、コウノトリ科の大型鳥と混同したのではないかと疑う向きもある。ハシビロコウは、翼開長8フィート（2.4メートル）ほどの、古代生物のように見える黒っぽい色の鳥だ。希少種になっていて、ザンビアおよび近隣諸国の人跡まれな沼沢地にしかいない。しかしハシビロコウが人間にたいして攻撃的なふるまいをするという根拠はない。嘴は大きいけれども尖ってはいないし、ほかの鳥類同様、歯はない。クラハシコウの翼開長は8.5フィート（2.6メートル）にもなり、嘴が赤で体色は全体的に光沢のある黒と白。頭は黒く、羽のない脚は赤い。嘴は長く、尖っている。

島になったクジラ

Whales as Islands

セビーリャの聖イシドールスは『語源論』第12巻にこう記している。「クジラ〔ballenae〕は、ウミネズミ［ゴカイ綱コガネウロコムシ属など大型の海産環形多毛類］との性交を通じて子をもうける。クジラは巨大海獣で、体の大きさは山にも匹敵する。水を噴き出すところから、ギリシア語で噴出という意味のballeinにちなんで名づけられた。ほかのどんな海獣よりも高く波をたてて泳ぐ。その恐ろしさから、怪物〔cete〕とも呼ばれる。ヨナ［ヘブライの預言者］を呑み込んだ大クジラの腹の中は、さながら地獄だった。旧約聖書の「ヨナ書」に、「わたしが陰府の腹の中から叫ぶと、あなたはわたしの声を聞かれた」という一節がある［2章2節］。13世紀、ギヨーム・ル・クレールは、こう書き残している。「とてつもなく広大な海には、ヒラメ、チョウザメ、ネズミイルカなどさまざまな種類の魚がいる。だが、極めて危険な怪物もいる。ラテン語でその名をCetusという。船乗りにとっては危険な隣人だ。背中の上部が砂のように見え、海から盛り上がったところを水夫が島と勘違いする。嵐に襲われたときなど、その大きさにだまされて避難していく。錨を下ろすと、クジラの背に上陸して食事をつくり、火をたき、船をしっかり係留するために、てっきり砂地だと思って杭を打ち込む。怪物が背中で燃える火の熱さを感じると、船も人間たちもみな道連れに海中深く沈んでいくことになる。クジラ

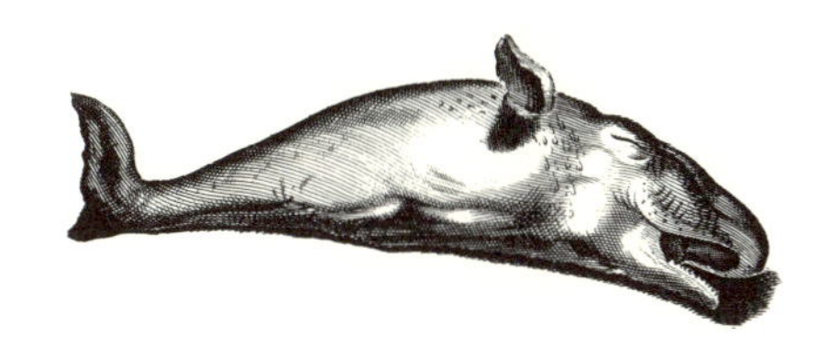

は、腹をすかせると口を大きく開いて、えもいわれずかぐわしい息を吐き出す。すると小魚がこぞって寄ってきて、においにつられて喉の奥まで押しかけていく。そこでクジラは口を閉じ、小魚をひと摑みに、谷間と言ってもいいほど広い胃へ送り込むのだ」

証言する犬

Dogs as Witnesses

12世紀はじめ、ウェールズのジェラルド（ジラルダス・カンブレンシス）は、著書『ウェールズ一周旅行』にこう書いている。

「あらゆる動物の中でいちばん人間を慕い、最もたやすく人間を見分けるのは犬である。飼い主を奪われると生きようとしなくなったり、飼い主を守るために命を投げ出そうとすることもある。したがって、飼い主とともに、あるいは飼い主のために、進んで死ぬ。スエトニウスが動物の性質についての著書でとりあげ、アンブロシウスが『六日間天地創造論』で語っている事例をここで紹介しても、あながちやり過ぎではないだろう。

アンティオキアの街のはずれで、犬を連れた男が略奪目的の兵士に殺された。殺人犯は明け方の闇にまぎれて街の反対側へ逃げていく。むきだしに横た

実は生きていた生物

◉シーラカンス

シーラカンスは恐竜より古くから存在する。4億1000万年のあいだ、この地球に住む一員だったが、現在は絶滅の危機に瀕しており、“生きた化石”と呼ばれる魚だ。ラティメリアは長年絶滅したと考えられていたが、1938年にアフリカ海岸沖で再び発見された。別種のラティメリア・メナドエンシスは、インドネシアで1999年に発見されたのみである。シーラカンスの推定生息数は、わずか500匹。シーラカンスは本来、“生きた化石”でなく、“ラザルス分類群”とされる。つまり、絶滅したと思われたのに突然自然界に再び現れたり、その化石が報告されたりする生物に分類されるのだ。“生きた化石”は、非常に長いあいだ変化のない種のことをいう。生きた化石の中には、生きた個体が発見される前に化石資料で存在が知られるようになった種もある。たとえばシーラカンスや、人里離れた中国の渓谷で発見されたアメリカスギ(メタセコイヤ)だ。ほかにロブスター、ハチ、カブトムシで、いくつかの種の例がある。近い種が現存しない単独の生物種もいるが、化石資料ではかなりの種類が広範囲に分布していたとわかっている生物群の唯一の生存種であり、その例がイチョウだ。

◉メガロドン——“ビッグトゥース” 巨大な歯を持つサメ

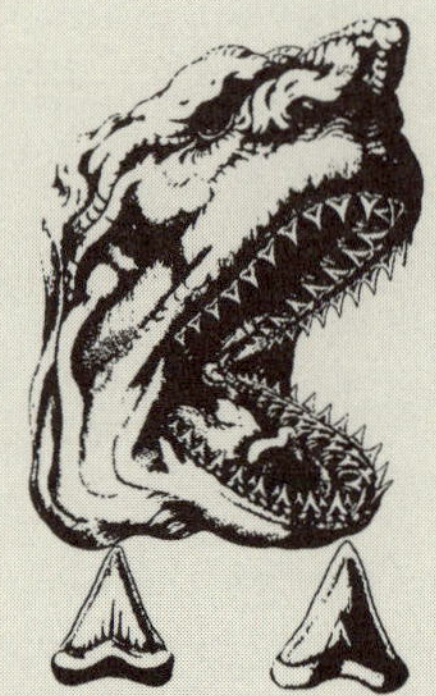

ダイオウホウズキイカ、シーラカンス、メガマウスザメ(後出)が比較的最近に発見されたので、絶滅したメガロドンもまだ深海に生息しているかもしれないと、一部で考えられている。数年前の大衆紙は、網にかかった魚が実は、長らく目撃情報のなかった巨大ザメのメガロドンだったと大々的に報じた。メガロドンはおよそ1600万から15万年前に生息していて、当時の捕食動物の頂点に君臨していた。これまで存在した既知の肉食魚中最大で、メガロドンのために新しい属が提案された。化石資料からは、メガロドンが初期のクジラなどの大型動物を主食にしていたことが明らかになっている。メガロドンといえば、もっぱら歯の化石と石化した脊椎で有名だ。ほかのサメと同じく骨格が骨ではなく軟骨でできており、したがって軟骨は石化しないので、化石資料が乏しい。歯は多くの観点からみてホオジロザメの歯に似ているが、それよりずっと大きく、長さ7インチ(18センチメートル)を超える。歯はこの生物が実に体長56フィート(17メートル)を超えていたことを示している。と

ころが、捕獲した生物は巨大なオンデンザメだった。一方、メガロドンの歯の特徴に一致する大きな歯の噛み痕がついたクジラの脊椎や骨も、いくつか発見されている。メガロドンの歯は鋸歯状になっていて、獲物の肉を効率よく引き裂くのに役立っていた。メガロドンはクジラの腹部に標的を定めて胸びれの一撃で肋骨や肺を砕いて攻撃していたようだ。

◉メガマウスザメ——新種のサメ

極めて珍しい特殊な深海ザメの一種。1976年にアメリカ海軍が発見しただけで、数匹しか目撃情報がなく、発見以来、捕獲または目撃されたことがわかっている標本は44体だ。体長18フィート(5.5メートル)にまで成長する。大きな頭部の強靭な口唇が特徴。現在ウバザメしかないウバザメ科に属する可能性もあるが、ほかのどのサメにも類似していないため、単独でメガマウスザメ科に分類される。絶滅危惧種のジンベイザメやウバザメと同じく、巨大な口を大きく開けて泳ぎ、水をろ過しながらプランクトンとクラゲを食べる。

◉最近発見された生物

ハシジロキツツキは1870年代まで、アメリカ南東部の低地原生林のいたるところで生息しているのが見受けられた。1920年代に絶滅したと考えられていたが、鳥類学者が2004年にアーカンソー州で初めて野生の個体を観察した。

マダガスカルヘビワシは60年間目撃されていなかったが、1993年に再び発見された。現在、75組のつがいが野生で産卵している。マダガスカル島北東部と東部から中央部にかけてのうっそうと繁った湿度の高い常緑樹の森に生息する。

ラオスイワネズミは1100万年前に絶滅したと考えられていた。それまで、この科は化石資料だけで存在が知られていた。2005年、ラオスの市場で売りに出ていたリスに似たネズミに専門家が気づき、のちに

ラオスイワネズミだとわかった。2006年にフロリダ州立大学の研究員デイヴィッド・レッドフィールドが、ラオスで捕獲した標本の映像を公表した。

ババリアマツネズミは1962年以来目撃がなく、絶滅したと考えられていた。ところが、2000年にドイツとオーストリアの国境をまたいだチロル地域北部で、明らかにこの種に属する個体群が見つかった。

針葉樹ウォレミマツはナンヨウスギ科に属する唯一の種で、1994年にオーストラリアのシドニーから北西に100マイル（160キロメートル）のブルーマウンテン峡谷で発見されただけにすぎない。**ウォレミマツ**の最も古いといわれる化石は2億年前にさかのぼる。

クラゲの木という不思議な名前のついた植物はメドゥサギネ科唯一の種で、1970年代にセイシェルのマヘ島でいくつか発見されるまでは絶滅したと考えられていた。絶滅寸前のこの木は、大昔の大陸ゴンドワナで発生したと考えられている。

ロードハウナナフシは1930年までに絶滅したと考えられていたが、2001年に再発見された。最大規模の生息地ロード・ハウ島で絶滅したので“世界で最も珍しい虫”と呼ばれており、ボールズ・ピラミッド［640万年前に形成された楯状火山とカルデラの上にそびえる岩頸からなる島］に30匹にも満たない数が生息している。

ラ・パルマオオカナヘビは、カナリア諸島のラ・パルマ付近に生息する大型のカナヘビだ。500年前に絶滅したと考えられていたが、2007年に再び発見された。カナリア諸島のほかのオオカナヘビや、イエロオオカナヘビ、ゴメラオオカナヘビもそれぞれ1974年、1999年に再発見されたばかりだ。ニシカナリアカナヘビは1996年に初めて発見されただけで、その後の目撃はない。

ウーリームササビはウーリームササビ属唯一の種で、1994年まで、体系的な知識は19世紀後半に収集された11の毛皮から得た情報に限られていた。滑空する既知の哺乳類としては最も大きく、現在もカシミールに生息することがわかっている。

ギルバートネズミカンガルーは、ネズミカンガルーとも呼ばれる有袋類だ。野ネズミ大の大きさで、オーストラリア西部で絶滅の危機にあり、生息数は40体未満。1840年にジョン・ギルバートが発見し、1994年に再発見されるまでの120年間、絶滅したと考えられていた。主食はトリュフ。

カスピアン・ホースはイラン原産の小型の馬で、メソポタミア時代の馬の子孫だと考えられている。7世紀に絶滅したと思われていたが、1960年代に再び発見された。

タカヘは、ニュージーランドの空を飛ばない水鳥の仲間だ。1898年に既知の標本4体が採集されたのを最後に、絶滅したと考えられていた。1948年に南島で再び発見されたが北島の近縁種は絶滅した。

オーストラリアの**ヒメフクロウインコ**は1912年から1979年のあいだ目撃情報がなく、絶滅したと推測されていた。1979年以降の目撃は非常にまれで、生息個体数も不明だ。直近に目撃されたのは2006年で、オーストラリアのクイーンズランド州の有刺鉄線のフェンスに撃墜して死んだ個体が発見されている。

キューバ・カギハシトビも絶滅寸前で、現在の推定個体数は成鳥50羽。2001年に目撃が確認された、2009年に1羽が撮影された。

キューバソレノドンは、哺乳動物には珍しく、有毒な唾液を出す小型哺乳類だ。1861年に発見されて以来、36体しか捕獲されていない。1970年までに絶滅したと考えられていたが、1974年、1975年に個体が3体捕獲された。直近の目撃は2003年にさかのぼる。

2010年にインドネシアで世界最大のネズミが発見されるなど、今でも新種が発見され続ける一方で、このほかにも絶滅の危機に瀕している種が大量に存在している。種の絶滅の要因の中で圧倒的なのが、地球規模の人口過剰による影響だ。

わる死体。大きな人だかりができ、飼い主を殺された犬は悲痛な遠吠えで嘆く。そこを偶然通りかかった殺人犯は、無実を証明するため見物人の群れに混じり、いかにも憐憫を禁じえないというふうに遺体に近寄っていった。ふと鳴きやんだ犬が、報復に打って出る。男に飛びかかって押さえつけると同時に、あまりにも痛ましい声で吠えるので、居合わせた誰もが涙を流した。犬が大勢の中のひとりをつかまえて放そうとしないのは、殺人犯の告発とみなされた。特に、この場合、嫌悪や悪意、侮辱から当の犬に対して悪事がなされたはずはないのだから。そこで、殺人の容疑が濃厚であるため（兵士は一貫して否定したが）、事の真相を戦いによって裁くことになった。関係者を野原に集め、衆人環視の中、一方に犬、対するは50センチメートルほどの棒を武器にした兵士。とうとう勝ち誇る犬に敗北を喫した殺人犯は、おぞましい絞首台で不名誉な死を遂げることになった。

プリニウスとソライナスによると、たいそう犬好きで狩猟に熱中している王がいた。敵方の手に落ちて監禁されたその王は、友人たちの力を借りなくても、犬の一群によってみごと解放されたという。犬たちは自発的に山地や森林に身を隠し、近辺の人々や動物たちに略奪や破壊行為をさんざんはたらいていた。ついでながら、犬の性質について、経験や目撃証言から私が気づいたことにも触れておこう。犬はだいたいにおいて利口だが、自分の飼い主のこととなると格別に鋭くなる。人混みで飼い主を見失いでもし

たら、目よりも鼻を頼りに捜すのだ。飼い主を見つけようとしてまずはあたりを見回してから、確実を期そうとして飼い主の着衣に鼻を向ける。自然がその特質に絶対確実な力をあますところなく与えてくれたかのようだ。犬の舌には薬効がある――それとは逆に、狼の舌は有毒だ。犬は自分の傷を舐めて治すが、狼は同じようなことをして病気になるのだ。犬が首や頭部など舌で舐めることのできない体の部位に傷を負うと、後ろ足を器用に使って怪我した部位に治癒力を伝達する。……国王軍の通過中、コールシューレの森でウェールズ人の若者が殺された。彼が連れていたグレイハウンドは、食糧がないのに8日間も飼い主のそばを離れようとせず、野犬や狼、猛禽などの襲撃から素晴らしい献身ぶりで遺体を守った。父親に対する息子の、エウリュアロスに対するニーソス［ウェルギリウスの叙事詩において、ルトゥリー人との戦いで捕虜になった親友エウリュアロスをニーソスが救おうとするが、2人ともに死ぬ］の、あるいはテュデウスに対するポリュネイケス［ギリシア神話、テーバイ遠征七

勇士］の、あるいはピュラデスに対するオレステス［ギリシア神話、父アガメムノンを殺され復讐の女神に翻弄されるオレステスをいとこで友人のピュラデスが救う］の気持ちも適わないほど、情愛のこもった思いやりではないだろうか？　餓死に瀕していた犬に報い、ウェールズ人の仇敵であるイングランド人の指示で、腐敗しかけていた遺体はしきたりどおり手厚く地中に安置されることとなった」

スフィンクス——女性の頭部にライオンの体

The Sphinxes Aithiopikoi - Half Woman, Half Lion

エチオピア（サハラ砂漠以南のアフリカ）に生まれた、女性の頭部にライオンの体という伝説の怪物、スフィンクス。大プリニウスの『博物誌』にとりあげられているが、オノケンタウルスがチンパンジーの描写から生まれたらしいのと同じように、アフリカでヒヒの一種を見た旅行者の話がもとになっているようだ。

聖書に出てくるコブラとウロボロス

Asp, Deaf Adder and Ouroboros

コブラは蛇使いの演奏が聞こえないように尾で耳を塞いだといわれており、ウロボロスはその逸話が起源かもしれない（76ページ参照）。コブラは香油のとれる木を守っていると言われていたので、香油をとるにはまず、演奏や歌を聞かせて眠らせなければならなかった。コブラの頭の中には貴重なざくろ石があるともいわれていた。石を手に入れるには、コブラをうっとりさせる声の持ち主が特定の言葉を声に出して言う必要があった。キリスト教の聖書の物語では、コブラは富と俗物の象徴で、その片耳は世俗の欲望を聞こうと耳を澄ますが、もう片耳は罪で塞がっている。聖書の「詩篇」58節はこうだ。「彼らはへびの毒のような毒を持ち、魔法使または巧みに呪文を唱える者の声を聞かない」

1世紀の大プリニウスはこう記した。「コブラが首を膨らませ（て噛まれ）たら、噛まれた箇所を直ちに切断するのが唯一の治療法だ」。同じ頃にルカヌスはこう語った。「初めに塵の中からおぞましい塊のようなものが出てきた。塊は永遠の眠りをもたらすコブラの姿になって、首を膨らませた。毒をたっぷり含み、その滴が落ちた。ほかのどの蛇とも違う攻撃前の構えだった。コブラはさらに大量に毒をためこんだ。コブラは体温で獲物を探す。じっとしているわけではなく、砂の中に住んでいるわけでもない。恥も節度も知らない我々には、ナイル川の向こうにまだ欲しくてたまらないものがある。そう言ってそのリビア人は死んだ。我々がすすんで買ったこの命を奪う厄介者のせいで……。鱗だらけの、とぐろを巻いた体の血管が大きく広がった。コブラは不運な犠牲者を傷つけて血を流させるのではなく、血管に毒を滞らせるのだ。腹を空かせた毒蛇は膨れ上がり、その口からは泡が出、そして牙が出た。最初にやられたのはナシディウスだ。マルシアの畑で鋤の刃を使っていた彼は、顔が燃えるよ

うに感じた。肌が炎のように赤くなり、顔はむくんで誰だかわからないほどだった。両手足は腫れあがり、人とは思えない姿になった。ひと目で彼とわかる大きなおできも腫れに埋もれてしまった。ひどい出血で、毒液が体中に行きわたり、体の中から腫れあがっていた。偉大なトゥルス［古代ローマ第３代の王］を胸に想い、尊い魂でカトーと結びつき、四肢の出血が止まった。すると（彫像からサフランの黄色い香水が噴き出すように）どこかしこから血が飛び散った。毛穴からひとりでに濃い褐色の毒が噴き出した。口の中に血があふれ、鼻の穴が大きく膨らんだかと思うと、血の涙を流した。静脈は腫れあがり、汗そのものが赤かった。すべてはひとつの傷が原因だった」

５世紀の聖アウグスティヌスはコブラが耳をふさいで蛇使いに穴の中からおびき出されまいとするさまを描写し、７世紀のセビーリャの聖イシドールスも同様の記述を残した。「コブラ（aspis）に噛まれると毒で死ぬ。名前はその毒から来ていて、ギリシア語で毒は ios (as) だ。蛇は蛇使いに呪文で穴から呼び出されても、出ていきたくないと片耳を地面に押し付けてもう片方の耳を尾の先で覆い、呪文が聞こえないようにする。コブラには多くの種類があるが、どれも同じように毒性が高いわけではない。Dipsas（マイマイヘビ属）はコブラの一種だが、ラテン語で壺を意味する situla と呼ばれているのは、噛まれた者が脱水状態で死ぬからだ。エジプトコブラとも呼ばれるアスプコブラは獲物を眠らせて殺すコブラで、クレオパトラはこれに噛まれて眠るようにこの世から解放された。出血（痔）haemorrhois のことをコブラというのは、噛まれると血の汗が出るからだ。ギリシア語で血は haima だ。Prester（praester とも）はいつも唾液を出しながら口を開けて逃げるコブラの一種だ。噛まれると傷口が壊死して腫れあがる」

1200 年頃の『アバディーン動物寓話集』によると、「emorrosis とはコブラのことで、そう呼ばれるのは噛まれた人が血の汗をかいて死ぬからだ。噛まれると衰弱し、静脈が破れて血だらけになって失血死する。ギリシア語で『血』は emath だ……その毒蛇は常に口を開けて湿っぽい息を吐きながら素早く動くコブラだ。噛まれると傷口が腫れ、それが全身に広がって、腫れあがった体がただちに壊死し始める……。Ypnalis（イプナリス）と呼ばれるコブラの一種は、噛んだ獲物を眠らせて死に至らしめるためそう呼ばれる。クレオパトラが自分を噛ませたのがこの蛇で、眠るように息を引きとってこの世から解放された」［「血」は古代ギリシア語では haima、現代ギリシア語では

ema]。

コブラはギリシア語でクサリヘビを意味するaspisの英語名で、もとは地中海やナイル川流域にみられる数種の毒蛇を指していた。ペルセウスはゴルゴン三姉妹のメデューサを倒したあと、エジプト上空を飛んでその頭をオリュンポス山に運んだ。彼女の血が地上に落ちるとコブラに姿を変えた。プルタルコスによると、クレオパトラは有罪判決を受けた人間や動物にさまざまな猛毒を試して日々の娯楽にしていたという。痛みや痙攣が起きることなく眠気に襲われるコブラに噛まれるのが最も恐怖の少ない死に方だと判断した。"haje"はアラビア語で蛇や毒蛇のことなので、このコブラはおそらくエジプトコブラだったのではと一部で考えられている。象徴化されたコブラはファラオの王権の象徴で、代々の王がそれを王冠に取り入れていた。アスプクサリヘビはヨーロッパ南西部に見られる毒蛇だ。噛まれるとヨーロッパクサリヘビより重症化するが、命に関わるのは治療しなかった場合のおよそ4パーセントにすぎない。

サラマンダーと金細工師

イタリアの素晴らしい彫刻家・金細工師ベンヴェヌート・チェッリーニ(1500-1571年)の自伝から抜粋する。「私が5歳のころ、たまたまメッキ作業に使っていた小部屋にいた父が、オークの木が燃えさかる炎をのぞき込んだところ、トカゲに似た小さな動物がいた。それ以上ないような高温の中で生きている。ひと目で察しがついた父は姉と私を呼び、その生き物を見せたあとで、私の耳をなぐりつけた。私が泣きだすと、父は私をやさしくなでてなだめながら、こう言った。『ぼうず、おまえが悪いことをしたからじゃなくて、あとでよく思い出せるようになぐったんだ。火の中にいる小さな生き物はサラマンダーだよ。私の知るかぎり、こんなものをこれまで見たことがあるやつはいやしない』そう言って父は私を抱きしめ、小遣いをくれた」

サラマンダーと呼ばれる両生類は500種いるが、朽ちていく薪の内側に住むものが多い。火にくべられると薪から逃げ出そうとするので、そこからサラマンダーは炎から生まれたと考えられるようになった。[第2章参照]

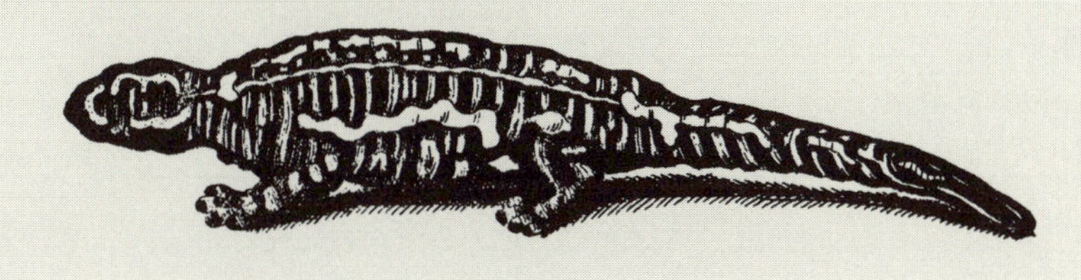

聖書の火の蛇

The Fiery Serpent of the Bible

シナイ砂漠を横切る悲惨な旅を経て、モーセは“イスラエルの子ら”（ヘブライ人）を率いてエドム［古代に死海とアカバ湾のあいだにあった国。エサウに与えられた地］の丘へ向かった。岩だらけのアラバ渓谷らしきところを通る苦難の旅路で、イスラエルの民はモーセの指揮に反抗する。彼らはそこでおそろしい毒蛇禍に遭い、のちにその蛇がキリスト教への反抗を象徴する存在となった。そのときの蛇は猛毒のエジプトコブラだったのではないかと言われているが、アラバ渓谷にエジプトコブラはもういない。やはり猛毒のエジプト産ツノクサリヘビなら今もアラバ渓谷にいるが、第一候補と目されるのはイスラエルのノコギリヘビだ。ピンクまたは赤みを帯びた色で、岩だらけの渓谷地域に生息し（ただし、シナイ砂漠にはいない）、世界で最も危険な猛毒蛇に数えられる。

象と飼い主

Elephants and Masters

古代ローマの政治家、著述家カッシオドルス（485-585年頃）は次のように記録している。「樹木伐採などで人間を手伝うときにままあることだが、生きている象が横たわると、自力で再び立ち上がることはできない。脚に関節がないからだ。そのため、人間が助け起こしにきてくれるまで死んだように横たわっている象をたびたび見かけることになる。恐るべき大きさの生き物にして、その点ではちっぽけなアリほどにも恵まれているわけではない。象の知能がほかのどんな動物にもまさっているのは、全世界を支配する全能の存在と考えている神を崇敬することによって証明される。そのうえ、象は善良な君主に対して、暴君には示そうとしない敬意を払う。首が非常に短いのを補うべく自然が与えてくれた、手のように働く鼻を使って、象は飼い主のために、飼い主に有益となりそうな贈り物を受け取る。（ハンターが掘った落とし穴に）落下すると捕らわれることになるので、象の歩みは常に慎重で注意深い。象は飼い主の言いつけどおりに息を吐く。象の吐く息が頭痛を治してくれるという。水場にやって来ると鼻で大量の水を吸い上げ、命じられるままシャワーのように噴出させる。象を侮りでもすれば、川が家に流れ込んできたかと思うほど、汚れた水をどっと浴びせかけられてしまう。侮辱されたこともやさしくされたことも、象はとんでもなく長いあいだ覚えている。その風貌には王者らしい威厳があって、尊敬に値することなら何でも喜んで受け入れる一方、下品な嘲りをひどく嫌うようだ。病名のもととなった異国の病気、象皮病に罹ったかのように、皮膚に溝のような深いしわが寄っている。皮が丈夫で刺し貫けないところから、古

代ペルシアの王たちは象を戦に使った」

セビーリャの聖イシドールスは『語源論』でこう述べている。「象（elephant）という名はギリシア語の“山”（lophos）に由来する。体が山のように大きいからだ。この獣は軍用に活用される。インド人やペルシア人は象の背中に載せた木製の移動やぐらから戦闘を繰り広げ、象の背から矢を射る。象は記憶力抜群で知能も高い。群れで移動し、ネズミを怖がり、体を動かして太陽を拝む。寿命は300年。2年の妊娠期間を経て、一度に1頭だけ子を産む。ひそかに出産し、生まれた子を水辺や島へ行かせて、体に巻きついて象を殺す天敵、ドラゴンから子を守ろうとする。かつてはアフリカとインドに生息したが、今はインドにしかいない」

『アバディーン動物寓話集』（1200年頃）に、ここに示すような好ましい光景が描かれている。「象はどんなものでも鼻を巻きつけて折る。何もかも足で踏みつぶすさまは、まるで廃墟が倒壊でもしたかのようだ。メス象をめぐる争いはない。不貞をはたらこうなど思ってもみないからだ。象は慈悲の心をもちあわせている。砂漠をさまよう人間をたまたま見かけたら、なじみのある通り道へ連れていってやろうとする。また、寄り集まった家畜の群れに出くわしたら、牙でどの動物も傷つけてしまわないように気を配りながらおとなしく通り過ぎる。万一戦闘に駆り出されたとしても、人に危害を加えはしない。疲れた人や負傷者を連れ戻して取り囲む」

象には膝がない
Elephants Have No Knees

何世紀にもわたって象にまつわる不思議な話、驚くべき話の数々が報告されている一方で、象の体の部位から薬用品や美容用品がつくられてきた。たとえば、象牙を粉にしてつくった軟膏を顔のしみやしわ消しに、また歯の美白に使う。象の血液を飲んで出血を治療する。象の皮膚や骨を燃やした煙で蛇を追い出す。マカベア書にはこう記されている。「そしてぶどうと桑の赤い汁を象たちに見せて、戦いに向かわせた」［マカバイ記一6章34節］

大プリニウスはこう書いている。「知能面では、あらゆる動物の中で象がいちばん人間に近い。象は自国の言語を解し、命令を理解したうえでそれに従う。象は賢明で公正、義務を忘れることなく愛情を享受し、宗教を重んずる。自分の牙が貴重なものだとわかっているので、抜け落ちた牙を埋葬する。温和で、怒らせたりしないかぎり危害を加えない。メスはオスに比べて臆病だ。オスの象は戦闘に駆り出されて、背中に武装した兵士で満員のやぐらを載せて運ぶ。豚のちょっとした鳴き声にも脅え、アフリカゾウはインドゾウを見ると怖がる。ハツカネズミが大嫌いで、ネズミが触れた飼料は食べようとしない。妊娠期間は2年で、一度に1頭以上の子は産まない。60歳で成熟し、200年から300年生きる。川が大好きだが、泳げない。象はインドの大型蛇としょっちゅう争っている。蛇が象をとぐろ巻きにすると象は窒息死してしまうが、象が倒れて押しつぶされた蛇も死ぬ。また、蛇が川にもぐって、水を飲みにくる象を待ち伏せて殺すこともある。とぐろ巻きにした象の耳をかじり、体じゅうの血液を飲み干してしまう。象は息絶えながら蛇の上に倒れ、蛇を殺す。最大の象はインドゾウだが、エチオピアゾウも体高30フィートと大きさでは負けていない。……象の息が穴にいる蛇を引き寄せる」

聖アンブロシウス（340-397年）によると、象は膝を曲げないという。巨大な四肢組織を支えるために柱状の堅くて曲がらない脚が必要なのだ。そのため、象は横たわることができない。アンブロシウスの記述によると、飼い慣らされた象は「大きな梁にもたれかかって、眠っているあいだに倒れてしまう心配をせずに体をある程度横たえられる。しかし、木に脇腹をこすりつけたり寄りかかって眠ったりする野生の象は、その木が折れて倒れてしまうことも少なくない。すると、横たわったまま死を迎えたり、うっかりもらした鳴き声を聞きつけたハンターに殺されたりすることになる。それどころか、ハンターはこの習性を利用し、木に切れ込みを入れて象が体重をかけると倒れるようにして象をつかまえる」という。アンブロシウスは象を「歩く塔」と呼んで、その来襲の前にはあらゆるものがひれ伏すと述べる。高層建築物並みに極めて堅固な土台に支えられている象が300年以上の寿命を享受できるのは、体の大きさに見合った脚のおかげだ。「そのため、関節の隙間がない。ところが人間の場合、長時間立っている、速く走る、ひっきりなしに歩き回るといったことから、たちまち脚の膝だのかかとだのが痛みだすのだ」

アンブロシウスは象の牙を天然の槍の穂先にたとえる。象は鼻でからめとったものをかたっぱしからへし折るし、象の足に踏まれるのはビルが倒壊してきたようなもので生き物はつぶされてしまうとも言う。象の習性についてさらに詳しく述べたあと、象というのは自然界に何ひとつ不必要なものは生まれないという教訓的実例だとしめくくる。「しかも、この並はずれて大きな獣は私たちの家来であり、人間の命令に従う」

象の交尾とネズミ

Elephant Mates and Mice

大英図書館所蔵〈Harley MS3244〉——1260年頃に書かれた作者不詳の動物寓話集——に、象の交尾習性が記録されている。「“エレファント”という、交尾への欲求を持たない動物がいる。まるで山のような特大の体をしているところから、ギリシアで“エレファント”と呼ばれるようになった。ギリシア語で山のことを“Eliphio”と言うからだ。ただし、インドではかん高い鳴き声から“barrus”と呼ばれている。したがって、象の鳴き声も“barritus”と呼ばれる。象の鼻は、食べものを口に入れるのに使われ、蛇に似ていて、そり返った象牙に守られているところから、“promuscis”と呼ばれる。これほど大きい動物はほかにいない。……インド人とペルシア人は象の背に載せた木製のやぐらに陣取り、まるで城壁から槍や矢を射かけるようにして戦う。象は旺盛な知能と記憶力を持っている。群れをなして移動し（あいさつができるかのような動作もする）、ネズミを怖がり、繁殖にはあまり乗り気でない。2年たってから出産するが、一度以上は子を産まないし、1頭だけしか産まない。象は300年生きる。さて、子をもうけたい象は、東方の楽園へ向かう。そこにマンドラゴラという木があって、相手のメス象とともに木のところへ行くと、まずメスがその木の実を取り、オスに渡す。オスが木の実を食べるまでメスが相手を慰め、メスはすぐに子を孕む。出産の時期になると母親になるメスは、乳房まで水に浸かれるほど深い水たまりに入っていく。だが、〔オスの〕象が出産中のメスを、象の天敵であるドラゴンから守る。蛇を見つけたら足で踏みつけて殺す。牡牛をも恐れさせる象だが、ネズミを怖がる。倒れてしまったら起き上がれない。木に寄りかかって眠っているときに倒れたりするが、膝に関節がないためだ。そこで、ハンターは木に切れ目を入れて、象が寄りかかったらもろともに倒れてしまうように細工をしておく。ただし、倒れた象が大きな悲鳴をあげ、すぐに大きな象が姿を現わす。だが、助け起こすことはできない。そこで2頭がともに鳴き声をあげると、象が12頭やって来る。だが、倒れた象を引き起こすことはできない。そこで全員がそろって鳴き声をあげると、すぐに小さな象がやって来て、鼻と口を大きな象の下に差し入れて持ち上げるのだ。なお、小さな象の体毛と骨を燃やした火のあるところには、邪悪なものもドラゴンも近寄ってこないという。さて、象は何でも鼻で巻き上げて折り、象が踏みつけたものはことごとく、まるで巨大な建物がくずれて下敷きになったかのようにつぶれてしまう。メスをめぐって戦ったりす

ることはない。手当たり次第に交尾する象はいないからだ。象は穏やかさという美質を持っている。砂漠をさまよっている人間を見かけることでもあれば、正しい道へ送り届けようとすることだろう。羊の群れにでも行き当たろうものなら、おとなしく鼻を引っ込めて道をあけ、通りすがりの動物を牙で殺してしまわないようにするだろう。そして、敵軍との戦いに駆り出されたとしても、負傷者にはひとかたならず配慮して、疲れた者や怪我人を真ん中にしてまわりを囲む」

タタールのヒツジシダ

The Vegetable Lamb of Tartary

フルネームを *Planta Tartarica Barometz* という、伝説の植物がある（"barometz" はタタール語の " 仔羊 "）。この植物がつける実は、羊だと考えられていた。ヒツジシダ（*vegetable lamb*）の実は綿毛（コットン）なのだが、ヨーロッパ人旅行者は綿毛を見たことがないので、羊毛（ウール）だと思い込んだ。羊毛といえば羊の毛だから、その植物は交配種のようなもので、ふわふわの綿毛はへそのところで植物にくっついている小さな羊だと考えたのだ。植物が茎をたわませて、下に生えている草を羊に食べさせる。草がすっかり食べ尽くされたら羊は植物からもげて逃げていき、するとその植物は枯れるという。実際には、ヒツジシダはシダ植物タカワラビの別名だ。羊の " 体 " にあたるのは植物の根茎である。

また別の話が、17 世紀にジョン・パーキンソン［1567-1650 年、ロンドンの植物採集家］が著わした園芸書『日のあたる楽園、地上の楽園』の初めのほうに収められていて、「ヒツジシダ」の絵が添えられている。タタールに生育するその植物の種子は、大ぶりなメロンそっくりに成長し、地上 2 フィート（60 センチメートル）の高さに伸びた茎に支えられている。メロン状の種子が熟して裂けると、柔毛に覆われた仔羊のような生き物が現れ、茎のまわりを回転しながらすぐ届く範囲の草を食む。草が食べ尽くされてしまうとヒツジシダは枯れる。

チックチャーニー――バハマの赤い目をした妖精

Chickcharney - the Redeyed Elf of the Bahamas

寓話で知られるこの生き物は、バハマ諸島のアンドロス島に生息すると伝わっている。アンドロス島はスペイン人に " 聖霊の島”と呼ばれていたが、ネッシーのような怪物で、ルスカと呼ばれる海のドラゴン（255 ページ参照）がいるともいわれている。アンドロス島はバハマ諸島最大の島で、南北に最大 104 マイル（167 キロメートル）、東西に最大 40 マイル（64 キロメートル）延びている。島の入り江や湖や岬の多くは 1963 年まで海図に記載されておらず、海岸線も正確には描かれていなかった。8000 人程度の少ない人口は主に東岸の数々の村や集落に散在している。西岸は“ぬかるみ”と呼ばれる何平方マイルにも及ぶ浅瀬に面しており、神秘的な島の内部はほとんど人に知られていない。1962 年に西岸からフレッシュ・クリーク目指して内陸部を進んできたキューバ人亡命者の一団は、それまで記録になかった“未知の集落の火”や無数の鹿、フラミンゴの群れがいる場所を見たと話した。チックチャーニーは、森に住む鳥に似た赤い瞳の、体毛または羽が生えた醜い小妖精だといわれている。人里離れた森、いちばん高い松の木 2 本の先端を重ね合わせて巣作りする。鋭い目の瞳は赤いといわれている。足の指 3 本、足 3 本、尾 1 本で木にぶら下がっている。寓話では、彼らを見に訪れる者は花々や色とりどりの布を持参してチックチャーニーの気を惹くのがいいと勧めている。少なくとも島民のひとりは、チックチャーニーを一度ならず見たという。「首の周りに輪のように黒い羽が生え、鳩に似ていた。木の上の見えるところに巣をつくる。悪いことは何も言わないよ」

言い伝えによると、チックチャーニーに

出会ってよくしてやった旅人は、その見返りにその後の人生に過ごせるそうだ。悪さをした者にはつらい人生が待っていて無理やり首をうしろにひねられることもあるという。

360 度首を回すといえばフクロウを思い出すが、チックチャーニーの言い伝えの起源は、実はかつて森に生息していたが 16 世紀に絶滅したと考えられている足が 3 本の大きなアナフクロウだった。体高 2 フィート（60 センチメートル）のその飛べないフクロウは、比較的小型でよく見かけるメンフクロウの遠い親戚で、島で採集された化石資料で存在が知られている。縄張り意識が強く、人間と共存していた可能性がある。目撃情報にはばらつきがあるが、おおよその話では、チックチャーニーは木の精で、羽が生え、恐ろしいほど目が赤く、グンカンドリに似ているようだ。3 本の足でハコヤナギの木の枝にぶら下がり、頭が上下どちらの状態にあるのか見分けにくいときもある。

1897年にマスティック・ポイントでイギリス首相ネヴィル・チェンバレンがサイザル麻のプランテーションに失敗したのは、チックチャーニーのせいにされていた。その年、彼はチックチャーニーの住みかである木々を切り倒していたのだ。1956年の《リーダーズ・ダイジェスト》の紀行記事が、その生き物を回顧している。「見たこともない、半分は人間、半分は動物の姿の生き物で、悪さをしたり人に害を及ぼしたりする魔法の力を持っている……チックチャーニーの背丈は人間の膝の高さで、耳は大きく、フクロウのような大きな目。鳥のように背の高い3本の木の先端が触れあって重なる部分に巣作りする。自分たちの縄張りによからぬことをした者に一生続く呪いをかける。言い伝えによると、チェンバレン首相に降りかかった不幸はすべてチックチャーニーのしわざだそうだ。というのも、チェンバレンが若い頃にそこでサイザル麻のプランテーション用に土地を開拓していると、偶然チックチャーニーの巣を見つけた。空飛ぶ小妖精の家である木を切り倒せという彼の命令に地元生まれの作業員が恐れおののいて逃げ出すと、チェンバレンはみずから伐採したという。(島の)年長者はいまだチェンバレンのミュンヘン条約での失敗［1938年に結ばれたナチスに対する妥協的条約］をチックチャーニーの呪いのせいだと思っており、もしもチャーチルに政権交代していなければ絶対に戦争には勝てなかったと言っている。

チュパカブラ——山羊の血を吸う

El Chupacabra - the Goat Sucker

チュパカブラはもっぱら米国内のラテン

チック・チャーニーの伝説

ラム酒愛好家のサイト《The Rum Portal》2002年の掲載内容

アイルランドのレプレコーン［小さい老人の姿をした妖精］と同じく、
チック・チャーニーはわれらが妖精だ。
男と女に幸運をもたらし、夜はパンヤの木で眠る。

チック・チャーニーは奴隷を救うとも、
ものごとを言い当てるともいわれ、
アンドロス島に住んでいると言い張る人も。
だから厄介ごとに巻きこまれることはない!
チック・チャーニーは小さな鳥が好き。
彼は大きな目大きな目を見開いた。
チック・チャーニーはときにいたずらをする
——
こっそり観察していた相手によっては!

だから気をつけて!　背後に注意!
そして変な気は起こさないように。
だってその気になれば
チック・チャーニーは確実に相手に悪さできるのだから!

アメリカ・コミュニティ、メキシコ、(最初に目撃情報が出た) プエルトリコでおなじみだ。凶暴で、体格は小さな熊くらい、首から尾のつけ根にかけてとげ状の突起が並んだ生物だといわれている。動物、とくに山羊を襲って血を飲むとされていることからついた名前だ。人の口にのぼるようになったのは1987年頃だが、1970年代に小さな町モカのいたるところで動物を殺した未知の生物"モカの吸血鬼"との類似点も多い。モカの吸血鬼に襲われた動物は血が一滴もない状態で放置され、体についた小さな円形の傷から血を抜かれたのが明らかだった。チュパカブラはよく、羽か鱗が生えた緑がかった灰色の肌に、鋭いとげかハリネズミの針のようなものが生えたトカゲに似た生き物だと描写される。体高は約3-4フィート(90-120センチメートル)で、カンガルーのように移動する。ひと跳びで20フィート(6メートル)跳ぶのが一度ならず目撃されている。鼻や顔の部分が犬やパンサーに似ている、先が割れた舌と大きな牙が口から突き出ている、警戒すると硫黄のような刺激臭を出すだけでなく、シュッとかキーという音を出すとの情報もある。チュパカブラが金切り声を出すときには、見た者が吐き気を催すほど目が異常に赤く光るという情報もある。コウモリのような翼のあるチュパカブラを見たという人もいる。

プエルトリコのカノバナスでは、ルイス・グアダルーペが醜い悪魔から命からがら逃げのびた。ルイスの話によると、「体長は4、5フィートくらいで、大きくて細長い目は赤かった……口からは先のとがった長い舌を出し入れしていた。灰色だった背中の色が変わった。あれはバケモノだ」という。マデリン・トレンティーノは、チュパカブラがカノバナス通りをカンガルーのようにやってきて、乗っている車の窓のそばで立ち止まるのをずっと見ていたという。チュパカブラが出す硫黄に似た刺激臭があまりに強烈で、車の中で一緒にいた彼女の18か月の子供は2度目に目撃したときにもまだ咳きこんでいたそうだ。このほか20人以上の人々が数十頭の動物を殺した吸血捕食動物を見たと証言している。しかし、農務省獣医局長のエクトル・J・ガルシア博士は襲撃が野犬によるものだと考え、懐疑的だった。カノバナスの建設労働者で羊5頭、約500ドル相当を失ったフランシスコ・F・モンへは、5頭すべてにチュパカブラのしわざの目印である首の貫通孔があったと話した。彼は9歳のときから動物を育てているが、尋常ではない死に方だと思った。「犬に動物を襲われたことは一度もない」と彼は話した。カノバナス市長で元刑事のホセ・ソトは、草木の生い茂る山の中、200人以上の捜索隊を指揮した。管轄区域で100頭以上の動物が死んでおり、集団ヒステリーが起きていると彼は話

した。市長の政府機関に対する狩猟活動への支援要請は相手にされなかった。

2004年にテキサス州サンアントニオ近郊の牧場主は、毛のない犬のような生物“エルメンドルフの獣”が家畜を攻撃しているところを撃った。それはコヨーテだった。2006年、同州コールマンの農場主は、犬とネズミとカンガルーをかけ合わせたような見たこともない生物を殺した。鶏や七面鳥を攻撃していたからだが、彼はその生物をゴミと一緒に捨てた。同じ頃、牙のあるネズミに似た生物がメイン州ターナーの道路沿いで死んでいるのが発見されたが、死体は調べる前にきれいになくなっていたという。フィリス・キャニオンは、テキサス州クエロで血を吸って30匹の鶏を殺したあげく死んだ見たこともない動物の写真を撮った。州の獣医は、重度の疥癬を患った灰色のアメリカキツネだろうとの意見だった。

ツバメの眼科医
Swallow Oculists

大プリニウスの『博物誌』によると、「ツバメは、雛の目の炎症をクサノオウ［ツバメがいるあいだ花が咲いていると考えられていた］という薬草で治療する」という。「ツバメは渡り鳥だが、移動先はあまり遠くない、山の中の日当たりのよい谷間にかぎられる。つかまえられることの多かったテーベの街には入ろうとしない。ツバメはいつも同じ巣に戻ってくるという。そのため、メッセンジャーも務めることができる。ツバメは速くてなめらかな曲線飛行をし、空中で餌を食べる。……ツバメはわらと粘土で巣をつくる。粘土が足りなければ、翼を濡らして土に水を撒く。親鳥は雛に分け隔てなく公平に餌を配分し、巣を清潔に保つ。川岸に穴を掘って巣をつくるツバメもいる〔ショウドウツバメ〕。川が増水して巣が危なくなっても、ツバメは何日も前からとっくにいなくなっている。この種のツバメの雛を焼いた灰は、喉の重病の治療薬になる」

ドンキー・ケンタウルス（半人半ロバ）
The Donkey-Centaur

「オノケンタウルスなる生き物がいる。見たことのある者は誰しも、かつて存在したケンタウルスの種族だと信じて疑わない。……ただし、ここで語ろうとしている生き物について、私は以下のように聞いている。顔は人間そっくりで、まわりに濃い毛髪が生えている。顔から下、首や胸部も人間と同じだが、乳首はふくれて胸から突き出す。肩、腕、前腕、手も、胸から腰までもやはり人間。ところが、背骨、肋骨、腹部、後ろ脚はロバのものだ。色も灰白色で、脇腹から下側は白っぽい。この生き物の手には2種類の用途があって、スピードを出すべきときには後ろ脚の前に手を下ろして走り、ほかの四足類動物並みの速さで移動できる。また、何かをもぎ取る、それを下に置く、つかみ取ってしっかり持つといった必要のあるときには、足を手として使う。歩くのをやめて座るのだ。この生き物は気性が荒い。ともかく、つかまえでもしようものなら、隷属

に耐えられず自由を希求するこの生き物はどんな食物も受け付けずに餓死してしまう」

古代ローマの著述家アイリアノスの『動物奇譚集』に以上の記述があるが、これはおそらくチンパンジーのことであろう。

ネス湖の怪獣

Loch Ness Monster

ネス湖（ロッホ・ネス）は、大ブリテン島で最も水量の多い淡水湖である。その湖にいる怪獣の話で最古のものが、7世紀にアイオナ島［スコットランド西岸沖、インナーヘブリディーズ諸島中の島］の大修道院長だった聖アドムナンによる書『聖コルンバの生涯』に出てくる。アイルランド人宣教師がピクト人［1-4 世紀にスコットランドに住んだ古代人］の地に滞在中、ネス川付近で葬式に出くわした。地元民の話によると、故人は川で泳いでいるときに“水獣”（ウォーター・ビースト）に襲われ、水中に引きずり込まれたのだという。船を出して救助しようとしたが、引き上げることができたのは傷だらけの死体だった。これを聞いた聖コルンバは、弟子のリュイニエ・モック・ミンに川を泳いで渡らせ、ピクト人たちを驚かせた。泳ぎ手のあとにくだんの獣が現れたが、聖

トカゲの失明治療

セビーリャの聖イシドールスが7世紀に語ったところによると、「トカゲ〔ラテン語でlacertus〕がその名前で呼ばれるのは、腕を持っているからだ［ラテン語でlacertusは上腕］。トカゲは年をとると目が見えなくなる。東向きの壁の隙間があるところへ行き、太陽を向いて目の治療をすると、見えるようになる」という。

伝説の角獣

荒々しい伝説の一角ロバ、
オナガー。

ハイエナを見間違えて生
まれたと思われる伝説の
一角獣。

まっすぐに生えた先のと
がった角が2本ある羊とも
山羊ともつかない伝説の
動物。

イエールやセンティコアと呼ばれるレイヨウに似た伝説上の動物。大きな角をどの方向にも動かすことができる。

アリコーンは多くの病気を治し、毒を感知する力があると信じられていた。

アルドロは神話上のサイの角を持つ野生で気性の激しい野生のロバ。

コルンバが十字を切ってこう命ずる。「そこまでだ。その男に触れるな。すぐに立ち去れ」。怪獣はまるで「ロープで後ろに引っ張られて」でもいるように止まり、逃げていった。聖コルンバの一行も異教徒のピクト人たちも、奇蹟を起こした神を讃えた。

モンスターという言葉は、1933年5月2日付《インヴァネス・クーリエ》紙の記事で、ネス湖の水上取締官アレックス・キャンベルが初めて使ったようだ。だが、世界中で話題になったのは、1933年7月22日の目撃情報以降だった。ロンドンから来たジョージ・スパイサー夫妻が乗った車の前で、「とんでもない姿をした動物」が道路を横切ったというのだ。その生き物は大きな体（体高約1.2メートル、体長約7.6メートル）で、3-3.7メートルの道路幅ほどもある長さの、象の鼻よりわずかに太いくらいの細い首をしていたという。首にはびっしりと波状起伏があった。道が下り坂で動物の下半身が隠れていたため、手足は見えなかった。のめるようにして、よろよろと20メートルばかり先の湖に向かい、通り道の下草がつぶれた跡だけが残された。1933年8月4日付《インヴァネス・クーリエ》が、このニュースを詳報した。スパイサー夫妻が湖のまわりをドライブ中、「これまでになく間近で、私も見たことがあるドラゴンか古代生物かのような動物」を見たこと、そして「1匹の動物」を口にくわえていたことを。

これをきっかけに、「ドラゴン」、「海蛇」、「怪魚」などを目撃したという手紙がどっと押し寄せた。1933年12月6日には、ヒュー・グレイが撮影した、怪獣のものらしい初の写真が公表され、ほどなくしてスコットランド相が警察に、このモンスターへの攻撃を防ぐよう指示を出した。1934年、水面から頭部と首がのぞいている有名な“外科医の写真”が登場。その後、捏造写真だと判明した。1938年、インヴァネス警察署長ウィリアム・フレーザーが書簡で、明らかにモンスターが存在すると言明。「生死にかかわらず」つかまえる決意で特別製の銛撃ち砲を用意してやって来る捜索隊に関し、懸念を表明した。フレーザーは、人間たちからモンスターを守るみずからの力を「非常におぼつかない」と考えていた。その書簡を2010年4月27日、スコットランド国立公文書館が公開した。ほかにも目撃情報はいくつもあるが、ネス湖に何か特異なものが生息しているという確たる証拠はない。恐竜の絶滅を生き残った首長竜（プレシオサウルス）だろうというのは、批判に耐えられる説ではないのだ。先進技

術を利用した探索も何度か行われたものの、どれも成果をあげていない。

ハイエナと性転換
Hyenas and Sex Change

紀元前6世紀のイソップの『寓話』によると、「ハイエナは、ある年にはオス、次の年にはメスという具合に性転換するという。あるとき、オスのハイエナが異常な性行為を試みたところ、相手のメスから、今年の自分の行為は来年自分に返ってくることをお忘れなくと言われた」

大プリニウスはこう書いている。「ハイエナは両性具有で、年ごとにオスになったりメスになったりし、メスはオスがいなくても子を産むと広く信じられているが、アリストテレスはこれを否定する。首が背骨からまっすぐ、たてがみのように伸び、曲げると全身の向きが変わってしまう。ほかにも珍しいことがさまざま報告されているが、とりわけ珍しいのは、羊飼いの住むところで人間そっくりの声で住人の名前を呼び、戸外へおびき出してずたずたに引き裂くという話だ。また、具合の悪い人間のまねで犬をおびき寄せて襲うともいう。死体をねらって墓を掘り起こすのはこの動物だけだ。メスがつかまることはめったにない。ハイエナの目の色はさまざまで、無数の色に変化する。さらに、ハイエナの影がかぶさった犬はとたんに鳴き声をあげられなくなるとも、ハイエナにはある種の魔力があって、3度にらまれた動物はことごとくその場に釘付けになってしまうともいう」

アイリアノスは、『動物奇譚集』にこう書き残している。「ハイエナと、いわゆる“コロコッタイ”は、たいそうずる賢い動物のようだ。とにかくハイエナは、夜間に家畜の囲いのまわりをこそこそうろついては、人間の嘔吐のまねをする。その音に、人間だと思って犬がやって来る。そこをつかまえて、犬をむさぼり食う」

古い注釈の中には、ハイエナの目（あ

ネッシーとアナグラム

博物学者でアーティストの故サー・ピーター・スコットは、ネス湖の怪獣を信じるあまり、ラテン語でNessiteras rhombopteryxという学名を考案した。“菱形のひれを持つネス湖の生息動物”という意味だ。彼が悦に入っていたところ、政治家のニコラス・フェアベアンに、その名は“Monster hoax by Sir Peter S（サー・ピーター・Sがでっちあげた怪獣）”のアナグラムになっていると指摘された。

るいはハイエナの子の胃）の中にある石を人間が舌の下に入れると、未来を予測する能力が身につくというものもある。ハイエナが夜間に家のまわりを取り囲み、人間の声で言葉を発するともいう。誰かがだまされて様子を見に外に出ていくと、食われてしまうのだ。ハイエナの影がよぎると、犬は声を失う。ハイエナの背骨は堅くて曲がらないので、向きを変えるには全身を動かさなくてはならない。ハイエナとメスライオンの交配によって生まれた獣を“レウクロッタ”という。

蝿
The Fly

蝿は古代のさまざまな宗教で魂の象徴とされていた。蝿が死者の魂を持つと考えられたのは、亡骸のまわりに蝿が現れるからではないだろうか。女性が蝿をのみこむと子供を授かるらしい。クーフーリンなどケルト神話の勇士たちを未婚で産んだ母親たちは、その方法で懐妊したという。ギリシアでは、魂は虫の姿になって、ある生命から次の生命へ移っていくと考えられていた。ギリシア語で魂を指す“プシュケ”（psyche）は、チョウという意味である。バール=ゼブブあるいはベルゼブブという中東の魔王は、今でこそ“蝿の王”と考えられているが、その称号はもともと“魂の王”という意味だった。

バシリスク——トカゲのイエス・キリスト
The Basilisk - the Jesus Lizard

バシリスクの伝説（94ページ参照）は、おそらく旅人や商人にから伝え聞いた話をもとにインドで生まれたとみられる。外見は角のある毒蛇、というより首元を両側に広げたコブラがもとになったのかもしれない。しかし、中世までに雄鶏、時に人間の頭を持つ蛇に変化し、強力な悪の象徴となった。現在知られているバシリスクは4種類で、どれも中南米にみられる派手なトカゲだ。オスは尾を含めて体長3フィート（90センチメートル）に成長する。オスのバシリスクにはひれがあり、水辺の木に住む。極めて用心深く、驚くと木の枝から水に落ちて身を隠す場所へと逃げ

る。うしろ足の裏には特殊な鱗がついていて、尾を舵代わりにいくらか水面を立って移動することができる。最後に水面張力が消えるとさっと泳いで逃げる。そんなわけで「水上を歩く」ように見えるので、“トカゲのイエス”のあだ名がついている。

ハツカネズミ(マウス)の生殖
Mouse Procreation

大プリニウスは『博物誌』にこう書いている。「本能的に鉄をかじるハツカネズミがいる。カリュベス族［小アジア北東部にいた古代民族。鉄鍛冶の技術に秀でていた］の国では、ハツカネズミが鉱山で金もかじるので、腹を切り裂くと必ず盗み食いした金が見つかるという。白いハツカネズミの出現は吉兆となる。トガリネズミはほかの森から来たハツカネズミを仲間に入れようとせず、死ぬまで闘う。親が年をとると、驚くほど献身的に親を養う。冬になるとハツカネズミは冬眠するが、それは老いたネズミが死ぬ時期でもある。……ハツカネズミは最も多産な動物だ。交尾ではなく体をなめて、あるいは塩を食べて子をもうける。エジプトのハツカネズミは、アルプスハツカネズミと同じく2本足で歩く」

セビーリャの聖イシドールスによると、「ハツカネズミは小型動物で、土から生まれるとも言われる。ハツカネズミの肝臓は満月の時期になると大きくなる。……ヤマネは冬のあいだずっと眠って死んだように動かなくなるが、夏になるとよみがえる」

パンサー――ドラゴンの敵はいい香り
Panther - the Sweetsmelling Enemy of the Dragon

大プリニウスの『博物誌』第8巻に、こういう一節がある。「パンサー（ヒョウ）の体色は薄いが、目のような形の小さな斑点がある。不思議な体臭でどんな四足獣でも引きつけるが、寄ってきた動物は獰猛な顔に脅えて逃げてしまう。そこで、獲物をつかまえるためにパンサーは、頭を隠したまま臭いで動物を手の届くところまで引きつける。パンサーの肩のところには三日月に似た模様がひとつあるとも言われる。ヒョウはアフリカとシリアに最も多く生息する」

セビーリャの聖イシドールスは、こう書いている。「パンサー（pantera）は、ギリシア語で“all”を意味する“pan”という語から名づけられた。パンサーがドラゴン以外のすべての獣の友だからだ。パンサーは全身に目のように見える白黒の輪模様がある。メスのパンサーは1回の出産で1匹だけ子を産む。胎内の子がしきりに脱出したがって母親の子宮をかぎ爪で切り裂いてしまうので、メスはそれ以上子をもうけることができない」

1121年頃発表された『フィリップ・ド・タオンの動物寓話譚』には、こうある。「その人を引きつける獣のみごとな美しさは、誰もが言うところのものであり、ヨセフの“色とりどりの衣”であり、あらゆる色合いを備えてひときわ明るくひときわ素晴らしいものだ。そしてさまざまに変化する淡い色合いは、ひときわ鮮明に美しく、みごとに輝く。ほかのどんな獣よりも珍しく、比類のない美しさで、優美な輝きはますます素晴らしい。三日目に授けられたこの大胆な動物が眠りから光り輝いて起き上がるとき、野生の獣たちの口からえもいわれぬ美声がもれる。声のあとに、平原から香り高い霧がただよってくる。どんな香水よりも、植物の花や森の木の葉よりも心地よくかぐわしい、どんな装飾品よりも気品ある香りが」

キリスト教では、パンサーは全人類を引きつけるキリストの象徴である。ドラゴンは、キリストを恐れ、キリストから隠れる悪魔を象徴する。パンサーのさまざまな色合いは、キリストに備わる多くの資質を表わす。あざけりと侮辱に疲れ果てたキリストは死という眠りに落ち、墓に入った。キリストは地獄へ下りていき、ドラゴンを縛りつける。3日ののち、キリストは

墓を出て、死に打ち勝ったと高らかに宣言した。どんな動物をも引き寄せるパンサーのかぐわしい息は、ユダヤ人も非ユダヤ人も等しく全人類を引き寄せるキリストの言葉を象徴するものだ。

斑紋のあるトラ

Tigers with Spots

セビーリャの聖イシドールスの『語源論』によると、「トラは俊足なので、ペル

旗竿に掲げた蛇

旧約聖書の「民数記」21章6節には、こうある。「そこで主は、火のへびを民のうちに送られた。へびは民をかんだので、イスラエルの民のうち、多くのものが死んだ。……」。同じく21章8〜9節にはこうある。「そこで主はモーセに言われた、『火のへびを造って、それをさおの上に掛けなさい。すべてのかまれた者が仰いで、それを見るならば生きるであろう』。モーセは青銅でひとつのへびを造り、それをさおの上に掛けて置いた。すべてへびにかまれた者はその青銅のへびを仰いで見て生きた」

シアやメディアで“矢”を指す言葉にちなんでタイガーと名づけられた。ティグリス川がトラにちなんで名づけられたのは、どんな川にもまさる流速による。トラは全身に斑紋を帯び、その力とスピードで称賛される。大部分のトラはヒルカニア［カスピ海の南東岸、古代ペルシアおよびマケドニア帝国の一地域］に生息する。……インドでは、夜の森にメス犬をつないでおくと、野生のトラがその犬と交尾する。そうして生まれた犬は獰猛で、ライオンをも打ち負かす」

ビッグフットとサスクワッチ
Bigfoot and Sasquatch

猿に似た人間の姿に描かれるビッグフットはサスクワッチの名でも知られ、太平洋岸北西地域やカナダのブリティッシュ・コロンビア州の森林地帯に生息していると言われている。長年にわたり多くの目撃情報や写真が出てきたが、その存在を証明する決定的な証拠はひとつもない。その筋の専門家のほとんどは、ビッグフットの言い伝えは民間伝承に尾ひれがついたものだと考えているが、事実かもしれないと信じる作家や研究者もかなりいる。ネス湖の怪物ネッシーと同じく、ビッグフットも大昔の時代の生き残り、具体的には超大型のサル、ギガントピテクス・ブラッキーかもしれないという意見もあるのだ。ビッグフットが最初に記事になったのは1924年で、同じような生物の情報が出たのは1860年代にまでさかのぼる。

ビッグフットは、ヒマラヤの忌まわしき雪男の北米版だ。カナダではたいてい“サスクワッチ”と呼ばれる。サスクワッチの名は、北米の北西沿岸地域の部族の数々がその生物を指す原住民語に由来する。サスクワッチは体高6フィート9インチ（2.05メートル）以上、背を伸ばして立ち上がると11フィート5インチ（3.5メートル）の信じがたい長身になるとみられる。足跡は長さ16から20インチ（40から50センチメートル）、幅7インチ（18センチメートル）だ。長い腕、平たい鼻、体毛は濃く、猿のような顔で、洞窟や人目につかない谷に住んでいると言われている。西洋人が初めて遭遇したのは1811年で、それ以来、何百もの目撃報告があるが、科学的に存在を証明する証拠は何ひとつない。ホモ・エレクトゥスまたは“ジャワ原人”の生き残りではないかとの意見もあり、足跡の深さは体重が300-1000ポンド（136-454キログラム）だったことを示している（ジャワ原人は1891年にインドネシアのジャワ島東部で発見された化石につけられた名前で、既知の中で最も初期の原人のひとつ）。足跡の型にはかぎ爪がなく、その生物が熊ではないことが確認された。さらに、3000にも及ぶ足跡が続いていたといわれているので、捏造するのはほぼ不可能だっただろう。

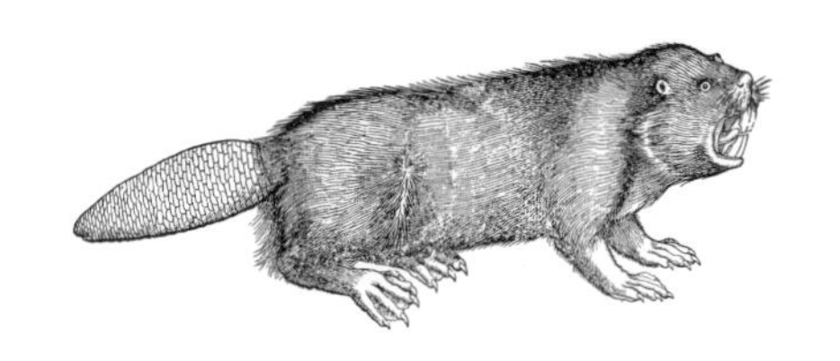

ビーバーの痛みを伴う逃走法
The Beaver's Painful Escape Mechanism

筆者は、イングランドとウェールズで最後のビーバーが発見された川から数百メートルにある、ティフィ・ヴァレーというところに住んでいる。12世紀初め、ウェールズのジェラルドは『イングランド旅行記』にこう記した。

「ティフィにはもうひとつ独特なところがある。ウェールズ、またはイングランドでも唯一のビーバーがいる川なのだ。ビーバーはスコットランドのある川で見られるといわれているが、非常に数が少ない。ここでこの動物の性質についていくつか触れておくのも無駄ではなかろう。つまり、森から水辺までいかに必要な材料を運ぶのか、川の真上に住みかをつくるのに、いかなる技術を用いて材料を組み立てているのか、川の両岸の捕食者からいかに身を守っているのか。そしてビーバーの魚のような形の尾についても。ビーバーは自分たちの城を川の真上に建設するのに、台車ではなく自分たちの仲間を使う。見事な人海戦術で森から川へと木材を運ぶのだ。自然の理に従って、仲間が切り取った木を腹で受け止めて脚でしっかりと抱え、横木となる木を口にくわえ、荷物ごと別のビーバーにうしろ向きに引きずられる。引きずったビーバーは、筏に食いついてしがみつく。モグラも巣穴を掘って土を運び出すのに同じような工夫をしている。ビーバーは川の片隅のあるていど水深のある静かな場所に、そのような巧みなやり方で、一滴も水を通さず、嵐でもびくともしない自分たちの住みかをつくる。万全に武装した人間以外はどんな攻撃もこわくない。柳の枝をほかの木やさまざまな木の葉を絡め合わせて通常の水面の高さに積み上げ、内側の平らな場所どうしを通路で結び、一種の舞台か足場のようなものを立ち上げ、そこから外敵の監視や、水位の上昇を確認する。時が経つにつれ、彼らの家は背の低い柳の木立の様相を呈していく。見た目は自然そのもの、内側は巧みに工夫されている。ビーバーはカエルやアザラシのように思いのままに水面を泳いだり、潜ったりすることができ、その肌のきめで水の流量がわかる。そういうわけで、水中でも陸上でもおかまいなしに生活することができ、短い脚にずんぐりした胴体、短い尾があり、モグラに似ている。特筆すべきは、ビーバーの歯は上に2本、下に2本4本しかなく、歯は大きくて鋭く、大工の斧のようによく切れ、用途も同じだ。住みかに近い川辺に穴を掘って乾いた隠れ場所をつくり、狩猟者が鋭い棒で懸命に突き刺す音がすると一目散に自分たちの城の防御に戻ってまず巣穴の入り口の水を吹き飛ばして土をひっかいて泥だらけにして、川の向こう岸から観察している万全に武装した狩猟者の目を巧みにかわす。
ビーバーは追いかけてくる犬から逃げきれないと悟ると、わが身の一部を犠牲にして身代わりに投げ捨てる。これは生まれながらの本能で、追われる身であるがゆえに知っていることで、捕食者の目の前で自身を去勢する。そんな習性から“Castor”つまり投げる者との名がついた。だからもしすでに去勢していたビーバーが犬に追いかけられた場合は賢明にも高い場所に逃げてから片脚を上げ、目的のものはもうないことを見せる。キケロいわく、ビーバーは「狙われる主たる理由の体の一部と引きかえに命を守る」。

……ゆえに、こうしてヨーロッパで狙われる皮、そして東洋で欲しがられている薬になる部分を守るため、無傷で助かるのは無理でも、素晴らしい本能と賢明な判断によって追手の手に落ちないよう努力する。ビーバーには幅が広くて厚みのある手のひらのような短い尾があり、泳ぐときは舵にしている。アザラシと同じくそのほかの部分には毛が生えているが、尾の部分は体毛がなくすべすべしている。尾といえば、ドイツや北極地方のビーバーが多いところでは、断食の時期になると信心深いひとたちが、味も色も魚に似ているからと、この尾の部分を食べる」

鼻が2つある犬

1913年の南米熱帯雨林遠征に随行したパーシー・フォーセット大佐（113ページ参照）は、二重鼻の犬を見たと話していたらしい。二重鼻のアンディアン・タイガーハウンドはボリビアで見られる稀少品種だ。その“二重鼻（ダブル・ノーズ）”の外見は通常の犬の鼻と変わらないが、鼻孔が帯状の皮膚で仕切られ、毛皮は犬の上唇までずっと鼻を区別している。2006年と2007年に目撃情報があった。アンディアン・タイガーハウンドという品種内の遺伝子異常なのかもしれない。名前に含まれる“タイガー”とは南米のジャガーのことで、アジアの虎ではない。アンディアン・タイガーハウンドは、おそらく16世紀にメキシコ、ペルーを征服したスペイン人コンキスタドールがアメリカ大陸にもちこんだ、パチョン・ナヴァロという種類の犬の血統を引いているのかもしれない。パチョン・ナヴァロはオールド・スパニッシュポインターともいって、分裂した二重鼻という珍しい特徴を持つスペイン産の猟犬だ。独特の鼻のおかげで、この犬の嗅覚は格別に鋭いと思われ、それが猟犬として重宝される第一の理由になっている。

聖ベルナルド［12世紀のフランス出身の神学者］もユウェナリス［1-2世紀の風刺詩人］も、ビーバーにはこの珍しい習性があったことを述べており、紀元前6世紀の『イソップ物語』にも登場する。「ビーバーは川の淵に住む4本足の動物で、自分が睾丸目当ての狩りの対象であることを自覚している。睾丸は病気を治すのに使われるからだ。ビーバーは追いかけられるとしばらくは逃げるが、逃げ切れないとわかると自分の睾丸を噛みちぎって追手に投げ、死を免れる」

また、1世紀の大プリニウスは『博物誌』にこう記した。「黒海地方のビーバーは香嚢でつくられる油（海狸香）目当てで自分たちが狩られることを知っており、猟師に追われて窮地に陥るとみずからを去勢する。ビーバーには魚のような形の尾があり、カワウソのような体にやわらかい体毛が生えている。咀嚼力が強く、鋼のように木を切り、人間に噛みつこうものなら、骨が砕ける音がするまで離さない」

ビーバーの物語は宗教上の訓話に使われた。人が純潔に生きるには、あらゆる世俗の悪を断ち切って悪魔に向かって投げ捨てるべし。何も持っていないとわかった人間には、悪魔も近寄らない。

ピュグマイオス（ピグミー族）

The Pygmaei or Pygmies

ピュグマイオスとは、成人の身長が1“ピュグメ”ほどの、肌の黒い小人族だ。1ピュグメは人間のひじと指関節の骨までの長さ（18インチ［46センチ］）。古代文明の時代には、大地の周囲を流れる“オーシャンストリーム”（大河）、オケアノスの岸沿いに南下して行き着くところにあると考えられていた2つの地方、インドやサハラ砂漠以南のアフリカ諸国で、さまざまな地域にピュグマイオスが住みついていた。ホメロスの叙事詩『イリアス』によれば、ピュグマイオスはオケアノスの岸辺で毎年春にツルと戦いつづけたという。「ツルの叫びが天高く突き抜ける。冬を抜け出して絶え間ない雨が降ると、ツルたちは騒々しく翼をはためかせて氾濫するオケアノスを目指し、ピュグマイオスに殺戮と滅亡をもたらす。日の出とともに執念深い戦いが始まる」

のちの作家たちはほとんどが、戦いの場をナイル川源流付近としている。そこへツルが毎年渡ってきて、ピュグマイオスの生活の場を奪おうとするのだという。ヘラクレスが村にやって来たときは、彼が口に運ぶ酒杯にピュグマイオスたちがはしごをかけてよじ上り、英雄を攻撃した。総勢が彼の左手を攻める一方、中の2人が右手を攻めた。

伝説に名高いこれらの話をアリストテレスは信用せず、ピュグマイオスとは上エジプトで並はずれて小さな馬を飼い、洞窟に住んでいた種族のことだと考えた。ガンジス川の東で地下生活をしていたインドのピグミー族という説もある。名前が初めて登場するのはホメロスの叙事詩の中だ。今では、平均身長が著しく低い世界中のさまざまな少数民族をピグミーと称する。成人男性の平均身長が4フィート11インチ（1.5メートル）に満たない民族と定義されている。いちばん有名なのは中央アフリカのピグミー族だ。インドのピグミー族の話も事実に基づいているらしい。チベット=ビルマ語系のピグミー、トルング族が東南アジアのインド、チベット、ビルマ3国の国境地方で見つかったのは、20世紀になってからのことだ。現存者はほんの数人しかいない。

蛇は裸の人間から逃げる

Snakes Flee From Naked Men

蛇に関する物語は世界中に数え切れないほどあって、創世神話にまつわる話も多い。以下いくつかの例を挙げてみよう。蛇は年をとると視力が衰えはじめるが、ウイキョウを食べることで視力を取り戻す。若返るために、皮がゆるくなるまで絶食してから、狭い割れ目を這い抜けて古い皮を脱ぎ捨てる。水を飲みに川へ向かうとき、蛇は毒液を穴に吐き出し、あとで回収する。蛇は着衣の人間を襲うが、裸の人間からは逃げる。攻撃されると、蛇は頭をかばう。断食している人間の唾液を飲んだ蛇は死ぬ。マングース、コウノトリ、雄鹿の敵で、雄鹿の枝角が燃えるときの煙は蛇にとって致命的になる。

ヒッポイ・モノケラータ——一本角の馬

ヒッポイ・モノケラータとは、東方にいる俊足のユニコーンのことだ。みごとな純白の馬で、額の真ん中から輝くような色の角が1本だけ突き出す。ギリシアではオノイ・モノケラータ、一本角のロバとも呼ばれた。大プリニウスはまた違った書き方をしている。「獰猛な動物といえばモノケロテムだろう。胴体は馬に似ているが、頭は雄鹿、足は象、尾はイノシシで、太い声でほえる。3フィート長の黒い角が1本、額の真ん中に突き出す。この動物を生きたままつかまえるのは不可能だと言われる」

ベヒル

Beithir

スコットランド神話に出てくる大きな蛇のような怪物で、近年いくつか目撃情報がある。頭部は長さ2フィート（60センチメートル）で、胴が太く、とがった耳または角のようなものがついている。毛虫のように背中が曲がりくねり、腹を引きずるように動きにくそうに動く。体長は約20フィート（6メートル）と言われている。

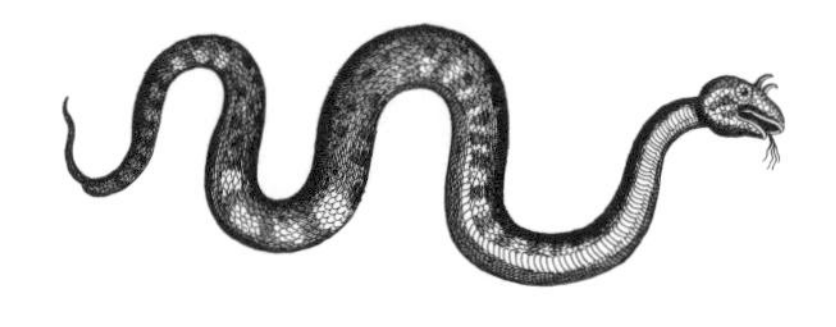

ボア——乳を吸い、幼な子を丸飲みする蛇

Boa - the Milk Sucker and Child-Swallower

大プリニウスの記録によると、「ボアはイタリアの蛇で、非常に大きく、子供を丸飲みできる。主食は牝牛の乳で、それが名前の由来だ」という。そんな蛇が存在していたとしても、今では未知の生物だ。ボアはボア科とニシキヘビ科に属する約70種の蛇を包括的に指す名前だ。ニシキヘビと同じくボアは獲物を絞め（圧迫して）殺してから丸ごと飲み込む。大きなボアは標準的な体格の人間なら簡単に殺せるが、体は飲み込みにくいので、通常は人間にとって脅威にはならない。ニシキヘビは卵を産むが、ボアは、幼体を産む。ニシキヘビはもっぱらヨーロッパに生

息しているが、ボアは世界中で生息しているのがみられる。地中海地方では体長9フィート（2.75メートル）以上の大きな蛇も報告されている。現在ヨーロッパに生息する最も大型の蛇はハナナガムチヘビで、体長6フィート(1.8メートル)に及び、これはニシキヘビの生き残りの個体群である可能性もある。サハラ砂漠が広大になる前は、ニシキヘビなど多くの動物がアフリカ最北端まで生息していた。

マンティコアはトラか?

The Mantikhoras (Manticore, Baricos) is a Tiger?

マンティコアという名は、人食いという意味のペルシア語に由来するらしい。この生き物の胴体はライオン、顔は人間で、先端にとげがついた矢のような尾が生えている。紀元前4世紀ギリシアの歴史家クテシアスによると、「マンティコアはこの国〔インド〕で見つかった動物であ

る。人間のような顔で、皮膚は辰砂のように赤く、ライオンほどの大型獣だ。歯は3列に並び、耳と淡青色の目は人間そっくり。サソリのような尾の先に長さ50センチメートルほどの毒針がある。ほかに尾の両側面にも、頭のてっぺんにも1本、毒針がはえていて、サソリ同様、間違いなく致命的な傷を負わせる。離れたところから攻撃されると、尾を前に振り上げて、まるで矢でも射るかのように毒針を発射する。背後からの攻撃には、尾をまっすぐに伸ばして毒針を放ち、100フィート（30メートル）ほどの直線距離を飛ばす。その毒針は象以外のどんな動物にとっても致命傷となる。長さ1フィート（30センチメートル）、太さはイグサ程度の毒針だ。マンティコアはギリシア語でAnthropophagos〔人食い〕という。ほかの動物も補食するが、それ以上に多数の人間を殺してむさぼり食うからだ。かぎ爪も毒針もともに武器となり、クテシアス［紀元前5-4世紀頃の医師で歴史家］によると、かぎ爪や毒針は発射したあとまた生えてくるという。インドにはこの動物がざらにいて、象に乗った現地人たちに狩られ、槍や矢で退治される」

ところが、2世紀になってパウサニアス［2世紀ギリシアの旅行家で地理学者］はこう述べている。「クテシアスがインド誌の中で、インドでマンティコア、ギリシアでは人食いと呼ばれているとかいう獣のことを書いているが、私はトラなのでは

マートレット——無足の鳥

紋章の図柄になったマートレット［ツバメに似ている伝説の鳥］には足の代わりに房状の羽毛が描かれ、フランスの場合は足も嘴もない。イワツバメなどマートレットと呼ばれる鳥は地面に下りることがないと考えられていたのだ。聖地から帰還した十字軍戦士たちが、さまざまに語っている。紋章のマートレットは、イングランド人貴族の次男以下の息子たちに、「功徳という翼を頼みに、踏みしめるべきみずからの領土を持たない足を頼るな」と思い出させる意味を担っていた。マートレットはマーティン（martin、イワツバメ）の愛称だが、アマツバメ（swift）もマートレットと呼ばれた。足があまりに短いので、無足だと思われていた。紋章の図案は、地面に下りるとなかなか飛び立てないためにほとんど空中で生活する、ある種のアマツバメをもとにしたものだろう。アマツバメが自発的に地上で休むことはなく、垂直な面にとまる。アマツバメは数種が現存し、空を飛ぶもので最速の部類に入る。一般的なアマツバメは、たった1年のうちに12万5000マイル（20万キロメートル）もの距離を移動する。

ないかと思う。ただし、上下の顎に歯が3列並ぶというこの獣は、尾の先にある毒針で近くでは身を守り、遠方の敵には弓につがえた矢のように毒針を投げつける」

古代ローマの著述家アイリアノスいわく、「インド人たちはこの動物を、幼くて尾にまだ毒針がないうちに狩り、その尾を石でつぶして毒針が生えてこないようにする。ぎりぎり近くまで寄って聞くと、その鳴き声はトランペットのようだ」。挿画にはさまざまに異なる姿のマンティコアが描かれているが、人間の顔をしているところから、すぐにそれとわかる。カスピトラは現生種のトラのうち、シベリアトラ、ベンガルトラに次いで3番目に個体数が多く、アフガニスタン、トルコ、モンゴル、イラン、イラク北部、ロシアにわたって分布していた。赤軍［ソ連軍の1918-46年の正式名］がカスピ海周辺のトラを一掃するという命を受け、その並はずれた能率のよさによってカスピトラは1959年には全滅した。

マンドレイク——人体に似た植物

Mandrake - the Humanoid Plant

史上最も不思議な植物マンドレイクは、マンドラグロワールとも呼ばれる。根が人体に似ていて、土中から引き抜かれると悲鳴をあげる。薬用植物だが、その悲鳴を聞いたものは死んだり気が狂ったりするのだという。そこで、飢えた犬をマンドレイクにつないで、届かないところにおいしそうな肉をぶらさげる。肉にありつこうとして犬がひもを引っ張り、マンドレイクを引き抜いてくれるというわけだ。

マンドレイクは東方の、エデンの園付近に生育すると言われた。メスの象が子をはらむためにはマンドレイクの根を食べなくてはならないという。大英図書館に〈Harley MS4986〉として所蔵されている12世紀の植物誌にはこうある。「薬効あらたかゆえにマンドレイクを採取したいなら、次のようにすべし。夜になるとランプのように光るので、それを見つけたらすぐ、逃がさないように鉄器でまわりを囲むしるしをつけておくこと。非常に強い力があって、不浄の人間が近づくと逃げていってしまう。そのため、鉄器でしるしをつけたあたりを掘って、鉄器が植物に触れないように気をつける。だが、植物についた土を取り除くときは、象牙の棒で細心の注意を払う。植物の基部と手のようなものが見えてきたら、すかさず新品のロープで植物を縛り、そのロープを飢えた犬の首に巻いて、少し離れたところに餌を置くと、必死で食事にありつこうとする犬が植物を引き抜いてくれる。また別の採取方法もある。投石機のような装置をつくって長い竿に取り付け、植物を縛った新品のロープのもう一方の端を投石機に結ぶ。遠くに罠を仕掛ける要領で装置を働かせると、竿がはじき返される力で植物が引き抜かれる。ちぎれたりせずに植物を丸ごと手に入れたら、ただちに葉っぱの抽出液をガラス瓶に保存し、人間用の医薬品として保存するといい」

この植物誌には6つの薬効が記されている。第一に、眠りを妨げる頭痛に効く。抽出液で軟膏をこしらえて額に塗れば、「頭の痛みがたちまちやわらぎ、すぐにまた眠りが訪れる」。第二に、耳の痛みに効く。抽出液をカンショウ［甘松。インド産のオミナエシ科の植物］香油と混ぜた調合薬を耳に注ぎ入れると、「患者は驚くべき速さで癒やされる」。第三に、痛風発作の激痛に効く。マンドレイクの右手と右足をそれぞれ1スクループル［薬量単位。約1.3グラム］ずつ摘み、すりつぶして粉にしたものをワインに入れて7日間投与すれば、患者はたちまち回復する。それによって筋肉が膨張するばかりか収縮もしておのずと回復するので、「こうした不調が両方とも素晴らしくよくなるのは、筆者の実験で証明されたとおりである」。第四に、癲癇の発作で倒れたり痙攣を起こしたりした人に効く。植物の胴体部分を1スクループルすりつぶし、お湯に溶かして患者に飲ませると、「器になみなみと入ったほどの量で、たちまちよくなる」。第五に、こむらがえりや筋肉の収縮に効く。「植物の胴体部分を非常に細かい粉にしてオリーヴ油に混ぜ、上述の不調を訴える人に塗る」。第六に、「家人に格別たちの悪い鼻風邪をひいた者が出たら、マンドレイクが――置いてある家はあまりないだろうが――その伝染病をすっかり追い払ってくれる」

大プリニウスは『博物誌』の中で、マンドレイクには2種類あって、白マンドレイクが一般的にオス、黒マンドレイクがメスと考えられると書いている。「チシャより

も細目の葉、綿毛で覆われた茎、柔らかい肉質で二股か三股に分かれた1キュビット（50センチメートル）の根を持つ。白黒どちらのマンドレイクも、ほぼヘーゼルナッツ大の実をつける。……メス株の葉はオス株よりも幅が広い」

同じ1世紀のディオスコリデス［ギリシアの医師。1500年間にわたって古典として尊ばれた『薬物誌』の著者］は、マンドレイクの根から惚れ薬がつくれると書いている。根が人体の形をしているところから、マンドレイクは絞首台に吊るされた人間の体液から生えてくるという俗信が生まれたようだ。ドイツではこの植物を“小さな吊るされ男”と呼んだ。泥棒の家系に生まれたか、母親が盗みをしたとき胎内にいたかした親譲りの泥棒が絞首台に吊るされたとき、その精液か尿が地面にこぼれたところに“小さな吊るされ男”マンドレイクが芽ばえたのだという。この植物の祖先となった人間は泥棒でなく、拷問によって泥棒の罪を自白させられ絞首台の露と消えた、清廉潔白な若者だったという異説もある。

マンドレイクというのはナス科マンドラゴラ属の植物の俗名だ。幻覚や精神錯乱を引き起こすアルカロイドを含有する。根の分裂のしかたによって人間の姿に似ることがあるため、古くから魔術や秘術の儀式に、その根が用いられてきた。マンドラゴラ属オフィシナラムは、あらゆる部位が有毒である。原産地はヨーロッパ南部、中部および地中海周辺諸国。球形の赤い漿果（ベリー）は“ラブ・アップル（愛のリンゴ）”と呼ばれ、ヘブライ語ではマンドレイクに“愛の植物”という意味の名がついている。ユダヤ文化やアジア文化では、マンドレイクが不妊の女性の妊娠を促してくれると信じられていた。

南アメリカ熱帯雨林のマンモス

The Mammoth of the South American Rainforest

筆者はインディアナ大学エヴァレット・ヘルム特別奨学金を得て、船員ルウェリン・ペンローズの日誌を書籍化することができた。1760年代にニカラグアの沿岸地方を原住民ラマ族に交じって放浪したウィリアム・ウィリアムズの実話小説だ。完成作のタイトルは『船乗りペンローズの日誌』で、2007年に出版された。中には数種の動植物が描かれ、再発見時の200年前に象形文字が刻まれた玄武岩の石柱が見つかったことのほか、次のような驚くべき記述もある。「この年のある日、地元から半マルほど離れたところで、私はみんなでこの国を探検しにいこうと提案し、その翌日には装備を整えた。しばらくのあいだは厳しく困難な行程となった。ようやく木々が高く生い茂る開けた場所までやってくると、その先は草木もはえない土地だった。鹿が3匹、すばやく駆けていく。連れていた犬がそれを追いかけたが、すぐに見失ってしまった。そのあと沼地のようなところへ出ると、その向かいが崩れた土手のように見えた。頭上を野生のオウムがたくさん飛び交っていた。

見慣れぬ光景に私たちが好奇心をかきたてられていると、サマーが土手のふもとに、どんな獣のものかははっきりしない異様な頭蓋骨があることに気づいた。持ち上げるのもせいいっぱいの、かなり大きさなものだ。顎にはまだしっかりした歯が並んでいたが、今にもはずれてしまいそうだ。その少し先で私は、とんでもない大きさの肋骨を土手から引っこ抜いた。さらに、同種の獣の骨がもっと見つかった。何という種なのか私にはわからなかったが、サマーは象に違いないと言う。彼は象を見たことがあるが、私は見たことがない。ところが、歯を3本見つけておしまいにしようとしたところで、川に水没している木切れや枝がみな化石化していることにも気づいた。そこで、土手に登って周囲を見渡してみた。珍しいものを見て満足した私たちは、帰途についた。帰ってから、見つけた歯についてもう一度話し合ったが、地元のみんなにもわからなかった。ただハリーが、狩りをしていてそういうものを見つけたという年寄りの話を聞いたことがあると言う。話はそこまでで、その先には進みそうになかった。……

その後私は、折を見てオワガミーにその歯のことで意見を聞いてみた。彼は原住民ひとりひとりに歯を手渡して見せ、現地語で話し合ってから、ハリーに、その歯は自分も父親も見たことがあると言った。渓谷の奥にそういう歯がたくさんあるのは知っているが、ずっと南のほうだったという。この地の年寄りの中にその歯の持ち主である動物が生きているところを見た者がいるのかどうかは知らないが、その生き物には原住民の身長ほどもある長さの白い角があるらしい。それを見た年寄りがいると言ってワリブーン老の名を挙げた。狩りの名人で、その角を1本、長いあいだ手もとに置いていたが、遠くに住む彼らはそれを見たことがないのだ。

それを聞いて、居合わせたカユータという原住民が、自分の父親がその生き物を何度も見ていたと、何本か指を立ててみせた。集まった者たちが口々に、話題にしている獣は象に違いない、角は歯と

並んで生えていたのだと言う。だが、その種族がまるまる絶滅してしまった経緯は謎のままだ。まさか、一時的に正気を失った原住民たちが総がかりで殺してしまったわけでもあるまい。もしあったとしても、そんな大それたことがうまくいったとは思えない。この大陸はたいそう広いので、互いに何千マイルも離れて散らばる原住民たちが示し合わせることなど、できるはずがない。だが、この大きな謎の解釈は、きちんと考えてくれる学識者たちに任せよう」

ここに出てくる先史時代のマンモスの骨は、そのころニカラグアに降った激しい雨によって岸から押し流されたものだろう。アメリカ大陸でそういう発見があったという記録はこれが最古のものだが、マンモスが北アメリカ大陸の南、ニカラグアにまで分布していたということでもある。近年になってアメリカのチームが、マラカイボ湖［南米ベネズエラ北西部］と太平洋岸の中間に位置するサンタイザベル付近でマンモスの骨格遺物という重要な発見をしている。マンモスは約1万年前に南アメリカ大陸北部へも移入していたと推定され、ニカラグアあたりにマンモスがいたというウィリアムズの記述は正しい。彼が聞いた原住民の話が正しいならば、絶滅したと考えられていた時期よりずっとあとまで、マンモスがニカラグアで生き長らえていたことになる。

狩人のワリブーンは、マンモスの牙を大事にしていたという。カユータの父親がマンモスを見たとすれば、きっと熱帯雨林に生き残ったマンモスの群がいたのだろう。2009年、《サイエンス》誌に、紀元前1万1000年に北アメリカのどこか上空で大気圏に突入した巨大彗星が火の雨と大量死をもたらしたという“第一級の証拠（ダイヤモンド・プルーフ）”が掲載された。それによって、古代先住民である旧アメリカ人（クローヴィス民族ともいう）、アメリカライオン、スミロドン（剣歯虎）、アメリカラクダ、地上ナマケモノ、ショートフェイスベア、マストドン、マンモスが絶滅した。最後まで残ったシベリアのツンドラのマンモスが約3600年前に死に絶え、今では夏に凍土が溶けるとマンモスの象牙が大量に見つかる。ミシェル・オバマ［元米大統領夫人］がマンモスの牙製装身具を身につけているという。違法に密漁された象牙を合法的なマンモスの牙と偽って、今でもアフリカゾウやアジアゾウが牙目当てに殺されているという悲しい現実がある。

未確認の蛇
Unknown Snakes

北アメリカ東部原住民の伝承に言うスノースネーク（雪蛇）とは、皮が真っ白い猛毒の蛇らしい。たいてい身を潜めていて、近寄ってくるものにかたっぱしから噛みつくという。初期の入植者たちも、その存在を信じていた。本当にいるのだとしたら、ある種のクサリヘビではないだろうか。クサリヘビは、ほかの蛇には耐えられないような地域にも生息できる。同じ地域のフープスネーク（輪蛇）は、尾をくわえて輪のように丸くなり、坂を転がり下りて逃げるという。1世紀ほど前にチャールズ・フレッチャー・ラミスが著わした *The King of the Broncos* には、ニューメキシコ州、アリゾナ州、メキシコのピチュ・クワテが出てくる。ルミスは、アメリカで唯一の真正毒蛇だと主張する。長さは鉛筆くらいの超小型蛇で、頭は人間の親指の爪よりも小さい。北米大陸随一の大胆不敵にして獰猛な毒蛇。背中が鉛色で腹はバラ色がかった赤で、特徴的な三角形の頭に小さな触角がある。アメリカ・インディアンはガラガラヘビを崇拝し、怖がらないというが、小さなピチュ・クワテには怯える。だが、この小型蛇はもう絶滅したようだ。

一方、北アフリカにニシキヘビはいないと言われているが、モロッコやチュニジアでニシキヘビとしか思えない巨大な蛇がよく目撃される。サハラが砂漠化する前、アフリカ大陸じゅうにニシキヘビがいたのだが、気候が変動するとともに死に絶えていき、散在するいくつかの小さなオアシスにかろうじて残るのみとなったのだろう。コンゴにはングマ・モネネという大型の蛇もどきの動物がいるという。蛇ではないが、足のない恐竜のように見える。

モカの吸血鬼(ヴァンパイア)

The Vampire of Moca

アメリカでたびたびあったキャトル・ミューテーション［牛などの家畜の切断・惨殺事件］そっくりな出来事が、プエルトリコでもあった。最初は1975年2月、ある新聞に、プエルトリコのモカという小さな町を中心に、動物たちの不可解な死が続発しているという記事が載った。“モカの吸血鬼”がモカのロシャ地区を手始めに、前代未聞の不気味な手口で次々と動物の命を奪っているという。牝牛15匹、山羊3匹、ガチョウ2羽、豚2匹の、皮に奇怪な穴のあいた死骸が見つかった。体に鋭い器具を突き刺されたものらしい。検死解剖の結果、まるで何者かに吸い尽くされたかのように、血液がすっかり抜けていることが判明した。1975年3月7日には、レイ・ヒメネス所有の牡牛がモカのクルス地区で死体となって見つかった。頭蓋骨に深い刺し傷があり、胴体についた複数の傷の周辺に数々のひっかき傷もあった。長くなっていく犠牲動物のリストにヒメネスの牡牛が加えられ、30を超える数にのぼった。マリア・アセヴェドというモカの住人が、真夜中、自宅の亜鉛メッキ屋根に見慣れない動物がとまったと申し立てた。屋根や窓をコツコツつついてから、ぞっとするような金切り声をあげて飛び立ったという。さらに動物が殺されつづけ、1975年3月18日には、エクトル・ヴェガ所有の山羊が2匹、血の抜けた状態で見つかる。山羊の首に穴があいているのが、間違いなく襲われたしるしだった。その動物は翌日またヴェガの牧場を襲い、さらに山羊を10匹殺し、もう7匹に傷を負わせた。

この20年後、チュパカブラ（「山羊の血を吸うチュパカブラ」の項参照）が同じ地域を訪れることになる。

珍しい角をはやす生き物たち

アイベックス

バイソン（水牛）

シロイワヤギ

モスマン(蛾人間)

The Mothman

モスマンというのは、ウエストヴァージニア州のチャールストンやポイント・プレザントのあたりで1966年11月から1967年12月にかけて報告された、奇妙な生き物につけられた名前だ。その日付の前後にモスマンを見たという報告が散発的にあり、2007年になってもいくつか目撃情報があった。大きくてギラギラと赤く輝く目をした、翼のある人間大の生き物と描写する人が、ほとんどだった。目を胸に引き寄せていて、頭部がないように見えることもある。モスマンが初めて見つかったのは1926年、発見者は幼い少年だった。同じころ、すぐそばの墓地で墓を掘っていた3人の男が、翼のある茶色い人間の姿が木々の向こうから空へ昇っていくのを見ている。2件ともそれぞれ独立して報告された。モスマンの目撃情報は数多いが、写真証拠は存在しない。

モノケロス――ユニコーンか?

Monocerus - the Unicorn?

長い角を1本だけ生やした獰猛な獣で、サイをモデルにしたものらしい。プリニウスはモノケロスとユニコーン(一角獣)を区別していないが、別々の獣だという考え方もある。モノケロスの頭部は雄鹿、胴体は馬、足は象、尾はイノシシで、額から非常に長い黒い角が1本だけはえている。牛のような太い声で鳴き、象の敵。闘いでは相手の腹を狙う。

モラグ――スコットランド第二の怪獣

Morag - Scotland's Number Two Monster

スコットランドで“ネッシー”に次いでよく知られている湖の怪獣モラグは、モラール湖[スコットランドにあるイギリスで最も深い湖]に住むと言われる。1887年以降30件以上の目撃情報があり、そのうち16件には目撃者が複数いた。1948年、1887年に目撃されたのと同じ場所に「体長約20フィートの蛇のような妙な生き物」がいたと、船に乗った9人から報告があった。1969年にはダンカン・マクドネルとウィリアム・シンプソンが、モーターボートでうっかりその生き物に接触したところ、向こうから攻撃してきたという。マクドネルがオールで反撃し、シンプソンがライフルを撃つと、生き物はゆっくり潜水して姿を消した。2人によると、茶色で体長25-30フィート(7.6-9メートル)、皮

膚はざらついていたという。湖面上に18インチ（46センチメートル）盛り上がったこぶが3つあって、幅301フィート（センチメートル）の頭部をもたげ、水から18インチ（46センチメートル）ほど出していた。ネッシーの場合と同じく、論理的に解釈できる目撃情報はほとんどなく、モラグが生息しているという根拠も逸話の域を出ないようだ。

山羊とダイヤモンド
Goats and Diamonds

オスの山羊は性欲旺盛なことで知られ、好色な獣だとみなされていた。さかりのついたオス山羊のたぎる血はダイヤモンドを溶かす。

野生のロバ——模範的な父親ではない
Wild Ass - not a Role Model Father

大プリニウスいわく、「オスの野生ロバはそれぞれ、一人占めしたメスの群れに君臨する。ライバルへの嫉妬心から、メスのロバを監視し、オスの子が生まれると嚙み切って去勢する。そうはさせまいとして、メスは秘密裏に出産しようとする。野生ロバは思うさま性行為にふける」

セビーリャの聖イシドールスも、プリニウスの意見を裏づけている。「ギリシア語でロバは“onus”、野生は“agrion”なので、野生ロバはオナガー（onager）と呼ばれる。アフリカの野生ロバは大型で、砂漠を放浪する。たった1匹のオスが、メスの群れに君臨する。オスのロバは生まれたばかりのオスに嫉妬し、睾丸を嚙み切ってしまう。それを恐れて、メスのロバは秘密の場所に子を隠す」

3月25日になると、オナガーが12回いなないて春分を告げるとも言われた。オナガーは夜も昼もいななき、いななく回数で時間を告げる。

ユニコーン（一角獣）
Unicorn

ヘブライ語のre'em（角）という語をもとにした名で、古い版の旧約聖書では“1本角”という意味の“monokeros”（モノケロス）と訳され、のちに英語では“unicorn”（ユニコーン）になった。サイ、またはイッカクという1本角のクジラがもとになった生き物らしい。紀元前398年、ギリシアの歴史家クテシアスが、インドに「馬くらいの、大きめの野生ロバ」ユニコーンが生息していると書いている。「胴体は白、頭部は濃い赤で、目は濃い青。額に1本だけ、長さ半メートルほどの角が生えている」。インドサイ、ヒマラヤアンテロープ（レイヨウ）、野生ロバを足して割ったような描写だ。アフリカオリックスかアジアオリックスの角にも影響されているようだ。その角には治癒力があると考えられていた。角から削り取った粉

末が、毒消しやさまざまな病気除けになるというのだ。死者をもよみがえらせるという。中世の王族、貴族の中では、特に毒物をあばくらしいという理由で、ユニコーンの角製の杯を所有するのが流行した。直近12世紀から19世紀までの寒冷期（“小氷期”）には、イッカクが今よりはるか南方まで分布していたと考えられ［現在は北極海域のみに分布］、大ブリテン島海域で記録に残る最後の目撃情報は1588年のものだ。それからほどなくして、女王エリザベス1世は贈られたイッカクの角を高く評価し、その贈り主、私掠船の船長でもあった探検家のマーティン・フロビッシャーに角の10倍の重さの金をとらせた。

ライオン伝説

Lion Lore

いつの時代もライオンは“百獣の王”とみなされてきたため、中世の動物寓話集で描かれる動物は、たいていライオンだった。ライオンは古代ギリシアのほか小アジア、中東、北アフリカにも分布していた。紀元前6世紀のイソップ寓話のうち最も有名なもののひとつが、ライオンの話だ。「ライオンはプロメテウスに不平をこぼした。神が立派な体格と力をさずけてくださったというのに、それでも自分は雄鶏が怖いのだと。ライオンは小心な自分にきまりの悪い思いをしていた。象のところに話をしにいって、彼が羽虫にさいなまれていることを知った。ライオンが悩みはないかと訊ねたところ、象が、羽虫が耳に入り込んだらきっと死んでしまうと思うと怖いと言ったのだ。それを聞いたライオンは、羽虫よりも雄鶏のほうがずっと怖いぞと、気分がよくなった」。……「ある日、ロバと雄鶏が一緒にいると、ライオンがロバを襲ってきた。雄鶏が雄叫びをあげはじめたので、ライオンは怖がって逃げた。ライオンが自分を怖れて逃げたと勘違いしたロバは追いかけていったが、雄鶏の鳴き声が聞こえないところまで来たとたん、逃げるのをやめたライオンはロバを殺してしまった」

紀元前5世紀のヘロドトスは、こう書き残している。「最強にして大胆な獣である一方、メスライオンは一生に一度、それもたった1匹だけしか子を産まない。子を産み落とすと同時に子宮を失うため、二度と子をもうけることができなくなるのだ。なぜなら、母体の内で動きはじめた子がどんな動物のものよりも鋭利なかぎ爪で子宮をひっかくから。日に日に大きく成長していく胎児が、子宮をどんどん切り裂いていく。やがて出産のときが訪れるころには、子宮全体で無事なところはかけらも残っていない」

大プリニウスは『博物誌』で、胎児のかぎ爪で子宮が傷つくからメスライオンは一度しか出産しないという考えを否定している。「メスライオンは1歳で5匹、翌年には4匹子を産み、その後は生む子が毎年1匹ずつ少なくなって、5歳を過ぎると不妊になる。生まれたての子はイタチほどの大きさの肉の塊で、生後2か月はまったく動かず、6か月たつまでは歩けない。ヨーロッパでライオンはアヘロオス川［ギリシア西部を南流してイオニア海に注ぐ同国最長の川］とメストゥス川のあいだにしかいない。ヨーロッパのライオンはシリアやアフリカのライオンよりも力が強い。ライオンには2種類あって、たてがみがカールした臆病なライオンと、たてがみの長い大胆なライオンとがいる。水をあまり飲まず、1日おきにしか食べない。たっぷりと食べたあとに3日ほど断食することもある。食べ過ぎたら、ライオンは喉にかぎ爪をつっこんで胃から肉を引っ張り出す。目の前にひれ伏す人々に情けをかける動物はライオンだけだ。怒って人間を襲うことはあるが、女性は襲わないし、子供を襲うのは極度に空腹なときに限られる。ライオンの最大の強さはその胸にあり、血の色は黒い。母ライオンがハンターから子を守ろうとするときは、ハンターの槍を見て脅えてしまわないように視線を地面に落とす。ライオンは回転する車輪、からっぽの二輪戦車、雄叫びをあげる雄鶏、火を怖がる。食欲をなくしたライオンは、治療としてサルの血を飲む。……ライオンは、肥育不十分で生まれてくる子を、なめてやって姿を整える。そうするところは熊やキツネと変わらない。……ライオンの息には猛毒が含まれている」

セビーリャの聖イシドールスは、こう書いている。「ライオンは百獣の王。ギリシア語名はラテン語の“王”を意味する。たてがみがカールしている種類のライオンは弱々しいが、たてがみが直毛の種類は体格がよくて気性も荒い。その勇気は

面構えと尾に表われ、忍耐力は頭に、力は胸にある。槍を手にしたハンターたちに取り囲まれたら、脅えてしまわないように視線を地面に落とす。車輪の音を怖がるが、それよりももっと怖がるのは火だ。ライオンは目を開けたまま眠る。歩きながら尾で足跡を消し、ハンターにつけられないようにする。子を産むときには、3日3晩眠り通した母ライオンが、父ライオンの咆哮に寝所を揺るがされて目を覚ますという。幼いうちから、ライオンはかぎ爪や歯で闘うことができる。極度に空腹なときには、人間を襲うこともある。それ以外のときは非常に穏やかで、ちょっかいを出されでもしないかぎり怒ることはない。命乞いをする者には情けをかけて、捕らえた人間を見逃してやる」

13世紀のギヨーム・ル・クレールによる、『神聖動物寓話集』には、こうある。「まずはライオンの性質について語るのが当然というもの。ライオンは獰猛にして誇り高く、非常に大胆な獣だ。とりわけ独特な特徴が3つある。第一に、必ず高い山に暮らす。遠く離れたところからでも、追いかけてくるハンターのにおいをかぎつけられる。ねぐらまでハンターにつけてこられないようにするため、尾を使って足跡を隠す。もうひとつの驚くべき特質は、目をしっかり開けて、冴え渡ったままで眠ること。第三の特徴もやはり非常に不思議なものだ。メスライオンが子を産むとき、地面に倒れて生きている気配も見せないまま3日目を迎え、オスが息を吹きかけると生き返る」

ライオンは紋章の世界で最も有名な動物のひとつで、高潔さと勇敢さを表わす。攻撃を受けたとき、あるいはどうしても食糧が必要なときにしか攻撃に出ないからだ。“ランパント”（後ろ足で立ち上がり、前足とかぎ爪を伸ばして胸の前に掲げた姿勢）で描かれることがほとんどだが、“パッサント”（4本足で立つ、あるいは伏せた姿勢）の紋章もある。

レヴィアタン——海の怪物

Leviathan - the Sea Monster

レヴィアタンは聖書に出てくる強大な海の怪獣で、その名は大型海獣の代名詞ともなっている。レヴィアタンや似たような蛇の悪魔は、古代の神話に長く語り継がれてきていて、英雄神が頭の7つある蛇を倒す話が、早くも紀元前3世紀に書き残されている。旧約聖書「詩篇」第74篇では、神が「レヴィアタンの頭をくだき」、「野の獣に与えてえじきとされた」という。旧約聖書「イザヤ書」第27章第1節でレヴィアタンは「曲りくねるへび」と呼ばれ、最後に殺される。「ヨブ記」第41章に描かれるレヴィアタンは、大きなクジラのように思える。

あなたはつり針で／わにをつり出すことができるか。糸でその舌を押えることができるか。
あなたは葦のなわをその鼻に通すことができるか。つり針でその顎を突き通すことができるか。
これはしきりに、あなたに願い求めるであろうか。柔らかな言葉をあなたに語るであろうか。
これはあなたと契約を結ぶであろうか。あなたはこれを取って、ながくあなたのしもべと／することができるであろうか。
あなたは鳥と戯れるようにこれと戯れ、／またあなたのおとめたちのために、／これをつないでおくことができるであろうか。
商人の仲間はこれを商品として、／小売商人の間に分けるであろうか。
あなたは、もりでその皮を満たし、／やすでその頭を突き通すことができるか。
あなたの手をこれの上に置け、／あなたは戦いを思い出して、／再びこれをしないであろう。
見よ、その望みはむなしくなり、／これを見てすら倒れる。
あえてこれを激する勇気のある者はひとりもない。それで、だれがわたしの前に立つことができるか。
だれが先にわたしに与えたので、／わたしはこれに報いるのか。天が下にあるものは、ことごとくわたしのものだ。
わたしはこれが全身と、その著しい力と、／その美しい構造について／黙っていることはできない。
だれがその上着をはぐことができるか。だれがその二重のよろいの間に／はいることができるか。
だれがその顔の戸を開くことができるか。そのまわりの歯は恐ろしい。
その背は盾の列でできていて、／その堅く閉じたさまは密封したように、
相互に密接して、／風もその間に、はいることができず、
互に相連なり、／固く着いて離すことができない。
これが、くしゃみすれば光を発し、／その目はあけぼののまぶたに似ている。
その口からは、たいまつが燃えいで、／火花をいだす。
その鼻の穴からは煙が出てきて、／さながら煮え立つなべの水煙のごとく、／燃える葦の煙のようだ。
その息は炭火をおこし、／その口からは炎が出る。
その首には力が宿っていて、／恐ろしさが、その前に踊っている。
その肉片は密接に相連なり、／固く身に着いて動かすことができない。
その心臓は石のように堅く、／うすの下石のように堅い。
その身を起すときは勇士も恐れ、／その衝撃によってあわて惑う。
つるぎがこれを撃っても、きかない、／やりも、矢も、もりも用をなさない。

これは鉄を見ること、わらのように、／青銅を見ること朽ち木のようである。
弓矢もこれを逃がすことができない。石投げの石もこれには、わらくずとなる。
こん棒もわらくずのようにみなされ、／投げやりの響きを、これはあざ笑う。
その下腹は鋭いかわらのかけらのようで、／麦こき板のようにその身を泥の上に伸ばす。
これは淵をかなえのように沸きかえらせ、／海を香油のなべのようにする。
これは自分のあとに光る道を残し、／淵をしらがのように思わせる。
地の上にはこれと並ぶものなく、／これは恐れのない者に造られた。
これはすべての高き者をさげすみ、／すべての誇り高ぶる者の王である。

レウクロタ——口が耳まで裂けたように笑う獣

Leucrota - the Beast with the Grin from Ear to Ear

さまざまな文献によると、インドかリビアかエチオピアにレウクロタという獣がいたらしい。頭部はアナグマか馬に似ているという。ハイエナとメスライオンの交配によって生まれたというが、ギリシアの歴史家で哲学者のストラボンは狼と犬の子孫だと考えた。クロコッタ、レウクロコッタ、エナなどとも呼ばれるこの生き物は、ハイエナともつながりのある神話上の犬狼で、人間と犬の大敵らしい。大プリニウスは次のように書き残している。「“レウクロコタ”は、ロバほどの大きさで、首と尾、胸部がライオン、臀部は雄鹿で、偶蹄、アナグマの頭部、耳まで裂けた口を持つ。口には歯がなく、骨が畝状に隆起している。すばやさにかけては野生動物一で、人間の声をまねることができるという」

9世紀ビザンティン帝国の学者フォティオスいわく、「エチオピアには俗に言う犬狼、クロコッタスという、とんでもない力を持った動物がいる。人間の声をまねして、夜間に名前を呼び、近づいてくる人間をむさぼり食うという。ライオンのように勇敢で、馬のように敏捷、牡牛のように力強い。鉄製の武器ではたちうちできない」

148年、アントニウス・ピウス帝の紹介で、古代ローマの円形闘技場にクロコッタが登場したという報告もある。カッシウス・ディオ［ローマ帝国の政治家、歴史家］によると、セプティミウス・セウェルス帝［146-211年。アフリカ生まれのローマの皇帝］がこの生き物をローマに連れてきたという。「（この）インド産の種が……そこで初めてローマに持ち込まれ、私も知るところとなった。メスライオンとトラをかけ合わせたような体色で、外見もまた犬とキツネが奇妙にまざり合ったような動物である」。その動物寓話集には、クロコッタの目は縞模様の貴石で、持ち主が舌の下に置くと先見の力が得られるとある。

ブチハイエナは*Crocuta crocuta*という神話上のクロコッタ（crocotta）に由来する学名を持ち、風貌にも似通ったところがある。ハイエナの歯や顎は非常に強力で、広範にわたる食べものを消化できる。人間の死体を掘り起こして食べると

か、人間そっくりな叫び声や笑い声を出すことができるとも言われる。ハイエナは性転換する（おそらくオスとメスの見分けがつきにくいためだろう）、変身する、人間そっくりにしゃべるという民間伝承も多い。そうして、ハイエナがもとのクロコッタ神話に貢献してきたのではないだろうか。もうひとつのレウクロタ候補には、リカオンがいる。リカオン属唯一の現存種で、祖先には *Lycaon sekowei* という絶滅種がいる。

レパード（ヒョウ）——婚外子の猫

Leopard - the Illegitimate Cat

レパードはライオンと"パード"（ヒョウ）の不義の子と言われた。セビーリャの聖イシドールスによると、「ライオン（レオ）とパードの不義密通による退化した子孫」であることから、レパードという名がついた。13 世紀のフランシスコ会士バルトロマエウス・アングリクスは、こう書いている。「レパードはパードとメスライオンの配偶違反によって生まれた極めて冷酷な獣で、獲物を襲うときは走って追いかけるのではなく、脅かして跳びかかる。3、4 回目の跳躍で獲物がつかまらなかったら、憤慨して攻撃をやめ、まるで降参するかのように引き下がる。ライオンより体格が劣るため、ライオンを恐れる。地下に横穴を掘って出入り口を 2 つつくり、一方から入ってもう一方から出る。横穴の出入り口はたっぷりと大きめだが、中ほどで穴が狭まりまっすぐになっている。そこで、ライオンがやって来るとレパードは逃げだして、ひょいとその穴に飛び込む。追ってきたライオンもしてやったりと穴に入るが、立派な体格をしているために、巣穴の中ほどでまっすぐなところをなかなか通り抜けられない。ライオンがまんまとまっすぐな穴にはまったのを確かめたレパードは、前方出入り口から巣穴を出て、ライオンの後ろから再び穴に入り、噛みついたりひっかいたりの逆襲に出る。そうして、レパードはライオンを力でなく巧妙さで出し抜くのだ。劣っている獣は巣穴で策略をめぐらすことによって強い獣の優位に立つことが多く、野外ではあえて公然と対決しないと、獣の闘いと策略についての書でホメロスは言っている」

非嫡出という含意のあるレパードが紋章に用いられているのは、最初にそのしるしを帯びた者が婚外子の生まれであるというほのめかしでもある。15 世紀に紋章についての本を著わしたニコラス・アプトンは、「レパードは、ライオンと、パードという獣のあいだに意図的に生み出された、極めて冷酷な獣」だと言い、「見る者に堂々と顔全体を向けている」図柄にすべきだと助言する。リチャード獅子心王の 1195 年以後の紋章に黄金のレパードが 3 匹描かれたのは、祖父ウィリアム

征服王がやはり“非嫡出子”として知られていたことを、ほのめかしたのかもしれない。

レパード、パード、パーデール、パンサー、ライオン、チーター
Leopards, Pards, Pardales, Panthers, Lions and Cheetahs

昔の動物寓話集には、これらの種間の混同が多い。近年の注釈では、古い時代にレパードと呼ばれていたのは実はチーターだった、パードとはレパードのことだったと推測されている。“パード”はパンサーだという説もある。“パーデール”もやはりレパードだ。学術的に言うと、ヒョウ属はネコ科に属している。ヒョウ属に含まれる“四大ネコ”は、ライオン、トラ、ヒョウ（ただしユキヒョウは別）、ジャガーだ。解剖学的構造上、ヒョウ属のこれら4種の猫だけが吠え声をあげられる。レパードはここで言うヒョウのことである。古代および中世の著述家たちはアメリカ大陸を知るよしもないのだから、ジャガー［南北アメリカ大陸に分布する］は考慮に入れなくていい。ここに示した挿画にはさらに、ヨーロッパジャガー、パレオジャガー、ホラアナライオン、ヨーロッパライオン、ヨーロッパヒョウ、カスピトラなど絶滅種との混同が見られる。バーバリライオンの野生種は絶滅している。チーターはネコ科の別の属で、走力にすぐれているが、まともによじ登る力はない。チーター属唯一の現生種であるチーターは、1500フィート（460メートル）までの短距離なら瞬間時速70-75マイル（113-120キロメートル）で走る、最速の陸生動物だ。アジアチーター、北西アフリカチーターなどの亜種がいる。

古代エジプトでは、チーターをペットとして飼ったり、慣らして狩猟用に訓練したりもしていた。家畜化するわけではないが、人間の監督下でチーターを育てたのだ。チーターはハンティング・レパードとも呼ばれた。目隠ししたチーターを低く囲った荷馬車や馬の背につないで載せて猟場へ連れていき、犬が獲物を駆り出すあいだ待機させる。そして獲物が近くまで追い立てられたところで、目隠しをとったチーターを放す。このやり方がペルシアに伝わり、その後インドでも、20世紀になるまで諸侯がそういう狩りを続けていた。シャルルマーニュ［742-814年、カール大帝。フランク王国の王、西ローマ帝国皇帝］、チンギス・ハーン［1162-1227年。モンゴル帝国の始祖］その他の国王や君主たちが、宮殿の敷地内でチーターを飼っていた。インドのムガール帝国で1556-1605年に皇帝の位にあったアクバル大帝などは、1000匹ものチーターを飼っていたという。1930年代にも、エチオピアのハイレ・セラシエ帝は、よくリードにつないだチーターを連れて写真に収

まっていた。大型ネコ科動物でピューマのほかにはチーターだけが、のどをゴロゴロ鳴らせる。食糧不足から、あるいは天敵のライオンやハイエナに襲われて、多くのチーターの子が命を落とした。アフリカの古い言い伝えによると、チーターの顔に涙の跡のような模様があるのは、子を亡くした母チーターが嘆き悲しんでついたものだという。

ロック——太陽の鳥

Roc - Bird of the Sun

怪鳥ロック神話は、生まれたての仔羊をさらっていく怪力のワシを目撃したという報告から生まれたのかもしれない。だが、ひょっとしたらマダガスカルの象鳥（エレファント・バード）ことエピオルニスという、実在した巨大な鳥の話が起源ということもありうる。絶滅種であるエピオルニスは体高 10 フィート（3 メートル）の飛べない鳥で、卵は円周 3 フィート（90 センチメートル）の大きさだった。絶滅したのはつい 17 世紀のことだ。また、ダチョウの姿からロックの存在が仮定されたという説もある。飛べないうえに風貌が異様なダチョウが、超大型種の雛だと誤解されたのだ。さらには、皆既日食のとき太陽のコロナ内に鳥のような形が見えたことから、怪鳥神話が生まれたのではないかという説もある。このコロナにいる巨大な“太陽の鳥”が、フェニックス（不死鳥）その他、太陽と密接に結びついた神話上の鳥たちの着想のもととなっているのだろう。皆既日食説を裏づけるように、ロックの体色は白（太陽のコロナの色）で、『千夜一夜物語』にはこう描かれている。「図体のとんでもなく大きな〔月が暗いのか〕、翼を大きく広げた〔コロナの赤道流線か〕鳥が、空を飛んでいる。太陽という天体を隠し、太陽をかげらせた〔皆既日食を引き起こした〕のはその鳥だった」

16 世紀、ヨーロッパで怪鳥ロックの存在は事実として受け入れられていた。1604 年、詩人のマイケル・ドレイトンは、ノアの箱船に乗せられるロックを描いている。

およそ人に知られた羽のあるものたちがみな
巨大なロックから小さなミソサザイまで
森から野原から、川から池から
水かきのあるもの、蹄のあるものもみな
大箱船へと、なごやかに集い来たる
長ったらしいので名前を挙げられない種もいくつか。

ローマを救ったガチョウ
The Geese Which Saved Rome

ガチョウはほかのどんな動物よりも敏感に人のにおいをかぎつけるという。そのため、夜襲に備えて見張りとして使われることが多かった。大プリニウスは『博物誌』にこう書いている。「ガチョウは注意深く見張りを続ける。ローマのカピトリウム［古代ローマのカピトリウムの丘にあったユピテルの神殿］襲撃を警告したのは、ガチョウの鳴き声だった。哲学者キュレネのラキュデス［? - 紀元前 205 年頃］に連れ添って、彼のかたわらを離れようとしなかったガチョウの話からもうかがえるとおり、ガチョウには知恵の力があるのかもしれない。ガチョウのたいそう美味な肝臓や、羽毛、特に内側の綿毛（ダウン）が珍重される。ガチョウは、ガリアからローマへ歩いてやって来た。歩き疲れると群れの先頭に立ち、後ろを歩くガチョウたちに押されて無理やり歩きつづけたのだった。ガチョウの脂肪とシナモンを青銅の鉢で混ぜ、雪をかぶせて寝かせておくと薬ができる。ガチョウよりも体が大きくなる鳥はダチョウくらいしかいない。ガチョウは養魚池で飼われると味が落ち、頑固に息を止めて死んでしまう」

セビーリャの聖イシドールスはこう書き残している。「ガチョウ（マガン anser を家禽化した品種）という名前がついたのは、アヒル（マガモ ans を家禽化した品種）に似ているところから、あるいはよく泳いでいるからだ。ガチョウたちは夜の見張りを務め、音をたてて警告を発する。ほかのどんな動物よりも敏感に人のにおいをかぎつける。ガリア人のローマ襲撃を警告したのはガチョウだった」

ヨーロッパでは、家禽化の原種となったのはハイイロガン（Anser anser）だ。海の泡から誕生した女神アフロディーテが上陸したとき、カリテス（ローマ神話のグラティアエ、美の三女神）が出迎えたが、その女神たちの乗った伝説の“太陽の車”（チャリオット）を引いていたのはガチョウだったという。

カピトリウム襲撃を警告したのは、紀元前 387 年頃にガリアが初めてローマに侵攻してきたアッリア川の戦いのあとだった。ケルトの部族、セノネス族が、新たな領土を求めてアペニン山脈を越えてき

たのだ。ローマの歴史家リウィウスによれば、彼らはローマの使者3人にだまされ、指導者のひとりを殺されてしまったのだという。セノネス族はクルシウムからローマまで90マイル（145キロメートル）行軍し、裏切り行為に報復した。その行程を、リウィウスはこう書いている。「予想に反して、ケルト人たちは彼ら（その地方の住民たち）に危害を加えず、彼らの畑のものを奪ったりもしなかった。ただ、市街地のすぐそばを通りながらも、ローマへ行軍しているところだと、ローマ人だけに対して宣戦布告したが、それ以外の人々は友人とみなしていると大声で告げた」

ローマ近くのアッリア川で戦闘が起こった。双方の軍勢はそれぞれおよそ2万4000人。ブレンヌスを首領とするセノネス族は、市街地の約12マイル（19キロメートル）北でローマ軍と戦った。襲撃を受けてローマ中心部を離れたローマ隊側面が包囲され、大敗を喫する。生き残った軍勢はローマに逃げ帰った。リウィウスいわく、「みなローマへ急ぎ、カピトリウムに門を閉めもせず逃げ込んで」、市民はカピトリウムの丘にバリケードを築いてたてこもった。セノネス族は、丘に続く険しい小道に目をつける。言い伝えによると、守勢に立たされたローマ人は、ユーノーに捧げられた神聖なガチョウたちが騒ぎたてたことから、夜襲への警戒態勢をとったという。カピトリウムを残してローマは全滅、交渉でローマ側が1000ポンドの金（ゴールド）を支払うことに合意して包囲戦は終結した。このときのケルト人たちは格別立派な長剣に、全身を守る防御用の大盾を組み合わせて戦った。“テストゥド（亀甲型密集陣形）”と名づけられたこの手段を、ローマ軍がのちの戦いに採用している。

若返るワシ

Eagle Rejuvenation

旧約聖書の「詩篇」第103編に、「こうしてあなたは若返って、わしのように新たになる」という一節がある。大プリニウスは次のように記録している。「ワシは最強にして最も気高い鳥である。ワシには6種類ある。ウミワシだけは、まだ飛ぶことのできない雛鳥に太陽光を見させる。目が見えなかったり涙が出たりする雛鳥がいれば、巣から放り出される。ワシの安産石という石を巣に持ち帰るワシもいる。この石は効能を失うことなく火にも耐え、さまざまな治療に役立つ。大きな石の中にもうひとつ石が入っていて、振るとカタカタ音がする。餌やりに疲れると雛鳥を巣から追い出し、食糧を奪い合わずにすむよう遠くまで追いやる。ワシは老齢や病気のせいでは死なない。老いて死ぬのは餓えのせいだ。上側の嘴が伸び、大きく曲がりすぎて、口を開けて食べることができなくなる。雄鹿にまで闘いを挑むワシもいる。地面を転げ回って羽毛を土ぼこりだらけにしておいて雄鹿の角にとまり、鹿の目にほこりを振りかけながら翼を頭にたたきつけて倒す。ワシはまた、卵を狙う大蛇とも闘う。蛇が翼に巻きついて地面に墜落させ、ワシを負かすこともある」

パドヴァの聖アントニウスは、聖者たちをワシにたとえている。「目が鋭いといえばワシだが、それはワシが決然と太陽を見つめることができるからである。それゆえに、自然史の書物によると、ワシは視力が極めて鋭敏であり、羽毛がはえそろわないうちから雛鳥に太陽を見るよう強制するという。そのために雛鳥にぶつかっていって太陽のほうを向かせ、目から涙を流す雛がいれば殺して、それ以外の雛を世話する。また、卵を3つ産んで、3番目の卵は捨てるとも言われる。さらに、雛鳥のいる巣に、蛇除けの効能があるらしいアメジストを置くとも言われている。そんなワシのうちには聖者の鋭敏な知性、崇高な瞑想がうかがえる。聖者たちはまことの太陽のほうへ、叡智という光へ目を向ける。聖者が孵した雛、つまり彼らの業績は、みずからの血統にならないものが隠されていないかと、輝く太陽の光にさらされることになろう。あらゆる不正がその光によって明らかになるのだから。そのため、太陽をまともに見られない、太陽の光にひるんで涙を流すような業績があれば、彼らは躊躇なく切り捨てる。……そして、ワシの3つの卵といえば、有徳の人のうちにある3種の愛だ。神への愛、隣人への愛、自分自身への愛。最後の愛を、聖者は心という巣からすっかり追い出してしまわなければならない。……」

13世紀、ギヨーム・ル・クレールは『神聖動物寓話集』にこう記している。「ワシは鳥類の王だ。年をとると、非常に不思議なやり方で若返る。年のせいで目がよく見えなくなり、翼が重くなると、きれいに澄んだ水が泡立ち、明るい太陽光に輝いている泉を捜し出す。その泉の上空高く舞い上がって太陽の光を見据え、太陽の熱で目や翼が燃えはじめるまで凝視する。それから泉のいちばん水が澄んでまぶしく輝いているところへ舞い降り、飛び込んで水浴びを3度繰り返す。すると元気を取り戻し、加齢が癒える。ワシの鋭敏な目は、雲を衝くほど空高く舞い上がっていても眼下の川や海を泳ぐ魚をとらえる。そこから魚目がけて急降下すると、つかまえて岸へ引きずり上げる。また、ワシの知らないうちに卵が取り替えられ、別の卵を巣に入れられたとしても、雛が育つと、巣立ちの前に親鳥は、太陽のいちばんまぶしい時間に上空へ連れ出す。まばたきせずに太陽光を見ることのできる雛を、ワシはかわいがりだいじにする一方、光を直視するのに耐えられない雛は正統な子ではないとして見捨て、その後は世話をしようともしない」

ワタリガラス

Raven

カラス科最大の真っ黒な鳥、ワタリガラスは、歴史上一貫して知能の高い鳥と特徴づけられている。大プリニウスはこう書いている。「ワタリガラスの雛に飛ぶ力がつくと、親鳥たちは雛を巣から遠くへ追い払うので、小さな村にはワタリガラスのつがいが2組までしかいない。ワタリガラスは秋にイチジクの実が熟すまで、主として渇水状態による体調不良に60日間耐える。嘴で交尾や産卵をするため、妊娠中の女性がワタリガラスの卵を食べたり家に置いておいたりすると難産になるという説もある。ただし、アリストテレスは否定する。ワタリガラスは鳥占いでみずからが告げる意味を解する唯一の鳥で、ワタリガラスが喉を詰まらせたかのように鳴き声をこらえるのは格別よくない前兆である。……ティベリウス帝［初代皇帝アウグストゥスの女婿で第2代ローマ皇帝］の時代、ローマには名指しで皇帝に挨拶するワタリガラスがいた。また別のワタリガラスは、水甕に石をいくつも落とし入れては水位を上げていって、水を飲めるようにしていたという」

バルトロマエウス・アングリクスいわく、「ワタリガラスは雛が口を大きく開けるとじっと見つめる。だが、雛の羽毛が自分そっくりの黒い色であることを確かめて納得するまでは餌を与えない。雛が成長して黒くなりはじめると、その後は全力をあげて養う。まだ羽毛が黒くないあいだ、ワタリガラスの雛たちは楽園の露を与えられるという。鳥類の中でワタリガラスだけが64通りにも声音を変化させて鳴く」

腐肉食動物はほとんどがそうだが、ワタリガラスも死体に出くわすとまず、滋養分のある脳を食べられるように嘴で目をつ

つき出す。ワタリガラスが最初に目をつつき出すのは、悪魔が第一に正常な判断力を破壊し、精神を無防備にしておいて攻撃することにたとえられる。ワタリガラスが自分の子だと確かめられるまで雛にエサをやろうとしないように、悔い改めて失意を知った生徒たちに受け入れる準備ができていると確かめられるまで、教師は難解な謎をもちかけるべきではない。

ワニのそら涙とワニ糞美顔パック

Crocodile Tears and Facepacks

中世の動物寓話集では、ナイルワニの糞が美容によいと薦められている。ワニが排泄したものを顔に塗り、そのまま汗で流し落とすというのだ。ワニ（クロコダイル）を殺すことができる動物はたった2種類しかいないと言われていた。“のこぎり背びれの魚”（イルカ）にはワニの腹を切り裂くことができるし、ヒドラス（水蛇）あるいはイクニューモンならワニの口へもぐり込んで体内からやっつけられる。ワニは人間を食べたあと、決まって涙を流すらしい。紀元前5世紀、ギリシアの歴史家ヘロドトスは次のように書いている。「冬期4か月間は何も食べない。四足動物で、陸上でも水中でもかまわずに生息す

る。メスは岸で産卵し、孵化させる。1日の大半を陸地で過ごすが、夜気や露に当たるよりも水温のほうが温かいので夜間は川にもぐる。知られているかぎり、小さく生まれて大きく成長する随一の動物。ワニの卵はガチョウのものとほとんど変わらない大きさで、子ワニもその卵に見合った大きさでしかないのに、じゅうぶんに成長すると17キュビット（8.5メートル）あまりにもなることがしばしばだ。豚そっくりの目、体格なりの大きな牙状の歯を持つ。ほかのどんな動物とも違って、舌がない。下顎を動かすことができないというのも珍しい特徴で、上顎が動くが下顎は動かない世界で唯一の動物である。丈夫なかぎ爪があり、皮膚は鱗状で背中から刺したりはできない。水中では目が見えないが、陸上での視力は非常に高い。主として河川に生息するため、口中がいつも寄生虫だらけになる。どんな鳥も獣もワニに近寄ろうとしないなかワニチドリ（ナイルチドリ）と仲よく暮らすのは、ワニがその鳥の世話になっているからだ。水から出て陸にあがったワニは、西風に向かい、口を大きく開けて寝そべる習慣があるが、そんなとき、ワニチドリが口にもぐりこんで寄生虫をついばみ尽くしてくれる。ありがたいこの行為をワニは喜んで、ワニチドリを傷つけないよう注意している」

大プリニウスはこう記録している。「ワニは小鳥を口の中に入らせて、歯を掃除してもらう。そのあいだにワニが口を開けたまま眠ってしまったりすると、その隙にイクニューモンが喉へ飛び込んでいって、腹を食い破って出てくる。……イルカもワニを襲う。背中の鋭いひれで、ワニの柔らかい腹を切り裂くのだ。水中では目がよく見えないワニだが、水から出れば視力は非常にいい。一生のあいだ成長しつづける動物はワニだけだと言われる。また、冬期は洞窟にこもって食糧なしで4か月間生きられるという」

13世紀、ノルマンディーのギヨーム・ル・クレールは、著書『神聖動物寓話集』にこう記している。「ほかに類を見ない獣で、陸上でも水中でも生息する。夜間は水中にもぐり、日中は陸上で休息する。出くわした人間を倒したら、丸ごとひとのみにしてしまうので跡形も残らない。だがその後、のみ込んだ相手を一生哀悼する。この獣は食べるときに上顎が動かず、下顎だけが動く。そういう特徴を持つ生き物はほかにいない。先述したもう一方の獣（水蛇）は常時水中に生息し、ワニを不倶戴天の敵とする。陸地で口を開けたまま眠っているワニを見かけると、ぬかるんだ泥に体をこすりつけて滑りやすくしたうえでワニの喉に飛び込み、胃までのみ込まれていく。そこで腹を食い破ってまた外に出てくるのだが、負傷したワニは死んでしまう」

ワルキューレ——戦死者を選ぶ者

Valkyries - The Choosers of the Slain

北欧神話の格下に列せられる女神で、オーディン神に仕える“戦いの乙女たち”と言われる。戦死者たちの中から立派な英雄を選び出し、彼らをエインヘルヤルとして祭るヴァルハラへ導く。オーディン神には、ラグナロク（神々の黄昏）という世界の終わりに定められている戦いで味方についてくれる戦士が必要だからだ。今では、ワルキューレはもともとオーディン神の巫女で、捕虜を処刑する（オーディン神に捧げる）儀式をつかさどっていたと考えられている。巫女が儀式用の槍でみずからいけにえとなることもあった。

索引

【著者】テリー・ブレヴァートン　Terry Breverton

1946年イギリス生まれ、バーミンガム出身。マンチェスター大学およびランカスター大学卒業後、経営コンサルタントなどを経て、ウェールズ大学大学院の上級講師。2003年にインディアナ大学でエヴェレット・ヘルム客員研究員賞を受賞。著書多数。邦訳に『世界の発明発見歴史百科』がある。

【翻訳】日暮雅通　ひぐらし・まさみち

1954年生まれ。青山学院大学理工学部物理学科卒。翻訳家。シャーロッキアン。主な訳書にドイル『シャーロック・ホームズ全集』(光文社文庫版)、ハート＝デイヴィス『サイエンス大図鑑』、ハンセン『ファーストマン』、ミラー『宇宙画の150年史』、ウィークス他『10代からの哲学図鑑』、ブレヴァートン『世界の発明発見歴史百科』など多数。

【翻訳協力】
高里ひろ／野下祥子／谷川原理佳

BREVERTON'S PHANTASMAGORIA
by Terry Breverton

First published in the English Language by Quercus Publishing
Japanese translation published by arrangement with
Quercus Editions Ltd., a division of Hachette UK Ltd.
through The English Agency (Japan) Ltd.

図説 世界の神話伝説怪物百科

●

2019年9月27日　第1刷
2020年4月8日　第2刷

著者…………テリー・ブレヴァートン
訳者…………日暮雅通

装幀・本文AD…………岡孝治

発行者…………成瀬雅人
発行所…………株式会社原書房

〒160-0022 東京都新宿区新宿 1-25-13
電話・代表 03（3354）0685
http://www.harashobo.co.jp
振替・00150-6-151594

印刷…………シナノ印刷株式会社
製本…………東京美術紙工協業組合

ISBN978-4-562-05688-0, Printed in Japan